Jeanine Krock

Wind der Zeiten

Roman

Originalausgabe

D1672098

WILHELM HEYNE VERLAG
MÜNCHEN

Verlagsgruppe Random House FSC-DEU-0100
Das für dieses Buch verwendete
FSC®-zertifizierte Papier *Super Snowbright*
liefert Hellefoss AS, Hokksund, Norwegen.

Originalausgabe 06/2011
Redaktion: Catherine Beck
Copyright © 2011 by Jeanine Krock
Copyright © 2011 dieser Ausgabe by Wilhelm Heyne Verlag, München,
in der Verlagsgruppe Random House GmbH
Printed in Germany 2011
Karte: Andreas Hancock
Umschlaggestaltung: Nele Schütz Design, München
Satz: Christine Roithner Verlagsservice, Breitenaich
Druck und Bindung: GGP Media GmbH, Pößneck

ISBN 978-3-453-53400-1

www.heyne-magische-bestseller.de

Prolog
November 1746

Der Krieger lehnte sich gegen den Wind und zog das Plaid fester um die Schultern. Nicht die Kälte ließ ihn frösteln, als er mit zusammengekniffenen Augen über Gleann Grianach blickte. Einst hatte er den Namen dieses Tals mit Stolz getragen, doch das war lange bevor der Krieg zum letzten Mal seine tödlichen Tentakel bis hoch in den Norden Schottlands ausgestreckt und seine Heimat zerstört hatte. Jetzt ragte der alte Turm von Castle Grianach wie ein mahnender Finger in den bleiernen Winterhimmel, sein ehemaliges Zuhause war unbewohnbar. Er vermisste den typischen Geruch der Torffeuer, und die schwarzen Ruinen vieler Gehöfte ließen dem Mann das Herz schwer werden. Es war alles seine Schuld.

Er hätte wissen müssen, dass sein Stiefbruder den Clan für ein freies Schottland in die Schlacht führen würde, hätte dem glühenden Jakobiten niemals die Verantwortung als Chieftain übertragen dürfen. Doch zuallererst hätte er an jenem Johannistag vor achtzehn Jahren nicht versuchen dürfen, den Held zu spielen. Ein bitteres Lachen kam über seine Lippen, wo es sofort in der eisigen Luft gefror. Er kannte sich aus mit Helden und mit dem Krieg. Als Söldner hatte er in Culloden unzähligen braven Schotten den Tod gebracht. Das Einzige, was er für seine Landsleute getan hatte, war, ihnen ein schnelles Ende zu bereiten, statt sie verkrüppelt und sterbend den Krähen und Plünderern zu überlassen.

Ein letzter Blick über das Tal, ein stiller Abschied. Er wandte sich zum Gehen, als ein Schrei die Luft zerriss. Krähen flogen auf, und ein Eichelhäher floh schimpfend. Das war einer dieser Laute, die ihm nachts bis in seine Träume folgten, ein Echo der schmerzgequälten Rufe auf dem Schlachtfeld, das Klagen und Wimmern der Frauen, denen er die Nachricht vom Tod ihrer Brüder, Männer, Söhne überbrachte. Wie oft hatte er sich gewünscht, selbst zu fallen, dem Martyrium endlich ein Ende zu machen. Doch stets hatten diese unseligen Feen ihre schützenden Hände über ihn gehalten.

Ist es noch nicht genug?, fragte der Krieger lautlos, als ein weiterer Schrei ertönte. Mit dem Schicksal würde er später hadern. Er rannte den Hügel hinab, durch immer dichter werdendes Buschwerk, hinunter zum Bach.

Drei englische Soldaten. Sie pressten seinen jüngsten Bruder auf den Boden. Einer von ihnen hielt den Dolch wie eine Trophäe in die Höhe, Mordlust entstellte sein Gesicht. Er war tot, bevor er den Arm zum fatalen Stoß senken konnte. Von einem Faustschlag getroffen, taumelte der zweite und stürzte rücklings auf einen Felsbrocken. Der dritte wehrte sich verbissen, doch schließlich war auch er bezwungen.

Nach Luft ringend, hielt der Krieger einen Moment lang inne und betrachtete die Männer mit einem resignierten Gesichtsausdruck, als habe er sie in besseren Tagen einmal gekannt.

Und dieses Zögern kostete ihn das Leben. Als das Messer in seinen Rücken glitt, spürte er im ersten Augenblick so gut wie nichts. Doch er wusste, der Schmerz würde kommen.

Ein letztes Mal nahm der Krieger die verbliebene Kraft zusammen, hob sein Schwert, wirbelte herum und nahm seinen Mörder mit in einen sicheren Tod.

Bevor er das Bewusstsein verlor, hörte er die Rufe seines Bruders, und plötzlich blickten ihn purpurfarbene Feenaugen an. Sie allein folgten ihm in die alles verschlingende Dunkelheit.

1

Meine Reise

Nachdem die Rücklichter des Zugs von der Nebelwand verschluckt waren, wurde es still. Während ich am Bahnhof in Inverness gewartet hatte, war mir klargeworden, dass Frühling in Schottland anders aussah als zu Hause in Hamburg, wo rund um die Alster längst die ersten Krokusse mutig ihre Köpfe durch den harten Boden der Rasenflächen streckten. Meine Jacke war nicht annähernd so warm, wie ich sie mir in diesem Augenblick gewünscht hätte, und der einzige dicke Pullover, den ich eingepackt hatte, lag ganz unten im Koffer. Fröstelnd zog ich mir die Mütze tiefer ins Gesicht und beobachtete, wie mein Atem in kleinen Wölkchen davoneilte, als könne er es gar nicht erwarten, sich mit dem großen Weiß um uns herum zu vereinigen. Außer mir schien hier nur ein einziger Fahrgast ausgestiegen zu sein, und der war gerade vorbeigeschwebt. Geschwebt? Mit vorsichtigen Schritten folgte ich seinem dunklen Schatten und hoffte, er würde den richtigen Weg kennen.

»Ich liebe Schottland«, hatte meine Nachbarin geseufzt, als ich ihr meinen Wohnungsschlüssel übergab, damit sie gelegentlich nach dem Rechten sah. »Wenn es dort nur nicht immerzu regnen würde.«

Hat die eine Ahnung. Jede Form von Regen wäre mir im Augenblick lieber gewesen als diese undurchsichtige Suppe.

9

»Ich bin nicht aus Zucker«, hatte ich entgegnet, und diese knappe Antwort bewies, wie angespannt meine Nerven waren. Normalerweise hätte ich versucht, sie vom Gegenteil zu überzeugen oder, noch wahrscheinlicher, ihr einfach zugestimmt, um meine Ruhe zu haben. Stattdessen drückte ich Frau Petersen den Schlüssel in die Hand, griff meinen Koffer und erinnerte mich erst in letzter Minute an einen Rest von Manieren und rief über die Schulter: »Danke fürs Blumengießen«, bevor ich in den Aufzug floh.

Als die Türen zusammenglitten und nur noch ein kleiner Streifen der Außenwelt zu sehen war, lehnte ich mich erleichtert an die Metallwand. *Endlich allein.*

Plötzlich tauchte ein Gespenst vor mir auf. Mit einem Schlag war ich aus meinen Erinnerungen gerissen und zurück auf dem einsamen Bahnsteig. Erschrocken sah ich zu einem milchigen Heiligenschein hinauf, der über dem Eingang des Bahnhofsgebäudes glomm. Eine Laterne, kein Geistwesen. Erleichtert wollte ich weitergehen, doch in diesem Augenblick öffnete sich der Boden unter mir, und ich trat ins Nichts. Ich schrie und schämte ich mich sofort für diesen würdelosen Laut. Haltsuchend ruderte ich mit den Armen, griff zunächst ins Leere und fand schließlich doch etwas, an dem ich mich festklammern konnte. Allerdings entpuppte es sich schnell als der Ärmel eines Mantels aus edlem Tuch.

Kräftige Hände legten sich um meine Taille, ich wurde aufgefangen und hatte Sekunden später wieder festen Boden unter den Füßen. Erstaunt fuhr ich herum und blickte an einer Reihe von Mantelknöpfen entlang hinauf in das Gesicht eines Engels. Das heißt, falls es im Himmel erlaubt war, so unverschämt attraktiv auszusehen, dass fremde Frauen durch bloßes Starren zu willenlosen Opfern ihrer eigenen erotischen Fantasien wurden. Ganz gewiss fügte sich dieser Mann problemlos in eine lange Reihe historischer Herzensbrecher ein.

»Sie sollten aufpassen, wohin Sie treten«, warnte mein Retter, und seine tiefe Stimme löste ein seltsames Flattern meiner Nerven aus, die plötzlich alle irgendwo in der Tiefe meines Unterleibs zu enden schienen.

»Vielen Dank für den Hinweis. Darauf wäre ich von selbst gar nicht gekommen.« Stress brachte nicht unbedingt meine liebenswürdigste Seite zum Vorschein. Und die Selbstverständlichkeit, mit der er nach meinem schweren Koffer griff, als wöge er nichts, und mich am Ellbogen wortlos zum menschenleeren Bahnhofsvorplatz dirigierte, trug nichts zu meiner Entspannung bei.

»Werden Sie abgeholt?« Er stellte den Koffer auf einer hölzernen Sitzbank ab.

»Ja, wahrscheinlich haben sich meine Freunde wegen des Wetters verspätet. Ich komme schon zurecht, danke.«

Der Fremde sah aus, als wollte er widersprechen, dann zuckte er mit den Schultern. »Gut«, entgegnete er, drehte sich um und verschwand so lautlos, wie er gekommen war.

Überrascht starrte ich hinter ihm her. Ich hatte höflichen Protest erwartet und das Angebot, mit mir zu warten. Aber offenbar war es dem Kerl vollkommen gleichgültig, ob ich in dieser unwirtlichen Einsamkeit erfrieren oder vom Nebel aufgeweicht werden würde. *So sieht also die viel gerühmte Gastfreundschaft der Schotten aus.* Auch wenn man den landestypischen Akzent kaum herausgehört hatte, so ganz konnte mein unfreundlicher Retter seine wahre Herkunft nicht verleugnen. Die Erinnerung daran, wie er das *R* rollte, ließ mich erneut erschaudern und wünschen, er wäre nicht fortgegangen. *Du bist überreizt*, wies ich mich zurecht.

In diesem Augenblick brummte ein Motor, und kurz darauf stand der nächste Prachtkerl vor mir. »Caitlynn hätte mich wirklich vorwarnen können, dass die Männer hier alle aussehen, als wären sie einem dieser romantischen Romane entstiegen.«

Der Mann musste mein Murmeln wohl gehört haben. Fragend hob er eine Augenbraue, bevor er feststellte: »Du bist Johanna.« Ich nickte etwas verlegen, und er fuhr fort: »Es tut mir leid, dass du warten musstest …« Er machte eine entschuldigende Geste in den unvermindert dichten Nebel. »Aber das Wetter …«

»Oh, das ist schon in Ordnung. Der Zug hatte sowieso Verspätung. Iain, nehme ich an?« Das also war Caitlynns neuer Freund.

Er reichte mir eine große, warme Hand: »Herzlich willkommen in *Ghàidhealtachd*.«

Was mich daran erinnerte, dass in diesem Teil Schottlands einige Menschen noch Gälisch sprachen.

Iain lud meinen schweren Koffer und die große Reisetasche in den Kofferraum und grinste, als ich die Tür öffnete, um einzusteigen. »Du möchtest fahren?«

»Um Himmels willen, nein.« Zu spät erinnerte ich mich, dass hier Linksverkehr herrschte und die Fahrzeuge entsprechend *seitenverkehrt* gebaut waren. Lachend umrundete ich den Wagen und stieg auf der anderen Seite ein.

Innen war es angenehm warm, und die Anspannung, die mich seit der Begegnung mit dem dunkelhaarigen Fremden befallen hatte, ließ langsam nach. Der Wagen kroch eine gewundene Straße hinab, die so schmal war, dass ich insgeheim hoffte, niemand außer uns würde so verrückt sein, die Strecke bei dem Wetter zu fahren.

Iain allerdings wirkte unbekümmert. Er erzählte mit angenehmer Stimme, in der ein neuer, schwer einzuordnender Akzent mitschwang, dass Caitlynn ganz geknickt gewesen sei, mich wegen des Wetters nicht selbst abholen zu können, aber er kenne sich hier einfach besser aus und habe sie auf keinen Fall fahren lassen wollen. Zudem solle ich nicht enttäuscht sein, falls ich während der Zugreise wenig von der Gegend gesehen hätte. Für morgen sei ein sonniger Tag vorhergesagt, und dort, wo sie lebten, gäbe es auch genügend Landschaft, fügte er verschmitzt hinzu.

Ich mochte ihn auf Anhieb. Mit seiner ruhigen Gelassenheit schien er der ideale Gefährte für meine quirlige Freundin zu sein.

Nach etwa einer Stunde Fahrt durch eine Landschaft, die ihre legendäre Schönheit heute nicht preisgab, erreichten wir ihren gemeinsamen Gasthof Sithean Inn. Gasthof war ein bescheidenes Wort für dieses Gebäude, das eher wie ein viktorianischer Landsitz aussah und jedem stolzen Clanchef als Wohnsitz zur Ehre gereicht hätte. Bisher hatte ich nicht herausfinden können, ob Iain das großzügige Estate geerbt oder gekauft hatte. Im Internet fanden sich nur wenige Hinweise auf dessen Existenz, die zudem noch recht widersprüchlich klangen, und Caitlynn hatte nichts dazu beigetragen, meine Neugier zu befriedigen.

Wie auch immer – im Licht der dezent unter Buschwerk verborgenen Strahler sah es zauberhaft, aber auch ein bisschen unheimlich aus. Wie von Iain versprochen, hatte sich der Nebel hier, in der Nähe der Küste, jedoch gelichtet, und es hingen nur noch zarte Schleier wie vorsichtig abwartende Geister in den Efeuranken, die sich zwischen den Türmchen, Erkern und zahlreichen Kaminen an der Fassade hinaufwanden.

13

Meine Schulfreundin Caitlynn stürzte im selben Moment aus dem Haus, in dem der Wagen knirschend auf dem Kiesweg zum Stehen kam. Sie zerrte mich praktisch aus dem Auto, umarmte mich, und ehe ich noch etwas sagen konnte, rief sie Iain zu: »Bringst du das Gepäck hinauf?« Dabei zog sie mich zum Haus, ohne seine Antwort abzuwarten. »Und du hast deinen Verlobten tatsächlich dabei erwischt, wie er am helllichten Tag diese Frau … Auf seinem Schreibtisch? Wirklich?«, flüsterte sie so laut, dass jeder im Umkreis von fünfzig Metern ihre Worte hätte hören können.

Glücklicherweise war der Hof – soweit ich das sehen konnte – mit Ausnahme von uns menschenleer. Iain ließ sich nicht anmerken, ob er sie gehört hatte, als er an uns vorbei zum Haus ging. Wie ich meine Freundin kannte, war er vermutlich ohnehin längst über alle Details aus meinem traurigen Liebesleben informiert, die ich mit ihr geteilt hatte.

Ich fürchtete schon, Caitlynn würde nach den Einzelheiten der entwürdigenden Szene fragen, die mich letztendlich veranlasst hatte, hierherzukommen, um in Ruhe und Abgeschiedenheit meine Wunden zu lecken und einige grundsätzliche Dinge in meinem bisherigen Leben zu überdenken.

Doch sie plapperte bereits weiter: »Wie ordinär. Deine Hände sind ganz kalt.« Resolut schob sie mich durch eine dunkle Holztür, die Iain uns aufhielt. »Hattest du eine gute Fahrt? Dieser verdammte Nebel, du brauchst einen Drink.« Damit stieß sie eine weitere Tür auf. Warme Luft und Stimmengemurmel schlugen uns entgegen.

Neugierig trat ich ein und schaute mich um. Das Pub wirkte einladend und sehr behaglich, obwohl – oder gerade weil – die Einrichtung sicher schon einige Generationen von Gästen gesehen hatte. Aus zahlreichen E-Mails meiner Freundin wusste ich, dass sie viel Zeit darauf verwandt hatten, die Einrichtung alter Landgasthäuser im ganzen Land zu sichten und die besten Stücke aufzukaufen. Es musste ein Vermögen gekostet haben, aber der Effekt war beeindruckend. Niemand würde vermuten, dass dieser Gastraum nicht schon von Generationen engagierter Wirtsleute liebevoll gepflegt und erhalten worden war.

Rechts sah ich eine Reihe Fenster mit alten bleigefassten Scheiben. Davor ein gutes Dutzend Tische, mit Stühlen und Sesseln aus verschiedenen Epochen, was erstaunlicherweise dennoch sehr harmonisch auf mich wirkte. Gegenüber befand sich die lange, für Pubs so typische Bar, an der ein paar Leute standen, die sich jetzt neugierig nach uns umblickten.

Caitlynn nickte ihnen freundlich zu und schob mich zum Kamin, in dem ein kleines Feuer glomm. Bei genauerem Hinsehen entpuppte sich das Brennmaterial als Torf – das erklärte auch den eigentümlichen Geruch, der draußen in der Luft gehangen hatte und hier noch stärker geworden war.

»Bei Nebel zieht der Kamin nicht gut«, entschuldigte sie sich. Tatsächlich war der Raum rauchgeschwängert, wofür man kaum den an einer Pfeife kauenden Gast allein verantwortlich machen konnte. Er saß bequem zurückgelehnt in einem Sessel und hatte nicht einmal aufgesehen, als wir hereingekommen waren. Die Männer an der Bar allerdings musterten uns interessiert, bis sie Caitlynn erkannten und sich mit einem gemurmelten Gruß wieder ihrem Ale und einem Würfelspiel zuwandten.

Doch Caitlynn zog mich am Ärmel hinter sich her und stellte mich ihnen vor. »Meine beste Freundin. Sie wird eine Weile bei uns wohnen.«

Ich war überrascht, denn ich hatte nicht damit gerechnet,

15

hier Einheimische anzutreffen. Iain und Caitlynn mussten beliebt sein, wenn die Leute den Weg vom etwas entfernt liegenden Dorf auf sich nahmen, um ihre Abende hier und nicht im zweifellos vorhandenen Dorf-Pub zu verbringen. Die Männer begrüßten mich respektvoll, und mir war klar, dass am nächsten Tag die gesamte Gemeinde von meiner Ankunft erfahren haben würde.

Caitlynn wies auf das samtbezogenes Sofa neben dem Kamin. »Du musst Hunger haben. Wir werden dir etwas Leckeres machen, aber erst einmal gibt es einen *Wee Dram*, einen winzigen Schluck Whisky zum Aufwärmen.« Damit winkte sie das junge Mädchen herbei, das hinter der Bar hervorkam, und flüsterte ihr etwas zu.

Die Kellnerin, der die Vorstellungsrunde entgangen war, warf mir einen neugierigen Blick zu, nickte dann und verschwand in der Küche, während ich in den weichen Polstern versank. Caitlynn entschuldigte sich. »Ich bin gleich wieder da.«

Diese kurze Pause ließ mir Zeit, die Wanddekoration über dem steinernen Kamin in Ruhe zu betrachten. Zwischen zwei riesigen Schwertern hingen die blaue schottische Flagge mit dem weißen Kreuz, ein rundes Holzschild und eine Axt. Obwohl die Waffen sehr alt aussahen, wirkten sie beunruhigend gebrauchsbereit.

Vor meinem geistigen Auge nahm eine kriegerische Szene Gestalt an. Das Bild des wilden Highlanders, der sein Breitschwert über dem Kopf kreisen ließ, bevor er mit einem markerschütternden Schrei auf seine Kontrahenten in roter Uniform zusprang, schien plötzlich so greifbar nahe, dass ich erschrocken zurückfuhr und mein Herz wie wild zu schlagen begann.

Iain, der lautlos mit Whisky und einer Karaffe Wasser erschienen war, drückte mir wortlos mein Glas in die Hand, und für die Dauer eines Wimpernschlags glaubte ich, Verständnis in seinen Augen zu lesen. Aber das war natürlich Unsinn – die Reise hatte mich mehr erschöpft als angenommen, und meine Fantasie spielte mir einen Streich. Caitlynns Freund konnte unmöglich wissen, dass meine lebhafte Einbildungskraft wieder einmal mit mir durchgegangen war.

Die goldgelbe Flüssigkeit hinterließ einen öligen Film auf dem Glas, und eine Flamme brannte sich ihren Weg in meinen Magen. Zurück blieben ein rauchiger Geschmack und der Duft von Honig und Sommerwiesen. »Wie alt ist dieser Whisky?«, fragte ich ehrfurchtsvoll und war nicht überrascht, als Iain mit seiner dunklen Stimme antwortete: »Vierundzwanzig Jahre.«

Er küsste Caitlynn, die wieder hinter ihm aufgetaucht war, sanft auf den Mund, bevor er sich setzte. »Ein besonderes Getränk, für zwei besondere Frauen. *Slàinte mhath.* Zum Wohl. Willkommen in Schottland«, fügte er lächelnd hinzu.

Für einen so großen Mann, ich schätzte ihn auf nahezu eins neunzig, glitt er ungewöhnlich elegant neben sie auf das Sofa. Ihre Augen leuchteten glücklich, und sie berührte zärtlich und wie zufällig seine Hand.

»Du bist ein waschechter Schotte …« Ich ließ offen, ob es eine Feststellung oder eine Frage hatte sein sollen. Normalerweise war ich gut im Erkennen von Akzenten, aber in Iains rollender Aussprache schwang etwas Fremdartiges mit, das ich immer noch vergeblich einzuordnen versuchte.

Er zögerte einen Moment, als müsse er über seine Antwort nachdenken, bevor er sagte: »*Aye*, das bin ich.«

Die Kellnerin erschien und tischte uns ein köstliches Abendessen auf. Der ungewohnte Alkohol und das reichhaltige Mahl taten bald ihre Wirkung. Meine Augenlider wurden schwer, und ich unterdrückte ein Gähnen.

Caitlynn bemerkte es und erhob sich: »Es war ein langer Tag. Möchtest du, dass ich dir dein Zimmer zeige?«

Iain stand ebenfalls auf und verabschiedete sich damit, dass er noch ein paar Dinge zu erledigen habe. Kurz bevor er die Tür erreicht hatte, drehte er sich noch einmal um und sagte etwas auf Gälisch.

Ich verstand nicht alles, denn sein Dialekt klang fremd in meinen Ohren, aber es hörte sich an, als habe er Caitlynn mitgeteilt, dass sie in seinen Augen ebenfalls äußerst bettreif wirkte. Die Männer an der Bar lachten und zwinkerten ihm zu. Der leichten Röte nach zu urteilen, die ihre helle Haut überzog, hatte ich ihn richtig verstanden.

»Ich habe dir hier im Hauptgebäude ein Zimmer vorbereiten lassen«, sagte sie entschuldigend und ging mir voraus eine steile Treppe hinauf. »Es hat eine Kochnische, komplett mit Kühlschrank. Damit bist du unabhängig. Unser Wohnhaus ist leider noch nicht vollständig renoviert. Wahrscheinlich wird es niemals fertig«, fügte sie mit einem Blick an die Zimmerdecke hinzu. »Reparaturarbeiten können in den Highlands erschreckend langsam vonstattengehen, wenn man nicht bei jeder Gelegenheit selbst Hand anlegt. Momentan haben wir drüben nicht einmal warmes Wasser.«

»Wirklich?« Bei dem Gedanken an die zahllosen eisigen Duschbäder, die wir während unserer gemeinsamen Schulzeit hatten ertragen müssen, schüttelte es mich. »Du hast also nicht vergessen, dass ich für eine heiße Dusche jederzeit bereit wäre, ein Verbrechen zu begehen.«

»O nein, ich erinnere mich daran, du Nixe. Irgendwie hast

du es meistens geschafft, den Eisbädern zu entgehen.« Sie umarmte mich fest. »Ich freue mich so sehr, dass du gekommen bist. Du wirst sehen, wir werden viel Spaß haben, und dein unwürdiger Verlobter ist bald Geschichte.« Sie schloss eine Zimmertür auf und drückt mir den Schlüssel in die Hand.

»Schön wär's.«

»Gute Nacht. Wir sehen uns morgen zum Frühstück.« Damit wirbelte sie herum, und kurz darauf hörte ich sie summend die Treppe hinabhopsen – *zweifellos voller Vorfreude auf eine gemeinsame Nacht mit ihrem Freund*, dachte ich ein wenig neidisch.

Das Zimmer war wunderbar. Ein Teppichboden mit Tartanmuster mochte gewöhnungsbedürftig sein, doch mir gefiel er, und das breite Himmelbett wirkte sehr einladend. Die angekündigte Teeküche befand sich in einer Nische und fiel kaum auf, weil sich der gesamte Raum an einer Gebäudeecke befand und L-förmig geschnitten war. Vor einem Fenster stand ein kleiner Tisch mit zwei antiken Stühlen, an dem ich schreiben, aber auch essen konnte. Das Bad war äußerst luxuriös. Hier fühlte ich mich sofort wohl.

Das Wichtigste war bald ausgepackt, und ich hatte mich nach einer heißen Dusche in das gemütliche Bett gekuschelt, als mir einfiel, dass meine Handtasche noch auf dem Sofa im Pub lag. Also würde ich wohl oder übel noch einmal hinuntergehen müssen. Rasch stieg ich aus dem Bett und lauschte. Es war nach Mitternacht, und die letzten Gäste waren inzwischen fort. Sollte ich dennoch jemandem begegnen, würde der bestimmt glauben, das hauseigene Gespenst zu sehen, dachte ich erheitert und tappte auf bloßen Füßen zur Zimmertür. Im kaum beleuchteten Gang war niemand zu sehen, irgendwo tickte eine Uhr. Behutsam zog ich die Tür zu und ging zur Treppe. Plötzlich bewegte sich etwas hinter mir. Mein Herz tat einen Sprung, ich drehte mich um, machte einen Schritt zurück und – trat ins Leere. »O nein.«

Kräftige Arme umfingen mich und hinderten mich daran, rücklings die Treppe hinabzufallen. Mein Puls raste noch schneller, als ich in die Augen desselben Mannes sah, der mich schon am Bahnsteig vor einem Sturz bewahrt hatte. *Wenn er jetzt eine dumme Bemerkung macht, fange ich an zu schreien.*

Vielleicht hatte mein Retter mir angesehen, dass ich nicht zu Späßen aufgelegt war. Jedenfalls verzichtete er darauf, mich zusätzlich durch humorige Bemerkungen zu demütigen. Allerdings ließ er mich auch nicht los, und so spürte ich die Wärme seines festen, kräftigen Körpers beunruhigend deutlich durch mein Nachthemd. Vergeblich versuchte ich mir weiszumachen, dass das Prickeln auf meiner Haut die Folge der heißen Dusche war. Um wieder zu Verstand zu kommen, schloss ich kurz die Augen. Ein Fehler, denn sofort übernahmen die anderen Sinne deren Aufgabe. Er roch nach wilder Heide, dunklem Harz und nach … Mann.

Ich hätte dahinschmelzen können. Doch stattdessen zwang ich mich, ihn anzusehen. »Sie können mich jetzt wieder loslassen, die Gefahr ist vorüber«, sagte ich, konnte jedoch nicht verhindern, dass es mehr nach verführerischem Gurren als nach einer sachlichen Aufforderung klang.

»Ich glaube, es wird erst jetzt richtig gefährlich.« Einen Augenblick lang dachte ich, er wollte mich küssen.

O ja. Bitte, nur ein winziger Kuss, bettelte meine Libido, und ich wusste, wohin das führen würde. Dennoch war ich geneigt, ihrem Flehen nachzugeben. Seine Berührung fühlte sich einfach zu verlockend und merkwürdigerweise irgendwie vertraut an.

Doch statt sinnlicher Hingabe verdunkelte ein Schatten sein Gesicht. »Ich habe schon einmal gesagt, Sie sollten besser achtgeben, wohin Sie treten.« Er drehte sich um und ging lautlos davon.

Rüpel. Ich konnte dem Impuls nicht widerstehen, ihm die Zunge herauszustrecken, bevor ich mit zitternden Knien die Treppe hinablief, um meine Tasche zu holen.

Am nächsten Morgen wurde ich von warmen Sonnenstrahlen auf meinem Gesicht geweckt. Seit Monaten fand ich nachts kaum Ruhe und wachte morgens ebenso erschöpft auf, wie ich abends ins Bett gefallen war. Und auch heute war mein Bett zerwühlt, als hätte darin ein Kampf stattgefunden. Das Kissen lag auf dem Boden, und mein Flanellnachthemd, dessen flauschige Wärme mir als Seelentröster diente, hatte sich wie eine Würgeschlange um mich herumgewickelt. Dennoch war irgendetwas anders. Orientierungslos blickte ich mich um. Ein Schatten der Erinnerung verharrte kurz in meinem Kopf, bevor er unwiederbringlich davonschwebte und eine eigenartige Leere hinterließ.

Was mir blieb, war der Duft der Heide, in der ich, in die Arme des geheimnisvollen Fremden geschmiegt, eingeschlafen war. Es heißt, die Träume der ersten Nacht in einem neuen Zuhause gingen in Erfüllung. Ob dies auch für Hotelzimmer galt?

Doch es würde keine Gelegenheit geben herauszufinden, ob an diesem Volksglauben etwas dran war, denn ich hatte vorerst die Nase von Männern voll, selbst wenn sie so fantastisch aussahen wie mein geheimnisvoller Retter. *Ganz beson-*

ders dann, bestärkte ich mich noch einmal in meinem guten Vorsatz und stieg aus dem Bett.

Es war schon spät, als ich endlich so weit war, mein Zimmer zu verlassen, und so hatte ich den Frühstücksraum im Erdgeschoss fast für mich allein. Er befand sich auf der Rückseite des Gebäudes und war in sanften Farben geschmackvoll eingerichtet. Natürlich durfte auch hier das obligatorische Tartankaro nicht fehlen, aber es zierte nur dezent die Stuhlkissen und Sets auf den Tischen. Der Raum strahlte einen ebenso heiteren ländlichen Charme aus wie das Zimmer, das nun für viele Wochen mein neues Zuhause sein würde. Caitlynns gestalterisches Talent war in zahllosen Details zu erkennen. Ich konnte mir gut vorstellen, wie lange sie gebraucht hatte, um das Geschirr auszusuchen oder die geschmackvolle Beleuchtung. Es war wunderbar, dass sie mit Iain offensichtlich einen geeigneten Partner gefunden hatte, mit dem sie ihren langgehegten Traum von einem gastlichen Haus wahrmachen konnte. Dank ihres Talents hatte sie nach dem Studium schnell einen gut bezahlten Job gefunden. Schon immer war es ihre Leidenschaft gewesen, Häuser einzurichten, und es gab viele Menschen, die sich ein repräsentatives Heim eine Menge kosten ließen. Nun investierte sie in ihr eigenes Zuhause.

Zum Estate gehörten auch Cottages, die sie nacheinander restaurieren und neu einrichten wollte. Sie selbst wohnte mit Iain im alten Verwalterhaus, das von außen bereits großartig aussah. Von meinem Fenster aus hatte ich vorhin allerdings eine kleine Armada von Handwerkerfahrzeugen gesehen. Sie hatte offenbar nicht damit übertrieben, dass es dort noch eine Menge zu tun gab.

In der Ferne glitzerte das Meer, und auf einmal wusste ich,

dass es die richtige Entscheidung gewesen war, hierherzukommen. Große Fenster erlaubten einen weiten Blick über
die herrliche Landschaft. Noch war das Gras der Wiesen vom
langen Winter braun, aber einen Hauch von Grün konnte ich
bereits entdecken. Ich suchte mir einen sonnigen Platz und
setzte mich.

Erst jetzt bemerkte ich Iain, der in der Tür zur Küche stand
und mir freundlich zunickte, bevor er sich weiter leise mit einem Mann unterhielt, der in eine Art unordentlichen Kilt
gewickelt war. Fasziniert beobachtete ich, wie Tröpfchen des
Breis, den er aus einer Schale löffelte, in seinem Bart glitzerten. Er fuchtelte mit dem Löffel in der Luft herum, um seinen
Worten besonderen Nachdruck zu verleihen, und warf mit
einer ungeduldigen Kopfbewegung sein Haar über die Schulter zurück.

»Das ist Angus. Er kann einem Angst machen, nicht wahr?
Die Leute hier nennen ihn den Pferdemagier, und glaube mir,
er vollbringt wahre Wunder«, flüsterte Caitlynn mir zu, bevor
sie sich setzte. »Guten Morgen.« Sie musterte mich anerkennend: »Aus dir ist eine richtige Lady geworden. Ich kann mich
nicht erinnern, dich je in solch feinem Zwirn gesehen zu haben. Dann stimmt es also – die reiche Erbin darf ihr Geld jetzt
selbst ausgeben?«

Plötzlich war mir mein offensichtlicher Wohlstand furchtbar peinlich. Caitlynns Familie war arm, und sie hatte das teure
irische Klosterinternat, in dem wir uns kennengelernt hatten,
nur besuchen dürfen, weil dort auch Kinder aus der unmittel-
baren Nachbarschaft unterrichtet wurden. Ein Stipendium
hatte es ihr später ermöglicht, in London zu studieren.

Erbarmungslos fuhr sie mit ihrer Inspektion fort: »Und
eine nette Figur hast du bekommen, du treibst doch nicht

etwa Sport?« Lachend langte sie über den Tisch und zog an einer dicken Strähne, die sich schon wieder aus meinem Zopf gelöst hatte. Meine dunklen Haare waren viel zu glatt und schwer, um frisierbar zu sein. »Aber gut, dass sich an deiner Frisur nichts geändert hat. Du wärst ja sonst schon nahezu unheimlich makellos.«

Waren ihr die dunklen Ringe unter den Augen und meine viel zu knochigen Schultern entgangen? *Offenbar will sie mich aufmuntern,* dachte ich und versuchte ein Lächeln. Dabei traten mir aber Tränen in die Augen, denn ich musste daran denken, wie mich mein Ex mehr als einmal am Haar gepackt und gegen die Wand geschleudert hatte, wenn ihm – wie so oft – etwas nicht gefiel. Meine wenigen Freunde hatten nicht bemerkt, wie ich direkt vor ihren Augen ganz allmählich Stolz und Selbstachtung verloren hatte. Ich galt schon immer als wunderlich, und wahrscheinlich beneideten die meisten Frauen mich sogar um meinen Freund, der sich in der Öffentlichkeit charmant und fürsorglich gab.

Gerade noch rechtzeitig hatte ich begriffen, was mit mir geschah. Und ich hatte mich entschieden zu fliehen – mehrmals. Aber jedes Mal war er mir gefolgt und hatte mit Engelszungen auf mich eingeredet, ich möge doch zu ihm zurückkehren, er habe es nicht so gemeint, und überhaupt liebe er mich doch. Was er liebte, war zweifellos mein Geld. Ich war ihm vollkommen gleichgültig. Das hatte ich ihn selbst sagen hören.

Dieses Mal war meine Entscheidung endgültig. Ich würde nicht mehr zurückkehren, bevor ich mit mir selbst ins Reine gekommen war. Das hatte ich mir geschworen, und die Einzige, die mir helfen würde, bei meiner Entscheidung zu bleiben, war Caitlynn. Meine Freundin pflegte eine sehr pragmatische

Einstellung zu Männern und hatte mir einmal geraten: *Ab und zu musst du eine emotionale Kosten-Nutzen-Bilanz ziehen. Wenn du ins Minus rutschst, ist es höchste Zeit zu gehen.* Ich hätte schon viel früher auf ihren Rat hören sollen.

Caitlynn bemerkte meinen Stimmungsumschwung und lenkte ab: »Hast du etwas Schönes geträumt?«

Die Erinnerung an meine romantischen Fantasien sandte eine heiße Welle der Verlegenheit durch meinen Körper.

Caitlynn grinste, als wisse sie genau, was in mir vorging. Misstrauisch blickte ich sie an. Mit den roten Haaren, die ihr Gesicht wie Flammen umzüngelten, sah sie nicht nur aus wie eine wilde irische Fee, sie besaß manchmal tatsächlich eine erstaunliche Intuition, wie man sie den Wesen aus der Anderswelt nachsagte. Von der gestrigen Begegnung mit dem Unbekannten konnte sie jedoch auf keinen Fall etwas wissen, beruhigte ich mich und schwieg.

Nach dem Frühstück führte sie mich stolz durch ihr Hotel. Ich fand es wunderbar und sagte ihr das auch.

»Ohne Iain wären wir noch längst nicht so weit. Er ist unglaublich geduldig und versteht sich wie kein anderer auf alte Handwerkstechniken.« Sie zeigte auf eine Sammlung alter Schwerter und lachte. »Und wehrhaft ist er auch. Ganz zu schweigen natürlich von seinen anderen Qualitäten.« Dazu machte sie alberne Kussgeräusche und lachte zwischendurch wie ein Kobold.

Irgendwo im Haus schlug eine Uhr, und Caitlynn wurde wieder ernst. »So spät schon.« Eilig erklärte sie mir, wie ich zu den Pferden gelangte. »Eigentlich wollte ich dich begleiten, aber wir bekommen heute Getränke geliefert. Darauf muss eine gute Wirtin ein Auge haben. Kommst du allein zurecht?«

Ich versicherte ihr, dass ich auf dem kurzen Stück zum

Pferdestall, dessen Dach ich vom Frühstückszimmer aus hinter einem flachen Hügel gesehen hatte, bestimmt nicht verloren gehen würde.

Im Davonlaufen rief sie mir noch über die Schulter zu: »Wenn du Angus triffst, sprich bloß kein Englisch mit ihm.«

Dann war sie verschwunden, und ich folgte wenig später dem breiten Spazierweg, der zwischen den Koppeln hindurchführte. Mein erster Eindruck hatte mich nicht getäuscht. Es würde noch einige Wochen dauern, bis die Pferde erstmals das Gras in diesem Jahr genießen durften.

Während ich meine Lungen mit frischer Meeresluft füllte und über ihre seltsame Bemerkung nachdachte, tauchte hinter der nächsten Biegung der Stall auf. Die Tiere konnten frei entscheiden, ob sie sich innen oder auf dem großzügigen Auslauf vor dem Gebäude aufhalten wollten. Caitlynn hatte mir geschrieben, dass sie anfangs von Iains Vorschlag, sie in einem offenen Stall zu halten, nicht begeistert gewesen war. Sie hatte zu bedenken gegeben, dass die Pferde im Winter ein dichteres Fell bekämen und die Gäste keine Lust haben würden, auf solche *wilden Biester* zu steigen. Ein Irrtum, wie sich schnell herausgestellt hatte. Die Reittouristen waren entzückt, und bald hieß es, dass man hier die besten Highland-Ponys fand, die ganz Schottland zu bieten hatte. Sogar im Winter hatten sich immer wieder genügend Reiter für Ausflüge in die Highlands angemeldet, die natürlich im Sithean Inn übernachteten und auch die kulinarischen Angebote des Pubs zu schätzen wussten.

Die kleine Herde döste so friedlich in der blassen Mittagssonne, dass ich unwillkürlich lächelte. Tiere hatten oft diese beruhigende Wirkung auf mich. Ich zählte zwei Fuchsstuten mit ihren Fohlen, fünf Braune, einen Rappen und einen Schimmel. Ausgerechnet der ging – wie sollte es anders sein –

26

in die Knie, um sich genüsslich im Sand zu wälzen. Von dieser Rasse hatte ich bisher nur gehört. Zunächst erinnerten mich die struppigen Kreaturen an Islandpferde. Diese Schotten waren zwar etwas größer, besaßen jedoch, genau wie ihre isländischen Verwandten, einen kompakten Körperbau, eine wundervoll üppige Mähne und – das sagte man ihnen zumindest nach – einen äußerst freundlichen Charakter. Letzteres gedachte ich so schnell wie möglich herauszufinden, denn ich liebte Pferde und ritt, seitdem ich denken konnte.

Als ich mich dem hölzernen Gatter näherte, ertönte ein lautes Wiehern, und der schönste Rappe, den ich je gesehen hatte, kam über eine angrenzende Wiese galoppiert. Als sich unsere Blicke trafen, stemmte er die Hufe in den weichen Boden, schlidderte ein wenig und warf den Kopf hoch. Wäre es nicht vollkommen unmöglich gewesen, hätte ich schwören können, dass er mich erkannte.

Was ist mit dir?, flüsterte ich tonlos.

Er schnaubte und starrte hochmütig herüber, als wolle er den Zweibeiner mit dem starren Blick hinter seinem Zaun erst einmal taxieren. Dann hatte er sich offenbar entschieden und kam mit langem Hals auf mich zu.

»Hallo, mein Schöner. Du hast sicher das hier gerochen?« Einladend streckte ich ihm auf der flachen Hand einen Apfel entgegen, den ich beim Frühstück vorsorglich eingesteckt hatte.

Behutsam nahm er den Leckerbissen zwischen seine großen Zähne. In diesem Augenblick schien die Zeit stehenzubleiben. Wir kannten uns, waren Freunde, Verbündete. Ein Traum …

»Er mag dich.« Die Stimme neben mir klang überrascht.

Ich war es bestimmt, als der Mann, den ich vorhin im Gespräch mit Iain gesehen hatte, so plötzlich an meiner Seite auftauchte. Das musste Angus sein. Schnell fasste ich mich. »*Dia dhuit.* Grüß Gott.«

»Hallo.« Lachend zeigte er eine breite Zahnlücke. »Ich sehe, Caitlynn hat dich gewarnt«, sagte er mit dem typisch rollenden schottischen Akzent, aber in bestem Englisch. »Sie hat mir erzählt, dass du ihre Sprache gelernt hast, drüben auf der Insel. Aber Irisch ist anders als unser Gälisch. Wir sagen hier *Latha math*, Guten Tag.« Er zeigte auf meinen neuen Freund. »Aber sag, was hältst du von Brandubh?«

Weil ich nicht wusste, wie ich ihm die eigenartige Vertrautheit erklären sollte, die mich mit dem Pferd zu verbinden schien, stieg ich wortlos durch den Holzzaun in die Koppel.

Angus sog scharf die Luft ein, doch ich achtete nicht auf ihn. Der Rappe hatte den Apfel inzwischen aufgefressen. Aufmerksam sah er mich an und bewegte sich nicht. Nach einer Weile senkte er den Kopf, streckte den Hals ganz lang und schnüffelte an meiner Hosentasche.

Ich strich über sein samtiges Ohr und flüsterte: »Verrat mir dein Geheimnis, du schwarzer Teufel.«

Er hob den Kopf wieder, sah mich mit intelligent blickenden Augen an, schnaubte und schien dabei zu nicken.

»Bemerkenswert«, murmelte Angus.

Als ich wieder auf seine Seite des Gatters zurückkehrte, wieherte das Pferd auffordernd, kam aber nicht näher. Angus´ Frage hing noch in der Luft, und so sagte ich schließlich: »Erst habe ich gedacht, er könnte spanischer Abstammung sein, aber mit diesen kleinen, festen Hufen und seiner Nase ist es wahrscheinlicher, dass er eine Kreuzung aus Berber-Vollblut und einer einheimischen Rasse ist.«

»Sehr gut.« Angus klopfte mir auf die Schulter. »Du verstehst etwas von Pferden. Möchtest du gemeinsam mit mir an ihm arbeiten?«

Und ob ich Lust hatte. »Was fehlt ihm denn?«, fragte ich dennoch vorsichtig.

»Nichts.« Die Antwort kam blitzschnell.

Das allein sagte schon eine Menge aus. Die tiefen Linien, die sich um Angus' Mund gebildet hatten, verrieten mir noch mehr. Ich schloss kurz die Augen und versuchte tief in mich hineinzufühlen, diese Ebene zu erreichen, die ich bereits vor vielen Jahren endgültig verschlossen hatte. »Er ist misshandelt worden.« Ich konnte die Schläge spüren, die das Tier hatte ertragen müssen, als hätten sie mir gegolten.

»Sir Iain hat ihn mitgebracht. Ich soll ihn wieder in Ordnung bringen, hat er gesagt.« Angus verstummte und schien seinen Gedanken nachzuhängen. Plötzlich blies er die Atemluft geräuschvoll aus und klang dabei nicht viel anders als eines der Pferde. »Er ist sonst wirklich in Ordnung.«

Ganz sicher war ich nicht, ob er das Pferd oder *Sir* Iain meinte. Doch das war mir auch gleich. Hier war sie, die Herausforderung, die sinnvolle Aufgabe, nach der sich ein Teil von mir schon so lange gesehnt hatte. Ohne weiter zu überlegen, sagte ich zu.

»Dann pass gut auf, Mädchen.« Angus wechselte ins Gälische, als wäre es selbstverständlich, dass ich ihn verstehen müsste, und stieg zwischen den Holzbalken hindurch in das Gatter. »Siehst du den Zirkel, den wir dort aufgebaut haben?« Er winkte mir zu. »Komm herein, komm herein. Ich möchte sehen, ob es dir gelingt, Brandubh dort hineinzubringen.«

Zuversichtlich, dass das Pferd mir vertrauen würde wie beim ersten Mal, lockte ich mit leiser Stimme: »Komm, mein Schöner. Lass uns spielen …«

Ob es an meiner Stimme lag oder an der selbstbewussteren Körperhaltung, kann ich nicht sagen. Brandubh jedenfalls hob den Kopf und sah mich einen Augenblick lang zweifelnd an. Plötzlich wieherte er laut, machte auf der Hinterhand kehrt und galoppierte den Hügel hinab. Weiter unten warf er sich herum und sah zu uns hinauf. Wäre er ein Hund gewesen, ich hätte es als Spielaufforderung verstanden, doch bei einem Fluchttier bedeutete dieses Verhalten etwas anderes. Fragend sah ich zu Angus, der nur mit den Schultern zuckte, als wollte er sagen: »So ist er eben.«

»Und nun?«, fragte ich ein wenig hilflos.

»Wenn du ihn im Zirkel hast, machen wir weiter.«

Damit ließ auch er mich stehen, und ich kam mir ziemlich blöd vor.

Es kostete mich einen Monatsvorrat Äpfel und mehr Geduld, als ich jemals für möglich gehalten hatte, bis ich nach fünf Tagen endlich so weit war, dass Brandubh mir bis zum Trainingszirkel folgte. Gerade als ich vorweggehen wollte, um ihn hereinzulocken, gab es einen fürchterlichen Knall, und weg war er. »Verdammte Idioten!«, brüllte ich den beiden Militärjets hinterher, die grollend in den Wolken über dem Meer verschwanden.

Brandubh war nicht mehr zu sehen, aber ich hatte das Gefühl, dass er mich aus dem Wäldchen heraus beobachtete, an dessen Saum er häufig Zuflucht suchte. Gut sichtbar legte ich einen Apfel in den Kreis und ging fort, ohne mich noch einmal umzudrehen. Dabei wäre ich vor Neugier beinahe geplatzt: Würde er kommen und sich die Leckerei holen?

Am nächsten Tag war sie jedenfalls fort, und ich nahm dies

als gutes Zeichen. Und tatsächlich gelang es mir heute, den Hengst hereinzulocken. Er fraß seine Belohnung und ließ sich sogar von mir an der Stirn streicheln. Damit sollte es für den Anfang genug sein. »Wir haben Zuschauer«, raunte ich ihm zu. Aus dem Augenwinkel hatte ich den dunklen Fremden gesehen, der sich, ebenso wie Brandubh, allnächtlich in meine Träume schlich.

Seit unserer Begegnung zur Geisterstunde hatte ich ihn nicht mehr getroffen. Allerdings konnte ich ihn einmal von weitem dabei beobachten, wie er heftig gestikulierend mit Iain sprach. Nun schien er mich zu beobachten.

Erwartungsvoll drehte ich mich um und sah gerade noch, dass er den Weg zum Sithean Inn einschlug. Kurz darauf war er hinter einer Biegung verschwunden.

»Er ist neugierig.«

Vor Schreck machte ich einen Satz nach hinten, stolperte und landete direkt vor Brandubhs Hufen. Er schnaubte und stupste mich mit seinem weichen Maul an, als wollte er fragen, ob mit mir alles in Ordnung sei.

»*Tha mi duilich.* Tut mir leid.« Angus' Lachen widersprach seinen Worten, aber immerhin reichte er mir die Hand. »Ich wollte dich nicht erschrecken.« Nachdem er mich auf die Beine gezogen hatte, was das Pferd übrigens interessiert zu beobachten schien, wurde er ernst. »Du hast sein Interesse geweckt. Sehr gut. Pass auf, jetzt werde ich dir zeigen, wie er lernt, dich zu respektieren.«

Bei Angus wusste ich nie so genau, wie er die Dinge meinte. Ich hätte schwören können, dass er von meinem fremden Retter gesprochen hatte. Aber das war natürlich pure Einbildung, ich war weit davon entfernt, sein schottisches Gälisch wirklich verstehen zu können. Außerdem konnte er nichts über meine merkwürdige Begegnung wissen, denn ich hatte überhaupt niemandem davon erzählt.

Und hätte er doch den Fremden gemeint – warum sollte mir daran gelegen sein, dass der mich respektierte? Eine kleine Stimme in meinem Inneren allerdings verlangte genau dies von mir. Bisher hatte ich mich während der kurzen Begegnungen von meiner schlechtesten Seite gezeigt, und ich hätte meinem unfreiwilligen Retter gern bewiesen, dass ich nicht immer ungeschickt und zickig war.

»Mädchen, träum nicht. Sieh her.« Angus stand nun in der Mitte des Zirkels, der Zugang war verschlossen, und Brandubh trat verunsichert von einem Huf auf den anderen, als ahnte er bereits, dass etwas Unangenehmes kommen würde.

Gespannt ging ich näher an den Zaun heran und hielt den Atem an, als der sonst so sanftmütige Schotte den Hengst plötzlich aggressiv mit einer Longe antrieb, bis er im Kreis galoppierte.

Was hatte Angus bloß vor? Wollte er etwa die Arbeit von Tagen zunichtemachen, indem er ihn wieder scheu machte? Das Pferd rollte mit den Augen und schlug nach hinten aus, als es mich passierte. Ehe ich etwas sagen konnte, winkte Angus mich zu sich heran. Nur widerwillig ging ich zu ihm, aber ich musste wissen, was er vorhatte.

Damit, dass er mir die Longe in die Hand drücken und mich auffordern würde, es ihm nachzumachen, hatte ich nicht gerechnet. »Vertrau mir«, sagte er leise, und ich folgte seinen Anweisungen. Bald wurde klar, dass Brandubh das Spiel satthatte, aber wieder und wieder trieb ich ihn auf Angus' Anweisung hin an, bis die Flanken des Tiers feucht wurden und ich vor Mitleid beinahe zerschmolz. Anfangs hatte er noch unwillig die Mähne geschüttelt, nun senkte er den Kopf, drehte die Ohren in meine Richtung und kaute.

»Jetzt lass ihn machen, was er will.«

Erleichtert zog ich die Longe ein. Ich rechnete fest damit, dass das Pferd seinen Abstand zu mir beibehalten würde. Doch stattdessen kam es mit ruhigen Schritten direkt auf mich zu.

»Arme an den Körper, sieh ihn nicht an«, erinnerte mich Angus, der unauffällig zum Tor gegangen war, um es zu öffnen und sich nun oben auf dem Zaun setzte.

Ich vermied den Blickkontakt mit dem Hengst, stellte mich ein wenig seitlich und hatte Mühe, meine Überraschung zu verbergen, als Brandubh den Kopf an meiner Schulter rieb. Behutsam streckte ich die Hand aus und streichelte ihn an der Stirn. Er dankte es mir mit einem liebevollen Stups.

Von diesem Augenblick an wich mir das Pferd kaum noch von der Seite. Egal, ob ich Schlangenlinien ging, lief oder gemütlich mit ihm über die Wiese spazierte, er blieb immer in meiner Nähe, spitzte die Ohren und beobachtete genau, was ich als Nächstes tun würde. Natürlich gab es Rückschläge. Er kannte Sattel und Zaumzeug, verband damit aber offenbar negative Erlebnisse. Wir mussten behutsam vorgehen, um ihn nicht erneut zu verunsichern.

Irgendwann fragte ich Angus, warum es so wichtig gewesen war, dass ich Brandubh in den Zirkel gelockt hatte.

»Du hast dabei gelernt, das Pferd zu beobachten und seine Körpersprache besser kennenzulernen.«

Das stimmte. Seit jenem Tag hockten wir oft stundenlang einfach nur auf dem Zaun und beobachteten die Tiere. Angus gab mir viele wichtige Hinweise, und bald hatte ich nicht nur das Gefühl, mit den Pferden *sprechen* zu können, mir gelang es auch immer besser, mich mit meinem schottischen Pferde-menschen in *Gàidhlig*, seiner gälischen Muttersprache, zu ver-ständigen.

»Hast du gewusst, dass Johanna und Angus den Hengst trai-nieren?«, fragte Iain unvermittelt, als wir an einem Samstag-abend zu dritt im Pub saßen.

Caitlynn nickte und lächelte.

Leider verbrachten wir zu wenig Zeit miteinander, denn es gab am Haus viel zu tun, und die Saison musste vorbereitet werden. Auch jetzt behielt sie das Geschehen an der Bar im Auge, um rechtzeitig eingreifen zu können, falls der Barkeeper ihre Hilfe benötigte.

Natürlich hatte ich ihr meine Unterstützung angeboten, aber davon wollte sie nichts hören. »Du bist hier, um dich zu erholen.«

Von meiner Beschäftigung mit Brandubh hatte ich ihr in einer der wenigen gemeinsam verbrachten Stunden erzählt. Schon allein, um den schnell schrumpfenden Vorrat an fri-schen Äpfeln zu erklären und ihren Koch zu entlasten, der mir freundlicherweise freien Zugang zu seiner Speisekammer ge-währte. An manchen Tagen war sie auch vorbeigekommen und hatte uns kurz bei der Arbeit zugesehen.

»Kommt ihr voran?«, fragte sie nun.

»Ja, morgen werde ich versuchen, ihn zum ersten Mal zu reiten. Warum fragst du?«

»Wenn dir das gelingt, hast du gleich zwei Widerspenstige gezähmt«, lachte sie. »Der Highlander hat noch nie mit je-mandem zusammengearbeitet, und dieses Pferd – es ist völlig verrückt. Im Winter hätte es den Stalljungen beinahe totge-trampelt.«

Iain berührte kurz meine Hand. »Johanna, du hast ein Wunder vollbracht.«

Die freundliche Art, mit der mir die Leute hier begegneten, tat unglaublich gut.

In Hamburg hatte mein Freund immer nur an mir herumgenörgelt. *Exfreund,* korrigierte ich mich rasch. Ich sei nicht elegant, hatte er behauptet, mir mangele es an Durchsetzungsvermögen und Talent, sonst wäre ich in meinem Job als Journalistin längst erfolgreicher. Und vielleicht war sogar etwas dran, denn viel mehr als Berichte über das jährliche Treffen des örtlichen Kanarienvogelzüchtervereins und langweilige Ratssitzungen traute mir mein Redaktionschef auch nach einem Jahr selten zu.

Im April, kurz bevor die Saison richtig begann, überredete ich Caitlynn, mit mir nach Glasgow zu fahren. Ich wollte mich dafür erkenntlich zeigen, dass sie und Iain mich so herzlich aufgenommen hatten, und außerdem musste ich ein paar geschäftliche Dinge mit meinem Anwalt regeln, dem ich nicht zumuten wollte, in die Highlands zu reisen. Nein, das stimmte nicht ganz. Er gehörte zwar zu den wenigen Menschen aus meinen *alten Leben,* denen ich vertraute, dennoch hätte seine Anwesenheit das glückliche Leben, das ich im Sithean Inn führte, mit schlechten Erinnerungen besudelt. In Glasgow besaß seine Sozietät eine Niederlassung. Näher wollte ich die Vergangenheit nicht an mich heranlassen.

Zuerst war die quirlige Stadt ein Schock. Zu viele Menschen, zu laut, und ein Dialekt, der mich daran zweifeln ließ, jemals Englisch gesprochen zu haben.

»Die Glaswegians sind sehr stolz darauf, ein bisschen anders zu sein als der Rest Schottlands«, erklärte Caitlynn lachend, die ebenso wie ich ihre Schwierigkeiten hatte, die Bewohner dieser Stadt zu verstehen.

In unserem Hotel am George Square, das ich als kleines Dankeschön für die Gastfreundschaft meiner Freunde ausgesucht hatte, gab man sich allerdings weltoffen und britisch, und wir genossen den Luxus einer eleganten Suite nebst höflicher Zuvorkommenheit des Personals.

Am ersten Tag kauften wir ein, bis meine Kreditkarte glühte. Neben London gilt Glasgow als die modischste Stadt in Großbritannien, und viele Designer unterhalten hier elegante Geschäfte. Es gelang mir, Caitlynn zu überreden, einige Dessous zu erstehen, die Iain rote Ohren bescheren würden, und im Gegenzug ließ ich mich von ihr überzeugen, Kleidung zu kaufen, die besser für die Herausforderungen des schottischen Wetters geeignet waren als alles, was ich eingepackt hatte. »Du bleibst noch eine Weile«, ordnete sie an, und ich widersprach nicht. Die Wunden in meiner Seele schlossen sich allmählich, aber ich hatte längst noch keine Lust, die Highlands zu verlassen. Im Gegenteil – mit meinem Anwalt hatte ich sogar über die Möglichkeit gesprochen, in der Nähe meiner Freunde ein Haus zu kaufen, und er hatte versprochen, sich dezent umzuhören.

»Very british, my dear«, kommentierte Caitlynn meine eher konservative Wahl an Alltagskleidung irgendwo zwischen Landadel und hanseatischem Understatement. Ich konnte halt doch nicht ganz aus meiner Haut heraus.

Am ersten Abend gingen wir ins Kino, am zweiten besuchten wir das Konzert einer berühmten Band, die sich, wie die meisten bekannten Musiker, darum zu reißen schien, in dieser lebensfrohen Stadt aufzutreten. Anschließend gingen wir in einem Restaurant essen, das die Sekretärin meines

Anwalts empfohlen hatte. Nachdem ich die Vorspeise gekostet hatte, beschloss ich spontan, ihr zum Dank für diesen Tipp am nächsten Tag einen Blumenstrauß zu schicken.

Wir aßen gerade den wahrscheinlich köstlichsten Lachs, den ich je probiert hatte, da betraten einige Männer das Restaurant, die dieses gewisse Flair von Reichtum und Erfolg umgab. Sie sahen sich um und musterten die Gäste, als wollten sie sichergehen, sich in angemessener Gesellschaft zu befinden, bis sie von jemandem, der wie der Restaurantbesitzer aussah, höflich begrüßt und an ihren Tisch begleitet wurden. Unangenehm an meine Vergangenheit erinnert, vermied ich jeden Blickkontakt und aß weiter.

Caitlynn dagegen musterte die Neuankömmlinge interessiert und pfiff dabei leise durch die Zähne. »Allein für diesen Anblick hat sich die Fahrt nach Glasgow schon gelohnt«, flüsterte sie mir zu.

Meine Neugier gewann die Oberhand. Ich schaute noch einmal auf und sah gerade noch einen Nachzügler auf den Durchgang zu einem Nebenraum zusteuern, in dem seine Freunde verschwunden waren. Ganz kurz trafen sich unsere Blicke, und für einen Augenblick hätte ich schwören können, meinen geheimnisvollen Retter zu erkennen. Er verlangsamte seine Schritte, als hätte er mich ebenfalls erkannt. Jetzt wäre der richtige Zeitpunkt gewesen, um meine Vermutung zu überprüfen. Doch ich sah schnell beiseite. Nur das Klopfen meines Herzens, das ich bin in den Hals hinauf zu spüren glaubte, verriet meine Aufregung.

»Sag mal«, fragte ich Caitlynn, nachdem ein großer Schluck Wein meine Nerven wieder beruhigt hatte. »Wer ist eigentlich dieser dunkelhaarige Typ?«

»Bitte?« Verwirrt sah sie mich an.

Ihre Reaktion war verständlich, und mir tat es schon wieder leid, sie überhaupt darauf angesprochen zu haben.

Doch Caitlynn wäre nicht meine Freundin gewesen, wenn sie nicht eine Erklärung verlangt hätte. »Welcher Typ?«

»Er ist am gleichen Tag wie ich angereist, und ein paarmal habe ich ihn in der Nähe der Pferde gesehen.« Als ich kein Erkennen in ihrer Miene sah, fügte ich lahm hinzu: »Mit Iain hat er auch gesprochen.«

Caitlynn schien etwas im Auge zu haben, denn sie rieb einige Male darüber, bevor ein freches Grinsen ihre Sommersprossen zum Leuchten zu bringen schien. »Ich habe keine Ahnung, von wem du sprichst. Warum fragst du ihn nicht selbst, wenn er dir das nächste Mal über den Weg läuft?«

Ich war bereits drauf und dran, ihr von den merkwürdigen Begegnungen mit meinem geheimnisvollen Retter zu erzählen, da kam der Kellner mit dem Hauptgang. Caitlynn schwor nach dem ersten Bissen, ihren Koch hierher in die Schule schicken zu wollen. Sie aß, trank und plauderte, und schließlich gab ich mein Vorhaben auf. In den letzten Wochen hatte ich den Mann ohnehin nicht mehr gesehen, und die Götter hätten bezeugen können, dass ich mir beinahe den Hals ausgerenkt hatte, um noch einmal einen Blick von ihm zu erhaschen. Wahrscheinlich hatte ich mir auch sein Auftauchen hier im Restaurant nur eingebildet. *Lächerlich.* Das musste ein Ende haben.

Unser Stadtbesuch war eine wunderbare Abwechslung, aber nach zwei Tagen sehnte ich mich bereits wieder nach *meinen* Highlands. Caitlynn schien es ähnlich zu ergehen, denn als wir auf der Rückfahrt Fort William, die kleine Stadt am Fuß des höchsten Bergs von Schottland, hinter uns gelassen hatten, seufzte sie: »Endlich. Bald sind wir zu Hause.«

Nach einem langen Ausritt mit Brandubh hatte ich gerade noch Zeit zu duschen und eines der in Glasgow gekauften Kleider anzuziehen. Es war immer etwas Besonderes, wenn Alsdair zu uns kam, und ich hatte mir angewöhnt, mich zu solchen Gelegenheiten ein bisschen *zurechtzumachen*, wie es die einheimischen Frauen genannt hätten.

Alsdair stammte von der Insel Harris, und vermutlich jeder an der Westküste hätte bestätigt, dass er ein begnadeter *Seanchaidh* war. Es gab nur noch wenige dieser Geschichtenerzähler, die sich wie er auf die alte Tradition verstanden.

Heutzutage, erklärte er zu Beginn des Abends, könne man alles nachlesen, was von der ereignisreichen Geschichte Schottlands noch bekannt war, aber früher habe jeder Clanchief, der etwas auf sich hielt, einen eigenen Chronisten beschäftigt, der aus dem Stegreif die komplizierten Familienverhältnisse der Clans, ihre Schlachten und Siege bis in die Frühzeit der keltischen Besiedlung hätte wiedergeben können.

Alsdair Mackenzie und seine Vorfahren blickten auf eine lange Tradition zurück. Sie stammten aus dieser Gegend und retteten nicht mehr als ihr nacktes Leben auf die Hebrideninsel Harris, als der Clan der MacCoinnaichs, der zu den Mackenzies gehörte, verfolgt und ausgelöscht worden war.

Jetzt, mitten in der Saison, war das Sithean Inn an den Wochenenden meist ausgebucht, und besonders die amerikanischen Touristen liebten es, dem alten Mann zuzuhören, wenn er vor dem knisternden Kamin von Clanstreitigkeiten, entschlossenen Kriegern und zauberhaften Feen erzählte.

Als ich die Tür zum Pub vorsichtig öffnete, hatte er gerade eine Geschichte beendet. Ich suchte mir einen freien Platz in seiner Nähe und wartete ebenso gespannt wie die anderen Gäste auf die nächste Story.

Alsdair nahm einen Schluck von dem frisch gezapften Ale, das die Kellnerin Minca, ein Mädchen aus dem Dorf, wie ich inzwischen wusste, lächelnd vor ihm abstellte. Er wischte sich mit dem Handrücken über seinen Mund und begann zu erzählen:

»Der junge Chief Alan Dubh MacCoinnaich, der *Gleanngrianach* selbst, trug seinen Beinamen *der Dunkle* nicht umsonst. Seinen jüngeren Geschwistern war die Familienähnlichkeit mit dem mächtigen Vater und vielen Clansleuten deutlich in die stolzen Gesichter geschrieben, ihm aber nicht. Wie die meisten MacCoinnaichs waren die Brüder von kräftiger Statur, und gewelltes rotblondes Haar floss üppig über ihre breiten Schultern. Die Männer kannte man als prächtige Schwertkämpfer, und doch wirkten sie nahezu plump im Vergleich zu ihrem Bruder, der ihnen zwar in Körperhöhe und Ausdauer um nichts nachstand, aber eher einem Weidenzweig glich, wenn er im Kampf geschmeidig und siegreich das Schwert führte. Seine Augen leuchteten dabei kalt und erbarmungslos wie ein eisiger Wintersturm, und manch einer hielt ihn für ein Wechselbalg, ein Kind der *Sìdhichean* oder *Sidhe*. Diese Feen, das weiß man noch heute, kommen zuweilen aus ihren Hügeln in den Highlands und tauschen in dunklen Nächten ihre Nachkommen mit Menschenkindern aus, um die Art der Sterblichen zu lernen oder aus bloßem Schabernack und Freude am Leid der betrogenen Eltern.

Alans Mutter indes äußerte niemals einen Zweifel an der Abstammung ihres Sohns. Sie schwor, er wäre ihren Verwandten daheim in Irland wie aus dem Gesicht geschnitten, und irgendwo im Haus gab es wohl auch einige Miniaturen ihrer Familie, denn der Chief bekräftigte ihre Worte und gab an, die *Iren* auf seinen Reisen schon selbst getroffen zu haben.

Die Frau wusste seine Loyalität zu schätzen und war ihm stets dankbar dafür. Ihr Leben war recht turbulent gewesen. Nach dem Tod ihres ersten Ehemanns, einem leichtsinnigen Spekulanten mit wenig Geld, hatte die schöne Irin nämlich in einem holländischen Handelskontor festgesessen.

MacCoinnaich, der erfolgreich in die dort ansässige Ostindienflotte investierte und gelegentlich auf den *Kontinent* kam, wie manche hier das europäische Festland auch heute noch nennen, hatte nach den Geschäften sehen wollen und sich sofort in die zierliche Witwe verliebt. Ihre feengleichen Züge, die schräg gestellten Augen und das rabenschwarze Haar faszinierte auch andere Männer, und so konnte der hünenhafte Schotte sein Glück kaum fassen, als sie seinen Antrag annahm und ihm in die raue Heimat folgte, wo sie vor Ablauf eines Jahres Alan zur Welt brachte. Wenige Winter darauf starb sie, wie so viele Frauen ihrer Zeit, nach einer Fehlgeburt.

Trotz seiner Trauer heiratete der Chief erneut. Dieses Mal freite er ein kräftiges Mädchen aus einem befreundeten Clan. Nicht aus Liebe, sondern weil er weitere Nachkommen brauchte um das Fortbestehen der Familie zu gewährleisten. Wie fragil ein menschliches Leben sein konnte, hatte sich nicht zuletzt durch den Tod seiner geliebten *Irin* wieder einmal gezeigt.

Der Erstgeborene Alan, der seiner Mutter so ähnlich sah und in den ersten Jahren ebenso zart wirkte, wurde vom seinem Vater, dem Clanoberhaupt, mit eiserner Hand erzogen. Den kleinen Jungen behandelte man, im Gegensatz zu seinen Halbgeschwistern, nicht besser als die Kinder der einfachsten Pächter. Er litt sehr darunter und verstand auch nicht, warum die beiden Brüder, wie es damals üblich war, als Pflegekinder in die Familien anderer Clans geschickt wurden, während er daheim bleiben musste.«

Die Stimme des *Seanchaidh* wurde leiser und eindringlicher.

»Eines Tages, so erzählte man sich, schlich der junge Erbe heimlich in das Arbeitszimmer des Vaters, um die prächtigen bunten Bilder in einem der in Leder gebundenen Bücher zu betrachten, die kürzlich eingetroffen waren. Da öffnete sich die Tür, und das Kind versteckte sich blitzschnell hinter einer mächtigen Truhe. Seine Stiefmutter, die mit dem Vater hereintrat, beklagte sich nicht zum ersten Mal über ihn: *Alan ist so feindselig und verschlossen. Er hat überhaupt keine Manieren, und unsere Kinder fürchten sein aufbrausendes Temperament. Wenn er mich mit diesen kalten Augen anschaut, dann bleibt mir fast das Herz stehen.* Ihre Stimme wurde schrill. *Die Leute haben Recht. Du beherbergst ein Wechselbalg unter deinem Dach.*

Alans Vater, der es längst leid war, die ständigen Beschwerden seiner Frau anhören zu müssen, knurrte: *Es ist mir egal, was die Dummköpfe reden. Und wenn er vom Teufel persönlich abstammt – Alan wird eines Tages der Chieftain sein. Gewöhnt Euch besser rechtzeitig daran.*

Mühsam unterdrückte der kleine Junge ein Schluchzen. Selbst der Vater schien sich nicht sicher über seine Herkunft zu sein, sonst hätte er doch bestimmt widersprochen. Alan wurde noch verschlossener. Seine Lehrer allerdings hatten wenig Mühe mit ihm, denn er begriff schnell. Und allmählich machte sich auch das tägliche Training bemerkbar, in dem der *Capitane*, der militärische Berater des Chiefs, ihn in die Geheimnisse des Schwertkampfs einweihte.

Die Mädchen kicherten nun verlegen, wenn Alan, nur mit dem gegürteten Kilt bekleidet, durchs Dorf ging. Auch die jungen Männer begannen, ihn mit anderen Augen zu sehen. Längst wagten sie es nicht mehr, den jungen Erben herauszufordern, seit er einen von ihnen im Zweikampf beinahe getötet hätte.

Sein Gegner Ross MacCoinnaich hatte schon von Kindesbeinen an seinem Vater in der Schmiede geholfen. Er war bärenstark, gewann jeden Zweikampf und warf den Fels am Eingang des Tals weiter als jeder andere der Jungen. Ross war zwar gutmütig, aber nicht gerade das, was man unter einem sensiblen Menschen verstand. Deshalb bemerkte er das gefährliche Glitzern in Alans Augen nicht, als er ihn wieder einmal als *Feenbalg* bezeichnete. Der Kampf war kurz und endete damit, dass Alan Ross einen Dolch an die Kehle drückte, bis die ersten Tropfen Blut hervorquollen. *Nimm das sofort zurück.*

Der mörderische Blick jagte dem Sohn des Schmieds einen entsetzlichen Schrecken ein, und er nickte vorsichtig.

Alan ließ von ihm ab, sprang auf und blickte drohend in die Runde: *Ich bringe jeden um, der es wagt, mich noch einmal so zu nennen oder meine Mutter zu beleidigen.*

Später sagten einige, Adhamh der teuflische Gehilfe der Feenkönigin hätte in diesem Augenblick aus dem Sohn des Chiefs gesprochen, und manch ein Dorfbewohner bekreuzigte sich fortan heimlich hinter Alans Rücken. Zwar wagte es niemand mehr, öffentlich über seine Herkunft zu spekulieren, doch viele schienen nun endgültig überzeugt, dass der Erstgeborene des Chiefs aus der Anderswelt stammte und womöglich sogar Adhamhs Bastard war. Denn der besonders gefürchtete männliche Vertreter der Feenwelt sei, so hieß es, schon manch einer jungen Frau zum Verhängnis geworden, die sich allein zu weit in die Berge gewagt hatte.«

Während der Erzähler eine Pause machte, um sich mit frisch gezapftem Ale die Kehle zu kühlen, war plötzlich dieses eigenartige Kribbeln zwischen den Schulterblättern wieder da, das ich immer hatte, wenn eine unangenehme oder gar gefährliche Situation drohte. Noch bevor ich mich ganz umgedreht hatte, wusste ich, dass mein geheimnisvoller Retter den Raum betreten hatte. Und richtig: Mit verschränkten Armen lehnte er in der niedrigen Tür und sah gefährlich, aber auch zum Anbeißen attraktiv aus.

Wahrscheinlich genießt er jede Sekunde seines Auftritts, dachte ich verdrossen. Einen Moment lang schien ein Glitzern seine Augen zum Strahlen zu bringen, als sich unsere Blicke trafen. Dann blickte er jedoch gelangweilt in die Runde. Sicher war es nur das Flackern einer Kerze gewesen.

Der Erzähler selbst hatte den Neuankömmling bisher nicht bemerkt. Er leerte sein Glas, winkte Minca, damit sie ihm ein neues brachte, und fuhr mit seiner Geschichte fort: »Nach dem Tod des alten Chiefs kehrte Lachlan, der seinem Vater wie aus dem Gesicht geschnitten war, aus der Pflegefamilie zurück, und viele Gefolgsleute machten keinen Hehl daraus, dass sie lieber ihn als den dunklen Alan zum Chief gehabt hätten ...«

Die melodische Stimme und die warme Luft im Pub waren wohl schuld daran, dass meine Gedanken abschweiften und ich begann, von einem romantischen Highlander zu träumen, der dem Fremden in der Tür beunruhigend ähnlich sah. Gerade stellte ich mir vor, wie es wohl gewesen wäre, hätte er mich neulich nachts tatsächlich geküsst, da nieste die Frau neben mir heftig und murmelte eine Entschuldigung, während leise die letzten Worte durch den Raum schwebten.

»In den vergangenen Jahrhunderten gab es immer wieder

Leute, die Alan Dubh vom Clan der MacCoinnaich als Söldner unserer Feinde auf den blutigen Schlachtfeldern der Geschichte gesehen haben wollen.« Der *Seanchaidh* sah zur Tür, wurde blass und stürzte hastig sein Ale hinunter.

Verwirrt drehte ich mich um und erhaschte noch einen kurzen Blick auf das versteinerte Gesicht meines unheimlichen Fremden, bevor er das Pub verließ. Iain stand auf und folgte ihm.

Meine Neugier war geweckt. Welches Geheimnis verbarg dieser Mann, dass er dermaßen heftig auf eine zur Unterhaltung der Touristen dramatisch ausgeschmückte Geschichte reagierte?

2

Ausflug zu Pferd

Die Reaktion des Fremden ließ mir keine Ruhe, und weil ich nun sicher war, dass Iain ihn kannte, nahm ich mir vor, Caitlynns Freund darauf anzusprechen. Eine Gelegenheit dazu ergab sich bereits am nächsten Morgen, als wir uns trafen, um die geplanten Trekkingtouren vorzubereiten.

Nachdem Caitlynn meine Angebote, ihr zu helfen, immer wieder abgelehnt hatte, war erstaunlicherweise Iain mit einem interessanten Vorschlag auf mich zugekommen: »Ich brauche für die Saison noch Tourguides. Wenn du Brandubh so weit im Griff hast – was hältst du davon, gelegentlich Tagesausflüge zu begleiten?«

Ich war begeistert gewesen, und inzwischen hatte er mir die wichtigsten Routen gezeigt. Zuerst war ich einfach nur als Hilfskraft mitgeritten, hatte die Picknicks vorbereitet, Decken und Regenschutz auf einem Packpferd mitgenommen und Bran, wie ich den kapriziösen Hengst liebevoll nannte, immer mehr an die Gesellschaft von fremden Reitern, Pferden und an neue Situationen gewöhnt.

Mit ihm hatte ich zwar immer noch alle Hände voll zu tun, aber ich liebte ihn innig. Iain war der Meinung, dass ich auf den Trekkings ein zahmeres Pferd reiten sollte, aber ich hatte beschlossen: entweder mit Bran – oder gar nicht.

Der Wetterbericht hatte für die kommenden Tage schönes Wetter angesagt, die Gäste waren versorgt, und so beschloss ich, einen ersten längeren Ausritt ganz alleine zu unternehmen. Bevor Iain nach unserer Besprechung die Karten zusammenfaltete, tippte ich mit dem Finger auf ein Tal, das wir noch nie besucht hatten.

»Warum machst du eigentlich keine Reitausflüge nach Gleann Grianach?«

»Fremde haben da nichts verloren«, entgegnete er kurz angebunden und stand auf.

Doch ich wollte mich nicht so einfach abspeisen lassen. »Hat es etwas mit den Sagen um die MacCoinnaichs zu tun?« Alsdair hatte das Tal gestern Abend erwähnt.

»Das sind keine Sagen. Ein *Seanchaidh* bewahrt die Geschichte unseres Volkes für spätere Generationen, er erfindet nichts.«

Hui, heute hatte ich aber wirklich ein Talent, von einem Fettnäpfchen ins nächste zu treten. »War dein Freund deshalb gestern so ärgerlich? Hat er etwas mit dem Clan zu tun?«, platzte es aus mir heraus.

Iain ließ sich auf seinen Stuhl zurückfallen und sah mich eigenartig an. »Was sagst du da?« Das Glitzern in seinen Augen verhieß nichts Gutes. Ich kannte ihn inzwischen gut genug, um zu wissen, dass er ein aufbrausendes Temperament besaß. Doch wie immer hielt er es mit bemerkenswerter Disziplin in Schach, und nur der Sturm, der in seinen Augen tobte, verriet ihn manchmal. Schon wollte ich mich für meine Neugier entschuldigen, denn ich hatte eindeutig einen wunden Punkt getroffen, da schlich sich ein Lächeln in sein Gesicht, das nicht anders als diabolisch zu nennen war. »Du hast ihn also bemerkt.«

Und mit mir ganz sicher auch eine Menge anderer Frauen. Aber das sagte ich nicht laut. »Natürlich habe ich das, er ist mir ja nicht zum ersten Mal begegnet.«

»Nein?« Iain wirkte verblüfft.

Froh, meine Geschichte endlich jemandem anvertrauen zu können, nachdem Caitlynn behauptet hatte, den Mann nicht zu kennen, erzählte ich ihm von den Begegnungen. Allerdings in einer sehr abgemilderten Version. Von meiner Tollpatschigkeit und den verwirrenden Gefühlen musste er nichts wissen. »Ich frage mich nur, was er hier in der Gegend macht«, sagte ich schließlich. »Wie ein Einheimischer wirkt er nicht gerade auf mich.« Der Mantel, den er bei unserer Begegnung getragen hatte, war aus teurem Tuch gewesen, und der Schnitt passte besser zu einem Geschäftsmann aus der Londoner City als hier in die raue Natur. Außerdem hatte mein dunkler Retter etwas Militärisches, geradezu Strenges an sich, das man weder den Küstenbewohnern noch den Touristen nachsagen konnte.

Iain sah mich starr an, als hätte ich meine Überlegungen laut ausgeplaudert. Dann legte er den Kopf in den Nacken und lachte so sehr, dass sich sein Gesicht bis zum blonden Haaransatz hinauf rot färbte.

»Was ist daran so witzig?«

Er wischte sich eine Träne aus dem Augenwinkel. »Vielleicht ist es an der Zeit, die Karten neu zu mischen.« Dabei sah er zwar wieder ganz normal aus, dafür sprach er in Rätseln. Bevor ich jedoch nachfragen konnte, was er mit seiner eigenartigen Bemerkung gemeint haben könnte, hatte er sich schon über die Karte gebeugt. »Also gut, wenn du Lust hast, das Tal zu erkunden, zeichne ich dir eine Route ein.«

Aha, das Thema war für ihn also erledigt. Auch gut, dann

würde ich Caitlynn eben später löchern, um herauszufinden, welches düstere Geheimnis Iains Freund umgab, dass sie sogar versucht hatte, mich zu beschwindeln.

»Der Weg bis zur Schlucht ist leicht zu finden«, unterbrach Iain meine Gedanken. »Obwohl es mir lieber wäre, wenn du nicht allein so weit in unbekanntes Gelände reitest. Der Hengst könnte dich abwerfen …«

»Bran ist lammfromm«, widersprach ich. »Und außerdem hast du gar keine Zeit, um mitzukommen.«

In den kommenden Wochen waren alle Touren vollständig ausgebucht, und es fehlte uns immer noch ein Guide, so dass Iain alle Hände voll zu tun hatte, unerfahrene Reiter vorzubereiten und auf ihren Ausflügen zu begleiten.

Er insistierte nicht weiter. »Wie du meinst.« Dann erläuterte er mir, wie ich am besten zum Eingang des Tals gelangte. »Bis dahin und auch im Wald folgst du einfach dem Fluss, bis du auf ein *Cairn* triffst.«

Meinen fragenden Blick interpretierte er richtig und erklärte, dass es sich um große Felsen handelte, die von ihren Vorvätern aufeinandergeschichtet und als Grabstätte verwendet worden waren.

»Dahinter führt ein Pfad den Berg hinauf.« Er machte einen Kreis mit dem Kugelschreiber. »Hier irgendwo ist der Feenkreis. Es gibt natürlich eine Menge alter Überlieferungen, aber erwarte dir nicht zu viel. Das ist weder Stonehenge noch Callanish.«

Ich musste lachen. »Du meinst, dort befindet sich ein unsichtbarer Steinkreis? Die Touristen werden begeistert sein.«

Außergewöhnlich ernsthaft nickte er. »Sie halten unsere Überlieferungen für einen großartigen Spaß, für Geschichten, die man sich in dunklen Nächten am Kamin erzählt. Aber in allen gibt es einen wahren Kern, und der ist nicht immer so hübsch, wie es den Anschein hat.«

Dem Ton nach zu urteilen, hatte er wenig Verständnis für den Hunger seiner Kunden nach Erzählungen über Schlachten, Morde und Massaker. Doch viele der Gäste kamen aus den USA oder Kanada und hofften, während ihrer Ausflüge zu Pferd auf Spuren ihrer Vorfahren zu treffen, und niemand hier in der Gegend würde sich darüber beschweren. Auch meine Freunde lebten gut davon.

Am folgenden Tag brach ich schon frühmorgens auf. Iain bestand darauf, dass ich ein Packpferd mitnahm, auf dessen Rücken er Zelt, Schlafsack und eine große Menge Proviant für mich und die Pferde gut verzurrte.

»Du wirst einige Stunden unterwegs sein, und es wäre zu gefährlich, bei Dunkelheit in unbekanntem Gelände zu reiten«, warnte er. »In der Nähe des Feenkreises gibt es genügend Platz zum Zelten. Genieße einfach die Magie der Natur. Morgen kannst du dann durch das Tal wieder zurückreiten.« Er zwinkerte Caitlynn zu, die lächelnd zu ihm aufsah.

Mir kam es vor, als teilten die beiden ein Geheimnis, und plötzlich fühlte ich mich sehr allein. Rasch winkte ich ihnen zu und trieb die Pferde zu einem schnellen Trab an. Sie schienen sich ebenfalls auf diesen Ausflug zu freuen. Der faule Wallach, den ich als Handpferd mitgenommen hatte, hielt sogar mit Brandubh Schritt, als ich uns einen entspannten Galopp gönnte. Danach band ich das Handpferd mit dem Strick seines Halfters an meiner Sattelschlaufe fest und ließ es nebenhertrotten.

Wie Iain empfohlen hatte, orientierte ich mich an dem kleinen Flüsschen, das in Cladaich, dem Dorf unterhalb des

Sithean Estates, ins Meer mündete. Es führte ganz ordentlich Wasser, denn auf einigen Gipfeln lag immer noch Schnee, der nur langsam verschwand und die Bäche und Lochs der Gegend beständig mit Schmelzwasser versorgte.

Bald lagen die eingezäunten Weiden hinter uns, auf denen die roten Highlandrinder gelangweilt gegrast hatten, und der Weg führte uns durch ungezähmte Landschaften. Die Berge vor mir wirkten zum Greifen nahe, doch aus Erfahrung wusste ich, dass dieser Eindruck täuschte. Ein Seeadler begleitete uns eine ganze Weile, aber als Beute kamen wir kaum infrage, und deshalb drehte er schließlich ab.

Der dumpfe Hufschlag, die Schaukelbewegungen und die warme Sonne, die den Hochnebel immer mehr vertrieb, machten mich schläfrig, und beinahe wäre ich trotz Iains guter Beschreibung an dem schmalen Zugang zum Gleann Ceòthach, dem Nebeltal, das vom Küstengebiet weiter hinein ins Land führte, vorbeigeritten.

Es lag mitten in einem der wenigen Waldstücke, die in der hiesigen Gegend die Jahrhunderte überdauert hatten, und machte seinem Namen auch heute alle Ehre. Trotz des sonnigen Wetters hingen hier feuchte Nebelfetzen wie zerrissene Brautschleier zwischen den alten Bäumen, als wollten sie mich glauben machen, ich sei in einen verwunschenen Märchenwald geraten.

Es war nicht einfach, am Ufer des kleinen Flüsschens meinen Weg im Auge zu behalten. Immer wieder stolperten die Pferde über hohe Wurzeln oder glitten mit ihren Hufen auf moosigen Steinen aus. Der Fluss gurgelte zwischen dicken Felsbrocken, und ich war sicher, dass dieser Durchgang nach ein paar Regentagen schnell unpassierbar sein würde. Iain hatte mich gewarnt, es in diesem Fall erst gar nicht zu versuchen. Ich war froh, als ich den überwucherten *Cairn* passiert hatte und sich die Schlucht öffnete. Brandubh folgte trittsicher dem kaum sichtbaren Pfad, der sich zwischen uralten, windgebeugten Kiefern allmählich den Berg hinaufwand, und mein Packpferd kletterte brav hinter uns her.

Je weiter wir hinaufkamen, desto lichter wurde der Wald. Bald wechselten sich vereinzelte Kiefernhaine mit Buschwerk ab, und je mehr sich die Landschaft öffnete, desto besser konnte ich ins Tal hinabsehen, bis sich mir ein fantastischer Ausblick über Gleann Grianach bot. Welch ein Gegensatz zu dem dunklen Wald, aus dem ich gekommen war. Dieses *Gleann* wurde zu Recht das *sonnige Tal* genannt, man hätte es auch als das *geheime Tal* bezeichnen können, denn es war ringsherum von Bergen eingeschlossen, und der einzige Zugang schien durch die Schlucht zu führen, durch die ich in dieses Paradies eingedrungen war. Tief unter uns glitzerte ein See in der Nachmittagssonne. Am nördlichen Ufer lagen auf der anderen Seite weit gestreckt, als hätte jemand ein Tuch ausgebreitet, sanft geschwungene Hügel in sattem Grün, die in der Ferne zu einer imposanten Felsformation emporstiegen.

Der Feenkreis läge etwas abseits des Pfads nur wenige Meter hinter einem kleinen Bach, hatte Iain gesagt, woraufhin ich zu bedenken gegeben hatte, dass es sicher viele Gebirgsbäche gäbe, aber er war zuversichtlich, dass ich den richtigen erkennen würde.

»Er fließt an einem Felsplateau entlang, du kannst ihn nicht verwechseln.« Der Kreis allerdings sei für ungeübte Augen nicht sofort zu erkennen, da die alten Steine in den weichen Boden einer Lichtung eingelassen und nicht, wie sonst üblich, hoch aufgerichtet waren. Ob es sich um eine alte Kultstätte handelte, hatte ich wissen wollen, ihm damit aber nur ein eigenartiges Lächeln anstelle einer Antwort entlockt.

Tatsächlich sah ich einige Hundert Meter weiter vorn einen Felsvorsprung, der Iains Beschreibung entsprach. Aufgeregt trieb ich die Pferde voran, und bald war tatsächlich das muntere Plätschern eines Gebirgsbachs zu hören. Hier musste es sein. Die Tiere senkten sofort ihre Köpfe und tranken durstig. Dabei wateten sie durch das flache Wasser zum gegenüberliegenden Ufer, an dem ich von Brandubhs Rücken glitt. Mir tat jeder Knochen weh. Es war schon lange her, dass ich einen ausgedehnten Ritt durch eine so schwierige Landschaft gemachte hatte, und morgen würde ich bestimmt einen mächtigen Muskelkater haben. Außerdem hatte ich seit Stunden nichts mehr gegessen, und mein Magen knurrte.

Dagegen half nur Bewegung beziehungsweise das leckere Picknick, das Caitlynn mir zubereitet hatte. Zuerst aber befreite ich den Wallach von seiner Last und lockerte Brans Sattelgurt. Die Pferde rupften das frische Gras am Ufer, und ich verzichtete darauf, sie anzubinden. Bran ließ mich ohnehin nicht aus den Augen, und der Wallach würde seine kleine *Herde* ebenfalls nicht freiwillig verlassen. Schnell warf ich ihnen noch einige Handvoll Hafer hin und begann mit der Suche nach den Steinen.

Eine halbe Stunde später hatte ich die gesamte Umgebung vergeblich abgesucht. Ich war auf diverse Lichtungen gestoßen und über mehr als nur einen Felsbrocken gestiegen, aber eine prähistorische Kultstätte hatte ich nicht entdecken können. Enttäuscht kehrte ich zum Lagerplatz zurück, bückte mich, um eines der sternförmigen Blümchen zu pflücken, und in dem Moment sah ihn: einen roten Stein, der so gar nicht zu den übrigen Felsen und dem Geröll passte. Keine zehn Meter vom Felsplateau entfernt hatten die Pferde ihn offenbar auf der Suche nach etwas Fressbarem freigescharrt, denn hier oben war das Grün im Mai noch spärlich. Ich fiel auf die Knie und kratzte die restliche Erde beiseite. Nicht nur die Farbe, auch die Form war außergewöhnlich. Ganz flach, kreisrund und etwa handtellergroß, war er in die Erde eingelassen. Mit dem Ärmel wischte ich die Oberfläche sauber, bis ein eigenartiges graues Symbol zum Vorschein kam. Es sah aus, wie in den Himmel aufragende Zweige eines alten Baums. Zuerst dachte ich, dass es aufgemalt war, aber als ich mit den Fingerspitzen darüberstrich, wurde mir bewusst, dass ich eine meisterhafte Einlegearbeit vor mir hatte. *Unglaublich.* Rasch fand ich nun, da der Anfang gemacht war, auch die anderen zwölf Steine und legte sie mit bloßen Händen frei. Am Ende hatte der Kreis einen Durchmesser von etwa vier Metern. Ich ging ein zweites Mal von Stein zu Stein und reinigte die unterschiedlichen Zeichen, die sich darauf befanden. Jedes zeigte ein anderes Motiv aus der Natur. Ich konnte zwar nur raten, weil sie allesamt stilisiert waren, aber einen Vogel hatte ich zweifelsfrei erkannt, Sonne, Mond und einen Fisch oder Seehund, von denen es viele an den schottischen Küsten gab. Es kam mir vor, als habe der Ort nur auf seine Befreiung gewartet. Der Vogelgesang war mir zuvor nicht besonders aufgefallen, doch jetzt klang er zauberhaft. Der warme Wind umschmeichelte mich wie eine zärtliche Liebkosung. Die Atmosphäre wirkte verändert, und etwas Magisches schien in der Luft zu liegen.

Oder lag es doch an meinem Magen, der so laut knurrte, dass die Pferde neugierig ihre Köpfe hoben? »Okay, ihr zwei. Ich habe wieder einmal das Essen vergessen und nun vermutlich Halluzinationen«, lachte ich und begann, die Picknicktasche auszupacken. Die Steine hatten so lange dort gelegen, sie würden es verkraften, wenn ich ihnen meine ungeteilte Aufmerksamkeit erst schenken würde, nachdem ich mich gestärkt hatte. Weil mein Fotoapparat ärgerlicherweise auf dem Tisch in meinem Zimmer lag, wollte ich nachher versuchen, die Symbole zu zeichnen und demnächst mit meiner Kamera noch einmal zurückkommen, um sie zu fotografieren.

Als ich zum Kreis hinübersah, glaubte ich schon die Touristen staunend herumstehen zu sehen. Wieso wusste die Welt hiervon nichts? Wissenschaftler wären bestimmt interessiert, man würde eine Straße bauen, um dieses fantastische Zeugnis einer längst vergessenen Kultur jedermann zugänglich zu machen; Absperrungen errichten und vielleicht sogar Posten aufstellen müssen, damit sie niemand ausgrub und stahl. Etwas, das bei den großen Steinkreisen heutzutage zum Glück niemand mehr versuchen würde. Und plötzlich verstand ich, warum Iain bisher keine Gruppen hierhergeführt hatte. Auf der Suche nach dem einzigartigen Zauber dieses besonderen Ortes würden sie ihn unweigerlich zerstören. Ob er darauf gehofft hatte, ich käme zur gleichen Erkenntnis?

Meine Lippen sind versiegelt, versprach ich dem Kreis, und ich hätte schwören können, dass die Sonne daraufhin ein wenig heller schien. Zufrieden mit meiner Entscheidung schenkte ich mir ein Glas Wein ein und prostete der Landschaft zu. »Auf unser Geheimnis.«

Von meinem Platz auf dem Felsvorsprung aus blickte ich über ein Tal wie aus einer Hochglanz-Werbebroschüre für Schottland. Inklusive des malerischen Sees, *Loch* nennen sie das hier, korrigierte ich mich in Gedanken, und einer Burg.

Von diesem Castle hatte Iain nichts erzählt. Dabei wusste er doch, dass ich mich für solche Dinge interessierte. In

Cladaich gab es die kürzlich renovierten Überreste einer Festung. Den wehrhaften Turm des ehemaligen Stammsitzes der Mackenzies von Cladaich hatte ich erst vor wenigen Tagen wieder einmal bestiegen, um über das Meer zu blicken. Dabei war ich beinahe von einer Welle enthusiastischer Menschen überrollt worden, die sich mit lauter Stimme und amerikanischem Akzent über ihre Herkunft unterhielten. Sie alle hielten sich für Nachfahren schottischer Mackenzies und waren zu einem der jährlichen Clantreffen unterwegs.

Lächelnd erinnerte ich mich an ihren Eifer, die gälischen Worte des Reiseführers nachzusprechen. Dann sah ich wieder ins Tal vor mir und kniff dabei die Augen zusammen, um besser sehen zu können. In der glatten Wasseroberfläche spiegelte sich deutlich ein wehrhafter Burgturm mit großzügigem Wohnhaus und Wirtschaftsgebäuden, doch als ich die Hänge dahinter absuchte, sah ich nun nur Ruinen. Merkwürdig. Offenbar hatte ich zu viel von dem köstlichen Rotwein getrunken, vielleicht hatte ja auch die Freude über den Fund meine Fantasie inspiriert. Sicherheitshalber verkorkte ich die Weinflasche und sah mich nach den Tieren um. Gerade rechtzeitig, denn das Packpferd hatte sich mit einem Huf im Schlafsack verfangen und sprang entsetzt direkt auf den Bach zu, der Stoff flatterte wild hinter ihm her. Immer mehr geriet das Tier in Panik, und ich sprang auf, um es einzufangen, bevor mein Nachtquartier ins Wasser fiel. Als ich den Bach erreichte, konnte ich den Schlafsack gerade noch erwischen. Während er trocken am Ufer liegen blieb, verlor ich auf dem Geröll das Gleichgewicht und landete im eiskalten Bach. Immerhin hatte ich dabei noch die Zügel des dummen Tiers erwischt. Beim Versuch, mich wieder aufzurichten, glitt allerdings mein linker Fuß auf einem der rundgewaschenen Felsbrocken aus, und danach waren nicht nur meine Schuhe vollkommen durchnässt, sondern die gesamte Kleidung.

»Aller guten Dinge sind drei.«

Erschrocken blickte ich auf und sah den geheimnisvollen Fremden aus dem Schatten der Bäume treten. Er klatschte langsam in die Hände, als wollte er mir spöttischen Applaus spenden, seine Mundwinkel zucken dabei.

Mir verschlug es die Sprache. Aus meinem unbekannten Retter im Designerlook war ein Highlander wie aus dem Geschichtsbuch geworden. Seine Füße steckten in weichen Lederschuhen, die kräftigen, langen Beine waren bis zum Knie von einer Art Strumpf umhüllt. Eine Handbreit darüber begann der Kilt. Der Wollstoff war in gedeckten Rot- und Brauntönen gemustert und wurde von einem mächtigen Ledergürtel zusammengefasst, der lässig auf den schmalen Hüften des Mannes ruhte. An seiner Schulter hielt eine silberne Brosche den gewickelten Stoff fest. Dazu trug er ein helles Leinenhemd mit weiten Ärmeln. Glattes schwarzes Haar fiel ihm offen bis über die breiten Schultern.

Mir war bisher nicht aufgefallen, dass er so lange Haare hatte. Obwohl ich nicht sehen konnte, ob er Waffen trug, wirkte er sehr gefährlich. Die Haltung, hoch aufgerichtet und selbstbewusst, war gespannt, als sei er bereit, sofort loszuspringen. Vor mir stand ein Krieger, der mit undeutbarem Gesichtsausdruck meine stumme Musterung über sich ergehen ließ.

Endlich löste sich meine Starre. »Verdammt. Was stehen Sie da rum? Helfen Sie mir lieber aus diesem Eisloch.«

Er runzelte die Stirn und ich dachte schon, er würde sich umdrehen und wieder im Unterholz verschwinden. Dann aber schien seine gute Seite Oberhand zu gewinnen. Er trat ganz auf mich zu, streckte die Hand aus und zog mich mit Schwung aus dem Bach. Das Pferd, dessen Zügel ich immer noch fest umklammert hielt, kam prustend hinterhergetrabt.

»Lach mich nur aus, du Ungeheuer!«, knurrte ich.

»Meinst du mich?«

Dieses Mal sah ich das Lächeln deutlich. Ach, nein. Nicht auch das noch – er hatte den Hauch eines Grübchens in seiner linken Wange, wenn er lächelte. So ein Anblick ließ mich immer ganz schwach und willenlos werden. Er mochte mich duzen, aber ich war nun besonders darauf bedacht, so viel Abstand wie möglich zwischen uns zu bringen. »Warum werde ich den Verdacht nicht los, dass mir in Ihrer Nähe nur Unheil droht?« Falsche Frage.

Ein Schatten huschte über sein Gesicht. »Warum habe ich den Eindruck, dass du dich mir bei jeder Begegnung zu Füßen wirfst?«

Humor? Wer hätte das gedacht. Statt einer passenden Antwort schlugen meine Zähne deutlich hörbar aufeinander. Ich fror in meiner nassen Kleidung inzwischen ganz erbärmlich.

»Zieh dich aus.«

»Wie bitte?«

»Du bist total durchnässt, und wenn du noch lange hier im Wind stehst, dann holst du dir den Tod«, knurrte er und begann, an meinem Pullover zu zerren. So hatte unsere erotische Begegnung in meinen Träumen nicht ausgesehen. Aber um uns herum wuchs ja auch keine Heide. Erneutes Zähneklappern erinnerte mich daran, dass ich keineswegs träumte und er höchstwahrscheinlich Recht hatte. Wollte ich nicht mindestens eine scheußliche Erkältung riskieren, dann musste ich schleunigst diese Klamotten loswerden. Ich verdrängte meine Unsicherheit und zog mich so selbstbewusst wie möglich aus, bis ich in BH und Höschen vor ihm stand. *Im Grunde ist ja nichts dabei. In einem Schwimmbad hätte das auch jeder sehen können,* versuchte ich mich vergeblich zu beruhigen. Immerhin trug ich ein recht hübsches, aber nicht zu aufreizendes Ensemble. Spitzenhöschen eigneten sich nicht für Reitausflüge.

»Mein Name ist übrigens Johanna.« Es war vielleicht nicht der beste Moment, um sich vorzustellen, aber ich wusste immer gern, vor wem ich in Unterwäsche paradierte.

Er starrte mich einen Moment lang durchdringend an. »*Gleanngrianach.* Ich bin Alan MacCoinnaich von Gleann Grianach. Alan.«

Es dauerte einen Moment bis ich begriff. »Gleann Grianach, wie dieses Tal?« Und in Gedanke fügte ich hinzu: ... *wie in der traurigen Geschichte, die Alsdair erzählt hat.* Also hatte ich mit meiner Vermutung doch Recht gehabt. Unsicher machte ich einen Schritt zurück, als ich zu ihm aufsah. Er wirkte größer, irgendwie noch eindrucksvoller, als ich ihn in Erinnerung hatte. In seinem Blick glaubte ich, einen schmerzlichen Ausdruck zu lesen.

Eine Hand hatte er zur Faust geballt. Doch plötzlich entspannte er sich wieder. »*Aye,* ich bin hier geboren.« Damit drehte er sich um und sagte über die Schulter gewandt: »Bleib stehen, ich bin gleich wieder da.«

Er ging in den Wald und kehrte mit einem zusammengerollten Bündel und einem riesigen Schwert zurück. Beides ließ er achtlos zu Boden fallen und zog nur ein großes kariertes Wolltuch, ein Plaid, hervor. Es hatte das gleiche Muster wie sein Kilt und war wunderbar warm, als er es um meine Schultern legte. Ohne zu fragen, rieb er kräftig meine von der Kälte steifen Arme und anschließend meinen Rücken trocken.

Sofort fühlte ich mich besser. Seine Hände auf meinem Körper ließen aber bald noch eine ganz andere Wärme in mir aufsteigen. Ich schloss die Augen und genoss seine Berührungen. Mir musste irgendwann ein wohliger Seufzer entschlüpft sein, denn plötzlich wurde er ganz still. Nur die kräftigen Hände umfassten sanft meine Schultern, und einen Moment lang wünschte ich mir, er würde mich dieses Mal tatsächlich küssen. »Ich habe noch etwas Wein übrig«, sagte ich stattdessen hastig, und sofort ließ er mich los. »Ich glaube, ich könnte einen Schluck gebrauchen.« Damit war es mit der Stimmung endgültig vorbei. *Keine Männergeschichten.* Das hatte ich mir vor der Abreise geschworen, und daran würde ich mich halten, egal, in welcher Gestalt mir die Versuchung begegnete. Unbeholfen humpelte ich über den stachligen Boden zu dem kleinen Felsvorsprung, auf dem ich vorhin noch gepicknickt hatte, und zog so dezent wie möglich Höschen und BH aus, die ich zusammen mit der nassen Kleidung in der Sonne ausbreitete. In dieser Situation war es ganz praktisch, klein zu sein. Ich war von Kopf bis Fuß in den kuscheligen Stoff eingewickelt und schleppte sogar noch einen Zipfel hinter mir her. »Was tust du eigentlich hier?«, fragte ich über die Schulter. »Machst du bei so einer Schauspieltruppe mit, die historische Ereignisse nachstellt?« Als ich keine Antwort erhielt, drehte ich mich um und sah gerade noch, wie Alan gefährlich zu schwanken begann und der Länge nach hinstürzte. Mit einem Fluch raffte ich das Plaid zusammen, rannte über die Lichtung und sah sofort, dass er aus einer hässlichen Kopfwunde blutete.

Seine Lippen bewegten sich, und er flüsterte eindringlich: »Es hat begonnen. Du musst fort von hier. Lauf.«

»Himmel, du hast dir den Kopf angeschlagen.«

Alan redete inzwischen weiter, doch ich konnte nichts von dem verstehen, was er sagte.

Die Wunde sah nicht gut aus. Kaum kniete ich neben ihm auf dem Boden, um seine Verletzung näher zu untersuchen, kam heftiger Wind auf. Trockene Blätter wirbelten durch die Luft. Die Temperatur fiel sehr schnell, es wurde dunkler und auf einmal ganz still. So, als hätte jemand ein Glas über uns gestülpt und damit von der Außenwelt abgeschnitten. Um uns herum brauste das Inferno, und hier erstarb alles Leben. Wir befanden uns genau in der Mitte des vermaledeiten Feenkreises. Himmel, was geschah mit uns? Verzweifelt versuchte ich mich an die Einzelheiten meines Erste-Hilfe-Kurses zu erinnern, als ich sah, wie blass der Mann vor mir geworden war. Was war mit diesem verflixten Wetter los? Zitternd griff ich nach seiner Hand. Angst schnürte meine Kehle zu. Der Puls ließ sich kaum noch ertasten. Die Augenlider flatterten noch einmal, danach lag er ganz still. Kalter Schweiß rann über meinen Rücken, mir wurde schwindelig und gleich darauf furchtbar übel. *O Gott.* Ich würde mich doch nicht über den leblos Daliegenden erbrechen? Kraftlos sackte mein Körper nach vorn. Alans Herzschlag drang schwach an mein Ohr. *Er lebt.*

Dann kam die Dunkelheit, und ich verlor das Bewusstsein.

3

Am Steinkreis

aingead! Verdammt! Jemand hat den *Gleanngrianach* erschlagen.«

Etwas Kaltes berührte meine Schulter, und gleich darauf fühlte ich, wie das Plaid herabrutschte.

Gelächter erklang. »Zumindest hat er vorher noch seinen Spaß gehabt.« Ein paar zotige Bemerkungen fielen.

Die kehligen Worte konnte ich nicht verstehen, aber dieser Tonfall war universell. Die Männer lachten erneut.

Vorsichtig, damit sie nicht bemerkten, dass ich sehr wohl am Leben war, blinzelte ich zwischen meinen Haarsträhnen hindurch. Dieses eine Mal war ich froh, dass von meinem ordentlich geflochtenen Zopf nach dem überstandenen Sturm nicht mehr viel übrig geblieben war und sich die Haare wie ein dichter Vorhang über mein Gesicht legten.

Direkt vor mir wuchsen zwei stachelige Männerbeine nach oben, und ich durfte das zweifelhafte Vergnügen auskosten, aus dieser Perspektive weiter unter einen Kilt schauen zu können, als mir lieb war. Trugen diese Kerle etwa keine Unterwäsche? Unter mir bewegte sich irgendetwas. Alan – er lebte. Doch mein erleichterter Seufzer verkam zu einem Fauchen, denn er stieß mich grob beiseite und sprang auf. Schallendes Gelächter beantwortete Alans saftigen Fluch, von dem ich genügend verstanden hatte, um rot zu werden.

»Was wollt ihr hier?«, knurrte er die drei Männer an, die offenbar keine Fremden für ihn waren.

Na großartig. Vier Freunde im Highlander-Kostüm und ich splitternackt unter ein wenig kariertem Stoff zu ihren Füßen. Wie viel entwürdigender konnte die Situation noch werden?

Alan hatte nun offenbar den Grund der allgemeinen Heiterkeit erkannt und folgte dem Blick der anderen. Ein anerkennendes Schmunzeln erschien in seinen Mundwinkeln, bevor er sagte: »Mädchen, hast du den Verstand verloren? Bedecke deine Blöße.«

Oder zumindest glaubte ich, dass er das sagte, denn der Mann sprach das eigenartigste Gälisch, das ich je gehört hatte. Es klang ein wenig wie das, was mir Angus beigebracht hatte, aber irgendwie rauer und ungeschliffener.

Ein enttäuschtes Raunen war zu vernehmen, als ich eiligst seinem Rat folgte und versuchte aufzustehen, ohne dem interessierten Publikum noch mehr Haut zu zeigen.

Einem der Männer, ein großer rothaariger Kerl, fehlten die oberen Schneidezähne, deshalb klang es eher wie ein Zischen, als er sagte: »Hey, nicht so schüchtern. Wir wollen auch unseren Spaß.«

Wütend funkelte ich ihn an. Es wurde Zeit klarzustellen, dass sie es nicht mit einem hilflosen Schäfchen zu tun hatten: »Du bist wohl nicht ganz richtig im Kopf, Bruder. Keine Ahnung, wie es in deiner Traumwelt aussieht, aber hier könnte ich dich für diesen Spruch verklagen, verstehst du? Schon mal was von sexueller Belästigung gehört?«

Der Mann sah mich einen Moment lang verblüfft an. Dann packte er mich am Arm, versuchte, mir das Plaid herunterzureißen und knurrte: »*Sasannach*. Eine englische Hure ist es nicht wert, den Tartan des Chiefs zu tragen.«

Das reichte. »Nimm deine schmutzigen Pfoten weg«, kreischte ich leicht panisch und wich vor ihm zurück – direkt in Alans Arme.

Ich schlug um mich, aber sein eiserner Griff hielt meine beiden Handgelenke fest umklammert und dankenswerterweise auch das Plaid an seinem Platz.

»Sei still«, flüsterte er. »Ruadh hasst alle Engländer. Ihr habt seine Familie umgebracht. Du hast ja keine Ahnung, was er dir antun kann.«

Die Situation wurde immer absurder. Mein Retter – wieder einmal, wie es aussah – ging offenbar völlig in diesem Rollenspiel auf. Wie ein Wahnsinniger war er mir bei unseren kurzen Begegnungen eigentlich nicht vorgekommen, dennoch mahnte eine innere Stimme, mitzuspielen. »*Aye*. In Ordnung«, sagte ich auf Gälisch und bemühte mich um einen beruhigenden Ton. Alans Griff lockerte sich etwas, aber sein Körper blieb weiter angespannt, und mir wurde plötzlich bewusst, wie dicht er mich an sich gepresst hielt. Durch den Wollstoff spürte ich die Hitze in meinem Rücken und begann zu ahnen, dass ihm diese Nähe außerordentlich gut gefiel. Männer. Wie konnte er in einer solchen Situation an Sex denken?

Kaum hatte ich das gedacht, spürte ich, wie sich meine Brustspitzen an dem rauen Stoff rieben und dabei auf eine keineswegs nur unangenehme Weise zusammenzogen. Ich verfluchte meinen Körper, der wieder einmal tat, was ihm gefiel. Schuld war nur dieses irritierende Grübchen – warum musste der Schuft auch so verdammt sexy sein. Dabei konnte ich jetzt nicht einmal sein Gesicht sehen.

»Wir verschwinden.«

Er stieß einen leisen Pfiff aus, und ich zuckte zusammen. Keine Zeit für Tagträume, ermahnte ich mich und beobachtete erstaunt, wie mein Pferd Brandubh aus dem Unterholz hervortrabte. Das Packpferd war nirgends zu sehen. Der Hengst schnaubte, kam ganz dicht an mich heran und rieb schließlich sogar seinen Kopf an meiner Schulter. Wenigstens ein Freund war mir in diesem verrückten Rollenspiel geblieben. Fast schien es, als wollte er mir sein Mitgefühl ausdrücken. Alans Freunde beobachteten uns schweigend und wichen langsam zurück.

»*Sianaiche*, Feenbalg«, flüsterte einer von ihnen und schaute dann misstrauisch zu Alan, der jedoch so tat, als habe er nichts gehört. Stattdessen hob er mich auf den Rücken des Pferdes und schwang sich geschmeidig hinter mir in den Sattel. Die Männer schienen auf Abstand zu uns bedacht, fast so, als fürchteten sie mein Pferd.

»Das Mädchen steht unter meinem Schutz, und diese Begegnung hat nie stattgefunden.« Alans Stimme klang geradezu hypnotisch. »Ist das klar?«, verlangte er zu wissen, und ich war nicht überrascht, als die drei folgsam nickten und ihre Blicke auf den Boden hefteten wie ein paar Schuljungen, die bei einer Missetat ertappt worden waren. »Lasst euch nicht mit den Waffen erwischen«, warnte er weiter. »Wenn ihr trainieren wollt, dann geht hinauf in die Berge.« Die Männer nickten und verschwanden lautlos im Unterholz. Alan schnalzte mit der Zunge und raunte: »Nach Hause.« Der Hengst gehorchte widerstandslos.

Meine heimliche Hoffnung, Brandubh würde sich ihm widersetzen, erfüllte sich nicht. Im Gegenteil, das verräterische Vieh beeilte sich geradezu, seiner Anweisung zu folgen, als habe es nie etwas anderes getan. Seltsam, ich konnte mich nicht erinnern, den Mann je zuvor mit Brandubh gesehen zu haben. Dieses Rätsel musste jedoch warten – jetzt gab es drängendere Probleme. Noch nie hatte ich ohne Reithose auf einem Pferderücken gesessen, geschweige denn ganz ohne Hose. Ich kann das auch niemandem empfehlen. Die raue Wolldecke, in die ich gewickelt war, kratzte auf der Haut und bedeckte mich höchst unzureichend. Der Sattel scheuerte an meinen nackten Beinen und an weit intimeren Stellen. Dass direkt hinter mir ein Mann saß, dessen kräftiger Körper eine Wärme ausstrahlte, die meine flatterhafte Libido hoffen ließ, er würde mich nie wieder loslassen, machte die Situation nicht akzeptabler. Alan hatte einen Arm um mich gelegt, mit dem anderen hielt er lässig die Zügel. Er sprach kein Wort, und ich war zu durcheinander, um Fragen zu stellen.

Brandubh schien mit dem Weg bestens vertraut zu sein, und als der Wald endlich lichter wurde und sich schließlich ganz öffnete, erkannte ich, dass wir die andere Seite des Sees erreicht hatten. Ein Stück ging es steil bergab, und ich hatte alle Mühe, mein Gleichgewicht zu bewahren. Doch als das Pferd auf den flacheren Pfaden gelassen einen Huf vor den anderen setzte, bekam ich ausreichend Gelegenheit, mich umzusehen. Die grünen Wiesen um *Loch Cuilinn* unter uns waren übersät mit Gehöften, die meisten von niedrigen Mauern umrahmt und auf kleinen Erhebungen erbaut. Offenbar fürchteten die Bewohner, dass die Rinnsale, die sich hinab in den See schlängelten, über die Ufer treten könnten. Zwischen den Feldern und Wiesen wuchs immer wieder Buschwerk, zwischendurch passierten wir sogar mehrere kleine Wäldchen. Die Häuser waren kaum mehr als Hütten, mit Schilf und Gräsern gedeckt, die von Stricken festgezurrt und mit Feldsteinen beschwert waren. Andere Dächer, weiter oben, wo das Grün karger wurde, schienen mit Grassoden, Heidekraut und Farn belegt zu sein. Diese Katen schmiegten sich an die stellenweise steilen Hänge, als wollten sie nicht gesehen werden. Aus Dächern oder Kaminen stiegen graue Rauchsäulen in den Himmel, und in der Luft lag der kratzige Geruch zahlloser Torffeuer. Ich sah Menschen auf den winzigen Feldern, die in der Abendsonne arbeiteten. Ihre Ernte transportierten sie auf einfachen Karren, die von struppigen Ponys und manchmal von Ziegen gezogen wurden, oder auf dem eigenen Rücken nach Hause. Von Ferne schienen sie uns zu beobachten, aber niemand kam nahe genug, um einen Gruß zu entbieten. Die Frauen trugen lange, weite Röcke, darüber einen knielangen Kittel mit Schürze, und fast immer ein Kopftuch. Die wenigen Männer, die ich sah, waren beinah ausschließlich ebenso gekleidet wie die Kerle, die uns oben im Wald entdeckt hatten. Eigenartigerweise wirkten viele Gesichter verschlossen, sobald man Alan erkannte, doch auf diese Entfernung konnte ich mich auch täuschen. Die gesamte Szenerie machte den Eindruck, als habe jemand ein historisches Gemälde nachgestellt und um das Bild komplett zu machen, thronte über all dem eine Burg auf einer bewaldeten Anhöhe. Nein, nicht irgendeine, sondern die Burg, deren Abbild ich vorhin im Wasser des Sees zu sehen geglaubt hatte. Ein Zittern rann durch meinen Körper. Irgendetwas war hier schrecklich falsch.

Alan musste die in mir aufkeimende Panik gefühlt haben, denn er legte seinen Arm fester um meine Taille und murmelte Worte, deren Bedeutung ich zwar nicht kannte, die zusammen mit seiner tiefen, ruhigen Stimme aber dafür sorgten, dass ich mich allmählich entspannte.

»Alles ist gut, Mädchen. Du musst keine Angst haben.«

Dieses eine Mal ließ ich es mir gern gefallen, wie ein hilfloses Kätzchen behandelt zu werden, denn ich fühlte mich auch so.

Als er wenig später mit einem gemurmelten Fluch das Pferd um die Siedlung am See herumlenkte, auf deren unbefestigten Wegen es recht lebhaft zuging, war ich ihm regelrecht dankbar. Trotz seines ansonsten eigentümlichen Verhaltens schien er zumindest nicht vorzuhaben, mich zum Gespött des gesamten Tals zu machen.

Bald ritten wir erneut bergauf und erreichten ein winziges Torhaus, das, weiß gestrichen und mit einem rauchenden Kamin ausgestattet, vergleichsweise neu wirkte. Es war sogar mit flachen Schindeln gedeckt. Brandubh durchschritt ein steinernes Tor, an dem – halb geöffnet – zwei Eisenpforten hingen. Sie sahen nicht aus, als würden sie häufig bewegt. Warum auch, man konnte problemlos rechts oder links vorbeireiten, und dass dieser Weg je einen größeren Wagen oder eine Kutsche gesehen hatte, bezweifelte ich allmählich sowieso. Irgendwo musste es eine weitere Zufahrt geben.

Ein kleines Mädchen kam aus dem Haus, dicht gefolgt von einem etwa zwölfjährigen Jungen, der sie mit beschützender Geste hinter sich schob, bevor er respektvoll grüßte. Ich sah Furcht in seinen Augen und hörte Alan seufzen, bevor er dem Kind knapp zunickte. Als ich mich umdrehte, winkte das Mädchen, und ich hob meine Hand ebenfalls zum Abschied. Die Kleine lachte und winkte nun mit beiden Armen, bis der Junge sie kurzerhand schnappte und zurück ins Haus zerrte. Seltsame Kinder.

Wir folgten eine Weile dem sanft geschwungenen Weg, der sich zwischen Kiefern, Birken und Farnen hindurch die Anhöhe hinaufschlängelte. Auf einmal lag die Burg vor uns. Sie wirkte überwältigend. Von der einstigen Schutzanlage schien nur der mittelalterliche Turm aus recht grob behauenen Felsen übrig geblieben zu sein. Schmale Fensteröffnungen waren so angeordnet, dass sie wie ein finster blickendes Gesicht wirkten. Dicht an diesen abweisenden Turm geschmiegt war ein Wohnhaus, wie ich es eher im französischen Burgund als hier in den Highlands erwartet hätte. Mit seinen hohen Giebeln und den Sprossenfenstern machte es einen abweisenden, ja geradezu arroganten Eindruck.

Sehr effektvoll. Bei mir funktionierte der Trick auf jeden Fall, ich wäre am liebsten sofort wieder umgekehrt.

Rechts fügte sich ein weiterer, dreigeschossiger Trakt mit geschwungener Steintreppe und hohen Fenstern an, der aussah, als sei er erst kürzlich in bester Barockmanier renoviert worden. Im Vergleich erschien er behäbig, aber zumindest ein bisschen freundlicher.

So eine Instandsetzung kostete vermutlich Millionen. Trotz der unterschiedlichen Baustile, die dieses Herrenhaus – Schloss wäre ein zu großes Wort gewesen – in sich vereinte, war der Gesamteindruck harmonisch. Offenbar hatte der einstige Besitzer einen talentierten Architekten engagiert, als er den Barockbau in Auftrag gab.

Ich nahm an, dass Alan mich hierherbrachte, weil der Weg zurück zum Gasthof, nur in ein Wolltuch gewickelt, viel zu weit gewesen wäre. Das war sehr aufmerksam von meinem Entführer, und ich sollte ihm eigentlich dankbar sein, anstatt den *Gleanngrianach*, wie er sich in diesem Historienspiel nannte, mit eisigem Schweigen zu strafen.

Wir ritten über die Wiesen unterhalb des Herrenhauses, auf denen Ponys und einige Hochlandrinder unter der Aufsicht eines kleinen Jungen grasten. Die Rindviecher hatten einen wolligen Pelz, ziemlich beeindruckende Hörner und waren rabenschwarz. Was mir aber ganz besonders auffiel, war ihre geringe Größe. Verglichen mit den Kühen, die ich von zu

Hause kannte, wirkten sie geradezu winzig. Anschließend passierten wir einen akkurat gezirkelten Garten, an dessen Ende ich hohe Hecken erspähte. Womöglich befand sich dahinter ein Irrgarten.

Die Kehle schnürte sich mir zu. Ich teilte die Vorliebe unserer Vorfahren für Labyrinthe dieser Art nicht. Als Kind hatte ich mich einmal in solch einer barocken Anlage verlaufen. Stundenlang war ich zwischen hohen Hecken umhergeirrt, ohne einer Menschenseele zu begegnen. Schließlich hatte mich ein Gärtnergehilfe gefunden und zu meinen Eltern zurückgebracht, die ihren Urlaub auf der Schlossterrasse genossen und über diese Störung alles andere als erfreut gewesen waren. Sie hatten mein Fehlen nicht einmal bemerkt, aber immerhin wurde ich an diesem Tag eine weitere der ziemlich unsympathischen Nannys los, die meine Kindheit bestimmt hatten, bis ich endlich fortgeschickt wurde, um eine, wie sie sagten, angemessene Ausbildung zu erhalten. Die Erinnerung ließ mich erschaudern.

Der Mann hinter mir strich über mein Haar und murmelte besänftigende Worte, die mehr wie Zauberformeln klangen, und wenn er es darauf anlegte, mich zu einem willigen Lämmchen zu machen, dann war es eine ziemlich erfolgreiche Strategie. Sein warmer Atem in meinem Nacken wirkte beruhigend, und schließlich lehnte ich mich entspannt zurück.

Doch dieser Friede währte nicht lange. Die Szene vor dem Eingang des rechten Gebäudeflügels verlangte meine volle Aufmerksamkeit, und auch Alan wirkte plötzlich angespannt.

Mindestens ein Dutzend Reit- und Packpferde standen vor der weiten Barocktreppe, die zum Eingang hinaufführte, und zahllose Männer schleppten Kisten, Schachteln und Bündel über die Stufen ins Haus. Wir waren augenscheinlich nicht die einzigen Neuankömmlinge, und niemand schien von uns Notiz zu nehmen, bis endlich ein Junge im Hemd und barfuß herbeigerannt kam. Er starrte uns mit großen Augen an, und seine Stimme klang beinahe vorwurfsvoll, als er atemlos sagte: »Die Campbells sind angekommen.«

Alan versteifte sich. »Kümmer dich um Brandubh. Keine Angst, er wird dir nichts tun«, fügte er freundlicher hinzu.

Damit ließ er sich vom Pferd gleiten. Während er mich schwungvoll hinabhob und auf die bloßen Füße stellte, versuchte ich hastig, die Wolldecke fester um den Körper zu ziehen.

Der Junge warf einen Blick auf meine nackten Beine, und ich hätte wetten können, dass er einen anerkennenden Pfiff ausstieß. Erbost starrte ich ihn an. Er grinste frech, griff dann aber nach einem weiteren Blick auf den Mann hinter mir nach den Zügeln und führte das Pferd davon.

Alan umfasste meine Taille, warf mich über die Schulter und aus war es mit den aufkeimenden Gefühlen von Dankbarkeit. Wie einen Mehlsack schleppte er mich, zwei Stufen gleichzeitig nehmend, die Treppe hinauf, ganz offensichtlich in der Absicht, keinen der erstaunten Gäste, die sich auf dem Absatz versammelt hatten, zu begrüßen. Wie auch immer ich zu ihm stand, das hielt ich für die beste Idee, die er bisher gehabt hatte, auch wenn meine Rippen dabei ziemlich protestierten. Alles, was ich mir wünschte, war, so schnell wie möglich etwas Vernünftiges zum Anziehen zu finden und dann aus diesem verrückten Rollenspielercamp zu verschwinden.

»Hey!« Ein hochgewachsener, kräftiger Mann folgte uns ins Vestibül. Über seiner bestickten Weste trug er eine lange Brokatjacke mit Aufschlägen, aus denen üppige Spitzenmanschetten lugten. Er trug tatsächlich seidene Kniehosen und

71

Strümpfe, die langen blonden Locken waren mit einem Samtband im Nacken zusammengebunden. Immerhin war es deutlich, dass er sich in seinem Kostüm nicht besonders wohlfühlte, und eine Rasur hätte ihm auch ganz gutgetan.

Alan trat dicht an ihn heran. »Lachlan, tu mir einen Gefallen und halte mir diese Bande so lange wie möglich vom Hals«, raunte er.

»Was zum Teufel ist in dich gefahren, ausgerechnet heute hier so aufzutauchen? Wenn Mary Campbell herausfindet, dass du …« Er warf mir einen missbilligenden Blick zu.

»Woher sollte sie es erfahren, wenn du es ihr nicht erzählst? Die kann doch keinen Highlander von einem anderen unterscheiden.«

»Ich gebe dir eine Stunde. Und zieh um Himmels willen etwas Vernünftiges an«, flüsterte dieser Lachlan scharf. Dann fuhr er laut fort: »Gib dem *Gleanngrianach* Bescheid: Seine Gäste sind eingetroffen.«

»*Aye*, Sire!« Das Rumpeln in Alans Brust klang, als lache er den gesamten Weg in die obere Etage. Kurz darauf wurde ich unsanft auf ein Bett geworfen. Was kam jetzt?

»Hör zu, Mädchen, ich kann mich im Moment nicht um dich kümmern. Aber da wären noch ein paar Fragen zu klären. Bis dahin rührst du dich nicht vom Fleck, hörst du?« Er zog an einem Klingelzug, und bald darauf kam eine freundlich lächelnde ältere Frau herein.

»Was kann ich …?« Als sie das halb entblößte Mädchen – nämlich mich – auf dem Bett liegen sah, erschien ein missbilligender Zug um ihren Mund. Ich konnte es ihr kaum verübeln. Schnell versuchte sie, ihre Gefühle zu verbergen.

»Dolina, sorge dafür, dass sie etwas Anständiges zum Anziehen bekommt.« Die Frau sog hörbar Luft ein. Alan ignorierte ihre Empörung und schaute mich an. »*A bheil an t-acras ort, m' eudail?*«

Ob ich Hunger hätte? Zu verwirrt, um etwas sagen zu können, schüttelte ich nur den Kopf.

»Bring ihr Wein und etwas zu essen. Und Dolina – sie verlässt diese Räume nur mit meiner Erlaubnis.«

Die Frau knickste und ging hinaus. Die Tür hatte sie eine Spur heftiger hinter sich zugezogen, als es ihr in der Rolle einer Bediensteten zustand.

»Wie bitte?«, fauchte ich, kaum dass ihre Schritte verklungen waren, und imitierte seinen arroganten Tonfall: »*Sie verlässt diese Räume nur mir meiner Erlaubnis?* Für wen hältst du dich?« Empört wollte ich vom Bett aufspringen, aber dabei wurde mir schwindelig, und ich ließ mich in die Kissen zurücksinken. Normalerweise neige ich nicht zu Ohnmachtsanfällen, doch die Ereignisse dieses Tages hatten mich etwas mitgenommen. Und es sah aus, als sei es längst noch nicht vorbei. Alan grinste, ich wandte schnell meinen Blick von diesem verhexten Grübchen ab und sah dabei aus dem Augenwinkel, dass er anfing, sich auszuziehen. Der Kerl besaß tatsächlich die Frechheit, vor meinen Augen seinen Gürtel aufzuschnallen, diese lächerliche Wolldecke abzuwickeln und schließlich auch noch das Hemd über den Kopf zu ziehen. Immerhin drehte er sich dabei zum Kamin um. Ich hätte schwören können, in meinem ganzen Leben noch keinen besser geformten Männerrücken gesehen zu haben. Bei jeder Bewegung wurden zahllose Muskeln aktiv, die garantiert bei niemandem existierten, der einfach nur im Fitnessstudio trainierte. Dieser Mann bewegte sich lässig wie eine Raubkatze und erweckte den Eindruck, als fühle er sich ebenso wohl in seiner Haut wie solch ein wildes Tier. Als er eine helle

Kniehose, so wie dieser Lachlan sie getragen hatte, über sein bloßes Hinterteil streifte, konnte ich gerade noch einen Laut der Enttäuschung unterdrücken.

Die nachtschwarzen Haare, die ihm ungekämmt über die Schultern hingen, fasste er nach ein paar Bürstenstrichen geschickt mit einem Band im Nacken zusammen. Während er das tat, konnte ich den Blick kaum vom Spiel der Oberarmmuskeln unter dem dünnen Leinen des Hemdes losreißen. Grinsend drehte er sich um, als habe er meine Bewunderung gespürt, und trat lautlos ans Bett heran.

Ich hielt den Atem an.

In dieser eleganten Kleidung sah er keinen Deut weniger gefährlich aus als im Kilt. Und nun beugte sich diese Mensch gewordene Versuchung auch noch über mich. Blaue Augen funkelten mutwillig.

»Geh nicht fort, bitte.« Seine Lippen streiften sanft meine Wange, und weg war er.

Das kleine Wort gab den Ausschlag, und ich blieb, wo ich war. Was für ein Mann.

»Der Chief mag dich, Mädchen.« Dolinas Worte rissen mich aus meinem verzückten Tagtraum. Die Frau hatte ein Tablett mit Brot, Käse und einem Krug Wein mitgebracht, das sie jetzt auf dem kleinen Tisch vor einem der Fenster abstellte. Hinter ihr kam ein Mädchen mit zwei Eimern herein, aus denen sie dampfendes Wasser in die Schüssel neben dem Bett goss. Anschließend ging sie lautlos – und auf bloßen Füßen – wieder hinaus, um wenig später mit ein paar Kleidungsstücken über dem Arm zurückzukehren. Sie knickste und verschwand endgültig; nicht, ohne einen neugierigen Blick in meine Richtung geworfen zu haben.

»Mrs. ...?«

»Dolina. So nennen mich hier alle, Mädchen.«

Dolina, also. Ich setzte mich vorsichtig auf die Bettkante. Mir war immer noch ein wenig schwindelig, sobald ich mich zu schnell bewegte.» Dolina, wo bin ich hier?«

Die Frau schaute mitleidig und fing an, meine Stirn mit einem feuchten Tuch abzutupfen. »Du hast dir den Kopf angeschlagen.«

Blut. Alans Blut. Oder hatte ich mich in dem verdammten Sturm ebenfalls verletzt?

Während Dolina begann, mein Gesicht zu waschen, als wäre ich ein hilfloses Kind, sprach sie weiter: »Der Chieftain hat dich in den Wäldern gefunden, und wir können Gott dafür danken. Du warst ohnmächtig, und ihm blieb nichts anderes übrig, als dich nach Castle Grianach mitzunehmen. Er sagt, du bist seine irische Cousine und kannst dich nicht mehr erinnern, wie du in diese Situation geraten oder warum du hierhergekommen bist. Es hat doch nicht etwa jemand ...?« Misstrauisch schaute sie auf meine nackten Beine.

Ich spürte, wie mir Hitze ins Gesicht stieg, als ich mir vorstellte, Alan oder einer seiner Kumpane dort oben hätten mehr getan, als nur einen Blick auf meine Blöße zu werfen. Rasch schüttelte ich den Kopf.

»Gott sei Dank. Sieh sich nur einer deine Haut an. So fein und weich, wie bei einer echten Lady.« Dolina strich über meine Hand. Ihre eigenen Finger waren gerötet und sehr rau – wie von jahrelanger Arbeit. An den Armen sah ich Flecken eines schuppigen Ausschlags. Sie seufzte. »Egal, was die Leute sagen, er ist ein guter Mann.«

Der so gelobte Alan hatte offenbar keine Zeit vergeudet, seine Freunde über meine Herkunft zu belügen, dachte ich entrüstet. Das könnte ihm so passen. Ich wollte gerade Luft holen, um der vertrauensseligen Dolina gründlich die Augen zu öffnen, da sprang die Tür auf, und eine junge Frau kam atemlos hereingestürmt. »Mama, komm schnell. Die Köchin hat einen Wutanfall und will das ganze Abendessen den Hunden vorwerfen.«

»Nicht schon wieder.« Hastig wischte sich Dolina die feuchten Hände an ihrer Schürze ab und lief zur Tür. »Tut mir leid, Mädchen. Die Kleider müssten dir passen, sie gehören meiner Nichte, die Kleine ist schon wieder gewachsen.« Damit war sie auch schon fort.

Deutlich hörte ich, wie ein Schlüssel im Schloss umgedreht wurde. Ich war eingeschlossen. Wütend lief ich zur Tür und hämmerte mit der Faust dagegen. »Lasst mich hier raus!«

Niemand antwortete.

Irgendwann sah ich die Nutzlosigkeit meiner Versuche ein und schaute mich genauer im Zimmer um. Ein Himmelbett aus dunklem Holz mit roten Samtgardinen an den vier Ecken, die man offenbar tatsächlich zuziehen konnte, bestimmte den Raum. Rechts davon hing ein Wandteppich, der allein seiner Größe wegen schon äußerst wertvoll gewesen sein dürfte. Zudem zeigte er wundervolle Motive, Jagdszenen, Tiere und Landschaften. Wenn ich mich nicht sehr täuschte, dann stammte dieses einmalige Kunstwerk aus der Renaissance. Die paar Semester Kunstgeschichte reichten nicht aus, um den Raum eindeutig zu datieren, aber es war ohnehin wahrscheinlich, dass man im Laufe der Zeit Möbel aus verschiedenen Epochen hineingestellt hatte. Ein Schreibtisch mit Stuhl, der kleine Beistelltisch, auf dem Dolinas Tablett stand, zwei Sessel – mehr Möbel gab es außer dem Waschtisch und einer riesigen Truhe nicht. Der Raum wirkte streng und ein wenig düster. Offenbar befand ich mich im älteren Teil des Herrenhauses. Die Wände waren zu zwei Dritteln holzvertäfelt, der Rest weiß verputzt. Die Decke bestand aus dunklen Balken, zwischen denen bemalte Bretter eingelegt waren. Die Motive konnte ich kaum noch erkennen, so sehr waren sie vom Rauch geschwärzt. Der Fußboden, ebenfalls aus Holz, war von zahlreichen Teppichen bedeckt, nur vor dem Kamin sah ich glänzende Steinfliesen. Lautes Knacken und Zischen ließ mich zusammenfahren. Ein brennendes Torfstück rutschte heraus, dass die Funken stoben. Schnell griff ich nach der eisernen Zange und legte es zurück auf die glimmenden Soden. Dabei verrutschte erneut mein Plaid.

Also gut, dann werde ich mich erst einmal anziehen. Das bereitgelegte Kostüm bestand aus einem Leinenhemd, das sich erstaunlich weich anfühlte, zwei Unterröcken und einem gestreiften Baumwollrock mit passendem Mieder sowie einem braunen Spenzer mit halblangen Ärmeln. Daneben lagen ein Paar Strümpfe und Schuhe. Sonst nichts.

Fest stand jedenfalls, dass die Leute es mit ihren Spielregeln sehr ernst nahmen. Wenn ich mich recht erinnerte, war es selbst in den Jugendjahren meiner Urgroßmutter noch durchaus nichts Ungewöhnliches gewesen, nur im tiefsten Winter Unterhosen zu tragen. Ich allerdings fand dieses luftige Gefühl am Hintern eher gewöhnungsbedürftig und war ganz froh, dass die voluminösen Unterröcke bis zur Wade reichten. Der Überrock war sogar noch ein ganzes Stück länger. Nach Knöpfen suchte ich vergeblich, und so schloss ich nicht nur die Röcke mit einer doppelten Schleife, sondern befestigte auch meine Strümpfe über dem Knie mit den bereitgelegten Bändern. Schwieriger wurde es schon, das Mieder zu schnüren. Es war eindeutig für jemanden mit geringerer Oberweite geschneidert worden, und es dauerte eine Weile, bis ich den Dreh heraushatte, weder freizügig wie eine Schankmagd noch platt wie ein Bügelbrett auszusehen. Allerdings fühlte ich mich ziemlich eingeengt. Unterdessen war mir heiß geworden – die Luft war vom Feuer ohnehin viel zu warm und stickig –, und ich ging zum Fenster, um es zu öffnen.

In diesem Moment knarrte der Schlüssel im Schloss. Ein metallenes Klirren war zu hören, und die Tür schwang auf. Ich fuhr herum.

Das Mädchen, das vorhin die Kleider gebracht und später ihre Mutter in die Küche gelotst hatte, war zurückgekommen. Sie wirkte nervös und knickste ein wenig unbeholfen.

»Kann ich Ihnen noch etwas bringen – Mylady?«

Die Pause, die sie am Schluss des Satzes gemacht hatte, war deutlich. Sie hielt mich für alles Mögliche, aber sicher nicht für eine Lady. Seltsamerweise war ich beleidigt. Warum eigentlich? Ich war doch wirklich keine Lady. Dieses ganze Rollenspiel machte mich völlig verrückt. Ärgerlich fauchte ich: »Gibt's hier kein Klo?«

»Mylady?«

»Bist du blöd? Einen Raum, in dem …« Krampfhaft suchte ich nach einer altertümlichen Formulierung. »… in dem ich mich erleichtern kann.«

Begreifen breitete sich auf ihrem Gesicht aus. »Unter dem Bett ist ein Nachttopf.« Offenbar hatte sie meinen Blick richtig gedeutet, denn sie beeilte sich zu erklären: »Die Zimmer im neuen Haus haben ein Kabinett, aber hier gibt es nur Nachttöpfe oder den Abtritt.«

»Dann bring mich zu diesem verdammten Abtritt.«

»Der *Gleanngrianach* hat gesagt …«

»Wer?«

Sie schaute verwirrt. »Der Chief natürlich.«

Da dämmerte es mir, sie nannten ihn wirklich so. Der Herr des Tals und ihr Chef noch obendrein. »Alan«, schnaubte ich ärgerlich und wünschte, wir wären uns niemals begegnet. »Und wer bist du?«

Sie zuckte zusammen. » Mòrag, Mylady.«

Ich erklärte Mòrag ganz genau, was ich von der Anweisung ihres Chiefs hielt, bis sie schließlich seufzte und sagte: »So könnt Ihr aber nicht gehen.« Sie hielt mir die Jacke hin, und widerwillig zog ich sie über. Die Ärmel waren glücklicherweise nicht allzu eng und reichten bis zum Ellbogen, das Hemd schaute ein wenig hervor, was ganz nett aussah.

Mòrag griff nach dem dreieckigen Leinen, das ich für ein Kopftuch gehalten hatte, und drapierte es mir um Schultern und Ausschnitt. Vorn machte sie einen Knoten und stopfte die Zipfel in mein Mieder. »Das muss genügen, Mama hat die Spange vergessen«, murmelte sie und griff nach zwei Kerzen, die sie am Feuer entzündete und in Laternen steckte. Eine davon drückte sie mir in die Hand, öffnete die Zimmertür und wartete, bis ich an ihr vorbei in den Flur gegangen war. Hier gab es zwar keine weiteren Lampen, aber durch die hohen Fenster fiel ausreichend Licht, damit ich die Gemälde betrachten konnte, die in schweren Holzrahmen die Wand schmückten. Eine Menge grimmig blickender Männer hing da, aber auch einige Frauen. Und fast alle verband diese bemerkenswerte Familienähnlichkeit. Die viel zu blauen Augen nahm ich den unterschiedlichen Porträtisten ja noch ab, aber bei der Darstellung der blonden Mähnen, die zumindest alle Männer besaßen, hatten sie deutlich übertrieben. Die Pracht konnte unmöglich natürlich sein. Ich trat näher an ein Gemälde heran, auf dem offenbar der Mann abgebildet war, den mein verrückter Entführer vorhin als Lachlan angesprochen hatte. Er kam mir ziemlich gut getroffen vor. Diese Rollenspieler schwammen anscheinend im Geld, sonst hätten sie für die Kulisse ihres Wochenendvergnügens kaum Porträts anfertigen und auf Leinwand ziehen lassen. Aber andererseits hatten sie ja sogar das gesamte Tal nach ihren Vorstellungen dekoriert. Dekadent.

Ich stammte selbst aus einer wohlhabenden Familie und weiß der Himmel, meine idiotischen Cousins verschleuderten ihr Geld für teure Autos und Frauen, aber auf die Idee, ein ganzes Tal in die Vergangenheit zu versetzen, wären sie nie gekommen. Und wenn doch, dann wüsste es die ganze Welt, und Busladungen von Touristen würden täglich einfallen wie die Heuschrecken. So gesehen waren mir die Verrückten hier richtiggehend sympathisch.

Mòrag gab einen ungeduldigen Laut von sich. Ich riss mich vom Anblick des Porträts los und folgte ihr. Sie führte mich den Gang entlang, durch die Tür am Ende hindurch und eine schmale Wendeltreppe hinauf. Hier war es stockfinster, und ich ertastete die Stufen mehr, als dass ich sie in dem flackernden Kerzenlicht sehen konnte. Durch die dünnen Sohlen meiner zu kleinen Slipper konnte ich deutlich feuchte Kälte spüren, und modriger Geruch stieg mir in die Nase, typisch für Gemäuer, die lange Zeit ungeheizt blieben oder überhaupt nie beheizt wurden. Nur selten wehte etwas Luft durch die schmalen Schlitze im Mauerwerk, die ich für Schießscharten hielt. Offensichtlich befanden wir uns jetzt in dem mittelalterlichen Turm, und mir schwante, was ich unter einem *Abtritt* zu verstehen hatte. Schon machte Mòrag halt und öffnete eine Tür. Ein Plumpsklo, ich hatte es befürchtet.

Als ich den Riegel von innen schloss, wurde mir klar, dass ich immer noch nicht viel weiter war. Hinter mir befand sich ein grob gezimmerter Holzkasten, in den ein kreisrundes Loch eingelassen war. Daneben stand ein Korb mit etwas Stroh und welken Blättern. Ich mochte mir gar nicht vorstellen, wie es wäre, müsste ich diese Toilette tatsächlich benutzen. Als ich den Holzdeckel, auf alles gefasst, anhob, konnte ich bis auf den Boden am Fuße des Turms blicken. Dort unten sah ich, hinter Gestrüpp vor den Blicken der Vorbeigehenden verborgen, eine Grube. *Igitt.* Sofort war klar, selbst mit einem Seil wäre die Flucht an dieser Stelle nicht möglich gewesen – das Loch war viel zu klein, als dass es mir gelungen wäre, mich hindurchzuquetschen. Abgesehen davon löste allein die Vorstellung tief unten in meinem Hals einen würgenden Krampf aus. Draußen rumorte das Dienstmädchen. Sie wurde offenbar nervös, weil ich so lange hier saß. Und das brachte mich auf eine Idee.

»Mòrag?«

Gedämpft hörte ich ein nervöses »*Aye?*«

»Der Riegel geht nicht mehr auf.« Zum Beweis rüttelte ich ein paarmal heftig an der Tür. »Du musst jemanden finden, der mich hier rausholt.« Ich gab meiner Stimme einen weinerlichen Ton.

Mòrag zerrte auf der anderen Seite. Vergeblich, denn ich stemmte beide Füße an den Rahmen und hielt den hölzernen Griff fest umklammert.

Schließlich gab sie auf und versprach, Hilfe zu holen. Ihre Schritte entfernten sich eilig.

Ich zählte leise bis zehn, legte den Riegel beiseite und huschte die Treppe hinunter. Lächelnd lief ich unter den Porträts entlang und versuchte den Gedanken zu verdrängen, die Ahnen der MacCoinnaichs beobachteten meine Flucht mit missbilligenden Blicken.

An meinem vornehmen Gefängnis huschte ich eilig vorbei, sprang drei Stufen hinab und fand mich im Barockgebäude wieder. Auch hier war alles sehr authentisch. Eine breite Treppe führte in die Eingangshalle, die ich ja bereits kurz kennengelernt hatte. Die von hier aus nach oben führenden Stufen waren weit weniger prächtig geraten, aber immer noch aus Stein. Mir gegenüber lag ein monströser Kamin, der nicht aussah, als sei er jemals betrieben worden. Wahrscheinlich so ein Prunkstück, an das sich der Hausherr lehnen konnte, um damit seine Macht zu demonstrieren. Prächtige Flügeltüren waren fest verschlossen, die Türklinken in Augenhöhe angebracht. Wohnten hier Riesen? Aber nein, das war damals so Mode, erinnerte ich mich vage an Schlossbesichtigungen in der Vergangenheit. Gern hätte ich gewusst, was sich hinter ihnen verbarg, aber ich wagte nicht, eine davon zu öffnen, aus Angst, jemandem zu begegnen. Doch genau das blühte mir jetzt hier draußen. Schritte erklangen in der Eingangshalle, und mir blieb nichts anderes übrig, als schnell ein Versteck zu suchen. Kurz fasste ich den Kamin ins Auge, aber der würde mich bestenfalls hübsch einrahmen, verbergen würde er mich nicht.

Die Schritte waren nun schon auf der Treppe zu hören. Mit klopfendem Herzen hoffte ich, dass der nächstbeste Raum leer sein würde, drückte blitzschnell die Klinke herunter und schlüpfte durch die Tür.

»Da bist du ja endlich«, empfing mich eine arrogant näselnde Frauenstimme in gestelztem Englisch. »Gib in der Küche Bescheid, dass Mylady neuen Wein wünscht.«

Ich knickste, wie ich es bei Mòrag gesehen hatte, und murmelte mit gesenktem Kopf: »*Aye*.«

»Steh nicht dumm rum, Mädchen, nimm das Geschirr mit.«

Während ich die Überreste einer Teemahlzeit auf das Tablett räumte, betrachtete ich die Frau, die mich so unhöflich behandelte, aus dem Augenwinkel. Sie stand hinter einer Chaiselongue, auf der ein junges Mädchen lagerte. Die Kostüme der beiden waren äußerst authentisch, soweit ich das beurteilen konnte. Tief dekolletiert, mit schmaler Taille und weiten Röcken, schienen sie direkt einem der Gemälde entsprungen zu sein, wie ich sie in großen Museen schon bewundert hatte.

Wie die Frauen es damals in einem dieser schrecklichen Korsetts ausgehalten hatten, war mir ein Rätsel. Mein eigenes Mieder saß schon eng genug, und es war nicht einmal mit Fischbein versteift. Nie im Leben wäre es mir eingefallen, mich für so ein Spiel einschnüren zu lassen.

Doch vorerst spielte ich mit, neugierig, was geschehen würde. Der blonden Frau machte die unbequeme Enge offenbar auch zu schaffen, denn ungeduldig sprang sie auf und zerrte an ihrem Ausschnitt. »Anabelle, schnür mir das Ding auf, es macht mich wahnsinnig. Warum quäle ich mich überhaupt für diese Hinterwäldler? Hast du gesehen, in welchen Säcken ihre Frauen herumlaufen?«

»Weil du eine Lady bist, Mary, und kein loses Frauenzimmer. Dein Zukünftiger hat dich nicht verdient. Er war ja nicht einmal zur Begrüßung hier, und ich möchte wetten, er selbst war der Kerl, der bei unserer Ankunft eine seiner Huren ins Haus geschleppt hat. Noch dazu im Kilt!«

»Man sollte glauben, dass der Teil mit der Hure eine Dame mehr aufregen müsste, als einen Mann im Rock zu sehen, Anabelle.«

»Verschließ nicht die Augen vor der Wahrheit. Dein Onkel hat dich dazu verdammt, einen Highlander zu heiraten, und er wird sich nicht umstimmen lassen. Immerhin ist der ein Baron, auch wenn er keinen Wert auf den Titel zu legen scheint, und ein ungewöhnlich wohlhabender noch dazu. Du hättest es schlechter treffen können, er ist keine dreißig und wirkt ganz gesund. Denk einfach an die schönen Kleider, die er dir schenken wird, und mach die Beine breit, sooft du kannst. Wenn du ihm erst einmal ein paar Söhne geboren hast, lässt du dir ein Haus in London einrichten. Er gehört nicht zu den Peers, die einen Sitz im Parlament haben, und man sagt, er hat sich noch nie bei Hofe sehen lassen. Mit etwas Glück wird er irgendwann von einem anderen Barbaren erschlagen, dann bist du frei und kannst das Leben genießen.«

»O Anabelle, wie kannst du so etwas sagen. Und wenn er mich überhaupt nicht will? Er ist nicht ein einziges Mal in all den Jahren bei uns vorstellig geworden.«

Anabelle trat vor und strich der blonden Schönheit über das Gesicht. Dabei erschien kurz ein hässlicher Zug um ihren Mund. Doch dann lächelte sie und flötete: »Wie kann er dich nicht wollen? Schau in den Spiegel. Du hast noch alle Zähne und sogar zartere Haut als deine jüngeren Schwestern. Niemand, der dich ansieht, würde glauben, dass du im Herbst achtzehn wirst. Dein zukünftiger Mann mag ein ungehobelter Bursche sein, aber das kann im Bett durchaus seine Vorteile haben.« Sie lachte anzüglich, als erinnerte sie sich selbst an Begegnungen dieser Art. »Sein Bruder, das gebe ich zu, der war sehr manierlich, als er uns die Eskorte in Edinburgh zu Verfügung stellte. Der Kerl, den dein Vater mitgeschickt hat, wäre mit Sicherheit eher fortgelaufen, als uns zu schützen. Ein Wunder, dass er es überhaupt bis hierher geschafft hat. Nun, vielleicht erweist er sich ja hier als nützlicher«, fügte sie mit einem feinen Lächeln hinzu. »Dein Oheim hätte unsere Begleiter aussuchen müssen. Aber mit solchen Dingen befasst sich ja der viel beschäftigte Herzog nicht. Ohne die MacCoinnaich-Männer hätten die Wilden uns vermutlich in irgendeinem Tal massakriert.«

»Oder die englischen Rotröcke«, warf Mary ein.

»Möglich. Warum General Wade solch unzivilisierte Männer zum Straßenbau heranzieht, ist mir unbegreiflich. Sehr weit ist sie auch noch nicht vorangekommen, die glorreiche Armee der Engländer.« Sie schnaufte abfällig. »Und wir sitzen hier fest. Ich schwöre dir, noch nie war ich in einer unwirtlicheren Gegend.« Sie wies zum Fenster. »Sieh doch nur, überall diese schrecklichen Berge.«

»Anabelle, sei bitte nicht so trübsinnig. Immerhin hat es heute noch nicht ein einziges Mal geregnet«, lachte Mary.

»Und das soll mich aufheitern? Ein Frühling in Paris, das wäre etwas. Die Kleider, die Feste …«

»Der Gestank! Zugegeben, in Paris und London hat das Einkaufen viel Spaß gemacht, aber der Gestank war scheußlich. Merkst du nicht, wie klar die Luft hier ist?«

»Papperlapapp. Es ist kalt und unwirtlich.« Anabelle trippelte zum Kamin und rieb demonstrativ ihre Hände aneinander. »Und was hältst du von dem anderen Bruder, diesem Lachlan?«

»Er ist sehr galant.« Mary lächelte.

»Und er sieht gut aus. Man sagt, er sei das Ebenbild seines Vaters. Was man von dem Chief nicht behaupten kann. Er soll ein Wechselbalg, ein Kind der Feen sein, erzählt man sich im Dienstbotenquartier. Manche behaupten, der Teufel persönlich habe ihn gezeugt. Wenn du mich fragst, das würde mich bei keinem dieser Wilden hier überraschen.«

Jetzt lachte Mary laut auf. »Du bist unmöglich. Wie hast du in der kurzen Zeit all diesen Tratsch erfahren können?«

Das fragte ich mich ebenfalls, aber es gab keinen Grund für mich noch länger hierzubleiben, nachdem ich das Geschirr bereits mehrfach auf dem Tablett hin und her geschoben, gestapelt und wieder umgeräumt hatte, um dem Gespräch so lange wie möglich lauschen zu können. Also machte ich mich schwer beladen auf den Weg hinaus. Natürlich half mir niemand, und ich musste das Tablett in einer Hand balancieren, um die Tür öffnen zu können.

Dienstboten haben es nicht leicht. Ich nahm mir vor, zukünftig freundlicher zu Mòrag zu sein. *Du liebe Güte, jetzt fange ich schon selbst an, das alles für Realität zu halten.* Es war höchste Zeit, dass ich aus diesem Haus verschwand.

Doch erst einmal war meine Flucht hier zu Ende, denn draußen lief ich direkt Mòrag und einem Highlander in die Arme. *Verdammt.*

Der junge Mann schien sich in seiner Haut nicht wohlzufühlen und schaute sich unsicher um. Mòrag nahm mir das schwere Tablett ab. »Mylady, bitte, der Chief hat verboten, dass Ihr das Zimmer verlasst.«

Er machte einen Schritt nach vorn und versuchte, mich am Arm zu greifen. Schon wollte ich protestieren, da blickte ich zufällig in Mòrags Gesicht. Sie hatte vor Aufregung ganz rote Wangen und sah sich immer wieder um. Vielleicht fürchtete sie ja, ihren Arbeitsplatz zu verlieren.

»Der Chief ...«

Der furchtsame Blick des Jungen am Torhaus fiel mir wieder ein. Das war nicht gespielt. Glaubten dieses Leute etwa tatsächlich, dass Alan der Sohn des Teufels war, wie diese Anabelle behauptet hatte? »Schon gut, Mòrag. Ich komme mit.«

Sie lächelte dankbar, und der Highlander begleitete uns wortlos zum Zimmer zurück. Er schien ebenfalls erleichtert zu sein und ließ sich sogar dazu hinreißen, die Tür für mich aufzuhalten, bevor er sie allerdings gleich darauf wieder sorgfältig hinter mir verschloss. Frustriert ging ich zum Fenster, öffnete es und lehnte mich weit über das breite Fensterbrett. Ein Blick nach unten bestätigte meine Vermutung, dass es auch hier keine Möglichkeit gab zu entkommen, es sei denn, ich knotete die Betttücher zusammen, und kletterte daran in die Tiefe. Eine ziemlich dramatische Maßnahme, die ich später immer noch ergreifen konnte. Die Vorstellung, mit wehenden Röcken an einem mürben Stück Stoff über dem Boden zu baumeln, hatte wenig Verlockendes.

Der Rest der Aussicht war spektakulär. *Loch Cuilinn*, der See dort unten im Tal, lag ruhig in der Abendsonne, deren letzte Strahlen bis weit in mein Zimmer hineinfielen. Der Wald, in dem irgendwo am Feenkreis meine Unterwäsche auf einem Felsen ausgebreitet lag, zog sich dunkel und geheimnisvoll am anderen Ufer entlang. Von dort hatte ich vor wenigen Stunden hier herüber geschaut und die Ruinen entdeckt. Oder besser das, was ich aus der Ferne dafür gehalten hatte.

Zeit für einen Besuch beim Optiker. Seltsam, dass Iain mit keinem Wort von diesem Castle gesprochen hatte. Es war doch wunderbar erhalten und musste eine ausgesprochene Touristenattraktion in der Gegend sein – natürlich nur, wenn es nicht gerade zum Rollenspielcamp umfunktioniert war. Vielleicht mochte der Besitzer aber keine Fremden in seinem Haus. War Alan dieser Besitzer?

Verwirrt rieb ich meine Augen. *In was bin ich da nur hineingeraten?* Ein dicker Kloß begann sich in meinem Hals zu bilden. Doch dann erinnerte ich mich an die Mahlzeit, die

Dolina vorhin gebracht hatte. Eine Stärkung konnte ich weiß Gott vertragen. Ehrlich gesagt, gegen einen großen Schluck Whisky hätte ich in diesem Moment auch nichts einzuwenden gehabt. Oder besser noch eine ganze Flasche. In dem irdenen Krug befand sich jedoch Wein, der sich darin erstaunlich kühl gehalten hatte. Ich schenkte etwas davon in das bereitstehende Glas und stellte überrascht fest, wie lecker er war. Das Brot schmeckte ebenfalls köstlich. Eigentlich sah es mehr wie eine Art Brötchen aus, das von beiden Seiten gebräunt, knusprig und innen ganz weich war. Im Nu hatte ich auch noch eine dicke Scheibe kaltes Fleisch und ein Stück Käse vertilgt. Ein langer Tag in der frischen Luft regte meinen Appetit immer auf besondere Weise an.

Inzwischen hatte sich die Sonne hinter den Bergen versteckt und warf lange Schatten über das Tal. Das Feuer im Kamin war so gut wie heruntergebrannt, es wurde kühl und dunkel in meinem eigenartigen Gefängnis. Da sowieso nichts anderes zu tun blieb, als zu warten, bis irgendjemand kommen würde und mich aus dieser absurden Situation befreite, konnte ich genauso gut auch ein Schläfchen halten. Mein Körper begrüßte diese Entscheidung mit einem herzhaften Gähnen, und ich zog mich bis auf das lange Hemd aus, bevor ich müde unter die weichen Decken des riesigen Himmelbetts kroch.

Später habe ich mich manches Mal gefragt, ob ich eigentlich an jenem Abend den Verstand verloren hatte, mich einfach ins Bett zu legen, als wäre alles in bester Ordnung. Aber wahrscheinlich litt ich damals stärker unter den Nachwirkungen der Erlebnisse des Tages, als es auf den ersten Blick schien. Ich muss reichlich verwirrt gewesen sein.

Mitten in der Nacht erwachte ich. Der Raum war in sanftes

Kerzenlicht getaucht, und im Kamin prasselte wieder ein Feuer. Alan saß, nur mit Hemd und Hose bekleidet, bequem im Sessel. Neben ihm stand eine Glaskaraffe, die, wie ich aus der goldgelben Farbe schloss, mit Whisky gefüllt war. Lässig nahm er einen Schluck und schaute mich an.

»Was tust du hier?«, verlangte ich zu wissen und richtete mich auf.

»Dies ist mein Schlafzimmer.«

Das erklärte einiges. Die im Vergleich zu dem Salon der beiden Frauen extrem schlichte Einrichtung, den männlich-sachlichen Stil, das Messer auf dem Waschtisch. Na gut, das hätte ich schon eher als Rasiermesser identifizieren können, aber keiner der Männer, die ich kannte, hatte sich je zuvor mit einem Dolch rasiert. Dieser hier schon, und ich fand die Vorstellung ungemein sexy.

Doch zum Träumen hatte ich keine Zeit. Warum hielt er mich ausgerechnet in seinem Schlafzimmer gefangen? Eine böse Ahnung stieg in mir auf, und ich zog die Bettdecke etwas höher.

Alan schien meine Unruhe nicht zu bemerken, er lehnte sich vor und sah mich durchdringend an. »Wieso hast du mein Plaid getragen?«

Offenbar hatte ich den Atem angehalten, denn er entwich jetzt mit einem deutlichen Zischlaut, bevor ich antwortete: »Weil du es mir gegeben hast.« Ich dachte an die merkwürdigen Situationen, in denen ich Alan bisher begegnet war. Jedes Mal hatte er durch sein schnelles Eingreifen verhindert, dass mir etwas zustieß. Hitze schoss in mein Gesicht, als ich mich an unsere letzte Begegnung erinnerte. *In seiner Gegenwart scheine ich ständig rot zu werden*, dachte ich.

»Warum sollte ich so etwas tun?«

»Was tun?« Ach so. Das Plaid. »Ich war, wie soll ich sagen, gewissermaßen in einer Notsituation«, murmelte ich.

Alan schaute verwirrt. »Ich kann mich nicht daran erinnern.«

Ich wollte ihm schon eine schnippische Antwort geben, da fiel mir sein Sturz auf den Felsbrocken ein. Vielleicht litt nicht ich, sondern er unter Amnesie. Also erzählte ich ihm, wie ich ausgeglitten und in den Bach gefallen war. Den eigentümlichen Wind am Steinkreis erwähnte ich nicht, und die Stelle, als ich nur in meiner Wäsche vor ihm gestanden hatte, ließ ich ebenfalls aus. Wenn er das vergessen hatte – umso besser.

Nachdem ich meine Geschichte beendet hatte, schaute Alan nicht glücklich drein. »Eine Kopfverletzung könnte erklären, warum ich mich nicht mehr an alles erinnern kann.« Er rieb sich über den Hinterkopf. »Und auch diese Beule. Aber deinen seltsamen Akzent erklärt es nicht.«

»Ich habe keine Ahnung, warum du plötzlich darauf bestehst, Gälisch zu sprechen. Dein Englisch war einwandfrei, als wir uns das erste Mal begegnet sind. Aber bitte, wenn du es unbedingt wissen willst. Ich habe diese Sprache in Irland gelernt. Ein paar schottische Brocken habe ich erst kürzlich aufgeschnappt, und ehrlich gesagt verstehe ich nicht einmal die Hälfte von dem, was ihr hier redet.«

»Wenn es dir lieber ist«, er wechselte problemlos in ein perfektes Englisch, das nur ein klein wenig antiquiert klang, »dann können wir uns auch auf Englisch unterhalten. Wij konden het Nederlands spreken, où en français. Ganz wie es Mademoiselle belieben.«

»Dein Akzent lässt ebenfalls ein wenig zu wünschen übrig«, sagte ich gehässig. »Schön, dass du Niederländisch und Französisch beherrschst, aber es ist nicht nötig, mir deine interkulturelle Kompetenz zu beweisen. Es reicht, wenn du endlich aus dieser Chiefrolle schlüpfst und wieder ganz vernünftig mit mir sprichst.«

»Was redest du da?«, grollte Alan. Er wirkte ehrlich verärgert. »Aber weil nun klar ist, dass du nicht dein Gedächtnis, sondern deinen Verstand verloren hast, werde ich morgen einen Boten zu deiner Familie schicken. Er wird sie über deinen Verbleib informieren, damit sie dich so rasch wie möglich abholen können.«

Mit diesem Mann war nicht zu reden. Aber was er konnte, das konnte ich ebenfalls. »Das wäre mir außerordentlich recht, Mylord.« Blitzschnell versuchte ich mich zu erinnern, was Iain mir über die alten Clanstreitigkeiten erzählt hatte. Ich lächelte zuckersüß, die Chancen standen gut, dass man hier an der Westküste wenig Liebe für die Freunde der Engländer empfand, besonders, wenn sie aus den eigenen Reihen stammten. Mal sehen, wie er darauf reagierte: »Mein Oheim ist der Duke of Argyle.«

Der Effekt war beeindruckend, und Alans Reaktion weitaus heftiger, als ich erwartet hatte. »Der Hund, warum schickt er mir zwei Frauen?« Er wurde kreidebleich und schenkte sich großzügig aus der Karaffe nach. Dann stürzte er den Whisky in einem Zug herunter.

Allmählich ging mir auf, dass er wirklich glaubte, was er da redete. Dabei hatte ich ihn doch nur ein wenig auf den Arm nehmen wollten. »Welches Jahr haben wir?«, fragte ich misstrauisch.

»1728. Hast du das auch vergessen?«

Vor Furcht begann mein Herz wie wild zu klopfen. Und wenn ich wirklich in der Vergangenheit gelandet war? Alles sah so echt aus.

Aber nein, das war unmöglich.

»Alan, hör zu. Das ist alles Unfug. Wir leben im einundzwanzigsten Jahrhundert, und ich hatte noch nie etwas mit einem Herzog zu schaffen. Du hast dir heute Nachmittag den Kopf angeschlagen und vermutlich eine Amnesie erlitten. Dann kam dieser fürchterliche Wirbelsturm auf, und wir müssen beide eine Weile ohnmächtig gewesen sein, bevor deine Freunde uns gefunden haben.«

»Das waren nicht meine Freunde«, sagte Alan leise, und er klang dabei so verloren, dass ich etwas ganz Ungewöhnliches tat.

Ich klopfte auf die Matratze neben mir und sagte: »Ich bin hundemüde, wir sollten morgen weiterreden. Wenn das wirklich dein Zimmer ist, dann kannst du meinetwegen auch hier schlafen. Vorausgesetzt, du versprichst, deine Hände bei dir zu behalten«, fügte ich vorsichtshalber hinzu.

Er schaute mich mit einem seltsamen Blick an, aber dann blies er die Kerzen aus und schlüpfte bald darauf zu mir unter die Decke. Es dauerte nur wenige Minuten, da hörte ich, wie sein Atem gleichmäßiger wurde.

Die Stille wurde von eigentümlichen Geräuschen unterbrochen. Holz knackte, und über mir hörte ich Trippelschritte, die von winzigen Pfötchen herrührten. Zumindest hoffte ich, dass dort auf den Balken Mäuse und kein größeres Getier herumspazierte. Vor dem Fenster schrie ein Käuzchen, ich zuckte zusammen. Mit aufgerissenen Augen starrte ich in die Dunkelheit, aber natürlich war der Vogel längst weitergeflogen. Schließlich verstummte sogar das Getrappel im Gebälk, und der Himmel färbte sich bereits rosa, als ich endlich einschlief.

Irgendjemand blies in mein Ohr. Alan. Dieser unmögliche

Mensch lag dicht an mich geschmiegt. Sein Arm ruhte quer über meinem Bauch, und das Gesicht hatte er an meiner Halsbeuge vergraben, genau dort, wo die Haut dünn und empfindlich war. Er trug keinen Faden Stoff am Leib – wie hatte ich das gestern Abend nicht bemerken können – und schlief den Schlaf der Gerechten.

Unglaublich.

Behutsam versuchte ich, seinen Arm beiseitezuschieben und mich unter ihm fortzuschlängeln. Doch sein Griff wurde fester, und er begann zu allem Überfluss, mit weichen Lippen meinen Hals zu liebkosen. Ausgerechnet diese Stelle. Ich fluchte lautlos. Selbst eine Heilige hätte der Versuchung nur schwer widerstehen können, diesen Augenblick zu genießen … und ich war gewiss keine Heilige.

Doch dann riss ich mich zusammen. »Alan?«

Mit einem wohligen Laut hob er den Kopf und blickte mich unter halb geschlossenen Augenlidern an. Seine Hand versuchte derweil, einen Weg unter mein Hemd zu finden. »Guten Morgen, Kleines.«

»Nenn mich nicht *Kleines*, ich bin eins achtundfünfzig, und ich habe einen Namen!« Halbherzig versuchte ich, seine warme Hand abzuschütteln.

»Wie heißt du – Kleines?« Ich war sicher, dass er lachte.

»Johanna.« Wie konnte er es wagen, sich über mich lustig zu machen und dabei so unglaubliche Gefühle in mir auszulösen?

»*Joanna*.« Er ließ den Namen über seine Zunge gleiten, als sei er etwas besonders Köstliches.

Die Schmetterlinge in meinem Bauch waren wie besoffen von dem Endorphinregen, der auf sie herniederging.

»Darf ich dich küssen, Joanna?«

Bevor ich überhaupt darüber nachdenken konnte, klopfte es an der Tür.

»Später!«, flüsterte er, glitt geschmeidig aus dem Bett, griff seine Sachen und verschwand lautlos hinter dem Wandteppich.

»Ja, bitte?«, krächzte ich schließlich und zog rasch die Bettdecke glatt. Die Stelle, an der Alan gelegen hatte, war noch ganz warm.

Dolina kam herein, schwer beladen mit einem riesigen Tablett. »Frühstück«, rief sie fröhlich. Ihr folgte eine ganze Prozession. Zwei Männer schleppten eine Badewanne herein und bemühten sich angestrengt, nicht in meine Richtung zu schauen. Dann kamen fünf oder sechs Mädchen mit schweren Wassereimern, die sie in den Zuber entleerten. Schließlich tauchte Mòrag auf. Sie trug ein Bündel unter dem Arm, aus dem eine Bürste lugte, hängte zwei Leinentücher über das Gestell am Kamin und richtete danach Töpfchen und Tiegel auf dem Waschtisch an.

»Was habt ihr vor?«

»Der Chief hat angeordnet, dass es dir an nichts mangeln soll«, sagte Dolina und zwinkerte mir zu. »Mòrag wird dir beim Baden helfen.« Und damit zog sie die Tür hinter sich zu.

Das Mädchen stellte einen Paravent auf, hinter dem sie den Nachttopf platzierte. Mehr Privatsphäre konnte ich mir vermutlich nach dem gestrigen Fluchtversuch nicht erhoffen, und so fügte ich mich widerstandslos meinem Schicksal, während Mòrag den Kamin kehrte und ein neues Feuer entfachte. Die Wasserträger erschienen erneut, und als sie fort waren, wagte ich mich hervor und tunkte vorsichtig meinen Zeh in die Wanne. Das Badewasser hatte gerade die richtige Temperatur, es duftete herrlich.

»Darf ich Euer Haar waschen, Mylady?«

»Mòrag, hör zu. Wie du sehr wohl weißt, bin ich keine Lady. Bitte nenne mich Johanna.«

»Wie Ihr wünscht, My…«

Ich hielt ihre Hand fest und schaute sie an. »Johanna.«

Sie lächelte zurück. »*Aye, Joanna.*« Mit dem *H* in meinem Namen hatte offenbar nicht nur Alan ein Problem. Doch damit konnte ich leben.

Mit dem Rücken zum Wandteppich, hinter dem ich ihn immer noch vermutete, ließ ich mich ins Wasser gleiten und zog das Leinenhemd erst im letzten Augenblick aus. Dabei stellte ich mir vor, wie Alan vergeblich versuchen würde, den Raum ungesehen zu verlassen. Eine gerechte Strafe dafür, dass er mich in Versuchung geführt hatte.

Zufrieden lehnte ich mich zurück und genoss, wie das warme Wasser allmählich den teuflischen Muskelkater beschwichtigte. Wenn ich schon in die Vergangenheit gereist war, hätte der auch gern in der Zukunft zurückbleiben können. Wie wirr war das denn? Ich befahl mir, nur an den Augenblick zu denken und das Bad einfach zu genießen. Ich dusche für mein Leben gern, aber ein heißes Bad ist der Gipfel des Genusses – auch wenn ich dafür in dieser antiken Wanne hocken musste.

Später bestand Mòrag darauf, dass ich mich vor den Kamin setzte, damit sie mein Haar so lange bürsten konnte, bis es trocken war und glänzte.

»Leider haben wir kein anderes Kleid für dich«, sagte sie entschuldigend, während sie das Mieder geschickt schnürte, bis ich ein erstaunlich üppiges Dekolleté bekam.

»Mòrag, welchen Tag haben wir heute?«

»*Di-Màirt.*«

»Was? Oh, Dienstag. Und welches Jahr?«

Sie schaute merkwürdig, bevor sie antwortete: »Wir leben im Jahr des Herrn 1728.«

Natürlich, was hatte ich erwartet? Die Leute hier waren überzeugt, im achtzehnten Jahrhundert zu leben, und ich konnte ihnen nicht das Gegenteil beweisen, solange ich eingesperrt in diesem Zimmer festsaß.

Dienstleute kamen, die mein Bad wieder hinaustrugen, und Mòrag zeigte auf einen Glockenzug. Wenn ich etwas brauchte, solle ich einfach nur daran ziehen, dann würde sie kommen. Bei aller Freundlichkeit vergaß sie dennoch nicht, die Tür hinter sich wieder gründlich zu verschließen.

Ärgerlich ging ich im Zimmer auf und ab. Caitlynn und Iain erwarteten mich heute zurück und würden sich Sorgen machen, wenn ich nicht auftauchte. Und was würden sie erst denken, wenn sie meine Kleidung und das Packpferd am Feenkreis fanden, aber von mir selbst keine Spur zu entdecken war? *Ich muss hier raus.*

Die Zimmertür war zwar verschlossen, aber es existierte mit Sicherheit ein zweiter, geheimer, Ausgang. Sehr unwahrscheinlich, dass Alan sich immer noch hinter dem Wandteppich verbarg. Sicherheitshalber sah ich dennoch nach. Kaum hatte ich das schwere Ding beiseitegeschlagen, öffnete sich die Wandvertäfelung dahinter wie von Geisterhand, und Alan stand vor mir.

»Schon wieder auf der Flucht?«

Offenbar hatte man ihm von meinem gestrigen Versuch, aus dem Haus zu schleichen, berichtet.

»Und selbst? Erneut auf Abwegen?«

»Hat dir noch niemand erzählt, dass ich der Sohn des Teufels bin?« Ein schmerzhafter Ausdruck huschte über sein Gesicht. »Ich komme und gehe, wie es mir beliebt. Sie nennen mich nicht umsonst den schwarzen Chief und drohen ihren Kindern damit, dass ich nachts in ihre Häuser schleiche, um sie zu holen, wenn sie nicht folgsam sind.«

So grimmig, wie er mich jetzt ansah, fand ich es nicht weiter verwunderlich, dass sich manche Leute vor ihm grausten. Ich gehörte nicht dazu. »Jetzt ist aber helllichter Tag, und ein Kind bin ich auch nicht mehr. Wenn du mir Angst einjagen willst, dann beweise mir, dass wir das Jahr 1728 haben«, forderte ich ihn heraus. »Mir ist es gleich, was die Leute sagen, oder ob du dem Teufel oder auch deinem Vater ähnlich siehst …« *Verdammt!* Ich hatte nicht vorgehabt, meinen Finger in diese Wunde zu legen.

Alan ließ sich in einen Sessel fallen. »Aha, diese Geschichte kennst du also auch schon. Du bist ein seltsames Mädchen. Du solltest dich vor mir fürchten, so wie alle anderen auch. Stattdessen lädst du mich in mein eigenes Bett ein und behauptest, aus der Zukunft zu kommen.«

»Wir beide kommen aus der Zukunft. Ich meine, wir leben beide in der gleichen Zeit und sind hier in der Vergangenheit gelandet. Quatsch. Was rede ich da?« Verwirrt setzte ich mich in den anderen Sessel. »Es gibt keine Zeitreisen. Das muss alles ein großes Missverständnis sein.« Das klang selbst in meinen Ohren ziemlich lahm. Waren womöglich Drogen im Spiel?

»Joanna, ich weiß nicht, was dort oben im Wald geschehen ist. Ich habe keine Ahnung, was ich am Feenkreis wollte und wie ich dorthin gelangt bin. Du bist eine Fremde und dürftest nicht einmal von seiner Existenz wissen.«

»Iain hat mir davon erzählt, und ich habe eine Ausflug gemacht, um mir die Steine anzusehen.«

»Und wer ist dieser Iain? Auch so ein verdammter Campbell?«

»Was auch immer du damit meinst.«

»Ein Verwandter des Herzogs …«

Ich unterbrach ihn: »Ist er nicht, und außerdem lebt er zusammen mit meiner besten Freundin nicht weit von hier – die beiden sind verheiratet.« Letzteres war zwar geschwindelt, klang aber seriös. »Sie lieben sich«, fügte ich mich Nachdruck hinzu. Keine Ahnung, warum ich es so wichtig fand, ihn wissen zu lassen, dass ich kein romantisches Interesse an Iain hegte.

Alan strich sich eine dunkle Haarsträhne aus dem Gesicht. »Wie auch immer. Solange du nicht weißt, wer deine Familie ist, stehst du unter meinem Schutz. Ich kann nicht erlauben, dass dir etwas zustößt. Deshalb hast du die Wahl: Entweder du bleibst eingesperrt, oder du versprichst mir, keinen weiteren Fluchtversuch zu unternehmen. Dann kannst du dich rund um Castle Grianach frei bewegen – vorausgesetzt, Mòrag ist dabei.«

»Okay.«

Er sah mich fragend an.

»Ich meine: *einverstanden*. Ich werde nicht versuchen, zu fliehen, wenn du mir sagst, was dort hinter den Bergen liegt.« Ich zeigte nach Westen.

»Das Meer.« Alan sah mich hoffnungsvoll an. »Weckt das irgendwelche Erinnerungen in dir?«

Eine Menge. Aber keine spielte in diesem Zusammenhang eine Rolle. Deshalb sagte ich zögernd: »Vielleicht würde es das, wenn ich es mit eigenen Augen sähe.«

»Wir werden sehen, wann ich Zeit habe, einen so langen Ritt mit dir zu unternehmen«, seufzte Alan und erhob sich.

Der Mann hatte eindeutig eine weiche Seite. *Daraus müsste sich doch etwas machen lassen*, dachte ich. Wieder allein, versuchte ich die Ereignisse der letzten Stunden zu rekapitulieren. An eine Verschwörung mochte ich schon aus Prinzip nicht glauben. Die Männer beim Feenkreis, die beiden Frauen, die ich in ihrem Salon belauscht hatte, Mòrag. Ihre Sprache und Kleidung, selbst ihre Art, sich zu bewegen – alles wirkte so selbstverständlich, als hätten sie nie etwas anderes getan.

Ich habe niemals bezweifelt, dass die Welt mehr Geheimnisse birgt, als wir Menschen lösen können, und Caitlynn hielt Magie für etwas sehr Reales. Mehr als einmal hat sie mich damit überrascht, wie genau sie manche Ereignisse voraussagen konnte. Sie glaubte fest an die Existenz von Erdgeistern und Feen und daran, in Iain ihren vorbestimmten Seelenpartner gefunden zu haben. In den vergangenen Wochen hatte ich den Eindruck gewonnen, dass sie damit Recht hatte. Dabei war sie bisher noch nicht einmal dazu gekommen, mir zu erzählen, wie und wo sie sich kennengelernt hatten.

Ich selbst war nach Schottland gereist, um Abstand zu meinem bisherigen Leben zu gewinnen und mir über einige Dinge klarzuwerden. Und wenn das Schicksal diesen Wunsch etwas zu wörtlich genommen hatte? Dann saß ich jetzt im achtzehnten Jahrhundert fest, und Alan war die einzige Verbindung zu meinem vorherigen Leben.

Eine sehr lose Verbindung. Nicht nur, weil wir uns erst vor kurzem begegnet waren und das nicht gerade unter für mich besonders günstigen Umständen. Er fühlte sich hier offenbar vollkommen zu Hause und schien überzeugt, mich am Feenkreis das erste Mal gesehen zu haben. Außerdem war er zu sexy für sein eigenes Wohl; für meines allemal.

»Er ist arrogant, selbstgefällig und ein totaler Macho«, erklärte ich der Türklinke von Angesicht zu Angesicht, bevor ich hinauflangte und das riesige Ding herunterdrückte, um mich aufzumachen, meine neue Welt zu erkunden.

4

Eine neue Welt

*D*as Haus bestand, wie ich schon von Anfang an vermutet
hatte, aus zwei, und wenn man den Turm dazurechnete,
sogar drei Teilen. Mein Zimmer – genaugenommen gehörte
es natürlich dem Hausherrn, also Alan – befand sich in der
oberen Etage des älteren Wohngebäudes. Unentschlossen
schaute ich den Gang entlang. Nach rechts gelangte man in
den neueren Trakt. Sehr wahrscheinlich war, dass Alan all
seine vornehmen Gäste dort untergebracht hatte, und ich verspürte wenig Lust darauf, noch jemandem von ihnen über den
Weg zu laufen. Die Aussicht auf eine weitere Begegnung
schien mir, nach dem ersten Zusammentreffen mit den beiden
Ladys, wenig verlockend.

Also nach links. Zuerst aber folgte ich Mòrags Beispiel,
um Licht zu besorgen. Ich ging ins Zimmer zurück und entzündete eine Kerze am glimmenden Torf im Kamin. Ich
erlaubte der Flamme, sich zu entwickeln, und wartete, bis
Wachs an der Seite hinablief. Die nächsten Tropfen ließ ich
in die Laterne fallen, klebte so die Kerze fest und stülpte das
Glas darüber.

Anschließend schlich ich in Richtung des gewundenen
Treppenhauses im Turm. Nachdem die schwere Tür erstaun-
lich leicht aufgeschwungen war, spähte ich in den dunklen
Aufgang. Der Abtritt war nichts Neues mehr, doch es lockte

mich zu erkunden, was weiter oben lag. *Also hinauf.* Ein wenig fühlte ich mich in meinen geliehenen Kleidern wie die neugierige Zofe aus einem dieser historischen Gesellschaftsromane, die ich gern las. Mit der hatte es allerdings kein gutes Ende genommen, vielleicht sollte ich mich auch besser in Acht nehmen. Obwohl – wenn ich mich richtig erinnerte, spielte die Geschichte während der Französischen Revolution und somit von hier aus gesehen in der Zukunft.

Der Gedanke eröffnete, einmal weitergedacht, ungeahnte Perspektiven. Was würde geschehen, wenn ich meinen neuen Zeitgenossen von den politischen Entwicklungen der Zukunft berichtete? Ich versuchte mich zu erinnern, was mir meine Freunde in den vergangenen Wochen über die schottische Geschichte erzählt hatten und was ich sonst noch wusste. Maria Stuart? Nein, die Königin war schon lange tot. Rob Roy? Möglich. Wenn der Film, den wir neulich zu dritt im Fernsehen angeschaut hatten, einigermaßen authentisch war, dann konnte es gut sein, dass sich der Rebell als Zeitgenosse herausstellte. Und war in dieser Story nicht auch der Herzog von Argyle, das Oberhaupt der Campbells, der Bösewicht gewesen, oder doch der Gute? Der Impuls war groß, gleich einmal im Internet nachzusehen, aber …

Die Erkenntnis traf mich wie ein Schlag: Auf diese Informationsquelle würde ich hier verzichten müssen. Irrsinnigerweise beherrschte mich sofort der dringende Wunsch, Alan möge mehr als nur ein paar brauchbare Bücher sein Eigen nennen. Doch selbst wenn er eine gut sortierte Bibliothek besäße, hieße das noch lange nicht, dass ich die Texte auch lesen konnte. Von Latein hatte ich jedenfalls schon mal fast null Ahnung, es hatte nie zu meinen Lieblingsfächern gehört. Kein Internet, kein Fernsehen und nicht einmal eine

Zeitung. Wann war eigentlich die erste Tageszeitung erschienen? Mitte des siebzehnten Jahrhunderts? London war bestimmt neunhundert Kilometer entfernt. Wie lange eine Zeitung von dort bis in die entlegenen Highlands überhaupt unterwegs sein würde, konnte ich mir beim besten Willen nicht vorstellen. Dringend wünschte ich mir die Erinnerung an Fakten aus endlos langweiligen Vorlesungen zurück. Aber viel Nützliches über die hiesigen politischen Verhältnisse wäre ohnehin nicht dabei gewesen.

»Mit Verstand an ein Problem herangehen«, waren die Worte meiner Lieblingslehrerin gewesen. Was wusste ich also über meine neue Umgebung, was hatte ich bereits erfahren? Die Antworten auf diese Fragen konnten möglicherweise den Weg aus meiner doppelten Gefangenschaft weisen. Zum jetzigen Zeitpunkt schien eine Flucht nicht sinnvoll. Sollte ich tatsächlich durch irgendein abseitiges physikalisches Phänomen in die Vergangenheit gerutscht sein? Ich erinnerte mich schwach an irgendwelche Theorien, die besagten, dass eine fünfte Dimension existieren könnte, allerdings wäre die winzig klein und gewissermaßen blasenförmig an unserer Realität geheftet. Keine besonders erfreuliche Vorstellung.

Wie dem auch sei, es gab derzeit vermutlich wenige Orte, an denen ich sicherer war als in Castle Grianach. Immerhin stand ich, als Fremde und Frau, unter Alans Schutz, und mit etwas Glück würde er sich früher oder später an die Ereignisse am Feenkreis oder vielleicht sogar an Iain, mit dem er doch befreundet, zumindest aber bekannt war, erinnern. Und wenn ich hier hineingeraten war, dann musste es doch auch einen Weg hinaus geben – oder?

Also gut, wenn ich logisch an die Sache heranging, stellte sich zuallererst die – vielleicht überlebenswichtige – Frage:

»Was weiß ich über das Schottland der ersten Hälfte des achtzehnten Jahrhunderts?«

Die Menschen waren nicht gut auf die Engländer zu sprechen, das wusste ich schon und hatte es darüber hinaus aus dem Gespräch der beiden Frauen herausgehört, die vielleicht für den Luxus und die elegante Welt weiter im Süden des Landes schwärmten, aber dennoch zuallererst Schottinnen waren. Angus, der Pferdeflüsterer, mochte die Engländer ebenfalls nicht besonders. Ein seltsames Gefühl von Heimweh schnürte mir plötzlich das Herz ab, als ich an den alten Mann dachte, mit dem ich in den letzten Wochen viel Zeit verbracht hatte. Ihm war es zu verdanken, dass ich die Leute hier überhaupt verstehen konnte. Hätte er nicht Vergnügen daran gefunden, sich mit mir in seiner Muttersprache zu unterhalten, obwohl ich ihn anfangs kaum verstand, wäre ich jetzt ganz schön aufgeschmissen gewesen.

Die kalte Mauer in meinem Rücken half mir, wieder zu klarem Verstand zu kommen. *Du bist in der Vergangenheit gefangen, Johanna,* ermahnte ich mich. *Du darfst die Nerven nicht verlieren.* Dazu gehörte auch, keine Selbstgespräche zu führen. Das Klügste wäre es wahrscheinlich, erst einmal die Umgebung zu erkunden und dabei Augen und Ohren offen zu halten.

Mit weichen Knien ging ich über unebene Stufen und Treppenabsätze weiter hinauf. Vorbei an schmalen Holztüren und Fensteröffnungen gelangte ich schließlich an eine weitere Tür, die mir den Weg versperrte. Enttäuscht rüttelte ich mehrmals an dem Riegel. Und dann kam mir eine Idee. Vielleicht hatte man ja hier irgendwo einen Schlüssel versteckt. Das Türschloss war riesig, also musste es der Schlüssel auch sein. Da war es bestimmt mächtig umständlich, wenn man ihn immer mit sich herumschleppen sollte, nur für den Fall, dass jemand das Bedürfnis verspürte, über das Tal zu blicken. Vorausgesetzt, irgendjemand hier hegte überhaupt derart romantische Gelüste. Sicher war das nicht.

Trotzdem ließ ich meine Finger bei flackerndem Kerzenschein über feuchte Steine gleiten, bis sie eine eingelassene Mulde fanden, in der tatsächlich ein großer Eisenschlüssel lag. Er ließ sich erstaunlich leicht im Schloss herumdrehen, ich stemmte mich mit aller Kraft gegen das schwere Holz, und dann – einmal offen – schwang die Tür lautlos auf. Fast so, als hätte kürzlich jemand ihre Scharniere geölt. Ich war also gewiss nicht die Erste, die in letzter Zeit den Turm bestiegen hatte.

Draußen blies mir ein frischer Wind entgegen. Aufgeregt betrat ich den Wehrgang, der rund um die oberste Etage verlief. Von unten hatte man es nicht sehen können, aber mitten auf dem Turm stand ein Gebäude, das nicht nur zum Schutz des Treppenaufgangs errichtet worden war. Es hätte nur noch ein Gärtchen gefehlt, dann hätte man annehmen können, jemand habe sich auf der Aussichtsplattform ein Häuschen gebaut. Die einzige Tür zu diesem Cottage, die ich entdeckte, ließ sich nicht öffnen, und seine Fenster waren winzig und mit kaum durchsichtigem Pergament, vielleicht waren es auch Tierfelle, verschlossen. Kurz entschlossen bohrte ich mit meinem Finger ein Loch in das ziemlich widerstandsfähige Material und spähte hinein. Ob dies einst die Räume und Waffenkammern der Wachen gewesen waren? Leider konnte ich im Inneren absolut nichts erkennen. Das Licht fiel nur trüb durch die anderen Fenster. Also weiter.

Die Turmzinnen rundherum erwiesen sich als überraschend hoch und breit. Wenn ich mehr als nur einen schmalen Streifen der Landschaft um mich herum sehen wollte, würde ich hineinklettern müssen. Ein Schutzgitter – oder zumindest ein Geländer –, wie ich es von anderen Aussichtstürmen kannte, wäre begrüßenswert gewesen. Zum Glück plagte mich keine Höhenangst, und so wagte ich es schließlich, mich zwischen zwei Zinnen ganz aufzurichten. Eine Hand jedoch ließ ich lieber auf den wettergegerbten Steinen liegen, denn es war hier oben recht stürmisch. Eine Böe zerrte an meinem langen Rock, und ich sah dann doch nicht direkt nach unten, wo ich die geometrischen Strukturen des Barockgartens hätte bewundern können.

Die Aussicht über das Tal war noch besser als aus dem Fenster von Alans Zimmer. Gleann Grianachs Hügel erstreckten sich sanft abfallend unter mir bis zum Ufer des Sees. *Loch Cuilinn* glitzerte in der Sommersonne, und hoch über dem See kreisten lautlos zwei Milane. Der dunkle Wald am südlichen Ufer wirkte undurchdringlich, und sosehr ich mich auch bemühte, die Stelle zu erspähen, an der sich der Feenkreis befinden mussten, konnte ich ihn selbst von meinem luftigen Ausguck ohne Fernglas nicht entdecken.

Von Westen schoben sich Dunstschleier über die bewaldete Schlucht, die dieses Tal so effizient vom Meer trennte und zu einem verwunschenen, unbekannten Land werde ließ, in dem alles möglich zu sein schien. Die zarten Wolkengespinste verbanden sich mit dem Rauch aus zahllosen Kaminen verstreut liegender Cottages, der wie ein aromatisches, transparentes Federbett über dem Gleann Grianach und seinen Seitentälern lag. Darüber erhoben sich majestätisch und brillant die Gipfel von *Beinn Mhòr* und den benachbarten Bergen, die ganz oben als Beweis für die vergangenen kalten Nächte eine Schneemütze trugen. Weiter westlich entdeckte ich am Fuße des Hügels, auf dem Castle Grianach lag, die kleine

Siedlung direkt am Ufer des Sees. Kinder liefen herum, Frauen trugen Lasten, und auf den winzigen Parzellen arbeiteten zahllose Menschen. Jetzt wusste ich, woran mich dieser Anblick erinnerte: Die Werke von Brueghel kamen mir in den Sinn, auf denen der Maler faszinierende ländlich Szenen des Mittelalters festgehalten hatte.

Viel schien sich seither nicht verändert zu haben. Und galten die Schotten im Vergleich zum restlichen Königreich nicht sowieso als rückständig? Wen wunderte es, dieser rauen Landschaft ließen sich bestimmt nicht so ohne weiteres reiche Erträge abtrotzen. Obwohl – Gleann Grianach wirkte fruchtbar und ungewöhnlich lieblich. Darüber, auf grünen Hängen, entdeckte ich überall dunkle Punkte, die sich bei näherem Hinsehen als wollige Rinder entpuppten. Irgendwo unten im Tal krähte ein Hahn, es duftete nach frisch geschnittenem Gras und dem typischen Torffeuer. Meine Sorgen schienen auf einmal wie weggewischt. Ich hatte eine Veränderung in meinem Leben herbeigesehnt, und hier war sie. Ich brauchte nur *Ja* zu sagen.

Aufgeregt sprang ich auf den Wehrgang hinab und umrundete den Turm weiter, stieg noch einmal in eines der Zinnenfenster und lehnte mich auf der anderen Seite weit über den Rand. Unter mir lag der Wirtschaftshof, und da war gerade richtig was los.

Eine Gruppe Männer war soeben angekommen, einige zu Pferd, die meisten aber zu Fuß. Jemand rief etwas, Frauen liefen hin und her, um die Ankömmlinge zu begrüßen, was von hier oben tatsächlich so wirkte, als habe man einen Hühnerhaufen aufgescheucht. Ein Junge schaute neugierig um die Hausecke. Er wurde sofort herbeigewinkt, um die Ponys zu versorgen, ein zweiter folgte.

Aus mächtigen Kaminen stiegen appetitliche Duftwolken zu mir herauf. Das musste die Küche sein. Der Hof war von einer Mauer umgeben. Dicht an den alten Turm geschmiegt, sah ich ein riesiges Tor, das jetzt weit offen stand, und die anschließenden Gebäude sahen wie Stallungen aus. Im Rücken des barocken Haupthauses befanden sich das mutmaßliche Küchengebäude, ein großer Gemüse- oder Kräutergarten und verschiedene kleinere Bauwerke. Eines davon lag in der hellen Mittagssonne und war mit seinen glänzenden Fenstern vermutlich die Orangerie. In den winzigen weiß gekalkten Häusern, die fast vollständig von einem Wäldchen verdeckt waren, lebten bestimmt Gärtner und der Verwalter. Sie besaßen vermutlich eine komfortablere Unterkunft als die Bauern in den einfachen Hütten, an denen wir gestern vorbeigeritten waren.

Inzwischen war meine Höhenangst verschwunden, neugierig lehnte ich mich noch weiter vor. Dabei entdeckte ich zwei unterschiedliche Hintereingänge. Ein paar Stufen führten direkt unter mir vom Hof in den Turm, der andere Eingang war auf der Rückseite des neuen Wohnhauses. Sehr wahrscheinlich lag dort ein Esszimmer, in das Bedienstete die Speisen aus dem Küchentrakt bei Wind und Wetter eilig herübertragen mussten. In was für eine Welt war ich nur geraten? Immerhin, bis jetzt nannte man mich Mylady, und Mòrag stand mir nun auch noch als eine Art Zofe zur Verfügung. Solch einen Luxus hatte ich selbst als wohlhabende Erbin einer Hamburger Reederei im einundzwanzigsten Jahrhundert nicht genossen. Vermutlich tat ich gut daran, dieses Privileg nicht leichtfertig aufs Spiel zu setzen. Hier oben auf dem alten Wehrturm von Gleann Grianach Castle beschloss ich, mein Schicksal anzunehmen und das Abenteuer, in das ich so unverhofft geraten war, zu genießen, so lange das möglich sein würde.

»Ja«, rief ich und versprach dem herrlichen Tag, das Geheimnis meiner Zeitreise früher oder später zu lüften.

Ein frischer Windstoß nahm meine Antwort mit sich und trug sie über das Tal, weit ins Land hinein. Dabei hatte er leider auch das Licht in meiner Laterne gelöscht, wie ich wenig später sah. Ich würde den Rückweg also im Dunkeln antreten müssen.

Nachdem ich die schwere Eichentür hinter mir sorgfältig verschlossen hatte, brauchten meine Augen eine Weile, um sich an die Dunkelheit zu gewöhnen. Vorsichtig tastete ich mich die unregelmäßigen Stufen hinab und versuchte, den feuchten Geruch zu ignorieren. Ein Geländer wäre hilfreich gewesen, stattdessen musste man sich damit begnügen, am groben Mauerwerk Halt zu suchen. Dieses Mal ließ ich den Gang zu Alans Zimmer links, genauer gesagt, rechts liegen. Im Haus war dröhnendes Gelächter zu hören, und ich beeilte mich, ungesehen am Durchgang zu einer Halle vorbeizuhuschen, die dem Klang nach mit mindestens zwei Dutzend Männern gefüllt war. Ich glaubte sogar, Alan in dem Stimmengewirr zu hören. Wahrscheinlich versammelten sich hier die Krieger, deren Ankunft ich vom Turm aus beobachtet hatte, und erstatteten ihrem Clanchief Bericht.

Kein Wunder, dass ich nicht besonders viele Männer bei unserem Ritt durch das Tal gesehen hatte, sie schienen in dieser für mich so fremdartigen Gesellschaft andere Aufgaben zu haben. »Und es macht sicher auch viel mehr Spaß, mit seinen Kumpels durch die Berge zu streifen, als täglich auf den Felder zu ackern und Kinder und Vieh zu hüten«, knurrte ich leise. »Typisch Mann eben.«

Die Tür zum Hof war unverschlossen, und als ich hinausblickte, blendete mich das Sonnenlicht so sehr, dass ich beinahe die hölzernen Stufen hinabgestolpert wäre. Glücklicherweise gab es außer ein paar Hühnern und einem dreibeinigen Schaf keinerlei Zeugen für meine vorübergehende Orientierungslosigkeit. Auch die Frauen, die ich von oben gesehen hatte, waren verschwunden. Mein knurrender Magen half mir, das Küchengebäude auch aus dieser Perspektive sofort zu erkennen. Ich ging näher und beobachtete durch die Fenster einige Küchenmädchen und Mòrag, die gerade duftende Brotlaibe aus dem Ofen zogen.

Eines der Mädchen entdeckte mich und ließ vor Schreck ihr Brot fallen. Sofort bekam sie einen Rüffel. Eine ältere Frau schimpfte, stemmte die Hände in die Hüften und sah sich zu mir um. Schnell bückte ich mich, denn ich wusste aus Erfahrung, dass Köchinnen es nicht schätzten, wenn man ihren wohlorganisierten Arbeitsablauf störte. Und dass dies die Köchin war, daran hatte ich keinen Zweifel. Sie sah mit ihrer weißen Schürze und der steifen Haube aus wie einem Bilderbuch entstiegen, und die rosigen vollen Wangen rundeten das Bild noch ab.

Die lautstarke Schimpftirade verstummte, und plötzlich öffnete sich die Tür.

Zu meiner Erleichterung war es aber Dolina, die heraussah und mich zu sich winkte. »Wenn du weiter das Gespenst am Fenster spielst, bekommen die Herrschaften heute Abend nichts zu essen.«

Keines der Mädchen wagte es, den Blick zu heben, nur Mòrag lächelte mich schüchtern an.

»Och, Dolina, du hast ja nicht gesagt, dass sie so dünn ist«, tadelte die Köchin Mòrags Mutter nun mit viel freundlicherer

Stimme und kam herbeigewatschelt. Sie betrachtete mich, wie man ein hungriges Kätzchen ansieht, und ich hätte mich nicht gewundert, wäre sie losgegangen, um mir ein Schüsselchen Milch zu holen.

Stattdessen zog sie ein langes Messer hervor, schnitt eine dicke Scheibe vom noch warmen Brot herunter und schob sie zusammen mit frischer Butter und etwas Käse auf einem Holzteller zu mir herüber. »Komm, Mädchen, setz dich und iss!«

Ich wurde auf die Holzbank gedrückt, und vor mir tauchte eine Schale mit dampfender Suppe auf, die ich bald darauf gierig herunterschlang. Großmutter wäre vermutlich vom Schlag getroffen zu Boden gesunken, hätte sie mich dabei gesehen, wie ich freiwillig Graupensuppe aß. Diese hier war aber auch ungleich leckerer als der zähe Eintopf meiner Kindheit, dachte ich in einem Anflug schlechten Gewissens. Etwas ähnlich Köstliches wie diese *Broth*, so nannte die Köchin ihre Suppe, hatte ich selten zuvor gegessen.

Während ich meinen Löffel in den Nachschlag tauchte, schaute ich mich unauffällig um. Die jungen Frauen waren an ihre Arbeit zurückgekehrt und sangen dabei Lieder, die in meinen Ohren sehr fremdartig klangen. Tatsächlich hätte ein unvoreingenommener Zuhörer die Wurzeln dieser Melodien eher in Afrika ansiedelt als hier im hohen Norden. Das Mehl auf dem gescheuerten Holztisch stob unter ihren Händen auf und zeichnete feine Linien ins Sonnenlicht, das durch die Fenster hereinschien. Im Ofen knackten Holzscheite, und die unterschiedlichsten Düfte lagen in der Luft. Diese Atmosphäre strahlte so viel Frieden und Heiterkeit aus, dass alle erschrocken zusammenfuhren, als plötzlich die Tür aufflog. Ein Hüne mit langem blonden Haar füllte den Rahmen vollständig aus, musste sich sogar bücken, um sich nicht den Kopf am Türsturz anzuschlagen.

»Wo ist die Hure?« Seine Stimme klang wie das Grollen eines nahenden Gewitters, und mit gefurchter Stirn ließ er den Blick über die vor Scheck erstarrten Mädchen gleiten.

»Lachlan MacCoinnaich, der Bruder des Chieftains«, flüsterte Mòrag mir zu.

Ich hätte Alans Bruder so gekleidet fast nicht wiedererkannt. Als er mich erblickte, kam er drohend an den Tisch und packte meinen Arm so fest, dass mir gar nichts anderes übrigblieb, als aufzustehen und ihm stolpernd aus der Küche zu folgen. Aus dem Augenwinkel sah ich, wie Mòrag zum Haus lief, während der Kerl mich quer über den Hof hinter sich herzerrte. Sein Ziel war der Stall, und kaum waren wir drin, schlug er die grob gezimmerte Tür hinter sich so vehement zu, dass sie noch zweimal aufsprang, bevor sie endgültig ins Schloss fiel.

Der Wahnsinnige presste mich brutal an eine hölzerne Trennwand. Ich wollte gar nicht wissen, was in seinem Kopf vor sich ging. Der Blick, den er auf mein Dekolleté warf, war deutlich genug.

Ich hatte fürchterliche Angst, und verzweifelt versuchte ich mich zu wehren, doch das schien ihn nur noch mehr anzustacheln. Langsam drehte er mir die Arme auf den Rücken, wo er sie mühelos mit einer Hand an den Gelenken festhielt. Vergewaltigungen waren vielleicht in diesem Jahrhundert auch nicht an der Tagesordnung, aber dieser Lachlan war immerhin so etwas wie ein Adliger und vermutlich gewohnt, sich zu nehmen, worauf er ein natürliches Recht zu haben glaubte.

»Ich habe keine Ahnung, wo mein Bruder dich aufgegabelt hat«, donnerte er, »oder was er an dir findet.« Als müsste er den Ekel überwinden, den meine Nähe bei ihm auslöste, spuckte er auf den Stallboden.

Fein. Wenigstens klang das nicht danach, als habe er Interesse daran, sich an mir zu vergehen. Sicher war ich mir da aber nicht, die Art, wie er sich an mich presste, sprach eine andere Sprache.

»Die Geschichte von der irischen Verwandten glaube ich euch keinen Moment. Aber eines ist sicher, du wirst *nicht* die Ehe zwischen Alan und Mary Campbell vereiteln.« Er lächelte böse: »Wusstest du, dass sie schon seit Jahren verlobt sind? Wo du auch herkommst, du wirst wieder dorthin zurückgehen, und zwar sofort.« Dabei griff der Verrückte nach Brandubhs Zaumzeug, das über mir hing. »Wenn dich morgen einer meiner Leute noch im Tal antrifft, bist du vogelfrei.«

Eines musste ich ihm lassen, es war keine dumme Idee, mich zu Pferd fortzuschicken. Verschwände eines der Tiere gleichzeitig mit mir, würde ich als Pferdediebin gelten, und das Wort *vogelfrei* klang gar nicht gut. Jeder, dem ich begegnete, würde mit mir tun können, was er wollte. Da erschien mir die Strafe für Pferdediebstahl, nämlich aufgehängt zu werden, wenn ich mich recht erinnerte, geradezu erstrebenswert.

Während er weitere Drohungen ausstieß, versuchte Lachlan mein Pferd Brandubh, das irgendwie ebenfalls durch das Zeitloch gerutscht zu sein schien, an einem Seil heranzuziehen, das ihm jemand um den Hals geschlungen hatte. »Komm her, du Teufel.«

Doch Brandubh war von seinem Besitzer misshandelt worden, bevor Angus ihn zu sich genommen hatte, und reagierte nicht gut auf eine grobe Hand. Wütend wiehernd erhob er sich auf die Hinterhand. Hätte ich ihn nicht so gut gekannt, ich hätte mich vor meinem eigenen Pferd gefürchtet.

Lachlan mochte vielleicht keine Angst zeigen, aber er musste dennoch den drohenden Hufen ausweichen. Sein Griff lockerte sich, und mir gelang es, mich loszureißen.

Fast hatte ich die Stalltür erreicht, da wurde sie mit einem Ruck von außen aufgerissen, dass die Angeln krachten, und Alan stürmte herein. Er schob mich einfach beiseite und war mit einem Satz bei seinem Bruder. Der erstarrte, als er die zweifellos scharfe Klinge von Alans Dolch an seinem Hals spürte. Er ließ das Pferd los, das sich aber nicht beruhigen wollte, erneut stieg und den beiden mit seinen Hufen gefährlich nahe kam. Die ungleichen Brüder schienen von dieser Bedrohung nichts zu bemerken.

»Was tust du hier?« Alans Stimme war leise, und doch konnte ich jedes seiner hasserfüllten Worte genau hören.

»Sie muss verschwinden. Hast du etwa geglaubt, ich wäre scharf auf deine Metze? Du kannst sicher sein, nachdem du eine von ihnen hattest, würde ich ein Weib nicht einmal anrühren, wenn sie die letzte Frau auf dieser Welt wäre.«

Das hatte sich vor ein paar Minuten ganz anders angefühlt. Wie dem auch sei, ich musste mich um Brandubh kümmern. Der Rappe hatte sich in herabgefallenem Zaumzeug verfangen und drehte fast durch. Behutsam umrundete ich die beiden Kampfhähne und redete dem aufgebrachten Tier mit leiser Stimme zu, wie ich es während seiner Ausbildung in den letzten Wochen schon oft getan hatte. Er hörte auch tatsächlich auf zu toben und spitzte schließlich die Ohren. Endlich ließ er es sogar zu, dass ich sein verheddertes Bein aus den Lederriemen befreite.

Jetzt erst merkte ich, wie sehr meine Knie zitterten. Halt

suchend lehnte ich mich an Brandubhs Schulter und strich ihm beruhigend über das weiche Fell. Der Hengst schnaubte und blies mir seinen warmen Atem ins Gesicht. Wer beruhigte hier eigentlich wen?

»Du wolltest das Mädchen aussetzen?« Ungläubig sah Alan seinen Bruder an. »Sie ist unsere Cousine. Jeder weiß, dass eine Frau allein dort draußen nicht sicher wäre. Ist das deine Auffassung von Gastfreundschaft?«

»Cousine!« Lachlan spie das Wort wie einen bitteren Brocken aus, dabei ließ er den Dolch, der sich immer noch gefährlich nahe an seinem Hals befand, nicht aus den Augen. »Warum sollten die Iren eine ihrer Frauen hierherschicken? Wir haben seit Jahren nichts mehr von ihnen gehört. Du kannst mich jetzt übrigens loslassen.«

Alan ließ den Dolch mit einer geschickten Bewegung in seinem Gürtel verschwinden. Er wirkte wie eine Katze auf dem Sprung. Kein Zweifel, sollte sein Bruder eine falsche Bewegung machen, würde er es bereuen.

Lachlan schien dies zu wissen und trat einen Schritt zurück. »Hör zu, Alan! Es ist mir egal, was du mit den Weibern machst, aber du hast eingewilligt, Mary zu heiraten.«

»Weil ich muss. Du weißt ganz genau, dass ich Vaters Wort nicht brechen kann, er hat die Verbindung arrangiert.«

»Und das war sehr vorausschauend von ihm. Nachdem Seaforth bei den Aufständen unbedingt in vorderster Reihe marschieren und zum zweiten Mal fliehen musste, sind die Mackenzies nicht gut angesehen. Daran hat auch seine Begnadigung nicht viel geändert. Uns beobachten sie auch, und die Waffen sind wir obendrein losgeworden.« Er spuckte aus. »Solange der Clan stark war, ist es uns immer gelungen, uns aus den politischen Machenschaften herauszuhalten. Aber jetzt müssen wir vorsichtig sein. Ich möchte wetten, der Herzog von Argyle oder sonst einer lauert schon auf eine Gelegenheit, König George das Mackenzie-Land doch noch abzuschwatzen. Dieser neue Hannoveraner ist keinen Deut besser als sein Vater und weiß wahrscheinlich nicht einmal, wo Schottland liegt. Willst du riskieren, dass es hier eines Tages so aussieht wie in Castle Donan?«

»Von dem du glaubst, dass die MacRaes es selbst in die Luft gesprengt haben.«

»Ja, bei Gott. Und ich würde genau das Gleiche tun, bevor ich den verdammten Rotröcken das Haus unserer Familie überlasse. Bei dir ist das vielleicht anders, schließlich bist du kein …«

Wofür er seinen Bruder hielt, oder auch nicht, Lachlan kam nicht mehr dazu, den Satz zu beenden. Blitzschnell hatte er wieder das Messer an seiner Kehle.

»Halt den Mund!« Der Hass aus Alans eisigen Augen ließ seinen Bruder zusammenzucken. Eine rote Linie erschien auf seinem Hals.

»Du bist verrückt, das ist der Beweis«, brüllte er und hielt seine Hand auf die blutende Wunde.

»Lachlan …«

»Bleib mir vom Leib, du Wechselbalg, und schaff dieses Weib aus unserem Haus.« Wütend stürmte Lachlan aus dem Stall.

Alan war totenbleich geworden und lehnte sich an einen Holzbalken. Als er mich erblickte, sog er scharf die Luft ein. »Geh von dem Pferd weg – es duldet niemanden in seiner Nähe«, sagte er möglichst ruhig.

»Bist du so gefährlich wie dein Herr?« Brandubh rieb zur Antwort seinen Kopf an meiner Schulter. Ich verlor das

Gleichgewicht, und er schubste mich spielerisch zu Boden. Das Kichern, das in mir aufstieg, klang mehr als nur ein wenig hysterisch, aber ich konnte es nicht mehr unterdrücken und ließ mich schließlich von einem Lachkrampf geschüttelt rücklings ins Heu sinken. Die Spannung der vergangenen Minuten löste sich in dem befreienden Lachen.

Als ich mich endlich wieder fasste, hockte Alan vor mir und tupfte mir mit meinem Schürzenzipfel behutsam eine Träne aus dem Augenwinkel. »Du bist ein seltsames Mädchen, was fange ich nur mit dir an?« Er reichte mir ein Taschentuch für meine laufende Nase, verlegen griff ich danach.

Wie schrecklich es war, von seiner Familie abgelehnt zu werden, das wusste ich selbst nur zu genau. Sie hatten mich so schnell wie möglich ins Internat abgeschoben, meine Eltern waren vor ihrem Tod mir gegenüber bestenfalls gleichgültig gewesen, und mein Onkel, der sich als rechtmäßiger Erbe der Reederei sah, hasste mich – ebenso wie seine Söhne – von ganzem Herzen.

Etwas von dem Mitgefühl für ihn musste sich in meinem Gesicht gezeigt haben, denn Alans Züge wurden undurchdringlich und abweisend. Er reichte mir seine Hand und zog mich auf die Beine. »Wir müssen herausfinden, woher du gekommen bist.«

»Meine *irischen Verwandten* haben mich sicher nicht geschickt. Wie konntest du dir nur solch eine Geschichte ausdenken?«

»Fällt dir etwas Besseres ein? Als Cousine stehst du zumindest unter meinem persönlichen Schutz.«

»Den Eindruck hatte ich gerade nicht. Ist dein Bruder immer so ein grober Kerl?«

»Er ist kein schlechter Mensch, Joanna«, sagte Alan zu meinem größten Erstaunen leise. »Es stimmt, was er sagt, wir brauchen diese Verbindung. Der Herzog ist sehr einflussreich und könnte uns viel Ärger bereiten. Wenn Mary von deiner Existenz erfährt und die Hochzeit absagt, dann könnte ihr Onkel völlig zu Recht Genugtuung fordern.«

»Diese Mary weiß schon längst von mir. Darf ich dich daran erinnern, dass du mich direkt unter ihren Augen in dein Haus geschleppt hast?«

Alan schaute etwas verlegen drein. »Vermutlich war das keine so brillante Idee«, gab er zu.

Ich erzählte ihm von dem Gespräch zwischen Mary und Anabelle. »Ich hatte den Eindruck, dass sie auch nicht besonders erpicht darauf ist, deine Frau zu werden. Ich glaube sogar ...« Eine Idee schoss mir durch den Kopf. Doch darüber würde ich später nachdenken. »Ich glaube, es wäre falsch, mich zu verstecken.« Ohne seinem Blick auszuweichen, sagte ich: »Also gut, solange es keinen Gegenbeweis gibt, bin ich eben deine irische Cousine Joanna. Als solche solltest du mich weder verstecken, noch in deinem Schlafzimmer beherbergen.«

Anerkennung schwang in Alans Stimme mit, als er sagte: »Du hast Recht. Und keine Sorge, ich habe nicht vor, dich in der Wildnis auszusetzen. Meine Vorstellung von Gastfreundschaft ist nicht die gleiche wie die meines Bruders.«

»Da bin ich ja beruhigt.«

»Joanna, wir haben keine andere Wahl.«

»Ja gut, einverstanden. Ich gebe die Cousine, und du hilfst mir, herauszufinden, was wirklich am Feenkreis passiert ist.« Ich reichte Alan die Hand, um unser Abkommen zu besiegeln.

Erstaunt schaute er mich an und schlug dann ein. »Vielleicht bist du wirklich vom Himmel gefallen. Mein Pferd hast du jedenfalls schon verhext«, lachte er, als Brandubh mich mit dem Maul anstieß, augenscheinlich, weil er einen Leckerbissen bei mir vermutete.

Ich sagte ihm nicht, dass Brandubh eigentlich mein Pferd war. Er hätte es nicht verstanden.

Alan begleitete mich zur Küche zurück. Irgendwo fiel ein Holzteller zu Boden, zweifellos hätte man in diesem Augenblick auch eine Stecknadel fallen hören können, so still war es geworden. Als ein Holzscheit im Herd knackte, zuckten die Frauen zusammen.

»Mòrag.«

Ängstlich kam das Mädchen näher. »Ja?« Sie machte einen Knicks und hielt ihren Blick fest auf Alan Fußspitzen geheftet.

Ihm entging ihre Furcht nicht, und er sprach in einem ruhigeren Ton weiter. »Richte das Zimmer meiner Mutter. Sobald es fertig ist, bringst du Joanna dorthin. Außerdem braucht sie ein paar Kleider. In dem hier kann sie nicht mit uns speisen. Ich erwarte, dass jeder in diesem Haushalt meine Cousine mit Respekt behandelt.« Mit strengem Blick schaute er in die Runde.

Niemand sagte etwas, nur die Köchin wischte sich die Hände an ihrer Schürze ab. »*Aye*, Chief.«

Er beachtete sie kaum, als hätte er keine andere Antwort erwartet. Stattdessen machte er einen Schritt auf Mòrag zu, legte ihr zwei Finger unter das Kinn und sah ihr direkt in die Augen. »Danke, Mädchen.« Ohne eine Antwort abzuwarten, machte er auf dem Absatz kehrt und ging mit langen Schritten zurück zum Stall. Kurz darauf hörten wir Brandubhs Hufe über den Hof klappern.

Dieser Mann war mir ein völliges Rätsel. Einmal zärtlich und dann wieder verschlossen wie eine Auster, hatte er mir gerade ein weiteres Gesicht gezeigt: das eines eiskalten Kriegers und gestrengen Lehnsherrn. Und doch spürte ich ein jähes Verlangen, als ich daran dachte, wie sich seine Hand heute Morgen unter mein Hemd gestohlen hatte.

»Wofür hat sich der *Gleanngrianach* bei dir bedankt?« Misstrauisch kam Dolina näher, und es war ihr anzusehen, dass die Vorstellung, ihre Tochter habe mehr als unbedingt notwendig mit ihrem Chieftain zu tun gehabt, nicht behagte.

»Irgendjemand musste ihm doch sagen, was Lachlan vorhatte. Er wollte sie nach Cladaich ans Meer bringen, und Duncan hat gesagt, dass er dort *Sasannachs* gesehen hat. Du weißt genau, was diese Engländer mit Frauen tun.« Ein Zittern lief durch Mòrags Körper.

Furchtbare Bilder von Vergewaltigung, brennenden Hütten und Totschlag entstanden vor meinem geistigen Auge. Den anderen schien es ähnlich zu ergehen.

Mòrag ließ sich nicht beirren. »Joanna ist bei uns zu Gast, und egal woher sie kommt, sie steht unter dem Schutz der MacCoinnaichs.«

Das war augenscheinlich die mutigste Rede, die sie je gehalten hatte, so schloss ich jedenfalls aus den offenen Mündern der anderen Frauen.

Schließlich fasste sich Dolina. »Das ist mein Mädchen«, verkündete sie stolz und nahm die verdutzte Tochter in die Arme. »Lady Joanna gehört zur Familie, das kann jeder sehen, der Augen im Kopf hat und sich an die schöne Lady Keriann, Gott sei ihrer Seele gnädig, erinnert.« Resolut klatschte sie in die Hände. »Mòrag, du gehst ins Dorf. Jemand muss der alten Kenna Milch und etwas von der Broth bringen und meine

Leinentücher abholen. Dann nimmst du am besten gleich unser irisches Mädchen mit zur Schneiderin, und ihr sucht einen schönen Stoff aus. Sie soll euch die guten aus ihrer Spezialtruhe zeigen, sag ihr das. Und wenn sie nicht will, dann sag nur, der *Gleanngrianach* selbst hat es angeordnet. Wäre doch gelacht, wenn wir nicht im Handumdrehen ein paar hübsche Kleider für das arme Mädchen schneidern lassen könnten.«

Die anderen Frauen nickten zustimmend, und ich hatte den Eindruck, sie betrachteten die ganze Sache als einen riesengroßen Spaß.

5

Freundschaft

Gemeinsam machten wir uns auf den Weg ins Dorf hinab. Jede mit einem Krug unter dem Arm, den Dolina mit einem Leinentuch sorgfältig abgedeckt hatte. Ich fand es gar nicht so einfach, die Suppe zu transportieren, ohne die Hälfte davon schon unterwegs zu verschütten. Mòrag schien damit weniger Probleme zu haben, aber für sie war es ja auch nicht das erste Mal, dass sie einen schweren Topf, der bis zum Rand mit Suppe gefüllt war, durch die Landschaft trug. Nach einer Weile hatte ich den Dreh raus, die Suppe schwappte nicht mehr über – womöglich hatte ich auch ein wenig unterwegs verloren –, und ich konnte mich endlich umsehen. Im Unterholz entdeckte ich Eichhörnchen, die aber flink die Kiefern hinaufflohen, als sie unsere Schritte auf dem weichen Waldboden hörten, und ich hätte schwören können, dass eines davon mindestens siebzig Zentimeter lang war.

Als ich Mòrag danach fragte, sagte sie: »Hatte das Viech eine gelbliche Kehle? Dann war es sicher ein *Taghan*.«

Dieses Wort sagte mir gar nichts, ich hatte es noch nie gehört und sagte es ihr.

Lachend versuchte sie mir zu erklären, welches Tier ich da gesehen hatte. Erst als sie erzählte, ein *Taghan* mache Jagd auf Eichhörnchen und kleinere Vögel, dämmerte mir langsam, dass sie womöglich von einem Marder sprach. Kein Wunder, dass sie mich auslachte, weil ich ihn für ein Rieseneichhörnchen gehalten hatte.

Auch heute waren die Temperaturen angenehm und entsprachen so gar nicht dem, was man gemeinhin im Frühjahr in dieser Gegend erwartete. Nur eine leichte Brise ließ die Blätter der dichten Farne gelegentlich zittern. Es duftete nach Tannennadeln und sonnenwarmem Waldboden, Vögel zwitscherten, und diese friedliche Atmosphäre frei jeglicher Geräusche, an die wir uns in der modernen Zivilisation schon längst gewöhnt hatten und die selbst hier in den Highlands manchmal meine Ruhe gestört hatten, lösten eine eigenartige Leichtigkeit in mir aus. Am liebsten hätte ich mich unter eine der hohen Kiefern gelegt, zwischen deren langen Nadeln das Sonnenlicht wie Feenstaub tanzte. Vielleicht war es aber auch einfach nur Mòrags leises Summen, das mich hoffen ließ, ich sei endlich am richtigen Ort, um mein inneres Gleichgewicht wiederzufinden.

Caitlynn und ihr Mann waren wunderbare Menschen, und sie hatten sich sehr bemüht, meinen Aufenthalt in ihrem Gasthaus so angenehm wie möglich zu gestalten, aber jede Nacht waren die finsteren Erinnerungen zu mir zurückgekehrt: der Hass und die Missgunst meiner Verwandten, die Einsamkeit einer traurigen Jugend und nicht zuletzt die Brutalität meines Verlobten. Es waren fast immer Kleinigkeiten gewesen, die ihn ausrasten ließen. Das erste Mal hatte er mich geschlagen, als ich aus Versehen seine Lieblingskrawatte zu heiß gebügelt und damit ruiniert hatte. Niemals werde ich den Anblick vergessen, wie das Blut von meiner aufgeplatzten Lippe auf dem glühenden Bügeleisen verdampfte. Anschließend hatte er sich zwar entschuldigt, aber schon damals hätte ich wissen müssen, dass es wieder passieren würde. In der

Öffentlichkeit hatte er sich immer im Griff, nur zu Hause rastete er wegen jeder Kleinigkeit aus. Gewalt auszuüben, machte ihm einfach Spaß.

Einen Spaß ganz anderer Art hatten sich meine Cousins erlaubt, die verbreitet hatten, ich sei eine stadtbekannte Kleptomanin und bereits mehrmals beim Ladendiebstahl erwischt worden. Damit wollten sie erreichen, dass meine Großmutter ihnen und nicht mir die Anteile an der Firma überschrieb. Zum Glück hatte sie die Lüge durchschaut, aber ich war angesichts dieser Gemeinheit vollkommen fassungslos gewesen.

Schon seit drei Jahren machte ich eine Psychotherapie, und noch immer lag ich Nacht für Nacht in meinem Bett und hoffte auf Erlösung. Es war besser geworden, gewiss. Aber abgesehen von ein paar kurzen Phasen, in denen ich aus schierer Erschöpfung nichts mehr denken konnte, fand ich selten Ruhe und quälte mich am Morgen so zerschlagen aus dem Bett, wie ich am Abend zuvor hineingefallen war.

Und dann erinnerte ich mich plötzlich, dass heute Morgen alles anders gewesen war. Meine Füße weigerten sich, einen Schritt weiterzugehen, als ich an die wohligen Minuten des gemeinsamen Aufwachens in Alans Bett dachte. »Oh.«

»Schön, nicht wahr?« Mòrag war ebenfalls stehen geblieben und setzte behutsam ihren Krug ab. Wir hatten den Saum des Waldes erreicht, und dankbar tat ich es ihr nach. Die Arme schmerzten bereits von dem ungewohnten Gewicht. »Das ist alles MacCoinnaich-Land.« Ihre Handbewegung schloss auch die umliegenden Berge mit ein.

Natürlich, sie dachte, mein Laut des Erstaunens habe der Landschaft gegolten, die vor uns lag. Der Anblick war in der Tat überwältigend. Abgesehen von dem breiteren Weg hinauf zum Herrenhaus, hatte ich schon vom Turm aus die schmalen

Pfade gesehen, die die Landschaft einem Netz gleich durchzogen und zwischen Feldern, durch Wäldchen und weiter oben über schroffe Felsen führten. Ich glaubte meiner Begleiterin sofort, als sie erklärte: »Nach Gleann Grianach wagt sich selten jemand, denn unsere Männer sind wachsam und erwischen jeden, der versucht, Rinder von den Hochalmen zu stehlen.«

Aha, das war also die Aufgabe der Krieger, die in der Halle des alten Turms versammelt waren, und wie ich in der Küche mitbekommen hatte, mit Ale und einem kräftigen Mahl für ihre Arbeit belohnt wurden, bevor sie wieder zu ihren Familien zurückkehrten, während andere Clansleute die Wache übernahmen. Vielleicht hatte ich ihnen mit meinem voreiligen Urteil Unrecht getan. »Gibt es denn Viehdiebe hier in der Gegend?«

»Aber nein, keine richtigen Diebe.« Während wir weitergingen, erklärte sie: »Die Männer aller Clans machen sich einen Spaß daraus, aus anderen Tälern die besten Tiere zu entführen. Wenn dann im Herbst der *Autumn Tryst*, der Viehmarkt, in Crieff ist, bekommen wir gutes Geld dafür. Lachlan ist einer der schlimmsten …« Mòrag hielt sich erschrocken den Mund zu. »Das hätte ich nicht erzählen dürfen. Ich habe es Duncan versprochen, und er sagt, dass der *Gleanngrianach* furchtbar wütend wird, wenn er davon erfährt. Er hat es nämlich verboten, Rinder zu stehlen, und die meisten halten sich sogar daran.« Sie klang verwundert. »Aber einige sagen, schon unsere Großväter hätten von ihren erfolgreichen Raubzügen berichtet, und es sei männlich und das gute Recht eines jeden Highlanders. Der alte *Gleanngrianach* hat früher immer gelacht und bezahlt, wenn die Chieftains unserer Nachbarn gekommen sind, um sich zu beschweren. Sein Sohn, sagen die Männer, ist bloß geizig und gönnt ihnen keinen Spaß.«

»Und was denkst du?«

»Ich glaube das nicht, er ist immer sehr großzügig und hilft, wenn jemand in Not gerät, aber wie sollen die Jungs sonst kämpfen lernen? Schließlich klaut niemand so viele Tiere, dass die Bestohlenen Not leiden müssen.«

»Und was macht Lachlan mit den gestohlenen Rindern?«

»Er verkauft sie. Das Geld gibt er aber nicht an seinen Bruder weiter, wie es sich gehört.«

»Und Duncan macht dabei mit?«

»Natürlich nicht.« Mòrag funkelte mich entrüstet an. »Na ja, früher schon«, gab sie dann leiser zu. »Er ist ein geschickter Schwertkämpfer und darf deshalb in diesem Herbst sogar zum ersten Mal mit den anderen die Herde nach Crieff begleiten.«

Die unterschiedlichsten Gefühle zeichneten sich in ihrem Gesicht ab. Stolz, aber auch Sorge und ein wenig Furcht. Ich hatte so eine Idee, wer dieser Duncan war, der sie ja auch schon vor den *Sasannachs* an der Küste gewarnt hatte.

»Duncan scheint bestens über alles informiert zu sein«, bemerkte ich beiläufig, während wir weiter in Richtung Dorf marschierten. »Wie kommt es, dass er dir diese Geheimnisse anvertraut?« Doch ich wollte sie nicht in die Enge treiben und fragte, ohne auf eine Antwort zu warten: »Du hast Angst, dass ihm unterwegs etwas passiert?«

Erschrocken schaute sie mich an: »Wie kommst du darauf?« Ich musste lachen. »Mòrag, ich mag zwar von weit herkommen, aber verliebte Frauen sehen überall und zu allen Zeiten gleich aus. Du magst diesen Duncan, nicht wahr? Glaubst du, dass er in der Stadt eine andere kennenlernt?«

Erleichtert, ihr Geheimnis nicht länger für sich behalten zu müssen, gestand sie: »Dort kann so viel passieren. Es gibt

Schlägereien und auch leichte Frauenzimmer. Ich weiß schon, dass Männer ihr Vergnügen überall suchen, aber was ist, wenn er sich dort die englische Krankheit holt?«

Ob sie damit die Syphilis meinte? Witzig, dass diese gefährliche Infektion immer nach den Besatzern benannt wurde. Oder, wenn ich genauer darüber nachdachte, war das eigentlich eher schrecklich und überhaupt nicht komisch. Natürlich hatte sie Recht – nirgendwo war die Gefahr größer, sich anzustecken, als in einer Stadt, in der Hunderte Männer nach tagelanger Wanderung ihre Geschäftsabschlüsse feierten. Wenn ich mich recht erinnerte, waren Kondome zu dieser Zeit nicht eben weit verbreitet. Welcher Mann wollte sich auch schon einen Schafsdarm überziehen?

Mòrag riss mich aus meinen unerfreulichen Gedanken. »Wir wollen irgendwann heiraten, aber Duncan hat sechs Geschwister, zwei davon sind ältere Brüder, und deshalb wird er kein Land erben, auf dem wir leben könnten. Sein Vater will, dass er eine entfernte Cousine heiratet. Sie ist die einzige Tochter und ihre Familie sehr angesehen.«

»Und was sagen deine Eltern dazu?«

»Die wissen nichts davon. Vater sagt, ich sei noch zu jung, um ans Heiraten zu denken. Aber mit Duncan wäre er sowieso nicht einverstanden. Vater war immerhin der Tutor des *Gleanngrianach*, ist heute sogar sein Verwalter und vertritt ihn häufig in wichtigen Angelegenheiten. Mutter hofft, dass sich irgendwann einer der Gentlemen, die manchmal im Castle zu Besuch sind, für mich interessiert. Aber ich will nur Duncan«, fügte sie trotzig hinzu.

Inzwischen waren wir ein gutes Stück vorangekommen und näherten uns dem Dorf, um das Alan gestern einen Bogen geschlagen hatte, um mich nicht den Blicken der Bewohner auszusetzen. Jetzt war ich ihm doppelt dankbar dafür, ich hätte sonst nicht gewagt, den Leuten hier ins Gesicht zu sehen. Das Dorf lag oberhalb des Sees, an dessen Ufer ich ein paar kleine Boote entdeckte, die auf den Wellen schaukelten. Dreißig oder vierzig mit Stroh und Grassoden gedeckte Häuser aus grob behauenen Feldsteinen säumten die unbefestigten Wege. Die meisten ähnelten den Bauernkaten, die ich bereits über das Tal verteilt gesehen hatte. Sie besaßen winzige Fenster mit hölzernen Läden, und eine kleine Mauer umgab jedes von ihnen. Innerhalb dieser Umfriedungen war etwas Gemüse angebaut. Hier und da entdeckte ich auch ein paar Ziegen oder eine Kuh, die ebenso frei herumliefen wie die zahlreichen Hühner. Menschen sah ich kaum, die meisten arbeiteten bei diesem milden Wetter vermutlich auf ihren Feldern.

Ein halbes Dutzend der Häuser war etwas größer und mit Ziegeln gedeckt, vor einem standen mehrere Ponys und dösten gelangweilt. Mòrag zog mich schnell weiter. »Das sind Pferde von Lachlans Leuten. Sie sind wie immer in der *Schmiede*«, flüsterte sie, und als sich die Tür zum Pub öffnete, folgte ich ihr bereitwillig über einen kleinen Platz weiter die Straße hinab zum See. Die eine Begegnung mit Alans Bruder reichte mir vorerst; ich hatte keine Lust, auch noch seinen Spießgesellen über den Weg zu laufen.

Schließlich standen wir vor einem winzigen Cottage, und meine Begleiterin wollte gerade die Hand zum Klopfen erheben, als es von innen schon tönte: »Komm nur herein, Mòrag MacCoinnaich, Tochter des Verwalters. Und bring deine kleine Freundin gleich mit.«

Die Tür öffnete sich, und wir traten ein. Innen war es ganz dunkel, und der Rauch des Torffeuers reizte mich zum Husten. Als sich meine tränenden Augen an die spärliche Beleuchtung im Inneren der Hütte gewöhnt hatten, sah ich im schwachen Schein der Feuerstelle eine alte Frau auf einem breiten Lehnstuhl sitzen, der im ersten Augenblick aussah, als habe man ihm die Beine abgesägt, so niedrig war er. Wärmesuchend streckte sie ihre Hände den Flammen entgegen, Mòrag hockte sich vor sie auf einen ebenso kurzbeinigen Schemel und zog ein paar Haferküchlein hervor, die sie in ihrer Schürze verborgen hatte. »Kenna, meine Mutter schickt dir Suppe und etwas Milch«, sagte sie so laut und deutlich, wie man im Allgemeinen mit Schwerhörigen spricht. Dabei gab sie mir ein Zeichen, mich ebenfalls auf einen Schemel zu setzen. »Hier unten ist der Rauch nicht so schlimm«, flüsterte sie.

»Was sagst du, Mädchen?«, rief die Alte. Zittrig goss sie sich etwas Milch in einen aus Holz geschnitzten Napf und tunkte einen Haferkeks darin ein, bevor sie ihn zahnlos mümmelte. »Du kannst die Hühner hinausbringen«, wies sie Mòrag an. »Fütter sie und vergiss nicht, nach den Eiern zu sehen.«

Als ich ebenfalls aufstehen wollte, griff sie nach meiner Hand: »Bleib ein wenig bei mir sitzen, Mädchen.«

Mòrag jagte das protestierende Federvieh von den verrußten Dachbalken ins Freie und verschwand. Mir war ein wenig unheimlich, allein mit der alten Frau. Sie hatte mich nicht losgelassen und drehte nun meine Handfläche nach oben. Keine Ahnung, was sie darin sah, aber sie murmelte unentwegt vor sich hin, bis sie plötzlich verstummte und mich mit klaren blauen Augen ansah. »Du kommst von weit her.«

»Aus Irland«, stammelte ich die Lüge, die mir nicht leicht von den Lippen ging.

»O nein, Mädchen. Die Reise, die du zurückgelegt hast, ist länger, als sie ein Menschenkind jemals zurücklegen dürfte.«

Mir wurde unbehaglich. Woher hatte sie solche Ideen?

»Das *Stille Volk* hat dich für Alan Dubh geschickt. Gott allein weiß, dass der *Gleanngrianach* jede Hilfe gebrauchen kann.«

»Niemand hat mich geschickt, es war ein Unfall, wir …«, stammelte ich und versuchte vergeblich, Kenna meine Hand zu entziehen.

Unbeirrt sprach sie weiter. »Du bist im Zeichen der Erde geboren, doch das Wasser bestimmt dein Schicksal.«

Da war etwas dran, mein Sternzeichen ist zwar Jungfrau, aber eine gewisse Affinität zum Wasser ließ sich nicht leugnen. Meine Freunde nannten mich nicht umsonst Wassernixe, denn ich schwamm und duschte für mein Leben gern, und wenn ich an mein unfreiwilliges Bad und seine Folgen dachte, musste ich der Alten zustimmen. Das Wasser seinerseits schien diese Zuneigung zu erwidern.

»Er ist dein Element.« Sie murmelte etwas, dass wie *und dein Schicksal* klang, aber da musste ich mich eindeutig verhört haben.

»Mein … was?«

Statt einer Antwort stimmte sie einen merkwürdigen Singsang an.

So sehr ich mich auch bemühte, ich konnte kein einziges Wort verstehen. Was auch immer das für eine Sprache war, Gälisch war es nicht. Wieso um Himmels willen sollte Alan mein Element sein?

Moment mal. Angenommen, ich würde an diesen Hokuspokus glauben, dann hielte ich Alan für einen Abkömmling der Feen. Deren Lebensraum wiederum war die Natur. Sie wohnten in Bäumen, Bächen und unter der Erde. War es das, worauf sie anspielte? Ich musste völlig verrückt geworden sein, dass ich mir darüber Gedanken machte.

Gerade wollte ich aufstehen, da verstummte der Gesang. »Er ist nicht, was er zu sein scheint. Aber er ist ein guter Mann. Wenn es dir gelingt, sein Herz …«

Dass Alan viele Gesichter besaß, hatte ich selbst schon herausgefunden. Ob man ihn allerdings als *gut* im Sinne von *gutherzig* bezeichnen konnte, davon müsste er mich erst überzeugen. Viel mehr als Kennas Lobpreisungen interessierte mich das, was sie nicht gesagt hatte. Glaubte sie tatsächlich, ich hätte eine Chance, sein Herz zu gewinnen? Meines jedenfalls schlug hoffnungsvoll ein wenig schneller als üblich. »Er ist verlobt«, warf ich ohne viel Enthusiasmus ein.

Sie machte eine Handbewegung, als wollte sie sagen, dass diese Verlobung ebenso bedeutungslos war wie die geplante Hochzeit. »Manchmal muss man sich nehmen, was einem zusteht, Kind.« Jetzt lachte sie, und ihre Stimme klang dabei erstaunlich jung und geradezu verwegen, als wüsste sie genau, wovon sie sprach. Doch schnell erlosch das Leuchten in ihren Augen wieder. Sie legte den Kopf an die Stuhllehne und schloss die Augen, als hätten sie die wenigen Sätze bereits erschöpft.

»Du musst ihm vertrauen, sonst …« Der Rest ging in undeutlichem Gemurmel unter, und sie verstummte.

Hier war endlich jemand, der offenbar über meine Reise durch die Zeit Bescheid wusste, und ausgerechnet dieser Mensch schlief einfach ein, als gäbe es nichts Langweiligeres als eine Besucherin aus der Zukunft.

Nachdem ich vorsichtshalber Kennas Puls gefühlt hatte, legte ich die schlaff gewordene runzlige Hand behutsam in ihren Schoß und stand auf. Das Herz der alten Frau schlug gleichmäßig, anders als meines, das dank ihrer mysteriösen Andeutungen seltsame Hopser zu machen schien.

Mir fiel ein Satz aus dem Lateinunterricht ein. *Die Hoff-nung ist es, die die Liebe nährt.* Ich wäre momentan schon mit weniger als *der* Liebe zufrieden gewesen. Ein Wegweiser zu-rück in das Pub meiner Freunde hätte mir vorerst ausgereicht, um mich glücklich zu machen. »Ich komme wieder, und dann erzählst du mir die ganze Geschichte.« Meine Kehle war wie zugeschnürt.

So leicht, wie ich in meiner kurzen Euphorie· vorhin auf dem Turm geglaubt hatte, fiel es mir also doch nicht zu akzep-tieren, dass es Dinge gab, die mit dem normalen Menschen-verstand nicht zu erklären waren.

Das Stille Volk hat dich für Alan Dubh geschickt, hatte die Alte gesagt.

Nicht ich, sondern die Welt um mich herum war verrückt geworden. Plötzlich wollte ich nur noch raus hier, an die fri-sche Luft.

In diesem Moment kam Mòrag zurück, warf einen Blick auf die schlummernde Kenna und flüsterte beeindruckt: »Sie hatte eine Vision.«

»Wie kommst du darauf?« Ich fragte mich, ob Mòrag ge-lauscht hatte.

»Weil sie danach immer einschläft. Komm, du kannst mir alles auf dem Weg zur Schneiderin erzählen.«

Benommen folgte ich ihr aus der Hütte hinaus ins gleißen-de Sonnenlicht, die schlichte Holztür schloss sich wie von Geisterhand hinter uns. Vielleicht aber spielte mir auch nur meine überreizte Fantasie einen Streich.

Mòrag jedenfalls schien nichts Ungewöhnliches daran zu finden. Mit leicht zusammengekniffenen Augen sah sie in den Himmel. »Es ist schon spät, und ich soll nachher in der Küche helfen. Wir sind knapp an Leuten. Eines der Küchenmädchen hat kürzlich nach Cladaich geheiratet, und die feinen Damen halten uns ganz schön auf Trab.«

»Und dann hast du auch noch mich am Hals.«

»Das ist nicht so schlimm. Es ist auf jeden Fall besser, als den Ladys aufzuwarten.« Kaum waren die Worte heraus, errötete Mòrag. »Ich meine natürlich nicht, dass du keine Lady bist«, stammelte sie, und ich musste lachen.

»Wo ich herkomme, legt man auf solche Dinge keinen Wert.« *Jedenfalls sollte es so sein,* fügte ich in Gedanken hinzu und dachte an meine arrogante Verwandtschaft, deren ständiges Genörgel und hochherrschaftliches Gehabe ich hier gewiss nicht vermisste. »Mòrag, du und deine Mutter, ihr seid so freundlich zu mir. Ich bin euch wirklich dankbar. Es wäre schön, wenn wir Freundinnen werden könnten.«

Jetzt vertiefte sich die Röte ihrer Wangen, und sie strahlte: »Das fände ich auch wunderbar. Und nun musst du mir genau erzählen, was Kenna gesagt hat.«

»Nichts Besonderes …«, fing ich an.

Mòrag unterbrach mich. »Sag das nicht. Jedes Wort ist wichtig. Du musst versuchen, dich daran zu erinnern.« Sie hatte wohl meinen skeptischen Blick richtig gedeutet, denn eindringlich sprach sie weiter. »Kenna MacCoinnaich ist immer dabei, wenn ein Kind hier im Tal zur Welt kommt. Früher ist sie sogar bis nach Cladaich ans Meer gegangen, um dort zu helfen, wenn die Familien darum baten.« Mòrag hielt mich am Arm fest und raunte mir ins Ohr: »Ihre Mutter war eine Fee aus den Bergen.« Sie zeigte über den See, und ich hätte schwören können, für einen Augenblick das Felsplateau zu sehen, in dessen Nähe der Feenkreis lag. Ein merkwürdiges Licht glitzerte dort oben. Doch als ich zwinkerte, um mir die

Sache genauer anzusehen, war auf dem waldigen Hang nichts Ungewöhnliches mehr zu entdecken.

»Kenna ist eine Seherin, und wenn sie etwas über deine Zukunft sagt, dann tritt das garantiert auch ein.«

Erschrocken sah ich mich um. Mòrag hatte nichts von meiner Verwirrung bemerkt und in normaler Lautstärke weitergesprochen, dabei hätte ich sie am liebsten gebeten, nichts mehr über Kenna zu sagen, bevor wir die Kate der alten Frau weit hinter uns gelassen hatten.

»Sie hat nichts über mich gesagt«, behauptete ich noch einmal. »Nur dass Alan ein guter Mann sei und ich sein Herz ...«

Das hätte ich vielleicht nicht ausplappern sollen, denn meine neue Freundin begann, aufgeregt um mich herumzuspringen. »Ich habe es gewusst. Ich habe es gewusst, ihr beide seid füreinander bestimmt. Mama sagt auch, dass er dich mag. Mit der Campbell-Lady hat er beim Abendessen kaum ein Wort gesprochen.« Sie seufzte: »Wie passend. Ausgerechnet *Alan Dubh* fällt die Braut vom Himmel vor seine Füße.« Kaum waren die Worte ausgesprochen, schlug sie die Hand vor den Mund. »Das hätte ich nicht sagen dürfen.« In ihren Augen aber tanzte ein freches Funkeln.

»Mòrag. Mòrag, beruhige dich! Dein Chieftain ist verlobt. Diese Mary ist hierhergekommen, um euren *Gleanngrianach* zu heiraten. Bevor das Jahr zu Ende ist, wird sie seine Frau und Lady MacCoinnaich – oder wie immer sie dann heißt. Ich bin bis dahin längst wieder fort.« Das hoffte ich zumindest. Der Gedanke an die bevorstehende Hochzeit hatte mir die Laune nun endgültig verdorben, und meine Stimme klang ziemlich scharf, als ich Mòrag das Versprechen abnahm, nichts über meine Begegnung mit der Seherin auszuplaudern. In ihren Augen sah ich ein Funkeln, und ich war mir sicher, dass zumindest Duncan spätestens heute Abend einen ausführlichen Bericht erhalten würde.

Bis wir das Haus der Schneiderin erreicht hatten, hing jede von uns ihren Gedanken nach. Dieses Cottage war größer und reinlicher als Kennas Hütte, und der abgetrennte Teil, in dem die Truhen mit den Stoffen standen, war nicht aus festgetretenem Lehm, sondern mit saubergefegten Steinen gepflastert. Vor einem Fenster hatte man Webrahmen aufgestellt, an denen zwei sehr junge Mädchen, fast noch Kinder, arbeiteten.

Mòrag befühlte fachmännisch die Qualität des Leinens und wählte mehrere Ellen Stoff aus. Dann verlangte sie nach einer fertiggenähten Haube und einer Schürze für mich. Als alles eingepackt war, griff sie nach einem hellbraun gestreiften Leinenrock mit passendem Oberteil in einem satten Haselnussfarbton, der zusammen mit anderen Kleidern an großen Wandhaken hing. Ich wurde hinter einen Vorhang zur Anprobe geschickt, und als ich wieder hervorkam, lächelte Mòrag zufrieden: »Ich wusste, dass dir diese Farbe steht. Mit ein paar Änderungen wirst du wunderbar darin aussehen.« Sie wandte sich zur Schneiderin. »Allerdings braucht sie ein neues Mieder. Dieses hier passt überhaupt nicht«

»So kleine Mieder habe ich nicht. Nur eines für deine Cousine, aber die ist noch flach wie ein Brett«, ergänzte die Schneiderin mit einem vielsagenden Blick auf mein Dekolleté.

»Dann muss dies erst einmal genügen. Wie lange wirst du brauchen, bis du ihr ein neues gemacht hast?«

Die Frau nahm Maß an mir und versprach, das gewünschte Kleidungsstück so rasch wie möglich fertigzustellen.

Mein Einwurf: »Aber bitte nicht zu eng«, wurde von beiden ignoriert. Ich kam mir vor wie damals, als eine verschüchterte neunjährige Johanna zur Kommunion eingekleidet worden war. Da hatte der Widerspruch gegen ein blassrosa Kleidchen mit Schleifen und schrecklich vielen Rüschen auch keinen Erfolg gehabt, und so hielt ich meinen Mund.

Als Mòrag auf einen weichen Wollstoff zeigte, der ein Karomuster von vier oder fünf wunderbar sanften Rot- und Brauntönen zeigte, war ich sofort begeistert, doch die Schneiderin protestierte: »Das ist für die zukünftige Frau des *Gleanngrianach*. Außer seinen engsten Verwandten darf niemand diesen Tartan tragen.«

»Joanna gehört zur Familie. Es würde mich wundern, wenn ausgerechnet du das noch nicht gehört hättest«, widersprach Mòrag schnippisch.

»Ich habe auch gehört, dass sein Bruder von dieser irischen Verwandtschaft keine Ahnung hatte.« Die Frau warf mir einen abfälligen Blick zu, als habe sie eine genaue Vorstellung, warum, und vielleicht auch, wo Alan mich aufgegabelt hatte.

»Zweifelst du etwa das Wort des *Gleanngrianach* an? Du weißt, was passiert, wenn er wütend wird. Außerdem bezahlt er dir gutes Geld für deine Arbeit, und das müsste er weiß Gott nicht tun, nach allem, was dein nutzloser Sohn ihn schon gekostet hat.«

»Also gut, auf deine Verantwortung. Ich will ihn auch nicht verärgern. Ich schicke meinen Sohn, sobald ich Mieder und Kleid fertig habe. Sag deinem Vater, dass er dann mein Geld bereithalten soll.«

Wir schnappten uns jeder ein Bündel, und kaum war die Tür hinter uns geschlossen, sagte Mòrag: »William wird ihren Lohn in der Schänke versaufen, anstatt ihn brav zur Mutter nach Hause zu bringen. Sie ist verrückt, diesem Kerl zu vertrauen.«

Während wir den Weg zur Burg einschlugen, erzählte sie mir, dass der Sohn der Schneiderin auch zu der Truppe um Lachlan gehörte und regelmäßig dabei war, wenn es irgendwo Ärger gab. Schon zwei Mal hatte Lachlan ihn bei einem anderen Clan auslösen müssen. Sein Vater, ein MacDonnell, der hier im Tal gelebt hatte, war während des Aufstands 1715 in der Schlacht bei Sheriffmuir gefallen, seine Mutter, eine Mackenzie aus Cladaich, hatte sich einen guten Namen als Schneiderin gemacht, und weil die MacCoinnaichs mehr Geld besaßen, um es für feine Stoffe und Kleider auszugeben, war sie hiergeblieben, statt nach dem Tod des Ehemanns zu ihrer Familie zurückzukehren. Wohl auch, weil es dort sehr viel unsicherer war als im Einflussgebiet des *Gleanngrianach*, wie alle hier Alan ehrfurchtsvoll nannten.

Erstaunt erfuhr ich, dass die meisten Frauen in den Highlands zwar Stoffe für Plaids woben und dabei oft von Generation zu Generation weitergegebene Muster und Farben verwendeten, ihre eigene Kleidung und Hemden aber selten selbst schneiderten.

William MacDonnell trieb sich häufig in Cladaich herum, wohl auch wegen eines Mädchens. Aber er war ein Raufbold und deshalb schon häufiger mit den Mackenzies aneinandergeraten, die ihrerseits wenig für den MacDonnell-Spross übrighatten. Im letzten Jahr hatten die Murrays ihn dann bei dem Versuch erwischt, einige ihrer Rinder auf dem Weg zum Markt in Crieff zu stehlen. Es kam zu einer gewaltsamen Auseinandersetzung, bei der William den jüngeren Sohn eines einflussreichen Verwandten des Duke of Atholl schwer verletzt hatte. Die wütenden Clansmänner wollten ihn erst am nächsten Baum aufhängen, nahmen ihn aber dann doch nur fest. Es hieß, Alan habe dem Vater eine ungeheure Summe als Wiedergutmachung zahlen müssen. Nur mit Rücksicht auf die Schneiderin, die auf die Hilfe ihres Sohns angewiesen sei, wie sie beteuerte, hatte er William nicht des Tals verwiesen.

»Hätte das nicht Lachlan zahlen müssen, er hat ihn schließlich angestiftet?«, fragte ich verwundert.

Sie schnaufte nur: »Der hat gesagt, er hätte nichts von Williams Plänen gewusst und die Murrays sollten mit ihm tun, was sie wollten. Natürlich hätte der *Gleanngrianach* niemals zugelassen, dass ein Murray einen MacCoinnaich aufhängt.« Ich meinte, so etwas wie Bewunderung aus Mòrags Stimme herauszuhören, und wollte ihr darin zustimmen, da fuhr sie fort: »Seine Leute würde er selbst am nächsten Baum aufknüpfen, wenn es notwendig wäre, soll er gesagt haben.«

Offenbar hatte ich mich getäuscht.

Mit dem Bündel unterm Arm und der warmen Nachmittagssonne, die direkt auf meinen Rücken brannte, wurde mir bei unserem Aufstieg ziemlich heiß, und ich hatte Mühe, mit Mòrags federnden Schritten mitzuhalten. So viel zu meiner durch tägliches Joggen antrainierten Fitness, dachte ich, während ich mich nach einem guten Schluck Wasser sehnte. Glücklicherweise schien meine Begleiterin ebenfalls durstig zu sein. Wir machten an einem kleinen Bach halt, und Mòrag spülte die Krüge aus, die sie vom Besuch bei der alten Seherin mit zurückgenommen hatte. Einen davon füllte sie und reichte ihn zu mir herüber.

Misstrauisch schnüffelte ich daran. »Das Wasser sieht so merkwürdig aus. Ist es auch in Ordnung?«

»Es kommt direkt aus dem Hochmoor«, beruhigte sie mich. »Deshalb hat es diese braune Farbe. Du hast gestern schon davon getrunken.«

Vorsichtig probierte ich. Tatsächlich war das Wasser köstlich, und ich leerte den Krug in einem Zug aus. Mòrag trank ebenfalls, und so gestärkt erreichten wir recht schnell das Herrenhaus.

Im Hof erwartete uns schon Dolina: »Beeilt euch, Mädchen. Bringt die Stoffe hinein, ich sehe sie mir später an.« Ungeachtet dieser Worte zog sie das Spenzerjäckchen aus dem Bündel und hielt es unter mein Kinn. »Die Ladys haben einen Spaziergang im Garten gemacht und wollen jetzt baden.« Sie rollte mit den Augen ob solcher Begeisterung für die Körperpflege. »Und unsere Männer sind natürlich wie üblich nirgendwo zu sehen. Hey, du!«, rief sie einen Jungen an, der nicht rechtzeitig seinen Kopf hinter der Stalltür verbergen konnte. »Komm her und hilf beim Wassertragen, oder ich ziehe dir die Löffel lang.«

Widerwillig gehorchte er, und ich erkannte den Stallburschen wieder, der bei meiner Ankunft Brandubh in Empfang genommen hatte.

»Das Plaid des Chieftains stand dir besser, Irin«, bemerkte er frech und fing sich damit eine schallende Ohrfeige von Dolina ein.

»So redet man nicht mit einer Dame«, schimpfte sie und scheuchte den Jungen in die Küche, von wo gerade zwei junge Frauen mit dampfenden Wassereimern in Richtung Haupthaus eilten.

Ich dachte daran, wie lange es gedauert hatte, bis die Wanne in meinem Zimmer heute Morgen gefüllt gewesen war. »Kann ich euch helfen?«

»Das kommt überhaupt nicht infrage.« Ehrlich entrüstet drückte mir Dolina mein neues Gewand in die Hand und wandte sich an ihre Tochter: »Joannas Räume sind fertig. Zeig sie ihr. Danach kannst du uns in der Küche helfen.«

Rasch liefen wir die enge Wendeltreppe hinauf, die aus dem Hof in die oberen Etagen führte – und die eine *wahre Lady* vermutlich nie zu Gesicht bekam. Unterwegs begegneten wir den beiden Mädchen und mussten uns dicht an die Wand drücken, um sie vorbeizulassen. Ausnahmsweise war ich einmal froh darüber, so klein und schmal zu sein.

»Wo badet ihr eigentlich?«, fragte ich Mòrag, als sie die Tür zu meinem neuen Zimmer aufdrückte.

»Wir?« Sie lachte »Die meisten waschen sich sonntags das Gesicht, das muss genügen. Aber Lady Keriann, die erste Frau des alten Chieftains, hat angeordnet, dass alle, die hier arbeiten, sich wenigstens einmal pro Woche richtig waschen, und sie hat das auch kontrolliert. Wer immer noch stank oder schmutzig war, den ließ sie im Hof öffentlich mit kaltem Wasser übergießen und abschrubben. Glaube mir, seitdem hat sich zumindest hier oben einiges getan, und manchmal wird mir regelrecht schlecht, wenn ich bei irgendeiner Versammlung in die Halle muss, so stinken manche Leute.« Sie schüttelte sich. »Jedenfalls ist das Baden noch die einfachste Art, sauber zu werden. Im Winter hoffe ich immer, dass in der Küche warmes Wasser übrig ist. Jetzt im Frühjahr gehe ich lieber zum Weiher. Da waschen wir auch unsere Fässer unter einem kleinen Wasserfall aus, und wenn man zu mehreren ist, dann kann eine immer aufpassen, dass die Burschen uns nicht heimlich beobachten. Oder wir gehen zum See hinunter. Dort gibt es ein paar versteckte Stellen, aber das lohnt sich nur, wenn du sowieso im Tal zu tun hast.«

Ich dachte daran, wie selbstverständlich die morgendliche Dusche für mich bisher gewesen war, und sehnte mich einen Augenblick lang zurück in meine Zeit. Als ich dann auch noch in Mòrags freundliches Gesicht blickte, dessen lebhafte Mimik mich an meine zurückgelassene Freundin erinnerte – die beiden hatten sogar das gleiche widerspenstige rote Haar –, wollte das Heimweh mich fast überwältigen. Schnell wandte ich mich ab und fragte über die Schulter: »Zeigst du mir demnächst den Weg zu diesem Weiher?«

Sie versprach es, und als ich nichts mehr sagte, schloss sie nach einer Weile behutsam die Tür hinter sich. Ich trocknete die Tränen mit einem Schürzenzipfel, und weil ich kein Taschentuch besaß, fuhr ich mir damit auch blitzschnell unter der Nase lang. Es sah mich ja niemand.

Es war ein wenig stickig, deshalb öffnete ich ein Fenster und ließ frische Luft herein, danach sah ich mich um. Der Raum war im Grundriss das Spiegelbild von Alans Zimmer, das sich, wie ich vermutete, nebenan befand. Dieser Gedanke ließ mein Herz schneller schlagen. Und dann entdeckte ich in den Holzpaneelen eine auf den ersten Blick kaum sichtbare Tür, die ins Nachbarzimmer führen musste. Eine Klinke fehlte, und als ich leicht dagegendrückte, bewegte sich nichts. Wahrscheinlich gab es einen geheimen Mechanismus, den nur Eingeweihte kannten. Alan beispielsweise.

Automatisch fiel mein Blick auf das Bett. Es besaß, so kam es mir jedenfalls vor, die gleichen Maße wie sein Pendant im Herrenschlafzimmer. Die Samtvorhänge waren aufgezogen und gaben den Blick frei auf feinste, spitzenverzierte Bettwäsche und unzählige Kissen. Aha, das war ein Unterschied. Müde stieg ich hinauf und ließ mich in diesen wahrgewordenen Mädchentraum sinken. Die Beine fühlten sich von der Wanderung in ungewohnt leichtem Schuhwerk ganz lahm an, darum streifte ich meine flachen Slipper ab. Die Strümpfe flogen gleich hinterher, und ich inspizierte eine Blase, die sich auf der linken Fußsohle gebildet hatte. *Verdammt!* Ärgerlich humpelte ich zum Kamin zurück, neben dem eine Wasch-schüssel stand.

Bevor ich meinen Fuß darin badete, wusch ich mich aber besser selbst. Also hopste ich einbeinig zur Tür, drehte den gro-ßen Schlüssel im Schloss um, kehrte zurück und zog erleichtert den Rest meiner Kleidung aus. Zugegeben, es war bestenfalls eine Katzenwäsche, nach der ich mir die Zähne mit dem Zipfel eines Leinentuches putzte und meinen Mund mit einem erfri-schenden Minzwasser ausspülte, das glücklicherweise auf dem Waschtisch bereitstand. Das musste für heute reichen. Den Rest des Seifenwassers benutzte ich, um darin meine wunden Füße zu kühlen.

Bald warfen die Bäume lange Schatten, es wurde frisch, und ich schloss sicherheitshalber das Fenster. Vermutlich lebten die Highland-Midges schon weit länger hier als jeder Mensch, und ich hatte keine Lust, von diesen winzigen Mücken aufge-fressen zu werden.

Von den Erlebnissen des Tages müde geworden, kuschelte ich mich weniger später in meine Kissen und war im Nu ein-geschlafen.

Am Morgen weckte mich lautes Klopfen. Die Tür war noch versperrt, und eilig sprang ich aus dem Bett und öffnete sie für Mòrag, die mit einem vollbeladenen Tablett hereinkam. Das Frühstück im Bett war schon nach wenigen Tagen zu einer liebgewonnenen Routine geworden.

Es gab Tee, geröstetes Brot und natürlich eine Schale mit Haferbrei. Während ich frühstückte, brachte mir meine neue Freundin eine Kanne mit warmem Wasser herauf. Von ihr bedient zu werden, war mir peinlich. »Ich könnte doch auch in der Küche frühstücken«, schlug ich vor.

Sie schüttelte den Kopf. »Damen frühstücken doch nicht in der Küche.«

»Aber sie gehen zu Fuß ins Dorf?«, fragte ich scheinheilig.

»Lady Keriann hat das immer getan, sagt Mama.«

Langsam glaubte ich, dass Alans Mutter eine ganz besondere Frau gewesen sein musste, und sagte das auch.

»O ja, es ist ein Unglück für den alten Chieftain gewesen, dass sie so früh starb. Seine zweite Frau war ganz anders. Sie hat auch nicht in diesem Zimmer gewohnt, sondern ist gleich in die eleganten Räume des neuen Hauses eingezogen, das er doch eigentlich für Lady Keriann gebaut hatte. Die Arme hat es nie fertig gesehen.«

Wie traurig. »Wie viele Geschwister hat Alan denn?«, fragte ich neugierig.

»Der *Gleanngrianach*«, sagte sie mit Nachdruck, »hat vier Geschwister. Sein zweiter Bruder Callum ist in Edinburgh an der Universität.« Das musste der junge Mann gewesen sein, von dem die Campbell-Frauen gesprochen hatten. »Die Zwillingsschwestern haben beide gute Männer geheiratet und leben jetzt in der Nähe von Skianach Castle.«

Ich hatte keine Ahnung, wo das war, und Mòrag war sich auch nicht sicher. Es sei eine verwunschene Gegend, wusste sie nur zu berichten. Dann hastete sie wieder in die Küche, um einen kalten Imbiss für Lachlan zu richten, der Mary Campbell und ihre Cousine zu einem Ausritt mit anschließendem Picknick eingeladen hatte.

Es versprach ein langweiliger Tag zu werden, und ich fragte mich, wo Alan steckte. Wie ärgerlich. Mòrag hätte es vielleicht gewusst, aber sie war fort und würde erst am Nachmittag für die Anprobe eines neuen Kleids wiederkommen, das die Schneiderin geschickt hatte.

Hier in meinem Zimmer gab es nichts zu tun. Das Bett war bereits gemacht, und mit Mòrags Hilfe steckte ich wieder in dem unbequemen Mieder. Ohne ging es leider auch nicht, wenn ich nicht aussehen wollte wie eine Kugel. Der üppig gefältelte Rock war nicht eben vorteilhaft, und das Leinenhemd bei genauerem Hinsehen schon etwas fadenscheinig. Vergeblich schaute ich mich nach einem Buch um, dabei fiel mein Blick auf einen silbernen Kerzenleuchter, den ich gestern Abend bereits bewundert hatte. Doch da hatten noch fünf neue Kerzen darin gesteckt. Jetzt war die mittlere fast vollständig abgebrannt.

Rasch lief ich zu der Verbindungstür zu Alans Zimmer, doch sosehr ich auch nach einem geheimen Riegel suchte, das Ding ließ sich nicht öffnen. War er letzte Nacht etwa hier gewesen? Ich beschloss, ihn zur Rede zu stellen. Aber erst würde ich seine Bibliothek erkunden, schließlich hatte er mir erlaubt, mich innerhalb des Hauses frei zu bewegen. Hoffentlich gab es überhaupt Bücher – vor allem Bücher, die auch ich lesen konnte. In diesem Moment hörte ich unter meinem Fenster Hufgetrappel und sah Lachlan mit seinen Begleiterinnen davonreiten. Perfekt. Der Tag versprach warm zu werden, also verzichtete ich auf meine Strümpfe, die Slipper passten so auch besser, und abenteuerlustig machte ich mich auf eine neue Erkundungstour.

Dieses Mal wandte ich mich nach rechts in Richtung der schmalen Wendeltreppe, auf der die Mädchen gestern das Badewasser hinaufgeschleppt hatten. Das protzige Treppenhaus der Herrschaften zu benutzen, kam mir gar nicht in den Sinn. Glücklicherweise befanden sich in schmalen Nischen Öllämpchen und mit Hilfe des dicken Seils, das als Geländer diente, war ich im Nu im Erdgeschoss. Wenn ich mich nicht irrte, so führte die Tür zu meiner Rechten in den neuen Trakt, in dem ich – sofern es so etwas hier überhaupt gab – die Bibliothek vermutete. Hinter mir erklangen Schritte, und weil ich keine Lust hatte, jemandem zu begegnen, riss ich blitzschnell die Tür auf und fiel zwei Schritte später über lang ausgestreckte haarige Männerbeine. Der dazugehörige junge Mann konnte mich gerade noch auffangen.

Wir beide waren so überrascht, dass wir in eine Art Schreckstarre verfielen. Beiläufig nahm ich meine Umgebung wahr. Wir befanden uns in einem schlichten Durchgangszimmer, das offensichtlich nur für den Aufenthalt des Personals gedacht war. Über uns hing eine Reihe verschieden großer Glocken, mit Seilen versehen, die in einem Loch in der Decke verschwanden. Das Geheimnis der Klingelzüge in den oberen Räumen war enträtselt. Wer immer hier Wache hielt, konnte die Mädchen informieren, sobald ein Bewohner läutete.

»Duncan. Was ist hier los?« Hinter mir erklang Alans Stimme in einem Tonfall, den ich bisher noch nicht von ihm gehört hatte. Kein Wunder, dass die Leute ihn fürchteten, wenn er so mit ihnen sprach.

»Ich – sie …« Ich lag noch immer in Duncans Armen während er verzweifelt versuchte, unsere kompromittierende Situation zu erklären.

»Ich bin gestolpert«, sagte ich und versuchte vergeblich, einigermaßen würdevoll wieder auf die Beine zu kommen.

»Joanna, das hätte ich mir denken können.« Warme Hände umschlossen meine Taille, sogleich spürte ich festen Boden unter den Füßen und stand schließlich vor Alan, der mich mit gerunzelter Stirn ansah.

»*Gleanngrianach*, es tut mir leid.« Die Worte des unglücklichen Highlanders rissen Alan aus seinen Überlegungen.

»Schon gut, Duncan. Sie hat diese Wirkung auf Männer. Komm, Kleines, ich will Angus nicht länger warten lassen.«

Duncans erstaunter Blick folgte uns. Er sah ganz so aus, als hätte er gerade eine Art Wunder erlebt – und das schien nichts mit mir zu tun zu haben.

Angenehm überrascht sah ich mich in dem Raum um, in den Alan mich nun führte. Was ich hier sah, übertraf meine kühnsten Hoffnungen. Vor den hohen Fenstern stand ein mächtiger Schreibtisch, der mit Papieren und gerolltem Pergament fast vollständig bedeckt war. Im Kamin brannte trotz des warmen Wetters ein Feuer, und an den Wänden: Bücher, wohin ich blickte. Einige davon in Vitrinen vor Staub und Kaminruß geschützt, viele in helles Leder gebunden, so wie ich sie aus alten Bibliotheken kannte. Wie im Traum bewegte ich mich von Regal zu Regal und strich andächtig über die breiten Buchrücken. Ich fühlte mich wie im Paradies, als ich auch noch berühmte Namen entdeckte: Cyrano de Bergerac, Defoe und John Milton; Racine stand neben Sir Walter Raleigh, und unzählige lateinische Titel fanden sich in den Regalen. Shakespeare fehlte natürlich auch nicht. Außerdem gab es dicke Bände über Seefahrt, Landwirtschaft und ferne Länder. Ich nahm ein Buch mit dem französischen Titel *Schule der Frauen* in die Hand. »Du hast das hier gelesen?«

Alan stand plötzlich dicht hinter mir. »Du etwa nicht?«, fragte er zurück, und ich entdeckte ein Lächeln in seinen Augen. Molière hatte sich in seiner umstrittenen Komödie für die Liebesheirat ausgesprochen und für damalige Verhältnisse eine fortschrittliche Meinung zur Stellung der Frauen publiziert, erinnerte ich mich dunkel.

»Leider nicht im Original. Dafür ist mein Französisch

nicht gut genug«, gab ich zu. In diesem Moment räusperte sich jemand vernehmlich, und Alan warf mir einen warnenden Blick zu. Himmel. Vermutlich war dieses Buch bisher in keine andere Sprache übersetzt worden.

»Du kannst dich jederzeit in meiner Bibliothek bedienen.« Er wandte sich zu dem Mann um, der sich jetzt höflich aus einem Sessel erhob. »Angus MacRath von den MacRaths aus Gleann Sheile, mein ehemaliger Tutor und heutiger Verwalter. Angus, dies ist Joanna, eine Cousine aus der Familie meiner Mutter«, stellte er uns einander vor und fügte mit einem belustigt klingenden Unterton hinzu: »Zweifellos hast du schon eine Menge über sie gehört.«

Angus verbeugte sich und musterte mich kritisch. Dann erschien ein Lächeln auf seinem Gesicht. »Mòrag ist sehr von dir angetan, Mädchen. Ich vertraue dem Urteil meiner Tochter, du bist jederzeit in unserem Hause herzlich willkommen.«

Verlegen lächelte ich ihn an. »Vielen Dank.« Dieser Angus war jünger als derjenige, dessen Bemühungen im einundzwanzigsten Jahrhundert ich zu verdanken hatte, dass ich dieser Unterhaltung auf Gälisch überhaupt folgen konnte. Er trug auch keinen Bart, aber ich hätte schwören können, hätte man die beiden nebeneinandergestellt, wäre eine gewisse Ähnlichkeit zu erkennen gewesen. Vergeblich versuchte ich mich an den Nachnamen meines Pferdefreunds zu erinnern – er hatte jedenfalls auch ähnlich geklungen. Würde ich in dieser Welt womöglich Vorfahren der Menschen treffen, die mir nahestanden? Ich hoffte allerdings, nicht auch noch der schottischen Variante meiner weniger sympathischen Bekanntschaften zu begegnen.

Doch dann fiel mir der zweite Grund für die Entdeckungstour durch das Haus wieder ein, und ich drehte mich zu Alan

147

um: »Ich habe noch ein Hühnchen mit dir zu rupfen, mein Lieber. Wenn du glaubst, dass mir der Zustand einer gewissen Kerze entgangen wäre, dann kann ich dir nur sagen: ist er nicht. Und ich verlange eine Erklärung.« Ich richtete mich zu meiner vollen Höhe auf, was mit flachen Schuhen und einer Körperhöhe von einem Meter und achtundfünfzig Zentimetern vermutlich nicht sehr bedrohlich wirkte. »Oh, hör schon auf zu lachen!«

Unfassbar. Der Kerl schlich sich nachts in mein Zimmer, um dort wer weiß was zu tun, und jetzt lachte er mich einfach aus. Wütend gab ich ihm einen Stoß vor die breite Brust.

Er schien das gar nicht zu bemerken, stattdessen griff er nach mir, und ehe ich mich versah, hatte er mich hochgehoben und auf einen Schemel gestellt. »So, jetzt können wir Auge in Auge streiten.«

»Du arroganter, eingebildeter …« Aus dem Augenwinkel sah ich einen augenscheinlich fassungslosen Angus vorsichtig den Rückzug antreten und hielt inne. Hatte ich in meiner Rage womöglich deutsch gesprochen?

»Die ungewöhnliche Sprachbegabung dieser jungen Dame bleibt besser unter uns«, sagte Alan über die Schulter gewandt.

O nein! Wie konnte ich mich so vergessen? Dieser unmögliche Mensch brachte meine idiotischsten Seiten zum Vorschein.

»Es gibt noch ein paar wichtige Angelegenheiten, die wir bereden müssen«, hielt Alan seinen Verwalter vom Verlassen des Raums zurück.

Diesen Moment der Unaufmerksamkeit nutzte ich, sprang vom Schemel und versuchte mich in einem möglichst hoheitsvollen Abgang. »Wir sehen uns.« Diese Worte klangen leider nicht, wie geplant, wie eine Drohung.

An der Tür hatte Alan mich eingeholt, um mir ein kleines Büchlein in die Hand zu drücken. »Bis später.« Ein unausgesprochenes Versprechen klang in seinen Worten mit.

Im Hinausgehen hörte ich Angus´ tiefe Stimme: »Hast du mir etwas zu sagen, mein Junge?« Der Verwalter war offenbar einer der wenigen, die sich nicht vor dem *Gleanngrianach* fürchteten.

Duncan auf seinem Wachposten vor der Tür jedenfalls machte immer noch den Eindruck, als habe er ein Gespenst gesehen, als ich ihn fragte, ob er wisse, wo Mòrag sei. Er wusste es nicht, versprach aber, ihr zu sagen, dass ich in den Garten gegangen war, sollte sie mich für die Anprobe suchen. Außerdem zeigte er mir den Weg durch die Halle zum vorderen Eingang, an dem ein weiterer Wachmann postiert war. Der Mann nickte mir knapp zu und lehnte sich danach wieder mit verschränkten Armen an die Hauswand. Vermutlich hatte er den langweiligsten Job im ganzen Haushalt. Wie häufig mochte hier schon überraschender Besuch auftauchen?

Von meinem Fenster aus hatte man einen guten Blick auf den barocken Garten gehabt, und so wusste ich von dem kleinen Teich in der Mitte, der aus meiner jetzigen Perspektive nicht sofort zu sehen war. Ich setzte mich auf die steinerne Einfriedung unter einem Baum und genoss die Stille, während ich einer sechsköpfigen Entenfamilie beim Gründeln zusah.

Dann erinnerte ich mich an das Buch in meiner Schürze, zog es heraus und las den Titel. Alan hatte mir eine Sammlung erotischer Kurzgeschichten in die Hand gedrückt. Was der Lump damit bezweckte, schien auf der Hand zu liegen. Was hatte mich nur dazu bewogen, ihn in meinem Bett schlafen zu lassen? Ich hätte wissen müssen, dass er diese mitleidige

Geste falsch verstehen würde. Und das, obwohl er in Kürze ein verheirateter Mann sein würde.

Das hat noch niemanden vom Fremdgehen abgehalten.

Mir war, als hätte ich Kennas Stimme gehört, aber als ich mich umsah, war niemand zu sehen.

Ich genoss die kurzen Begegnungen mit meinem launischen Gastgeber mehr, als gut für uns war, und mir war klar, dass es nicht beim Flirt bleiben würde, wenn ich den Dingen einfach ihren Lauf ließe. Wann immer wir uns begegneten, knisterte es zwischen uns, und deutlicher als mit diesem Büchlein hätte er mir seine Absichten kaum auf schickliche Weise signalisieren können.

Seine Ehe war arrangiert worden, und solange er keinen Ring am Finger hatte, konnte er tun und lassen, was er wollte … wahrscheinlich selbst nach der Hochzeit. Schließlich war er der Chief eines wohlhabenden Clans und damit ein Feudalherr, wie er im Buche stand. Umso liebenswerter fand ich es, dass er sich Zeit ließ und unseren Flirt zu genießen schien, ohne mich zu etwas zu drängen, was ich womöglich hinterher bereut hätte.

Was würde aus mir werden, wenn die Liebelei aus dem Ruder liefe und ich mein Herz an ihn verlöre? Vor nicht allzu langer Zeit hatte ich mir geschworen, für immer die Finger von den attraktiven, komplizierten Kerlen zu lassen. Doch das schien in einem anderen Leben gewesen zu sein.

Zum ersten Mal schmerzte die Erinnerung an meinen betrügerischen Verlobten nicht mehr. Stattdessen war ich sogar erleichtert, dass ich gerade noch im letzten Augenblick aus meinen Alptraum erwacht war. Er hatte nie mich, sondern immer nur das Geld und ganz besonders die damit verbundene Macht geliebt.

Fast hätte ich mein Vermögen auf sein Drängen hin schon vor der Ehe an ihn überschrieben. Wie blind man sein konnte. Zum Glück hatte ich Caitlynn kurz vor dem Notartermin davon erzählt, und sie was dermaßen entsetzt gewesen, dass ich schließlich den Termin aus fadenscheinigen Gründen verschoben hatte.

Mein Exfreund hatte getobt und ... Schnell verdrängte ich die Erinnerung an seine Gewalttätigkeiten. Er hatte mir allen Ernstes vorgeworfen, geizig zu sein, dabei musste ich mir sogar manchmal Geld leihen, um die Rechnungen bezahlen zu können, die er ganz selbstverständlich immer auf mich ausstellen ließ. Ich sei ja schließlich *vermögend*, sagte er an guten Tagen mit einem charmanten Lächeln.

Dabei ist *Vermögen* ein großes Wort. Die Reederei meiner Familie gibt es zwar schon seit vielen Generationen, aber wer sich ein wenig auskannte, der wusste, dass es der Branche während der letzten Jahrzehnte nicht besonders gutgegangen ist. Da mein Erbe aus Firmenanteilen bestand und ich diese nicht verkaufte, fiel derzeit kein Gewinn ab. Was man als durchschnittlich begabte freie Journalistin in Hamburg verdienen konnte, wo es Konkurrenz wie Sand am Meer gab, brauche ich wohl nicht weiter auszuführen.

Da war er schon wieder, der stechende Kopfschmerz, den ich bekam, sobald ich an mein Zuhause dachte.

Also schlug ich das Buch auf und fand darin die beste Ablenkung, die man sich vorstellen konnte. Bereits nach den ersten Seiten kicherte ich befreit, und die Enten beäugten mich misstrauisch.

Das Gleiche taten später auch die zurückkehrenden Ausflügler. Eine Magd, und dafür hielten sie mich mit Sicherheit schon wegen meiner Kleidung, die auf einem Mäuerchen am

Teich saß, lachte und las – das hatte man hier noch nicht gesehen.

Schließlich klappte ich das Buch zu. Dem Sonnenstand zufolge war es bereits Nachmittag, und mein Magen knurrte vernehmlich. Ich fand, dass ich seit meiner Ankunft einen ungewöhnlichen Appetit entwickelte. Andererseits hatte ich das Mittagessen ausfallen lassen, beruhigte ich mein schlechtes Gewissen.

Die schwere Eingangstür, durch die ich vorhin gekommen war, sah nicht so aus, als würde sie sich ohne weiteres für mich öffnen, und der Wachhabende war nirgendwo mehr zu sehen. Also umrundete ich den Burgturm mit der hölzernen Treppe, die wahrscheinlich in die alte Versammlungshalle führte. Schnell lief ich am Gebüsch vorbei, das die Grube unter dem Erker, in dem sich der Abtritt befand, verbarg. Dann ging ich durch das Tor über den Hof zum Wirtschafts- und Küchengebäude.

Kaum hatte mich die Köchin in der offenen Tür entdeckt, überschüttete sie mich mit einem Schwall gälischer Worte, von denen ich nur jedes Zehnte verstand. Anfangs wirkte sie ärgerlich, doch mit der Zeit wurde ihre Stimme freundlicher, und schließlich sagte sie langsamer – und klang dabei sehr besorgt »Mädchen, du musst doch etwas essen. Komm her und setz dich, ich habe ein schönes Stück kaltes Huhn für dich aufgehoben.« Dazu bekam ich gekochte Karotten und eine Schüssel mit Hafergrütze. Diese Haferpampe schmeckte mir nicht besonders, aber mit reichlich Salz und einem Schuss Sahne war sie zumindest genießbar. Die Mohrrüben waren zwar winzig, aber sehr schmackhaft, und als ich danach fragte, bestätigte mir die Köchin, dass sie frisch geerntet seien. Das Huhn schmeckte gut, und als sie mir zum Nachtisch auch noch ein großes Stück Apfeltorte mit dicker Sahne vorsetzte, war ich anschließend regelrecht vollgefressen. Wenn ich nicht aufpasste, würde ich mein Mieder bald sprengen. An einer großen Frau mochte ein Kilo mehr oder weniger nicht auffallen, bei mir machte es einen deutlichen Unterschied. Was würde die Schneiderin sagen, wenn ich nicht mehr ins eigens für mich gefertigte Mieder passte?

Offensichtlich zufrieden, dass sie mich erfolgreich gemästet hatte, räumte die Köchin die flachen Holzteller ab, als Mòrag ihren Kopf durch die Tür steckte.

»Hier bist du. Ich habe dich schon überall gesucht.« Dann schaute sie mich genauer an. »Großer Gott. Du bist rot im Gesicht. Hast du etwa den ganzen Tag in der Sonne gesessen?«

Zu spät erinnerte ich mich, dass zum gängigen Schönheitsideal dieser Zeit neben der schmalen Taille und runden Hüften auch ein blasser Teint gehörte. Meine Wangen brannten, wenn auch nicht gerade vor Scham – vermutlich hatte ich mir wirklich einen saftigen Sonnenbrand eingefangen. Trotz der dunklen Haare war meine Haut von Natur aus ganz hell und äußerst empfindlich.

Mit schlechtem Gewissen folgte ich Mòrag, die gekommen war, um mich für die Anprobe zu ihrer Mutter zu bringen. Neugierig ging ich an ihrer Seite über den Hof und dann einen Pfad entlang, der mir vorher noch nicht aufgefallen war. Wir durchquerten das Tannenwäldchen östlich des Herrenhauses und standen nach wenigen Minuten vor einer Reihe sorgfältig geweißelter Häuser, von denen aus man ebenfalls einen herrlichen Blick über das Tal hatte. Ich erinnerte mich daran, sie bereits vom Turm aus gesehen zu haben. Hier wohnte also der Verwalter Angus MacRath mit seiner Familie.

Als wir näher kamen, bellten Hunde. Dolina erschien in der Tür und jagte ein aufgeschrecktes Huhn vor sich her. Kaum erblickte sie mein Gesicht, schrie sie auf: »Mädchen. Du hast einen Sonnenbrand. Kommt schnell herein.«

Drinnen standen wir gleich in der Küche. Im Kamin hingen Kessel an einem Eisenhaken, und an der Wand stand ein großer Küchenschrank, auf dessen Regalen Teller und Becher kopfüber gestapelt waren, daneben zwei große Holzfässer. Auf einem thronte eine Katze, die mich aufmerksam betrachtete. An den dicken Balken unter der Decke hingen Schaffelle, diverse Küchenutensilien und Kräuter zum Trocknen. Die Mitte des Raums wurde von einem fast weiß gescheuerten Tisch dominiert, und an den Wänden waren Stühle und Bänke aufgereiht. Links gab es ein weiteres Zimmer, vielleicht der Schlafraum, und geradeaus führte eine schmale Stiege nach oben. Aber auch hier bestand der Boden aus festgestampfter Erde, und nur um die Feuerstelle herum lagen flache Steinplatten. Was für ein Unterschied zum Herrenhaus. Dabei schien Angus ein angesehener Mann zu sein, und doch lebte er vergleichsweise bescheiden.

Dolina verschwand im Nebenraum. Kurz darauf kehrte sie mit einem Tontopf unter dem Arm zurück. »So, jetzt legst du deinen Kopf in den Nacken. Schließ die Augen«, befahl sie, und kurz darauf spürte ich, wie eine erfrischende Kühle das Brennen verdrängte.

»Was ist das?« Meine Stimme klang ganz dumpf.

»Quark. Und nun halt still, wir können auch so deine Maße nehmen.« Was sie damit vorhatten, wollten sie mir nicht verraten.

Ich spürte, wie Mutter und Tochter mir Mieder und Rock aufschnürten und ich schließlich nur noch im Hemd vor ihnen stand. Dann begann ein Messen und Flüstern, einmal musste ich lachen, weil mich irgendetwas kitzelte, und der Quark wäre fast von meinem Gesicht gerutscht. »Seid ihr bald fertig? Ich kriege einen ganz steifen Hals«, klagte ich, und endlich nahm Dolina die inzwischen warm gewordene Masse ab und trocknete mit dem Tuch mein Gesicht.

»Morgen bist du braun wie eine Bäuerin«, jammerte sie. »Was wird nur der *Gleanngrianach* dazu sagen?«

Das war mir im Moment ganz gleich, wichtiger fand ich die Frage nach der Badestelle, von der Mòrag mir erzählt hatte. Ein Tümpel und eisiges Wasser aus den Bergen hatten zwar wenig mit dem Luxus einer heißen Dusche gemein, aber ich sehnte mich so sehr danach, unter einem kräftigen Strahl fließenden Wassers zu stehen, dass ich die Kälte in Kauf nehmen wollte. Also fragte ich danach, und Dolina willigte ein, uns zum Wasserfall zu begleiten.

Mit einem Bündel Leinentücher, davon schien es hier immer ausreichend zu geben, machten wir uns auf den Weg, und wenig später planschten Mòrag und ich übermütig in dem eisigen Bergwasser. Nachdem ich gründlich den Schmutz des vergangenen Tages abgeschrubbt hatte, hüpfte ich noch einmal unter den Wasserfall, während sie, in ein Handtuch gewickelt, mühsam versuchte, ihre roten Locken zu entwirren. Zitternd vor Kälte griff ich schließlich auch nach einem der Tücher, die Dolina in der Sonne auf einem Felsen ausgelegt hatte, um sie anzuwärmen.

»Du hast eine fantastische Figur.« Bewundernd sah mich Mòrag an. »Ich wünschte, ich hätte auch diese schmale Taille und so einen Busen. Ich bin da viel zu platt«, seufzte sie und drückte die Brüste zusammen, wie um ihre Worte zu unterstreichen.

»Ich wollte immer so groß und schlank sein wie du«, gestand ich ihr und dachte dabei an meinen Exverlobten, der nie mit mir zufrieden gewesen war. »Aber ich kann es nicht ändern, ich bin eben klein, und wachsen werde ich sicher genauso wenig, wie du schrumpfen wirst. Um deine Brüste musst du dir keine Gedanken machen, spätestens nach dem ersten Kind …«

»Genug geredet«, mahnte Dolina und flocht erst mir und dann ihrer Tochter das Haar zu festen Zöpfen. Ich bekam ein neues Hemd aus feinem Leinen und musste mir eine Haube aufsetzen lassen, damit man meine nassen Haare nicht sah. Darüber zog ich das neue Mieder, das die Schneiderin heute geschickt hatte.

Es passte wie angegossen, und obwohl ich mich beklagte, Mòrag schnüre es unnötig fest, zog sie noch einmal alle Bänder nach, bis mir fast die Luft wegblieb. Außerdem hatte Dolina einen anderen Rock und ein leichtes Jäckchen mitgebracht, die sie mir jetzt überstreifte. Mòrag sang fröhlich ein Lied, in dem es sich natürlich um Liebe drehte.

Ich bezweifelte wirklich, dass ihre Eltern nichts von der Verliebtheit ihrer Tochter wussten. Sie hätten blind und taub sein müssen, um es nicht zu bemerken. Ihre Lebensfreude steckte mich an, und zusammen eilten wir mit Dolinas Erlaubnis zum Herrenhaus, wo sich in der Eingangshalle zwei große Spiegel befanden, in denen ich meine neuen Kleider bewundern sollte. Im Vestibül des Hintereingangs saß nun ein älterer Mann, der nur den Kopf schüttelte, als wir aufgeregt durch die Tür linsten, um nachzusehen, ob sich jemand in der Halle befand. Niemand war zu entdecken, und im Licht der

Nachmittagssonne, die durch die hohen Fenster hereinschien, betrachtete ich staunend mein Spiegelbild. Unter der Haube hatten sich schon wieder ein paar Strähnen gelöst und fielen mir weich ins Gesicht. Der Quark hatte die Röte erfolgreich gelindert, und meine Haut schien wie von innen zu strahlen, was durch das helle Hemd noch betont wurde. Kleine Weißstickereien säumten den großzügigen Ausschnitt. Das äußerst eng anliegende, haselnussbraune Oberteil brachte Dekolleté und Taille gut zur Geltung. Da es vorne spitz zulief und mit einem Schößchen versehen war, streckte es sogar. Die Bänder im Rücken taten ein Übriges, um meine Figur aufs Beste zu modellieren. Der hellere, längs gestreifte Rock fiel weich, und dank der Unterröcke, deren Spitzenbesatz ein wenig hervorlugte, wenn ich mich schnell bewegte, sehr voluminös. Ich war überwältigt. Nachdem ich in den letzten Tagen in einem vergleichsweise unförmigen Sack herumgelaufen war, konnte ich nun kaum glauben, wie gut mir diese Mode stand, sobald ich ein maßgeschneidertes Mieder darunter trug. Selbst das Häubchen begann mir zu gefallen – es ließ mein Gesicht unter dem Spitzenrand delikat und die Augen ausgesprochen groß erscheinen.

»Da kommt jemand«, flüsterte Mòrag. Eilig zerrte sie mich in eine dunkle Nische unter der großen Treppe. Von dort aus beobachteten wir, wie Mary Campbell und ihre Gesellschafterin den Salon verließen.

»Hat er dir schon den Hochzeitstermin mitgeteilt?«, fragte Anabelle.

»Wann sollte er das getan haben? Ich bekomme ihn praktisch nie zu Gesicht.« Ihre Stimme verriet nicht, ob sie diesen Umstand bedauerte oder begrüßte. »Lachlan sagt, der Clan habe Schwierigkeiten mit irgendwelchen Nachbarn.«

»Ach, und so etwas muss ein Baron selbst regeln? Lass dir doch keine Geschichten erzählen. Da glaube ich ja eher, dass er sich mit dem Teufel persönlich trifft.« Anabelle lachte schrill. »Weißt du, was diese abergläubischen Hinterwäldler behaupten?«

»Du wirst es mir gewiss erzählen.« Nun schwang leichte Ungeduld in Marys Tonfall mit.

Unbeirrt schwatzt Anabelle weiter. »Stell dir vor, sie glauben, er sei ein Wechselbalg – die Feen hätten ihn seiner Mutter untergeschoben. Wenn man ihn so ansieht, könnte man fast meinen, dass etwas an der Geschichte dran ist.«

»Lachlan sagt …« Weiter kam sie nicht, da fiel Anabelle ihr ins Wort.

»Du verbringst ziemlich viel Zeit mit dem jungen Mann, wenn ich mir die Bemerkung erlauben darf. Nimm dich in Acht. Wenn das deinem Verlobten zu Ohren kommt, könnte es ihm einen Vorwand dazu geben, dich fortzuschicken.«

»Ach, du siehst überall Intrigen. Wir unterhalten uns doch nur oder musizieren. Wenn Lachlan nicht wäre – ich würde mich hier zu Tode langweilen.«

»Tatsächlich?«

Ich stieß Mòrag mit dem Ellbogen an, weil sie kicherte. Die Frauen hatten inzwischen die Stufen über unseren Köpfen erreicht.

»Ohne dich wäre ich selbstverständlich völlig verloren, liebste Anabelle.« Mary klang nicht ganz aufrichtig. Fast tat sie mir leid, ständig ihre nörgelnde Gesellschafterin ertragen zu müssen, als sie fortfuhr: »Stell dir vor, der Baron hatte die Frechheit, mir zu sagen, wenn ich mich langweile, dann sollte ich doch etwas für meinen Verstand tun und ein Buch lesen.«

Gut, sie war wirklich eine dumme Gans und hatte mein Mitgefühl nicht verdient. Kaum waren ihre Schritte verklungen, verließen wir unser Versteck. Mòrag begleitete mich in mein Zimmer, um das Feuer zu schüren, damit ich meine Haare trocknen konnte, und versprach für den Abend eine Überraschung. Sie würde später kommen und mich abholen.

6
Cèilidh

ie Zeit bis zu Mòrags Rückkehr verbrachte ich träumend am offenen Fenster. Ich kam mir ein wenig nutzlos vor. Den Frauen durfte ich nicht helfen, und, ehrlich gesagt, war ich so ganz unglücklich darüber eigentlich nicht, denn ihre Arbeit war schwer und anstrengend. Die Gesellschaft der Ladys war überhaupt nicht nach meinem Geschmack. Aber ich bezweifelte ohnehin, dass sie mich in ihrer Nähe haben wollten. Alan schien sehr beschäftigt zu sein – so beschäftigt, dass er auch für seine Braut keine Zeit hatte, dachte ich schadenfroh.

Natürlich konnte ich meine Tage mit Lesen verbringen oder untätig herumsitzen und hoffen, dass sich dieser störrische Highlander bald an die seltsamen Umstände erinnerte, die uns hierhergebracht hatten und dafür sorgte, dass ich in mein Leben zurückkehren konnte. Aber bis es so weit war, sollte ich mich an meinen Beruf erinnern und alles aufschreiben, was hier geschah. Obwohl mir bestimmt zu Hause niemand glauben würde, lieferten meine Erlebnisse doch eine wunderbare Basis für zahllose Geschichten. Und als Augenzeugin brauchte ich nicht einmal dafür zu recherchieren. Gerade als ich den Entschluss gefasst hatte, ab sofort Tagebuch zu schreiben, stürmte Mòrag durch die Tür und warf sie vehement hinter sich ins Schloss.

Sie kochte vor Wut. »Die verdammten Campbells. Diese

Anabelle schickt uns den ganzen Tag durch die Gegend: *Bring mir dies, hol mir das! Es ist zu warm, es zieht ...* Und Lachlan führt sich auf wie King George persönlich. Gälisch sollen wir nicht sprechen, knicksen und die Türen leise schließen, weil Lady Mary Kopfschmerzen bekommt. Die machen mich noch wahnsinnig.«

»Und was sagt dein Chieftain dazu?«

»Der? Der lässt sich vorsichtshalber nirgends blicken. Und wenn er doch mal zu sehen ist, verbreitet er eine teuflische Stimmung und säuft den Whisky, als wäre es Wasser. Ich kann es ihm nicht verdenken, so eine würde ich auch nicht heiraten wollen«, schnaufte sie und schaute mich dann genauer an. »Das Häubchen brauchst du nicht zu tragen. Du bist ja noch nicht verheiratet – oder doch?«

»Glaube mir«, sagte ich, »wäre ich es, wüsste ich das ganz sicher. Ich habe zwar keine Ahnung, warum ich aus Irland hierhergereist bin oder mit wem, aber einen Ehemann vergisst man nicht ohne weiteres«, schwindelte ich, und es tat mir leid, meine neue Freundin belügen zu müssen; das war überhaupt nicht meine Art. Hätte sich Alan nicht eine andere Story ausdenken können? Doch ich wollte nicht ungerecht sein – immerhin verhalf mir seine Lüge zu einem recht angenehmen Leben.

»Du hast Recht, ich würde Duncan nie vergessen, und wenn ich noch so oft auf den Kopf gefallen wäre.« Sie warf einen kritischen Blick auf meine Frisur, die ich mit Hilfe des Häubchens zu bändigen versucht hatte. Als sie es mir abnahm, glitten die dicken Strähnen wie träge Schlangen über meine Schultern. Fassungslos sah sie dabei zu, dann zuckten ihre Mundwinkel, und schon lagen wir beide auf dem Bett und lachten, bis uns die Bäuche wehtaten.

»Warte, ich habe eine Idee.« Sie versuchte ein ernstes Gesicht zu machen und setzte sich auf. Dann nahm sie zwei vordere Strähnen und flocht diese am Hinterkopf zu einem lockeren Zopf, den sie mit Nadeln aus ihrer eigenen Frisur zusätzlich feststeckte. »Jetzt kannst du deine schönen Haare offen tragen, und sie hängen dir trotzdem nicht ins Gesicht. Wie schade, dass sie vorne so fransig geschnitten sind.«

Nur gut, dass der Friseur sie nicht hören konnte. Ihn hätte glatt der Schlag getroffen. Ich hatte in Glasgow ein Vermögen für diese *aktuelle Coiffure* ausgegeben, in der Hoffnung, dass mein unfrisierbares Haar danach besser sitzen würde. Das hatte es auch getan, leider nur bis zur nächsten Wäsche.

Mòrag tat ganz geheimnisvoll, während wir zum Haus ihrer Eltern gingen. Unterwegs trafen wir andere Leute, die fröhlich schwatzend denselben Weg einschlugen. Auf der Wiese vor dem Haus brannte ein Feuer, Kinder liefen herum, und in der Luft lag eine aufgeregte Stimmung. Endlich rückte sie mit ihrem Geheimnis heraus: »Margret MacRath ist hier.«

Nun hatte ich keine Ahnung, wer das wohl sein mochte, aber augenscheinlich war die Dame eine wichtig Persönlichkeit, wenn alle Nachbarn zusammenliefen, um sie zu sehen. Die Ratlosigkeit stand mir wohl ins Gesicht geschrieben, denn Mòrag beeilte sich zu erklären: »Sie ist eine berühmte Sängerin und die Cousine meines Vaters. Wir haben heute ein ganz besonderes *Cèilidh*.«

Offenbar wurden hier alle Leute, die irgendwie entfernt miteinander verwandt waren, als Cousins oder Cousinen bezeichnet, dachte ich irritiert. Das warf ein neues Licht auf meinen eigenen Status als Verwandte, und ich rechnete den MacCoinnaich-Frauen ihre Gastfreundschaft doppelt hoch an. Doch eine andere Frage beschäftigte mich noch mehr:

»Wieso findet dieses *Cèilidh*, diese Zusammenkunft, nicht in Castle Grianach statt? Dort wäre doch viel mehr Platz.«

»Der *Gleanngrianach* würde das nicht wollen. Dort gibt es nur *Cèilidhs*, wenn Zahltag für die Pacht ist, an Gerichtstagen, oder wenn die Mackenzies oder andere Gentlemen zu Besuch kommen.« Sie schaute mich traurig an. »Viele MacCoinnaichs haben Angst vor ihm. Du aber nicht.«

»Dafür gab es bisher auch keinen Grund. Warum fürchten sie Alan, den *Gleanngrianach*, meine ich, denn so sehr?« Ich schaute sie an. »Sie glauben doch nicht etwa an diese idiotische Geschichte, dass er von den Feen abstammt, oder?«

»Mein Vater sagt, das ist alles Unfug. Und ich glaube auch nicht dran. Mama hat aber erzählt, dass vier Wochen nach seiner Geburt verstrichen sind, bevor man ihn endlich getauft hat.«

»Ja, und?«

»Bevor ein Neugeborenes nicht getauft ist, können die Feen es gegen eines ihrer eigenen Kinder austauschen. Seine Stiefmutter hat immer behauptet, genau das wäre geschehen. Außerdem fragen sich die Leute, woher es kommt, dass unser Clan wohlhabend ist und alle anderen Mackenzies arm. Lachlan widerspricht nicht, wenn sie dahinter magische Kräfte vermuten. Vielleicht glaubt er ja selbst daran.«

»Und was sagt dein Vater? Als Verwalter, denke ich, müsste er doch wissen, woher der Wohlstand der MacCoinnaichs stammt.«

»Er sagt, dass schon der alte Chieftain Beteiligungen an Handelsschiffen hatte, von denen einige bis ans Ende der Welt segeln. Mit den Gewinnen hat er das schöne Haus gebaut und viele Bücher gekauft, aber auch seinen Leuten in Notzeiten geholfen, und Alan MacCoinnaich hat diesen Geschäftssinn geerbt.«

Das klang plausibel. »Und hast du mir nicht erzählt, dass er schon zum zweiten Mal diesen William freigekauft hat? Dort, wo ich herkomme, würde das niemand machen.« In gewisser Weise stimmte das sogar. Meine Verwandten, davon war ich überzeugt, wüssten mich lieber dürstend in einem Verlies als bei den Vorstandssitzungen unserer Reederei.

Doch Mòrag hörte nicht mehr zu. Sie stieß einen kleinen Schrei aus und zog aufgeregt an meinem Ärmel. »Dort drüben ist Duncan. Sieht er nicht gut aus?« Sie hatte alles andere vergessen und zerrte mich hinter sich her zu ihrem Geliebten.

Ich musste lachen. Dieses Mädchen sprühte vor Lebensfreude. Es war deutlich zu sehen, dass Duncan ebenfalls erfreut war, sie zu sehen. Er lächelte und warf nur einen kurzen verlegenen Blick zu mir. Mòrag hatte sich tatsächlich einen außerordentlich attraktiven Mann geangelt. Und höflich war er auch noch. Duncan begrüßte mich freundlich und besorgte zwei Becher für uns. Darin befand sich, wie ich schnell feststellte, mit frischem Wasser verdünnter Whisky. Er zwinkerte ihr zu: »Lass das aber nicht deinen Vater wissen. Der dreht mir den Hals um, wenn er erfährt, dass ich euch von seinem kostbarsten Whisky zu trinken gebe.«

Wir versprachen Stillschweigen und setzten uns neben ihn auf eine Holzbank vor dem Haus. Während die beiden Verliebten neben mir flüsterten und leise lachten, betrachtete ich das atemberaubende Farbenspiel der Wolken. Die Sonne war längst hinter den Bergen verschwunden, aber ihre Strahlen färbten die kleinen Wölkchen am Abendhimmel in immer neue Rottöne. Wenn ich mich recht erinnerte, waren das Vorboten eines weiteren schönen Sommertags.

»Morgen wird es Regen geben.« Ein Mann setzte sich neben mich und hob zum Gruß seinen Becher. Er war groß und glattrasiert mit kurzgeschnittenem Haar, in dem schon einige graue Strähnen leuchteten. Ich schätzte ihn auf Mitte dreißig. In seinem Gürtel steckten zwei Pistolen und ein Dolch, was ihm ein gefährliches Aussehen verlieh. Wie die meisten hier trug auch er die typische Hochlandkleidung. Nur wenige Männer hatte ich bisher in Hosen gesehen, und bei den sommerlichen Temperaturen schien mir dieses gewickelte Plaid auch höchsten Tragekomfort zu haben.

Inzwischen blähte aber eine leichte Brise den Kilt des Mannes neben mir, und ich war froh, dass ich daran gedacht hatte, mein neues Wolltuch mitzunehmen. Es war ganz weich und warm, als ich es fester um die Schultern zog. Immerhin, dank des Windes gab es keine Mücken.

»Dir wird bald warm werden«, lachte der Fremde und goss etwas Whisky in meinen Becher. Offenbar waren wir nicht die Einzigen, die Angus' Vorrat entdeckt hatten und schamlos plünderten. Dabei stellte er sich als James MacCoinnaich von Balgy und – wie sollte es anders sein – als Cousin des *Gleanngrianach* vor.

Etwas verlegen erklärte ich ihm, ebenfalls eine Verwandte zu sein. »Dann bist du die irische Cousine, die Alan Dubh vor die Füße gefallen ist?« Neugierig schaute er mich an.

»So kann man das nicht sagen …«, hub ich zu einer Erklärung an, als eine Fiedel zu spielen begann. Ich klappte den Mund wieder zu und lauschte der Musik. Sollte er doch denken, was er wollte.

Maggie MacRaths Gesang bezauberte alle Anwesenden im Nu, und bald hielt die Highlander nichts mehr – sie klatschten und sangen zu den Liedern, die sie mit klarer, heller Stimme vortrug. Später kam noch ein Flötenspieler hinzu, und einige Paare begannen, sich zu den Melodien zu drehen.

»Mylady?« James MacCoinnaich verbeugte sich vor mir.

Mòrag schaute ihn erstaunt an, dann begann sie zu kichern. Das Mädel hatte eindeutig einen Schwips. »Geh schon, Joanna.«

Zögernd folgte ich der Einladung, und bald wurde ich, wie die anderen Frauen, von Kilt tragenden Männern hin und her geschwenkt. James hatte Recht, längst war mir nicht mehr kalt. Ziemlich atemlos ließ ich mich schließlich auf eine Bank fallen.

James war sofort an meiner Seite. »Ich hole uns einen Drink.« Seine Augen blitzen, und mit einem Lächeln ging er ins Haus, um den Whiskykrug erneut aufzufüllen. Als ich mich nach meinem Tuch umsah, entdeckte ich am Waldrand einen Schatten. Alan stand dort und sah zu uns herüber. Seltsame Lichter flackerten in seinen Augen. Wahrscheinlich die Reflexion der Feuer, die um den Festplatz herum brannten.

Gerade wollte ich ihn herbeiwinken, da legte mir James mein Plaid, das auf den Boden gerutscht sein musste, um die Schultern. »Die Nacht ist kühler, als man denkt«, sagte er und bückte sich dann nach dem Krug, um unsere Becher zu füllen. Ich schaute noch einmal zum Wald, doch da stand niemand. Vielleicht hatte ich mich geirrt.

Gleich darauf gesellten sich auch Mòrag, Duncan und ein paar andere junge Leute zu uns. Atemlos und durstig vom Tanz griffen sie nach ihren Bechern, und bald machte ein Alekrug erneut die Runde. Die Männer unterhielten uns mit gruseligen Geschichten über Feen und gefährliche Berggeister, die immer aberwitziger wurden, je mehr Whisky oder Ale sie tranken. Das Feuer war inzwischen heruntergebrannt, und viele Leute machten sich allmählich auf den Heimweg.

James bot an, mich zum Herrenhaus zurückzubegleiten.

Zwei Mädchen, die auch dort in den Dachkammern schliefen, wenn es für ihren Weg ins Dorf zu spät geworden war, wollten sich uns anschließen. Also verabschiedete ich mich von Mòrag, und wir brachen zu viert auf. In der kühlen Nachtluft fern des Feuers merkte ich, wie sehr der Whisky mir zu Kopf gestiegen war. Etwas zerrte an meinem Rock. Als ich mich danach umsah, blickte ich in ein violettes Augenpaar. Sofort lief mir ein frostiger Schauer den Rücken hinunter und setzte sich an dieser besonderen Stelle zwischen den Schulterblättern fest, die mich manchmal durch ein unangenehmes Prickeln vor nahenden Gefahren warnte. *Jemand geht über dein Grab*, hatte Großmutter gesagt, als ich ihr von dem merkwürdigen Gefühl erzählte.

Allerdings blieb mir der Schreckensschrei im Hals stecken, als das Ungeheuer auf mich zukam. Fast hätte ich das Gleichgewicht verloren, doch James legte mir den Arm um die Taille und stützte mich. Was auch immer im Gebüsch saß, es stieß ein wütendes Fauchen aus – und verschwand in der Nacht. »Was war das?« Ich flüsterte, um die Mädchen, die schon ein gutes Stück vor uns gingen, nicht zu beunruhigen.

»Wahrscheinlich eine Wildkatze.« James sprach ebenfalls leise. »Ungewöhnlich, dass sie Menschen so nahe kommen.«

Beruhigend klang das nicht. Mir kam es vor, als starrten die Augen uns immer noch hinterher, und ich sehnte mich plötzlich nach meinem Bett. Morgen würde ich mit Sicherheit Kopfschmerzen haben. Was tat man in Prä-Aspirin-Zeiten gegen einen Kater? Mir war schwindlig, und obendrein bekam ich nun auch noch ein schlechtes Gewissen und hoffte, meinen sympathischen Highlander nicht allzu sehr ermutigt zu haben.

James war zum Glück jedoch ganz Gentleman, verabschiedete mich mit einer tiefen Verbeugung am Dienstboteneingang, wo die beiden Mädchen schon auf uns gewartet hatten, und verschwand leise pfeifend in der Dunkelheit.

Zu dritt huschten wir an einem schnarchenden Wachmann vorbei die Treppe hinauf, die Mädchen entzündeten für mich eine Kerze, und rasch lief ich zu meinem Zimmer, während sie weiter in ihre Quartiere unterm Dach hinaufstiegen.

Ich konnte mich nicht erinnern, wann ich zuletzt einen so heiteren, geselligen Abend verbracht hatte, auch wenn das Ende ein bisschen gruselig gewesen war und ich zu viel getrunken hatte.

Haltsuchend lehnte ich mich kurz gegen den Bettpfosten. Die Wärme des Feuers in meinem Zimmer machte mich schwindelig, und die Bänder des Mieders schienen hoffnungslos verheddert zu sein, als ich versuchte, sie aufzuschnüren.

»Hast du dich gut amüsiert?«

Vor Schreck hätte ich beinahe das Gleichgewicht verloren.

»Alan?« Unsicher blinzelte ich in die Dunkelheit, wo schließlich seine Umrisse in dem großen Sessel am Kamin sichtbar wurden. »Was tust du hier?« Wäre ich nicht so sehr mit mir selbst beschäftigt gewesen, hätte mir schon eher auffallen müssen, dass sich ein solches Kaminfeuer nicht von selbst entzündet.

»Irgendjemand muss dir ja erklären, wie sich eine anständige MacCoinnaich verhält.«

»Dann habe ich mich also nicht geirrt, du warst dort.«

»Und durfte dein schamloses Flirten mit eigenen Augen sehen, ganz genau.« Er erhob sich und kam näher. »Als meine Cousine hast du dich standesgemäß zu verhalten.«

Jetzt wurde auch ich ärgerlich. Was dachte er sich dabei, durchs Unterholz zu schleichen und uns beim Tanzen zuzusehen? »Erstens, Alan MacCoinnaich, Chieftain der MacCoinnaichs von Gleann Grianach, auch bekannt als *Alan der Arrogante*, bin ich überhaupt nicht mit dir verwandt. Und zweitens habe ich nicht geflirtet.«

»Hast du nicht?« Alan stand nun ganz dicht vor mir. »Das haben einige meiner Männer ganz anders gesehen. Wie kommst du dazu, James den Kopf zu verdrehen? Er hat weiß Gott etwas Besseres verdient!«

»Etwas Besseres als mich, meinst du?« Kalte Wut ließ meine Stimme leicht zittern.

»Allerdings. Ich habe ihn nicht mehr lachen sehen seit dem Tag, an dem er seine Frau erschlagen und geschändet vor den rauchenden Trümmern ihrer Kate fand. Und das alles nur, weil sie das Pech hatte, eine Mackenzie zu sein, deren Chief beim König in Ungnade gefallen war. Die Rotröcke haben aus Rache die Ernten der Leute vernichtet und jeden, der sich ihnen in den Weg stellte, verhaftet oder Schlimmeres, während ihr Chieftain sicher in Frankreich saß und weiter seine Pacht kassieren ließ, statt sie zu beschützen.« Verachtung lag in Alans Stimme. »Einen solchen Mann führt man nicht an der Nase herum, Joanna.«

»Das wusste ich nicht.« Woher auch? James hatte heiter und entspannt gewirkt, seine schreckliche Vergangenheit war ihm schließlich nicht an der Nasenspitze anzusehen. Alans Vorwurf fand ich unglaublich ungerecht. »Aber es war James, der mich angesprochen hat. Und das kann ich dir sagen, *er* hat sich wie ein Gentleman benommen. James würde sich mit Sicherheit niemals nachts in mein Zimmer schleichen oder mich heimlich beobachten.«

»Er hat ja keine Ahnung, was ihm entgeht«, knurrte Alan, machte einen Schritt nach vorn und küsste mich. Fordernd verschaffte sich seine Zunge Zugang zu meinem Mund, während die Wärme seines Körpers das dünne Leinenhemd durchdrang und sich auf meiner Haut wie ein unkontrollierbares Feuer ausbreitete. Ich leistete nur halbherzig Widerstand und gab mich bald vollständig dem wohligen Gefühl hin, begehrt zu sein.

Mit geschickten Fingern löste Alan die verhedderte Schnur in meinem Rücken, ohne seine Lippen nur eine Sekunde von meinen zu lösen.

Mein Körper stand inzwischen in Flammen, und ich versuchte mit zittrigen Fingern, die Nadel zu lösen, die sein Plaid auf der Schulter zusammenhielt.

Als es mir nach einer Ewigkeit gelungen war, öffnete er mit einer Hand seinen Gürtel, ließ das Plaid zu Boden gleiten und zog sein Hemd über den Kopf. Der Verlust, ihn für einen Augenblick nicht mehr zu spüren, ließ mich erschaudern. Fordernd zog er mich in die Arme und trug mich zum Bett. Es gibt Momente, in denen eine Frau einfach nur begehrtes Weib sein will, und dieser gehörte dazu. Mein Herz klopfte wild, und ich hörte das Echo an Stellen meines Körpers, die ich schon lange nicht mehr so intensiv gespürt hatte. Der Mann hatte eine fatale Wirkung auf mich. Ungeduldig zerrte ich an meinem Hemd, und atemlos half mir Alan, es loszuwerden. Er hielt einen Augenblick lang inne und betrachtete mich mit einem verlangenden Ausdruck im Gesicht, den ich bestimmt widerspiegelte, bevor ich endlich erneut diese Lippen spüren durfte, deren bloße Berührung meinen Verstand vollkommen zu vernebeln schien. Wie Verhungernde kosteten wir einander, und als Alan meine Schenkel auseinanderdrückte und ohne weitere Vorwarnung in mich eindrang, war ich mehr als bereit für ihn.

»Das wurde auch Zeit.« Meine Worte klangen wie das Fauchen eines fremdartigen Tiers, und mit wenigen Stößen trieb er mich zu einem Höhepunkt, der die Welt um uns herum in Scherben zerspringen ließ. Nichts würde je so sein wie zuvor. Mein Verstand hatte noch nicht wieder zu funktionieren begonnen, da bäumte sich Alan mit einem animalischen Stöhnen auf, und heiße Wellen ergossen sich in meinen Körper, der mit einem zweiten Orgasmus antwortete. Ich weiß nicht, wie lange wir danach regungslos dalagen. Das Einzige, was ich neben dem Rauschen im meinen Ohren wahrnahm, war unser heftiger Atem.

Behutsam rollte er sich schließlich beiseite und schaute mich bestürzt an: »Habe ich etwa …?«

»Was? Mich entjungfert?« Ich musste lachen. »Der Gedanke kommt ein wenig spät.«

»In deiner Nähe scheine ich überhaupt nicht denken zu können.«

»Keine Sorge. Du hast nichts beschädigt.« *Außer meinen guten Vorsätzen,* fügte ich in Gedanken hinzu. Aber das brauchte er nicht zu wissen.

»Gott sei Dank«, seufzte er und begann, an meinem Hals zu knabbern. »Du bist so unglaublich eng, ich habe noch nie …« Der Rest seiner Worte ging irgendwie unter, weil ich ihn auf den Rücken drehte, um seinen herrlichen Körper genauer zu erkunden.

Dieses Mal liebten wir uns langsamer, und willig folgte er jeder meiner Anregungen. Niemals zuvor war ich einem Mann begegnet, der so begierig darauf zu sein schien, die Wünsche seiner Geliebten zu erfüllen. Und noch nie hatte ich so viele Orgasmen gehabt wie in dieser Nacht. Im Morgengrauen weckte mich seine Hand zwischen meinen Beinen, und wir liebten uns schnell, heftig und äußerst befriedigend. Als ich das nächste Mal erwachte, war das Bett neben mir leer, aber auf dem Kopfkissen lag eine einzelne Blüte. Dieser Mann war einfach unglaublich.

Schnell wusch ich mich und kämpfte gerade mit meinem Mieder – an das Ding würde ich mich wohl nie gewöhnen –, als es klopfte und Mòrag mit dem Frühstück erschien. Sie half mir, die verflixten Schnüre fester zu ziehen, dabei fiel ihr Blick auf das zerwühlte Bett. Ganz plötzlich ließ sie mich los.

»Du hast doch nicht etwa mit James …?«

Schnell griff ich nach dem Bettpfosten, um nicht das Gleichgewicht zu verlieren. »Um Himmels willen, nein!« Seufzend nahm ich ihr die Blume aus der Hand. Das zarte Pflänzchen sah bereits ein wenig müde aus, deshalb goss ich etwas Wasser ins leere Whiskyglas, das vermutlich von Alan stammte, und stellte es hinein.

Mòrag verfolgte jede meiner Bewegungen, und es war ihr anzusehen, dass sie eine Erklärung erwartete.

»Hör zu, du darfst das niemandem erzählen«, begann ich.

»Der *Gleanngrianach*, Gott sei Dank. Ich hätte dich wegen James warnen sollen, er …«

»Ich kenne seine Geschichte inzwischen.«

»Er sah gestern so glücklich aus, und ich hatte einen Augenblick lang Angst, du hättest – weißt du, wir mögen ihn alle sehr gern, und ich möchte nicht, dass er verletzt wird.«

»Was ist nur mit mir, dass alle denken, ich würde herumgehen und den Männern reihenweise ihre Herzen herausreißen?«

»Es ist nicht deine Schuld.« Sie legte eine Hand auf meinen Arm. »Aber du bist so anders. Viel freier und trotzdem nicht wie eine – na ja, du weißt schon, ein loses Frauenzimmer.«

»Bin ich froh, das zu hören.« Doch Mòrag hatte meinen Sarkasmus nicht verdient. Auch wenn ich mir große Mühe gab, mich an die hiesigen Sitten anzupassen, die Erziehung einer Frau des einundzwanzigsten Jahrhunderts konnte ich nicht verleugnen, ohne mir selbst dabei untreu zu werden. Meine Art musste den MacCoinnaichs merkwürdig erscheinen, noch dazu war mein Auftauchen geheimnisumwittert, und für meine Herkunft bürgte lediglich Alans Wort. Das Wort eines Mannes, dem sie selbst nicht rückhaltlos vertrauten.

»Liebst du ihn, bist du deshalb hierhergekommen?«, riss sie mich aus meinen Gedanken.

Ich ließ mich auf das Bett sinken und klopfte auf die Matratze, damit sich Mòrag zu mir setzte. Mit dem, was ich jetzt tun wollte, ging ich ein hohes Risiko ein, aber dennoch war ich entschlossen, mich ihr anzuvertrauen.

Gestern Abend hatte ich ausreichend Gelegenheit gehabt, meine neuen Freunde und die Bewohner des Tals zu beobachten. Sie unterschieden sich nicht nur äußerlich von den Zeitgenossen meiner Welt. Natürlich, es gab viele Dinge, die allen Menschen gemein waren: Liebe, Eifersucht, Humor und Sehnsucht – das alles war in ihren Gesichtern zu lesen gewesen, aber auch noch etwas anderes. Ihre tiefe Verbundenheit mit der Landschaft und dem Clan war mehr von den Elementen und dem täglichen Überlebenskampf diktiert als vom Wunsch, die Welt um sie herum zu erhalten, so wie sie war. Mutter Natur zeigte sich nicht mild und großzügig, ihr musste man jedes Korn, jeden Brocken Torf und jeden Fisch abtrotzen. Und wenn es ihr gefiel, dann verwüstete sie Ernten in einer Nacht, zog den Fischer samt Boot in die Tiefe der See oder raffte geliebte Menschen durch geheimnisvolle Krankheiten dahin. Niemand konnte sagen, wann das Schicksal zuschlagen würde, und als ich den Geschichten lauschte, die man sich gestern erzählt hatte, war mir bewusst geworden, wie sehr sie nach Erklärungen für die Katastrophen in ihrem Leben suchten und wo sie diese fanden. Nicht in der Religion, wie man vermuten könnte. Sie hatten ihre alten, oft grausamen Götter eingetauscht gegen einen Gott der Liebe und des Verzeihens. Und was war geschehen? Nichts. Er schützte sie ebenso wenig vor dem Unglück, wie es seine Vorgänger getan hatten, und die logische Schlussfolgerung daraus war, dass es noch andere, weitaus diesseitigere Mächte gab, mit denen sie es im täglichen Überlebenskampf zu tun hatten. Wesen, die sich in ihre Häuser schlichen, die Milch sauer werden ließen oder gar ein gesundes Kind aus seiner Krippe stahlen, um ein krankes zurückzulassen. Wesen, von denen man wusste, dass sie in den Hügeln wohnten und dort wilde Feste feierten, schließlich gab es genügend Augenzeugenberichte. Wesen, die einem aber auch halfen, einen in den Fluss gefallenen Menschen an Land trugen und die Ernte gedeihen ließ, wenn man sie achtete und respektvoll behandelte. Keiner der Mac-Coinnaichs zweifelte ernsthaft daran, dass Kobolde, Feen und Geister existierten, und nicht wenige fürchteten sich mehr vor ihnen als vor der ewigen Hölle, die der Priester jedem versprach, der nicht treu auf seines Gottes Pfad wandelte. Und hierin sah ich meine Chance.

In der von Wissenschaft und Forschung geprägten Welt, aus der ich kam, würde mich jeder, dem ich von meiner Zeitreise berichtete, für verrückt erklären. Doch wer täglich mit der Magie des Daseins konfrontiert war wie meine neuen Gefährten, der war vielleicht bereit, mir zuzuhören. Nicht dass ich die Sache an die große Glocke hängen wollte, aber wenn Mòrag mir glaubte, dann hatte ich eine Verbündete, jeman-

den, der mir helfen würde, mich in dieser neuen Welt zurechtzufinden. Und obendrein bekam ich eine Freundin, mit der
ich meine Geheimnisse teilen konnte. Allein diese Aussicht
war mir fast jedes Risiko wert.

Natürlich, es gab auch Alan, aber er hatte bisher nicht den
Eindruck gemacht, dass er mir glaubte, und eine kleine Stimme in meinem Kopf flüsterte: *Die Männer, mit denen du im
Bett warst, haben dich bisher immer enttäuscht.* Das stimmte.
Trotz meiner negativen Erfahrungen war ich zwar weit davon entfernt, alle Männer in eine Schublade zu stecken, und
glaubte insgeheim immer noch daran, eines Tages *Mr. Right*
zu begegnen. Dennoch tat ich gut daran, mir weitere Verbündete zu sichern.

Mòrag sah mich erwartungsvoll an.

Umständlich setzte ich mich auf meine Hände, wie ich es
schon als Kind getan hatte, um meine Nervosität nicht durch
fahrige Bewegungen zu verraten. Natürlich funktionierte es
nie, auch heute nicht. Mit bangem Herz sah ich Mòrag an.
»Ich werde dir jetzt eine Geschichte erzählen, aber du musst
mir versprechen, sie für dich zu behalten und mit niemandem
darüber zu reden – außer mit Duncan«, fügte ich nach einem
kurzen Blick in ihr Gesicht hinzu. »Ich vertraue deinem Urteil. Wenn du sicher bist, dass er nichts verraten wird, dann
erzähl es ihm ruhig.«

»Ich schwöre bei allem, was mir heilig ist. Sollen mir die
Haare und Zähne ausfallen, das Korn verdorren …«

»Schon gut«, unterbrach ich sie hastig und ergriff ihre
Hand. »Du musst nicht dein Leben für ein Geheimnis aufs
Spiel setzen.« Und dann erzählte ich von meiner wundersa-
men Reise. Auch dass sich Alan an nichts erinnerte und mich
höchstwahrscheinlich für verrückt hielt.

»Und dennoch stehst du unter seinem Schutz.«

»Vermutlich, weil er wissen will, was am Steinkreis wirklich geschah.«

Zu meiner großen Überraschung schien Mòrag nicht besonders erstaunt über meine fantastische Story zu sein.

Eindringlich senkte ich die Stimme. »Das ist keine von diesen Geschichten, die man sich abends bei einem *Cèilidh* erzählt. Es ist die Wahrheit.«

»Ich bin froh, dass du mir die ganze Geschichte erzählt hast. Aber die Seherin hat es sowieso schon gewusst.«

»Du hast gelauscht.« Nun verstand ich auch, warum sie so sicher gewesen war, dass die alte Frau im Dorf bei unserem Besuch eine Vision gehabt hatte. Erleichtert darüber, dass sie mir glaubte, nahm ich ihr die Neugier nicht übel.

»Ja, nein … ein wenig. Aber es ist nicht das erste Mal, dass Kenna von den Steinkreisen am *Sìdh Beag*, am Feenhügel, gesprochen hat.«

Ich erinnerte mich wieder, dass ich auf der Suche nach dem magischen Kreis tatsächlich einen merkwürdigen Hügel bemerkt hatte. Er war etwa mannshoch, ungewöhnlich gleichmäßig geformt und schien auf den ersten Blick mit dichtem Gras bewachsen gewesen zu sein, das erst kurz zuvor sorgfältig gemäht worden war. Ich hatte mich noch gewundert, wer an dieser abgelegenen Stelle seinen gärtnerischen Ambitionen freie Hand gelassen haben mochte. Bei näherem Hinsehen wurde allerdings deutlich, dass es Moos war, dem der seltsam geformte Kegelfelsen sein gepflegtes Äußeres verdankte. Anderen, lange vor meiner Zeit, musste es ähnlich ergangen sein, und daraus hatte sich bestimmt die Legende entwickelt, dort oben hausten Feen. So logisch es auch klang, eine Erklärung für die Vorgänge im Steinkreis war es nicht.

»Was hat Kenna darüber erzählt?« Es konnte gewiss nicht schaden, wenn ich mir die alten Überlieferungen einmal anhörte, vielleicht fand sich ein wichtiger Hinweis darin, wie ich wieder in meine Welt zurückkehren konnte.

Mòrag lachte verlegen, aber sie wirkte erleichtert, dass ich ihre Neugier nicht weiter kommentierte. Mit dramatischer Stimme sprach sie weiter. »In ihrer Jugend war es noch üblich, dass man am Vorabend zu *Là Fhèill Brìghde* die Herdfeuer im ganzen Tal löschte.« Als sie mein ratloses Gesicht sah, erklärte sie: »Das ist der Tag der heiligen Brigid.«

Von dieser Heiligen hatte ich allerdings gehört. Die Kirche der Klosterschule, die ich besucht hatte, war nach ihr benannt worden. Es gab allerdings auch eine heidnische Göttin gleichen Namens, und die hatte, wenn ich mich recht erinnerte, etwas mit dem Element Feuer zu tun. Als ich Mòrag das sagte, blickte sie mich erschrocken an. »Wir sind gute Christen.«

»Ja, natürlich«, versuchte ich sie zu beruhigen. »Wie geht die Geschichte denn weiter?«

»Welche? Ach so.« Sie blickte auf ihre Hände, und es dauerte eine Weile, bis sie weitersprach. »Am nächsten Morgen gingen die Frauen mit *Bannocks* und Milch zum Feenhügel, bekamen dort das Feuer im Tausch für ihre Gaben und brachten es zurück in die Häuser. Anschließend feierte man ein großes Fest.«

»Ist das alles?« Ich war enttäuscht.

»Sei doch nicht so ungeduldig.« Sie zog die Beine hoch und setzte sich im Schneidersitz auf mein Bett, offensichtlich hatte sie noch mehr zu erzählen. »In einem Jahr ging eine junge Frau mit. Sie kam nicht von hier, hatte im Sommer zuvor einen MacCoinnaich geheiratet und erwartete, obwohl sie noch sehr jung war, schon ihr erstes Kind. Unterwegs bekam sie Hunger, und als sie ihre Gaben am Feenhügel abstellen sollte, hatte sie die Milch ausgetrunken und alles aufgegessen. Die anderen Frauen waren entsetzt, aber am Ende erhielten sie doch das Feuer und machten sich eilig auf den Heimweg.« Mòrag machte eine dramatische Pause. »Als sie das Dorf erreicht hatten, fehlte die junge Frau. Es gab große Aufregung, und Alexander MacCoinnaich, der damalige *Gleanngrianach*, schickte einen Suchtrupp los.«

»Alans Vater?«

»Ich glaube, es war sein Urgroßvater.« Sie überlegte einen Moment lang und schüttelte dann den Kopf. »Ich weiß es nicht.«

Ungeduldig zupfte ich an der gehäkelten Spitze, die ein Stück aus meinem Ärmel herausragte. »Und weiter, was passierte dann?« Nicht nur die Schotten liebten gute Geschichten, auch ich wollte nun unbedingt wissen, wie die Sache ausgegangen war.

»Verschwunden. Sie blieb verschwunden. Nichts haben sie gefunden.« Theatralisch rang Mòrag die Hände. Sie hatte wirklich das Zeug zu einer brillanten Interpretin dramatischer Erzählungen.

»Wie traurig«, sagte ich bewegt. »Sie muss sich verlaufen haben und ist vielleicht irgendwo abgestürzt.« So zerklüftet hatte ich die Gegend zwar nicht in Erinnerung, aber die Arme konnte auch einfach nur gefallen sein. Vielleicht hatte sie sich dabei verletzt und konnte nicht mehr laufen. Mitten im Winter dauerte es nicht lange, bis man erfroren war.

»Das Beste kommt noch. Achtzehn Jahre später wurde ein junger Mann im Wald aufgegriffen. Er sprach nicht und betrug sich wild und ungebändigt. Niemand wollte etwas mit ihm zu tun haben, nur die Hebamme hatte Mitleid. Sie badete ihn und schnitt sein Haar, dann brachte sie ihm bei, wie er sich zu benehmen hatte.« Mòrag senkte die Stimme zu einem Flüstern. »Dieser Adhamh, wie sie ihn nannte, war der verschollenen Frau wie aus dem Gesicht geschnitten. Augen wie das Meer an einem Sommertag, schwarze Haare und ein Körper ...« Sie schluckte. »Wie die Sünde selbst soll er ausgesehen haben. Alle Frauen verzehrten sich nach ihm. Die Männer hassten ihn natürlich dafür, aber die Hebamme war geachtet und auch ein bisschen gefürchtet. Deshalb wagte es niemand, ihm ein Leid anzutun.«

»Da hat er aber Glück gehabt.«

»Das finde ich auch. Aber zum Dank für all die Güte, die er erfahren hatte, verführte er ihre Tochter. Kenna. Sie war gerade erst sechzehn geworden.«

»Unglaublich, wie konnte er das tun?« Die Geschichte hatte mich aufgewühlt. »Natürlich musste er sie heiraten.«

Meine Freundin wischte sich schnell mit dem Handrücken eine Träne aus dem Augenwinkel. »Das hat er auch getan. Doch als ihr erstes Kind keine acht Monate später geboren wurde, nahm er es und verschwand auf Nimmerwiedersehen in die Berge.«

Ich war ebenso erschüttert. »Und Kenna? Sie muss doch furchtbar unglücklich gewesen sein.«

»Das war ja das Merkwürdige. Sie weigerte sich, darüber zu sprechen. Als ihre Mutter, von der inzwischen alle glaubten, sie sei selbst eine *Sìthiche* aus den Bergen, ein paar Jahre später starb, übernahm sie deren Position als Hebamme.«

»Hat sie danach wieder geheiratet?«

»Nein.« Mòrag wurde rot. »Aber sie hatte noch ein weiteres Kind. Der Junge war Adhamh wie aus dem Gesicht geschnitten … und er ist in seinem sechzehnten Jahr verschwunden. Kenna hat niemals auch nur ein einziges Wort darüber verloren.«

»Nein.« Die Geschichte hatte mich vollkommen gefangengenommen. Ich ließ mich rücklings auf das Bett fallen, auf dem wir die ganze Zeit gehockt hatten. Jede von uns hing ihren eigenen Gedanken nach. Schließlich setzte ich mich wieder auf. »Willst du damit sagen, dass Kenna mit einem Elf verheiratet war … oder besser gesagt: ist?«

Sie seufzte. »Ich habe keine Ahnung. Aber sie weiß Dinge über das *Stille Volk*, die ein normaler Mensch nicht wissen *kann*.«

Auf dem Tisch stand wie immer eine Karaffe mit Wein bereit. Ich ging hinüber, schenkte zwei Becher randvoll und reichte Mòrag einen davon.

Sie trank ihn in einem Zug aus.

»Und was hat das mit mir zu tun?«, fragte ich, nachdem ich selbst einen großen Schluck genommen hatte.

»Die Magie am Feenhügel kommt und geht, sagt Kenna. Duncan hat mir erzählt, wie sie dich gefunden haben. William glaubt natürlich, dass der *Gleanngrianach* mit dir dort oben nur sein Vergnügen gesucht hat, aber Duncan sagt, er habe einen seltsamen Wind gespürt. Und James wollte schwören, dass etwas Magisches vor sich ging.«

»Die beiden waren auch dort? Ich kann mich nicht daran erinnern, sie gesehen zu haben. Hast du nicht gesagt, Duncan gehöre nicht zu dieser Bande?«

»Das tut er auch nicht, aber James vermutet, dass William und seine Spießgesellen etwas planen und beobachtet sie schon seit geraumer Zeit.«

Das erklärte natürlich einiges. Deshalb also hatte mich

James gestern Abend nicht aus den Augen gelassen. Vermutlich war er neugierig. Vielleicht traute er mir ja auch nicht.

»Ihr drei glaubt doch aber nicht etwa, dass Alan und ich irgendwelche Geistwesen sind?«, fragte ich misstrauisch.

»Würde ich dann hier mit dir sitzen?« Mòrag lachte. »Aber jetzt sag schon, war er wirklich die ganze Nacht bei dir?«

Ich war auf alles Mögliche gefasst gewesen – darauf, dass sie mich für eine Wahnsinnige oder gar eine Hexe halten würde, dass sie schreiend davonlief und nie mehr ein Wort mit mir redete. Aber dass mein amouröser Fehltritt mit ihrem Chief sie mehr interessierte als meine abenteuerliche Herkunft oder eine mögliche Verbindung mit den gefürchteten Feenwesen dort oben in den Bergen, ließ mich für einen Moment verstummen.

Doch Mòrag ließ nicht locker, und schließlich erzählte ich ihr, wie Alan auf mich gewartet und dann einen Streit wegen meines angeblich leichtfertigen Verhaltens, besonders James gegenüber, begonnen hatte. Auf die folgenden Ereignisse ging ich nicht näher ein, was sie mit einem wissenden Lächeln quittierte. Es tat gut, eine Freundin zu haben.

Mittags stieg ich auf den Turm. Hier oben hoffte ich, befreit meinen Gedanken nachhängen zu können. Dieses Mal allerdings vertrieb mich nach wenigen Minuten ein heftiger Schauer. Ich hatte überhaupt nichts vom Wetterumschwung bemerkt, bis es mir vorkam, als habe jemand das Licht ausgeknipst. Der Wind trieb den Regen waagerecht vor sich her, und ein einzelner Tropfen sah groß genug aus, um einen Menschen bis auf die Haut zu durchnässen. Für jemanden von meiner Größe reichte der Guss jedenfalls aus, um mich fast zu ersäufen. Schnell brachte ich mich in Sicherheit.

Vom Fenster meines Zimmers aus beobachtete ich wenige

Minuten später, wie der Himmel aufriss und sich das Licht in Milliarden Wassertropfen brach. Über dem See stieg ein Regenbogen empor, direkt in die nächste nachtschwarze Wolkenwand hinein. Zu bald verschwand diese Erscheinung, und weitere Schauer rasten herbei, unter denen sich die Bäume duckten wie verängstigte grün gekleidete Kinder.

James hatte mit seiner Wetterprognose gestern Abend Recht behalten. Über dem Tal hingen dicke Wolken, und von der Sonne war nun ebenso wenig zu sehen wie von Loch Cuilinn. Die Schatten in meinem Zimmer und die durchnässten Kleider ließen mich frösteln. Schnell schürte ich das Feuer, bis die Flammen hellloderten und ich mich, jetzt nur noch im Hemd, daran wärmen und trocknen konnte. Eine Erkältung wollte ich mir auf keinen Fall einfangen. In einer Welt ohne Papiertaschentücher, Halspastillen und im schlimmsten Fall ohne Antibiotika war schon ein kleiner Schnupfen für mich eine beängstigende Vorstellung.

Nachdem ich alle Kerzen angezündet hatte, derer ich habhaft werden konnte, ging es mir gleich viel besser. Genau die richtige Atmosphäre, um mich noch einmal auf die Suche nach dem Geheimnis der Verbindungstür zu Alans Räumen zu machen. Doch sosehr ich suchte, ich fand lange keine verborgenen Riegel oder andere Öffnungsmechanismen in der Holzvertäfelung. Gerade wollte ich das sinnlose Unterfangen aufgeben, als ich plötzlich eine feine Unebenheit mit den Fingerspitzen ertastete, die mir auch nur deshalb auffiel, weil sie wie mit dem Lineal gezogen wirkte. Mit geschlossenen Augen ließ ich den Zeigefinger auf der waagerechten Line entlanggleiten. Nach etwa zehn Zentimetern endete sie, aber es dauerte nicht lange, da fand ich die senkrechte Weiterführung, die in die Höhe führte, und am Ende hatte ich ein vollkommen gleichmäßiges, ziemlich großes Rechteck ausgemacht, das sich direkt vor meiner Nase befand. Ein Messer oder etwas ähnlich Spitzes, mit dem man die eingelassene Platte hätte heraushebeln können, wäre praktisch gewesen. Als ich mich umdrehte, um mich nach einem geeigneten Werkzeug umzusehen, musste ich mich wohl an der Vertäfelung abgestützt haben. Sie gab jedenfalls mit einem protestierenden Knarren nach. Erschrocken zog ich meine Hand zurück.

Nicht aber der Durchgang zu Alans Schlafzimmer öffnete sich mir, sondern ein verborgenes Versteck. Die Mechanik funktionierte schwerfällig, als wäre sie schon lange nicht mehr benutzt worden, aber nachdem ich eine Kerze geholt und kräftiger gegen das Holz gedrückt hatte, öffnete es sich weit genug, um mir einen Blick hinein zu erlauben. Mit hochgehaltener Kerze und auf Zehenspitzen sah ich in dem sorgfältig ausgekleideten Geheimfach Bücher liegen. Ein wenig enttäuscht war ich im ersten Augenblick schon, denn meine Fantasie hatte mir vorgegaukelt, dass hier antike Schriftrollen oder kostbarer Schmuck versteckt sein mussten. Aber Bücher wären genaugenommen mindestens ebenso aufregend.

Ich war zu ungeduldig, um mir den Stuhl heranzuziehen, damit ich genauer nachsehen konnte, was mich erwartete. Also griff ich blind hinein. Zarte Spinnweben umschlossen meine tastende Hand. Vor Schreck schrie ich auf, hielt mir blitzschnell den Mund zu und kam mir ziemlich blöd vor. Als dabei die Kerze, die ich in der anderen Hand hielt, meinem Haar so nahe kam, dass mir ein verdächtiger Geruch in die Nase stieg, blies ich die Flamme hastig aus und lauschte. Hoffentlich hatte mich niemand gehört.

Dieses Quieken war so würdelos. Ich sollte es mir schleunigst wieder abgewöhnen. Ob das Tragen von voluminösen

Röcken über eng geschnürten Taillen eine Frau in wenigen Tagen zu einem Angsthasen werden ließ? Aber dann kamen mir die bodenständigen, zupackenden Frauen in den Sinn, die ich bei ihrer Arbeit in der Küche beobachtet hatte. An der Art, wie sie dem Federvieh die Köpfe abschlugen, bevor es in kochendem Wasser gebrüht wurde, oder wie die Fische durch einen gezielten Messerstich der schnelle Tod ereilte – daran war überhaupt nichts Zimperliches. Das Lieschen war eindeutig ich.

Also holte ich tief Luft und griff beherzt erneut in das Fach. Dieses Mal war da etwas Hartes. Meine Hand tastete die Gegenstände ab. Sie fühlten sich rau an wie altes Leder.

Wenig später hielt ich im Schein des flackernden Kaminfeuers mehrerer Bücher in den Händen, die ich, obwohl es dafür keinen Beweis gab, für Tagebücher hielt. Die Kerzen des großen Leuchters waren schnell entzündet, und ich nahm mir das oberste Buch.

Es war mit einem Bändchen verschnürt, das sich nicht so leicht lösen ließ, wie ich anfangs gedacht hatte. Zwei abgebrochene Fingernägel später war ich so weit, mir Adlerklauen zu wünschen, um die verflixte Schnur endlich loszuwerden, oder Zähne, scharf genug, um sie durchzunagen.

»Warte, ich krieg dich doch.« Mit dieser Drohung griff ich nach dem kleinen Messer, das seit der letzten Mahlzeit vergessen auf dem Tisch gelegen hatte, stieß dabei unglücklich an den Bücherstapel und musste alles fahren lassen, um mit einem Hechtsprung zwei der Bände vor dem Flammentod zu bewahren.

Draußen heulte der Wind ums Haus, und ein kühler Luftzug blähte die Bettvorhänge. Dielen knarrten.

»Hallo? Alan, bist du das?«

184

Die Atmosphäre wurde beklemmender, als ich es selbst in einem so alten Haus wie diesem für möglich gehalten hätte. Alan antwortete nicht.

»Auch auf die Gefahr hin, mich lächerlich zu machen …« Ich drehte mich einmal um mich selbst. »Sollte sich hier jemand verstecken, der nicht will, dass ich diese Bücher lese, dann …« Ich holte tief Luft. »Dann kannst du mich mal.«

Ein Torfstück fiel aus dem Kamin, und die Kerzen flackerten wütend. Diese Strategie führte offenbar nicht zum Ziel.

»*A charaid, bi sàmhach.* Mein Freund, sei still«, versuchte ich es deshalb versöhnlicher. »Ich möchte doch niemandem schaden. Aber vielleicht können mir diese Aufzeichnungen dabei helfen zu verstehen, warum ich überhaupt hier bin.« Gewiss hatte ihr ursprünglicher Besitzer die Bücher nicht ohne Grund in einem geheimen Fach versteckt.

Mir schien es, als hielte der Raum die Luft an. Vielleicht war das ein gutes Zeichen. Bevor wieder etwas passierte, griff ich erneut nach dem Buch. Die Verschnürung ließ sich nun sogar gewaltlos lösen. Behutsam legte ich das unbenutzte Messer beiseite und schlug die erste Seite auf.

Anstelle gedruckter Buchstaben fand ich eine gleichmäßig geschwungene Handschrift. Ein schneller Blick in die anderen Bücher, die sich mir nun nicht mehr verweigerten, bestätigte mir, dass ich die Tagebücher einer gewissen Keriann O'Leary, der ehemaligen Bewohnerin dieses Zimmers, entdeckt hatte. Meine Ahnung hatte mich nicht getäuscht. Vor Aufregung zitterten mir die Hände, als ich mich mit dem ersten Buch in den Sessel setzte und zu lesen begann.

Die Aufzeichnungen begannen im September 1697 in Holland. Keriann O'Learys Ehemann, ein irischer Händler, war überraschend verstorben, was die Tagebuchschreiberin jedoch nicht besonders zu betrüben schien. Tatsächlich erwähnte sie auf den folgenden Seiten sogar, wie befreiend es war, durch das Haus zu gehen, ohne ständig von ihrem Mann getadelt oder für die kleinsten Vergehen zur Rechenschaft gezogen zu werden. Sofort fühlte ich mich mit ihr verbunden. Sie zeichnete das Bild eines autoritären Despoten, der zu Gewalttätigkeiten neigte, und daher war ich nicht überrascht, als ich las, er habe keine Skrupel gehabt, sein Geld auch mit Sklavenhandel zu verdienen. Immerhin verhalfen der Witwe die Gewinne aus diesen Geschäften zu einer gewissen Unabhängigkeit. Leider aber auch zu mehr Verehrern, als es ihr angenehm war.

Sie hatte geschrieben: »Die Beisetzung sollte in kleinem Kreise stattfinden, doch dann tauchten von überall Repräsentanten der Compagnie auf, die ich noch nie zuvor gesehen hatte. Darunter ein paar äußerst zwielichtige Gestalten. Ich bekam Angst, es wären Gläubiger, doch unser Kontorvorsteher Jan Van Ruysdael beruhigte mich und erklärte mir, das Gegenteil sei der Fall. Viele dieser Männer, sagte er, stünden tief in Johns Schuld, denn entgegen aller christlichen Grundsätze hatte mein Mann Geld zu horrenden Zinsen verliehen. Ich war schockiert. Jeder bekannte Geldverleiher in unserer Stadt, erfuhr ich bald, genoss einen besseren Ruf als John O'Leary.«

Danach folgten einige Eintragungen, die ich kaum entziffern konnte, die sich aber zumeist um häusliche Probleme drehten. Offenbar war ihr dieser Jan in der schweren Zeit eine große Hilfe gewesen.

»Ohne Mijnheer Van Ruysdael hätte ich es nie geschafft, das *Dagregister* weiterzuführen. Seine Unterstützung ist mir sehr gedeihlich.« Doch bald notierte sie: »John ist nicht einmal vier Wochen unter der Erde, und heute erhielt ich bereits den ersten Heiratsantrag. Auch Mijnheer Van Ruysdaels Avancen sind derweil höchst verdrießlich. Es ist eine Schande, wie schutzlos eine anständige Frau sich heutzutage ohne Mann im Hause fühlen muss.«

In diesem Stil ging es weiter, und ich blätterte vor, bis mir ein Name ins Auge fiel: Baron Kensary, Alexander MacCoinnaich of Gleann Grianach – Alans Vater. Die Tagebücher gehörten also tatsächlich seiner Mutter. Sie berichtete von Alexander, er sei ein schottischer Edelmann, der erfolgreich in die niederländische V.C.O., die *Verenigde Oostindische Compagnie,* investiert und damit ein Vermögen gemacht habe.

Der Mann schien sein Glück kaum fassen zu können, dass ihm die schöne Irin bereits nach drei Monaten intensivster Werbung in der neuen schottischen Kirche von Rotterdam das Jawort gab, und trug Keriann fortan buchstäblich auf Händen. Ich las, dass seine Hingabe ein wahres Geschenk für die Frau war. Er war adlig und wohlhabend. Dennoch hatte er eine Witwe und Ausländerin geheiratet. Sie war überglücklich und liebte ihn von Herzen.

Ein Jahr später wurde Alan geboren. Die neue Lady von Gleann Grianach hatte nach langen Wehen viel Blut verloren und erholte sich nur langsam. Alexander allerdings zeigte sich sehr stolz, und trotz ihrer Schwäche notierte die glückliche Mutter fast täglich, wie gut sich das Kind entwickelte. Über ihren eigenen Zustand schrieb sie wenig, aber ich hatte den Eindruck, sie sorgte sich, ob sie eine solch schwere Geburt noch einmal überstehen würde. Etwa drei Wochen nach der Niederkunft schrieb sie: »Seit Tagen warten wir auf den Priester. Kenna MacCoinnaich, die Hebamme, will bis zur Taufe morgens und abends ein Schutzfeuer um die Krippe herumtragen, doch Alexander hat es verboten. Ich versuchte, ihn zu überzeugen und sagte: *Die Leute glauben an solche Dinge und fühlten sich wohler, wenn du es erlauben würdest. Was kann es schaden?* Doch es half nichts, er duldete keinen Aberglauben in seinem Haus.

Heimlich schlugen Kenna und ich aber trotzdem in jede Seite von Alans Krippe einen eisernen Nagel, damit die Feen meinen Sohn nicht stehlen und mir ein Wechselbalg unterschieben konnten. Zu meinem eigenen Schutz nahm ich des Abends den großen Schlüsselbund mit ins Bett, das musste genügen.«

Die nächsten Eintragungen waren kaum leserlich, als habe Keriann sie in höchster Eile oder Verzweiflung notiert: »Alan ist krank. Er schreit den ganzen Tag. Wenn er sich überhaupt anlegen lässt, dann erbricht er die Milch sofort wieder. Meine Brüste schmerzen entsetzlich, und wir haben eine Amme aus dem Dorf kommen lassen.« Zwei Tage später: »Das Kind wird immer schwächer. Wenn der Priester nicht bald eintrifft, dann kann er anstelle einer Taufe die Totenmesse lesen. Kenna gibt Alexander die Schuld.«

Die Tinte war ziemlich verschmiert, wahrscheinlich hatte Alans Mutter geweint. Danach waren zwei Seiten herausgerissen.

Die nächsten Eintragungen klangen positiver. Das Baby hatte sich erholt und der Priester seines Amtes gewaltet. Es waren dennoch schwere Zeiten, und im Folgenden las ich immer wieder Bemerkungen darüber, dass viele MacCoinnaichs ihr mit Misstrauen begegneten. Zum einen, weil sie aus Irland stammte, aber auch, weil sie als Witwe so rasch nach dem Tod ihres ersten Mannes geheiratet hatte. »Ich kann mir nicht erklären, woher die Leute in diesem abgelegenen Tal das wissen konnten, von Alexander oder mir hatten sie es bestimmt nicht erfahren.«

Doch als eine Gruppe der MacLeods von den Inseln zu Besuch auf Castle Grianach war, bekam sie eine Ahnung, wer die Gerüchte über sie verbreitete. Kenna erzählte ihr, die MacLeods hätten gehofft, ihre mitgereiste Tochter würde eines Tages in den Clan der MacCoinnaich einheiraten. Die Eltern schämten sich nicht, das Mädchen bei jeder Gelegenheit in der Nähe des Chiefs zu platzieren und sein Augenmerk auf die hübsche Blondine, die fast noch ein Kind war, zu lenken. Doch Alexander lachte nur, als Keriann ihn darauf ansprach. Auch sonst fand sie wenig Trost bei ihm. Sein einziger Rat war, die Vorwürfe zu ignorieren. »Der *Gleanngrianach* ist ein guter Mann. Er liebt mich, ist besonnen bei Tag und ungestüm in der Nacht. Ich danke Gott jeden Tag für diesen Gatten und meinen wundervollen Sohn. Das Kind ahnt nicht, wie sehr es geliebt wird. Alan ist so zart, dass mir bei jedem Zeichen von Schwäche ganz bange wird. Alexander verlangt viel von ihm, und der Junge tut alles für die Anerkennung seines Vaters. Gemeinsam mit Dolina MacRath, die mir inzwischen eine gute Freundin geworden ist, werde ich ihn zu einem Chief erziehen, der den Wert eines jeden Menschen, auch den der Frauen, erkennt.«

Ich hatte den Eindruck, dass die wenigen Jahre, die ihr für diese Aufgabe geblieben waren, ausgereicht hatten, wenigstens die Saat zu legen. Meine Fingerspitzen glitten über die Seiten, während ich an die letzten Tage dachte. Ich mochte mir gar nicht ausdenken, wo ich ohne seine Hilfe gelandet wäre.

Nach einer Reihe von Missernten, schrieb Keriann, war an einen lukrativen Handel mit Highland-Rindern nicht mehr zu denken. Von den wenigen Tieren, die ihnen nach eisigen Wintern und feuchten Sommern geblieben waren, verendeten viele auch noch an einer Seuche. Zahllose Menschen, hier im

Tal und anderswo, starben an Typhus, und im letzten Winter hatte die Grippe im gesamten Hochland gewütet. Kaum eines der geschwächten Neugeborenen überlebte.

Je größer das Elend wurde, desto feindseliger begegnete man Lady Keriann. Mit ihr sei das Unglück ins Tal eingezogen, hieß es, und Gerüchte machten die Runde, dass sie die *Schwarzen Künste* beherrsche und mit dem Feenvolk im Bunde sei. Besonders kurios fand ich, dass die Leute im gleichen Atemzug von Kennas Verbindung zur magischen Welt sprachen, ihr aber vieles zu verzeihen schienen. Sie war eine von ihnen und konnte nur ein Opfer sein, mit dem man Mitleid haben musste. Lady Keriann dagegen blieb immer eine Fremde und eine Täterin.

Mir wurde ganz elend, als ich daran dachte, was die arme Frau ertragen haben musste. Es wäre einfach gewesen, die MacCoinnaichs für ihre Dummheit zu verachten. Aber wenn ich genauer darüber nachdachte, dann hatte sich seither bis in meine Zeit nicht viel geändert. Im einundzwanzigsten Jahrhundert mochte wohl niemanden mehr die Furcht vor Feen umtreiben, aber Vorurteile, Unwissen und Engstirnigkeit waren noch immer der Stoff, aus dem die Konflikte ganzer Völkergemeinschaften geschaffen wurden.

Nach einem großen Schluck aus meinem Glas schüttelte ich die Melancholie ab, die mich bei diesen Überlegungen befallen hatte, und las weiter.

Alexander MacCoinnaich tat alles in seiner Macht Stehende, um seine Clansleute vor dem Hungertod zu bewahren. Damit sie nicht das Gefühl hatten, Almosen zu empfangen, beschloss er, das Herrenhaus um einen modernen Flügel zu erweitern und seine Leute, deren Talente eigentlich kaum geeignet waren, mehr als ein einfaches Bauernhaus zu errichten, an den Arbeiten zu beteiligen. Zudem ließ er einige neue Häuser und den modernen und hygienischeren Küchen- und Wirtschaftstrakt nach kontinentalem Vorbild bauen. Der Clan MacCoinnaich hatte großes Glück, dass ihr Chieftain sowohl über beachtliches Eigenkapital verfügte als auch Kredit bei seinen holländischen Handelspartnern genoss.

Die Augen waren mir inzwischen müde geworden. Kerianns gleichmäßige Handschrift füllte die Seiten zwar fein säuberlich, doch ihre Rechtschreibung grenzte gelegentlich an Lautmalerei.

Sie beschrieb das Leben in den Highlands jedoch so lebhaft, dass ich die Aufzeichnungen ungern beiseitelegte, und zusammen mit meinen eigenen Beobachtungen entstand allmählich ein beeindruckendes Bild von den Lebensbedingungen der Menschen innerhalb eines Clansystems.

Draußen lagen die Wolken immer noch dicht über dem Tal, und die Nacht schien früher hereinzubrechen als sonst. Dabei müsste in wenigen Wochen schon Sommersonnenwende sein. Gleann Grianach lag weit genug im Norden, um zu dieser Jahreszeit die Sonne nur für ein paar Stunden hinter dem Horizont verschwinden zu lassen. Selbst um Mitternacht wurde der Himmel nicht mehr schwarz, und an klaren Tagen funkelten die Sterne an einem unglaublich dunkelblauen Firmament, das mich immer an einen kostbaren, mit Diamanten bestickten Samtstoff erinnerte. Davon war heute so wenig zu sehen wie von Alan. Mòrag brachte das Abendessen und blieb noch eine Weile zur Gesellschaft. Mit mir zu essen, lehnte sie zwar ab, den Becher Wein schlug sie jedoch nicht aus. Ich selbst blieb heute lieber bei Wasser. Wir redeten über das gestrige *Cèilidh* und waren uns einig über die wunderbare Stimme der Sängerin Mary.

Ihren ausgezeichneten Ruf in den Highlands besaß sie nicht ohne Grund. Mary wollte eine Weile in der Gegend bleiben, erzählte Mòrag, und ich freute mich schon darauf, ihrem Gesang bald wieder lauschen zu können. Nach einer Weile hatte ich den Eindruck, meine Freundin war nicht ganz bei der Sache.

»Was ist mit dir los?«, fragte ich, als mir ihr Gezappel zu viel wurde.

»Ich habe eine Überraschung für dich, sieh her.« Sie sprang auf und holte einen eisernen Topf herein, den sie zum Feuer schleppte. Behutsam tastete sie dann mit ausgestreckter Hand die Innenseite des Kamins ab und gab schließlich einen zufriedenen Laut von sich. »Fass mal mit an, wir hängen den Topf hier rein, dann kannst du in Zukunft das Wasser zum Waschen erwärmen.« Wir hängten den Kessel an einen Haken und füllten ihn aus den Eimern, die ebenfalls im Flur bereitstanden. Anschließend kehrte sie die Asche zusammen, schürte das Feuer und legte ein paar Torfsoden hinein. Dabei schaute ich ihr genau zu, um solche Arbeiten in Zukunft auch selbst verrichten zu können. Danach steckten wir neue Kerzen auf. Das übrig gebliebene Wachs kratzte sie sorgfältig von den Leuchtern und schüttelte es in ein Tuch.

»Wofür ist das?«, wollte ich wissen.

»Wir schmelzen die Reste und gießen sie zu neuen Kerzen für die große Halle und später für die Kammern der Mädchen unter dem Dach. Macht ihr das bei euch zu Hause nicht so?«

Ich überlegte, ob ich ihr von der Erfindung des elektrischen Lichts erzählen sollte, ließ es dann aber doch. Ich durfte der Geschichte nicht vorgreifen. »O doch«, schwindelte ich. »Das wäre ja sonst eine furchtbare Verschwendung. Ich habe mich nur gewundert, warum du das Wachs in ein Tuch einwickelst.«

»Manchmal stellst du aber auch Fragen. Wie soll ich es denn sonst transportieren?«

Richtig. Wie auch?

Beim Aufschütteln meiner Kissen bemerkte sie beiläufig: »Der *Gleanngrianach* ist übrigens mit ein paar Männern nach Balgy geritten. Dort soll ein Wolf gesehen worden sein.«

Wölfe? Ich hatte keine Ahnung gehabt, dass es in Schottland Wölfe gab.

»Duncan sagt, es ist eher ein wilder Hund, der die Schafe stiehlt, oder noch wahrscheinlicher ein Mackenzie aus Cladaich.«

»Eure diebischen Nachbarn?« Ein Grinsen konnte ich mir nur mit Mühe verkneifen.

»Das kann man wohl sagen. Sie leben an der Küste, und es gibt seit Jahren eine Abmachung mit ihnen: Sie behalten das Meer und den Eingang zu unserem Tal im Auge und erhalten dafür einen Anteil an den Waren, die der *Gleanngrianach* von seinen Schiffen durch ihr Gebiet transportiert. Und ihre Rinder kaufen wir auch zu guten Preisen, obwohl die armen Viecher so mager sind, dass wir sie erst einmal aufpäppeln müssen, bevor sie eine brauchbaren Preis auf dem Markt erzielen.«

»Das klingt mir doch nach einem anständigen Geschäft.«

»Früher war es das vielleicht, aber seit ihr alter Chieftain tot ist, fordert sein Sohn immer mehr. Nichtsnutziger Faulpelz«, grollte sie. »Dabei könnten wir ihnen im Handumdrehen das Land wegnehmen. Die MacCoinnaichs sind als Krieger immer noch gefürchtet, auch wenn viele 1715 bei Sheriffmuir gefallen sind.«

Ich erinnerte mich dunkel daran, etwas von einem Aufstand der Jakobiten, der Anhänger des im Exil lebenden schottischen Thronfolgers, gelesen zu haben. Das Jahr konnte hinkommen.

»Dein Alan will allerdings nichts davon wissen, obwohl ihm sein Bruder schon ewig in den Ohren liegt, den Leuten aus Cladaich mal so richtig einzuheizen. Wenn Männer zu lange untätig sind, kommen sie nur auf dumme Gedanken.«

»Sie könnten zur Abwechslung einmal den Frauen die schwere Arbeit abnehmen«, sagte ich. »Und damit keine Missverständnisse aufkommen: Er ist nicht *mein* Alan.«

»Schon gut.« Mòrag lachte und es war deutlich, dass sie fest an eine romantische Liebe zwischen Alan und mir glauben wollte. »Was die Männer betrifft: Sie sind zum Kämpfen geschaffen, unsere tägliche Arbeit machen wir selbst viel besser.«

So viel also zur Emanzipation der Highlander-Frauen, dachte ich wenig später, während sich meine kalten Zehen langsam an den heißen Feldsteinen erwärmten, die Mòrag vorsorglich im Bett verteilt hatte. Trotz des Feuers fühlte sich das Leinen klamm an. Kein Wunder, dass es an vielen Stellen im Hause modrig roch.

Über Nacht hatte sich das Wetter gebessert. Regenschauer wechselten sich mit sonnigen Phasen ab, dazwischen frischte der Wind allerdings immer wieder auf und trieb die Wolken vor sich her. Alan und seine Männer irgendwo dort draußen auf der Jagd nach einem Viehdieb, sei er nun vier- oder zweibeinig, waren nicht zu beneiden.

Ich war früh erwacht und überraschte Mòrag damit, dass ich den Kamin bereits ausgefegt und das Feuer angefacht hatte. Meinen Nachttopf, auf den ich gelegentlich doch zurückgriff, weil es mir zu gruselig war, nur mit einer Kerze ausgestattet durch den verlassenen Turm zu schleichen, entsorgte ich morgens sowieso selbst im Abtritt.

Nach dem Frühstück wickelte ich mein warmes Plaid gegen die allgegenwärtige Zugluft um die Schultern und macht es mir auf der breiten Fensterbank mit den Tagebüchern gemütlich. Der Ausblick, den ich von meinem Fensterplatz aus hatte, faszinierte mich immer wieder aufs Neue, heute aber konnte mich nichts so sehr reizen wie meine spannende Lektüre. Gelegentlich legte ich trotzdem das Buch in meiner Hand beiseite, ließ den Gedanken freien Lauf und betrachtete dabei still das eilige Spiel von Licht und Schatten, das Sonne und Wolken auf die grünen Hügel im Tal zauberten.

Lady Kerianns Einträge waren regelmäßig von der Sorge um die Gesundheit ihres Sohns geprägt. Aber sie berichtete auch über andere Dinge. So schien sie regelmäßig Briefe von ihrer Schwester Cailín zu erhalten. Dank dieser Einträge zu Ereignissen in ihrer fernen Heimat Irland gewann ich intime Kenntnisse über die dortigen Verhältnisse.

Verheiratet mit einem Advokaten, führte die Schwester eher ein städtisches Leben zwischen Haushalt und den gesellschaftlichen Ereignissen, zu denen das junge Paar eingeladen wurde, weil ihr Mann aus einer einflussreichen englischen Familie stammte. Seine Verwandten behandelten sie allerdings mit der Arroganz der Oberschicht, denn sie hießen die Ehe zwischen ihrem jüngsten Sohn und der Tochter eines Kaufmanns nicht gut. Kinder gab es noch keine, und auch das war ein ständiger Grund, die Schwiegertochter anzufeinden. Kerianns Schilderungen der komplizierten politischen Verhältnisse jener Tage fesselten mich so sehr, dass ich die Unruhe unter meinem Fenster anfangs gar nicht bemerkt hatte. Als ich endlich doch darauf aufmerksam wurde und hinausschaute, sah ich Alan, der mit seinen Gefährten von der Jagd zurückgekehrt war, und insgeheim freute ich mich sehr, dass an Stelle des erwarteten Wolfs ein ausgewachsener Hirsch über dem Rücken eines Handpferdes hing. Die beiden Hunde, die nebenherliefen, hätten allerdings ohne weiteres Werwölfe sein können, so riesig und struppig galoppierten sie über den Hof, bis sie in Richtung der Ställe verschwunden waren.

Die *Ghillies*, Begleiter des Chiefs, unter denen ich auch Duncan erspähte, waren zwar vom letzten Regenschauer bis auf die Haut durchnässt, aber sie machten keinen besonders erschöpften Eindruck, wie sie nun scherzend und gut gelaunt die Stufen zum alten Turm hinaufgingen.

Von den Frauen in der Küche wusste ich, dass sich dort die *Tower Hall* befand, in der jeder Chieftain seit Jahrhunderten seine Gäste empfing und bewirtete. Alan folgte den Männern mit federnden Schritten, und der Anblick dieser geballten Männlichkeit erinnerte mich an die gemeinsame Nacht.

Und dann stand er plötzlich mitten im Raum. Breitbeinig, das Haar regennass und zerzaust, sein Hemd durchweicht und mit dem unverwechselbaren Geruch von Wald, Mann und nasser Wolle.

»Komm!«

Anstatt ihm meine Meinung über das archaische Gebaren um die Ohren zu hauen, gehorchte ich wie ein hypnotisiertes Kaninchen und lag wenig später nackt, atemlos und … ehrlich gesagt, reuelos und sehr zufrieden in meinem Bett.

»Ich muss noch einmal fort, aber wir werden heute gemeinsam zu Abend essen«, hauchte er mir ins Ohr. »Ich habe dich vermisst.« Und weg war der unmögliche Kerl.

Ich wusste nicht, ob ich lachen oder weinen sollte. Die

Männer in meinem Leben hatten noch nie viel Rücksicht auf meine Gefühle genommen. Dieser hier war mit Abstand der Schamloseste. Und das Schlimmste? – Er gefiel mir trotzdem.

Kopfschüttelnd tappte ich auf der Suche nach meinen verstreut liegenden Kleidern in eine Pfütze, die sich unter Alans Plaid gebildet hatte.

Kaum war ich wieder einigermaßen präsentabel, kam auch schon Mòrag herein. Aus den Augenwinkeln nahm sie die zerwühlten Kissen zu Kenntnis, doch bevor sie etwas sagen konnte, zog ich wortlos einen Strohhalm aus ihrem Zopf.

Mit den Fingerspitzen berührte sie unbewusst ihre leicht geschwollenen Lippen und lächelte versonnen. Als sich unsere Blicke trafen, erblickte ich in ihren Augen das gleiche Strahlen, das ich in meinem Herzen fühlte. »Duncan hat offenbar großes Jagdglück.«

»Nicht so groß wie das des *Gleanngrianachs*.« Ein rascher Blick zum Bett, und dann erzählte sie, dass die Suche nach dem Wolf vergeblich gewesen war und Alan den Hirsch erlegt hatte, um nicht mit leeren Händen zurückzukehren. »Es wurde auch Zeit, dass wir Nachschub bekommen. Lachlan verlangt ständig neue Gerichte für die feinen Damen. Die Köchin flucht den ganzen Tag, solchen *Sasannach-Fraß* könne sie nicht kochen. Aber er hat ihr gedroht, sie zu entlassen. Stell dir das einmal vor. Dabei haben wir sowieso genug zu tun. Nach dem schönen Wetter der letzten Wochen steht das Gras jetzt schon gut auf den Hochwiesen, und wir können bald mit dem Auftrieb beginnen. Bevor die Rinder und Schafe hinaufgebracht werden, kommen aber jedes Jahr alle MacCoinnaich-Gentlemen und viele Pächter hierher, und der Gerichtstag wird abgehalten. Dabei fressen sie uns regelmäßig schier die

Haare vom Kopf.« Anstelle von Empörung sah ich ein erwartungsfrohes Lächeln in ihrem Gesicht.

»Gerichtstag? Das hört sich aber nicht sehr gut an.« Ich fragte mich, um welche Arten von Vergehen es sich handeln mochte, die dabei verhandelt werden würden.

»Och, Schlimmes ist selten dabei. Im Gegenteil. Und am Abend gibt es ein großes Fest mit Ale, Musik und Essen bis zum Umfallen. Die Mädchen sind schon dabei, die Räume im alten Turm zu fegen und mit frischem Stroh auszustreuen. Wir werden Unmengen von Gästen haben.« Das Lächeln verschwand aus ihrem Gesicht. »Du sperrst vielleicht besser die Tür zu deinem Zimmer besonders sorgfältig ab«, fügte sie nachdenklich hinzu. »Aber was rede ich? Ich bin doch gekommen, um dir eine Überraschung zu bringen.«

Das Kleid, das sie gleich darauf behutsam auf dem Bett ausbreitete, sah wunderbar aus. Sprachlos strich ich über den kostbaren Stoff. Ein Sonnenstrahl fiel in diesem Moment darauf und ließ die blassgrüne Seide schimmern wie besonders kostbare Jade. »Es ist zauberhaft«, stammelte ich. »Woher hast du es?«

Sie erzählte, dass Alans Schwestern kürzlich auf dem Rückweg von einer Reise in den Süden hier Station gemacht hatten. »Sie haben sich Einkäufe aus London nachschicken lassen, aber sind dann abgereist, bevor das Schiff eintraf. Bisher gab es noch keine Gelegenheit, ihnen die Sachen nachzusenden.« Sie senkte die Stimme. »Eine glückliche Fügung, findest du nicht auch?« Offenbar bezog sie sich auf die Worte der Seherin.

Ich schüttelte den Kopf ob dieses geballten Aberglaubens. Aber was konnte ich schon sagen? Als Zeitreisende hatte ich wohl am wenigsten Grund, an der Magie zu zweifeln, die diesen besonderen Ort zu durchdringen schien. »Zu welcher Gelegenheit soll ich so etwas Schönes tragen?«

»Jetzt. Hat er dir nicht gesagt, dass du heute mit den Herrschaften zu Abend speist? Die Campbells werden Augen machen, wenn sie dich sehen. Eine MacCoinnaich hat mindestens ebenso viel Klasse wie sie. Dieses Kleid hier jedenfalls ist besser als alles, was sie in ihren Truhen haben.« Andächtig strich sie über den Stoff. »Es soll von einer französischen Putzmacherin stammen.«

»Ich bin doch aber keine …«

»Egal. Du bist mit dem Chieftain verwandt – was man von den Campbells zum Glück nicht sagen kann.«

»Mòrag, du weißt doch ganz genau …«

»Ich weiß das. Aber die anderen nicht. Nicht wahr? Du bist die einzige Frau, die diese arroganten Lowlander in ihre Schranken weisen kann. Joanna, du musst unsere Ehre verteidigen.«

Ich musste über Mòrags sprunghafte Leidenschaft lachen, obwohl mir eigentlich nicht danach zumute war. Ich sollte mit Alans Verlobter zu Abend essen?

Es war mein eigener Vorschlag gewesen, mich nicht zu verstecken, sondern ganz selbstverständlich aufzutreten, wenn ich als Alans Verwandte gelten wollte, aber daran hatte ich nicht gedacht. Nun verfluchte ich meine voreilige Zunge.

Sie würden mich sicher nicht so ohne weiteres akzeptieren. Die Campbells und auch Lachlan waren gegen mich. Mir blieb nichts anderes übrig, als auf Alans Unterstützung zu hoffen. Ungeachtet der merkwürdigen Stimmung, in der er heute war, würde er mich doch bestimmt nicht hängenlassen.

Fast hatte ich mich selbst überzeugt, dass ich die Herausforderung schon meistern würde, da zog Mòrag ein Korsett hervor.

»Nein. Das ziehe ich nicht an.«

»Aber natürlich wirst du das tragen. Wie willst du sonst ins Kleid passen?«, fragte sie irritiert, und ehe ich weiter protestieren konnten, steckte ich schon in diesem fürchterlichen Ding. Und ich hatte gedacht, mein Mieder wäre bereits unerträglich eng. Unbegreiflich, wie eine Frau so etwas freiwillig anziehen konnte.

»Atme mal aus«, befahl meine Foltermagd, und dummerweise gehorchte ich ihr, ohne nachzudenken.

Sofort zog sie die Schnur in meinem Rücken fester, bis das Fischbein gefährlich krachte.

»Bist du wahnsinnig?«, fauchte ich sie an. Aber das klang sogar in meinen Ohren jämmerlich wie das Mauzen eines Kätzchens. Meine Atemluft reichte zu mehr nicht aus. »Wie soll ich denn mit dem Ding sitzen, geschweige denn essen?«

Mòrag nannte das Folterinstrument Schnürbrust, und genauso fühlte es sich auch an. Ich kam mir vor, als steckte ich zur Hälfte in einer Art Trichter, wenn auch zugegebenermaßen, einem besonders hübschen. Die Stickerei auf dem Vorderteil zeigte Blumen und kleine Vögel in beeindruckenden Farben. Jeder Stich war für mich, die ich kein Geschick für Handarbeiten hatte, ein kleines Wunder.

Nachdem die Strümpfe über dem Knie mit einem passenden Seidenband befestigt waren, was sehr sexy aussah, und ich die Schleifen gebunden hatte, mit denen meine fünf Unterröcke geschlossen wurden, half mir Mòrag ins Kleid, das sie anschließend mit Nadeln vorne am Mieder feststeckte. Da konnte ich wohl nur noch hoffen, den Abend zu überleben. Wahrscheinlich war, dass ich erstickte oder sich eine dieser langen Nadeln dolchartig in meinen Körper bohren würde.

Mòrag lachte mich einfach aus, als ich ihr meine Ängste anvertraute, und versicherte mir dann zum wiederholten Mal, dass Marys Korsett weniger aufwendig gearbeitet, aber noch viel enger sei. »Man kann ja über sie sagen, was man will, aber sie ist halt jung und hat eine fabelhafte Figur«, sagte sie mit einem unverschämten Blick auf meine Taille.

Mir war natürlich klar, dass sie mich provozieren wollte, aber der Trick funktionierte trotzdem: Mein Ehrgeiz war geweckt. Was diese Frauen konnten, das würde mir ebenfalls gelingen. Doch dann sah ich die Perücke. Weiß gepudert hing das scheußliche Ding wie ein toter Pudel über dem Holzgestell und verströmte zu allem Überfluss auch noch einen seltsamen Geruch, der mir sofort die Kehle zuschnürte. »O nein! Nicht die.« Schritt für Schritt wich ich zurück.

Mòrag hielt meinen Arm fest und strich mir über den Kopf: »Dein Haar ist viel zu schön, um es zu verstecken, aber wenn du die Perücke nicht tragen willst, dann müssen wir es pomadisieren, damit der Puder überhaupt darauf hält. Das kommt vom ständigen Waschen«, fügte sie leicht vorwurfsvoll hinzu und runzelte die Stirn, als sei Reinlichkeit keine Tugend, zumindest, was die modische Haartracht der feinen Gesellschaft betraf.

»Gibt es keine bessere Verwendung für Mehl, als es auf den Kopf zu streuen?« Widerspenstig beharrte ich auf meiner Ablehnung.

Schließlich sah Mòrag ein, dass ich nicht nachgeben würde. »Bestimmt warten schon alle auf dich«, warnte sie und flocht dann einige Bänder in mein Haar, die sie kunstvoll miteinander verwob, bis ich zumindest frisiert war. Wenn auch bestimmt nicht nach der aktuellen Mode und – wie ich meine Haare kannte, wahrscheinlich nicht einmal bis zum Ende des Abends. Ein Grund mehr, die Sache schnell hinter mich zu bringen.

Steif aufgerichtet und zu manierierten Trippelschritten gezwungen, folgte ich ihr anschließend den Gang entlang in den
neuen Trakt. Ich wagte nicht, auf den Boden zu sehen, aus
Angst, das Gleichgewicht zu verlieren, was nicht nur an der
Schnürbrust, sondern auch an den hochhackigen Pantoffeln
lag, in denen meine Füße steckten und die mindestens zwei
Nummern zu groß waren.

Mòrag hatte darauf bestanden, dass ich sie anzog. »Kein
Mensch wird merken, dass sie nicht passen. Du musst nur
darauf achten, die Röcke nicht zu hoch zu heben, das gehört
sich sowieso nicht.«

Dieses Mal gingen wir an der Wendeltreppe vorbei und
durch eine Tür zu der mächtigen Steintreppe, die direkt hinab
ins Vestibül führte. Beim Hinabgehen klammerte ich mich
ängstlich am Arm meiner Freundin fest, die Balustrade auf
der anderen Seite war viel zu breit, um mir Halt zu bieten. Um
mein Auftreten musste ich mir keine Gedanken machen; der
mörderische Trichter, in dem ich steckte, war steif genug, um
für einen vollkommen geraden Rücken zu sorgen.

Der Highlander, der als Wachposten an der Eingangstür
stand und dem ich schon einige Male im Haus begegnet war,
blinzelte mich erstaunt an. Wahrscheinlich sah ich aus wie
eine Vogelscheuche.

Aber ich wäre nicht ich selbst gewesen, hätte ich der Versuchung widerstanden, einen prüfenden Blick in den Spiegel zu
werfen. Mir blickte eine Dame entgegen, die keine Ähnlichkeit mit der Johanna hatte, die ich kannte. Das Kleid sah aus,
als sei es für mich gemacht worden, und meine Taille wirkte
darin zart und zerbrechlich. Die Aufregung hatte mir eine
leichte Röte auf die Wangen gezaubert, die mir gut bekam,
und das Dekolleté war verlockend genug, dass der Mann an

der Tür einen zweiten Blick riskierte. Wie zwei Äpfel auf einem Tablett präsentierten sich meine Brüste.

»Der *Gleanngrianach* weiß nichts von diesem Kleid«, flüsterte Mòrag, öffnete die Tür und verkündete: »Miss Joanna Edgeworth aus Drogheda in Irland, Nichte von Lady Keriann Cadogan O'Leary MacCoinnaich, Cousine des *Gleanngrianach* selbst.« Damit gab sie mir einen leichten Stoß, und ich stand mitten im Salon – alle Blicke waren auf mich gerichtet.

Fast alle. Alan sah nicht einmal auf. Anders als ich hatte er sich nicht die Mühe gemacht, sein gegürtetes Plaid gegen angemessene Abendkleidung zu tauschen. Ich hätte ihn erwürgen können, gleich da auf dem Sofa, auf dem er sich mit trübem Blick flegelte. Was dachte er sich dabei, mich einzubestellen, damit ich die Ehre der Familie hochhielt, und sich selbst einfach zu besaufen?

Zu seinen Füßen lagerten hechelnd die beiden Hunde, die ich von meinem Fenster aus gesehen hatte. Aus der Nähe wirkten sie noch riesiger. Wären nicht sie nicht so groß, man hätte glauben können, jemand habe einen überdimensionalen Windhund mit einem Rauhaardackel gekreuzt. Mit dem Ergebnis, dass die Nachkommen nun das strubbelige Fell vom Dackel, aber den langbeinigen Körper des Windhunds besaßen. Beide Tiere schauten mich aufmerksam an, wobei ihr grauer Bart leicht bebte.

Ich nahm mir fest vor, sie zu mögen. Wer will schon einen Werwolf zum Feind haben? Ihrem Herrn dagegen gönnte ich keinen weiteren Blick mehr. Was ich ihm zu sagen hatte, gehörte ganz sicher nicht in einen eleganten Salon. Also gut, ich würde den Abend auch ohne Alans Unterstützung durchstehen.

Um einen kühlen Blick bemüht, nahm ich die Schultern

zurück, meine Schnürbrust assistierte leise knarrend, und schaute in die Runde.

Zu spät besann sich Lachlan seiner Manieren, eilig stand er auf. Langsam bekam er seine Gesichtszüge wieder in den Griff. Sekundenlang hatte er mit leicht geöffnetem Mund auf das gestarrt, was er möglicherweise für eine unheimliche Erscheinung aus dem Reich der Feen hielt. Ich muss zugeben, dass mich dies beinahe für das offenkundige Desinteresse des Gastgebers entschädigte.

Die Campbells saßen mit drapierten Röcken stocksteif auf ihren Stühlen. Mary musste im Begriff gewesen sein, ein Taschentuch an ihre Lippen zu führen, als ich den Raum betrat. Der Himmel mochte wissen, warum, das Ding bestand ja nur aus Spitze. Dabei hatte sie in der Bewegung innegehalten und sah nun aus wie eine dieser sündhaft teuren Porzellanfigürchen, die bei meiner Großtante in einer Vitrine standen. Anabelle machte ein Gesicht, als habe sie ein widerliches Insekt erblickt: »Mein Gott, die Irin«, sagte sie eine Spur zu schrill.

Im Salon befanden sich noch weitere Gäste, die bei meinem Erscheinen eiligst aufgesprungen waren: James MacCoinnaich aus Balgy, Angus MacRath, Mòrags Vater, und als dritter ein blasser Mann – vermutlich der neue Lehrer, von dessen Ankunft Mòrag mir während der Ankleideprozedur berichtet hatte.

Niemand sprach ein Wort, und ich spürte, wie sich ein hysterisches Kichern den Weg aus meinem nervösen Magen heraufbahnte, als Angus vortrat, sich über meine Hand beugte und sagte: »Wie schön, dass Sie sich besser fühlen und heute mit uns dinieren, Lady Joanna.«

In diesem Augenblick öffneten sich die Türen zum Speisezimmer und enthoben mich einer passenden Antwort, die mir zweifellos schwergefallen wäre. Eines der Hausmädchen sah herein, knickste, rieb sich die Hände am Rock ab und verkündete mit piepsiger Stimme und einem fürchterlichen Gemisch aus Englisch und Gälisch: »Es ist angerichtet.«

Das war so gar nicht, wie ich es aus Historienfilmen kannte, in denen stets Diener mit gepuderten Perücken lautlos ihrer Herrschaft aufwarteten. Andererseits konnte ich mir die Männer, denen ich bisher in Gleann Grianach begegnet war, auch nicht in den seidenen Hosen eines Pagen vorstellen.

Dieser Gedanke weckte erneut den gerade verschluckten Lachkrampf, und Angus drückte warnend meine Hand. Ach ja. Ich war hier, um die MacCoinnaich-Weiblichkeit zu repräsentieren. Also gut, auf in den Kampf.

»Darf ich?« Höflich reichte mir der Verwalter den Arm, und da Alan keine Anstalten dazu machte, führte schließlich Lachlan die zukünftige Braut seines Bruders zu Tisch, während sich James mit einem Zwinkern ihrer Begleiterin annahm. Die Hunde trotteten hinter uns her und ließen sich grunzend neben Alans Stuhl am Kopf der Tafel fallen. Zum Glück taten sie das, denn die struppigen Ungeheuer hätten ohne weiteres von unseren Teller fressen können, ohne auch nur eine Pfote auf die Tischwäsche legen zu müssen. Der Geruch ihres feuchten Fells wehte jedes Mal zu mir herüber, wenn sie sich bewegten. Es konnte aber auch Alan sein, der diesen nicht sehr appetitlichen Duft verströmte. Ich musste vorhin vollkommen von Sinnen gewesen sein, mit ihm ins Bett zu steigen. Der Gedanke daran, wie wir übereinander hergefallen waren, ließ meine Wangen glühen. Schnell versuchte ich mich abzulenken.

Angerichtet war das Abendessen im wörtlichen Sinne. Neben einer riesigen Terrine hatten die Küchenhilfen so viele Platten mit Geflügel, Gemüse und Braten sowie Puddings und Desserts auf der Tafel platziert, dass kaum noch etwas vom Tischtuch zu sehen war. Dazwischen ragten drei Leuchter empor, in deren Oberfläche sich die Flammen der Kerzen widerspiegelten. Ihr Licht züngelte über eine bizarre Dekoration aus Zuckerwerk. In der Mitte saß eine Gans. Nur an den toten Augen erkannte ich, dass das Tier im Gegensatz zu mir das Schlimmste bereits hinter sich hatte. Hoffentlich kam niemand auf die Idee, es anzuschneiden.

Wortlos löffelten wir unsere Suppe. Dabei beobachtete ich aus dem Augenwinkel, wie Alan den angebotenen Wein ablehnte und nach Whisky verlangte. Er rührte seinen Teller nicht an, flegelte sich auf die Stuhllehne und starrte seine Gäste feindselig an.

Man muss Lachlan zugutehalten, dass er sich immerhin bemühte, eine Konversation in Gang zu bringen. Doch mit Ausnahme von Mary, die einen recht schüchternen Eindruck auf mich machte und nur leise und einsilbig antwortete, wollte anfangs niemand darauf eingehen.

Der junge Lehrer neben mir blickte konzentriert auf seinen Teller und war deutlich bemüht, mit dem Besteck zurechtzukommen. Augenscheinlich war ihm die Gabel als Werkzeug äußerst suspekt. James schien alles für einen großen Spaß zu halten, so wie er grinste und mir gelegentlich zuzwinkerte, während Angus strenge Blicke in Richtung seines Chieftains warf und Anabelle jeden am Tisch mit Nichtachtung strafte. Die Situation erinnerte mich sehr an gemeinsame Mahlzeiten mit meiner eigenen Familie, bei denen ich auch lieber geschwiegen hatte, um nicht in die Kritik meiner *lieben* Verwandten zu geraten. Doch hier war ich Gast, und vielleicht besaß ich deshalb auf einmal mehr Mut, als ich je daheim bewiesen hatte. »Sie sind neu hier in Gleann Grianach?«, wandte ich mich an meinen Nachbarn zur Linken.

Klirrend fiel seine Gabel aufs Porzellan. »Das stimmt, ich werde die Schule übernehmen.«

Danach fragte ich ihn über seine Herkunft und Ausbildung und allerlei belanglose Dinge aus. Nach einer Weile taute er sichtlich auf, sprach lebhaft und wagte bald sogar ein zaghaftes Lächeln. Der Mann war intelligent und begeisterungsfähig. Seine Vorstellungen von Pädagogik fand ich allerdings haarsträubend und nahm mir vor, Alan demnächst ein paar deutliche Worte zum Thema Prügelstrafe zu sagen. Angus und James beteiligten sich bald an unserem Gespräch, und ich erfuhr mehr über den in der nächsten Woche geplanten Almauftrieb.

Wie jedes Jahr würde man Rinder, Ziegen und Ponys auf die Hochwiesen bringen, damit sie sich während des kurzen Sommers dort oben eine ordentliche Fettschicht anfressen konnten, um die kalte Jahreszeit gut zu überstehen oder, im Falle der Rinder, auf einem der Herbstmärkte einen hohen Preis zu erzielen. Immer vorausgesetzt natürlich, dass nicht irgendwelche diebischen Nachbarn sie zuvor klauten. Niemand schien diese Gefahr wirklich ernst zu nehmen, und allmählich gewann ich den Eindruck, dass das Stehlen von Vieh von den meisten Männern tatsächlich, wie Mòrag gesagt hatte, für einen grandiosen Spaß gehalten wurde.

Ich nahm mir vor, meine Freundin zu überreden, mich mitzunehmen. Das versprochene Fest oben in den Bergen wollte ich auf keinen Fall verpassen.

Anabelle hatte unserem Gespräch die ganze Zeit missmutig gelauscht; zum Dessert war es dann so weit: »Man hört, Ihr seid auf dem Weg hierher überfallen worden?«, fragte sie und sah mich starr an.

Ich nickte. Etwas unentschlossen, wie ich reagieren sollte, schob ich den Hahnenkamm auf dem Porzellan hin und her.

»Schrecklich, wenn man nicht weiß, woher man stammt«, legte Anabelle nach.

Ein Blick zu Alan zeigte mir, dass ich von dort keine Hilfe zu erwarten hatte. Er stürzte ein weiteres Glas Whisky herunter und schenkte sich mit einer Hand nach, während er mit der anderen seinen Teller auf den Boden fegte, wo sich die Hunde sofort geräuschvoll darüber hermachten.

Nun gut, diese Herausforderung konnte ich auch allein annehmen. Ich trank also einen kleinen Schluck von dem sehr guten Wein, holte tief Luft und näselte in meinem besten Upper-Class-Englisch: »Oh, tatsächlich? Ich hatte ja keine Ahnung, dass Ihr ein solch schweres Schicksal erleiden musstet. Ich erinnere mich an einen Fall in meiner Familie ...«

Neben mir gab Angus einen röchelnden Laut von sich, und Anabelle gefror das höfliche Lächeln auf dem Gesicht, bevor sie sagte: »Ihr erinnert Euch wieder? Wunderbar. Ich brenne darauf, alles über Eure Familie zu hören. Stimmt es, dass Ihr mit Lady Marys zukünftigem Ehemann entfernt verwandt seid?«

Das Biest ließ nicht locker.

»Entfernt würde ich nicht sagen«, entgegnete ich mit einem maliziösen Lächeln. Dank der Tagebuchlektüre wusste ich inzwischen einiges über *meine* Familie. »Unsere Mütter waren Schwestern, nicht wahr?«

Unter meinem eindringlichen Starren rappelte sich Alan hoch und warf mir einen trüben Blick zu. »Genau«, grunzte er. »Sie ist die Tochter von Tante ...«

»Cailín. Cailín Edgeworth hieß meine Mutter«, ergänzte ich geschwind. »Mein Vater war der Erbe des Earl of Edgeworth von Lustleigh House.«

Nun sah auch Lachlan interessiert zu mir herüber. Augenscheinlich war ihm der Name nicht unbekannt, ich dagegen hatte keine Ahnung, wer dieser Earl gewesen sein mochte. Stattdessen dachte ich an die ungeheure Verachtung, mit der Lachlan mich am ersten Tag nach meiner Ankunft behandelt hatte. *Dir werde ich es zeigen.*

Und dann erzählte ich vom traurigen Schicksal meiner Mutter, die nach dem frühen Tod ihres Mannes – er war direkt nach der Geburt seiner Tochter gestorben, das wusste ich aus den Tagebüchern – von dessen englischer Familie mit einer winzigen Abfindung fortgeschickt worden war. Von hier an musste ich improvisieren und erfand die herzzerreißende Geschichte einer rasch dahinschwindenden Mutter und einer strengen Erziehung durch den Großvater.

Obwohl er keine Miene verzog, kam es mir vor, als hörte Alan genau zu, während Lachlan allmählich den Eindruck machte, als glaube er mir. Vermutlich hatte sich seine Mutter nicht für das Schicksal der Verwandten ihrer Vorgängerin interessiert. Alan dagegen konnte als kleines Kind sehr wohl erfahren haben, was seine Tante in ihren Briefen berichtete. Im Handumdrehen verflocht ich die weiteren Erzählungen mit Tatsachen aus meiner eigenen Vergangenheit.

Wenn du schwindeln musst, dann halte dich unbedingt so dicht wie möglich an die Wahrheit, hatte meine Freundin Caitlynn mir einmal geraten, und sie konnte stets wunderbare Ausreden erfinden, wenn es darum ging, die strengen Nonnen unseres irischen Mädcheninternats hinters Licht zu führen.

Ich fuhr fort: »Großvater hat mir sein Vermögen vererbt

und einen vertrauenswürdigen Mann als Vormund eingesetzt.« Mir war gerade noch eingefallen, dass Frauen gar nicht
selbst über ihr Geld verfügen durften. Nachdem ich diese
Klippe umschifft hatte, erzählte ich weiter. »Aber damit war
mein Onkel natürlich nicht einverstanden. Er wollte mich
stattdessen zwingen, seinen nichtsnutzigen Sohn zu heiraten.
Andernfalls, so drohte er, wolle er beeiden, ich hätte Großvater verhext, um an sein Geld zu kommen. Deshalb bin ich
aus Irland geflohen, und ich wusste niemanden, zu dem ich
sonst hätte gehen können, als zu der einflussreichen Familie
meiner Tante Keriann.« Geschafft. Die Zuhörer hingen wie
gebannt an meinen Lippen. Man sollte die Vorliebe der
Schotten für eine gute Geschichte niemals unterschätzen.

Doch Anabelle war längst nicht zufrieden und schien bereit, noch einige unangenehme Fragen zu stellen. Zu meinem
Erstaunen legte aber Mary ihr die Hand auf den Arm. »Lass
gut sein, Anabelle. Siehst du nicht, wie die Arme unter der
Erinnerung leidet?«

Rasch schlug ich die Augen nieder, um meine Erleichterung
nicht zu zeigen, und widmete mich dem Dessert, während sich
die Herren politischen Themen zuwandten, von denen ich
herzlich wenig verstand. Nur als Lachlan mutmaßte, George II.
sei vermutlich ein Bastard, musste ich widersprechen.

Erst kürzlich hatte ich ein Buch über das traurige Schicksal
seiner Mutter gelesen. »Sophie Charlotte ist nie fremdgegan-
gen. Und ihren angeblichen Geliebten hat man ermordet, weil
ihr Mann und ihre Schwiegermutter sie loswerden wollten.
Das war alles Schwindel.«

Alle starrten mich erstaunt an, und sogar Alan hob fragend
eine Augenbraue und schüttelte fast unmerklich den Kopf.
Das hätte ich besser nicht sagen sollen – intime Kenntnisse

des Hannover'schen Hofes waren hier vermutlich nicht opportun. Ich verwünschte mein vorlautes Mundwerk, und während ich die folgende Konversation den anderen überließ, spürte ich gelegentlich Alans Blick auf mir ruhen. Doch wann immer ich zu ihm hinübersah, starrte er griesgrämig in sein Glas oder leerte es gerade, um sich sofort großzügig nachzuschenken.

Er benahm sich wie ein flegelhafter Teenager, der gegen gesellschaftliche Regeln aufbegehrte, nur dass dieser Rebell das offizielle Familienoberhaupt war und die Gesetze in diesem Haus selbst bestimmen konnte. Wenn er versuchte, die Campbell-Frauen auf diese Weise loszuwerden, hatte er sich verrechnet.

Ein einziger Blick auf Anabelle verriet mir, dass zumindest sie aus härterem Holz geschnitzt war und sich von ein paar schlechten Tischsitten gewiss nicht in die Flucht schlagen lassen würde.

Plötzlich spitzten die Hunde die Ohren, und ein dunkles *Wuff* ließ die Gläser auf der Tafel klirren, als die Tür aufgerissen wurde und Duncan hereinstürmte.

Mit einem Blick erfasste er Alans Zustand und grinste unverschämt. Er beugte sich hinab und flüsterte ihm etwas ins Ohr. Alan stemmte sich aus seinem Sessel hoch, blieb einen Moment blinzelnd stehen und schwankte dabei leicht.

»Angus, James – wir haben zu tun.« Mit diesen Worten verschwand er, ohne uns anderen auch nur einen Blick zu gönnen, die Hunde blieben dicht an seiner Seite.

Angus folgte ruhig, drehte sich an der Tür noch einmal um und verbeugte sich: »Bitte entschuldigt den abrupten Aufbruch. Es scheint Schwierigkeiten zu geben«, sagte er mit ruhiger Stimme. »Lachlan, würdest du dich um unsere Gäste kümmern?«

Damit waren auch er und, wie ich erst jetzt bemerkte, James verschwunden.

Lachlan konnte seinen Ärger kaum verbergen. Nicht nur schien es niemand für nötig zu halten, ihn über die Art der Störung zu informieren, er wurde darüber hinaus zum Gesellschafter der Frauen und eines einfachen Schullehrers degradiert. Seine beleidigte Miene zeigte deutlich, wie sehr er sich in der Ehre als Capitane und wichtiges Familienmitglied gekränkt fühlte.

Dennoch, und das rechnete ich ihm hoch an, riss er sich schnell zusammen, schenkte Mary nach einem kurzen Augenblick des inneren Kampfs ein strahlendes Lächeln und bat uns mit den Worten »Würdest du für uns spielen?« nach nebenan.

Etwas unentschlossen stand ich gleich darauf im Salon herum, denn ich hatte keine Ahnung, wie so ein Abend eines Highlander-Haushalts vonstatten ging. Anscheinend hatte man sich in die barocken Sessel zu drapieren und mehr oder weniger gelungenen musikalischen Darbietungen zu lauschen. Also folgte ich Anabelles Beispiel und versuchte meine Unsicherheit zu überspielen, indem ich umständlich die Falten meines Rocks glättete. Ohne den Beistand von Angus und James, die mir wohlgesinnt waren, fühlte ich mich auf einmal sehr exponiert.

Anabelle griff nach ihrer Handarbeit, und Mary nahm an einem zierlichen Flügel Platz. Er erinnerte mich an den Tag, an dem ich als Klavierelevin zum ersten Mal ein ähnliches Instrument erblickt und versucht hatte, darauf zu spielen. Die schrägen Töne verfolgen mich noch heute.

Mary dagegen spielte nette Melodien, von denen ich keine einzige kannte. Manchmal sang sie dazu. Lachlan begleitete sie mit einem weichen Bariton und blätterte ihre Noten um.

Die beiden strahlten solch inniges Einvernehmen aus, dass ich mich fragte, ob ich die Einzige war, die diese Harmonie zwischen ihnen bemerkte. Sie schienen wie füreinander geschaffen zu sein.

»Sicher möchtest du uns ein paar Lieder aus deiner Heimat vortragen.« Anabelle riss mich aus meinen Gedanken. Ihre Augen wanderten hellwach zwischen ihrer Stickerei und dem Paar an dem zierlichen Instrument hin und her.

»Ich habe seit Jahren nicht mehr gespielt.« Im selben Moment war mir klar, dass ich das nicht hätte sagen dürfen. Ein solcher Satz klang nach falscher Bescheidenheit, dabei war es nicht einmal gelogen, denn ich hatte den Klavierunterricht der Nonnen von Herzen verabscheut und seither kein Instrument mehr angerührt. Zudem zweifelte ich daran, diesem altertümlichen Instrument ohne Übung überhaupt einen geraden Ton entlocken zu können.

»Aber das macht doch nichts, nicht wahr?«, wandte Anabelle sich jetzt mit einem feinen Lächeln an Mary. Ihre Hände ruhten dabei keinen Augenblick. Mit einer geradezu verbissenen Akribie setzte sie Stich an Stich auf dem dünnen Leinen und erinnerte mich dabei an einen Schmetterlingssammler, der die fragilen Tiere ohne mit der Wimper zu zucken mit einer Nadel durchbohrte, um sie in einem Schaukasten zu präsentieren.

Mir wurde ziemlich heiß in meinem Korsett. Verzweifelt suchte ich nach einer guten Ausrede, als nun auch Lachlan mich ermunterte, meine Talente unter Beweis zu stellen. Behutsam streckte ich die Finger aus, um die Lage der Tasten zu erkunden, da öffnete sich die Tür. Erleichtert sprang ich auf.

Alan kam herein und polterte: »Deine Männer haben wieder Ärger gemacht. Cladaich verlangt Entschädigung für seine Pächter. Dieses Mal wirst du ihn bezahlen. Ich glaube, es ist genügend Geld übrig geblieben von den Raubzügen im letzten Herbst.« Er wirkte nun gar nicht mehr betrunken.

Lachlan gab sich nonchalant. »Welche Raubzüge? Die Rinder sind von Gott dem Allmächtigen geschaffen, sie fressen Gras, das Er ganz ohne unsere Hilfe wachsen lässt. Also gehören sie niemandem.« Er fuhr sich durchs Haar. »Was willst du? Es ist für die Männer nicht mehr als eine Übung. Wenn sie zu lange untätig herumsitzen, werden sie eben ein wenig wild. Das ist deine Schuld. Du hättest die *Raids* nicht verbieten sollen, die anderen klauen doch auch von uns.«

»Mir ist es egal, wenn ihr unseren Nachbarn ein paar Tiere entführt, das weißt du ganz genau.« Drohend ging Alan auf seinen Bruder zu: »Aber ich dulde es nicht, dass jemand dabei zu Schaden kommt.«

Dies war eine blendende Gelegenheit, mich aus dem Staub zu machen. Als ich an Alan vorbeiging, konnte ich mir nicht verkneifen, ihn leise anzufauchen: »Wenn du mich noch einmal allein mit diesen Hyänen lässt, drehe ich dir den Hals um.« Er gönnte mir keinen Blick.

Dieser Mann interessiert sich nicht die Bohne für mich, dachte ich beleidigt, streifte die viel zu großen Pantoffeln ab und rannte hinauf in mein Zimmer.

7

Lachlan

Am Tag darauf ließ ich die Tagebücher in ihrem geheimen Versteck. Eigentlich hatte ich sie Alan zeigen wollen, aber so wie er sich gestern benommen hatte, interessierte ihn mein Fund wahrscheinlich überhaupt nicht. Vielleicht würde ich ihm später davon erzählen. Jetzt aber brauchte ich selbst Papier und Feder.

Ach du meine Güte – Feder? Ich musste lachen, als ich mir vorstellte, wie ich mit solch einem Schreibgerät übers Papier kratzte. Und mussten die Dinger nicht auch regelmäßig angespitzt werden? Das Leben im achtzehnten Jahrhundert war so anders als alles, was ich bisher kennengelernt hatte – und genau aus diesem Grund wollte ich ab sofort selbst Tagebuch schreiben. Ich nahm mir vor, es ebenfalls in dem Versteck aufzubewahren. So hatte ich zumindest die Hoffnung, dass meine Aufzeichnungen für die Nachwelt erhalten blieben, stieße mir etwas zu, bevor ich den Weg zurück in meine Zeit gefunden hätte. Und ein früher Tod war in einer so gewalttätigen Epoche, in der die Menschen zudem an Krankheiten wie der Grippe oder an einer Blutvergiftung starben, keineswegs auszuschließen.

Bedrückt von solch dunklen Gedanken ging ich hinunter, um in der Bibliothek nachzusehen, ob mir jemand Schreibzeug besorgen konnte.

Hatte ein Hausherr nicht tägliche Besprechungen mit seinem Verwalter? Ich rollte mit den Augen, als mir klarwurde, dass mein spärliches Wissen über diese Zeit doch erheblich von der Lektüre einschlägiger Historienromane geprägt war. Es wurde wirklich Zeit, genauer zu beobachten. Das könnte eines Tages überlebenswichtig sein. Sollte ich jedoch den Weg zurück in mein altes Leben finden, so wäre es eine großartige Quelle für die Forschung. *Na ja, wahrscheinlich wird mir niemand glauben.* Aber ich könnte Bücher schreiben – authentische Romane, die auch die Schattenseiten eines Lebens, wie ich es jetzt führte, nicht verschwiegen.

Je mehr ich darüber nachdachte, desto aufgeregter wurde ich. Welch eine Chance, das Leben der Menschen in der Vergangenheit an Ort und Stelle studieren zu können. Voller Elan stürmte ich in die Bibliothek und stieß beinahe mit Lachlan zusammen.

Ärgerlich schaute er mich an: »Was suchst du hier?«

»Alan«, lag es mir auf der Zunge, aber das wäre nicht besonders klug gewesen. Auch wenn Lachlan unterstellte, dass wir eine Affäre hatten, musste ich ihm nicht auch noch den Beweis dafür liefern. Deshalb riss ich mich zusammen und schenkte ihm ein strahlendes Lächeln. »Alan hat mir gesagt, ich könne hier jederzeit ein Buch leihen. Allerdings bin ich jetzt auf der Suche nach Papier und Feder.«

»Du kannst schreiben?« Er sah mich mit einer hochgezogenen Augenbraue an, als zweifelte er daran.

Arroganter Kerl. »Du etwa nicht?«

Doch er hatte keine unberechtigte Frage gestellt. Von Mòrag wusste ich, dass sie zu den gebildeten Frauen zählte, weil sie ihren Namen zu schreiben wusste. Eine Einkaufsliste hätte sie aber niemals erstellen können. Anders die Köchin, die sogar in der Lage war, ihre Rezepte zu notieren, was ihr den Respekt des gesamten Personals einbrachte.

»Hast du dich also doch entschlossen, deine Familie über deinen Aufenthaltsort zu informieren?«

Daran hatte ich gar nicht gedacht. »Ich würde ihnen gern schreiben«, mogelte ich mich heraus. Das war zumindest nicht gelogen, er konnte ja nicht ahnen, wie gering die Wahrscheinlichkeit war, dass meine Verwandten je ein Schriftstück in die Hände bekämen, das ich hier verfasste.

»Es ist vielleicht ganz gut, dass wir uns hier treffen.« Lachlan ging zum Schreibtisch hinüber und bot mir mit einer Geste einen Platz an.

Neugierig darauf, was er im Schilde führte, ließ ich mich auf den gepolsterten Stuhl sinken.

Er setzte sich ebenfalls. Sein heutiges Gewand aus Kilt und Leinenhemd gefiel mir eindeutig besser als die elegante Kleidung, die er gestern Abend getragen hatte. Er wirkte entspannt, und zum ersten Mal hatte ich Gelegenheit, ihn genauer zu betrachten. Ich schätzte ihn ungefähr auf mein Alter. Sein Gesicht war länglich, mit einem kräftigen Kinn, wie ich es schon bei vielen Schotten gesehen hatte. Das Blau der Augen erinnerte in seiner Leuchtkraft an das Gefieder des Eisvogels, der neulich direkt vor meiner Nase seinen Sturzflug in einen Bach gewagt hatte. Und die hohen Wangenknochen gaben ihm einen Hauch dieses fremdartigen Aussehens jener Menschen, die weiter im Norden, in Island oder Norwegen, jedenfalls jenseits des Polarkreises ihre Heimat hatten. Im Grunde besaß er eine größere Ähnlichkeit mit einem nordischen Feenwesen als sein schwarzhaariger Bruder, dem man eben diese Verwandtschaft nachsagte.

Meine Musterung schien ihn nervös zu machen, seine Ohren nahmen eine rötliche Färbung an, und er beeilte sich zu sagen: »Tut mir leid, was neulich im Stall vorgefallen ist.« Es klang, als meine er die Entschuldigung ernst. »Mary war ungeheuer schockiert über Alans Auftritt am Tag ihrer Ankunft, und das hat mich wütend gemacht. Mein Bruder benimmt sich unmöglich.«

»Nach seiner gestrigen Vorstellung kann ich dich gut verstehen. Ich habe bestimmt nicht vor, dieser Eheschließung, die offenbar politisch so wichtig ist, im Wege zu stehen. Bitte entschuldige meine offenen Worte, aber ich glaube nicht, dass die beiden besonders gut zusammenpassen. Eher würde ich vermuten, du und Mary …«

Erschrocken unterbrach er mich. »Nein.«

Aha. Ich hatte also Recht. Interessiert schaute ich zu, wie die feine Röte der Ohren allmählich sein Gesicht erreichte. Entweder bekam der Mann mir gegenüber gleich einen Wutanfall, oder er würde kapitulieren.

»Ich schätze sie sehr«, gab er schließlich zu.

Aha. Das war doch schon was. »Die Ehe muss mit dem Chieftain geschlossen werden, nehme ich an?« Ich bemühte mich um einen warmen Ton in der Stimme, der schon so manch einen meiner Gesprächspartner zum Reden gebracht hatte.

»Der Herzog würde nichts anderes akzeptieren.«

»Dann haben wir ein Problem«, gab ich zu.

»Ich habe nicht gesagt, dass Mary …« Verwirrt hielt er inne und sagte nach einem tiefen Atemzug: »Sie hat mir ihre Gefühle selbstverständlich nicht offenbart.«

Und dann zeichnete sich die Erkenntnis auf seinem Gesicht ab, was er da gerade zugegeben hatte. »Du hast mich reingelegt. Bist du auch eine …« Er machte eine fahrige Handbewegung und verstummte.

Ich ahnte, dass ihm die Frage auf der Zunge lag, ob ich vielleicht auch, wie von Alan behauptet wurde, aus der Feenwelt stammte. Bösartig, wie neulich im Stall, als ich richtig Angst vor ihm hatte, klang er nicht, wohl aber misstrauisch.

»Es gibt keine Feen.« Schon während ich sprach, stellten sich mir die Nackenhaare auf. So als stünde jemand direkt hinter meinem Stuhl, bereit, mir zu widersprechen.

Dem Impuls, mich umzudrehen, gab ich nicht nach, sagte jedoch in meiner Verwirrung das Erste, was mir in den Sinn kam: »Warum hasst du Alan so sehr?«

Lachlan sah mich lange aus schmalen Augen an. »Ich hasse ihn gar nicht.« Er fuhr mit der Hand durch seine langen blonden Locken und ließ sich mit einem Seufzer tiefer in den Sessel gleiten. Und dann begann er zu reden:

»Mutter hat unseren Vater von Anfang an beschworen, mich und nicht Alan zu seinem Nachfolger zu machen.«

»Wäre das denn möglich gewesen?«

»Möglich schon. Die Clangesetze geben da einen gewissen Spielraum, wenn der Erstgeborene beispielsweise nicht zum Chief geeignet ist.« Er schwieg, als dächte er darüber nach. »Vater hätte sich aber niemals dazu überreden lassen. Darüber war ich eigentlich ganz froh, denn solange ich zurückdenken kann, musste Alan viel härter arbeiten als wir.« Sein Blick schweifte ab zu einem Gemälde, von dem ein stattlicher Highlandchief streng auf uns herabblickte. Er war ihm wie aus dem Gesicht geschnitten.

Nachdem er sich ein paarmal geräuspert hatte, erzählte Lachlan, dass Alan damals zwar auf den ersten Blick verletzlich wirkte, weil er schmal, blass und viel kleiner als die meisten Jungen seines Alters gewesen war, aber sein ewig misstrauischer und ablehnender Blick habe die anderen Kinder verunsichert. Die eiskalten blauen Augen waren das Einzige, was er von seinem Vater geerbt zu haben schien.

»Und dann dieses schwarze Haar. Niemand, den ich kannte, sah so aus wie er. Mehr als einmal hörten wir die Leute flüstern, Alan wäre ein *Sianaiche*, ein Wechselbalg, und ganz bestimmt nicht der leibliche Sohn unseres Vaters. Kinder sind leicht zu beeinflussen, weißt du. Zwischen unseren Eltern stand es auch nicht zum Besten. Ich erinnere mich noch genau an den Tag, als Mutter beim Abendessen wieder einmal davon anfing, dass kein Highland-Gentleman mit einem Funken Selbstachtung Handel betriebe. Vater starrte uns mit verächtlicher Miene an: *Du und deine Kinder, ihr lebt ganz gut davon.* Und dann nahm er Alan an der Hand und verließ mit ihm den Raum. Beide aßen nie mehr gemeinsam mit uns an einem Tisch. Natürlich beneidete ich Alan um diesen engen Kontakt.

Mein Vater war ein harter Mann. Fortan sprach er nur noch mit uns, um zu überprüfen, was wir von den Tutoren gelernt hatten. Und er machte keinen Hehl aus seiner Enttäuschung.

Callum hätte wohl häufiger eine Antwort gewusst, aber er war viel zu schüchtern, und ich war zugegebenermaßen ziemlich faul. Warum sollte ich auch lernen? Für mich reichte es, lesen zu können, zum Schreiben hat ein Gentleman seine Leute, trichterte Mutter uns täglich ein. Erst später in meiner Pflegefamilie wurde ich eines Besseren belehrt. Das war auch so eine Sache, die ich Alan nie verzeihen konnte. Er durfte zu Hause bleiben, während Callum und ich weggeschickt wurden, um in fremden Familien eine unabhängige Ausbildung zu erhalten. Anfangs konnte dort niemand fassen, wie wenig Ahnung ich vom harten Alltag in den Highlands hatte. Das änderte sich allerdings gründlich, denn man schonte mich nicht. Bald konnte auch ich im Winter auf bloßen Füßen weite Entfernungen zurückzulegen. Und ich lernte von meinem Mentor nicht nur den Umgang mit dem Breitschwert, sondern durfte ihn später sogar auf seinen Reisen nach London begleiten. Dort entdeckte ich, wie ein Gentleman Geld verdiente, ohne zu arbeiten. Allerdings gefiel mir die Art nicht, wie er jeden Penny aus seinen Pächtern herauspresste, um seinen aufwendigen Lebensstil zu finanzieren. Ich begann, meinen Ziehvater bei seinen Investitionen zu beraten, und überredete ihn, statt in den Sklavenhandel die Gewinne in sein Land zu investieren. Dann starb der *Gleanngrianach*.«

Für einen kurzen Augenblick wusste ich nicht, wen Lachlan meinte, bis mir klar wurde, dass er von Alexander MacCoinnaich sprach. »Du hast deinen Vater all die Jahre nicht mehr gesehen?«

»O doch, er kam regelmäßig zu den Pflegefamilien, um sich nach unseren Fortschritten zu erkundigen. Ob er allerdings zufrieden war, das weiß ich nicht. Er hat mich kein einziges Mal gelobt.« Lachlan klang bitter. »Nach Vaters Tod kehrte ich mit einem flauen Gefühl nach Hause zurück.«

»Und deine Mutter? Sie muss euch doch schrecklich vermisst haben?«

»Sie hatte die Zwillinge.« Einen Moment lang starrte er in die Ferne, bevor er mit leiser Stimme weitersprach. »Mutter war im Winter davor an einem Lungenleiden gestorben, das sie schon lange gequält hatte. Seit ich denken kann, bekam sie jedes Frühjahr einen bösen Husten, der umso schlimmer wurde, je weiter das Jahr voranschritt. Wir durften die Fenster nicht öffnen, und wahrscheinlich war dieser Husten auch schuld daran, dass sie uns als Kinder so selten vor die Tür gehen ließ. Sie selbst ging fast nie hinaus. Es ist ein Wunder, dass meine Schwestern diese Jahre überlebt haben.

Als ich Alan zum ersten Mal nach so vielen Jahren wiedersah, hätte ich ihn beinahe nicht erkannt. Das mickrige Bürschchen aus meiner Erinnerung hatte sich in einen selbstbewussten Mann verwandelt, der mir Auge in Auge gegenüberstand und mich überheblich anblickte. Bald nach meiner Ankunft stellte ich fest, dass niemand aus unserem Clan es wagte, ihn ernsthaft herauszufordern. Er kämpfe wie der Leibhaftige, sagten sie. Und es stimmte. Vorausschauend und klug, immer etwas schneller als seine Gegner und scheinbar ohne besondere Anstrengung besiegte er seine Übungspartner, mit denen er täglich trainierte. O ja, sie fürchteten ihn, aber ich spürte auch so etwas wie Respekt, als meine Jugendfreunde mir erzählten, wie er sogar Ross, den Sohn des Schmieds, besiegt hatte, der in der Vergangenheit der stärkste Junge des Tals gewesen war.

Meine Schwestern waren zu zwei attraktiven Frauen herangewachsen, und regelmäßig nahmen junge Männer unsere Gastfreundschaft in Anspruch, in der Hoffnung ihr Herz zu erobern. Ich glaube, das war die fröhlichste Zeit, die dieses Haus jemals gesehen hat. Seltsamerweise hatte Alan beschlossen, dass sich die Mädchen ihre zukünftigen Ehemänner selbst aussuchen dürften und damit eine politische Heirat, wie es eigentlich üblich war, ausgeschlossen. Ich hielt das damals für einen großen Fehler und für den Beweis, dass er den Aufgaben eines Chiefs nicht gewachsen war.

Als ich ihn darauf ansprach, lachte er nur. *Deine Schwestern sind klug genug, den richtigen Mann zu finden, und ich gebe ihnen die nötige Aussteuer und Zeit, damit sie ihre Wahl in Ruhe treffen.*

Allmählich lebten wir uns wieder ein. Callum, der ebenfalls zurückgekehrt war, träumte allerdings von einem Studium in Edinburgh. Er wagte lange nicht, Alan um Unterstützung zu bitten. Eines Tages fasste er sich doch ein Herz, und wir beide waren völlig überrascht, dass unser Bruder sofort zusagte. Insgeheim glaubten wir aber, er täte das nur, um Callum loszuwerden.«

»Wie undankbar«, sagte ich leise.

Lachlan hatte mich aber gehört. »Das war es. Die Spannungen nahmen nach Callums Abreise trotz der Vermittlungsversuche der Mädchen schnell zu. Meine Schwestern schienen sich gut mit Alan zu verstehen und schätzten es, dass er sie wie vernunftbegabte Wesen behandelte, etwas, das den meisten Männer, die um ihre Hand anhielten, nicht in den Sinn gekommen wäre. Angus, unser ehemaliger Lehrer und Vaters Verwalter, diente nun auch Alan loyal. Er nahm mich irgendwann zur Seite: *Anstatt Unruhe zu stiften, solltest du dich langsam entscheiden, ob du für oder gegen deinen Clan bist. Wenn du dich nützlich machen willst, dann sorge dafür, dass unsere Rinder heil auf dem Markt ankommen und einen guten Preis erzielen.*

Wider Erwarten fand ich Gefallen an meiner neuen Aufgabe. Meinen Leuten machte es ebenso viel Spaß wie mir, hier und da ein paar schlecht bewachte Tiere mitzunehmen. Erwischt wurden wir nicht, und den Gewinn teilten wir uns. Im vergangenen Sommer heirateten die Zwillinge und gingen beide erstaunlicherweise eine gute und politisch wertvolle Verbindung ein, genau wie Alan es vorausgesagt hatte. Sie zogen fort, und alles lief einigermaßen gut, bis zu dem Tag, als du aufgetaucht bist.«

Das Ticken der Stockuhr auf dem Konsolentisch war das einzige Geräusch, das ich lange Zeit wahrnahm. Lachlans ehrliches Geständnis musste ich erst einmal verdauen, und auch er saß hoch aufgerichtet da, überwältigt von seinen Erinnerungen.

»Wer bist du?«, flüsterte er schließlich, und ich war nahe dran, ihm die ganze Wahrheit zu sagen.

Endlich räusperte ich mich: »Es tut mir leid.«

Wortlos stand er auf und reichte mir eine Schreibfeder, ein Tintenfass und dazu einen Stapel lose zusammengebundener Bögen schlichten Papiers. »Du willst keinen Brief an deine Familie schreiben, nicht wahr?«

Ich wollte ihn fragen, was er damit meinte, aber in diesem Augenblick hörten wir Türenschlagen in der Halle und laute Stimmen. *Alan*. Im Nu war ich durch die hintere Tür geschlüpft.

Nachdem ich das Schreibmaterial ins Zimmer hinaufgebracht hatte, machte ich mich auf die Suche nach Mòrag. Ich musste erst einmal verarbeiten, was Lachlan mir da anvertraut hatte. Dass ich ein so großes Geschick besaß, Menschen zum Reden zu bringen, überraschte mich selbst am meisten. Im Nachhinein kam es mir vor, als hätte eine fremde Energie von mir Besitz ergriffen und Alans Bruder irgendwie manipuliert. Wahrscheinlich hasste er mich in Zukunft noch mehr.

Um diese finsteren Gedanken loszuwerden, wollte ich sehen, ob Mòrag Zeit hatte, mit mir in dem kleinen Teich am Wasserfall zu baden und später ein paar Kräuter zu pflücken. Der tägliche Haferbrei hing mir inzwischen zum Halse raus, und nach dem fetten Essen von gestern Abend plagte mich eine große Gier auf frischen Salat. Leider war ich mit diesen Gelüsten hier offenbar allein. Der kleine Küchengarten, den ich gleich nach meiner Ankunft entdeckt hatte, gab jedenfalls in dieser Richtung wenig her.

Nicht, dass ich große Ahnung von essbaren Pflanzen oder Heilkräutern gehabt hätte, aber Löwenzahn und Gänseblümchen waren mir früher schon häufiger kredenzt worden, und die sollten auf den hiesigen Wiesen doch zu finden sein. Sicherheitshalber wollte ich aber Mòrag beim Pflücken dabeihaben, denn die würde es hoffentlich bemerken, wenn ich mir ein giftiges Pflänzchen in meinen Salat schnitt.

Im Hof lief mir Duncan über den Weg, der berichtete, sie sei ins Dorf hinabgegangen, um der alten Kenna Essen zu bringen. *Mist.* Das hatte ich vergessen. Eigentlich hatte ich sie begleiten wollen, um zu sehen, ob die Seherin in der Laune zu einer weiteren Vision war. Das musste ich nun auf einen anderen Tag verschieben.

Einem Impuls folgend, fragte ich kurzerhand Duncan, ob er mich begleiten wollte. Nicht zum Baden natürlich, Mòrag hätte mir das bestimmt nie verziehen.

Er schien meinen Wunsch gar nicht einmal so abwegig zu finden und ging in die Küche, um dort ein Körbchen für den Salat zu besorgen. Mittags, so sagte Duncan, müsse er allerdings wieder zurück sein.

Die Uhr in der Bibliothek hatte vorhin gerade einmal zehn Uhr geschlagen, und so machten wir uns auf den Weg.

Anfangs ging Duncan schweigend neben mir her, und ich war ganz dankbar dafür, denn wieder einmal faszinierte mich die Stille, die in dieser Welt herrschte. Nicht eines der typischen Geräusche unserer Zivilisation fehlte mir. Selbst die entvölkerten Highlands des einundzwanzigsten Jahrhunderts waren selten frei davon. Auf Tiefflieger der britischen Luftwaffe, die regelmäßig über die schottischen Glens rasten, konnte ich allerdings auch gut verzichten.

Natürlich herrschte keine vollkommene Stille. Vögel zwitscherten, und gelegentlich hörte man eine Kuh muhen. Unsere Schritte dagegen waren nahezu lautlos. Wie die meisten

Highlander ging Duncan am liebsten barfuß. Armut war bei ihm nicht der Grund, denn ich hatte gesehen, dass er im Haus weiche Lederslipper einfachster Machart zusammen mit Beinlingen trug, die aus der Ferne fast wie Kniestrümpfe aussahen.

Nach einer Weile fiel mir auf, dass Duncan mich manchmal kurz von der Seite ansah. »Was ist denn?«, fragte ich und bemerkte überrascht, dass eine feine Röte sein Gesicht überzog.

Verlegen blickte er zu Boden und sah auf einmal sehr jung aus. Was würde jetzt kommen?

»Glaubst du, Mòrag mag mich?«, brach es schließlich aus ihm heraus.

Mit dieser Frage hatte ich wirklich nicht gerechnet, und zu meiner Schande muss ich gestehen, dass ich fürchterlich lachte und mich erst beruhigte, als ich seinen unglücklichen Gesichtsausdruck bemerkte.

»Sie hat sich von dir küssen lassen, oder?«, sagte ich nun wieder ganz ernst.

»Woher weißt du …?«

Ich lächelte. »Das haben auch schon andere Mädchen, nicht wahr?« Es war nett, ihn so verlegen zu sehen.

Er nickte, beteuerte aber sofort: »Es hatte nie etwas zu bedeuten. Mòrag ist – sie ist etwas ganz Besonderes. Sie ist so klug und nie schlecht gelaunt und … sie ist wunderschön.« Flehend sah er mich an, und ich fand, dass er sich nun genügend gequält hatte.

»Ich glaube, sie mag dich auch. Aber wenn du das genau wissen willst, dann solltest du sie am besten selbst fragen.«

»Das würde ich. Lieber heute als morgen.« Sein Gesicht verfinsterte sich. »Aber es ist ja doch aussichtslos. Ich habe kein Land, und ihr Vater gäbe nie seine Zustimmung.«

Mòrag hatte mir erzählt, dass er keinen eigenen Besitz in die Ehe einbringen würde. Ich brauchte also nicht zu fragen, was er meinte. Gerührt, wie ernst er mich ansah, wagte ich einen Vorschlag zu machen. »Vielleicht gibt es ja doch einen Weg. Hast du schon einmal mit Alan darüber gesprochen?«

Jetzt sah er mich an, als hätte ich den Verstand verloren. »Mit dem *Gleanngrianach*? Er würde mich auslachen.«

»Und ich dachte, er lacht nie.«

Nach einer Weile erwiderte er mein Lächeln. »Ich weiß, was du meinst.«

»Duncan, wenn es euch wirklich ernst ist, dann werde ich mit ihm sprechen. Aber zuerst will ich meinen Salat«, fügte ich hinzu, um dem gemachten Versprechen ein bisschen von dem Gewicht zu nehmen. So wie Alan derzeit gelaunt war, würde es schwierig werden, einen günstigen Zeitpunkt abzupassen.

Duncan umfasste meine Taille und wirbelte mich im Kreis herum. »Kenna hatte Recht, dich hat das *Stille Volk* geschickt.«

Erschrocken sah er sich um. Als aber keine rachsüchtige Fee zwischen den Steinen auftauchte, weil man ihren Namen leichtfertig genannte hatte, lachte er, und wir liefen gemeinsam den Pfad entlang bis zu einer Wiese, die sich weit den Hang hinab erstreckte und nur stellenweise von kleinen Baumgruppen, Sträuchern und Felsen unterbrochen wurde. Ich pflückte Löwenzahn, etwas Sauerampfer und fand sogar ein paar Gänseblümchen. Von den Brennnesseln wollte ich lieber die Finger lassen – würden die nicht auf der Zunge brennen?

Duncan riss ein Blatt ab, steckte es sich in den Mund und kaute vergnügt. Also rupfte ich auch einige junge Blättchen vom Stängel und verbrannte mir natürlich prompt die Finger.

Er lachte mich aus, und erbost gab ich ihm einen Stoß, so dass er stolperte und selbst in den durchblutungsfördernden Genuss der Pflanzen kam. Zum Glück war er Gentleman genug, um sich nicht umgehend dafür zu revanchieren. Dann entdeckten wir am Waldrand eine Kleesorte, die ebenfalls essbar war.

»Es wird bald regnen.«

Misstrauisch sah ich in den Himmel, und tatsächlich waren vom Meer her Wolken aufgezogen. Auf dem Rückweg erklärte mir Duncan, dass man an der Art, wie sich die Kleeblättchen schlossen, bis sie wie kleine Schirmchen aussahen, erkennen könne, ob es demnächst regnen würde.

Tatsächlich fielen wenig später ein paar Tropfen, aber unter meinem Plaid war ich gut geschützt, und die Sonne trocknete bald darauf den widerstandsfähigen Stoff. Zurück blieb nur der Geruch nach feuchter Wolle, an den ich mich inzwischen aber schon fast gewöhnt hatte.

Beschwingt kehrten wir zum Herrenhaus zurück. Im Durchgang zum Hof blieb ich überrascht stehen. Hier war das Chaos ausgebrochen. Der kleine Stallbursche, der mich sonst immer frech angrinste, wenn wir uns begegneten, wuselte zwischen den Beinen fremder Ponys herum, andere Jungs schleppten Wassereimer für die durstigen Tiere herbei oder zerrten an Sattelzeug und schwerem Gepäck. Männer standen in Gruppen zusammen, lachten und unterhielten sich. Einige in Kniehosen und kurzer Jacke, die meisten trugen aber gegürtete Plaids in verschiedenen Farben und Karomustern. Kappen, häufig hellblau und gelegentlich mit einem immergrünen Zweig dekoriert, saßen schräg auf blondem Haar. Dem Aussehen nach zu urteilen, versammelten sich hier MacCoinnaichs jeden Alters, und ich erinnerte mich, dass Mòrag von einem geplanten Gerichtstag gesprochen hatte. Offenbar sollte dies Ereignis bald stattfinden.

Gerade kamen neue Gäste zu Fuß hinter uns durch das Tor, nur einer von ihnen saß auf dem Rücken eines dicken Highlandponys. Duncan schob mich schnell hinter sich, und ich wusste nicht, ob ich angesichts dieser Demonstration männlichen Beschützerinstinkts lachen oder ärgerlich werden sollte. Glaubte er wirklich, die Männer würden mich anfallen, sobald sie mich erblickten? Eben noch ein netter Gefährte, verhielt er sich jetzt wie ein unerträglicher Macho. Aber wer weiß, vielleicht war eine Frau in dieser testosterongeladenen Atmosphäre wirklich nicht sicher. Die Burschen, die hier zusammenstanden, plauderten oder sich herzlich begrüßten, sahen ganz bestimmt nicht alle gut aus, aber in der Summe konnten sie einem Mädchen schon den Kopf verdrehen mit ihren breiten Schultern und trainierten Körpern, deren Muskelspiel unter den gegürteten Plaids, die oft eine gute Handbreit über dem Knie endeten, deutlich sichtbar war. Zu gut für mein Seelenheil. *Was für ein Glück, dass ich von Männern derzeit die Nase gestrichen voll habe.*

Genau diesen Moment der Selbsterkenntnis suchte sich Alan aus, um dicht hinter mir aufzutauchen und seine warmen Hände besitzergreifend auf meine Schultern zu legen: »Ich habe dich gesucht, *m' eudail*«, hauchte er kaum hörbar, seine Lippen streiften dabei meinen Hals und aktivierten eine Armee von Schmetterlingen in meinem Bauch. »Das hier ist kein Ort für dich, geh hinauf in dein Zimmer.«

Aus diesem Mann wurde ich nicht schlau. Als ich gestern in dem sensationellen Seidenkleid aufgetaucht war, hatte er mich keines Blickes gewürdigt, aber jetzt hätte ich schwören können, dass ich ihm nicht nur nachts im Bett gefiel.

»Nur wenn du mitkommst.« War das wirklich ich, die diese Worte gerade gegurrt hatte? Anstatt mich über seinen unverschämten Befehl zu ärgern, spürte ich, wie meine Knie weich wurden. *Er hat mich* Schätzchen *genannt.*

Alan lachte und gab mir einen Klaps auf den Hintern, dann ließ er uns zurück, um ein paar Gäste zu begrüßen.

Duncan versuchte vergeblich, meine Aufmerksamkeit auf sich zu ziehen, doch ich dachte nicht daran, mich von ihm ins Haus eskortieren zu lassen wie ein unartiges Kind. Viel lieber wollte ich die Ankunft weiterer MacCoinnaichs beobachten. Aus der Küche eilten zwei Mädchen herbei, die ein Getränk in kleinen Schalen anboten. Der Menge nach zu urteilen schenkten sie Whisky aus, und ich erinnerte mich daran, von diesem Zeichen schottischer Gastfreundschaft schon gehört zu haben. Diese *Quaichs* gehörten in jeden Haushalt, wie ich inzwischen wusste.

Nicht wenige ließen sich frech nachschenken, bis Dolina auftauchte und der Sache ein Ende machte, indem sie nach einem gerade aufgefüllten Gefäß griff und es unter dem dröhnenden Gelächter der Umstehenden selbst leerte. Dann entdeckte sie uns und warf Duncan einen strengen Blick zu. Der schien erleichtert, mich irgendwo abliefern zu können, und schob mich unauffällig in Richtung Küche. »Eine junge Lady hat hier nichts zu suchen«, sagte sie streng, nahm Duncan den Korb ab, den er für mich getragen hatte, und der Feigling machte sich rasch davon. Ehe ich mich versah, hatte Dolina mich in die Küche geschoben, in der es brummte wie in einem Bienenkorb.

»Was ist das?« Irritiert schaute sie auf meine Ernte.

»Salat. Ich brauchte dringend etwas Frisches«, entgegnete ich, darauf gefasst, dass sie mich für verrückt erklären würde.

Doch das tat sie nicht, sondern sah sich nach einem Mädchen um, das sie anwies, die Blätter zu waschen. Ich fragte nach Essig und Öl, zupfte ein paar Blätter von den Kräutern ab, die die Köchin immer zum Würzen bereithielt, hackte sie mit einem riesigen, mächtig scharfen Messer klein, und im Nu war mein Salat fertig.

Dolina stellte mir einen Teller mit ofenwarmen *Bannocks* und einen Topf Butter dazu, und voller Erstaunen beobachteten die Frauen, wie ich die ganze Schüssel in kurzer Zeit leerte. Es war köstlich. Zufrieden lehnte ich mich schließlich zurück: »Was ist eigentlich los? Und wieso sind all diese Leute hier?«

»Sie sind zum Gerichtstag gekommen. Der ist morgen«, erklärte Mòrag, die, während ich aß, mit einem Stapel *Quaichs* zur Tür hereingekommen war. »Der *Gleanngrianach* hat nach dir gefragt«, fügte sie mit einem verschmitzten Lächeln hinzu. »Ich soll dir ausrichten, dass morgen die Anwesenheit des gesamten Haushalts, besonders der Damen, erwünscht ist. Die Ladys haben schon einen Aufstand gemacht, besonders diese Anabelle.«

Das Gleiche hatte ich auch gerade vorgehabt, aber nun nickte ich nur. Es würde sich schon eine Gelegenheit finden, Alan mitzuteilen, was ich davon hielt, einfach einbestellt zu werden.

Natürlich würde ich danach doch hingehen. Ich war viel zu neugierig, wie so eine Gerichtsverhandlung vor sich ging. Vielleicht würden wir ein bisschen streiten und uns anschließend wieder versöhnen … im Bett.

»Wenn sich Mary nicht wie eine Highland-Lady verhalten will«, unterbrach Mòrag meinen schönen Traum, »dann kann sie gleich wieder abreisen.«

»Mòrag!« Dolina drohte ihrer Tochter mit einem Kochlöffel. »So etwas sagt man nicht.«

Die lachte nur. »Das hat doch der *Gleanngrianach* gesagt, nicht ich. Danach war das arme Ding ganz verschüchtert.« Großes Mitleid schien sie nicht für die junge Frau zu haben. Im Gegenteil, sie wirkte immer noch zufrieden, als wir gemeinsam ins Haus hinübergingen.

Der Hof hatte sich inzwischen geleert, nun hörten wir Gesang und Rufe aus der Tower Hall.

»Es geht schon los, die Männer essen und trinken, bis sie umfallen und zu ihren Schlafstellen getragen werden müssen.«

»Da ist man wahrscheinlich lieber selbst betrunken, als Schnapsleichen durch die Gegend zu schleppen.«

»Stimmt, dazu meldet sich niemand freiwillig. Die Männer werden jedes Mal neu ausgelost«, bestätigte sie. »Aber das Fest hat den Vorteil, dass morgen alle zu verkatert sind, um bei Gericht groß Ärger zu machen.«

Wir hatten mein Zimmer erreicht, und Mòrag zeigte auf die Tür. »Schließ lieber gut ab, wenn du heute Nacht keine ungebetenen Gäste haben willst.«

»Sind denn eure Männer wirklich so schlimm? Duncan hat sich vorhin auch aufgeführt, als müsste er mich sicher durch ein Wolfsrudel geleiten.«

»Ach, so ist er immer. Du solltest mal sehen, wie er mich behandelt.« Sie klang ganz und gar nicht unglücklich darüber. »Die Männer sind nur ein wenig rau, uns tun sie nichts. Aber du bist einfach zu hübsch, und wenn der Whisky ihnen die Sinne benebelt, dann werden sie schon mal frech. Ich habe eher Bedenken, dass der *Gleanngrianach* in einem solchen Fall durchdrehen würde. Und dann fließt Blut, das wäre nicht gut für den Clan. Gerade ist einigermaßen Frieden eingekehrt, und die meisten haben begriffen, dass er ein guter Chief ist.«

Es war also nicht die Sorge um mein Wohlergehen, die Duncan zu diesem Beschützerverhalten bewegt hatte. Er wollte seinen aufbrausenden Chieftain einfach nur vor einem folgenschweren Fehler bewahren.

Wenig schmeichelhaft, aber immerhin – Mòrag fand mich hübsch, und das wollte ich morgen unter Beweis stellen. Die Campbell-Ladys mochten kein Interesse an Alans Aufgaben als Chieftain haben, bei mir war das anders. Zudem hatte ich ja als *Cousine* auch die Familienehre hochzuhalten. Die kleine Stimme, die in mir weniger edle Beweggründe aufzählte, versuchte ich zu überhören. Ja, vielleicht wollte ich Alan auch beeindrucken, aber das Interesse am Leben der Highlander stand für mich im Vordergrund. Ganz bestimmt.

Dank Mòrags Idee, den Kessel in meinem Kamin zu installieren, konnte ich mir nun die Haare waschen, ohne das Wasser in der Küche erst umständlich aufwärmen und dann hinaufschleppen zu müssen. Oben angekommen, war es sowieso schon wieder ziemlich abgekühlt gewesen.

Eigentlich sollte ich das Wasser nicht selbst holen. So etwas sei keine Arbeit für eine Lady, sagte Dolina. Doch inzwischen kannte sie mich schon ganz gut und achtete deshalb genau darauf, dass der große Topf täglich gut gefüllt war.

Doch heute waren die Mädchen zu beschäftigt gewesen, um den Kessel zu füllen. Ich lief die schmale Wendeltreppe in den Hof hinunter, um zwei Eimer zu suchen, und fand sie direkt neben dem Brunnen. Aber als ich einen davon hochhob, beschloss ich, lieber mehrere Male zu gehen. Die Dinger waren aus Holz und schon leer nicht gerade leicht.

»Was tust du da?« Lachlan klang verwundert.

Ich hatte ihn nicht kommen hören, das Zugseil entglitt meinen Händen, und der Schöpfeimer raste in die Tiefe des Brunnens, wo er platschend auf die Wasseroberfläche aufschlug.

»Wonach sieht es denn aus?« Ärgerlich zog ich den Eimer erneut herauf und kippte ihn mit einem Schwung aus, wobei gut die Hälfte auf Lachlans Schuhen landete. Er trug immer Schuhe, allerdings heute auch einen Kilt. »Hoppla.« Ich musste lachen, und zu meiner Überraschung stimmte Alans Bruder mit ein.

»Willst du baden?«, fragte er.

Ich ahnte, was er im Sinn hatte. »Untersteh dich!«

Woher kam plötzlich diese verspielte Laune? Als er näher kam und mich mit schräg gelegtem Kopf ansah, ging mir ein Licht auf. Der Mann war betrunken. Jetzt roch ich es auch, er hatte eine gehörige Fahne. Immerhin wurde Lachlan in diesem Zustand nicht aggressiv, sondern albern.

Vorsichtshalber machte ich trotzdem einen Schritt zurück. »Ich möchte meine Haare waschen – in meinem Zimmer«, fügte ich nachdrücklich hinzu, als er einen der Eimer langsam hochhob.

»Nach Ihnen, Madame.« Lachlan grinste.

Während wir zum Haus zurückgingen, bewegte sich an einem der Fenster im neuen Trakt etwas, als verberge sich jemand hinter dem Vorhang, um nicht von mir gesehen zu werden. Ein heimlicher Beobachter? Ich schaute genauer hin. Nichts. Wahrscheinlich hatte ich mich getäuscht.

Alans Bruder trug die schwere Last mit einer Leichtigkeit die Stufen hinauf, als transportiere er Federkissen. Er goss mir das Wasser sogar in den Kessel und hängte ihn zurück über das Feuer, das ich zuvor angefacht hatte. Anschließend verabschiedete er sich mit einer eleganten Verbeugung und verschwand in Richtung Turm. Offenbar wollte er weiter am *Männerabend* teilnehmen, der in den alten Gemäuern stattfand. Ich war zwar neugierig, wie eine solche Zusammenkunft ablief, aber das würde ich ja morgen selbst erleben.

Nachdem ich mein Haar gewaschen und eine Weile vor dem Kamin gebürstet hatte, um es so schneller zu trocknen, kam Mòrag mit dem Tragekorb, in dem sie mein Abendessen transportierte. Das war viel praktischer als die Tabletts, die die Mädchen schwer beladen dreimal täglich zu den Campbell-Frauen schleppten. Neben einem Krug Wein und frischem Wasser bekam ich heute würzigen Ziegenkäse, etwas Braten und zu meiner Überraschung ein Schälchen mit Erdbeeren, auf denen ein dicker Klecks Sahne thronte. Dazu *Bannocks*. Diese typisch schottischen Haferküchlein schmeckten mir viel besser als das helle Brot, das sie im großen Ofen für die *Herrschaften* buken.

Für die *Bannocks* knetete die Köchin aus frisch gemahlenem Hafer, Wasser, etwas Salz und Fett einen Teig, den sie kurz ruhen ließ, portionierte und dann auf einem seltsamen Blech direkt über das offene Feuer hängte, bis er von beiden Seiten gleichmäßig gebräunt war. Besonders weich und lecker blieben die Haferbrötchen, wenn sie nach dem Backen in ein Leinentuch eingeschlagen wurden. So verpackt brachte Mòrag mir diese Köstlichkeit fast jeden Abend auf mein Zimmer, und gelegentlich aßen wir auch zusammen. Heute hatte sie allerdings keine Zeit, und weil auch sonst niemand an meine Tür klopfte, begann ich nach dem Essen mit meinem Tagebuchprojekt. Obwohl ich erst relativ kurze Zeit hier war, hatte ich inzwischen mehr Neues erlebt als in vielen Jahren zuvor.

Zuerst richtete ich mir den kleinen Schreibtisch ein, der vor einem der Fenster stand und vermutlich einst Lady Keriann gehört hatte. Nebeneinander reihte ich das Tintenfass, die Feder und sogar ein Fläschchen mit feinem Sand auf, der dazu diente, überschüssige Tinte abzulöschen. Es hatte noch halbvoll in einem Fach des Sekretärs gestanden.

Meine ersten Schreibversuche waren ein Desaster. Die Feder schrieb entweder gar nicht, oder ich fabrizierte riesige Kleckse. Meine Fingerkuppen sahen aus wie bei einem Erstklässler, und die Schrift ließ auch zu wünschen übrig. Doch ich ließ mich nicht entmutigen, und erstaunlich schnell hatte ich den richtigen Dreh heraus. Bald stand das leichte Schreibgerät im perfekten Winkel, was meine sonst recht runde Handschrift irgendwie veredelte, und nach einer Weile tunkte ich die Spitze auch in den richtigen Abständen ins Tintenfass. Ich war so vertieft in meine Übungen, dass ich gar nicht bemerkte, wie draußen die Sonne unterging, bis es fast zu dunkel zum Schreiben war. Bei Kerzenschein machte ich weiter, aber schließlich wurde ich müde und versteckte das beschriebene Papier in der geheimen Wandnische. Dann krabbelte ich ins Bett. Ich genoss es, mich unter der mit Gänsedaunen gefüllten Decke zusammenzurollen, hinter den Samtvorhängen zu verbergen und in die Nacht hineinzulauschen. Manchmal hörte ich Rufe oder Gelächter aus der Ferne. Wahrscheinlich von Feiernden, die sich im Gebüsch erleichterten, bevor sie wieder zurück zu ihrem Alekrug in die Tower Hall wankten oder Stufe für Stufe die Treppe in den Turm hinaufstiegen, um auf dem aufgeschütteten Stroh ihren Rausch auszuschlafen.

Die Bettvorhänge waren halb zugezogen. Wenn man sie fest schloss, schützten sie wunderbar vor Zugluft. Jetzt aber streichelte ein kühler Hauch über meine Haut, und ich stellte mir vor, es wäre Alans Atem, der die feinen Härchen an meinen Armen dazu brachte, sich aufzustellen. Ein Schaudern lief über meinen Körper bis an Stellen, die die Nachtluft in diesem Moment garantiert nicht erreichte. Schließlich wurden mir die Augenlider schwer, und bald war ich tief in einen erotischen Traum versunken, in dem – wie sollte es auch anders sein – Alan die Hauptrolle spielte.

Eine Hand kratzte über meine Brust. Das war nicht die Hand eines Menschen, der seine Tage am Schreibtisch verbrachte. Diese Pranke gehörte jemandem, der zupacken konnte, und sie hatte, das konnte ich an den Schwielen spüren, in ihrem Leben so manche Arbeit verrichtet. Mir schien, als suche sie nach ihrem Pendant, nach einer Weichheit, die ihr nur ein Frauenkörper geben konnte. Der Gedanke erregte mich, und ich flüsterte: *Alan.*

»Kleines, du bist wach?«

Kein Traum. Er hatte es erneut geschafft, sich lautlos hereinzuschleichen und mich mit seinen Liebkosungen fast um den Verstand zu bringen. Aber eben nicht ganz, und deshalb schob ich seine Hand beiseite, setzte mich entschlossen auf und funkelte ihn wütend an. Was natürlich völlig sinnlos war, denn um uns herum war es stockdunkel. »So geht das nicht.«

»Was meinst du?«, kam seine Stimme einen Moment später aus der Finsternis.

»Also erst einmal, mach Licht.«

»Ah! Natürlich, Kleines. Es gefällt mir auch besser, wenn ich dich sehen kann.« Die Matratze bewegte sich, ich hörte die Dielen knarren, und kurz darauf wanderte eine kleine Flamme durch den Raum, mit der er eine Kerze nach der anderen entzündete, bis ich erkennen konnte, dass Alan keinen Faden am Leibe trug. Seine Freude, bei mir zu sein, war ebenfalls überdeutlich. Selbstbewusst und geschmeidig wie ein Tänzer kehrte er zum Bett zurück, und das erinnerte mich an seinen nachmittäglichen Auftritt zwischen all den Männern im Hof. Er war mit jeder Faser seines Leibs ein Machtmensch.

»Joanna!«

Die Art, wie er meinen Namen aussprach, jagte kleine, betörende Hitzewellen durch meinen Körper. *Was wollte ich sagen?* »Hör zu!«

Er begann, meine Hüfte zu streicheln.

»Und nimm deine Hände da weg.«

Er gehorchte sofort und beugte sich über meine Brüste, um sie zu liebkosen.

»Das ist verrückt.«

»Ich bin verrückt nach dir.«

»Du wirst heiraten.« Das brachte ihn für einen Moment aus dem Konzept, und ich nutzte meine Chance: »Was denkst du dir eigentlich dabei? Erstens lasse ich mich nicht von dir – oder irgendjemand anderem – herumkommandieren, und zweitens hältst du dein Wort nicht.«

Empört richtete er sich auf. »Ich habe noch nie eine Vereinbarung gebrochen.«

»Nein? Und was ist mit dem Versprechen, mit mir gemeinsam hinter das Geheimnis dieses verflixten Feenkreises zu kommen? Du hast versprochen, dich darum zu kümmern und mit mir an die Küste zu reiten. Doch stattdessen sehe ich dich tagsüber fast nie, du betrinkst dich sinnlos oder schleichst nachts heimlich in mein Zimmer, um deine zukünftige Ehefrau zu betrügen. Und was soll nach der Hochzeit aus mir werden?«

»So ist es nicht.« Erschöpft rieb er sich die Augen, stand auf und streifte sein Hemd über. Mit der Erregung war es erst einmal vorbei. Zwei Gläser in der einen und die Whiskykaraffe in der anderen Hand, kam er zurück ins Bett.

Er schenkte uns ein, und ich wusste, es war keine gute Idee, aber trotzdem stürzte ich den angebotenen Drink in einem Zug herunter. Das *Uisge-beatha* oder Wasser des Lebens, wie sie es hier nannten, brannte wie Feuer in meinem Hals. Die Augen wurden mir davon ganz feucht, und ich musste husten.

Alan nahm mir das Glas vorsichtig aus der Hand und wischte dann mit seinem Daumen behutsam eine dicke Träne von meiner Wange. »Joanna, ich weiß ja selbst nicht, was mit uns geschieht. Jede Minute des Tages denke ich nur an dich, und wenn ich nachts in meinem Bett liege, dann erscheint es mir kalt und öde. Du bist so weich und warm – so lebendig.« Er streckte die Hand nach mir aus.

Berührte er mich jetzt, würde ich nicht mehr denken können. Also wich ich ihm aus, er griff ins Leere. Diese verlorene Geste traf mich mitten ins Herz.

»Alan, vielleicht ist es dein Schicksal, Mary zu heiraten, aber ich gehöre nicht in diese Welt. Ich gehöre in eine andere Zeit, und auch wenn du dich nicht erinnern kannst, du hast ebenfalls dort gelebt. Du warst mit Iain befreundet, da bin ich ganz sicher, und als der *Seanchaidh* an jenem Abend im Pub von den MacCoinnaichs und ihrem Schicksal erzählte, hast du so heftig auf seine Geschichte reagiert, dass der arme Mann ganz verstört war.«

Ein Funken Erinnerung schien in seinen Augen aufzublitzen, und Alan öffnete schon den Mund, um etwas zu sagen, da sackte er wieder in sich zusammen. »Ich kann mich nicht erinnern. Und trotzdem wirken deine Worte irgendwie vertraut. Du hast Recht, wir müssen herausfinden, was geschehen ist.«

»Wann?«

»Noch vor dem Mittsommerfest, ich verspreche es. Glaube mir, wenn es möglich wäre, dann würde ich sofort mit dir aufbrechen, um das Geheimnis zu lösen, aber morgen ist Gerichtstag, und übermorgen werden wir die Tiere auf die Hochalmen bringen. Meine Leute erwarten von mir, dass ich dabei bin. Und von Lachlan ist auch nichts Gutes zu erhoffen«, fügte er bitter hinzu, und ich war mir nicht sicher, ob er damit nur das deutliche Desinteresse des Bruders meinte, ihn bei seiner Arbeit als Chieftain zu unterstützen.

»Einverstanden, ich werde noch ein paar Tage warten. Dann müssen wir das alles aber aufklären. Es geht nicht nur um uns, auch Mary hat ein Recht darauf zu wissen, woran sie ist.«

»Glaubst du, das weiß ich nicht? Sie ist ebenso wenig ehebegeistert wie ich.«

»Das würde ich nicht sagen. Sie möchte nur *dich* nicht heiraten.« Ein Schatten fiel über Alans Gesicht, und ich beeilte mich zu erklären: »Es ist nicht deine Schuld, obwohl du dir wirklich alle Mühe gibst, sie ständig vor den Kopf zu stoßen«, fügte ich hinzu.

»Du hast Recht, aber sie und besonders ihre Freundin gehen mir schrecklich auf die Nerven.« Immerhin klang eine Spur schlechten Gewissens mit. »Wen will sie denn nun heiraten?«

Hörte ich da die gleiche Hoffnung heraus, wie sie meine Entdeckung in mir entfacht hatte? »Ich bin ziemlich sicher, dass sie sich in Lachlan verliebt hat. Und er erwidert ihre Gefühle.«

»Das glaube ich nicht!«

»Mach die Augen auf. Mit wem, außer ihrer Gesellschafterin, unterhält sich die Kleine bei Tisch? Mit ihrem rüpelhaften Verlobten – ja, ich meine dich«, lachte ich beim Anblick von Alan betretener Miene. »Oder ist es Lachlan, der sie zu Tisch führt, nett mit ihr plaudert, sie auf hübsche Picknicks begleitet und jeden Abend gemeinsam mit ihr singt?«

»Er macht was?«

»Er singt. Was ist daran so erstaunlich?«

Alan schob sich eine Strähne aus dem Gesicht, die sofort wieder hinabfiel. »Ich wusste gar nicht, dass er singen kann«, sagte er leise.

»Na ja, dein Bruder hat sogar eine ziemlich gute Stimme, wenn du mich fragst. Und ich bin überzeugt, dass seine Gefühle ernsthafter Natur sind. Doch lass mich raten – eine Ehe zwischen den beiden ist keine Option?«

»Nicht, solange ich der Chieftain bin. Die Vereinbarung mit dem Herzog von Argyle ist eindeutig: Die Ehe muss zwischen einer Campbell seiner Wahl und dem Chief der Mac-Coinnaichs geschlossen werden. Und glaube mir, ihn will niemand zum Feind haben. Vater stand in der Schuld Argyles, dessen Familie immer mächtig genug war, um zu verhindern, dass Gleann Grianach allzu deutlich auf einer der Landkarten des Königs erschien.«

»Weshalb ist das so wichtig?«

»Solange wir nichts tun, um seine Aufmerksamkeit zu erregen, können wir hoffen, weiter in Frieden zu leben. Das kann man leider von den meisten Mackenzies, zu denen wir offiziell gehören, nicht behaupten. Sie sind seit der Schlacht bei Sherrifmuir ständig von Soldaten aus dem Süden überfallen und verfolgt worden. Erst seit einiger Zeit ist wieder Ruhe eingekehrt, obwohl der Earl of Seaforth, der genaugenommen unser oberster Chieftain ist, immer noch unter ständiger Beobachtung steht.«

Ich erinnerte mich an den unangenehmen Zwischenfall mit Lachlan im Stall. Davon hatte er also damals gesprochen. »Ich hatte keine Ahnung, wie viel von dieser Heirat abhängt.« Plötzlich brannten Tränen in meinen Augen. »Aber warum ist sie diesem Herzog so wichtig? Lass mich raten, es ist eine Sache der Ehre.«

»Auch. Aber ehrlich gesagt weiß ich nicht, welche Vorteile sich Argyle erhofft, indem er auf diese uralte Vereinbarung besteht. Die MacCoinnaichs werden sich auf keinen Fall in seine Machenschaften hineinziehen lassen, solange ich ihr Chief bin.«

»Vielleicht solltest du ihm das mal sagen.«

Alan lachte bitter. »Was glaubst du, wie oft ich das getan habe. Er ist einfach ein sturer Bock. Und eines steht fest: Sollte ich ihn beleidigen, indem ich Mary zu ihm zurück-schicke – und Gott weiß, wie oft ich schon versucht war, genau dies zu tun –, dann wird er dafür sorgen, dass mein Clan dafür leiden muss. Das kann ich nicht zulassen.«

»Dann ist Argyle ein Freund der Engländer?«

Alan gab einen Laut von sich, der irgendwo zwischen La-chen und Schnaufen lag. »Das würde ich nicht unbedingt sa-gen, aber gemeinsam mit seinem Bruder hat er den Anschluss Schottlands an England unterstützt.«

Das war kein Thema, auf das ich mitten in der Nacht ein-gehen wollte, und so fragte ich: »Und dieser neue Hannovera-ner König, wie ist er so?«

»Er spricht Englisch.«

»Ist das schlecht oder gut?«

»Gut, denn sein Vater hat die Sprache bis zu seinem Tod nicht gelernt. Und außerdem soll George II. tapfer im Feld sein.« Die Anerkennung eines Kriegers schwang in Alans

Stimme mit. »Aber mehr kann man nach einem Jahr Regentschaft noch nicht sagen. Regiert wird sowieso von anderen, und über die Zukunft Schottlands entscheiden Männer wie Robert Walpole und auch Argyle.«

Arrangierte Ehen waren, soweit ich wusste, in der Vergangenheit gang und gäbe, und nach Alans Ausführungen sah ich nicht, wie er sich der Vereinbarung hätte entziehen können. Es sei denn, er träte als Chieftain zugunsten seines Bruders zurück und dieser würde Mary heiraten. Auf ein solches Happy End hätte ich allerdings nicht ein einziges Haferkorn gesetzt.

Alan offenbar auch nicht, denn er schaute in die Dunkelheit und schwieg.

Es gab etwas zwischen uns, das wusste ich sicher. Etwas, das mehr als nur reines Begehren war. Am liebsten hätte ich den brennenden Tränen freien Lauf gelassen, als ich plötzlich begriff, dass ich mich allmählich ernsthaft in diesen arroganten, launischen und sündhaft attraktiven Mann verliebte. Warum begegnete ich nie dem Richtigen? Jedes Mal wurden sie schlimmer – einer war mit meinem Schmuck abgehauen, der Nächste hatte mich geschlagen und betrogen, und mit diesem war ich nun in einer Vergangenheit gefangen, in der er bald eine andere heiraten würde, die er weder liebte noch begehrte. Damit würde er nicht nur uns beide, sondern auch Mary und seinen Bruder unglücklich machen. Die einzige Möglichkeit, diesem Schicksal zu entgehen, schien eine gemeinsame Flucht zurück in meine Zeit zu sein, die merkwürdigerweise bis vor kurzem auch die seine gewesen war. Doch was geschähe dann? Bliebe hier ein führungsloser Clan zurück, oder wäre der Weg frei für Lachlan und seine Karriere als Chieftain?

Nicht zum ersten Mal fragte ich mich, inwieweit meine

Reise in die Vergangenheit bereits den Lauf der Ereignisse verändert hatte und ob es tatsächlich so etwas wie ein Schicksal gab und ich hierhergeschickt worden war, um dieses zu beeinflussen, wie die Seherin es angedeutet hatte. Aber was, wenn meine Zeitreise nur ein *Unfall* gewesen war? Darauf wusste ich auch keine Antwort.

Um die nachdenkliche Stimmung, in die wir beide geraten waren, etwas aufzulockern, fragte ich schließlich: »Wann ist das Mittsommerfest?«

Als ich schon keine Antwort mehr erwartete, sagt er: »Beim übernächsten Vollmond.« Er sah in die Nacht hinaus. »In sechs Wochen.«

Schließlich schloss ich diesen am Tage so starken Krieger in meine Arme, und während ich ihn streichelte, schien es, als wäre seine Verzweiflung greifbar.

Als er längst schlief, schwor ich mir, ihn morgen nicht im Stich zu lassen. Egal, was das Schicksal mit uns vorhatte. Sollten sich die Campbell-Frauen ruhig darüber echauffieren, ich würde nicht von seiner Seite weichen.

8
Gerichtstag

*A*m nächsten Morgen erwachte ich vom Trommeln der Regentropfen auf meinen Fensterscheiben und von einem leisen Schnarchen. »Du musst gehen, Mòrag wird bald hier sein.« Träge öffnete Alan das linke Auge ein wenig und räkelte sich. »Guten Morgen, Kleines.«

»Ich bin nicht …! Ach, vergiss es.«

Die dunklen Geister der vergangenen Nacht schienen vorerst vertrieben, schnell war mein halbherziger Widerstand gebrochen, und wir liebten uns. Mit ihm zu schlafen war so erfüllend, dass ich mir schwor, jede Minute, die ich mit Alan verbringen durfte, zu genießen und wie einen kostbaren Schatz für immer im Gedächtnis zu bewahren.

Ich muss wohl wieder eingeschlummert sein, denn auf einmal spürte ich seine Lippen auf meiner Stirn, und Alan stand komplett angekleidet vor dem Bett. Er küsste mich noch einmal und flüsterte: »Danke.« Dann war er auch schon in seinen angrenzenden Räumen verschwunden. Und wieder hatte ich den Moment verpasst herauszufinden, wie man diese verdammte Tür öffnete.

Später schrieb ich ein wenig, und nachdem die Regenwolken verschwunden waren, ging ich zu einem Spaziergang in den Garten. An einem solchen Tag war es sicher besser, wenn ich mich nicht allzu weit unbegleitet vom Hause entfernte. Es wimmelte nur so von Fremden. Doch zwischen den Hecken und Beeten des barocken Gartens war ich ganz allein. Das faule Leben fing an, mich nervös zu machen, und so war ich froh, als Duncan plötzlich auftauchte.

»Joanna!« Der Art nach zu urteilen, wie er meinen Namen rief, ging es ihm ähnlich, wenn bestimmt auch aus anderen Gründen: »Da bist du ja. Der *Gleanngrianach* lässt ausrichten, in einer Stunde müssen alle in der Halle sein. Ich soll dich abholen.« Prüfend sah er mich an. »Sicher möchtest du dich noch ein wenig zurechtmachen.«

Das war ein sehr höflich formulierter Hinweis. Ich trug das Kleid, das Dolina mir am ersten Tag gegeben hatte, und meine Frisur war vermutlich wie üblich zerzaust. Jedenfalls hingen mir schon wieder zahllose Strähnen ins Gesicht. Dennoch ärgerte mich seine Bemerkung. »Was will dein Chief – angeben oder Recht sprechen?«

Duncan schaute mich einen Moment lang überrascht an, dann lachte er so sehr, dass er einen Schluckauf bekam.

Indigniert beobachtete ich, wie der Hüne schließlich kichernd Tränen aus dem Gesicht wischte. Ich konnte nichts Witziges an meiner Frage entdecken.

Endlich beruhigte er sich. »Die Campbells scheinen jedenfalls ihre besten Roben anlegen zu wollen. Sie scheuchen schon seit Stunden unsere Mädchen hin und her. Das wird ein großer Auftritt.«

»Also gut. In einer Stunde«, grollte ich wohl wissend, dass er absichtlich meinen Ehrgeiz angestachelt hatte, Alans Braut in den Schatten zu stellen, und machte auf dem Absatz kehrt.

Wie sollte ich mit der Eleganz dieser Frauen konkurrieren?

Die tröstenden Worte meiner Freundin Caitlynn fielen mir wieder ein: *Wenn du einen Mann beeindrucken willst, dann überrasche ihn.* Wann immer ich an mir zweifelte, war sie – wenn auch manchmal nur in Gedanken – zur Stelle, um mich aufzubauen.

»Ach, Caitlynn – mit dir wäre alles hier so viel einfacher«, flüsterte ich und kämpfte wieder einmal mit den Tränen.

In meinem Zimmer lief Mòrag bereits ungeduldig auf und ab. »Wo bleibst du denn?«, fragte sie und zerrte schon an meinem Kleid. Nach wenigen Sekunden stand ich nackt vor ihr, und sie gab mir ein wunderbar besticktes Hemd, das zwar fast bis zum Boden reichte, aber so durchsichtig war, dass es kaum etwas bedeckte. Nachdem ich die Unterröcke angezogen hatten, kam ich mir vor wie eine Tonne. Doch Mòrag lachte nur, als ich ihr das sagte, und ehe ich mich wehren konnte, steckte ich wieder in diesem verdammten Korsett.

Kräftig drückte sie mir ihr Knie in den Rücken, bis ich entsetzt um Atem rang. »Ausatmen«, mahnte sie und zog noch einmal beherzt an den Bändern. Wenn man mich eines Tages fragen würde, was das Schlimmste an meiner Reise in die Vergangenheit gewesen war, sollte nur niemand glauben, dass ich über unhygienische Lebensbedingungen oder Armut klagen würde. Dieses verdammte Folterinstrument übertraf alles. Schon jetzt sehnte ich mich nach dem viel weicheren und angenehmer zu tragenden Mieder, das ich an normalen Tagen trug.

Nachdem Mòrag meine Haare irgendwie glänzend gebürstet und ein Band hineingeflochten hatte, stülpte sie mir behutsam einen dunklen Rock über, der seidig raschelte. Danach zauberte sie ein neues Oberteil hervor. Es war rot – genau das gleiche Rot wie in Alans Tartan. Eine Farbe, die mir ausgezeichnet stand. Das wusste ich genau, obwohl ich sie praktisch nie trug, weil sie mir viel zu auffällig war.

Die Schneiderin musste mit ihren Helferinnen Tag und Nacht für meine Garderobe gearbeitet haben. Ich nahm mir vor, ihr bei der nächsten Gelegenheit zu danken und wünschte, ich hätte etwas Geld, um sie für ihre Mühe zusätzlich zu entlohnen. Als ich dies laut sagte, schnaubte Mòrag: »Mach dir deshalb keine Gedanken, sie ist vom *Gleanngrianach* gut genug bezahlt worden. Sicher findest du einen Weg, dich angemessen bei ihm zu bedanken«, fügte sie mit einem anzüglichen Zwinkern hinzu.

Ich war viel zu aufgeregt, um eine passende Entgegnung zu finden. Das rote Oberteil sah zwar aus wie ein Jäckchen, komplett mit Kragen, Schößchen und dreiviertellangen Ärmeln, unter denen sich das Hemd hervorbauschte, aber es saß knapp und war leider so tief dekolletiert, dass man fast die gerade Kante der Schnürbrust hervorblitzen sah.

Mòrags freche Bemerkung ignorierend, drehte ich mich um und deutete auf meine hochgeschnürten Brüste. »Und was mache ich, wenn die Dinger herausspringen?«

»Dann legst du dies um«, entgegnet sie und reichte mir mein Plaid.

»Es ist doch viel zu warm dafür«, beschwerte ich mich und wollte es zurückgeben.

»Das ist der Tartan des *Gleanngrianach*. Niemand außer dir und ihm wird dieses Muster heute tragen, nicht einmal Lachlan. Die Weberinnen konnten einfach nicht fertig werden, mit dem Tuch für die Campbell«, fügte sie augenzwinkernd hinzu.

Ehe ich etwas erwidern konnte, war sie hinausgeschlüpft. Dabei hätte ich sie am liebsten umarmt und geküsst. Ich wusste ganz genau, wem ich es zu verdanken hatte, dass heute ich diesen Tartan trug und nicht Mary.

Zu meiner Schande muss ich gestehen, dass mir der Gedanke gefiel, ein Muster zu tragen, das eigentlich dem Chief der MacCoinnaichs und seiner engsten Familie vorbehalten war. Und was ich in dem kleinen Handspiegel erblickte, erfreute mich bald noch mehr. Meine Frisur saß ausnahmsweise einmal einwandfrei. Allmählich gewöhnte ich mich auch daran, flacher zu atmen, was leider meinen Busen regelmäßig erbeben ließ. Doch ein zartes Tuch würde helfen, die *Pracht*, wie Mòrag es nannte, leidlich zu verhüllen. Sie hatte es mir um den Nacken gelegt, über der Brust gekreuzt und im Dekolleté mit einer silbernen Brosche festgesteckt, bevor sie die Zipfel nach hinten gezogen und dort zusammengeknotet hatte. Der Effekt war beeindruckender, als es sich anhörte.

Unter meinem Fenster ertönte schon seit geraumer Zeit der klagende Gesang von zwei Dudelsäcken, und ich sah den beiden Spielern eine Zeit lang zu, wie sie vor dem Turm auf und ab paradierten. Als Duncan immer noch auf sich warten ließ, setzte ich mich vor den zierlichen Schreibtisch, der gleichzeitig als Frisiertisch fungierte, und zog eine Schublade nach der andern auf. Die meisten waren leer, aber in einer entdeckte ich einen kleinen Kegel, der sehr nach Kajal aussah. Wer hätte das gedacht? Ich konnte nicht widerstehen und probierte ihn aus. Ganz dezent, wer weiß ob man hier nicht fürs Schminken verbrannt wurde. Sofort wirkten meine Augen größer und die Wimpern dichter. In der gleichen Schublade befand sich ein Döschen, in dem sich eine herrlich duftende, feste Creme befand. Vorsichtig rieb ich etwas davon auf meine Handgelenke. Nach ein paar Minuten hüllten mich orientalische Aromen ein, und ich wagte, noch ein kleines bisschen auf meinem

Nacken aufzutragen. Dabei stellte ich mir vor, wie Alan betört von dem Duft auch meinen anderen Reizen nicht widerstehen konnte. Das brachte mich auf die Idee, den Balsam an intimeren Stellen zu verreiben. Mit geschürzten Röcken saß ich gedankenverloren da, als es an der Tür klopfte. Ein schnelles Dankgebet für die Höflichkeit der Schotten auf den Lippen, sprang ich auf, strich den Rock glatt und griff nach meinem Plaid. An der Tür stolperte ich einem ziemlich erschrocken wirkenden Duncan in die Arme.

»Mhm, du riechst aber gut«, murmelte er und stellte mich behutsam auf meine Füße zurück. Überraschenderweise wandte er sich auf dem Flur nicht nach links zum Turm, sondern führte mich die schmale Wendeltreppe hinab.

Als ich ihn fragend ansah, legte er einen Finger auf die Lippen. »Ein Geheimweg nur für die Familie.«

Unten angekommen, öffnete er eine niedrige Tür, die mir bis dahin noch nicht aufgefallen war und die er hinter uns wieder sorgfältig schloss. Lautstarkes Stimmengewirr empfing uns. Zuerst sah ich nichts, bis sich meine Augen an die Dunkelheit gewöhnt hatten und ich erkannte, dass wir hinter einem Wandteppich standen, der wahrscheinlich den Durchgang vor neugierigen Blicken verbergen sollte.

Duncan nahm meine Hand, zog mich voran, und plötzlich befand ich mich in einem prächtigen Raum. Die hohen Fenster bestanden aus kleinen, in Blei gefassten Scheiben, die das Sonnenlicht fast wie in einer Kirche sanft filterten. Unter der Decke hing der größte Leuchter, den ich je in meinem Leben gesehen hatte, und an den Wänden waren weitere Halterungen befestigt, deren mächtige Kerzen man sicher nach Einbruch der Dunkelheit entzünden würde. Ich befand mich in der *New Hall*, der Versammlungshalle, die unter unseren

Wohnräumen lag. Im Kamin hätte man einen Ochsen auch aufrecht braten können, aber das war aus kulinarischer Sicht wohl keine so gute Idee, und deshalb drehte sich das Tier in waagerechter Position am Spieß.

Der Anblick erinnerte mich daran, dass mein Frühstück schon eine Weile her war, und ich musste unwillkürlich schlucken. Neben dem Kamin führten Stufen zum Durchgang in die alte Halle hinauf, die sich im Turm befand und deshalb, wie ich bereits wusste, ganz pragmatisch auch einfach nur *Tower Hall* genannt wurde. Auch von dort drang Stimmengewirr und vereinzeltes lautes Lachen herüber. Die meisten Leute aber waren hier unten, standen in Gruppen zusammen, tranken Ale aus ihren Bechern und unterhielten sich gesittet.

Mit Ausnahme der Mitglieder des Haushalts, die alle Hände voll zu tun hatten, sah ich nur wenige Frauen. Rechts von mir auf einem Podest thronte Alan. Anders konnte man es nicht nennen. Man hätte ihn für einen schottischen König halten können, so imposant wirkte er trotz des gegürteten Plaids – das er wie immer trug – auf seinem riesigen Sessel direkt vor einem beeindruckenden Banner. Darauf war unter anderem ein Hirschgeweih gestickt, das dem darunter sitzenden Chieftain ein wenig das Aussehen der keltischen Gottheit *Cernunnos* gab. Für diejenigen, die aus der Halle zu ihm heraufblickten, musste es aussehen, als trüge er dieses Geweih direkt auf dem Kopf. Irgendwie heidnisch, aber das schien niemanden zu stören.

Links neben Alan entdeckte ich Angus, der mir freundlich zuzwinkerte. Rechts saß Lachlan. An ihm war heute nichts Schottisches zu sehen, und seine gelangweilt wirkende Miene passte perfekt zum Bild eines Adligen in Galauniform. Und doch hatte ich den Eindruck, als entginge ihm nichts. An seiner Seite saß Mary, nicht weniger elegant in ihrem aufwendigen Kleid, und hielt sich geziert ein Taschentuch unter die Nase. Verdenken konnte ich es ihr nicht, der Geruch ungewaschener Körper war ziemlich überwältigend. Neben ihr Anabelle, die mein plötzliches Auftauchen mit einem finsteren Blick quittierte. Hinter den beiden stand hoch aufgerichtet und mit ausdruckslosem Gesicht ein schwarz gekleideter Mann, den ich schon häufiger im Herrenhaus gesehen hatte. Das war wohl der Campbell, der sie auf ihrer Reise in die Highlands begleitet hatte. Zweifellos ein treuer Gefolgsmann des Herzogs von Argyle. Lachlan und die beiden Frauen wirkten mit ihrer eleganten Kleidung fehl am Platze, und ich war froh, dass Mòrags Umsicht mich davor bewahrt hatte, mein *feines* Kleid anziehen zu müssen.

Einige der Gäste bemerkten meine Ankunft und starrten unverhohlen neugierig herauf. Die Gespräche wurden leiser. Duncan griff hastig meinen Ellbogen und führte mich zu einem Stuhl, der etwas zurückgesetzt links hinter Alans Sessel stand. Immerhin durfte ich sitzen.

Duncan blieb direkt hinter mir stehen. Alan ließ nicht erkennen, ob er meine Ankunft bemerkt hatte, nur das Blähen seiner Nasenflügel und ein feines Lächeln verrieten ihn. Vielleicht hatte ich zu viel von der Creme verwendet, deren Duft mich einhüllte wie eine schützende Wolke. Nervös zupfte ich an dem weichen Plaid auf meiner Schulter, das tatsächlich im gleichen Muster gewebt war wie Alans Kilt.

Angus räusperte sich und pochte mit einem Schwert, das zu groß schien, als könne es jemand im Kampf tatsächlich benutzen, drei Mal auf den Boden. Die Gäste verstummten und wandten sich uns zu. In der alten Halle begann ein Dudelsack zu tönen, zwei *Piper* schritten feierlich die Stufen herab, und die Leute machten ihnen bereitwillig eine Gasse bis zu unserem Podest frei. Sie marschierten hinter Alan und Lachlan, und zu meiner großen Erleichterung verklang die Melodie, nachdem sie Aufstellung bezogen hatten. Noch ein letztes Fauchen aus dem sterbenden Blasebalg, und es wurde ganz still. Ich hatte die Luft angehalten und atmete nun erleichtert auf.

Angus verkündete: »Alan MacCoinnaich, Baron Kensary, Chief des Clan MacCoinnaich, der *Gleanngrianach* selbst, hält heute Gericht und hat euch etwas zu verkünden.«

Sollte jetzt der Hochzeitstermin bekanntgegeben werden? Mir wurde ganz bang zumute. Ein Blick auf Lachlan zeigte, dass ich mit meiner Sorge nicht allein war. Seine Hände schlossen und öffneten sich wie im Krampf, und auch Mary war ganz blass.

Alan erhob sich und winkte James MacCoinnaich an seine Seite. »Balgy hier ist meinem Rat gefolgt und hat die Felder seiner Pächter neu aufgeteilt. Seit acht Jahren baut er die Feldfrüchte im Wechsel an und lässt den Boden im dritten Jahr ruhen. Balgy, willst du uns erzählen, wie dein Getreide in diesem Jahr steht?«

James räusperte sich. »Ich habe es auch nicht glauben wollen, aber das Land ist ertragreicher als noch vor wenigen Jahren. Was wir durch die Brache verlieren, ernten wir auf den anderen Feldern – und noch mehr. Die Pächter bearbeiten den Boden gemeinsam und teilen die Ernte gerecht auf.«

»Danke, James. In diesem Winter mussten wir weit weniger Getreide für Balgy hinzukaufen als für viele andere von euch. Und noch etwas: Seit wir die Kartoffeln auf den sandigen Böden im Westen pflanzen, haben wir recht gute Ergebnisse. Mein Bruder kann das bestätigen.«

Lachlan schien aus einem tranceartigen Zustand zu erwachen und räusperte sich, bevor er antwortete: »Das ist richtig. Die Ernte im letzten Jahr war gut, und diese Erdäpfel sind vielversprechend.« Schwer ließ er sich wieder zurück in seinen Stuhl fallen und schaute Alan verwundert an.

Der erhob seine Stimme erneut, und das Murmeln verstummte sofort. »Denkt darüber nach. Ich werde in Zukunft nur noch diejenigen von euch unterstützen, die Balgys Beispiel folgen. Alle anderen müssen eben selber sehen, wie sie ihre Pächter durch eine Missernte bringen.«

Empörter Protest wurde laut. »Das kannst du nicht machen«, rief ein großer blonder Mann und kam drohend auf uns zu. Andere stellten sich hinter ihn. »Du bis der Chief, aber du kannst uns nicht vorschreiben, wie wir unsere Ländereien zu bewirtschaften haben.«

»Wir sind nicht deine Leibeigenen!«, grollte ein anderer und fügte leiser hinzu: »Ich habe gleich gewusst, dass Alan Dubh uns nur Unglück bringen würde. Was kann man auch anderes erwarten von einem …«

Mit einem Satz war Alan bei ihm und packte den Kerl – ein rothaariger Hüne mit struppigem Vollbart und einer mächtigen Zahnlücke – an seinem schmutzigen Leinenhemd, dass die Fasern krachten: »Nimm dich in Acht, Ruadh Brolan. Das Land, auf dem du lebst, gehört den MacCoinnaichs. Ich kann es jederzeit einem deiner Nachbarn geben.«

Hasserfüllt sah Ruadh, den ich jetzt als einen der Männer wiedererkannte, die uns in den Steinkreisen entdeckt hatten, zu mir herüber. »Das wagst du nicht!«, sagte er gerade laut genug, dass die Umstehenden und leider auch ich ihn hören konnten. »Oder soll ich deiner feinen Campbell-Braut erzählen, wie wir dich und deine Schlampe gefunden haben?« Er hatte den Satz noch nicht ganz beendet, da schlug Alan mit dem Handrücken so kräftig zu, dass Ruadh sofort zu Boden ging. Wenn ich mich nicht täuschte, hatte er einen weiteren Zahn eingebüßt.

Mein Mitleid hielt sich in Grenzen. Aber nie hätte ich in dem gnadenlosen Clanchief, der jetzt drohend in die Runde blickte, den zärtlichen Liebhaber vermutet, der sich nachts wie ein verletztes Tier in meine Arme schmiegte. Dieser Mann hatte wahrlich eine dunkle Seite.

Die Clansleute, die sich eben noch widerspenstig gegeben hatten, schwiegen nun. Und während zwei Ghillies den taumelnden Ruadh packten und hinausschleppten, verkündete Angus ungerührt: »Das Gericht ist nun eröffnet. Wer etwas vorzutragen hat, kann dies tun.«

Die Spannung ließ ein wenig nach, als sich jemand ein Herz nahm und hervortrat: »Man hat mir ein Schaf gestohlen. Ich verlange Ersatz.«

Alan lehnte sich in seinem Sessel zurück, in den er sich inzwischen wieder gesetzt hatte, und betrachtete den Mann eingehend, der mit funkelnden Augen vor ihm stand. Er war ungewöhnlich klein für einen MacCoinnaich und stützte sich schwer auf einen Stock.

»Kennst du den Dieb?«, fragte Alan schließlich.

»Natürlich. Jeder kennt ihn. Es war mein nutzloser Nachbar, Ualraig Mhòr.«

Alan schaute in die Runde bis er den Beschuldigten erblickte. »Ualraig MacCoinnaich, genannt Ualraig Mhòr, was hast du zu diesen Vorwürfen zu sagen?«

Ein großer Mann, ich schätzte ihn auf etwa dreißig, kam hervor und drehte verlegen seine Mütze in den Händen. Ungeachtet der Pranken und des breiten Kreuzes wirkte er eher wie ein kleiner Junge, den man beim Stehlen eines Apfels erwischt hatte, nicht wie ein gefährlicher Krieger, der das Schwert an seiner Seite auch benutzen konnte.

»Ich habe das Schaf nicht gestohlen.«

»Natürlich hast du das«, keifte der Kläger. »Als ich meine Bonnie endlich fand, röstete sie gerade über deinem Feuer, und ihr Fell war zum Trocknen aufgespannt. Das wunderschöne Fell. Ich habe es genau erkannt, an dem schwarzen Fleck, den meine Bonnie auf der rechten Seite hatte. Kein Schaf in Gleann Grianach besaß eine so schöne Zeichnung«, fügte er hinzu und ließ den Kopf hängen, so dass man ihm die Trauer um das Tier wirklich abnahm.

»Das ist in der Tat ungewöhnlich«, stimmte Alan zu und wandte sich an den vermeintlichen Dieb, dem das schlechte Gewissen deutlich ins Gesicht geschrieben stand: »Ist das wahr, hast du sein Schaf gebraten?«

»*Aye*, das stimmt schon, aber ich habe es nicht gestohlen. Es ist vom Himmel gefallen.«

»Der ist doch nicht ganz richtig im Kopf. Er hat mein Schaf aufgefressen und keinen verdammten Vogel«, schimpfte der Bestohlene und drohte dem Angeklagten mit seinem Stock. Was wenig beeindruckend war, denn er reichte seinem Widersacher nicht einmal bis an die breite Brust.

Die Leute begannen zu grinsen, und Alan sah aus, als müsse er sich ebenfalls ein Lächeln verkneifen. Dennoch fragte er völlig ernst: »Kannst du das genauer erklären, Ualraig?«

»Nun ja, ich saß in meiner Hütte, und meine Frau knetete den Teig für ihre *Bannocks*. Meine Maire macht die besten *Bannocks* im Tal, das kann jeder hier bestätigen.«

»Zweifellos«, warf Alan geduldig ein. »Aber wegen ihrer Kochkünste stehst du nicht hier.«

»Also, Maire machte ihre *Bannocks* …« Jemand begann laut

zu lachen, doch ein strenger Blick von Alan ließ ihn rasch verstummen.»… da fiel auf einmal dieses Schaf durchs Dach. Direkt ins Feuer hinein. Und ich sage zu Maire: *Dieses Tier hat uns Gott geschickt*. Wir haben also das Schaf gelöscht, sein Fell stand ja sofort in Flammen.«

Es ging mir wie den meisten anderen im Saal, ich hatte große Mühe, mir das Lachen zu verkneifen. Wie bei vielen der einfacheren Behausungen war wahrscheinlich auch Ualraigs Hütte dicht an einen Berghang gebaut und mit Gräsern und Moos gedeckt. Das Schaf wird auf der Suche nach etwas Fressbarem vom Hang direkt auf das Dach gestiegen sein. Dort oben war es dann durch eine Öffnung, die häufig als Kamin diente, direkt in das darunter brennende Feuer gestürzt. Das muss ein schöner Schreck gewesen sein. Für die Bewohner, aber besonders für das arme Tier.

»Warum hast du nicht deine Nachbarn gefragt, ob ihnen ein Schaf entlaufen ist?«

Ualraig sah seinen Chief ratlos an. »Aber niemand von denen hat ein Schaf, das fliegen kann.«

Jetzt gab es kein Halten mehr. Die Zuschauer schlugen sich auf die Schenkel, und Lachlan fiel vor Vergnügen fast vom Stuhl.

»Du dämlicher Kerl«, schimpfte der kleine Mann erbost. »Meine arme Bonnie hat sich fast zu Tode gestürzt, als sie auf dein marodes Dach gestiegen ist, und statt sie mir umgehend zurückzubringen, ziehst du ihr das Fell über die Ohren.«

Alan hob die Hand, und das Lachen verstummte allmählich. »Schafe fallen nicht vom Himmel, Ualraig Mhòr. Du wirst das Tier ersetzen müssen. Wenn dein Nachbar einverstanden ist, dann gibst du ihm eines der Lämmer, die ich kürzlich in deinem Hof gesehen habe. Außerdem wirst du dein Dach reparieren, damit so etwas nicht wieder passieren kann.« Er schaute beide Männer an: »Seid ihr einverstanden?«

Ualraig nickte, ganz offensichtlich froh, so glimpflich davongekommen zu sein, und sein Nachbar rieb sich ebenfalls die Hände. »Ein ordentlich fettes will ich aber haben«, verlangte er. »Meine Bonnie war ein gutes Muttertier, auch wenn sie schon etwas älter war.«

»Bei Gott, alt war das Vieh! Ich habe nie einen zäheren Braten gegessen«, knurrte Ualraig und trollte sich.

Danach sprach ein Vater vor, der verlangte, dass der junge Bursche, den er am Kragen mit sich nach vorne schleifte, in Zukunft die Finger von seiner Tochter lassen solle. Das Mädchen stand bockig weiter hinten im Raum und sah nicht so aus, als sei sie mit den Forderungen ihres Vaters einverstanden. Alan erinnerte die beiden daran, dass sie ihren Familien Gehorsam schuldeten. »Wenn es Probleme gibt, könnt ihr zu mir kommen, jeder von euch.«

Es folgte eine Anzahl kleinerer Vergehen und Streitigkeiten, die er ausnahmslos so diplomatisch entschied, dass jede Partei mit dem Gefühl nach Hause gehen konnte, einen Sieg errungen zu haben.

Ich fragte mich, wie lange das noch gehen würde. Der Ochse im Kamin musste allmählich gar sein, und mein Magen knurrte einmal so vernehmlich, dass einer der großen Jagdhunde seinen Kopf hob und zurückknurrte. Beide waren während der Verhandlung immer näher gerobbt und rissen sich inzwischen darum, von mir hinter den Ohren gekrault zu werden. Ein warnendes Wort von Alan genügte. Die Tiere legten sich flach auf den Boden und schauten ergeben zu ihrem Herrn auf. Glücklicherweise war bald darauf tatsächlich Schluss.

Zu den Klängen der Dudelsäcke wurden Tische und Bänke aufgestellt, Mädchen schleppten Schüsseln und Becher herein, und die Köchin schnitt große Stücke vom Braten herunter, um sie anschließend auf hölzernen Platten zu verteilen. Ghillies schöpften Ale aus einem Fass, wir bekamen endlich auch etwas serviert, und alle aßen und tranken vergnügt. Später begann der Fiedler zu spielen, und ein begnadeter Flötenspieler kam dazu, um Maggie MacRath bei ihren heiteren Liedern zu begleiten. Alan wirkte jetzt wesentlich entspannter, und als sich unsere Blicke trafen, huschte ein warmes Lächeln über sein Gesicht. Genau in diesem Moment sah Anabelle herüber. Missbilligend verzog sie den Mund und flüsterte Mary etwas ins Ohr, die daraufhin den Kopf noch tiefer hängen ließ. Lachlan war zwar rührend um sie bemüht und hatte während der Verhandlung ständig übersetzt, aber es musste schwierig für sie sein, überhaupt kein Gälisch zu verstehen. Ich hatte auch so meine Probleme gehabt, aber im Wesentlichen der Verhandlung folgen können. Manchmal war Duncan eingesprungen und hatte mir mit kurzen Erklärungen oder Hintergrundinformationen geholfen. Er war ein echter Freund.

Immer wieder spürte ich, wie die Leute neugierig zwischen den Campbells und mir hin und her schauten. Mary sah in ihrem Kleid wie eine echte Lady aus, während mir schon wieder ein paar vorwitzige Strähnen ins Gesicht hingen, das, von Aufregung und vom ungewohnten Ale erhitzt, sicherlich auch noch glänzte.

Der Tartan mit seinem speziellen Muster und den Farben der MacCoinnaich-Chiefs auf meiner Schulter wurde jedenfalls durchaus registriert und fand nicht nur Beifall. Die meisten aber sahen mich erstaunlich wohlwollend an, und einige besonders vorwitzige Gäste hoben gelegentlich ihre Becher, um mir zuzuprosten.

Außer einem verlegenen Lächeln fiel mir keine gescheite Reaktion ein. Ich nahm mir vor, bei der nächsten Gelegenheit mit Alan noch einmal über meine Position in diesem Haushalt zu sprechen. Augenscheinlich war das Geheimnis unserer Begegnung am Steinkreis längst keines mehr, und man hielt mich für seine Geliebte. Was, wie mir in diesem Moment schlagartig deutlich wurde, auch stimmte. Kein Wunder, dass die Clansleute gespannt darauf warteten, was als Nächstes passieren würde. Uns zu beobachten, war für sie vermutlich unterhaltsamer, als es jede Daily Soap gewesen wäre.

Auf einmal entstand in der Tower Hall ein Tumult, und der nächste Akt des absurden Schauspiels, in das ich geraten war, bahnte sich an. Ein wütender Fremder mit gezücktem Schwert stürmte herein, gefolgt von etwa zehn bis an die Zähne bewaffneten Kriegern.

Duncan, der zwischendurch gegessen und dabei ein wenig mit Mòrag geflirtet hatte, kehrte blitzschnell an meine Seite zurück. Die MacCoinnaichs sprangen auf und griffen ebenfalls zu ihren Waffen.

Eine gefährliche Situation, doch Alan erhob sich ruhig und nur die Hand auf dem Griff seines Schwerts zeigte, dass er bereit war, sofort loszuschlagen. Mit einer Stimme, die jedem von uns Schauer über den Rücken jagen musste, obwohl oder vielleicht gerade weil sie keinerlei Gefühlsregung preisgab, begrüßte er den Eindringling, als sei dieser ein willkommener Gast: »Sei gegrüßt, Cladaich. Was verschafft uns die Ehre deines Besuches?«

»Das weißt du ganz genau.« Cladaich, oder genauer Robert Mackenzie aus Cladaich, der Clanchief, war rot im Gesicht und schwitzte stark. Fast, als sei er den ganzen Weg von seinem Stammsitz an der Küste bis hierher im Eiltempo gelaufen. Vermutlich war er das sogar, denn die meisten Highlander besaßen keine Reitpferde.

»Dein feiner Bruder und seine Bande von Viehdieben haben Alexander Mackenzie ermordet.«

Während ein Raunen durch die Menge ging, flüsterte Duncan mir zu, dass Alexander ein Pächter in Cladaich war.

Lachlan wollte aufspringen.

Mit einer einzigen Geste wies Alan ihn an, sich nicht zu rühren.

Ich weiß nicht, wie er das bewerkstelligte, aber Angus veranlasste die Ghillies, dem wütenden Mackenzie und seinen Kriegern bis zum Rand mit Whisky gefüllte *Quaichs* in ihre Hände zu drücken. Diese Gefäße waren so flach, dass man sie mit beiden Händen an den seitlichen Henkeln fassen musste, um nichts zu verschütten. Gar keine schlechte Idee, wenn man schwer bewaffnete Besucher für den Moment ruhig stellen wollte.

Alan hob seine Schale in die Höhe: »*Slàinte mhòr!* Prost!«

Cladaich blieb nichts anderes übrig, als seinem Beispiel zu folgen. Die Krieger taten es ihnen nach. »Was ist geschehen?«, fragte Alan und reichte Angus seine Schale. Den Gästen wurde nachgefüllt.

»Alexander war mit ein paar Männern in den Wälder von Fearna zur Jagd. Als sie gerade auf der Pirsch nach einem kapitalen Hirsch waren, tauchte plötzlich diese Bande Mac-Coinnaichs auf und griff meine Leute ohne erkennbaren Grund an.«

Murren wurde hier und da hörbar, und unsere Männer rückten näher. Sie mochten untereinander zerstritten sein, aber hier hielten sie zusammen. Schließlich ging es um ihre Ehre. Niemand überfiel seine Nachbarn grundlos.

Hastig nahm der Mackenzie-Chieftain einen kräftigen Schluck und fuhr fort: »Die MacCoinnaichs waren in der Überzahl, sonst wäre es ihnen sicher nicht gelungen, Alexander zu überwältigen. Er war zwar noch jung, aber er wusste so gut mit dem Schwert umzugehen wie jeder andere auch. Genau wie sein Vater, der in Sheriffmuir Dutzende Rotröcke bezwungen hat, bevor er seinen Arm in der Schlacht verlor.« Ein weiterer Schluck.

Der Ghillie neben ihm schenkte sofort nach.

Alexander, so berichtete Cladaich dann mit bester Erzählstimme, sei erst nach zwei Tagen Suche von seinem Bruder Niall in einem abgelegenen Glen gefunden worden. Er habe regungslos unter seinem toten Pony gelegen.

Das Tier musste in Panik geraten sein und war von einem schmalen Felsgrat in die Tiefe gestürzt. Dabei hatte es den armen Mackenzie unter sich begraben.

Alan machte auf mich nicht den Eindruck, als beeindruckte ihn das Schicksal des jungen Mannes. Mir war das völlig unverständlich, und ich fragte mich, wie er auf einen derart fürchterlichen Unfall so kühl reagieren konnte. Sicherlich war mehr als nur ein wenig Mitgefühl für die armen Hinterbliebenen angebracht, daran bestand für mich überhaupt kein Zweifel. Schließlich hatte er nichts weiter getan, als seine Rinder vor den diebischen Nachbarn zu schützen.

»Als wir ihn fanden, hat er noch geatmet.«

»Das ist in der Tat eine schreckliche Geschichte. Aber wie kommst du darauf, dass MacCoinnaichs die Schuld an seinem Unfall tragen?«

»Das nennst du einen Unfall?«, brüllte der Mackenzie-

Chief, und sein Gesicht nahm die Farbe von reifen Pflaumen an. Wenn er jetzt auch noch einen Infarkt bekam, dann hätte Alan nichts zu lachen. »Es war Mord. Und der da«, er wies mit ausgestrecktem Arm auf Lachlan, »ist schuld.«

Alans Worte klangen wie das brechende Eis in einem zugefrorenen Wintersee, als er fragte: »Du behauptest also, dass wir mit Mördern gemeinsame Sache machen.« Er stand auf. »Kannst du das beweisen?«

»Der Junge war rücklings auf sein Pferd gebunden, als wir ihn fanden.«

Die Lippen fest zusammengekniffen, warf Alan einen raschen Blick zu Lachlan, dem das Entsetzen ins Gesicht geschrieben stand – so wie allen anderen hier im Raum, seien es Mackenzies oder MacCoinnaichs. Der Gedanke an die Ängste, die der junge Mann ausgestanden haben musste, während er zwei Tage lang allein und verletzt unter dem verunglückten Pony lag, erschütterte auch den härtesten Krieger. Lachlan war nicht zimperlich, das hatte ich am eigenen Leib erfahren, aber einen so grausamen Scherz traute ich ihm nicht zu.

Und Gott sei Dank schien Alan das Gleiche zu denken: »Der Überfall fand also vor drei Tagen statt, sagst du? Mein Bruder hat das Castle seit über einer Woche nicht verlassen – und wenn, dann nur in Begleitung von Damen.« Er machte eine vage Geste in Richtung der Campbells. »Angus kann das bezeugen.«

Cladaich spuckte aus, als er die Frauen und ihren Clansmann erblickte. »Campbells!«

»Meine Gäste«, sagte Alan verdächtig sanft, und der Mackenzie schluckt deutlich einen weiteren Kommentar hinunter. Gastfreundschaft war eine Tugend, die er respektierte.

Ich war überzeugt, dass es stimmte, was Alan sagte. Eine Lüge wäre mit Sicherheit bald aufgeflogen und hätte Lachlan erst recht verdächtig gemacht. Aber er selbst war fort gewesen, auf der vergeblichen Jagd nach einem Wolf oder nach Viehdieben.

In diesem unglücklichen Moment spürte ich, wie er mich ansah. Voller Scham senkte ich rasch den Blick. Mein Herz machte einen gefährlichen Sprung, und ein zweiter folgte, als ich in einigen Gesichtern unserer Clansleute plötzlich Misstrauen las. Auch sie wussten über seine Abwesenheit Bescheid.

Das konnten sie doch nicht glauben! Doch ich musste mich fragen, ob ich nicht selbst für einen winzigen Augenblick zwischen seiner Abwesenheit und dem Überfall eine Verbindung für möglich gehalten hatte.

Ich kannte diesen Mann viel zu wenig, und jede weitere Facette seines Charakters, die ich entdeckte, gab mir neue Rätsel auf. Ganz tief in meinem Inneren hatte ich immer gewusst, ob die Menschen ehrlich mit mir waren. Oft hatte ich die hässliche Wahrheit einfach nur nicht sehen wollen. Und wenn ich jetzt in mich hineinfühlte, dann war ich absolut sicher, dass Alan etwas so Fürchterliches und Grausames niemals dulden, geschweige denn selbst tun würde.

Aber was war mit seinen Clansleuten? Wer ernsthaft glaubte, er sei ein Kind der Feen, der traute ihm womöglich sogar mehr als nur einen Mord zu. Die Wesen der magischen Welt waren für ihren grausamen Humor bekannt, und eine solche Tat würde durchaus zu den Geschichten passen, die sich die Highlander über sie erzählten.

Versuchte etwa jemand, ihm die Sache in die Schuhe zu schieben? Ich spürte, wie meine Knie zu zittern begannen. Duncan legte seine Hand auf meine Schulter und flüsterte: »Sei ganz ruhig, es wird sich alles aufklären.«

Er hatte natürlich Recht. Doch es war schon zu spät. Alan

wusste natürlich genau, was einige seiner Leute dachten. Obwohl er keine Miene verzog, glaubte ich seinen Schmerz über den Verrat in meiner eigenen Seele zu spüren, und ich schämte mich entsetzlich dafür, auch nur eine Sekunde lang wie sie gewesen zu sein.

Cladaich war nicht unsensibel, er hatte die leichte Veränderung in der Atmosphäre bemerkt und starrte Alan durchdringend an. »Und wo warst du?«

Alans Hand umfasste den Griff seines Schwerts, bis die Knöchel deutlich weiß hervortraten. Er wollte schon antworten, als Lachlan aufsprang. Wütend und bereit, jeden, der sich ihm in den Weg stellte, beiseitezuräumen.

»Niall Mackenzie ist immer ein guter Freund gewesen. Du kommst hierher und wagst es, erst mich und dann sogar den *Gleanngrianach* selbst des Mordes an seinem kleinen Bruder zu bezichtigen? Kein MacCoinnaich lässt so etwas auf sich sitzen.«

Bevor er weiterreden konnte, unterbrach ihn Alan. »Wir werden die Angelegenheit wie Ehrenmänner regeln. Mackenzie of Cladaich, ich bin dir keine Rechenschaft schuldig, aber ich werde dir deine Frage beantworten: Ich war mit meinen Männern in Balgy, das ist – wie du sehr gut weißt – fast einen Tagesritt von Fearna entfernt.« Er hob die Hand, als Cladaich etwas sagen wollte. »Dafür habe ich Dutzende Zeugen, Balgy und Duncan hier«, er zeigte auf die beiden Männer, »sind nur zwei davon. Ich kenne dich, Mackenzie – du weißt längst, dass ich die Wahrheit spreche. Also sag mir, was du willst.«

»Dieses Mal kannst du dich nicht freikaufen, *Gleanngrianach*. Ich will die Mörder hängen sehen!«

»Wenn es meine Leute gewesen sein sollten, bei Gott, dann garantiere ich dir, dass sie ihrer gerechten Strafe nicht entgehen werden. Und jetzt schlage ich vor, dass du mir erzählst, was genau geschehen ist und welche Spuren ihr gefunden habt.« Damit wandte er sich zu Duncan um, der den Weg frei machte, um die Männer vorbeizulassen. Dem Mackenzie-Chief blieb nichts anderes übrig, als ihm zu folgen. Zwei seiner Ghillies begleiteten ihn, die Nachhut bildeten Lachlan und James.

Damit, so dachte ich, war es wohl vorbei mit der großen Feier. Aber ich irrte mich. Maggie MacRath begann zu singen, die Mädchen brachten auf einen Wink von Angus hin weiteres Essen herein, und die restlichen Mackenzies wurden aufgefordert, sich an Braten und Ale zu bedienen.

»Die Sache wird jetzt von den Chiefs ausgetragen«, erklärte Mòrag, die sich zu mir gesellt hatte. »Solange sie verhandeln, gilt das Gesetz der Gastfreundschaft. Vater hat übrigens angeordnet, dass die Campbells und du hierbleiben, solange der *Gleanngrianach* verhandelt. Es soll alles so normal wie möglich weiterlaufen.«

»Normal? Ein Mord ist geschehen.«

»Eben deswegen. Die Zeiten der Clankriege gehören, Gott sei Dank, der Vergangenheit an.«

Widerstrebend blieb ich auf meinem Platz sitzen. Wer konnte so etwas Entsetzliches getan haben? »Kennst du das Opfer?«, fragte ich Mòrag.

»Alexander kannte ich kaum, eigentlich nur vom Sehen. Sein Vater hat nicht nur einen Arm, sondern auch seinen Verstand in den Fünfzehner-Kriegen verloren. Alexander hat sich mit seinem älteren Bruder Niall um das Land gekümmert, während der Alte unentwegt wirres Zeug vor sich hin brabbelnd durch die Gegend gestreift ist. Sie mussten ihn regelmäßig einfangen und nach Hause zurückschleppen, bis Niall ihn eines Tages erschlagen in den Klippen gefunden hat. Es heißt, er sei schrecklich zugerichtet gewesen. Kurz zuvor wurde beobachtet, wie Rotröcke in der Nähe vor Anker gingen.«

»Wie schrecklich. Ist dieser Niall auch hier?«

»Das glaube ich nicht. Als Buben galten Lachlan und er zwar als unzertrennlich, die Jungs sind bei uns im Tal aufgewachsen. Aber das ist schon lange vorbei, und man erzählt sich, er sei inzwischen genauso seltsam wie sein Vater und wandere jede freie Minute am Strand entlang.«

»Das ist doch nichts Schlimmes«, wunderte ich mich.

»Vielleicht nicht. Aber er erzählt, ihm wäre dort eine Meerjungfrau begegnet, die ihn küsste und versprach, eines Tages zurückzukehren.«

»Und nun sucht er überall nach ihr?«

»Verrückt, nicht wahr? Dabei weiß doch jeder, dass man diese See-Feen nur an sich binden kann, wenn man ihnen den abgelegten Pelz fortnimmt. Ohne den können sie nämlich nicht mehr ins Wasser zurückkehren.« Ihre Augen funkelten, und ich war nicht sicher, ob sie wirklich daran glaubte oder sich einen Spaß mit mir erlaubte. Deshalb entgegnete ich ernst: »Wirklich? Warum hat er bloß bei der ersten Begegnung nicht daran gedacht.«

Wir schauten uns an und begannen beide zu lachen. Mòrag war es gelungen, mich aufzuheitern, und dagegen konnte auch der missbilligende Blick der Campbells nichts ausrichten.

Nach nicht allzu langer Zeit brachen die Mackenzies auf. Offenbar waren die Verhandlungen der Chiefs beendet, und sie kehrten nach Hause zurück. Höchste Zeit, denn ich musste so nötig, dass ich nicht mehr stillsitzen konnte. Schnell flüsterte ich Mòrag ins Ohr, dass ich gleich wiederkäme. Ich wollte durch die verborgene Tür und dann hinauf in mein Zimmer laufen. Warum hatten die Menschen eigentlich erst so spät vernünftige Toiletten erfunden? In der Dunkelheit hinter dem Wandteppich stieß ich mit jemandem zusammen und hätte das Gleichgewicht verloren, wäre ich nicht aufgefangen worden.

»Joanna.« Alans Stimme floss wie warmer Honig an meiner Seele entlang. Und nicht nur dort, wie es schien, denn sofort verspürte ich den Wunsch, seine Hände an ganz anderen Stellen zu spüren. Er tat mir den Gefallen – bald ging mein Atem stoßweise, wenn ich überhaupt dazu kam, Luft zu schnappen, so gierig küssten wir uns. »Das wollte ich schon den ganzen Tag über tun«, flüsterte er gegen meinen Hals, und meine Nackenhärchen stellten sich auf, als ich seinen Atem spürte. »Dieser Duft raubt mir seit Stunden fast den Verstand.«

»Alan, ich …«

»Pscht!«, unterbrach er mich und verschloss meinen Mund mit weiteren Küssen. Meine Versuche, mich ihm zu entwinden, erregten ihn noch mehr. Als er begann, meine Röcke hochzuschieben, gelang es mir endlich, mich zu befreien und mit einem erstickten: »Ich kann nicht!«, floh ich die Treppen hinauf in mein Zimmer.

Wie peinlich. Abgesehen davon, dass ich während unserer heimlichen Begegnung von Visionen geplagt worden war, wie sich der Wandteppich unbemerkt herabrollte und wir vom halben Clan in flagranti erwischt würden, hatte ich den Nachttopf wirklich in letzter Sekunde erreicht. Buchstäblich erleichtert wollte ich zurückkehren. Auf halbem Weg kam mir Mòrag entgegen: »Was ist passiert?«

»Warum fragst du?«

»Der *Gleanngrianach* sah aus wie der Leibhaftige selbst, als er in die Halle zurückkam. Er hat gedroht, alle eigenhändig aufzuhängen, die irgendetwas mit den Mord zu tun haben. Es heißt zwar, dass Cladaich wahnsinnig hohe Forderungen gestellt hat, als Gegenleistung dafür, dass er seine rachsüchtigen Leute zurückhält, aber der Chief hat bei der Besprechung nicht einmal mit der Wimper gezuckt, sagt Duncan.«

»Ich habe keine Ahnung, was los ist. Ich bin ihm beim Hinausgehen in die Arme gelaufen und das einzig Teuflische an ihm waren allenfalls seine Küsse.« Die Erinnerung daran, wie er versucht hatte, mich zu verführen, ließ erneut Hitze in mir aufsteigen.

Mòrag lächelte wissend. »Das kann ihn doch kaum verärgert haben.«

»Ich hatte nicht den Eindruck. Allerdings bin ich fortgelaufen, weil ich so dringend – nun, du weißt schon. Er wird das doch nicht falsch verstanden haben?«

»*Nay*, sicher nicht. Männer sind manchmal einfach seltsam«, beruhigte sie mich.

Doch ich blieb verunsichert. Gern hätte ich Alan gefragt, was ihn so wütend gemacht hatte, aber er war nirgendwo zu entdecken.

Die Campbell-Frauen hatten sich zurückgezogen, und inzwischen war manch einer der Gäste volltrunken von seiner Bank gerutscht oder wurde von Kameraden hinauf in den Turm geschleppt, um dort, wie wahrscheinlich schon in der Nacht zuvor, seinen Rausch auszuschlafen. Mit einem Krug Wasser kehrte ich aufs Zimmer zurück und schrieb weiter in mein Tagebuch. Insgeheim hoffte ich, Alan würde zu mir kommen, aber in dieser Nacht blieb er fort. Wahrscheinlich war das besser so, tröstete ich mich. Der nächste Tag würde anstrengend genug werden, denn die MacCoinnaichs würden früh aufstehen, um ihr Vieh auf die Hochweiden zu treiben, und ich wollte unbedingt dabei sein.

9

In den Highlands

Frühmorgens klopfte es an meiner Tür. Schnell stieg ich aus dem Bett und schloss Mòrag auf, die Brot und Käse brachte. Draußen war es noch dunkel, als ich mir den Schlaf aus den Augen wusch. Gründlich rieb ich meine Zähne mit einem Leinentuch und salziger Kreidepaste sauber und spülte anschließend den Mund mit einer erfrischenden Kräutertinktur aus. Das dauerte zwar länger als normales Zähneputzen, aber wenn ich mit der Zunge über meine Zähne fuhr, fühlten sie sich glatt und sauber an. Dennoch konnte ich wahrscheinlich froh sein, dass sie von Natur aus recht widerstandsfähig waren. In Gleann Grianach war der Schmied im Nebenberuf auch Zahnarzt.

Gemeinsam mit weiteren Bewohnern gingen wir wenig später ins Tal. Duncan und die meisten Männer seien schon dort, erfuhr ich. Jede der Frauen trug ein Bündel, vermutlich mit Proviant gefüllt, auf der Schulter, und Mòrag half mir dabei, meines sicher zu befestigen. Als wir im Dorf ankamen, ging gerade die Sonne auf, und ich traute meinen Augen nicht. Unzählige Schafe trippelten dicht aneinandergedrängt durch das taufeuchte Gras. Sie sahen aus, als habe man ihnen dunkle Strümpfe über die Beinchen gezogen. Manchmal kamen sich zwei in die Quere. Dann blökten die Tiere aufgeregt, während sie ihre gebogenen Hörner dazu benutzten, den aufdringlichen Nachbarn zu vertreiben. Über hundert Rinder und dazu noch Ziegen und Ponys waren am Dorfausgang zusammengetrieben worden. Schon die kleinsten Kinder, barfuß und nur mit einem Hemd bekleidet, versuchten mit langen Stöcken besonders vorwitziges Vieh davon abzuhalten, Grasbüschel von einem Hausdach zu fressen oder über die recht niedrigen Steinmauern zu steigen, um das frische Grün von den winzigen Beeten zu rupfen. Ihr Schreien und Lachen vermischte sich mit dem Bellen der Hütehunde und den Rufen und Pfiffen der Männer, die versuchten, Ordnung in dieses Durcheinander zu bringen.

Während Mòrag fröhlich andere Frauen begrüßte, die verstohlen zu mir herüberblickten, machte sich der Zug allmählich auf den Weg. Verlegen lächelnd folgte ich und sah mich dabei immer wieder um, damit ich nichts von alldem verpasste.

Zusammengehalten von drei Hunden, die aussahen wie Wischmopps auf Speed, führten Schafe und Ziegen unsere Prozession an. Den indignierten Blicken zufolge, die diese Tiere ihren aufgeregten Wächtern zuwarfen, missgönnten sie den Hunden ihren wolligen Mantel. Verständlich, denn der Morgen war kühl, und Nebel lag über dem Tal. Ihnen hinterher trotteten gemessenen Schritts die Rinder, deren Rippen ich trotz des zottigen Fells deutlich sehen konnte. Umso beeindruckender wirkten ihre mächtigen Hörner, denen man besser aus dem Weg ging. Auch den Ponys war anzusehen, dass ein entbehrungsreicher Winter hinter ihnen lag. Die meisten waren trotzdem schwer mit Zweigen und anderen Materialien beladen, und obenauf gackerten Hühner, die mit einem Riemen festgebunden wurden und ihren Ritt nicht unbedingt genossen, wie es aussah. Einige Tiere machten den

Eindruck, als würden sie unter ihrer Last bald zusammenbrechen. Wer kein Pony besaß, und das waren nicht wenige, band sein Hab und Gut einfach auf eine Ziege und schleppte den Rest selbst als großes Bündel auf dem eigenen Rücken.

Mòrag beantwortete geduldig meine Fragen. Sie erklärte, das frische Holz werde gebraucht, um die Hütten für die Hütejungen und -mädchen zu reparieren und für den Sommer auszustatten.

Die Frauen trugen alle ihr Plaid oder *Arisaid*, wie sie es nannten. Erstaunlich bereitwillig gaben sie die Verantwortung für das Gelingen des Auftriebs an ihre Männer ab und schritten mit geschürzten Röcken bergauf. Ich beobachtete, wie sie geschickt beim Gehen ihre Spindel drehten, dabei munter schwatzten und gelegentlich eines der Kinder zur Ordnung riefen, wenn dieses zu weit vom Weg abkam. Weiter vorne entdeckte ich endlich auch Alan, der zusammen mit Duncan und anderen Männern, deren Gesichter ich gestern bereits gesehen hatte, die Herde vorantrieb. Seine Hunde folgten ihm auf den Fuß. Es seien Deerhounds, Jagdhunde, die darauf spezialisiert waren, Hirsche zu hetzen, und von denen jeder Chieftain, der etwas auf sich hielt, mindestens einen besaß, erklärte Mòrag.

In diesem Augenblick stolperte ein Kind direkt vor Alans Füßen über eine Wurzel, und er konnte es gerade noch auffangen, bevor es unter die Hufe einer besonders nervösen Kuh geriet. Alan hob es auf den Arm. Als das Kind begriff, wer sein Retter war, begann es wie am Spieß zu brüllen, und die Mutter eilte herbei. Sie warf Alan einen ängstlichen Blick zu, als erwarte sie, dass er ihren Nachwuchs auf der Stelle verschlingen würde.

Auf einmal war ich furchtbar wütend auf diese engstirnigen

MacCoinnaichs. Sahen sie denn nicht, welches Glück sie mit ihrem Chieftain hatten? Alans finsterer Gesichtsausdruck, hinter dem er seine verletzten Gefühle zu verbergen suchte, wie ich inzwischen wusste, erinnerte mich an unsere gestrige Begegnung. Je eher ich herausfand, warum er danach so wütend geworden war, desto besser.

Flottes Wandern, zumal bergauf, ist nicht meine Königsdisziplin, außerdem brach gerade die Sonne durch den Nebel, und als ich endlich ganz vorne bei ihm ankam, war ich ziemlich erledigt. Er sah nicht einmal zur Seite und wirkte im Gegensatz zu mir, als befände er sich auf einem gemütlichen Spaziergang.

»Guten Morgen.« Meine Worte klangen atemlos und deshalb scheußlich unsouverän.

»Wie bitte?«

O ja. Erniedrige mich nur. Verärgert versuchte ich Schritt zu halten. »Du warst heute Nacht nicht da.« Das hatte ich nicht sagen wollen. Und schon gar nicht in diesem flehenden Ton. Was war nur in mich gefahren? »Alan, wegen gestern …«, versuchte ich es erneut. Das brachte mir wenigstens einen kurzen Seitenblick ein. »Ich fürchte, du hast da etwas falsch verstanden.«

Wie angewurzelt blieb er stehen und zog mich grob beiseite. »Hey!« Aber dann sah ich, dass ein ziemlich großer schwarzer Stier mit gesenktem Kopf schnell näher kam. Das Ungeheuer machte nicht den Eindruck, als würde es mir oder irgendjemand anderem ausweichen. »Danke«, japste ich und versuchte ein Lächeln.

Alan sah mich ebenso verdrossen an wie eben noch das gehörnte Rindvieh. »Es gibt nichts zu besprechen. Warum bist du überhaupt hier?«

»Warum nicht?« Eine dämliche Antwort.

Sein Gesicht verfinsterte sich weiter.

»Ich dachte, ich könnte vielleicht helfen, und außerdem will ich mehr über das Leben in Gleann Griannach wissen.«

»Damit du später in deiner Welt davon erzählen kannst?«

»Du glaubst mir also?« Ich war überrascht.

»Das tue ich nicht, aber ich habe versprochen, mit dir zum Feenkreis zu reiten, und dieses Versprechen werde ich halten. Bis dahin haben wir nichts zu bereden.«

Er wollte weitergehen, doch ich hielt ihn am Ärmel fest.

»Gestern wolltest du mich noch am liebsten hinter einem Wandteppich verführen, und heute tust du so, als seien wir Fremde?« Inzwischen war ich dankenswerterweise zu Atem gekommen, und mein Ärger war deutlich zu hören, ohne von Schnaufen und Husten unterbrochen zu werden.

»Sei still! Willst du, dass alle von deinem schamlosen Benehmen erfahren?«

Tatsächlich erregte unsere Diskussion einige Aufmerksamkeit, und ich dämpfte meine Stimme. »Schamlos? Was um Himmels willen ist passiert, dass du dich auf einmal so feindselig verhältst?«

Jetzt glitzerten seine Augen wütend. »Das liegt ja wohl auf der Hand. Erst dachte ich noch, ich würde mich irren. Aber dann bist du vor mir davongelaufen, voller Angst vor dem teuflischen Sohn der Feen, Alan Dubh, dem man alle Gemeinheiten zutraut. Mörder küsst man eben nicht.«

»Das glaubst du doch selbst nicht!« Die Entrüstung klang sogar in meinen Ohren lahm. Ich hatte Zweifel gehabt, wenn auch nur für Sekunds. Und dafür schämte ich mich entsetzlich, aber ich brachte es nicht übers Herz, ihn zu belügen. »Ich gebe zu, im ersten Augenblick habe ich mich gefragt, wo du zu der Zeit des Verbrechens gewesen bist. Aber doch nur aus Sorge um dich.«

Verächtlich sah er mich an: »Wie dumm von mir zu glauben, du wärest anders.«

»Ich bin nicht vor dir weggelaufen. Ich musste fort.« *Verdammt, nun sag ihm schon, warum du so schnell verschwunden bist. Davon geht die Welt nicht unter*, beschwor mich meine innere Stimme.

»Natürlich. Und ich muss jetzt fort«, sagte er mit einem Blick auf die letzten an uns vorbeitrottenden Tiere. Seine Worte trieften vor Sarkasmus, und er drehte sich auf dem Absatz um.

»Ich musste aufs Klo, du Hornochse«, brüllte ich hinter ihm her.

Eine der Frauen drehte sich erstaunt nach uns um und flüsterte dann Mòrag etwas ins Ohr. Die fing an zu kichern und winkte mir zu, bevor sie mit dem letzten Trupp um eine Wegbiegung verschwand.

Wir waren allein.

Alan stoppte abrupt. »Wie bitte?«

Gott, wahrscheinlich wusste er nicht einmal, was ein Klosett war. Womöglich hatte man das Wort viel später erfunden. Am liebsten hätte ich mir die Haare gerauft. »Hör zu, ich musste stundenlang eingeschnürt wie ein Rollbraten auf diesem verdammt unbequemen Stuhl sitzen, Unmengen Ale trinken, und dazu hatte ich auch noch höllisch kalte Füße. Wie lange, glaubst du, kann eine Frau das aushalten? Ich jedenfalls war froh, als Angus mir endlich erlaubte, meinen Platz zu verlassen. Als wir uns begegnet sind, wollte ich wenigstens einen klitzekleinen Kuss haben, bevor du wieder wer weiß wie lange zu deinen Clansleuten zurückkehren musstest.

Das war der Grund dafür, dass ich dich erst geküsst und mich dann so schnell aus dem Staub gemacht habe, um noch rechtzeitig den … Nachttopf zu erreichen.« Ich hatte mich in Rage geredet. »Und es war verdammt knapp, das kannst du mir glauben.«

Mit drei langen Schritten war er bei mir und packte mich an den Schultern: »Ist das wirklich wahr?«

Noch bevor ich nicken konnte, hatte er mich in seine Arme geschlossen, bis meine Füße den Boden nicht mehr berührten, und wir küssten uns, als gäbe es kein Morgen. Schließlich kam ich wieder zu Atem, heilfroh, dass die anderen längst außer Sichtweite waren. »Du magst zwar zuweilen furchteinflößend sein, aber ich habe dich in wichtigen Dingen nur als besorgten, verantwortungsvollen Mann und Chieftain kennengelernt. Niemals würde ich dir solch eine gedankenlose oder gemeine Tat zutrauen.«

»Furchteinflößend?« Alan schien geschmeichelt. Doch dann blickte er mich besorgt an: »Hast du etwa Angst vor mir?«

»Nein, aber davor, dass ich es nie schaffen werde, deine Leute dort oben wieder einzuholen.«

Er lachte und pfiff eine seltsame Melodie. Kurz darauf kam Brandubh den Berg hinabgetrabt und schüttelte schnaubend seine Mähne.

»Die Sorge können wir dir nehmen – nicht wahr, Bran?« Mit diesen Worten hob er mich einfach hinauf und schwang sich hinter mir auf das ungesattelte Pferd. Mit einem Arm hielt er mich fest an seinen harten Körper gepresst, und ich bedauerte es, dass wir die Gruppe der MacCoinnaichs vor uns so schnell wieder einholten.

»Lass uns später weiterreden!«, flüsterte er, und in seiner Stimme klangen verführerische Versprechungen mit.

Ich glitt von Brandubhs Rücken direkt vor Duncans Füße, der mich lachend auffing.

»Holla, Mädchen! Wo kommst du denn her?«

»Sei doch still!« Mòrag sah ihren Freund tadelnd an, und gemeinsam gingen wir weiter.

»Kann ich das auch mal versuchen?« Zu gern wollte ich probieren, die Spindel zu drehen. Meine Freundin sah mich skeptisch an. »Man braucht geschickte Finger dazu.«

»Die hat sie!« Und ehe ich noch etwas entgegnen konnte, war Alan weiter bergauf getrabt.

»Nun, wenn der *Gleanngrianach* selbst es sagt ...« Mòrags Augen glitzerten, während sie die notwendigen Handgriffe demonstrierte. Später gab sie mir ihre Spindel und führte meine Hand rhythmisch.

Anfangs war es eine Katastrophe, aber unter viel Gelächter korrigierte sie immer wieder meine Bewegungen, und schließlich gelang es mir, einen passablen Faden zu produzieren. Zum Nähen allerdings eignete sich mein knotiges Werk bestimmt nicht.

Inzwischen war die Mittagszeit längst vorüber. Aus allen Richtungen wurden neue Tiere herbeigetrieben, und die Männer hatten alle Hände voll zu tun, um die ständig größer werdende Herde zusammenzuhalten.

»Wie weit ist es denn noch?« Die Füße taten mir inzwischen so weh, dass ich kaum noch an etwas anderes denken konnte. Jeder Schritt wurde von einem lautlosen Fluch, Gebet oder Hilfeschrei begleitet.

»Siehst du die Hütten dort? Wir haben es bald geschafft«, beruhigte mich Mòrag. »Ich bin das lange Laufen auch nicht mehr gewohnt. Das kommt von der Arbeit im Castle«, entschuldigte sie sich.

Wie viel härter musste das Leben der Frauen aus dem Tal sein, wenn sie, die täglich mehr als zwölf Stunden ihre Arbeit verrichtete, sich für verweichlicht hielt? Ich dachte daran, was die Mädchen im Herrenhaus täglich leisteten. Sie arbeiteten schwer, und seit drei Hausgäste zusätzlich zu versorgen waren, hatten sie sicher keine freie Minute mehr. Das sagte ich Mòrag, aber sie lachte nur: »Seit du da bist, habe ich die beste Zeit meines Lebens. Und ganz bestimmt nicht nur, weil die anderen Mädels mich beneiden und der *Gleanngrianach* dafür gesorgt hat, dass Mama mich von vielen Aufgaben freistellt.«

Tränen standen in meinen Augen, als ich sie umarmte. »Dich zur Freundin zu haben, bedeutet mir unendlich viel«, flüsterte ich und wunderte mich insgeheim, um welche Details seines Haushalts sich Alan sonst noch kümmern mochte. Kein Wunder, dass er wenig Zeit hatte, offensichtlich erledigte er nicht nur die Aufgaben eines vorbildlichen Chieftains, sondern überließ auch im täglichen Geschehen des Herrenhauses wenig dem Zufall.

Und dann endlich waren wir am Ziel. Die Ponys wurden von ihrer Last befreit, und trotz meiner schmerzenden Füße half ich beim Einrichten der zwei Hütten. Erstaunlich rasch waren die Dächer wieder geflickt, und Torfsoden brannten im Kamin, um die Feuchtigkeit zu vertreiben. Draußen wurde ebenfalls ein Feuer entfacht, über dem die Frauen frische *Bannocks* buken und das mitgebrachte Fleisch brieten. Der köstliche Duft weckte zwar meinen Appetit, aber zuerst ließ ich mich auf einen von der Sonne gewärmten Felsblock sinken, um die schmerzenden Füße zu inspizieren.

»Das sieht aber nicht gut aus.« Alan gab einer älteren Frau ein Zeichen. »Dona, hol uns Wasser und Leinen.« Die Frau beeilte sich, das Verlangte herbeizuschaffen.

Alan kniete vor mir nieder und streifte meine völlig zerschlissenen Slipper ab. »Warum hast du denn nichts gesagt, Kleines?«, fragte er erschrocken, als getrocknetes Blut an den wundgelaufenen Füßen sichtbar wurde.

»Ich habe es nicht bemerkt«, stotterte ich. Und das stimmte sogar. Zwar taten mir die Füße seit geraumer Zeit weh, und ich rechnete neben einem saftigen Muskelkater auch mit der einen oder anderen dicken Blase, aber dass es so schlimm war, hätte ich nicht gedacht.

Dona brachte warmes Wasser, mit dessen Hilfe sie behutsam die blutverkrusteten Strümpfe von meinen Füßen löste. Mòrag kam hinzu. Mit den Worten »Joanna, das sieht ja fürchterlich aus«, hockte sie sich zu mir und wies die andere Frau an, ein paar Kräuter zu suchen, deren Namen ich noch nie gehört hatte. »Ich habe dir gleich gesagt, eine Lady tut so etwas nicht.« Sie warf Alan einen vernichtenden Blick zu.

»Oh, ich bitte dich. Erstens bin ich keine Lady, und zweitens hätte ich mit einem Paar *Nikes* diesen Weg durchaus ohne Schwierigkeiten zurücklegen können.«

»Pscht!«, machten Alan und Mòrag fast gleichzeitig, als Dona mit den gewünschten Pflanzen in der Hand zurückkehrte. Irritiert schauten die beiden sich an.

»Du erinnerst dich?«, fragte ich aufgeregt. »Alan, kommt dir dieser Name bekannt vor?«

Doch bevor er antworten konnte, tauchte Duncan auf, nahm Dona die Kräuter aus der Hand und schickte sie mit einem Nicken davon. »Chieftains knien nicht vor ihren Cousinen, es sei denn, sie hätten etwas ganz bestimmtes im Sinn«, bemerkte er fast beiläufig.

Alan sprang auf und eilte davon, ohne mich noch eines weiteren Blickes zu würdigen.

»Er hätte sich beinahe erinnert«, zischte Mòrag.

»Komm, lass gut sein. Irgendwann wird er sich erinnern, aber jetzt würde ich meinen rechten Arm für ein Aspirin geben.« Die Schmerzen waren schlimmer geworden, seit ich mich auf den Felsen gesetzt hatte.

»Was auch immer das sein mag, zuerst wirst du dies hier trinken!« Damit flößte sie mir ein bitter schmeckendes Gebräu aus einem kleinen Fläschchen ein, das sie aus ihrem Beutel gezogen hatte. Anschließend trocknete sie behutsam meine schmerzenden Füße ab. Dann nahm sie eines von den frisch gepflückten Blättern, spuckte darauf und rieb damit über die wunden Stellen.

Mit zusammengebissenen Zähnen ließ ich diese seltsame Prozedur über mich ergehen und war erleichtert, als sie endlich die restlichen Blätter auf die Wunden gelegt und das Ganze mit sauberen Leinenstreifen verbunden hatte. Ob es daran lag, dass der Trunk zu wirken begann, oder an ihrer Behandlung, jedenfalls ließen die Schmerzen bereits nach.

Duncan kam mit einem Arm voll Moos und Farnblättern zurück und zauberte daraus ein erstaunlich weiches Kissen, auf dem ich, eingewickelt in mein Plaid, wunderbar saß. Die beiden waren so fürsorglich, und es war mir peinlich, ihnen zur Last zu fallen.

Doch davon wollte Duncan nichts hören. »Du bleibst jetzt erst einmal hier und erholst dich!«, befahl er, und Mòrag schaute ihn so bewundernd an, dass ich es nicht übers Herz brachte, zu widersprechen. Auch wenn ich es nicht gern zugeben mochte, ich fühle mich erschöpft und sehr müde. Warm eingepackt, wie ich war, übermannte mich deshalb bald der Schlaf.

»Kleines, wach auf, du musst etwas essen.«

Irgendjemand rüttelte an meiner Schulter. Fiedelmusik und Lachen klangen herüber.

Widerstrebend öffnete ich die Augen. Am Feuer spielte jemand Flöte, ein anderer schlug den Takt dazu, und einige Paare tanzten am Ende dieses anstrengenden Tages sogar einen Reigen. Um mich herum war es dunkler geworden, so dunkel, wie es in den Sommernächten eben wurde.

Doch diesen Mann hätte ich sogar in völliger Finsternis erkannt: »Alan!«, flüsterte ich.

Er hielt mich im Arm, und widerstandslos ließ ich mich mit mundgerecht geschnittenen Stücken Fleisch, Käse und Brot füttern. Zwischendurch flößte er mir kleine Schlucke Wein ein. Folgsam kaute und schluckte ich und genoss dabei die Wärme seines Körpers und das einzigartige Gefühl, umsorgt und beschützt zu sein. Auf den Schwingen der Musik ließ ich mich davontragen und träumte von zärtlichen Berührungen und federleichten Küssen.

»*Madainn mhath*, Guten Morgen.«

Was gibt es Schöneres, als nach einer herrlichen Sommernacht unter freiem Himmel von seinem Geliebten sanft geweckt zu werden? Alans Hände schlichen sich unter mein Plaid, und ich genoss die Wärme seines Körpers in der frischen Morgenluft. Viel zu schnell beendete Duncans verschlafene Stimme unsere Zweisamkeit: »Die Leute wachen auf«, mahnte er, und widerstrebend erhob sich Alan.

Ich machte mir keine Illusionen darüber, was die MacCoinnaichs von uns dachten. Ihren Blicken nach zu urteilen, glaubte längst niemand mehr, dass die Fürsorge ihres Chiefs nur der Cousine Joanna und nicht mir als Frau galt. Man musste ihnen allerdings auch nicht auf die Nase binden, wie weit unser

Flirt inzwischen gediehen war. Trotz aller Vorbehalte gegen seine Abstammung schienen die meisten ihm ein Abenteuer so kurz vor seiner unfreiwilligen Vermählung zu gönnen. Was sie über mich dachten oder wie meine Situation nach der Hochzeit aussehen würde, daran mochte ich an diesem schönen Morgen lieber keine Gedanken verschwenden.

In was bin ich da nur hineingeraten?, fragte ich mich nicht zum ersten Mal, als ich wenig später hinter einen Felsbrocken humpelte, um möglichst unbeobachtet den ersten Teil meiner Morgentoilette zu erledigen. Mit gerafften Röcken musste ich, um nicht gesehen zu werden, so tief in die Hocke gehen, dass mich Büschel von Heidekraut in den Hintern piekten. Immerhin gab es ausreichend Moos, so weich und gut ineinander verwoben, dass ich große Stücke zwischen den Pflanzen aus dem Boden kratzen konnte. Gerade wollte ich mich wieder aufrichten, da hörte ich Stimmen: »Hast du gesehen, wo der Chief heute Nacht geschlafen hat?«, fragte eine Frau, und ich spitzte die Ohren. »Er scheint kein großes Interesse mehr an dir zu haben.«

»Was weißt denn du schon?«, kam die schnippische Antwort.

»Warum interessiert er sich für diese fremden Frauen, wenn es doch in Gleann Griannach genügend hübsche Mädchen gibt, die ihn mit Kusshand nehmen würden?«

»Meinetwegen kann er sie vögeln, ist mir egal! Die Irin wird nicht ewig bleiben, und die Campbell, das sage ich dir, die wird nach ihrem ersten Kind krepieren, so wie es seine Mutter auch getan hat. Diese Fremden sind eben nicht so widerstandsfähig wie wir MacCoinnaich-Frauen. Und falls nicht ...«

Den Rest konnte ich nicht mehr verstehen. Ich hörte die

Frauen in der Ferne lachen, dann waren sie fort. So schnell ich konnte, kehrte ich zum Bach zurück, um Hände und Gesicht zu waschen und den Mund auszuspülen. Mehr war vor all den Leuten, die mir immer wieder heimlich Blicke zuwarfen, wenn sie sich unbeobachtet fühlten, nicht drin. Bisher hatte ich sie nur für neugierig gehalten, aber nach dem belauschten Gespräch glaubte ich in einigen Gesichtern der jüngeren Frauen deutliche Ablehnung zu lesen. Aber das war ja absurd. Selbst wenn sich Alan mit diesen Mädchen vergnügt hatte, und ich war überzeugt, dass seine Talente als Liebhaber von reichlich Übung herrührten, so wussten doch alle, dass er eines Tages die Nichte des mächtigen Herzogs von Argyle heiraten würde. Ich wollte dem belauschten Gespräch nicht zu große Bedeutung beimessen, aber bei Gelegenheit vielleicht mit Mòrag darüber reden.

Jetzt signalisierte mir mein Magen, dass es wichtigere Dinge gab. Über dem Feuer brodelte bereits Haferbrei im Topf, und eine rundliche Frau füllte mir eine großzügige Portion in die Holzschale, die ich zusammen mit einem Hornlöffel in meinem Bündel gefunden hatte. Dazu drückte sie mir einen warmen *Bannock* in die Hand, der, wie ich bald feststellte, längst nicht so lecker schmeckte wie die Haferküchlein, die es in unserer Küche gab. Doch er stillte meinen Hunger, und darauf kam es an.

Bald nach dem Frühstück machten sich die ersten Mac-Coinnaichs auf den Weg zurück in ihre Täler, und auch die Leute aus Castle Griannach schnürten ihre Bündel. Mòrag hatte mir geholfen, den Verband zu erneuern. Die Wunden sahen schon wesentlich besser aus, stellte ich erstaunt fest. Dennoch graute es mir vor dem langen Abstieg. Aber ich hätte mir keine Sorgen zu machen brauchen, denn schon stupste mich eine Pferdeschnauze an, und Brandubh blies mir seinen warmen Atem ins Gesicht.

»Guten Morgen, mein Schöner.«

»Gewiss hast du mich gemeint.« Alan kam näher und lachte. Die kleinen Fältchen um seine Augen, die Lippen, die so gut zu küssen verstanden … ich hätte ihn auf der Stelle anfallen können.

»Bran wird dich tragen.« Er klang, als erwarte er Widerspruch, aber dieses eine Mal verzichtete ich auf jegliche Diskussionen und ließ mich bereitwillig auf den breiten Pferderücken heben. Wir winkten den zurückgebliebenen Hirten noch ein letztes Mal zu und machten uns dann auf den Weg nach Gleann Griannach. Jetzt, da es keine Tiere mehr zu beaufsichtigen gab, blieb Alan ausreichend Zeit, neben mir herzugehen. Nachdem wir einen schmalen Pass überquert hatten, griff er plötzlich in die Zügel und führte das Pferd nahe an die Felskante.

Der Blick, der sich uns von hier aus bot, war atemberaubend. Die Sonne hatte den Nebel im Tal aufgelöst, und nur ein paar Wolken hingen wie eine Herde aus zarten Wattebäuschen weit unter uns in den Baumwipfeln. Loch Cuilinn, der sich lang durch das Tal erstreckte, glitzerte vor den westlichen Sandstränden in einem unglaublichen Türkis. Ein Maler schien mit seinem Pinsel grüne Inseln in dieses perfekte Kunstwerk getupft zu haben. Die Luft war so klar und frisch, wie man sie selbst in den Bergen oder an der See nur selten erlebt.

Alan kam ebenfalls wie einem Gemälde entstiegen daher. Sein gegürtetes Plaid blähte sich in der leichten Brise. Und ich musste daran denken, wie der kunstvoll gemusterte Wollstoff uns gewärmt und vor dem leichten Regenschauer, der in der Nacht niedergegangen war, geschützt hatte. Ich betrachtete sein zerzaustes Haar, das ihm heute lang über die breiten Schultern floss, das Profil mit den dunklen Augenbrauen, die er so häufig zusammenzog, wenn ihm etwas nicht gefiel, den kühnen Bogen der Wangenknochen, die er mit Lachlan gemeinsam hatte, und das feste Kinn, das, wie ich inzwischen wusste, tatsächlich eisernen Willen und Durchsetzungsvermögen signalisierte.

Träumend verweilte ich einen Moment beim Anblick seines sinnlichen Mundes, und der Gedanke daran, was er damit anstellen konnte, jagte das Blut schneller durch meine Adern. Kein Wunder, dass so manch eines der abergläubischen Dorfmädchen bereitwillig ihr Seelenheil und einige wohl auch ihre Jungfräulichkeit für eine Nacht mit diesem verführerischen Teufel aufs Spiel setzen würden.

Aber er gehört mir!

Besitzergreifend betrachtete ich seine schmalen Hüften, die muskulösen Beine und bloßen Füße, die ihn ohne zu ermüden stundenlang durch unwegsames Gelände trugen. Dieser Mann gehörte hierher, und er gehörte in diese Zeit. Alan war Clanchief der MacCoinnaichs, Herr über Täler und Berge, Pflanzen, Tiere und die Menschen, die ganz selbstverständlich zu seiner Familie gehörten, egal, wie entfernt die Verwandtschaft auch sein mochte. Eine Familie, das las ich in seinem entschlossenen Gesichtsausdruck, für deren Wohlergehen er alles tun würde. Sogar eine Ehe eingehen, die er nicht wollte. Ich hatte geglaubt, wahre Liebe gäbe es nur in romantisch verklärten Erzählungen und Filmen, die man sich zusammen mit der besten Freundin heulend im Kino ansah. Und nun saß ich hier und starrte den einzigen Mann an, der es geschafft hatte, mein Herz komplett zu erobern – ohne Hoffnung, ihn jemals für mich gewinnen zu können.

»Es ist wunderschön«, flüsterte ich schließlich, nur um irgendetwas zu sagen, und der Kloß in meinem Hals ließ mir die Stimme brüchig werden.

»Meine Heimat.« Mit leuchtenden Augen wandte er sich zu mir um. »Joanna, was hast du?«

Gleich würde ich anfangen zu heulen. »Nichts. Es ist nichts«, presste ich heraus. Die blödeste Antwort, die man geben konnte.

Er legte eine Hand auf meine Hüfte. »Wir werden einen Weg für dich zurück finden. Das verspreche ich dir.«

Ich hätte schreien können. Ich wollte nicht zurück, jedenfalls nicht ohne Alan, aber hierbleiben konnte ich auch nicht. Doch was brachte es schon, auch ihm das Herz schwer zu machen? In diesem Augenblick wehte Lachen zu uns herüber. Weiter vorne standen Duncan und Mòrag, sie hielten sich an den Händen und sahen zu uns herüber. Offenbar hatten sie ebenfalls die atemberaubende Aussicht genossen, und das ganz bestimmt, ohne trüben Gedanken nachzuhängen. Jetzt warteten sie darauf, dass wir zu ihnen aufschlossen.

Wenn ich schon mein eigenes Schicksal nicht ändern konnte, dann sollte wenigstens ihnen ein größeres Glück beschieden sein. »Die beiden sind füreinander bestimmt, meinst du nicht auch?«

»Findest du? Duncan hat kein eigenes Land.« Mein empörter Blick ließ ihn schmunzeln. »Das geht schon eine ganze Weile so«, gab er schließlich zu. »Angus ist allerdings nicht begeistert davon, dass sich seine einzige Tochter ausgerechnet in einen Habenichts verliebt hat.«

»Aber sie erbt doch irgendwann sein Land.«

»So einfach ist das nicht. Angus hat zwar von meinem Vater das Haus und etwas Acker- und Weidegrund bekommen,

286

um sein Einkommen damit aufzubessern, aber das fällt nach seinem Tod wieder an uns zurück. Außerdem hat er es verpachtet.«

»Dann kann er es doch auch an Duncan geben, bis dieser sich selbst etwas kaufen kann.«

»Und was denkst du, werden die jetzigen Pächter dazu sagen?«

»Oh.« Daran hatte ich nicht gedacht.

»Und kaufen kann Duncan auch nichts. Denn zumindest hier bei uns gibt es kein Land zu verkaufen. Er müsste fortgehen, und das würde er niemals tun.«

»Weil alles dir gehört. Dann könntest du doch …«

Alan seufzte. »Es stimmt, Kensary gehört mir. Unsere Familie hat Gleann Grianach und die umliegenden Täler zusammen mit dem Titel im Tausch gegen einen Treueeid vom König bekommen. Aber kein MacCoinnaich-Chief hat je daran gedacht, auch nur einen Quadratmeter davon zu verkaufen. Es gehört uns nicht, wir verwalten es nur für unsere Kinder und Kindeskinder, und jeder Flecken fruchtbaren Landes ist bereits verpachtet.«

So kompliziert hatte ich mir das alles nicht vorgestellt. Doch irgendwie würde sich schon eine Lösung finden. Während Brandubh mich sicher über einen besonders steinigen Pfad trug, dachte ich nach.

»Das Land habt ihr aber von einem schottischen König erhalten?«

»Und einem englischen. König James hat nicht nur Mary Stuart, sondern auch Elizabeth beerbt.«

»Aber sicherer macht es die Sache auch nicht, oder? Das mit dem Treueschwur heißt, jeder Monarch kann euch Kensary auch wieder fortnehmen?«

»Wir haben immer versucht, uns so neutral wie möglich zu verhalten. Unser Gebiet ist nicht sehr groß, und im Laufe der Zeit sind wir ein wenig in Vergessenheit geraten. Doch du hast Recht, wenn die Krone beschließt, dass wir uns auf irgendeine Art illoyal verhalten haben, kann sie uns theoretisch hier vertreiben, wie jeden anderen Adligen auch. Nur dass sie bei uns Schotten schneller zu solchen Mitteln greifen als bei den Engländern. Unser Wort gilt wenig in London.« Er schaute grimmig. »Aber das sollten sie besser nicht versuchen!«

»Und Argyle hat Einfluss genug, den König auf den Clan der MacCoinnaichs aufmerksam zu machen und euch obendrein in einem ungünstigen Licht erscheinen zu lassen.« Das war eine Feststellung, keine Frage.

Alan schien nicht näher darauf eingehen zu wollen. Er lächelte mich an. »Mach dir keine Gedanken. Wenn es Duncan wirklich ernst ist, dann soll er seine Mòrag haben. Ich werde mit Angus reden.«

»Du bist ein Schatz.« Ich beugte mich hinab, um ihm einen Kuss auf die Wange zu geben.

Er dreht den Kopf, und unsere Lippen trafen sich. Ich wäre vom Pferd gerutscht, wenn er mich nicht festgehalten hätte. Seine Hände lagen auf meiner Taille, und mit den Daumen strich er sanft über die Unterseite meiner Brüste.

»Ah, aber ganz umsonst ist das nicht, den Brautpreis wirst du bezahlen – und heute Nacht hole ich mir die erste Rate«, raunte er und gab Brandubh einen kräftigen Klaps, damit er sich talwärts in Bewegung setzte. Dann pfiff er nach den Hunden und schritt weit aus, bis er Duncan erreicht hatte. Die beiden Männer waren bald darauf in ein angeregtes Gespräch vertieft, und Mòrag leistete mir Gesellschaft.

Am Nachmittag bogen wir endlich in den Innenhof von Castle Grianach ein. Mir tat inzwischen alles weh, und ich war froh, als ich mich von Brandubhs Rücken gleiten lassen konnte. Wie lange war es her, dass ich mich für leidlich sportlich gehalten hatte?

Alan konnte es nicht lassen und flüsterte mir zu: »Denk an unsere Abmachung. Bis später also.«

Müde tappte ich die Stufen zu meinem Zimmer hinauf, quälte mich aus den Klamotten und stieg ins Bett, wo ich sofort einschlief.

Irgendetwas kribbelte in meiner Nase, und als sich das Gefühl nicht fortwischen ließ, öffnete ich schließlich die Augen: Alan lag neben mir, auf seinen Arm gestützt, und kitzelte mich mit einer Haarsträhne, so dass ich niesen musste.

»Au!« Mir taten Muskeln weh, von denen ich vorher gar nicht gewusst hatte, dass ich sie besaß.

»So schlimm?« Er bemühte sich, ein mitleidiges Gesicht zu machen, aber in seinen Augen tanzte der Schalk. »Dann muss ich wohl auf meine Bezahlung noch warten.«

»Ohne Leistung gibt es eh keinen Lohn.« Ich ließ mich zurück in die Kissen sinken.

»Ich rede mit Angus«, versprach Alan lachend, gab mir einen Kuss auf die Nasenspitze und stieg aus dem Bett. Mit schläfrigem Blick beobachtete ich das faszinierende Spiel seiner Muskeln. Der Mann besaß den knackigsten Hintern, den Gott je erschaffen hatte, und bewegte sich mit der trägen Selbstverständlichkeit eines Menschen, der sich nicht nur äußerst wohl in seiner Haut fühlte, sondern auch seine Wirkung auf Frauen genau kannte. Als er den Gürtel über seinem Plaid schloss, brachte ich gerade noch die Kraft auf, ihm einen schönen Tag zu wünschen.

Gegen Mittag quälte ich mich endlich aus den Federn. Mòrags Angebot, ein Bad richten zu lassen, anstatt wie geplant mit ihr zu dem kleinen Wasserfall zu gehen, war mir sehr willkommen.

»Was haben die Männer gestern eigentlich zu tuscheln gehabt?«, fragte sie, während sie meinen Rücken sanft massierte.

Wohlig seufzend streckte ich meinen verletzten Fuß in die Luft. »Ein Geheimnis.«

»Erzähl!«

»Dann wäre es doch kein Geheimnis mehr, oder? Du musst dich noch ein wenig gedulden.«

Schließlich gab sie auf. »Lass mich mal nach deinem Fuß sehen.« Schnell war der Verband abgewickelt, und die Blätter rieselten ins Badewasser. Die Seife biss ein wenig, aber die Wunden hatten sich doch erstaunlich gut geschlossen. Ich konnte von Glück sagen, keine Infektion bekommen zu haben, so etwas hätte böse ausgehen können. Ich hatte keine Ahnung, ob meine kürzlich aufgefrischte Tetanusimpfung es mit mir zusammen ins achtzehnte Jahrhundert geschafft hatte. Das Gleiche galt übrigens auch für die Spirale. Vor Krankheiten konnte ich mich hier kaum schützen, aber bisher war ich überzeugt gewesen, dass zumindest keine Gefahr bestand, schwanger zu werden. Was, wenn das ein Irrtum war?

»Tut es sehr weh? Du bist ganz blass geworden«, erkundigte sich Mòrag besorgt, während ich aus der Badewanne stieg.

»Ich darf auf keinen Fall schwanger werden!«, platzte es aus mir heraus.

»Bist du … ich meine, hat er nicht aufgepasst?«

»Nein, haben wir nicht. Und eine besonders zuverlässige Methode ist das auch nicht.« Besser, sie wusste darüber Bescheid, dachte ich. Wer weiß, wie weit ihre Beziehung zu Duncan schon gediehen war.

Offenbar ziemlich weit, denn nun war es an Mòrag, zu erbleichen. »Bist du sicher?«, fragte sie mit kleiner Stimme. »Die Frauen haben gesagt, wenn wir nur aufpassen, dann kann nichts passieren.« Ich humpelte zum Sessel hinüber und begann, mich langsam anzuziehen. »Bist du schon über deine Zeit?«

»Seit zwei Monden. Ich wusste, es ist nicht gut, wenn es mir gefällt.«

»Himmel, was hat das denn damit zu tun? Wenn es dir nicht gefallen würde, warum solltest du dann mit einem Mann schlafen?« Aber dann erinnerte ich mich wieder, wo ich war und dass man in dieser Zeit glaubte, eine Frau könne nur schwanger werden, wenn sie einen Orgasmus hatte. Sehr praktisch für einen Vergewaltiger, denn wenn das Opfer später ein Kind erwartete, war er rehabilitiert. Schließlich musste es ihr ja Spaß gemacht haben.

Grimmig wies ich auf den zweiten Sessel. Mòrag hatte es offenbar großes Vergnügen bereitet, mit Duncan zu schlafen. Ein weiterer Pluspunkt für ihn. »Setz dich!« Und dann ließ ich sie teilhaben an einigen wichtigen Erkenntnissen des zwanzigsten Jahrhunderts zum Thema Liebe und Erotik. Fasziniert lauschte sie mir, bis ich mit den Worten schloss: »Erlaubt ist, was gefällt. Aber das ist derzeit nicht unser Problem.«

Sie begann zu weinen. »Was soll ich nur machen? Wir können nicht heiraten, aber ich will nicht zur Seherin gehen. Ein Mädchen aus dem Dorf ist letztes Jahr an dem Trank gestorben, den sie von ihr bekommen hat. Und außerdem«, sie sah mich fest an, »ist es Duncans Kind. Ich könnte das niemals tun!«

»Ich werde mit Alan sprechen.«

»Auf keinen Fall! Niemand darf das wissen, mein Vater bringt mich um.«

»Früher oder später wird es nicht mehr zu übersehen sein, du bist im dritten Monat schwanger. Was glaubst du, wie lange dein Bauch noch zu verbergen ist? Also gut, ich werde dir das Geheimnis verraten, nach dem du mich vorhin gefragt hast: Alan weiß, dass ihr verliebt seid und heiraten möchtet, er hat versprochen, mit deinem Vater zu reden. Ich bin sicher, er wird sich etwas einfallen lassen, damit Duncan ein gutes Auskommen hat, um dich und das Kleine zu versorgen.« Ich ging zu der gut gefüllten Whiskykaraffe, schenkte mir großzügig ein und drückte Mòrag ein Glas in die Hand, in das ich einen winzigen Schluck gegossen hatte. »Trink! Das wird für viele Monate der letzte Schluck vom Wasser des Lebens für dich sein. Auf euer Baby!« Ihre Unterlippe zitterte leicht, als sie das Glas in einem Zug leerte. Ich konnte es ihr nicht verdenken. »Es wird alles gut werden. Ich rede mit dem *Gleanngrianach*.«

»Das würdest du tun?« Mòrag umarmte mich stürmisch. »Ich wusste, dich hat Gott geschickt.«

Als ich an die furchterregenden violetten Augen dachte, die mir an manchen Abenden glühend aus dunklen Ecken nachsahen und mich oft sogar bis in meine Träume verfolgten, war ich mir da nicht so sicher.

10

Das Attentat

Mein Wort musste ich halten, außerdem war es besser, wenn Alan die ganze Wahrheit kannte, bevor er mit Mòrags Vater sprach. Also machte ich mich auf die Suche nach ihm. Im Durchgang zum neuen Trakt hielt heute der Campbell-Mann Wache. »Seid gegrüßt, Mylady.« Lächelnd erhob er sich zu einer höflichen Verbeugung und öffnete mir die Tür zur Bibliothek. Eigentlich schien er ein ganz netter Kerl zu sein.

Alan saß hinter seinem Schreibtisch und schaute auf, als er die Tür hörte.

»Störe ich?«

»Joanna! Hast du gut geschlafen, *m' eudail*?« Er legte die Feder beiseite und erhob sich.

Allein diese Bewegung reichte aus, um das Fieber in mir zu wecken. Ich war wirklich komplett liebestoll! In Alans Nähe schien mein Verstand einfach auszusetzen, und das ganze Gerede über Liebe und Erotik hatte ein Übriges dazu getan. Mir ging auf, dass ich noch nie zuvor wirklich verliebt gewesen war. Was ich in der Vergangenheit auch für einen Mann gefühlt haben mochte, es war nur ein schwacher Abklatsch dessen, was mich jetzt bewegte, sobald ich nur an Alan dachte.

Er sah mich an. »Was hast du?«

»Konntest du schon mit Angus sprechen?« Was mich wirklich bewegte, verschwieg ich.

Er legte seine Hand an meine Wange, und ich schmiegte mich hinein. Die Handfläche war rau und warm. Sie strahlte eine Geborgenheit aus, wie ich sie nur in seiner Nähe empfand.

»Hast du es so eilig, die beiden zu verheiraten?«

»Wenn du hörst, was ich dir jetzt erzähle, wirst du das ähnlich sehen.« Würde er entsetzt sein, wenn ich ihm Mòrags süßes Geheimnis verriet? Das Beste war, ich brachte es hinter mich. »Mòrag erwartet ein Kind. Bald!«, fügte ich zum besseren Verständnis hinzu und stellte dann fest: »Du scheinst nicht besonders überrascht zu sein.«

»Nach dem gestrigen Gespräch mit Duncan wundert es mich vielmehr, dass die beiden nicht schon eine ganze Kinderschar um sich versammelt haben.«

»Oh?« Der werdende Vater schien seinem Chief wenig verheimlicht zu haben.

Alan lachte. »Bist du schockiert? Es war nicht leicht, ihm die Wahrheit zu entlocken. Aber als Duncan erst einmal angefangen hatte, sein Gewissen zu erleichtern, schien er froh zu sein, sich jemandem anvertrauen zu können. Allerdings ahnt er nicht, dass ihr – wie soll ich sagen? – Engagement bereits Früchte trägt.«

»Liebt er Mòrag?« Mir kam das Gespräch in den Sinn, das wir während unseres *Salatpflück-Ausflugs* geführt hatten. *Verliebt* war der sympathische Krieger auf jeden Fall, aber reichte das aus?

»Mehr als sein Leben«, sagte Alan, und für einen winzigen Moment sah es aus, als wolle er noch etwas hinzufügen. Doch dann schob er nur einige Papiere beiseite und setzte sich auf die Schreibtischkante.

»Gott sei Dank! Und was geschieht nun?« Ich war ziemlich sicher, dass das Konzept *alleinerziehende Mutter* keine große Akzeptanz bei den MacCoinnaichs finden würde. Ganz zu schweigen von Angus MacRath.

»Sie heiraten natürlich. Ihre Eltern werden zwar nicht begeistert sein, aber sie haben zu lange die Augen vor der Wahrheit verschlossen. Ich erwarte Angus übrigens jeden Augenblick. Wir haben eine Menge zu besprechen.«

Ich hatte nicht den Mut zu fragen, was geschehen würde, erwartete ich ein Kind von Alan. Widerstrebend löste ich mich aus seiner Umarmung, und er begleitete mich zur Tür. »Mach dir keine Gedanken, Kleines. Für das Baby wird gesorgt, du hast mein Wort darauf.«

Bis zum Mittag wartete ich vergeblich auf eine Nachricht, doch dann kam er und verkündete, er müsse mir etwas zeigen.

»Hast du mit Angus gesprochen?«

»Dazu hatte ich noch keine Gelegenheit, aber ich kümmere mich darum, keine Sorge. Jetzt komm, du musst schon dein Zimmer verlassen, damit ich dir die Überraschung zeigen kann.« Er zog mich durch den langen Gang vor unseren Räumen in Richtung Turm. Kaum fiel die Tür hinter uns ins Schloss und wir standen im Dunkeln, küsste er mich.

Atemlos lief ich wenig später hinter ihm eine Treppe hinunter. »Nun sag schon, was ist es?«, quengelte ich mindestens zum hundertsten Mal, als er schon wieder auf der Treppe vor mir stehen blieb und sich umdrehte, um mich zu küssen.

»Ich finde es wunderbar, dass wir endlich einmal gleich groß sind und ich mir nicht den Hals verdrehen muss, wenn ich mich zu dir hinabbeuge.«

Ich versuchte ihm einen Stoß zu verpassen. »Sie sind unverschämt, Mylord!«

Er lachte nur, und seine Hände umfassten meine Brüste, die sich unter dem Mieder spannten, dass ich glaubte, sie würden es gleich sprengen.

»Gefällt es dir nicht?«

»Doch«, stöhnte ich. »Aber das ist nicht die Überraschung, oder?«

Er lachte nur und zog mich weiter hinter sich her. Mir kam es vor, als hätte ich ihn noch nie so ausgelassen gesehen. Der mächtige *Gleanngrianach* benahm sich wie ein Lausbub und schien dabei mindestens so aufgeregt zu sein wie ich.

Endlich hatten wird den Hof erreicht, und Alan schleppte mich direkt in den Stall. War etwas mit Brandhub? Er schloss die Tür hinter uns und hielt mir mit beiden Händen die Augen zu, während er mich weiter vor sich herschob. »Streck deine Hand aus!«, befahl er, und gleich darauf spürte ich eine weiche Pferdeschnauze. »Bran?«

Alan nahm seine Hände fort, und vor mir stand eine Fuchsstute, die mir schon häufiger aufgefallen war, weil sie ein Faible für Brandubh zu haben schien und sich gern in seiner Nähe aufhielt. »Das ist Deargán. Sie gehört dir, wenn du willst.« Alan reichte mir eine Karotte.

»Und ich hatte schon gedacht, etwas anderes Hartes in deiner Hose gespürt zu haben«, frotzelte ich, weil mir die passenden Worte fehlten, um mich bedanken zu können.

Deargán machte einen langen Hals, und ich gab ihr die Karotte. Dabei flüsterte ich dem Pferd ins Ohr: »Deargán, du kleine Rote! Wie gut der Name zu dir passt! Du bist Brans Freundin, nicht wahr?«

Brandubh kam näher und stupste Alan an. Der lachte: »Das

hätte ich mir denken können. Kaum stecken die Mädels ihre Köpfe zusammen, sind wir Luft für sie. Wie wäre es mit einem kleinen Ausritt?«

»O ja!« Glücklich drehte ich mich um.

»Aha, jetzt haben wir ihre Aufmerksamkeit«, redete Alan weiter, als sei ich gar nicht da. »Was denkst du, alter Freund, wollen wir die beiden mitnehmen?«

Ich musste lachen, schlang die Arme um Alans Nacken und bettelte mit einem Augenaufschlag: »Bitte, bitte – nehmt uns mit in die Freiheit!«

Bald darauf saß ich auf Deargáns Rücken und spürte ihre weichen Bewegungen unter mir. Alan hatte sich entschuldigt, dass er mir keinen eigenen Damensattel anbieten konnte. Die Sättel der Campbells zu benutzen, lehnte ich ab. Allmählich gewöhnte ich mich daran, im Rock zu reiten. Eine lange Hose wäre mir zwar immer noch lieber gewesen, aber immerhin waren meine Röcke so weit, dass ich nicht wie bei meinem ersten Ritt mit dem nackten Hinterteil auf dem Pferd saß.

Wenn ich mir den vorderen Rocksaum unter die Beine klemmte, bestand auch keine Gefahr, dass der Wind mehr von mir preisgab, als mir lieb sein konnte – jedenfalls, solange ich im Schritt ritt. Wie das im Galopp aussehen würde, wollte ich mir lieber nicht vorstellen. Trotz der Schwierigkeiten hatte diese Art zu reiten eine eindeutig erotische Komponente.

»Ich möchte zur Schule und mir ansehen, wie der neue Lehrer zurechtkommt«, sagte Alan.

Damit war ich einverstanden. Zum einen war es kein allzu schwieriger Weg, und mein neues Pferd und ich konnten uns unterwegs ein wenig aneinander gewöhnen. Zum anderen hatte ich sowieso vorgehabt, die Schule zu besuchen, um mir selbst ein Bild über die Situation dort zu machen.

Es war schlimmer, als ich befürchtet hatte. Der Lehrer thronte wie ein Richter über den Kindern auf seinem Podest, und in der Ecke stand ein Junge mit dem Gesicht zur Wand, als wir hereinkamen. Etwa sechzig Schüler drängten sich auf engstem Raum, nach Altersgruppen eingeteilt, die meisten der älteren Schüler, die immerhin nicht nur Bänke zum Sitzen, sondern auch Tische vor sich stehen hatten, waren Jungen.

Der Lehrer sprang auf: »Guten Tag, Mylord! Lady Joanna!« Dabei wischte er seine Hände an dem unordentlichen Kilt ab und strich sich durchs Haar. Erwartungsvoll blickte er uns an, und ich meinte, Alan neben mir seufzen zu hören, bevor er den Gruß zurückgab.

»Guten Tag, Kinder!« Große Augen wanderten zwischen uns beiden hin und her, und ich konnte förmlich sehen, wie es in den kleinen Köpfen arbeitete: Warum kommt der *Gleanngrianach* hierher, und was will die Irin von uns?

Der Lehrer hatte sich inzwischen ein wenig gefangen und erwiderte mein Lächeln zaghaft. Dann zeigte er mit seinem Stock auf einen blonden Jungen von etwa zehn Jahren. »Donaidh!«

Das Kind fuhr zusammen und sprang auf. »Wir danken dir, Chief *Gleanngrianach*, für unsere schöne Schule. Wir danken dir für die neuen Fenster, Bänke und Tische.«

»Jetzt alle!«

Die Kinder sprangen auf und sagten die eingeübten Worte in einem holprigen Chor noch einmal auf.

»Ach du meine Güte«, entfuhr es mir. »Das ist eine *neue* Schule?«

Alan ignorierte meinen Ausruf und bedankte sich bei den Kindern für die nette Begrüßung. »Der *Gleanngrianach* ist sehr stolz auf seine fleißigen Schüler.«

Während er anschließend zum Lehrer ging und mit ihm sprach, schaute ich mir an, was die Jungen geschrieben hatten. Die Orthografie war fürchterlich, aber ich konnte erkennen, dass es sich nicht um Bibeltexte handelte, die sie mit ungelenker Handschrift abschrieben.

»Kannst du mir sagen, was du da schreibst, Donaidh?«, fragte ich den Jungen, von dem die seltsamste Dankesrede stammte, die ich je gehört hatte. Nachdem er sich von seinem Schrecken erholt hatte, blinzelte er mich an, und ich sah, dass er dem Bengel aufs Haar glich, der bei meiner Ankunft so dreist auf meine nackten Beine gestarrt hatte. »Dein großer Bruder arbeitet oben im Herrenhaus, nicht wahr?«

Er nickt. »Er hat mir von Euch erzählt«, grinste Donaidh frech.

»So, so.« Ich machte mir keine Illusionen. Er wusste bestimmt ganz genau, was über mich getratscht wurde. »Also gut. Aber du hast meine erste Frage noch nicht beantwortet.«

»Könnt Ihr nicht lesen, Mylady?«

Damit handelte er sich eine schallende Ohrfeige vom Lehrer ein, ehe ich antworten konnte. Darüber würde ich später noch mit ihm reden. Ich warf dem Mann einen so ärgerlichen Blick zu, dass er rot anlief.

»Entschuldigung, Mylady«, stammelte das Kind.

»Du brauchst dich nicht zu entschuldigen, das war eine völlig gerechtfertigte Frage, wenn man bedenkt, wie wenige Mädchen diese Schule besuchen. Doch jetzt gib mir eine Antwort, was schreibst du da?« Stockend trug er den lateinischen Text vor. »Und was heißt das?«

Donaidh sah mich verwirrt an und wiederholte die Passage.

»Du hast nicht den blassesten Schimmer, nicht wahr?« Das wunderte mich nicht, denn der Text stammte von Julius Cäsar.

Der Lehrer mischte sich ein. »Man kann ihnen unmöglich die heilige Schrift als Vorlage geben. Das wäre Blasphemie.«

»Aber warum geben Sie den Kindern keine gälischen Texte zum Schreiben? Es ist ihre Muttersprache, nicht Englisch und schon gar kein Latein.«

Hilfesuchend sah der Lehrer zu Alan hinüber, der irgend-etwas wie »das hätte ich mir ja denken können«, murmelte und mich beiseitezog. »Wir werden diese Dinge später be-sprechen«, sagte er und dann lauter: »Danke, Donaidh! Du kannst dich jetzt setzen. Auf Wiedersehen, Kinder.«

Ich konnte gerade noch winken, da stand ich schon vor der Schultür. »Was soll das denn?«

»Unser Lehrer muss hier täglich über sechzig kleine Teufel beaufsichtigen und ihnen nebenher auch noch etwas beibrin-gen. Wie kannst du da vor den Kindern seine Autorität in-frage stellen?«

»Das habe ich nicht getan!«, wollte ich aufbrausen, aber dann musste ich Alan Recht geben. »Es tut mir leid.«

Er half mir aufs Pferd. »Ich habe diesen jungen Mann ein-gestellt, damit er die Kinder besser ausbildet, als es bisher ge-schehen ist. Er hat zusammen mit meinem jüngeren Bruder Callum in Edinburgh studiert. Du willst immer alles auf ein-mal, aber so funktioniert das nicht. Man muss behutsam vor-gehen, wenn man etwas bewegen will, sonst ziehen die Men-schen nicht mit.«

Nun verstand ich. »Darum die Dankesrede. Du hast die Schule tatsächlich neu ausgestattet.« Ich dachte an den unbe-festigten Lehmboden und die stickige Luft, die mir fast den Atem geraubt hatte. Wenn diese Schule modern war, dann mochte ich mir gar nicht vorstellen, wie es dort vorher ausge-sehen hatte.

»Genau, vorher mussten die Kinder ihre Schemel selbst von zu Hause mitbringen, und glaube mir, das ist im Winter kein Vergnügen, wenn man zusätzlich noch den Torf zum Heizen den weiten Weg morgens durch die Dunkelheit schleppen muss.

»Du bist dort auch zur Schule gegangen?«

Die Überraschung musste mir ins Gesicht geschrieben stehen, denn Alans Lippen umspielte ein kleines Lächeln, als er sagte: »Mein Vater bestand darauf. Vormittags musste ich ins Dorf und mit den anderen Kindern lernen. Ein guter Chief müsse das Leben seiner Leute genau kennen, sagte er immer. Ihm war klar, dass man mir dort nicht viel beibringen würde. Lesen und Schreiben konnte ich längst, und so hat er große Teile meiner Ausbildung selbst übernommen. Später wurde neben Angus noch ein französischer Hauslehrer engagiert, der mich in Latein und Mathematik unterrichtete.«

»Zweifellos in seiner Muttersprache.«

»Natürlich, er konnte ja weder Englisch noch Gälisch, der arme Mann.«

Eine Weile ritten wir schweigend nebeneinander her, und ich genoss die Ruhe um uns herum. Doch bevor wir Castle Grianach erreichten, sagte ich: »Und warum sind so wenige Mädchen in der Schule?«

»Auf diese Frage habe ich gewartet. Ihre Eltern halten es nicht für notwendig, dass sie mehr als ein wenig Lesen und ihre Bibelverse beigebracht bekommen. Vielleicht noch etwas Rechnen, das war's dann aber schon.«

»Das muss sich ändern«, verlangte ich.

»Joanna, ich kann sie nicht zwingen.« Alan schaute mich an. »Also gut, ich werde mir etwas überlegen«, versprach er.

Das gemeinsame Abendessen verlief ereignislos. Anfangs hatte ich einen Knoten im Magen, als ich Angus' Blick begegnete. Doch genau wie Alan verriet er mit keinem Wimpernschlag, wie ihr Gespräch am Nachmittag verlaufen war. *Vielleicht hatten sie auch keine Gelegenheit zu reden,* überlegte ich und entspannte mich allmählich.

Alan hatte sich meine Worte zu Herzen genommen. Er bemühte sich dieses Mal, mit Mary Campbell zu plaudern, fragte sie, wie ihr die nachmittägliche Bootsfahrt auf dem See gefallen habe und ob sie mit ihrem Zimmer zufrieden sei.

Dafür liebte ich ihn gleich noch etwas mehr. Doch die junge Frau war schüchtern wie immer und schaute kaum auf, wenn sie mit leiser Stimme antwortete. Mary blühte nur auf, wenn Lachlan das Wort an sie richtete.

Anabelle schaute mich zwar auch heute nicht besonders freundlich an, aber inzwischen glaubte ich fast, dass der zum Strich zusammengekniffene Mund nicht nur mir, sondern ihrer gesamten Situation galt. Wahrscheinlich wünschte sie sich, irgendwo in einem eleganten Ballsaal zu sein, um dort vielleicht einen Liebhaber, wenn nicht sogar einen Ehemann zu finden, anstatt ihre Zeit in der Einsamkeit von Gleann Grianach verbringen zu müssen. Es war sicherlich nicht einfach für eine mittellose Frau in dieser Zeit, Gesellschafterin für ihre jugendliche Verwandte zu spielen, mit wenig Aussicht, jemals einen eigenen Hausstand gründen zu können. Beinahe tat sie mir leid, zumal sie heute sogar darauf verzichtete, mich mit ihren Fragen in Verlegenheit zu bringen.

Damit dies auch so blieb, entschuldigte ich mich bald nach dem Dinner und kehrte allein in meine Räume zurück. Deren Dunkelheit, die ich sonst eher als gemütlich empfand, deprimierte mich heute jedoch.

In den letzten Tagen hatte ich wegen der Männer, die im Turm übernachteten, keine Gelegenheit gehabt hinaufzusteigen, aber nun waren sie alle in ihre Täler zurückgekehrt, und das alte Gemäuer gehörte wieder mir allein.

Die Nachtluft war überraschend warm, und ein leichter Wind strich von Westen her über die Zinnen. Fast meinte ich, das Meer riechen zu können. Ich dachte an meine Freunde, die sicher schon wahnsinnig vor Sorge waren. Die Gesichter meiner Verwandten, sobald sie erfuhren, dass ich als vermisst galt, konnte ich mir gut vorstellen. Wahrscheinlich hatten sie ein paar Flaschen Champagner zur Feier des Tages geköpft und konnten es nun nicht abwarten, bis man mich für tot erklärte. Doch das würde noch eine Weile dauern, und bis dahin durften sie mein Erbe nicht antasten. Und auch später würden sie nur einen Pflichtanteil bekommen. Der Rest des Geldes ginge an wohltätige Organisationen, dafür hatte ich gesorgt.

Aber was mochte meine Freundin Caitlynn empfunden haben, als sie das Packpferd und meine Kleidung auf dem Felsen entdeckt hatte? Ziemlich sicher hatten sie dort zuerst gesucht, denn Iain war es ja, der mir dieses Ausflugsziel empfohlen hatte. Würde er einen Zusammenhang herstellen zwischen meinem und Alans Verschwinden? »Macht euch keine Sorgen um mich«, flüsterte ich in die Nacht und wünschte mir, meine Worte fänden ihren Weg durch Zeit und Raum zu den einzigen Menschen, die es in jener nun so fernen Welt jemals wirklich gut mit mir gemeint hatten. »Ich habe die Liebe meines Lebens gefunden. Ausgerechnet im achtzehnten Jahrhundert.«

Mit geschlossenen Augen beschwor ich das Bild meiner Freundin herauf. Sie zwinkerte mir zu, und ihr unnachahmliches Koboldlächeln wirkte so echt, als säße sie tatsächlich dort oben auf einer der Zinnen und ließe die Beine baumeln. »Lach ruhig, Caitlynn! Ich weiß, du hast immer schon gesagt, ich würde mir die unmöglichsten Männer aussuchen. Glaube mir, dieser hier ist keine Ausnahme. Alan ist arrogant, ein absolutes *Alphatier*. Du weißt, was ich normalerweise von solchen Männern halte. Er ist aber anders. Er hat den Körper eines Gottes, die Hände eines Engels und das Herz eines Heiligen und … er wird heiraten. Nicht mich. Doch egal, wie naiv das klingen mag: Die kurzen Augenblicke gemeinsamen Glücks sind es wert, nie wieder einen anderen so lieben zu können wie ihn.«

Lachen erklang aus der Ferne, und ich riss erschrocken die Augen auf. Für den Bruchteil einer Sekunde glaubte ich einen Schatten über die Zinnen huschen zu sehen, und mein Herzschlag stolperte vor Schreck. Aber da war natürlich niemand. »Oh, verdammt, Caitlynn! Ich weiß selbst, wie pathetisch das klingt!«

Nachdrücklich wischte ich mir mit dem Ärmel eine Träne von der Nasenspitze, den Rest trocknete der Wind. Noch war ich nicht bereit, aufzugeben. Wenn Alan mich wirklich liebte, musste es doch möglich sein, dem Schicksal ein Schnippchen zu schlagen. Ich gedachte, dies so schnell wie möglich herauszufinden. Morgen würde ich noch einmal mit ihm reden. Entschlossen machte ich mich auf den Rückweg.

Auf halber Treppe löschte ein Luftzug meine Kerze, ich geriet ins Stolpern, verlor in der Dunkelheit das Gleichgewicht und rollte die steilen Stufen hinab. Kurz sah ich ein Licht aufflackern, dann ein scharfer Schmerz. Um mich herum wurde alles dunkel. *Das Schicksal handelt verflucht schnell!*, war mein letzter Gedanke.

»Joanna, kannst du mich hören?«

Alan. Er rief mich aus dem undurchdringlichen Nebel. Ich musste zu ihm, musste ihm erklären … aber was?

»Es ist nichts gebrochen«, hörte ich Mòrags Stimme, und dann wieder ihn: »Kleines, was machst du nur für Sachen?« Sanft streichelte er meine Hand.

»Was ist passiert?« Ich erkannte meine eigene Stimme kaum, und es fiel mir schwer, die Augen zu öffnen.

»Hier, trink!« Alan klang besorgt. »Du bist gestürzt. Was hast du mitten in der Nacht auf dem Turm getan? Die Stufen sind in der Dunkelheit gefährlich.«

»Nach dem Abendessen …« Ein Hustenanfall unterbrach meinen Erklärungsversuch, und ich nahm einen weiteren Schluck aus dem Becher, den Alan dicht an meinen Mund hielt. Der Wein darin schmeckte würzig, und bald überkam mich eine große Müdigkeit. Als ich das nächste Mal erwachte, schien draußen die Sonne.

»Guten Morgen, Kleines!« Längst hatte ich mich daran gewöhnt, dass Alan nicht von diesem albernen Kosenamen lassen konnte. So werden aus emanzipierten Frauen Weibchen.

»Guten Morgen, großer *Gleanngrianach*!«

»Aha, es geht ihr besser«, stellte Mòrag von der Tür aus fest. »Zeit für ein gutes Frühstück.«

Sie deckte den Tisch mit edlem Silber und geschliffenen Gläsern ein und lud Schüsseln, Kannen und Teller aus ihrem Korb. Ich stieg aus dem Bett, doch als mein Fuß den Boden berührte, stieß ich einen Schmerzensschrei aus.

Alan war sofort bei mir. »Du hast dir den Knöchel verstaucht. Nichts Schlimmes – aber du solltest ein paar Tage nicht auftreten. Du hast wirklich eine Neigung dazu, nachts herumzugeistern. Da bin ich einmal nicht da, um dich aufzufangen, und du brichst dir wieder fast das Genick.«

Ich wurde ganz aufgeregt. »Du erinnerst dich! In welcher Situation hast du mich das letzte Mal vor einem Sturz bewahrt?«

»Das war an der Treppe im Gasthof …« Verwirrt sah er mich an. »Wir waren noch nie zusammen in einer Herberge.«

»O doch! Wir haben sogar auf der gleichen Etage gewohnt. Eines Abends hast du mich so erschreckt, dass ich beinahe die Treppe hinuntergefallen wäre. Anstatt dich zu entschuldigen, hattest du nur einen unpassenden Rat für mich.«

»Typisch!«, schnaubte Mòrag, und Alan erwachte aus seiner Starre. Deutlich war zu sehen, wie es hinter seiner Stirn arbeitete. »Das Sithean Inn.«

»Du kannst dich wieder erinnern. Das ist ja fantastisch!« Aufgeregt hopste ich in meinem dünnen Hemd auf einem Bein durch den Raum und verlor prompt erneut das Gleichgewicht.

Alan fing mich auf. »Es scheint eine Marotte von dir zu sein, Männern im Nachthemd in die Arme zu fallen.« Finster sah er mich an. »Warum läufst du nachts im Hemd durch einen Gasthof?«

»Es war spät, und ich hatte meine Handtasche im Pub vergessen. Niemand war mehr wach, da wollte ich sie rasch holen.«

»Ich kann dir nicht erlauben, noch einmal allein in einer öffentlichen Herberge abzusteigen.« Jetzt klang er ernsthaft entsetzt. Sein Gedächtnis war offenbar nur bruchstückhaft zurückgekehrt. Dass sich Frauen im einundzwanzigsten Jahrhundert auch in Schottland freier bewegen konnten, daran schien er sich bequemerweise nicht zu erinnern.

Macho! Ich versuchte, mich seiner Umarmung zu entwinden. Aber er hob mich kurzerhand hoch und setzte mich in einen der Sessel. Dann zog er den Schemel herbei, griff nach meinem Bein und legte es behutsam darauf. An die Art, wie er mir das Plaid um die Schultern legte, konnte man sich durchaus gewöhnen.

Mòrag hockte sich vor mich und zog mir ein paar warme Socken an. Augenscheinlich dachten alle, ich sei ein hilfloses Wesen, um das man sich kümmern musste, damit ihm kein Leid geschah.

Schicksalergeben nahm ich Alan die Teetasse aus der Hand, die er eingeschenkt hatte. Eigentlich war es ganz schön, so umsorgt zu werden. »Mhm!« Die mit reichlich Honig gesüßte heiße Flüssigkeit weckte meine Lebensgeister.

Alan sah mich an und warf danach einen fragenden Blick auf die kniende Mòrag.

»Sie weiß Bescheid«, formulierte ich lautlos.

Er ließ sich in seinen Sessel sinken und vergrub das Gesicht in den Händen.

»Bist du jetzt endlich überzeugt, dass an den Feenhügeln etwas geschehen ist, das niemand von uns richtig verstehen kann?«

»Ich habe dir die ganze Zeit geglaubt. Aber das Seltsame ist, während du dich an dein Leben in der Zukunft erinnerst«, er räusperte sich, »weiß ich fast nichts. Es scheint wie ausgelöscht zu sein, und wäre mir nicht gerade diese Situation in dem Gasthaus wieder eingefallen, hätte ich schwören können, niemals an einem anderen Ort als hier gelebt zu haben. Immerhin weiß ich jetzt, dass du in der Zukunft genauso atemberaubend bist.«

»Du hast es an jenem Abend also auch gespürt?«

Gedankenverloren betrachtete er meinen Mund, bis mir ganz heiß wurde. Dann beugte er sich herüber und küsste mich. Die Tür knarrte leise, als Mòrag das Zimmer verließ. Alan schaute kurz auf und trug mich zum Bett. »Am liebsten hätte ich dies schon in jener Nacht getan.«

Mit den Fingerspitzen fühlte ich über meine vom Küssen geschwollenen Lippen. »Hätte ich geahnt, was mich erwartet, hättest du womöglich sogar Gelegenheit dazu bekommen.« Lächelnd streckte ich die Arme nach ihm aus. »Aber das kann man ja nachholen.«

Er warf einen besorgten Blick auf meinen dick umwickelten Fuß. »Ich werde vorsichtig sein«, versprach er und half mir, mein Nachthemd auszuziehen. Sein Plaid flog hinterher. Ein praktisches Kleidungsstück!

Viel später wiegte Alan mich in seinen Armen und raunte dabei Worte von Liebe und Zuneigung. Zu erschöpft, um nur ein Augenlid bewegen zu können, genoss ich die winzigen Nachbeben, die meinen Körper immer noch erschütterten.

»Kleines, du bist wunderbar«, sagte er. »Noch nie hat sich mir eine Frau so bedingungslos hingegeben.«

Er konnte es nicht wissen, aber Alan war der erste Mann, dem ich ausreichend vertraute, um mich wirklich fallenzulassen. Tief in mir fühlte ich große Dankbarkeit für dieses Geschenk. Es schien eine Ewigkeit zu dauern, bis ich ihn endlich unter halb geöffneten Lidern ansah. »Danke, du bist auch nicht ohne!« Meine Stimme klang fremdartig rau und tief.

Ein Lächeln breitete sich über seinem Gesicht aus. »Ich werde dir bald Gelegenheit geben, mir deine Dankbarkeit ausführlich zu beweisen.«

»Und was wird deine zukünftige Frau dazu sagen?« *Mist!*

Das war wirklich der denkbar ungünstigste Augenblick, dieses Thema anzusprechen. Vorwürfe statt Bettgeflüster. Ich schalt mich selbst ein Kamel. »Es tut mir leid!«

Alan rollte sich zur Seite und stützte den Kopf auf. »Du hast ja Recht. So kann es nicht ewig weitergehen.«

Während der folgenden Tage blieb mir außer Müßiggang wenig zu tun. Dafür sorgten die mir wohlgesinnten Wächter – zumindest hoffte ich, dass sie mich aus Sorge um meine Sicherheit praktisch im Zimmer gefangen hielten. Duncan pflückte täglich Gänseblümchen und Sauerampfer für meinen Salat, und Mòrag besuchte mich regelmäßig, auch zwischen den Mahlzeiten. Gewissenhaft berichtete sie von allen Ereignissen außerhalb meines Zimmers – viel war es nicht – und schwärmte ausgiebig von Duncan. Einmal erzählte sie, dass ein neuer Priester im Dorf angekommen sei. Katholisch, wie die meisten Leute hier im Tal, aber *leider* englisch. Der Mann sprach offenbar nicht ein Wort Gälisch, doch das tat Mòrags Inbrunst für die an Magie erinnernden Riten ihrer Kirche keinen Abbruch: »Der Gottesdienst war wunderbar. All dieses schöne Latein, und dann riecht es immer so gut. Ich habe das schon sehr vermisst. Schade, dass er nur wenige Wochen hierbleiben wird.«

»Ausreichend Zeit für das Aufgebot«, lachte ich. »Aber warum geht er wieder fort?«

Mòrag strahlte: »Ist das nicht wunderbar? Vater hat endlich zugestimmt, dass ich Duncan heiraten darf. Keine Ahnung, warum, aber ich bin so glücklich. Da ist es doch eine göttliche Fügung, dass der Priester ausgerechnet jetzt bei uns ist, es gibt nämlich nicht genügend katholische Geistliche, die sich in die abgelegenen Täler der Highlands wagen. Er lebt eigentlich auf der Insel Lewis bei William Dubh, dem er in diesen schweren Zeiten beisteht. Der Highchief der Mackenzies hat schon oft für den König gekämpft.«

»Für welchen König?«, fragte ich verwirrt.

»Für den rechtmäßigen.« Als ich sie ratlos ansah, fügte sie hinzu: »König James Stuart natürlich.«

»Der verloren und den Beistand aus Rom dringend nötig hat«, bemerkte ich trocken und überlegte, wo die letzte Schlacht gewesen war. Nicht zum ersten Mal wünschte ich mir, ich hätte das Buch über die schottische Geschichte, das in jedem Zimmer in Caitlynns Pension lag, aufmerksamer gelesen.

»Gleann Sheile war eine schreckliche Enttäuschung«, half mir Mòrag unbewusst weiter. »Danach musste sich der Highchief auf dem Kontinent in Sicherheit bringen. Kaum war er fort, begannen die Überfälle auf seine Verwandten und deren Pächter.«

Ich erinnerte mich an den Streit zwischen Alan und Lachlan, bei dem von einem Earl of Seaforth die Rede gewesen war. Offenbar sprach Mòrag von ihm. Bald wandten sich unsere Gespräche aber weniger politischen Themen zu.

Nach einigen Tagen konnte ich endlich wieder behutsam auftreten, doch Alan, der sich jede Nacht intensiv um mein sonstiges Wohlbefinden kümmerte, bestand darauf, dass ich das Zimmer nicht verließ, bevor der Knöchel wieder ganz in Ordnung war. Als ich ihm vorwarf, er hielte mich als seine persönliche Sexsklavin, lachte er nur: »Natürlich. Warum, denkst du, habe ich dich direkt neben mir einquartiert? Das mache ich mit allen Frauen, die nur mit einem Plaid bekleidet meinen Weg kreuzen.«

Als Antwort zielte ich mit einem dicken Kissen auf seinen Kopf. »Du Lump!«

Doch er fing es geschickt auf, und seine Rache war süß.

Trotz dieses angenehmen Zeitvertreibs fiel mir irgendwann die Decke auf den Kopf, und deshalb humpelte ich an einem besonders schönen Vormittag hinunter in den Garten. Die Stufen des Personalaufgangs, die ich sonst immer benutzte, mied ich sicherheitshalber, sie waren steil und uneben. Stattdessen tastete ich mich im Haupthaus behutsam die geschwungene Treppe hinab.

Aus dem Salon erschollen aufgeregt laute Stimmen. Tatsächlich war die Tür nur angelehnt, und gerade als ich heldenhaft meine Neugier besiegt hatte, hörte ich Anabelle meinen Namen ausspucken wie einen giftigen Trank. Mehr brauchte es nicht, um alle moralischen Bedenken beiseitezuschieben. Was war da los? Behutsam schlich ich näher.

»Mary ist die zukünftige Lady Kensary! Wir werden es nicht länger dulden, dass diese *Person* mit uns unter einem Dach lebt. Außerdem bestehen wir darauf, dass der Hochzeitstermin endlich bekanntgegeben wird.«

»Seid Ihr fertig?«

Bei diesem Tonfall bekam ich eine gute Vorstellung von der Stimmung, in der sich Alan befand, und war froh, in diesem Moment nicht im Fokus seiner Aufmerksamkeit zu stehen.

»Ich mag gezwungen sein, Mary Campbell zu heiraten, weil mich die Ehre der MacCoinnaichs an das Wort meines Vaters bindet, auch über seinen Tod hinaus. Den Zeitpunkt dieser unseligen Eheschließung bestimme aber ich allein.«

Für einen Moment herrschte Stille. Und selbst hier draußen auf meinem Horchposten fühlte ich mich ähnlich unwohl wie vor einem heraufziehenden Gewitter. Was würde Alan zu Anabelle sagen?

Als er endlich auffällig leise weitersprach, klang seine Stimme gefährlich ruhig. »Woher soll ich wissen, ob sie es nicht so eilig hat, weil sie mir den Bastard eines ihrer Galane aus den feinen Salons Edinburghs unterschieben will?«

Ein entsetzter Laut war zu hören. Mary. Wie erniedrigend für die Arme, dass die beiden über ihre Angelegenheiten sprachen, als sei sie überhaupt nicht anwesend.

Ich verstand nicht, wie sich Alan derart gefühllos verhalten konnte. Bei Anabelle erstaunte mich eine solche Rücksichtslosigkeit nicht, wohl aber ihre nächsten Worte: »Und das aus dem Mund eines Mannes, der die Frechheit besitzt, eine sogenannte Cousine gewissermaßen unter den Augen seiner Braut in Rekordgeschwindigkeit zu schwängern.«

»Ihr vergesst Euch. Meine Beziehung zu Joanna ist kein Thema, das in diesem Hause diskutiert wird!« Alans Stimme hatte einen drohenden Unterton angenommen, und ohne ihn zu sehen, wusste ich, dass er jetzt mit jeder Faser seines Körpers wirkte wie der Teufel, für den ihn manche seiner Clansleute insgeheim hielten. »Wenn Ihr meine Gastfreundschaft weiterhin in Anspruch zu nehmen gedenkt, Miss Campbell, tut Ihr gut daran, dies nicht zu vergessen!«

»Ich bin Marys Anstandsdame. Ihr könnt mich nicht hinauswerfen«, triumphierte Anabelle. »Und ich werde noch heute an Seine Gnaden schreiben.«

»Es wird ihn wenig kümmern, wie die Ehe einer unbedeutenden Nichte aussieht, solange sie nur mit dem Baron Kensary verheiratet ist. Euer schweigsamer Schützling hier weiß das ganz genau. Nicht wahr, meine Liebe?«

»Ja, Mylord.« In Marys Stimme klang so viel Hoffnungslosigkeit mit, dass sie mir nun wirklich leidtat. Ich hatte genug gehört. Hastig humpelte ich zur Vordertür hinaus in den Garten.

»Habe ich nicht gesagt, du sollst deinen Fuß schonen?«

Ich war auf meinem schattigen Lieblingsplatz an dem kleinen Teich eingedöst. »Alan! Hast du mich erschreckt.«

Er setzte sich zu mir und betrachtete mich schweigend. Als ich auch nicht sprach, sagte er: »Gibt es etwas, das du mir erzählen möchtest?«

»Wie kommst du darauf?«

Für einen Moment glaubte ich, einen enttäuschten Ausdruck über sein Gesicht huschen zu sehen. Ich überlegte – womöglich war ihm nicht entgangen, dass ich den Streit im Salon mitgehört hatte. Die Vermutung lag nahe, denn woher sonst sollte er wissen, dass ich in den Garten gegangen war? Verlegen gestand ich: »Du hast Recht. Es tut mir leid, aber ich konnte einfach nicht widerstehen.«

»Widerstehen?« Verwirrt sah Alan mich an. »Wovon genau sprichst du?«

Himmel, ich spürte, wie mir die Röte ins Gesicht schoss, als ich stockend gestand, an der Salontür gelauscht zu haben. Und als ich den Streit rekapitulierte, ging mir endlich ein Licht auf. »Du denkst, ich bin schwanger!«

»Bist du es?«

»Gott sei Dank nicht! Ich meine … O Alan, sieh mich nicht so an. Es wäre wunderbar, eines Tages ein gemeinsames Kind großzuziehen. Aber du musst zugeben, der Zeitpunkt für eine Schwangerschaft wäre denkbar schlecht.«

Erleichtert schloss er mich in die Arme, begann an meinem Ohr zu knabbern und flüsterte: »Was hältst du davon, wenn wir gleich ein wenig daran arbeiten?«

»Doch nicht hier!« Ich versuchte mich aus seiner Umarmung zu lösen, dabei gelang es mir allerdings nicht vollständig, ernst zu bleiben.

»Ist das wirklich wahr, du möchtest ein Kind von mir?«

»Ich könnte mir nichts Schöneres vorstellen.« Kaum hatte ich es ausgesprochen, wurde mir klar, dass es mein voller Ernst war. Ich hatte beobachtet, wie herzlich Alan mit Kindern umging, wie entspannt. Bestimmt würde er ein wunderbarer Vater sein. Aber ich war nicht schwanger, und wäre ich es gewesen, so konnte niemand außer mir davon wissen.

Was also hatte Anabelle zu ihrer verletzenden Äußerung veranlasst? »Der Campbell-Ghillie! Er hat uns belauscht, als wir in der Bibliothek über Mòrag gesprochen haben.«

Nachdenklich sah Alan mich an. »Da kann etwas dran sein, Duncan hat mir berichtet, dass der Kerl überall herumlungert und neugierige Fragen stellt. Sehr wahrscheinlich ist er einer von Argyles Spionen.«

»Was willst du unternehmen?«

»Nichts. Solange er glaubt, dass ich Mary heirate, haben wir nichts von ihm zu befürchten.«

»Und du wirst sie heiraten.« Bevor ich diese Worte aussprach, hatte ich keine Ahnung gehabt, wie schmerzhaft das sein würde.

»Joanna, Kleines. Wir haben doch schon darüber gesprochen, ich muss es tun. Mein Vater hat sein Wort gegeben, und das ist auch für mich bindend. Ich bin für das Wohl meines Clans verantwortlich. Täte ich nicht alles, um sie zu schützen, wäre ich es nicht wert, ihr Chief zu sein.«

»Ich weiß.«

Zärtlich griff er nach meiner Hand. »Du bist das Beste, was mir in meinem Leben passiert ist. Ohne dich wüsste ich nicht, wie ich all diese Dinge ertragen sollte.«

»Du bist nicht allein, Alan, du hast wunderbare Freunde:

Duncan, Mòrag, James und Angus stehen loyal zu dir, und Lachlan tut das auch.«

Bei der Erwähnung des Bruders verfinsterte sich sein Gesicht. »Das erinnert mich an die Angelegenheit mit dem getöteten Mackenzie. Wir sind ziemlich sicher, dass Lachlans nutzlose Bande beteiligt war. Auch wenn er selbst nichts damit zu tun hat, trägt er die Verantwortung für das Verhalten seiner Leute.«

»Traust du ihm etwa eine so abscheuliche Tat zu?«

Alan starrte in die Ferne, und zum ersten Mal fielen mir die feinen Fältchen auf, die seine Augen heute besonders müde erscheinen ließen. »Nein. Lachlan hat nichts damit zu tun, aber Ruadh Brolan ist seit ein paar Tagen verschwunden.«

»Ist das der rothaarige Kerl, dem du während der Gerichtsverhandlung eine geklebt hast?«

Unvermittelt lachte er auf. »Genau der! Deine Wortwahl ist wirklich unvergleichlich.«

Ich wollte etwas entgegnen, doch da hörte ich, wie sich eilige Schritte auf dem Kiesweg näherten.

Ein Ghillie kam eilig herbeigelaufen und rief atemlos: »*Gleanngrianach!*«

»Was ist passiert?«

»Mackenzies aus Cladaich haben Lachlan herausgefordert.«

»Wo?«

»In der Tower Hall.«

Alan stieß eine Reihe gälischer Worte aus, die ich zwar nicht verstand, deren Sinn sich aber jedem erschlossen hätte. Er spurtete los und rief über die Schulter: »Du bringst Lady Joanna ins Haus. Dann ruf unsere Männer zusammen.«

»*Aye!*«

Wenn Alan glaubte, mich so einfach abschieben zu können,

dann hatte er sich geirrt. Ich ignorierte die ausgestreckte Hand des jungen Highlanders, der nervös von einem Bein auf das andere trat, und rannte los. Doch nach ein paar Schritten hatte er mich eingeholt. Dieser verdammte Fuß!

»Lady Joanna, bitte. Ihr könnt dort nicht hin!«

»Warum nicht?«

»Es ist gefährlich.« Als ich wieder loslaufen wollte, hielt er mich am Arm fest.

»Das ist es für Männer auch.«

»Aber nur für die Mackenzies. Bitte, Ihr habt gehört, was der *Gleanngrianach* gesagt hat.«

So etwas wie Furcht blitzte in seinen Augen auf, und ich begriff, dass er es nicht wagte, den Befehlen seines Chiefs zuwiderzuhandeln. »Okay, ich gehe wie befohlen ins Haus. Und du holst Hilfe!«

»*Aye!*« Erleichtert rannte er so schnell los, dass sein Kilt wild flatterte. Im Nu war er über die Gartenmauer geklettert und dahinter verschwunden.

Auf meinem Weg zurück zum neuen Haus hörte ich schon die Rufe herbeieilender MacCoinnaichs und schob mich hastig durch die schwere Eingangstür. Innen erstarrte ich. Kräftige Arme griffen nach mir, am Hals spürte ich kalten Stahl. Waren die Mackenzies etwa hier eingedrungen? Ich wurde in die Halle gezerrt und wagte es nicht, mich zu wehren. »Lass mich los, Jamie!«, keuchte ich, als ich den Mann erkannte, in dessen gnadenlosem Griff ich mich nicht einen Millimeter rühren konnte.

»Lady Joanna.« Erschrocken gab er mich frei. Jamie gehörte zu den Männern, die rund um die Uhr das Haus bewachten.

»Hast du geglaubt, die Mackenzies schicken ihre Frauen, um uns zu überfallen?«

Er wurde rot und stotterte: »Ich hatte Anweisungen … Es tut mir leid, Lady Joanna.«

»Schon gut, es ist ja nichts passiert«, beruhigte ich ihn. »Du hast völlig richtig gehandelt, ich bin es nur nicht gewohnt, dass mir jemand ein Messer an die Kehle hält. Ich hole mir ein Buch aus der Bibliothek und gehe dann in mein Zimmer.« Mir war es gleich, ob er mich für so abgebrüht hielt, dass ich angesichts der augenscheinlichen Krise nichts anderes als Zerstreuung im Sinn hatte.

Höflich hielt er mir die Tür auf und kehrte zur Eingangstür zurück.

In der Bibliothek, so wusste ich, gab es ein paar beeindruckende Waffen. Und richtig, da hingen sie an der Wand. Nachdem ich mich vergewissert hatte, dass Jamie wieder auf seinen Posten zurückgekehrt war, schloss ich die Tür sorgfältig hinter mir und schob einen der Sessel bis an die Wand. Sosehr ich mich auch streckte, den Griff des Schwerts konnte ich nicht erreichen, aber zwei der Messer ließen sich leicht aus ihrer Halterung nehmen. Das eine hatte Alan als *Dirk* bezeichnet und erklärt, dass es eine typische Waffe der Highlander war. Es besaß eine lange Klinge, und der Griff war oben mit einem silbernen Knauf verziert. Die Klinge des anderen Messers war kürzer und auf einer Seite wie wellenförmig geschliffen. Es sah sehr wertvoll aus, nicht nur, weil am Ende des Griffs ein dunkelroter Edelstein prangte. Trotzdem zog ich es aus der ledernen Scheide und nahm es an mich. Pistolen hingen auch noch an der Wand, aber da ich keine Ahnung hatte, wie man diese Dinger lud, geschweige denn, wie man mit ihnen schoss, stieg ich vorsichtig wieder vom Sessel herunter, zerrte ihn zurück an seinen Platz und verschwand durch die hintere Tür.

Wie erwartet waren auch hier am Eingang zwei Wachleute postiert. Leise versuchte ich, mich an ihnen vorbeizudrücken. Doch mein Rock raschelte so laut, dass sich einer blitzschnell umdrehte, das Schwert schon halb gezogen. »Ach Mädchen, hast du mich erschreckt!«, lachte er. »Ich dachte schon, die Mackenzie-Halsabschneider hätten sich ins Haus geschlichen.«

Ich bemühte mich um einen möglichst besorgten Gesichtsausdruck: »Was geht in der Halle vor sich?«

»Das würden wir auch gern wissen. Der *Gleanngrianach* hat befohlen, dass wir niemanden hier hereinlassen sollen. Das ist alles.« Er sah mich an, als hoffte er, ich könnte ihm mehr erzählen.

»Der Chief wird schon wissen, was zu tun ist. Ich werde mich am besten in meine Räume zurückziehen.«

Die Männer nickten. »*Aye*, Lady Joanna.« Sie kannten mich nicht gut genug, um Zweifel an meinen braven Worten zu hegen. Duncan hätte sich nicht eine Sekunde lang von mir täuschen lassen. Ich versuchte sicherheitshalber noch ein verlegenes Lächeln und lief die Wendeltreppe hinauf, ohne den Schmerz in meinem Fuß zu beachten.

Ich war nicht sicher, ob die Männer mir meine neue Rolle als folgsames Frauenzimmer bei genauerem Nachdenken immer noch abnahmen, doch das konnte mir eigentlich auch gleich sein, dachte ich, während ich den Turm ansteuerte. Dort hatte man keine Wachen aufgestellt – wer rechnete auch damit, dass jemand von oben eindringen würde? Ungehindert gelangte ich über die Wendeltreppe hinab in die Tower Hall, den riesigen Versammlungsraum, der einen direkten Zugang zur New Hall hatte, in der erst vor ein paar Tagen die Gerichtsverhandlung abgehalten worden war.

Die Atmosphäre vibrierte geradezu vor unterdrückten Aggressionen. Etwa zwanzig Männer standen im Kreis um die zwei Kontrahenten herum. Keiner von ihnen nahm mich wahr. Aus dieser Perspektive wurde deutlich, dass beide Räume eine Einheit bildeten, nur durch ein paar Stufen voneinander getrennt.

Und genau an dieser Stelle machte der oben in der Tower Hall stehende Lachlan in dieser Sekunde eine Finte und stach mit kriegerischem Schrei dem überraschten Gegner seine Schwertspitze in die ungedeckte Schulter. Die im Kreis um die Kämpfer herumstehenden MacCoinnaichs johlten und riefen *Dìleas gu bràth*, was so eine Art Schlachtruf zu sein schien.

Der Verletzte hielt die linke Hand auf den rasch größer werdenden Blutfleck auf seinem Hemd gepresst und schwankte.

Erstaunlicherweise war es Lachlan, der ihn auffing, bevor er zu Boden ging und gemeinsam mit einem der Mackenzies zu einer an der Wand stehenden Bank schleppte, wo sie ihn ablegten.

»Duncan!« Jetzt erst sah ich auch Alan. Er sandte Mòrags Freund los, damit er Verbandszeug holte. Es dauerte nicht lange, bis Dolina und einige Mädchen mit einer Wasserschüssel, Leinen und – wie es aussah – einem Krug Whisky herbeigelaufen kamen. Andere trugen Becher mit Ale, und zu meiner größten Überraschung tranken Freund und Feind jetzt auf das Wohl der Kombattanten.

»Die sind doch verrückt.« Die ganze Situation hatte etwas Surreales.

Hinter mir lachte jemand, und als ich mich umdrehte, schaute ich in die fröhlichen Augen von James.

Nie zuvor war ich Zeugin einer blutigen Auseinandersetzung geworden, aber eine anschließende Verbrüderung der Gegner erschien mir doch ausgesprochen ungewöhnlich. »Lachlan hätte den armen Kerl beinahe getötet, und jetzt saufen sie zusammen?«, fragte ich James.

»Niall Mackenzie hat ihn herausgefordert. Natürlich hatte er keine Chance, und außerdem ist er ein Freund von Lachlan. Oder war es zumindest früher einmal«, fügte er nachdenklich hinzu.

»Ach so?« Und dann erinnerte ich mich. »Das ist der durchgeknallte Bruder von dem erschlagenen Jungen, diesem Alexander, stimmt's?«

»Wenn du mit *durchgeknallt* meinst, dass er«, James tippte sich mit dem Zeigefinger an die Schläfe, »ein wenig verwirrt ist, dann hast du Recht. Das ist Alexander Mackenzies Bruder, und er hat eine Riesenwut auf uns.« James umfasste meinen Ellbogen und führte mich zu einer Fensterbank. »Trink, Mädchen. Du bist ja ganz blass«, sagte er und drückte mir einen Becher Ale in die Hand.

Misstrauisch schnupperte ich an dem Gebräu und schüttelte den Kopf. »Ein *Wee Dram* wäre mir jetzt lieber.«

Er lachte und winkte einem der Mädchen zu. »Lady Joanna mag unser Ale nicht, bring uns *Uisge-beatha*.«

Ich nahm vorsichtig einen Schluck und versuchte mich auf das angenehme Brennen in meinem Magen zu konzentrieren. Ein kurzer Blick auf die blutige Wunde in der Schulter des Ohnmächtigen hatte beinahe ausgereicht, um mein Frühstück wieder hervorzubringen. »Wenn Lachlan so überlegen ist, warum hat er die Herausforderung überhaupt angenommen?«

»Um ihn nicht zu beleidigen.«

»Das verstehe ich nicht.« Den Blick fest auf James gerichtet, vermied ich es ganz bewusst, noch einmal in die Richtung des Verletzten zu sehen, obwohl die Versuchung groß war.

»Jeder weiß, dass Lachlan der beste Schwertkämpfer der Gegend, vielleicht sogar an der ganzen Westküste ist. Mit Ausnahme des *Gleanngrianach*, selbstverständlich. Den hat noch niemand besiegt, aber er hätte ebenso gehandelt wie sein Bruder. Sie müssen nichts beweisen, und deshalb verletzten sie ihre Herausforderer nach einem Schlagabtausch, der meist gefährlicher aussieht, als er ist, nur ganz leicht, damit der Gegner möglichst keine bleibenden Schäden davonträgt. Auf diese Weise wahrt jeder sein Gesicht.« Er zuckte mit den Schultern. »Das war schon immer so, es kommt schnell mal zum Streit, aber die meisten Kämpfe enden, sobald Blut fließt.«

»Entwickelt ihr Männer euch denn überhaupt nicht weiter? Man hätte das Problem doch sicher ebenso gut in einem vernünftigen Gespräch lösen können.«

James schaute mich ratlos an. Konnten sie sich wirklich nicht anders verständigen als ein Rudel Wölfe, das bei jeder Meinungsverschiedenheit die Zähne fletschte?

»Aha, hier bist du, Kleines! Ich hätte mich auch gewundert, wenn du wirklich auf dein Zimmer gegangen wärest.« Alan nickte James zu. »Danke, Balgy, dass du dich um sie gekümmert hast. Ich befreie dich jetzt von meiner Cousine.«

Wie er James dabei angrinste! »Ich bin doch kein kleines Kind, das man auf Schritt und Tritt bewachen muss. Ich wäre sehr gut auch ohne euren männlichen Schutz zurechtgekommen.«

Die Umstehenden sogen hörbar die Luft ein. Es war ihnen wohl neu, dass jemand in diesem Ton mit ihrem Chieftain sprach. Alans Arm schoss vor und hielt mich am Handgelenk fest. Was meinen Blick von seinem belustigten Zwinkern zu meiner geballten Faust lenkte, die in seiner Hand fast verschwand. *Verdammt!* In der Rage hatte ich den Dolch gezückt, der die ganze Zeit in meinem Ärmel verborgen gewesen war. Kein Wunder, dass die Männer so erschrocken reagiert hatten. *Ich bin keinen Deut besser als die Wilden um mich herum*, dachte ich beschämt.

»Ich sehe, du bist gut bewaffnet, Kleines.« Vorsichtig schob er meine Hand beiseite. »Da wäre ich also beinahe mit einem Erbstück der MacCoinnaichs erlegt worden.«

Um uns herum lachten sie und wandten sich wieder ihren Gesprächen zu, als ein spitzer Schrei ertönte. Völlig aufgelöst und mit geschürzten Röcken kam Mary die Stufen hinabgestürzt und fiel vor dem verletzten Mackenzie, der gerade versuchte, sich mit Hilfe seiner Gefolgsleute aufzusetzen, auf die Knie.

Ratlos schaute er sie an. »Mylady …?«

Und dann war Lachlan bei ihr, fasste sie behutsam bei den Armen, zog sie auf die Füße und führte sie hinaus. Das Mädchen schluchzte: »Ich dachte, Ihr wäret verletzt worden.« Endlich nahm sie die neugierigen Blicke der Anwesenden wahr. »Oh, Lachlan. Es tut mir leid.«

James neben mir flüsterte: »Mein Gott, was für ein Spektakel.«

Im selben Augenblick schnitt Alans Stimme wie eine stählerne Klinge durch das aufgeregte Gemurmel: »Niall Mackenzie, ich sehe, dir geht es besser. Was hast du meinem Bruder vorzuwerfen?«

Alle Blicke richteten sich auf den verletzten Angreifer.

Stolz richtete er sich auf und entgegnete mit bemerkenswert klarer Stimme: »Seine Leute habe meinen Bruder getötet!«

»Das sind auch meine Leute. Willst du demnächst auch mich herausfordern?«

Der arme Kerl wurde womöglich noch blasser. »Nein, Sire. Doch Ihr solltet wissen, dass *Eure* Männer in der vergangenen Nacht drei Croft-Häuser auf *unserem* Land niedergebrannt haben. Das können wir nicht hinnehmen. Auch wenn dieses Mal niemand verletzt wurde, stehen die Leute nun vor dem Nichts.«

»Das ist in der Tat eine wichtige Information, auch unsere Pächter sind gefährdet. Du glaubst also, dass es MacCoinnaichs waren, die das getan haben?«

»Man hat den MacCoinnaich-Kriegsruf durch das ganze Tal gehört, Sire.«

»Und Cladaich hat dich geschickt, um die Tat zu rächen?« Alan stand jetzt sehr nahe vor Niall, der mindestens einen halben Kopf kleiner war und bei diesen Worten noch mehr zu schrumpfen schien.

»Das hat er nicht, Mylord.«

»Dann nimm deine Männer und geh nach Hause. Richte Cladaich mein Bedauern aus. Wir werden alles tun, um ihn bei der Suche nach den Tätern zu unterstützen. Er hat mein Wort.«

Zwei Mackenzies traten vor, um Niall zu stützen, und die ungebetenen Gäste trollten sich.

»Angus, geh und lass die anderen Familien informieren, ich will alle Gentlemen der Umgebung in zwei Tagen hier sehen.« Alan sah aus wie ein Rachegott, und sein grimmiger Gesichtsausdruck ließ keinen Zweifel daran, dass er sein Wort halten würde.

Angus sah ihn erschrocken an. »Willst du das *Fiery Cross* aussenden?«

»Noch nicht. Es gibt keinen Grund, einen Krieg auszurufen, aber die Pächter an den Grenzen müssen gewarnt werden.«

»*Aye!*«

Sein Verwalter wollte sich schon umdrehen, da sagte Alan: »Und sag den Boten, sie sollen vorsichtig sein, besonders wenn sie MacDonnells begegnen.«

James zog eine Augenbraue hoch. »Meinst du wirklich, die stecken hinter den Überfällen? Das Land gehört schon seit Generationen den MacCoinnaichs, und ihnen geht es doch nicht schlecht hier bei uns.«

»Nenne es eine Eingebung, aber ich glaube, wir stecken in ernsthafteren Schwierigkeiten, als es auf den ersten Blick aussieht. Besser also, wir sind auf alles gefasst.« Damit griff er mich am Arm: »Und jetzt zu dir!«

Ich hatte nicht übel Lust, ihn noch einmal mit dem kleinen Dolch zu überraschen. Die Selbstverständlichkeit, mit er mich herumkommandierte, war unerträglich. Andererseits wollte ich aber nach Marys Auftritt kein weiteres Aufsehen erregen und warf deshalb einen bedeutsamen Blick auf die interessierten Zuschauer.

»Ihr könnt gehen!«, grollte Alan.

Gemeinsam beobachteten wir stumm, wie die Männer durch die Tower Hall davonschlenderten, als hofften sie, doch noch etwas von unserem heraufziehenden Streit mitzubekommen.

Nach einem letzten spöttischen Gruß von James, der sich anschließend beeilte, ebenfalls zu verschwinden, streckte Alan die Hand aus: »Das Messer.«

Ärgerlich reichte ich ihm den Dolch.

»Es ist ein Erbstück und nicht besonders scharf. Kannst du überhaupt mit einer Waffe umgehen?«, fragte er.

»Was denkst du? Ich schneide jeden Morgen meine *Bannocks* mit so etwas auf.«

»Ach, na dann.« Das Grübchen in seiner Wange verschwand so schnell, wie es erschienen war. »Weißt du nicht, dass jeder hier, der mit einem Dolch wie diesem erwischt wird, deportiert werden kann?«

Fragend sah ich ihn an. »Seit 1726 darf niemand von unserem Clan ein Schwert oder andere Waffen tragen. Wir haben sie abgeben und schwören müssen, uns an diese Verordnung zu halten.«

»Na, das hat man ja gerade gesehen«, sagte ich mit einer Kopfbewegung zur Halle. »Alles unbewaffnete, nette Jungs. Wer will eigentlich überprüfen, ob das Waffenverbot eingehalten wird?«

»Die Rotröcke. Auf ihren regelmäßigen Patrouillen machen sie sich einen Spaß daraus, die Katen der Highlander zu durchsuchen. Der kleinste Verdacht reicht schon aus, um die Männer festzusetzen und ihre Häuser abzubrennen, egal, ob sich in den Hütten noch Frauen, Kinder oder nur Tiere befinden.« Mit einer resigniert wirkenden Geste fuhr er sich durchs Haar. »Seaforth ist längst begnadigt, aber der Schrecken nimmt einfach kein Ende.«

»Wie furchtbar. So ein kleines Messer können sie aber doch nicht ernsthaft für gefährlich halten?«

»Es reicht, um einem Mann zu töten. Warum sonst hast du es eingesteckt?«

Ich musste zugeben, dass er Recht hatte. Allmählich verstand ich den Groll immer besser, den die Highlander gegen die *Rotröcke*, die Soldaten des englischen Königs, hegten. Ich schämte mich fast ein wenig, dass der Monarch ein Landsmann von mir war, aber dieses kleine Detail behielt ich wohlweislich für mich. »Kommen diese Soldaten auch nach Gleann Grianach?«

»Nicht, wenn ich es verhindern kann. Das Tal liegt versteckt, deshalb verirrt sich selten ein Trupp hierher, und mit Cladaich haben wir eine Vereinbarung. Er informiert uns über ankommende Schiffe und Soldaten.«

»Und eure Waffen könnt ihr dann rechtzeitig verstecken. Ist das nicht sehr riskant für ihn?«

»Nicht gefährlicher als die Aussicht, ansonsten sein Land zu verlieren.«

»Warum das?«

»Weil es den Besatzern so gefällt. Es gibt selten einen guten Grund für das, was sie tun. Außer ihrer widernatürlichen Grausamkeit und Habgier. Cladaich wäre nicht der Erste, den man in Sippenhaft nähme. Wir gehören alle zum Clan der Mackenzies.«

»Und wenn ihm jemand Gleann Grianach für einen Verrat verspräche?«

»Cladaich ist zwar geldgierig, aber so unehrenhaft würde ein Mackenzie niemals handeln.« Selbstbewusst hob Alan das Kinn und wirkte in diesem Moment so unnahbar und arrogant, wie man sich landläufig einen mächtigen Clanchief vorstellte.

Diese Seite an ihm mochte ich gar nicht. Schnell versuchte ich das unangenehme Gefühl zwischen meinen Schulterblättern abzuschütteln. »Dennoch ist es nicht gut, wenn Unfrieden zwischen Cladaich und uns herrscht.« Himmel, ich hatte *uns* gesagt. Fühlte ich mich womöglich schon als Teil des Clans? Schnell redete ich weiter: »Wer, glaubst du, hat diese Überfälle verübt? Und könnte derjenige nicht auch Schuld an Alexanders Tod haben?«

»Wenn ich das wüsste, Kleines, wäre ich schon weiter. Und jetzt genug davon, du solltest dich wirklich nicht mit diesen Dingen belasten.«

»Womit sollte ich mich denn deiner Meinung nach befassen?«, fragte ich scheinheilig. »Vielleicht mit dem Geheimnis von *Sìdh Beag*? Müssen wir wirklich bis zum Mittsommerfest warten, um herauszufinden, was dort passiert ist?«

Alan schob sich eine schwarze Strähne aus dem Gesicht, wie er es häufig tat, wenn ihm etwas nicht gefiel. »Sobald es geht, reiten wir dorthin. Im Moment steht jedoch die Sicherheit meines Clans an erster Stelle. Das verstehst du doch, Kleines?«

»Oh, na gut! Rette du erst einmal die Welt, dann wird schon noch Zeit sein für diese gänzlich unbedeutende Angelegenheit. Ich habe ja nur eine Reise durch fast drei Jahrhunderte gemacht. Gemeinsam mit dir übrigens, wenn ich dich erinnern darf.«

Er hatte mir offenbar nicht zugehört. »Wo zum Teufel steckt eigentlich Lachlan? Mit ihm habe ich ein paar ernsthafte Worte zu reden.« Alan gab mir einen Klaps auf den Hintern, der mich wider Willen kichern ließ, obwohl ich ihm lieber gegen das Schienbein getreten hätte, und ging mit langen Schritten in Richtung Bibliothek. Kurz bevor er hinter dem schweren Gobelin verschwand, der den Durchgang verbarg, drehte er sich noch einmal um: »Ich kümmere mich später um unsere *Angelegenheiten*. Versprochen.« Ein verheißungsvolles Lächeln umspielte seine Lippen.

Gern hätte ich ihm etwas Hartes an den Kopf geworfen, doch die Ale-Becher waren leider alle schon fortgeräumt worden. Vermutlich konnte ich froh sein, dass ein Mann des achtzehnten Jahrhunderts überhaupt seine Sorgen mit mir teilte und nicht nur sein Bett. Dieses Vertrauen auszubauen und mich als gleichwertige Partnerin zu beweisen, würde noch ein gehöriges Stück Arbeit werden. Immerhin hatte ich die jahrzehntelange Überzeugungsarbeit der Frauenbewegung in kürzester Zeit zu leisten. Doch für die Zukunft war mir das wichtig.

Sofern wir denn überhaupt eine gemeinsame Zukunft haben, rief ich mich sofort zur Ordnung. Diese Ungewissheit war qualvoll, doch ihn schien das alles wenig zu berühren, sonst wäre es ihm mit der Aufklärung des Rätsels doch bestimmt eiliger gewesen. Zudem schien die Aussicht auf eine Ehe mit Mary ihn zwar nicht zu begeistern, aber etwas dagegen unternehmen wollte er anscheinend auch nicht. Wenn es noch eines Beweises bedurft hätte, dass seine zukünftige Ehefrau bis über beide Ohren in seinen eigenen Bruder verknallt war, heute hatten wir ihn erhalten.

Doch sie mit Lachlan zu verheiraten und selbst als Chief abzudanken, das schien ihm nicht in den Sinn zu kommen. Wusste er mehr über das Geheimnis der Steine, als er mir gegenüber zugab?

11

Die Lady

In dieser Stimmung traf mich Mòrag an, die mit einem Korb in der einen und einer Laterne in der anderen Hand um die Ecke schaute. »Gut, dass du noch hier bist, ich könnte deine Hilfe gebrauchen.«

»Was hast du vor?«

»Ich will Fasane aus dem Quellkeller holen.«

So recht verstand ich nicht, was sie meinte, und musste wohl dementsprechend ratlos geguckt haben, denn sie erklärte lachend: »Unten im Turm ist eine alte Quelle. Früher hat man dort frisches Wasser geholt, besonders wenn die Burg belagert war – oder man sperrte Gefangene ein. Heute nutzen wir die Quelle nicht mehr. Es ist zu umständlich, und außerdem haben wir ja den Brunnen im Hof. Aber da unten ist es immer kühl, und wir bewahren viele Vorräte in diesem Keller auf.«

»Natürlich komme ich mit.« Endlich konnte ich mich einmal nützlich machen. Meine finsteren Gedanken waren sofort verflogen.

»Könntest du mir leuchten?«

»Sicher.« Ich ergriff den fünfarmigen Leuchter.

Mòrag öffnete ihre Laterne und entzündete rasch die Kerzen. »Leider sind die Stufen ziemlich glatt. Meinst du, das geht mit deinem Fuß?«

»Aber sicher. Wie viele Fasane haben die Männer denn geschossen?«

»Geschossen?« Mòrag kicherte. »Wir halten sie drüben hinter der Orangerie. Der *Gleanngrianach* hat sie vom Kontinent mitgebracht. Zuerst wusste die Köchin nichts damit anzufangen, die Eier sind auch viel zu klein. Sie schwört, dass sie nie zuvor seltsamere Vögel gesehen hat. Aber dann fand Mama unter den Rezepten von Lady Keriann auch eines für Fasane. Wir haben natürlich erst etwas herumprobiert, bevor wir die Viecher das erste Mal auf die Tafel des Chiefs gebracht haben.« Sie lächelte verschmitzt. »Ich muss sagen, so ein Braten ist schon sehr lecker. Der *Gleanngrianach* war der Erste an der ganzen Westküste, der seinen Gästen Fasan serviert hat.«

Während sie weiter stolz von Alans Überlegenheit anderen Chieftains gegenüber schwärmte, gingen wir gemeinsam zu der in einer Nische versteckt liegenden Tür, die augenscheinlich in den Keller führte. Sie nahm einen Eisenschlüssel aus ihrer Schürze und steckte ihn in das große Schloss. Auch hier fiel mir auf, wie gut die Scharniere geölt waren. Obwohl die Tür alt aussah, öffnete sie sich leicht und lautlos.

»Gibt es ein schottisches Gesetz, das vorschreibt, alle Türen regelmäßig zu ölen?«

»Was du immer fragst!« Mòrag schüttelte den Kopf, wobei sie ein Lächeln aber nicht unterdrücken konnte. »Unsere Türen werden so gut gepflegt, damit man sie bei Gefahr benutzen kann, ohne dass es jemand bemerkt.«

Ich kam mir ziemlich naiv vor. Wir lebten in einer Zeit, in der Nachbarn schon mal mit dem gezückten Schwert vor der Tür standen, wie ich soeben selbst erlebt hatte. War es da ein Wunder, wenn die Menschen Vorkehrungen trafen, um sich notfalls in Sicherheit bringen zu können? Das brachte mich auf eine Idee. »Gibt es hier etwa einen Geheimgang?«

»Mehrere«, sagte sie leichthin. »Aber sie werden schon lange nicht mehr benutzt. Nun komm, Mama wartet auf mich.« Meine Freundin ging voran, und ich folgte ihr mit dem schweren Leuchter in der Hand. Die Steinwände glitzerten feucht, aber immerhin gab es hier ein Geländer, das beim Hinabsteigen Halt gab.

Schließlich erreichten wir das Kellergewölbe. In der Mitte eines großen Raums glaubte ich ein ummauertes Becken erkennen zu können – die Quelle.

Im Boden befand sich eine Vertiefung, in der sich das überfließende Wasser sammelte und die ich gerade noch rechtzeitig bemerkte, bevor ich hineintrat. Die Rinne verlief quer durch den Raum und leitete das Quellwasser in eine Öffnung im Mauerwerk.

»Daraus wird jetzt der Teich im vorderen Garten gespeist.«, erklärte Mòrag. Sie stellte ihre Laterne auf dem Beckenrand ab und schöpfte mit einem Gefäß etwas Wasser. »Probier mal. Es kommt aus den Tiefen der Berge und schmeckt herrlich frisch.«

Nach kurzem Zögern nahm ich einen Schluck. Es stimmte, besseres Wasser hatte ich selten zuvor getrunken.

»Wir holen hier das Wasser für die Tafel und«, sie zwinkerte mir zu, »für den Whisky.«

»Das ist also das Geheimnis des guten Gleann-Grianach-Whiskys.«

»Das und etwas Spucke vom Chief.«

»Oh, natürlich. Mach dich nur lustig über mich.«

Mòrag lachte und führte mich einen Gang entlang. Hier

war die Luft deutlich trockener. Einmal passierten wir Türen mit vergitterten Fenstern. »Das sind die Zellen, von denen ich dir erzählt habe«, sagte sie.

Mir grauste es bei dem Gedanken, dass hier einst Menschen in der Dunkelheit einem ungewissen Schicksal entgegengedämmert hatten.

Ein Stück weiter den Gang entlang erreichten wir eine weitere Tür. Mòrag schloss auf, und als ich hineinleuchtete, sah ich sie hängen: mehrere Fasane, der Hirsch, den Alan neulich erlegt hatte, ein paar kleinere Tiere, vermutlich Hasen. In wackligen Regalen standen Körbe mit Eiern und zahllose Krüge, die sorgfältig mit Leinentüchern abgedeckt waren. Wir entzündeten einige Fackeln, und Mòrag begann gewissenhaft, alle Lebensmittel zu überprüfen.

Ich schätzte die Temperatur auf knapp über null Grad, und mir wurde allmählich kalt, da nahm sie einen Krug vom Regal, hob das Tuch ab und stocherte mit ihrem Messer darin herum. »Probier mal, dieses Gemüse kommt vom Kontinent. Es ist lecker.«

Vorsichtig nahm ich das Stück von der Messerspitze, steckte es in den Mund – und spuckte das Zeug im hohen Bogen wieder aus. »Das ist total verdorben! Mòrag, das Zeug kann kein Mensch mehr essen. Was ist das überhaupt?«

Erschrocken schaute sie mich an. »Sauer eingelegte Gurken. Ach, Joanna, es tut mir leid. Wenn ich das geahnt hätte, hätte ich dir doch nie etwas davon gegeben. Letzte Woche war es noch gut, ganz bestimmt.«

»Und woher weißt du das?«

»Ich habe davon gekostet«, gab sie zu.

»Und dabei hast du mit der Hand hineingefasst.«

»Kann sein. Warum?«

»Kein Wunder, dass diese Gurken so eklig schmecken, sie sind schlecht geworden.«

Sie entschuldigte sich noch einmal.

»Kein Problem, ich spüle mir an der Quelle den Mund gründlich aus, dann wird schon nichts passieren.« Mit verdorbenen Lebensmitteln war in einer Welt fast ohne Medikamente nicht zu spaßen, und der weiche Pelz auf den verschrumpelten Gurken hatten wirklich ganz widerlich geschmeckt.

Erleichtert nahm Mòrag vier Fasane von den eisernen Haken und legte sie in ihren Korb. Anschließend hob sie auch noch einen großen Käse vom Regal. »Ich schätze, den möchtest du nicht probieren?« Mit dem Messer schnitt sie eine Ecke herunter.

Lachend lehnte ich ab, und sie steckte das Stück selbst in ihren Mund. »Mhm! In letzter Zeit könnte ich alles durcheinander essen.« Sie legte den Käse ebenfalls in ihrem Korb. »So, das müsste reichen. Es ist unfassbar, was wir an Vorräten verbrauchen, seit die Campbells hier sind.«

»Und ich.«

»Ach was, so eine kleine Person wie du fällt doch kaum ins Gewicht. Da könnten sich höchstens die Rinder beschweren, weil du ihnen das Gras wegisst. Aber damit geben sich die Ladys ja nicht zufrieden. Für sie darf es nur das Beste geben, und davon immer mehr, als ein normaler Mensch je essen könnte.« Mit einem Schulterzucken drehte sie sich um. »Immerhin fällt manchmal etwas für uns ab. Ich habe noch nie so viel Fleisch gegessen wie in letzter Zeit.« Sie rieb sich mit der Hand über den Bauch.

»Na, ihr seid ja auch jetzt zu zweit, da kann ein wenig Extrakost sicher nicht schaden.«

»So gesehen, müsste ich dankbar sein, dass wir die Reste von der Tafel bekommen.« Mòrag lachte. »Eines steht fest, wäre der *Gleanngrianach* nicht reich, dann könnte er sich eine so teure Braut wie Mary Campbell gar nicht leisten. Die frisst ihm ja buchstäblich die Haare vom Kopf! Und du solltest die Kleider sehen, die gestern für sie und ihre vermeckerte Gesellschafterin angekommen sind.«

»Vielleicht sollte er sie schnell heiraten, damit wir wenigstens diese Anabelle loswerden.«

»Das meinst du doch nicht ernst?«

Nein, ich meinte es nicht ernst damit. Schon der Gedanke an die bevorstehende Hochzeit machte mich ganz krank. Ich wünschte, die Campbells und ihr verdammter Duke würden sich in Luft auflösen und die Einzige, die Alan heiraten wollte, wäre ich. Aber war es auch das, was sich Alan wünschte? Ich fröstelte, und Mòrag, die es sah, sagte: »Ich bin so weit. Lass uns gehen.«

Nachdem wir die Fackeln gelöscht und wieder in ihre Halterungen gesteckt hatten, begaben wir uns auf den Rückweg. Unterwegs zeigte sie auf eine niedrige Holztür. »Hier geht es noch weiter runter in den Eiskeller. Von dort aus soll es einen geheimen Gang in die Berge geben. Aber wer weiß, ob der nicht schon längst verschüttet ist.«

»Gruselig!«

»Ja, das finde ich auch. In das Eisloch kriegt mich niemand rein. Selbst Duncan mag nicht gern hinuntergehen. Er schwört, ihm sei dort unten schon einmal die weiße Lady begegnet.«

Von dieser Gestalt hatte ich nun schon häufiger gehört. »Wer ist diese *Lady* eigentlich – ein Geist?«

»Pscht. Komm, spül dir schnell den Mund und dann nichts

wie raus hier.« Sie bedeutete mir, mit dem Leuchter voranzugehen und folgte, jedoch nicht, ohne einige Male einen unsicheren Blick über ihre Schulter zu werfen.

Oben angekommen, löschte ich sorgfältig die Kerzen. Feuer sei eine ständige Gefahr in diesen alten Häusern, hatte Alan mir eingeschärft, als ich einmal eingeschlafen war, ohne meine Nachtkerze zu löschen.

Weil ich hoffte, Karotten abzustauben, begleitete ich Mòrag bis in die Küche. Brandubh hatte sich daran gewöhnt, täglich von mir besucht zu werden, und wieherte meist schon in Vorfreude auf eine Leckerei, wenn er meine Schritte hörte. In den letzten Tagen hatte er mich bestimmt schon vermisst. Außerdem wollte ich unbedingt nach meiner kleinen Fuchsstute sehen, um mich besser mit ihr vertraut zu machen.

Doch erst einmal musste ich mir Vorhaltungen der Köchin anhören, weil ich wieder einmal das Mittagessen verpasst hatte. »Du warst doch krank, Mädchen.« Sie tätschelte meine Wange. »Geht es dir besser?«

»*Aye*, der Fuß schmerzt fast nicht mehr. Bei der Aufregung vorhin habe ich meinen Hunger ganz vergessen.«

»Das ist ja nun vorbei«, sagte sie, drückte mich auf einen Schemel, und im Nu waren die wie immer frisch gebackenen *Bannocks*, cremige Butter und ein dampfender Napf mit Suppe vor mir aufgebaut. Folgsam begann ich zu essen und sah zu, wie Mòrag den Fasanen die langen Schwanzfedern ausrupfte, die sie behutsam beiseitelegte. Danach packte sie ein Tier bei den Krallen, um es in einem Kessel mit kochendem Wasser hin und her zu schwenken.

»Was ist denn nun mit der weißen Frau?«, fragte ich mit vollem Mund.

Um uns herum wurde es still.

»Das willst du nicht wissen!« Mòrag angelte den Vogel aus dem Kessel und tunkte ihn kurz in einen Wassereimer, den eines der Mädchen hereingebracht hatte. Dann begann sie, ihn mit rhythmischen, flinken Bewegungen zu rupfen.

»Also gut, ich erzähle es dir.« Sie sah sich nach den anderen um, und als sie sicher war, dass uns niemand mehr beachtete, sprach sie mit gedämpfter Stimme weiter. »Die MacCoinnaichs lebten nicht immer in Gleann Grianach, früher gehörte dieses Tal den MacLeods, und ihr Chief Douglas MacLeod wohnte in einer Burg, die aus dem Wohnturm, der immer noch steht, und ein paar kleineren Wirtschaftsgebäuden bestand. Er war ein wüster Kerl, der keinen Weiberrock in Ruhe lassen konnte. Doch eines Tages entschloss er sich zu heiraten, denn wie jeder Chief brauchte er Söhne, die sein Erbe antreten würden, wenn einmal seine Zeit gekommen war.

Seine Auserwählte war eine MacDonald und kam von der Nebelinsel im Westen. Man sagt, sie sei zart und nicht sehr leidenschaftlich gewesen. Die MacLeods begegneten ihr, einer Fremden, auch dann noch mit Misstrauen, als sie schon den zukünftigen Erben unter ihrem Herzen trug. Eines Nachts verließ sie aus irgendwelchen Gründen die gemeinsame Schlafkammer oben im Turm. Vielleicht war sie auf der Suche nach dem treulosen Ehemann, denn der war bereits in der Hochzeitsnacht vor Morgengrauen aus ihrem Bett verschwunden. Wie man sagt, um seine Geliebte zu besuchen. Von ihr hieß es, sie habe ihn verhext, so verrückt sei er nach ihr gewesen. So ging das nun schon seit Monaten jede Nacht. Erst wohnte der Treulose seiner Angetrauten bei, wie es seine Pflicht war, dann lief er zu seiner Metze.

Die junge Lady aber fiel in der Dunkelheit die Treppe hinunter. Niemand hörte ihre Rufe, als sie hilflos auf den kalten Steinen liegen blieb. Durch den Sturz verlor sie das Baby und starb in den Armen eines Wachmanns, der sie endlich im Morgengrauen fand.

Mit ihrem letzten Atemzug, so erzählte dieser später, habe sie den MacLeod von Gleann Grianach, seinen Clan und die teuflische Geliebte verflucht.

Die Metze des Chiefs fand man bald darauf mit gebrochenem Genick in einer engen Schlucht, wo sie vermutlich einer ihrer Ziegen hinterhergestiegen war. Douglas MacLeod starb an einem Hundebiss, und weil er keinen Nachfolger hinterließ, verstreuten sich die MacLeods bald in alle Winde. Die unglückliche Ehefrau jedoch spukt seit ihrem tödlichen Sturz im alten Turm, und man sagt, sie hat es dabei besonders auf Frauen abgesehen, die …«

»Mòrag, hör auf zu schwatzen, sonst wird das Abendessen niemals rechtzeitig fertig«, mischte sich Dolina ein, die gerade mit einem Korb voll schmutzigem Geschirr hereingekommen war. Sie winkte einem Spülmädchen. »Sieh zu, dass du nicht wieder etwas zerbrichst«, mahnte sie das schmächtige Kind, doch ihre Stimme klang mütterlich dabei. »Joanna, die Ladys bitten dich heute Nachmittag zum Tee. Mòrag wird dir rechtzeitig das Seidenkleid herauslegen.«

Meine Freundin warf mir einen entschuldigenden Blick zu und tunkte den Vogel, der während ihrer Geschichte nackt und vergessen vor ihr gelegen hatte, noch einmal kurz ins Wasser bevor sie ihm mit zwei raschen Schnitten die Füße abtrennte. Den Bürzel ereilte das gleiche Schicksal, und als sie anfing, im Bauch des Fasans herumzufuhrwerken und kurz darauf seinen Magen umstülpte, um den Inhalt in den bereitstehenden Eimer zu befördern, hätte sich mein Mittagessen beinahe hinzugesellt. Fluchtartig verließ ich die Küche.

Welche Frauen die weiße Lady auf dem Kieker hatte, konnte ich mir wohl denken. Ich dachte an meinen Sturz. Aber irgendetwas stimmte dennoch nicht, und plötzlich erinnerte ich mich, kurz zuvor eine Hand in meinem Rücken gespürt zu haben. Konnten Geister schubsen?

Ich glaubte es nicht, aber ehrlich gesagt traute ich auch niemandem solch eine Gemeinheit zu. Am allerwenigsten Mary. Und Geister gab es auch nicht!

Allmählich wurde ich schon genauso abergläubisch wie der Rest der MacCoinnaichs. Das kam ganz sicher von diesen gälischen Schauergeschichten, die man sich hier bei jeder Gelegenheit erzählte. *Und was ist mit den violetten Augen?*, fragte mich lautlos die ständig zweifelnde Stimme in meinem Inneren.

Über den neuen Priester war mir in den letzten Tagen schon so einiges zu Ohren gekommen, das mich nicht für ihn einnahm. Er ohrfeigte die Kinder ohne Grund und drohte den armen Gläubigen mit ewiger Verdammnis und Höllenfeuer, sollten sie nicht endlich von ihren alten Sitten lassen. Anabelle schien ihn nach Kräften zu unterstützen und hatte mit ihrem Gerede bereits Unruhe in den Haushalt gebracht. Er sollte sogar gesagt haben, dass man Weiber wie Kenna anderswo längst verbrannt hätte. Womit er zweifellos Recht hatte. *Zum Glück würde Alan so etwas niemals zulassen,* beruhigte ich mich.

Große Lust auf einen Nachmittag in Gesellschaft der Inquisition, wie ich insgeheim die neue Allianz von Anabelle und dem Pfaffen nannte, hatte ich zwar nicht, aber ich wollte mir selbst ein Bild machen, und immerhin würden sie mich garantiert von meinem geheimnisvollen Unfall ablenken.

Elegant gekleidet, allerdings ohne die wackeligen Pantoffel, ging ich also wenig später die flachen Stufen zum Salon hinab. Meine Röcke schleiften raschelnd hinter mir her. Gerade noch rechtzeitig fiel mir ein, die letzten Meter würdevoll zu schreiten, und mit einem Lächeln dankte ich dem Ghillie, der die Tür zum Salon weit aufriss und in schauerlichem Englisch ankündigte: »Miss Joanna Edgeworth aus Drogheda in Irland, Nichte von Lady Keriann, Gott sei ihrer Seele gnädig, und Cousine des *Gleanngrianach* selbst.«

Gleich darauf beugte sich ein dunkel gekleideter Gentleman schnaufend über meine Hand und linste mir dabei unverfroren ins Dekolleté.

Das ist also der Priester, dachte ich belustigt. Der Mann entsprach einigen gängigen Klischees, die über katholische Geistliche existierten. Lüstern und übergewichtig passte schon einmal, und dem Atem nach zu urteilen, war er einem nachmittäglichen Drink nicht abgeneigt; ich war gespannt, was noch kommen würde.

Linkisch erhob sich auch der junge Lehrer und blickte mich dankbar an, als ich ihn freundlich begrüßte. Wahrscheinlich hatte er nach meinem Besuch in der Schule befürchtet, dass ich nicht gut auf ihn zu sprechen sei. Alans Erklärungen waren jedoch inzwischen auf fruchtbaren Boden gefallen, und ich hatte eingesehen, dass man behutsam vorgehen musste, wollte man eine so archaische Gesellschaftsordnung wie das Clansystem erfolgreich reformieren. Dem jungen Lehrer mochte die Weitsicht fehlen, doch er gab sich alle Mühe, es seinem Arbeitgeber recht zu machen und war lernwillig.

Mary saß auf der vorderen Kante des Sofas und warf mir einen bittenden Blick zu.

Hatte sie etwa den Auftritt, den sie nach Lachlans Kampf

hingelegt hatte, der gestrengen Gesellschafterin verschwiegen? Ich zwinkerte ihr zu, und Erleichterung zeichnete sich auf dem jungen Gesicht ab.

Anabelle hatte diesen kurzen Moment gegenseitigen Einverständnisses glücklicherweise nicht bemerkt. Sie bemühte sich erstaunlicherweise um eine freundliche Miene, als sie mich begrüßte und gleich darauf dem Mädchen ein Zeichen gab. »Servier den Tee.«

Mary gab wenig später Milch und Honig in eine flache Porzellantasse und schenkte den duftenden Tee überaus elegant ein. Sie reichte uns die Tassen, ohne einen Tropfen zu verschütten. In solchen Dingen war sie wirklich sehr geschickt, und entsprechend selbstbewusst wirkte sie dabei.

»Ihr stammt aus Irland?« Der Priester beugte sich interessiert vor. »Dann nehme ich an, Ihr gehört ebenso wie die verstorbene Lady Keriann, Gott sei ihrer Seele gnädig, zur heiligen katholischen Kirche?«

»So ist es.« Artig faltete ich die Hände im Schoß. Was würde jetzt kommen?

»Ich habe Euch beim Gottesdienst vermisst.«

Das ließ sich leicht erklären. »Ich war verletzt und konnte den Weg ins Dorf nicht zurücklegen.«

»Sehr bedauerlich, aber wie ich sehe, geht es Euch nun besser. Darf ich Euch dann demnächst zur Messe erwarten?«

Mir blieb nichts anderes übrig, als erfreut zu tun. »Selbstverständlich.« Eigentlich hätte mich der Blitz treffen müssen, denn ich log, ohne mit der Wimper zu zucken. Welch ein Glück, dass ich in religiösen Dingen einigermaßen sattelfest war, zumindest, was die Kirche betraf, deren Repräsentant gerade ein weiteres Törtchen in sich hineinschlang. Zehn Jahre Klosterschule hatten dafür gesorgt. Bei der Vorstellung, welches Gesicht er machen würde, wenn ich womöglich eine Beichte ablegte, musste ich beinahe kichern. Ob Alan zur Messe ging?

»Die MacCoinnaichs sind kein sehr gottesfürchtiger Stamm«, wandte sich der Priester nun an Mary. »Doch immerhin hat die Kirche seit meinem letzten Besuch hier diesen wunderbaren neuen Taufstein bekommen, und die braven Leute tauschen so häufig das Wasser darin aus, dass ich mit dem Weihen kaum nachkomme.« Ein Rest Sahne tanzte auf seiner pockennarbigen Wange. »Euren zukünftigen Gatten habe ich schmerzlich vermisst. Ich zähle auf Euch, dass Ihr dies bald ändern werdet, liebes Kind.« Er beugte sich vor, um Marys Hand zu tätscheln, und die Arme zuckte erschrocken zusammen. »Lord Kensary hat mir leider bisher noch keinen Termin genannt. Sicherlich war er nur zu beschäftigt?« Erwartungsvoll lehnte er sich noch weiter vor.

Marys Gesicht überzog eine leichte Röte, und die Teetasse klirrte in ihrer Hand.

»Gib schon her!« Anabelle übernahm das Einschenken. Mary tat mir leid.

»Zweifellos wird er das bald nachholen«, sagte ich. Und da mir nichts Besseres einfiel, fragte ich den Gottesmann, während ich Anabelle mit einem beiläufigen Nicken meine Tasse reichte: »Ihr seid nicht von hier?«

»Meine Heimat ist das schöne Sussex, doch dem Herrn hat es gefallen, mich in diese Wildnis zu senden, um sein Wort zu verkünden.«

»Aber gewiss sprecht Ihr Gälisch?«, fragte ich scheinheilig.

»Natürlich nicht. Das ist die Sprache der Heiden.«

»Wie wollt Ihr dann wissen, ob die MacCoinnaichs gottesfürchtige Leute sind oder nicht?«

Der junge Lehrer neben mir begann zu grinsen, bemühte sich aber rasch wieder um einen ernsthaften Gesichtsausdruck, als Anabelle uns einen strengen Blick zuwarf und zu einer Belehrung anhub. »Liebe Joanna, Ihr kommt aus einem anderen Land und könnt das natürlich nicht wissen«, sagte sie. »Aber ich versichere Euch, es ist allgemein bekannt, wie weit verbreitet die heidnischen Riten im Hochland sind. Die Menschen hier sind verstockt, und solange sie ihre seltsame Sprache sprechen, wird sich auch nichts daran ändern. Ihr stimmt mir da gewiss zu, nicht wahr?«, wandte sie sich an den Lehrer.

»Eigentlich …« Erschrocken suchte er nach den richtigen Worten.

»Seht Ihr!« Anabelle duldete offensichtlich keinen Widerspruch und nippte zufrieden lächelnd an ihrem Tee. Ihre schmalen Augen glitzerten wie die einer Katze, die fasziniert in ein Goldfischglas starrt und sich dabei bereits ausmalt, wie sie die verängstigten Tiere mit der Pfote herausangeln würde. Ich hätte wetten können, dass sie etwas Böses im Schilde führte. Aber wahrscheinlich ging wieder einmal meine Fantasie mit mir durch.

»Der Lehrer hat erst kürzlich die Schule von Gleann Grianach übernommen und kennt hier bisher kaum jemanden, ist es nicht so?« Durchdringend sah ich ihn an.

Ein *Das stimmt!* war alles, was ich ihm entlocken konnte. Wenn er mit seinen Schülern auch so wenig sprach, dann würden sie vermutlich gar nichts lernen.

Der Priester räusperte sich. »Nun, das weiß ich. Deshalb kann er ja auch dankbar sein, dass ich noch rechtzeitig wichtige Änderungen in unserer kleinen Schule vorgenommen habe. Als wohlerzogener Sohn eines Peers konnte er nicht wissen, wie gefährlich es ist, Mädchen das Schreiben beizubringen.«

»Wie das?«, erkundigte ich mich.

Anabelle mischte sich ein: »Nun, das liegt doch auf der Hand. Unbedarfte Mädchen kämen womöglich auf die Idee, diese Fähigkeiten zu nutzen, um ihre romantischen Flausen zu verbreiten und damit unerwünschte Aufmerksamkeit junger Herren auf sich zu lenken.«

Darauf war ich allerdings noch nicht gekommen. »Aber lesen lernen sie doch?«

»Was für eine Frage! Wenn auch unser guter Priester noch nicht überzeugt ist, so weiß man doch, dass das tägliche Lesen in der Heiligen Schrift bei Mann und Frau gleichermaßen die Gottesfurcht stärkt. Selbstverständlich müssen die Kinder in englischer Sprache unterrichtet werden und nicht in ihrem heidnischen Kauderwelsch.«

»Amen«, murmelte ich und überlegte, ob sich nicht eine Ausrede fand, um mich bald zurückziehen zu können.

12

Flucht

Wäre ich doch bloß nicht zu dieser vermaledeiten Teestunde gegangen!

Das Geräusch von Brandubhs Hufen auf dem Kies klang schrecklich laut in meinen Ohren, und sobald es möglich war, lenkte ich das Pferd auf den Grasstreifen am Wegesrand. Wozu man hier überhaupt einen derart breiten, befestigten Fahrweg angelegt hatte, war mir rätselhaft. Soweit ich wusste, gab es keine geeigneten Zufahrten zum Tal, und außer ein paar Karren im Dorf hatte ich bisher auch keine Gefährte in Gleann Grianach gesehen. Alans Haushalt jedenfalls besaß keine Kutsche, und er wäre der Einzige gewesen, der sich diesen Luxus hätte leisten können.

Ich drehte mich noch einmal nach dem Herrenhaus um, das durch die Bäume kaum mehr zu sehen war. Dann trieb ich Brandubh zur Eile an. Er ließ sich nicht lange bitten und trabte rasch am Torhaus vorbei. Ich hatte Glück – niemand kam aus der niedrigen Tür, um zu schauen, wer da am Sonntagnachmittag unterwegs war. Vorsichtshalber schlug ich dennoch zuerst den Weg ins Dorf ein, bevor ich dann nach Westen abbog und den Pfaden folgte, von denen ich hoffte, sie würden mich früher oder später zu dem schmalen Tal führen, das Gleann Grianach von der Außenwelt trennte.

Viel hatte ich auf meine überstürzte Flucht nicht mitge-

nommen. Ein paar *Bannocks* und kaltes Fleisch vom Abendessen hingen, eingeknotet in ein Leinentuch, am Sattel, und
das große Plaid lag zusammengerollt hinter mir. Es würde mir
gute Dienste als Nachtlager leisten. Mein eigenes Tuch hatte
ich mit einem viel zu langen Lederriemen in der Taille befestigt und die vorderen Zipfel mit einer einfachen Gewandnadel
vor meiner Brust festgesteckt, wie ich es mir bei Mòrag und
anderen Frauen abgeschaut hatte. Obwohl die Farben des
Himmels auch für den kommenden Tag schönes Wetter versprachen, wurden die Abende doch manchmal ziemlich kühl,
sobald die Sonne hinter den hohen Gipfeln im Westen verschwand. Mit der Hand schützte ich meine Augen, als ich in
ihre letzten Strahlen blinzelte, um mich zu vergewissern, dass
ich auf dem richtigen Weg war. Danach drückte ich Brandubh
meine Fersen in die Flanken, um ihn aus der gemütlichen
Gangart heraus und in einen leichten Trab zu treiben. Ihn ga-
loppieren zu lassen, wagte ich allerdings nicht. Die Spuren, die
er auf dem Gras hinterließ, waren auch so vermutlich gut genug zu lesen, dass man mir mühelos folgen konnte, sobald
meine Flucht entdeckt werden würde – sofern jemand daran
interessiert war, mir zu folgen. Ich hielt es für viel wahrscheinlicher, dass Alan mir keine Träne nachweinte, sondern sich
vielmehr freute, dass er mich so unkompliziert loswurde.

Wieder einmal war ich auf einen Kerl reingefallen. Mein
bitteres Lachen ließ Brandubh die Ohren spitzen. Ich klopfte
seinen kräftigen, warmen Hals. »Du bist anders, mein Schöner. Du hast mir sogar durch die Jahrhunderte die Treue gehalten, und ich werde alles versuchen, damit wir beide bald
wieder in unsere Welt zurückkehren können. Das verspreche ich.«

Dies war auch der Grund, warum ich schweren Herzens

meine kleine Deargán zurückgelassen hatte. Die Stute stammte aus dieser Zeit und hatte nichts in der Zukunft verloren. Brandubh und ich aber, wir waren gemeinsam gekommen und würden mit etwas Glück auch gemeinsam wieder zurückkehren. Er schnaubte, als wollte er mir zustimmen, und trug mich mit raschen Schritten einer ungewissen Zukunft entgegen.

Genau konnte ich mich nicht mehr an die Ereignisse der vergangenen Tage erinnern. Das meiste war wie in einem fürchterlichen Alptraum, verdeckt von roten Schleiern aus Schmerzen, Übelkeit und Fieberfantasien. Alles hatte kurz nach der Teestunde mit den Campbells begonnen. Das immer absurdere Gerede des Priesters war zu meiner großen Erleichterung von Lachlan unterbrochen worden. Viel länger hätte ich es auch nicht mehr ausgehalten.

Als sich Lachlan zur Begrüßung galant über meine Hand beugte, hatte er mit seinen langen Rockschößen die Tasse vom Tisch gerissen. Ein Schwall Tee hatte sich über das einzige Seidenkleid ergossen, das ich besaß. Sehr böse war ich nicht darüber, denn nun gab es einen guten Grund, mich zu entschuldigen.

In meinem Zimmer fand ich einen Krug Wein, etwas Brot und Käse. Mòrag hatte offenbar geahnt, dass ich nach der ungemütlichen Teestunde keine Lust auf die Gesellschaft der Campbells während des Abendessens haben würde. Ich zog das Kleid aus und versuchte so gut es ging, den Fleck herauszuspülen. Danach setzte ich mich mit einem Becher Wein ans Fenster, um ein wenig zu schreiben. Doch bald wurde mir übel. Außer dem Tee und einem Obsttörtchen hatte ich am Nachmittag nichts gegessen, und die Sahne war dem Ge-

schmack nach zu urteilen völlig in Ordnung gewesen. Ich aß
ein Stück Haferbrot, um etwas gegen das seltsame Gefühl in
meinem Magen zu tun, aber als ich aufstand, begann sich alles
um mich zu drehen, und ich schaffte es nicht einmal mehr bis
zum Nachttopf, bevor ich mich übergeben musste. Die Beine versagten mir den Dienst, und meine Zähne schlugen unkontrolliert aufeinander. Kalter Schweiß brach mir am ganzen
Körper aus, ich bekam sogar Schüttelfrost. Immer wieder
krampfte sich mein inzwischen leerer Magen zusammen, und
ich erbrach bittere Galle. Tränen strömten über mein Gesicht,
das Zittern wurde immer schlimmer. Kurz darauf muss ich
wohl das Bewusstsein verloren haben, denn das Nächste, an
das ich mich erinnerte, war ein Zustand von Dunkelheit, in
dem ich schwerelos dahinglitt, in mir und um mich herum
war nichts. Kein Licht, keine Wärme – aber auch kein
Schmerz, nicht einmal Furcht. Am Rand meiner einsamen
Welt glaubte ich zuweilen Stimmen zu hören, deren Botschaft
jedoch nicht bis zu mir vordrang.

Eine Gestalt schwebte durch meine Gedanken, legte mir
ihre weiße kalte Hand auf die Stirn und sah mich mit violetten Augen mitleidig an. *Du musst zurückkehren, Mädchen.*
Ohne dich ist alles verloren. Ihre unheilig leuchtenden Augen
und die klare Stimme erinnerten mich an irgendetwas, aber so
sehr ich mir auch das Hirn zermarterte, ich kam nicht darauf,
was es war.

Mòrag hatte ich nicht vergessen. Zumindest vage konnte
ich mich später daran erinnern, wie sie meine heiße Stirn
kühlte oder versuchte, mir einen widerlichen Trank einzuflößen. Von Zauberei war die Rede und von Wachen vor meiner Tür.

Viel Zeit hatte ich nicht darauf verwandt, meine Flucht zu planen. *Du musst zurückkehren*, hatte die Stimme immer wieder geflüstert, und genau das hatte ich nun auch vor.

Zuerst würde ich es an der Küste versuchen. Immerhin war es möglich, dass hinter dem verwunschenen Wald von Gleann Ceòthach, der das Tal so effektiv von der Außenwelt abschirmte, mein altes Leben auf mich wartete – dass ich einfach nur in eine Parallelwelt geraten war. Das klang zwar ziemlich fantastisch, aber war meine Reise durch die Zeit nicht ohnehin so unglaublich, dass ich alle Möglichkeiten prüfen musste, egal, wie seltsam sie klingen mochten? Trotzdem quälten mich Zweifel, ob ich den richtigen Weg eingeschlagen hatte, während wir uns immer weiter von Castle Grianach entfernten. Die Chance, jenseits des Tals meine Welt wiederzufinden, war winzig – dennoch wollte ich es versuchen.

Sollte sich meine Hoffnung als falsch herausstellen, würde ich auf dem Weg, den ich bereits einmal genommen hatte und der auf der anderen Seite des Flusses entlangführte, zum Feenkreis zurückkehren. Das war mein Plan.

Obwohl ich fest daran glaubte, dass Alan mich nicht vermissen würde, wäre es nicht einmal so unwahrscheinlich, dass ich mit meinem heimlichen Verschwinden sein Ego angekratzt hatte. Und das würde er bestimmt nicht auf sich sitzen lassen.

Folgte er mir deshalb tatsächlich – und sei es nur, um seine Überlegenheit zu demonstrieren –, dann würde er mich bestimmt zuerst dort oben am Feenkreis suchen, nichts finden und längst wieder fort sein, wenn ich die Steine erreichte.

Tränen brannten in meinen Augen, als ich daran dachte, wie sehr ich mich in ihm getäuscht hatte. Und dabei war ich ganz sicher gewesen, dass er anders war als die anderen Männer in meinem Leben. Die hatten mich immer nur als Karriereleiter, Geldquelle oder im besten Fall als netten Zeitvertreib betrachtet. Meine Psychologin redete mir seit Jahren zu, ich solle meine Stärken erkennen und versuchen, meine Fehler anzunehmen, damit ich endlich aus diesem unheilvollen Kreis ausbrechen konnte, der mich stets aufs Neue in die Arme irgendwelcher egoistischer Nichtsnutze führte. Nach dem Fiasko mit meinem letzten Freund und dank Caitlynns und Iains Hilfe hätte ich schwören können, endlich auf dem richtigen Weg zu sein. Und dann das.

Gerade noch war ich dummes Schaf naiv genug gewesen zu glauben, dass Alan mich wirklich liebt.

Er war so überzeugend gewesen.

Als es mir endlich besser ging, sehnte ich mich nach seinen Umarmungen, nach der Sicherheit, die seine Nähe mir versprach, doch er kam nicht.

Inzwischen wusste ich ja auch, warum. Alan hatte anderweitig Beschäftigung gefunden. Ich ballte die Fäuste, während ich mich an seinen gemeinen Verrat erinnerte: Lange nachdem gestern die Sonne untergegangen war, hatte ich das Bedürfnis verspürt, den Abtritt im Turm zu benutzen. Wenn es sich irgendwie vermeiden ließ, zog ich den zugigen Sitz in luftiger Höhe dem Nachttopf in meinem Zimmer vor, so auch gestern.

Schlaftrunken und immer noch reichlich kraftlos drückte ich die Klinke herunter und spähte vorsichtig aus der Nische vor meiner Zimmertür. Ich hatte keine Lust, Mòrag oder einer der Wachen, die regelmäßig im Gang patrouillierten, in die Arme zu laufen. Meine Freundin hätte mich bestimmt wieder zurück ins Bett gescheucht. Doch stattdessen sah ich

Mary im Durchgang zu Alans Schlafzimmer stehen. Sie wandte mir den Rücken zu, aber ich erkannte sie an ihrem kostbaren Kleid und den blonden Locken, die sie neuerdings häufiger offen trug. *Ich habe eine Mode kreiert*, dachte ich. *Herzlichen Dank, Schicksal! War das meine Aufgabe in dieser Welt gewesen?*

Mary war nicht allein. Männerarme hielten sie umfangen, und trotz der Dunkelheit war ich sicher, Zeugin eines leidenschaftlichen Kusses zu sein.

»Was wird nun geschehen?«, hörte ich das Mädchen leise fragen.

Und die Männerstimme gab flüsternd zurück: »Ich liebe dich, Kleines. Gib mir noch etwas Zeit. Ich verspreche dir, dass ich so bald wie möglich mit Joanna rede. Sie wird uns verstehen.«

Beinahe hätte mein entsetztes Keuchen mich verraten. Der Mann war Alan! Seine Worte ließen keinen anderen Schluss zu. Welch ein Verrat! Während ich mit dem Tod rang, hatte er keine Zeit verloren, eine andere zu finden, die ihm das Bett wärmte. Warum auch nicht? Bald wäre sie ohnehin seine Frau, und ich ganz und gar überflüssig.

Natürlich war mir von Anfang an klar gewesen, dass er ein klassischer Vertreter seiner Zeit und seiner gesellschaftlichen Schicht war, dass wir aus verschiedenen Welten stammten. Trotzdem hatte er mir immer das Gefühl gegeben, ich wäre ihm wichtig, und ich hätte geschworen, dass er ein gutes Herz besaß. Doch wahrscheinlich war er einfach nur gewiefter als die Männer, auf die ich sonst hereinfiel. Zweifellos ein Meister der Verführung, hatte er mehr als einmal bewiesen, dass er reichlich Erfahrung mit Frauen besaß. Woher auch sonst kannte er all diese wunderbaren Tricks, die mich jede Nacht um den Verstand gebracht hatten? Dieses Mal also war ich zu allem Überfluss auch noch das Opfer meiner Leidenschaft geworden. Ich bemühte mich vergeblich, die positive Seite zu sehen: Nie zuvor hatte ich besseren Sex gehabt. Allerdings war ich, im Nachhinein betrachtet, auch bisher nie so verliebt gewesen. Das war nun vorbei.

Noch einmal wandte ich mich im Sattel um und schaute zurück. Die blaugrauen Schatten des nahenden Abends gaben dem alten Turm einen unwirklichen Anstrich, und in der Ferne erhoben sich die Berge drohend über dem Tal. Als Brandubh schließlich in den Nebelwald von Gleann Ceòthach eintauchte, war mir, als fiele eine Tür hinter uns zu.

Der Wald war mir schon beim ersten Mal unheimlich vorgekommen, um diese Tageszeit fand ich ihn regelrecht gruselig. Ich bildete mir ein, seine Bewohner beobachteten uns mit angehaltenem Atem. Brandubh tänzelte nervös, und bei jedem Knacken oder Rascheln schlug mir das Herz bis zum Hals. Ich hatte geglaubt, mir würde das Tageslicht noch eine Weile erhalten bleiben, denn die Sommersonnenwende, der längste Tag des Jahres, war nicht mehr weit. Aber die Dunkelheit breitete sich rasch unter den tiefen Zweigen der Bäume aus. An einem Felsvorsprung entschied ich mich, heute nicht mehr weiterzureiten. Der Platz schien als Nachtlager geeignet zu sein, und ich wollte auf keinen Fall Brandubh gefährden, der im Zwielicht immer häufiger über Geröll oder Wurzen stolperte.

Erschöpft ließ ich mich vom Pferderücken gleiten. Die kaum überstandene Krankheit hatte mich geschwächt, und ich lockerte den Sattelgurt mit zitternden Fingern. »Es tut mir leid, mein Schöner, aber wir müssen fluchtbereit bleiben«, flüsterte ich ihm in sein weiches Ohr und holte ein paar

Mohrrüben hervor, die ich unbeobachtet im Küchengarten aus der Erde gezogen hatte. Er nahm mit seinen langen Zähnen eine nach der anderen vorsichtig aus meiner Hand und zermalmte sie geräuschvoll. »Du bist jetzt der einzige Verbündete, den ich habe. Lass mich bitte nicht hängen.«

Um zu vermeiden, dass er davonlaufen konnte, während ich schlief, band ich ihm die Vorderbeine locker zusammen. Dabei konnte ich mich des Verdachts nicht erwehren, dass das Pferd jede meiner Bewegungen beleidigt verfolgte. Er schüttelte seine Mähne, als wollte er sagen: *Ich lass dich nicht im Stich. Wie wäre es mit ein bisschen Vertrauen?*

Allein dieses Wort zu denken, machte mich wütend, und ich zog die Fesseln fester.

Brandubh schnaubte.

»Entschuldige!« Rasch lockerte ich sie wieder. Er konnte nun wirklich nichts für meine Laune.

Die Felswand hatte an dieser Stelle einen leichten Überhang und besaß mehrere Vorsprünge, unter denen der Boden zwar trocken war, aber der Sand unter meinen Füßen fühlte sich ziemlich kalt an. Sonnenstrahlen fanden ihren Weg bestimmt selten bis hierher, doch wenigstens würde ich nicht nass werden, falls es regnete. Ich zog mein Tuch fester um die Schultern und rollte mich auf dem ausgebreiteten Plaid zusammen.

An Schlaf war nicht zu denken. Kaum hatte ich eine einigermaßen bequeme Position gefunden, erwachte um mich herum der nächtliche Wald zum Leben. Mit fest zusammengekniffenen Augen lauschte ich in die Dunkelheit, als ich hinter mir eine Bewegung spürte. Das Rascheln klang, als näherten sich vorsichtige Schritte. Doch zum Glück brach kein finsterer Mackenzie oder *Sasannach* plötzlich durch die

Sträucher, um mich davonzuschleppen oder Schlimmeres mit mir anzustellen. Wahrscheinlich hatte ich nur ein kleines Tier gehört, das im trockenen Laub nach Futter suchte.

Aber es war ein Fehler gewesen, die Augen wieder zu öffnen, denn nun sah ich dunkle Schatten zwischen den hohen Baumstämmen hindurchhuschen, und zu allem Überfluss klangen in der Ferne Schreie, die ich beim besten Willen keinem mir bekannten Lebewesen zuordnen konnte. Es war keineswegs das erste Mal, dass ich in der Natur übernachtete, ein oder zwei Mal hatte ich dieses Abenteuer sogar allein unternommen. Bis zu diesem Moment aber war mir nie bewusst gewesen, wie viel subjektive Sicherheit eine noch so dünne Zeltwand vermittelte.

Oder ein warmer Männerkörper an deiner Seite. Schnell versuchte ich, die unwillkommene Erinnerung an die Nacht, die ich in Alans Armen auf den Hochweiden verbracht hatte, zu verdrängen.

Außer Brandhubs Konturen, die sich langsam über die Lichtung bewegten, sah ich fast nichts mehr, aber ich hätte schwören können, dass im Unterholz jede Menge Kreaturen hockten, die mich mit glühenden Augen fixierten. Ich zog das Plaid ein wenig höher.

Joanna. Was machst du nur?

Die Stimme kannte ich. Sie gehörte der Frau aus meinen Träumen. *Korri?* Ich hatte diesen Namen noch niemals zuvor gehört, aber er war das Erste, was mir in den Sinn kam.

Perlendes Lachen. *Du erinnerst dich? Gut. Dann ist noch nicht alles verloren.*

Vorsichtig sah ich unter meinem Plaid hervor. Zwischen den Zweigen leuchtete ein wunderliches Licht, das mal stärker, mal schwächer glomm und unruhig hin und her schwirrte,

353

wie jemand, der sich immer wieder nervös über die Schulter sah. Dann bohrte es sich plötzlich gleißend in meine Augen, und geblendet verbarg ich mich unter dem Plaid. *Was zum Teufel ...?*

Still. Du darfst den Glauben nicht verlieren, sonst ist alles verloren!

An was ...? Woran sollte ich glauben? Doch bestimmt nicht an Alans Ehrlichkeit.

Mir kam es vor, als legten sich Hände an mein Gesicht. Ein eisiger Hauch wehte über meine Stirn, und plötzlich wusste ich, dass dies alles keine Einbildung war.

Du hast die Magie in dir.

Wie kam sie nur darauf? Viel wahrscheinlicher war, dass ich zum Spielball irgendwelcher magischer Wesen geworden war, die sich in meinen Träumen herumtrieben und neuerdings auch im Unterholz, aus dem sie mich mit ihren unheimlichen Augen beobachteten.

Ein Lachen so klar wie ein Glasflötenspiel erklang. *Niemand, der durch den Ring reisen kann, ist ohne Magie. Verneine sie nicht, und alles wird gut.*

Nach diesen mysteriösen Worten herrschte Stille. Die mentale Verbindung zu einer anderen Ebene meines Bewusstseins, aus der diese Erscheinung zweifellos stammte, war wie abgeschnitten. Wer oder was mich auch heimgesucht hatte, war fort. Und tatsächlich, als ich das Plaid zögerlich zur Seite schob, war von dem Irrlicht nichts mehr zu sehen. Zum Glück hatte es seine gruselige Armada aus dämonischen Blicken gleich mitgenommen.

Ich wurde nicht mehr beobachtet. Doch es blieb ihre rätselhafte Ermahnung. Natürlich war ich inzwischen davon überzeugt, dass nicht die Naturwissenschaft des einundzwanzigsten Jahrhunderts mich in die Vergangenheit verfrachtet hatte. Caitlynn, seit Jahren meine beste Freundin, lebensbejahend und so diesseitig, wie man es sich nur vorstellen konnte, hielt Magie für einen natürlichen Teil ihres Lebens.

Es gab keinen Grund, warum ich ihrem Urteil in einer Sache misstrauen sollte, von der ich nichts verstand. Nur verstand ich eben auch nicht, warum ausgerechnet ich durch die Zeit gerutscht war und was das alles mit Alan zu tun hatte.

Meine Gedanken drehten sich ergebnislos im Kreis. Irgendwann musste ich dann aber doch eingeschlafen sein, denn als mich das gleichmäßige Rauschen eines kräftigen Regenschauers weckte, nahm bereits das erste schwache Morgenlicht die Wunder der Nacht mit sich fort.

Inzwischen war ich ganz gut mit den hiesigen Wetterkapriolen vertraut und verließ mich darauf, dass es im Laufe des Vormittags aufklaren würde, sobald sich die Wolken aus den Fängen der bewaldeten Anhöhen befreit hatten und allmählich die Sicht auf die wie mit frischem Grün gestrichene Landschaft freigaben. Jetzt aber hingen sie wie ungewaschene Lumpenfetzen über den Zweigen knorriger Kiefern. Ein Rinnsal begann sich um meine Füße zu schlängeln, und bevor ich endgültig in einer Pfütze lag, stand ich lieber auf. Vom weichen Bett im Castle verwöhnt, schmerzte mir jeder Knochen, als ich mich in die Vertikale quälte und das Plaid fest zusammenrollte: »Ich bin lahm, als hätte ich heute Nacht auf einer Streckbank gelegen.«

Kaum hatte Brandubh meine Stimme gehört, kam er mit gesenktem Kopf herbeigetrottet und stupste mich mit der Nase an.

»Tut mir leid, mein Alter, mehr als eine Mohrrübe kann ich

nicht erübrigen.« Wie auf Kommando knurrte mein Magen. »Wir werden unterwegs etwas für uns beide finden.«

Das Pferd konnte sich selbst versorgen.

Wie es mit mir weitergehen sollte, wenn ich in Cladaich statt des Gasthofs meiner Freundin nur die armseligen Bauernhäuser der Mackenzies vorfinden würde, darüber wollte ich gar nicht nachdenken.

Meine Flucht schien mir nach dieser Nacht überstürzt und gedankenlos. Ich hätte gleich zum Feenkreis reiten sollen, statt einer vagen Idee zu folgen. Vielleicht war es das, was diese *Korri* gemeint hatte. Aber dafür hätte ich nicht nur das Dorf durchqueren, sondern auch den gesamten See umrunden müssen. Und nun war ich schon so weit gekommen, da konnte ich auch genauso gut erst einmal bis zur Küste reiten.

Ich ließ mich von Brandubh weiter durch die Schlucht tragen und bereute recht bald, das Pferd über Nacht nicht vom Sattel befreit zu haben. Es dauerte nicht lange, bis die Feuchtigkeit des Leders durch meine Röcke gedrungen war, und von oben rauschten neue Regenschauer auf mich nieder. Das Umschlagtuch, das ich mir über den Kopf zog, war wunderbar dicht gewebt und hielt die dicken Tropfen eine Zeit lang ab, aber genau in dem Moment, als der Regen endlich weniger wurde und bald darauf ganz aufhörte, gab es seinen Widerstand auf, und der Geruch von nassem Schaf gesellte sich zu den Ausdünstungen meines dampfenden Pferdes.

Ein Gutes aber hatte das Wetter. Unsere Spuren wurden von den kleinen Sturzbächen, die an vielen Stellen über den Pfad in Richtung des Flusses sprudelten, fortgespült.

Endlich lichtete sich der Wald, und auf einmal lag eine hügelige Wiesenlandschaft vor mir, die sich bis zum Loch Cladaich erstreckte. Der Wind hatte die Wolkendecke aufgerissen, und das Morgenlicht verwandelte die Szenerie in eine unwirkliche Traumwelt. Die Luft schmeckte salzig, nach Meerwasser und Tang. Am Horizont erkannte ich die kleinen Inseln draußen im Meer, die ich vom Fenster meines Hotelzimmers aus ebenfalls hatte sehen können. Und so ritt ich voll banger Hoffnung weiter. Doch mit jedem Meter, den wir vorankamen, wurde deutlicher, dass dies nicht die Welt sein konnte, aus der ich vor einigen Wochen zu meinem kurzen Ausflug in die Berge aufgebrochen war.

Weit verstreut schmiegten sich windschiefe Katen mit ihren Steinmauern in die Landschaft, ein paar Rinder grasten hier und da, aber je mehr ich mich *Loch Cladaich* näherte, desto klarer erkannte ich, was fehlte. Hier gab es keine Zäune, nicht einmal ein Pfad war mehr auszumachen, auf dem ich meinen Weg zurück in den Wald gefunden hätte. Und längst hätte ich auch auf die schmale Straße stoßen müssen, die sich von Norden her an der Küste entlanggeschlängelt hatte, als ich das letzte Mal in dieser Gegend unterwegs gewesen war.

Die letzte Hoffnung verlor ich beim Anblick eines Dorfs, bei dem es sich vermutlich um Cladaich handelte. Eine Reihe winziger, mit Stroh gedeckter Häuschen zog sich am Ufer entlang, ein kurzer Pier mit wenigen Ruderbooten, weiter draußen schaukelte ein altertümliches Segelschiff auf den Wellen, und über alldem thronte die schmucklose Burg aus grauem Stein, von deren halb verfallenem Turm aus die Mackenzies das Meer und die schmale Durchfahrt zum See oder Loch überwachten. Im einundzwanzigsten Jahrhundert würde das Gemäuer weit besser in Schuss sein als heute. Das wusste ich deshalb so genau, weil ich erst vor wenigen Wochen an einem sonnigen Tag die schmalen Stufen bis ganz nach oben gestiegen war und auf den kürzlich restaurierten

Zinnen sitzend über das Meer auf der einen und den von Hügeln eingerahmte *Loch Cladaich* auf der anderen Seite geblickt hatte, während über mir die blau-weiße Flagge Schottlands im Wind geknattert hatte.

»Und nun?«

Mein Pferd konnte mir keine Antwort geben. Stattdessen begann es gierig, das Gras zu rupfen, und ließ sich weder durch mein Zerren an den Zügeln noch durch gutes Zureden dazu bringen, den Kopf zu heben und weiterzugehen. »Wie du willst!« Ich ließ mich hinabgleiten, das Leder quietschte, und mein Hintern fühlte sich vom Ritt auf dem nassen Sattel schon wund an. Das Schultertuch breitete ich zum Trocknen über einen Stein aus, und während Brandubh am langen Zügel nach den leckersten Grasbüscheln suchte, kramte ich die *Bannocks* aus dem Beutel und hoffte, mir daran keinen Zahn auszubeißen. Den letzten harten Haferkeks gab ich schließlich Brandubh, der nach diesem zweifelhaften Genuss zu einem schmalen Wasserlauf aus den Bergen trabte und in großen Schlucken soff.

Langsam folgte ich ihm, hockte mich ans Ufer und trank aus der gewölbten Hand. Anschließend spritzte ich mir etwas Wasser ins Gesicht, rieb die Zähne mit meinem Rockzipfel ab und spülte mir den Mund aus. Das musste vorerst reichen.

Hier wusste niemand, wer ich war, und ich durfte bezweifeln, dass es momentan von Vorteil sein würde, meine besondere Beziehung zum Chieftain der MacCoinnaichs zu betonen. Die Mackenzies wollten Vergeltung für ihren grausam misshandelten *Clansman*, und wer konnte ihnen verdenken, dass sie allmählich ungeduldig wurden, weil der Täter noch nicht gefunden war? Vermutlich glaubten die meisten, Alan ließe sich so lange Zeit, um seinen Bruder Lachlan zu schützen, und waren entsprechend wütend auf beide. Ich tat also gut daran, mich hier nicht allzu lange aufzuhalten.

Der Sattel war inzwischen einigermaßen trocken, mein Kleid ebenfalls, und so machte ich mich auf den Weg zurück nach Gleann Grianach. Der Feenkreis war jetzt die einzige Hoffnung auf eine Rückkehr in meine Zeit.

Ich würde also zum Fluss zurückreiten und eine Möglichkeit suchen, ihn zu überqueren. Er war an vielen Stellen recht breit und gerade tief genug, um befahren werden zu können. Alan hatte mir erzählt, dass die zahlreichen Waren, die aus dem Hafen von Cladaich nach Gleann Grianach geschafft werden mussten, in kleinen Booten transportiert wurden. Das war nicht ganz ungefährlich. Besonders jetzt, da immer wieder englische Schiffe an der Küste entlangsegelten und Soldaten absetzen, damit diese in dem ansonsten schlecht zugänglichen Gebiet nach aufsässigen *Wilden* suchen konnten.

An den traurigen Beweisen ihrer Überfälle war ich auf meinem Weg bereits vorbeigekommen. Zusammengefallene Mauern ehemaliger Bauernkaten, an denen die rußigen Spuren eine eindeutige Geschichte erzählten.

Wenn wir an den Abenden im Castle zusammensaßen, hatte häufig jemand schreckliche Geschichten über diese brutalen Überfälle erzählt. Die Soldaten seien immer wieder gekommen, hätten die Rinder, den einzig wertvollen Besitz der Highlander, fortgetrieben, die Bewohner bedroht und ihre Felder und Häuser mit dem wenigen, was sie sonst noch ihr Eigen nannten, angezündet.

Kein Wunder also, dass Alan seinen Leuten ein solches Schicksal ersparen wollte und darauf hoffte, möglichst unauffällig im Hinterland zu leben, bis die Zeiten eines Tages wieder besser wären.

Inzwischen hatte ich den Fluss erreicht, ohne einer Menschenseele begegnet zu sein. Vielleicht hatte *Korri* dafür gesorgt. Merkwürdigerweise fühlte ich mich von ihrer nächtlichen Heimsuchung längst nicht so bedroht, wie es möglicherweise vernünftig gewesen wäre. Vielmehr hatte ich das Gefühl, jemand wache über mich – jedenfalls so lange, wie ich tat, was man von mir verlangte. Es wäre hilfreich gewesen, hätte sie mir ihre Wünsche weniger kryptisch mitgeteilt.

Der Fluss war leider ebenso wenig kooperativ. Wegen des starken Regens in der Nacht führte er viel Wasser, und obwohl ich die Augen offen hielt, konnte ich einfach keine Stelle entdecken, die flach genug gewesen wäre, um hindurchzureiten. Allmählich näherten wir uns der Küste, und meine Intuition sagte mir, dass ich auf dem falschen Weg war und umkehren sollte. Schließlich sprang ich vom Pferd. »Brandubh, ich hoffe, du kannst schwimmen.«

Zögerlich folgte er mir ans flache Ufer. Dort zog ich kurzerhand alles aus, was mich beim Schwimmen behindert hätte, rollte die Kleidung fest ins Plaid und band sie zusammen mit meinen Schuhen und Strümpfen auf dem Sattel fest. Mit etwas Glück würde das Bündel trocken ans andere Ufer gelangen.

Am liebsten hätte ich auch noch mein Hemd abgestreift, denn ich besaß nur dieses eine, aber bei der Vorstellung, von irgendjemandem beobachtet zu werden, behielt ich es lieber an und hoffte, dass die Sonne den dünnen Stoff anschließend schnell trocknen würde. Es war zwar ein warmer Tag, doch der Wind, der vom Meer herüberwehte, ließ mich bereits im trockenen Leinenhemd frösteln.

Ich fasste Brandubhs Zügel mit mehr Zuversicht, als ich verspürte, und watete in das eiskalte Wasser.

Erst machte er einen langen Hals, aber kaum Anstalten, mir zu folgen. Doch als ich mich, ohne zurückzuschauen, immer weiter vorwagte, gab er seinen Widerstand auf und kam platschend hinter mir her ins Wasser getrabt, das mir inzwischen schon bis zum Kinn reichte. Und dann passierte es. Ich trat auf etwas Spitzes, verlor das Gleichgewicht und wurde von den schnell dahinfließenden Fluten umgerissen. Wirbel zogen mich mehrmals unter Wasser, sobald ich versuchte, Luft zu holen. *Panik ist das Letzte, was du jetzt gebrauchen kannst!*, sagte ich mir immer wieder und kämpfte verbissen darum, nicht die Orientierung zu verlieren.

Wer eine solche Situation nicht erlebt hat, hielte es kaum für möglich, aber in dieser Lage konnten selbst gute Schwimmer irgendwann nicht mehr unterscheiden, wo oben und unten war. Und ich konnte mich bestenfalls als mittelmäßige Schwimmerin bezeichnen. Schließlich bekam ich aber doch einen Ast zu fassen und klammerte mich daran fest. Japsend tauchte ich auf und schaute in ein besorgtes Gesicht mit den leuchtendsten grünen Augen, die ich je gesehen hatte.

Hustend sah ich zu ihm auf. »Poseidon? Herrje, jetzt bin ich doch ertrunken. Wo ist mein Pferd?«

Der Mann reichte mir seine Hand, um mich aus dem Wasser zu ziehen. Offenbar traute er dem morschen Holz nicht, das ich fest umklammert hielt. Im letzten Moment fiel mir meine unangemessene Bekleidung ein, und rasch zog ich den Arm zurück.

»Bist du verrückt, Mädchen? Du holst dir den Tod, wenn du noch länger in diesem Eiswasser bleibst.«

»Dreh dich um!«

»Warum soll ich …?« Dann dämmerte Verstehen in seinem Gesicht, und er lachte: »Du hast die Wahl, entweder du schwimmst weiter bis Cladaich, was ich dir nicht empfehlen würde, und steigst dort aus dem Fluss, oder du vergisst deine Schamhaftigkeit und kommst da endlich raus.«

Der Mann hatte ja keine Ahnung, dass ich nur mit einem Hemd bekleidet ins Wasser gestiegen war. Aber er hatte Recht, meine Zähne schlugen bereits aufeinander, und wenn ich mich nicht bald trocknete und wärmte, würde ich mir ohne weiteres eine saftige Erkältung oder Schlimmeres einhandeln. Also fasste ich mir ein Herz, ergriff seine Hand und ließ mich von ihm an Land ziehen.

An der Art, wie sich plötzlich seine Pupillen veränderten, erkannte ich, dass ich die Hoffnung aufgeben konnte, das Hemd würde irgendwelche Geheimnisse meiner Figur bewahren. Langsam begann ich zu glauben, dass meine eigentümliche Neigung zu stolpern oder ins Wasser zu fallen, Methode hatte. Wie nannte man diesen schottischen Wassergeist noch gleich, der häufig die Gestalt eines Pferdes annahm, um seine Opfer herbeizulocken? *Each-uisge!*

Ich musste den Namen laut gesprochen haben, denn der Mann sah mich erschrocken an, und Brandubh schüttelte schnaubend seine Mähne – fast, als würde er mich auslachen.

»Wer dich zum Freund hat, braucht auch keine Feinde mehr«, grollte ich, gab ihm einen Klaps aufs Hinterteil und bekam zum Dank seinen nassen Schweif zu spüren. »Du Teufel!«

»Wie bitte?«

»Nichts«, sagte ich, ohne mich umzudrehen. Konnte es sein, dass eine Spur Nervosität in der Stimme des Fremden mitgeklungen hatte? Er hielt mich offenbar für verrückt.

So schnell es mit bloßen Füßen ging, lief ich hinter meinem Pferd her, das nun mit methodischem Gleichmut Gras rupfte und sich dabei beständig von uns entfernte.

Warum war ich nass bis auf die Haut und Brandubh oberhalb der Beine trocken? Dafür gab es nur eine Erklärung: Er hatte eine Furt gefunden und war ganz bequem hindurchspaziert. Vielleicht stammte er wirklich aus der Anderswelt. Das würde zumindest erklären, warum er, aber nicht mein Packpferd die Zeitreise mitgemacht hatte.

Mit klammen Fingern versuchte ich, das Kleiderbündel vom Sattel zu lösen. Erst jetzt bemerkte ich, dass es sich bei Brans Wasserwanderung gelöst hatte. Der Überrock schmiegte sich klitschnass an die Pferdebeine. Da hätte ich die Sachen auch gleich anbehalten können.

Mein Retter kam herbeigeschlendert, und als ich seinen Blick bemerkte, war ich heilfroh, dass sich im Augenblick mindestens sechshundert Kilogramm Lebendpferd zwischen uns befanden.

Der Mann bemerkte mein Unbehagen und war immerhin so anständig, nicht zu starren. Geschickt löste er das Plaid aus seiner Befestigung und schob es mir über den Sattel hinweg herüber.

Rasch wickelte ich mich darin ein.

»Ich wohne nicht weit.« Er zeigte auf eine in der Nähe stehende Kate. Das Dach war mit frischem Schilf gedeckt und die Mauern sogar geweißelt. Hühner spazierten herum, und ein paar Schafe grasten auf der Wiese vor dem Haus. »Dort kannst du dich trocknen und wieder halbwegs ordentlich zurechtmachen. Ein Unterhemd ist keine angemessene Bekleidung für eine junge Lady.«

Ich bemühte mich, den breiten Dialekt der Küchenmädchen zu imitieren, und sagte: »Das bin ich nich. 'Ne Lady, mein ich.«

Kommentarlos nahm er Brandubh am Zügel und ging mit

langen Schritten voran. Mir blieb nichts anders übrig, als ihm zu folgen. Während ich hinter dem Mann herstolperte, immer bemüht, nicht auf einen spitzen Stein oder in eine Distel zu treten, hatte ich Gelegenheit, ihn genauer zu betrachten. Er war annähernd so groß wie Alan und wirkte trotz seiner muskelbepackten Schultern ebenso geschmeidig wie der Chieftain der MacCoinnaichs. Anders als Alan besaß er aber rotblondes, nicht einmal kinnlanges Haar, und seine Nase war scharf und gebogen wie der Schnabel eines Adlers.

Am Cottage angekommen, sattelte er Brandubh mit routinierten Bewegungen ab und band ihn wenig später an einem Holzpfosten fest.

Mit den Worten »Du siehst mir ziemlich ausgehungert aus«, warf er meinem Pferd ein Bündel frisch geschnittenes Gras hin. Seine Augen schauten dabei aber zu mir.

Ich musste ihm zugutehalten, dass er nicht mehr versuchte, einen Blick auf meine bloßen Beine zu erhaschen, sondern mir direkt ins Gesicht sah.

Er zog an dem Lederriemen, der durch ein Loch in der Tür heraushing, stieß sie auf und deutete eine ironische Verbeugung an. »Mylady!«

Neugierig, wie es im Inneren seines Häuschens aussehen würde, und darauf gefasst, Frau und Kindern zu begegnen, folgte ich seiner Aufforderung. Vor dem Kamin machte ich halt. »Ich bin zwar keine Lady, aber auch so wüsste ich gern, wem ich für meine Rettung danken muss. Wie ist dein Name?«

»Ewan Iverson.« Wieder klang in seiner Stimme ein Unterton mit, den ich schwer deuten konnte, etwa so, als erwarte er, dass ich den Namen schon einmal gehört hatte. Doch das war nicht der Fall.

Schließlich schien er das auch zu begreifen und kniete sich vor den Kamin, um dem Torffeuer, das darin nur noch schwach glomm, zu neuem Leben zu verhelfen. Dankbar hielt ich den aufzüngelnden Flammen wenig später meine Hände entgegen.

»Wenn du das Hemd ausziehst, trocknet es schneller«, bemerkte er beiläufig und griff nach einem Eimer. »Ich hole Wasser, damit kannst du dich nachher waschen, wenn du willst.«

»Als ob ich heute nicht schon nass genug geworden wäre«, murmelte ich, aber das hatte Ewan offenbar nicht mehr gehört. Kaum war der draußen, zog ich mir blitzschnell das Hemd über den Kopf und hängte es zusammen mit dem nassen Rock zum Trocknen an einen Haken neben dem Kamin. Danach streifte ich einen der Unterröcke über, der wenigstens bis zur Wade reichte, und band mit klammen Fingern die Schleifen in der Taille zusammen. Die anderen Unterröcke waren auch nass geworden. Anschließend zwängte ich mich ins Mieder, das sich nur an einer Seite etwas feucht anfühlte, und wickelte schließlich das Plaid um die bloßen Schultern.

Geschafft! Zumindest war ich jetzt, wenn auch nicht repräsentabel, so doch einigermaßen ordentlich bedeckt. Das Hemd fehlte natürlich, aber daran konnte ich, bis es trocken war, nichts ändern.

Mein Gastgeber ließ sich mit seiner Rückkehr Zeit. Am blank gescheuerten Tisch sitzend, sah ich mich genauer um. Wie in den meisten Häusern, die ich aus Gleann Grianach kannte, gab es hier nur wenige Möbel. Ein paar Schemel, eine Truhe, drei Fässer und an der Wand ein paar Regalbretter, auf denen einfaches Geschirr stand. Löffel aus Horn und zwei Kupfertöpfe. Über dem Feuer hing ein großer Kessel, in dem zweifellos seit den frühen Morgenstunden ein Eintopf köchelte. Eine schlichte Bretterwand teilte den Raum, und ich war nicht sicher, ob sich dahinter der Stall oder eine Schlafkammer befanden. Ich tippte auf Letzteres, denn es fehlte der typische Geruch, der darauf schließen ließ, dass Mensch und Tier unter einem Dach wohnten. Alles in allem wirkte das Haus sauber, und die abgegriffenen Bücher deuteten darauf hin, dass Ewan nicht nur lesen konnte, sondern dies auch gern tat. Außerdem schien er zu den glücklichen Bewohnern dieser Gegend zu gehören, die von den Überfällen der Engländer bisher verschont geblieben waren. Als ich mich umdrehte, stand er mit verschränkten Armen in der niedrigen Tür. »Nicht das, was du gewohnt bist, nehme ich an?«

»Es gefällt mir.«

»Der Besitzer würde sich freuen, das zu hören. Leider ist er kürzlich verstorben.«

»Tut mir leid«, flüsterte ich.

Er machte eine ungeduldige Handbewegung. »Wer bist du?«

»Das geht dich nichts an!«

»Versuche nicht, mir etwas vorzumachen. Du bist kein Bauernmädchen, und für das Pferd würden nicht wenige einen Mord begehen. Woher hast du es?«

»Es gehört mir!« Erbost sprang ich auf. Gerade noch rechtzeitig fiel mir ein, dass es nicht klug wäre, die Hände in die Hüften zu stemmen, wenn ich Ewan nicht einen weiteren Blick auf meinen Körper gönnen wollte.

Die grünen Augen wurden plötzlich ganz schmal, als wollte er mich damit durchleuchten. »Du trägst den Tartan des Chieftains der MacCoinnaichs!«

Woher wusste er das? »Ja, und?«

»Und da draußen steht sein Pferd, von dem jeder weiß, dass
es keinen anderen als ihn selbst auf seinem Rücken duldet.«

Ich verschränkte die Arme vor der Brust. »Augenscheinlich
ein Irrtum.«

»Du bist nicht auf den Mund gefallen, Mädchen. Ich mag
das. Wie lautet dein Name?«

Ich schwieg.

»Dann werde ich dir eben einen Namen geben. Coventina
wäre passend, findest du nicht auch, kleine Nymphe?«

Irritiert schüttelte ich meinen Kopf. Wie kam er denn auf
diesen seltsamen Namen?

»Ah, ich sehe, du bist mit den örtlichen Geistern nicht vertraut. So, entzückendes Nymphchen, nennt man hier die Fee
der Flüsse und Seen.« Plötzlich huschte ein wissender Blick
über sein Gesicht: »Warte! Ich hab's – du bist Joanna! Die
Kleine, die dem MacCoinnaich gewissermaßen in den Schoß
gefallen ist. Die – *Cousine* aus Irland.« Ewan grinste anzüglich. »Stimmt es, dass seine zukünftige Braut langsam ungeduldig wird und auf Heirat drängt? Hat er dich vielleicht
deshalb mit dem verrückten Pferd abgefunden? Kein schlechter Lohn für ein paar Wochen mit Alan Dubh.«

Ich muss ihn wohl angesehen haben, als hätte er nicht mehr
alle Tassen im Schrank, denn er hörte auf zu lachen, kam näher und strich mir eine feuchte Strähne aus dem Gesicht. »Du
bist hübsch. Ich besitze zwar kein Castle, aber ich schlage
Frauen nur, wenn sie es verdienen, und wir könnten eine Menge Spaß miteinander haben, bevor ich weiterziehe.«

»Das glaube ich kaum!«

Ewan fuhr herum, und mir rutschte vor Schreck fast das
Plaid von den Schultern.

Alan stand wie ein Racheengel in der Tür, das Schwert gezückt. Er sah erschöpft aus und furchtbar wütend. »Rühr sie nicht an, Iverson!«

Ich hatte mich also nicht geirrt, der Mann war kein Unbekannter in dieser Gegend.

Alan sagte scharf: »Joanna, geh hinaus und warte dort auf mich.«

»Nein!«

»Du wirst tun, was ich dir sage …«

Ewan unterbrach ihn: »Was sie meint, MacCoinnaich, ist, dass sie unter diesem Tuch nicht viel mehr als ihre überaus zarte Haut trägt.« Seine Stimme klang weich, die Augen halb geschlossen, leckte er sich über die Lippen, als erinnere er sich genau, wie sich diese Haut unter seinen Händen anfühlte. Doch mich konnte er nicht täuschen. Der Mann war nichts anderes als ein zum Sprung bereites Raubtier, und Alan schien dies ebenfalls zu wissen. Ruhig, so als wolle er sein Gegenüber zu keiner unüberlegten Handlung provozieren, ging er zum Kamin, nahm mein Hemd vom Haken und warf es mir zusammen mit den restlichen Kleidungsstücken zu. »Raus!«

Dieses Mal wagte ich keinen Widerspruch. Hastig floh ich hinaus und verbarg mich so gut es ging hinter Brandubh, um mich dort möglichst unbeobachtet anzukleiden. Glücklicherweise war das Leinen inzwischen getrocknet und sogar ein wenig warm. Es roch nach Rauch und nach der Suppe, die über dem Feuer gehangen hatte. Ich fragte mich, wer außer Alan noch gekommen sein mochte. Womöglich hockten ein paar seiner Leute irgendwo und freuten sich über den Anblick, den ich ihnen bot. *Wenn ihr wüsstet, wie egal mir das ist.*

Aus dem Haus drangen seltsame Laute, aber ich war ziemlich sicher, dass sie nicht versuchen würden, sich mit ihren Schwertern gegenseitig zu erschlagen. Hätte Alan das vorge-

habt, wäre er zweifellos ins Freie gegangen, statt mich hinaus-
zujagen. Für einen Schwertkampf war die Hütte viel zu klein.

Plötzlich wurde es still. Ich lauschte angestrengt – nichts.

Rasch band ich meine Strümpfe fest, schlüpfte in die Schuhe und wollte gerade nach dem Rechten sehen, da kamen die
beiden Männer heraus. Ewan hielt sich die Nase, Blut quoll
zwischen seinen Fingern hervor. Alan hatte eine Platzwunde
über dem rechten Auge, das würde ein schönes Veilchen geben. Sie hatten sich geprügelt!

»Ich sehe, ihr habt großen Spaß miteinander. Störe ich?«

»Ist sie immer so frech?«

Alan sandte einen Blick himmelwärts, wurde jedoch durch
das Auftauchen eines weiteren Mannes seiner Antwort enthoben. Duncan. Mòrags Freund stotterte vor Erleichterung,
als er sah, dass ich noch aus einem Stück bestand: »Och, Mädchen. W-wir haben uns solche Sorgen gemacht! Geht es dir
gut?«

Ich nickte nur. Zu dick war der Kloß in meinem Hals, als
dass ich ein Wort hätte sagen können.

Alan legte ihm seine Hand auf die Schulter: »Geh nach
Gleann Grianach zurück und erzähl ihnen, ich hätte mich
entschlossen, die Suche abzubrechen. Sag niemandem, dass
du Joanna gesehen hast. Je weniger sie wissen, desto besser.«
Er blickte grimmig. »Mòrag kannst du beruhigen, ihre verrückte Freundin ist bei mir vorerst in Sicherheit«, fügte er
rasch hinzu, als Duncan den Mund öffnete, um etwas zu entgegnen.

Die Erleichterung war dem jungen Highlander deutlich
anzusehen. Nie würde er einem eindeutigen Befehl seines
Chiefs zuwiderhandeln, aber was hätte er gelitten, wenn er gar
nichts hätte erzählen dürfen.

»Doch nur ihr, hörst du? Sonst niemandem!« Duncan nickte und wollte bereits losstürmen, da hielt Alan ihn zurück und sprach so leise, dass Ewan, der etwas abseits stand, ihn wahrscheinlich nicht hören konnte: »Ich werde nach Fearna reiten. Aber nicht auf dem direkten Weg. Balgy soll zwei seiner Leute mitbringen, du wirst ihn ebenfalls begleiten.«

»Nur zwei?«

Alan lächelte. »Keine Sorge, er weiß schon, was zu tun ist. Wenn es Gott gefällt, sehen wir euch in zwei Tagen gegen Mittag am Pass von Fearna.«

»*Aye*, Chief!« Duncan salutierte leicht. Sein Kilt schwang hin und her, als er den nächsten Hügel hinauftrabte, und jeder Jogger hätte ihn um die federleichten, raumgreifenden Schritte beneidet. Ich wusste, dass Duncan als guter Läufer galt und war sicher, er würde nicht ein einziges Mal haltmachen, bevor er Castle Grianach in Rekordzeit erreicht hätte.

»Bist du auch zu Fuß gekommen?«, fragte ich, als sich das ungemütliche Schweigen zwischen uns dreien in die Länge zog. Anstelle einer Antwort steckte Alan zwei Finger in den Mund und ließ einen durchdringenden Pfiff ertönen. Sofort kam Deargán, meine hübsche Fuchsstute, angetrabt, die ich schweren Herzens zurückgelassen hatte. Sie wieherte leise und wurde von Brandubh mit einem Schnauben begrüßt. Alan blickte mich zum ersten Mal richtig an, er sah immer noch wütend aus. »Ist dir eigentlich klar, in welche Gefahr du dich mit dieser idiotischen Flucht gebracht hast? Verdammt, Joanna, jemand hat versucht, dich zu vergiften. Ich habe Tag und Nacht Wachen vor deinem Zimmer postiert, um deine Sicherheit zu garantieren, und Mòrag hat sich vor lauter Angst um dein Leben beinahe die Augen aus dem Kopf geweint. Kannst du dir eigentlich vorstellen, welche Gedanken

wir uns gemacht haben, als du plötzlich verschwunden warst?«
Er strich sich mit der Hand übers Gesicht.

Wie gern hätte ich geglaubt, dass die dunklen Ringe unter seinen Augen von seiner Furcht um mich herrührten und nicht von den schlaflosen Nächten, die er zweifellos in den Armen von Mary Campbell verbracht hatte. Das Bild ihrer zärtlichen Umarmung, die ich beobachtet hatte, erschien erneut vor meinem geistigen Auge. War es nicht schon schlimm genug, dass ich mich in diesen Mann verliebt hatte, obwohl er längst einer anderen versprochen war? Musste er mich auch noch belügen?

»Und ich hätte wetten können, dass ihr froh gewesen seid, mich loszuwerden.« Ein fürchterlicher Gedanke formte sich auf meiner Zunge. »Wie schade, dass das Gift nicht gewirkt hat, nicht wahr? Was wirst du jetzt tun, mich auch rücklings aufs Pferd setzen, damit ich in eine Schlucht stürze wie der unglückliche Alexander Mackenzie?« Wie eine Furie stürzte ich mich auf Alan, der wie versteinert dastand, als traute er seinen Ohren nicht.

Doch ehe ich ihn erreichte, hielt Ewan mich von hinten fest. »Mädchen, ruhig! Was bist du für eine Wildkatze.«

So sehr ich mich auch bemühte, seinem Griff konnte ich mich nicht entwinden. Meine Handgelenke schmerzten, und plötzlich machten sich die Ereignisse der letzten Stunden bemerkbar. Ich gab jede Gegenwehr auf. Tränen liefen mir übers Gesicht, als ich schluchzte: »Du tust mir weh, du verdammter Grobian! Was ist nur mit euch Männern los? Erst schlagt ihr euch die Nasen blutig, und nun haltet ihr zusammen wie Pech und Schwefel.«

»Lass sie los«, sagte Alan ruhig.

Ewan lockerte seinen Griff. Ratlos blickte er zwischen uns

beiden hin und her. »Ich schätze, ihr zwei habt allerhand zu besprechen.« Mit schmalen Augen blickte er zum Horizont, an dem sich dunkle Wolken zusammenzogen. »Besser, ihr bleibt heute Nacht bei mir. Ich werde etwas zu essen für uns besorgen.« Unausgesprochen klang darin mit, dass er uns genügend Raum geben wollte.

Eigentlich, dachte ich, *ist er ganz in Ordnung.*

Ob sich dies in meiner Körperhaltung widergespiegelt hat, weiß ich nicht. Jedenfalls ließ er mich los wie einen zu heißen *Bannock* und ging in Richtung Fluss davon. »Tut mir einen Gefallen und bleibt am Leben bis ich wiederkomme!«, rief er noch über die Schulter, dann war er hinter einem Hügel verschwunden.

»Komm her.« Alans Stimme klang, als wollte er ein aufgeregtes Fohlen beruhigen.

Und mein verräterischer Körper reagierte instinktiv. *Er ist dir gefolgt. Du bedeutest ihm immer noch genug, dass er alles stehen und liegen lässt, um dich zu finden.* Die unvernünftige Stimme der Hoffnung in meiner Seele wollte einfach nicht verstummen.

Aber was ist mit Mary?, fragte mein Verstand bitter zurück. Es war Gift gewesen, das mich beinahe das Leben gekostet hatte. Mir fiel nur eine ein, die Interesse daran haben konnte, mich auf diese hinterhältige Weise aus dem Weg zu räumen: Mary. Aber warum zu diesen drastischen Mitteln greifen, wenn es ihr längst gelungen war, Alan in ihr Bett zu locken? Das war doch der beste Beweis dafür, dass ihn die Aussicht auf eine arrangierte Ehe nicht mehr zu schrecken schien, ganz im Gegenteil. Wahrscheinlich hatte sie sicher sein wollen, dass ich ihr nie mehr in die Quere kommen würde. »Seit wann geht das schon mit euch beiden?« Er mochte denken, ich hatte kein Recht, ihm Fragen zu stellen, aber bevor ich zum Feenkreis weiterritt, musste ich wissen, seit wann er dieses doppelte Spiel mit mir trieb.

»Was meinst du?«

»Du enttäuschst mich. Willst du etwa leugnen, dass Mary dich auf deinem Zimmer besucht hat?«

»Joanna, ich habe keine Ahnung, wovon du sprichst.«

Noch vor ein paar Tagen wäre ich auf seine unschuldige Miene hereingefallen, doch jetzt konnte er mich nicht mehr täuschen. »Gib dir keine Mühe. Ich habe euch gesehen.«

Alan streckt seine Hand nach mir aus und machte einen Schritt nach vorne.

»Bleib da stehen!«

Doch er ließ sich nicht beirren und war mit drei langen Schritten bei mir. Sein Griff an meinem Arm war nicht sehr zärtlich. »Was hast du gesehen?«

»Dich. Mary. Ihr habt euch umarmt ...« Der Rest des Satzes ging in einem Schluchzen unter. Die ganze Ausweglosigkeit meiner Situation überwältigte mich mit einem Mal derartig, dass ich einfach in mir zusammensackte. Vor Alan kauerte ich hemmungslos weinend auf dem regennassen Gras.

Er musste sich zu mir gesetzt haben, denn als ich wieder denken konnte, lag ich in seinen Armen, das Leinenhemd über seiner Brust war von meinen Tränen ganz feucht, aber das schien ihn nicht zu stören. Sanft strich er mir über das Haar, wie man es bei einem verletzten Tier tun würde, um es zu beruhigen. Die Wärme seines Körpers, das Rumpeln in der breiten Brust, während er gälische Liebkosungen raunte, das alles hätte eine beruhigende Wirkung haben müssen, doch stattdessen schnürte mir die Erkenntnis, dass die Liebe dieses

Mannes alles war, wonach ich mich mein ganzes Leben lang gesehnt hatte, die Kehle zu, und ich begann erneut zu weinen.

Alan fasste mich am Kinn, beugte sich herab und küsste die Tränen, eine nach der anderen, behutsam fort. »Kleines, ich schwöre dir bei der Ehre meiner Mutter, dass sich zwischen mir und Mary nichts geändert hat. Ich liebe sie nicht, und inzwischen ist mir klargeworden, dass ich sie niemals heiraten kann. Es ist mir egal, was Argyle dazu sagt, ich werde sie wieder nach Hause schicken.«

Etwas Schöneres hätte er mir gar nicht sagen können. Doch es war zu spät dafür. Schon wieder kullerten Tränen über meine Wangen und vermischten sich mit den dicken Regentropfen, die rasch mehr wurden. Alan hob mich kurzerhand vom Boden auf und ging, ohne mich loszulassen, zu Ewans Haus. Dort angekommen, setzte er mich vorsichtig auf den Küchentisch und warf dann ein paar Torfstücke ins Feuer.

Erst jetzt merkte ich, wie sehr ich zitterte. Die Temperaturen waren heute keineswegs sommerlich.

Alan kam zu mir zurück und begann wortlos, mich auszuziehen. »Weißt du eigentlich, dass ich vor Angst um dich beinahe den Verstand verloren hätte?« Er löste die Verschnürung des Mieders. »Und dann, als ich endlich sicher sein konnte, dass du leben würdest, läufst du davon …« Behutsam zog er mich weiter aus und hängte die immer noch klammen Röcke ans Feuer.

»Es tut mir leid«, schluchzte ich, aber Alan wischte meine Tränen fort und küsste mich zärtlich. Bald wurden seine Liebkosungen fordernder, bis sich meine Lippen ihm einladend öffneten und seine Zunge gierig meinen Mund erforschte. Allmählich breitete sich eine vertraute Wärme in mir aus, was nur gut war, denn ehe ich protestieren konnte, streifte er mir schon das Hemd über den Kopf. Mein Zittern hatte nun nichts mehr mit der Kälte zu tun. Ich begann an seinem Plaid zu zerren, und Alan tat einen Schritt zurück. Wie ein Künstler, der sein Werk betrachtet, schaute er mich wortlos an.

»Liebe mich!« Vom Weinen hatte meine Stimme einen heiseren Klang bekommen.

Alan schien es zu gefallen. Er nahm sich nicht einmal die Zeit, seinen Kilt abzulegen.

Das Beben war nach unserer schnellen und heftigen Begegnung noch nicht ganz abgeklungen; ungeschickt nestelte ich gerade die Bänder meines Rocks zusammen, da sprang die Tür auf, und Ewan steckte seinen Kopf hindurch. Er schaute von einem zum anderen und kam herein. Unser Gastgeber musste kein Hellseher sein, um zu ahnen, was sich auf seinem Küchentisch abgespielt hatte.

Vergeblich versuchte ich meine Haare mit den Fingern zu kämmen, um sie anschließend flechten zu können. Ich wünschte, ich hätte daran gedacht, eine Haarbürste auf die Flucht mitzunehmen. Oder wenigstens meine Haube.

Als hätte er meine Gedanken geahnt, wies Ewan mit dem Kinn auf eine kleine Truhe: »Da drin findest du Kamm und Spiegel, hinter dem Haus ist ein Bach. Bring doch gleich noch einen Eimer Wasser mit.«

In der Truhe fand ich auch noch ein Leinentuch, und kurz darauf hockte ich am Ufer eines munter dahinplätschernden Bächleins, um mich zu waschen. Als ich anschließend in den Spiegel blickte, erkannte ich mich in der Windsbraut fast selbst nicht mehr wieder, die mir von dem polierten Blechoval aus einem Paar rot geränderten Augen entgegenblickte. Kein Wunder, dass Ewan auf die merkwürdige Idee gekommen war, mir den Namen einer zweifellos garstigen Wasserfee zu geben. Dunkle Ringe zeugten von den Tagen, in denen mein Körper gegen das Gift angekämpft hatte. Die unheimliche Begegnung mit der Anderswelt hatten ebenfalls ihre Spuren hinterlassen. Die Lippen, von Alans Küssen geschwollen, leuchteten unnatürlich rot aus einem schmalen und bleichen Gesicht. Schwarze Haartressen, lang wie nie zuvor, schlängelten sich wie Lianen über meine Schultern. Behutsam versuchte ich, sie mit Hilfe des grobzinkigen Kamms aus Horn zu entwirren, und erst nach einer längeren schmerzhaften Prozedur konnte ich zumindest zwei einigermaßen ordentlichen Zöpfe flechten und sie, wie Mòrag es mir gezeigt hatte, am Hinterkopf zusammenstecken, um den Rest meiner Mähne zu bändigen. Als das erledigt war, schloss ich erleichtert das Mieder über dem Leinenhemd. Inzwischen hatte ich mich so sehr daran gewöhnt, dass mir ohne den leichten Druck auf die Taille etwas fehlte und ich mich fühlte, als sei ich nicht vollständig bekleidet.

Anschließend schöpfte ich Wasser. Aus einem Leck im Holzeimer tropfte es mächtig, und ich musste mich sputen, wenn ich nicht mit einem leeren Gefäß in Ewans Küche ankommen wollte.

Atemlos riss ich die Tür auf … und blieb abrupt stehen. Von den Männern unbemerkt und von ihrem Anblick vollkommen überwältigt, betrachtete ich die Szene häuslicher Harmonie, die sich vor mir entfaltete: Alan knetete mit mehligen Händen einen Teig, während Ewan mit dem Dolch geschickt den vor ihm liegenden Fisch von seinen Schuppen befreite. Drei weitere Fische lagen bereits mit aufgeschlitzten Bäuchen neben fast fertigen Haferbroten und schaukelten auf einem Bratrost über dem Feuer. Die beiden Männer standen in dieser dunklen Bauernkate und kochten, als hätten sie ihr Leben lang nichts anderes getan. Und sie sangen. Genauer gesagt, war es Alan, der sang, während Ewan mit dem Messer einen Takt vorgab und mitpfiff. Dann aber bemerkte er mich und verstummte. »Du kommst gerade recht. Gieß das Wasser in den Krug dort drüben, und was übrig bleibt, in diesen Kessel.«

Wortlos folgte ich der Anweisung, und er hängte den Topf an einem Haken tief in die Flammen. Danach machte er sich daran, Karotten und anderes Gemüse zu putzen, kleinzuschneiden und anschließend in das inzwischen sprudelnde Wasser zu werfen. Die Mädchen im Castle hätten das nicht schneller tun können. Aus Gefäßen, die neben der Feuerstelle von der niedrigen Decke hingen, nahm er Salz und Kräuter, mit denen er den Fisch würzte. Zum Schluss flog eine ordentliche Prise davon auch in den brodelnden Topf.

Alan gab mir einen Holzteller mit frischen *Bannocks* in die Hand und unterbrach das Singen nur, weil er mir einen Kuss auf die Lippen drückte.

Um wenigstens irgendetwas zu diesem Abendessen beizutragen, nahm ich drei weitere Teller vom Regal an der Wand, fand in einer Schale Löffel aus Horn und deckte mit ihnen und einem Stück Leinen aus der Truhe den Tisch. Nachdem ich drei Zinnbecher – mehr gab es auch nicht – dazugestellt hatte, ließ ich mich auf einen Stuhl fallen und lauschte den gälischen Liedern, die von gewonnenen Schlachten, schönen Mädchen und verlorenen Herzen erzählten.

Alan besaß einen weichen Bariton, und wenn auch bei beiden Sängern gelegentlich ein Ton etwas schräg herauskam, so war es doch faszinierend, ihnen zuzuhören und sie bei der schlichten Arbeit zu beobachten, die sie mit Grazie und beruhigender Selbstverständlichkeit verrichteten.

Als der duftende Fisch schließlich vor mir auf dem Teller lag, hatte ich zum ersten Mal seit meiner Vergiftung wieder Appetit.

»Hier, Kleines.« Alan schob mir einen dieser Dolche herüber, die er *Sgian Achlais* nannte. Das Messer wirkte zwar auf den ersten Blick weniger kostbar als das Erbstück aus der Bibliothek von Castle Grianach, das er mir abgenommen hatte – ihm fehlte der riesige Edelstein –, aber dafür war es ein Stück länger und höllisch scharf, wie ich rasch feststellte, als ich prüfend über die Klinge fuhr. »Aua!« Aus dem feinen Schnitt quoll ein Tropfen Blut, und schnell steckte ich meinen Daumen in den Mund.

»Ihr schmeckt mein Lachs nicht!« Ewan tat empört.

»Das muss am Koch liegen, *meine Bannocks* hat sie fast alle aufgegessen.« Alan griff nach meiner Hand und sah sich die Wunde genauer an. »Zeig mal her, was du da angestellt hast.« Ehe ich protestieren konnte, hatte er die Whiskyflasche geöffnet und etwas von der goldgelben Flüssigkeit auf den haarfeinen Schnitt geträufelt.

»Hey, das Zeug hat mich ein Vermögen gekostet!« Jetzt war Ewan ehrlich entrüstet.

»Ich schicke dir ein Fässchen Gleann-Grianach-Whisky, damit du mal was Vernünftiges zu trinken bekommst. Von diesem Fusel wird man ja blind. Dein Wein allerdings«, Alan nahm einen Schluck, »ist durchaus trinkbar. Woher hast du ihn?«

»Was? O komm, der Whisky ist ordentlich gebrannt.«

»Aber ja. Und ich möchte wetten, das liegt noch kein Jahr zurück.«

Ewan lachte. Die Männer begannen über Hochprozentiges zu fachsimpeln und schienen mich dabei vergessen zu haben.

Nebenher zerlegten sie den Fisch mit ihren Dolchen und schoben sich das weiße Fleisch genussvoll mit den Fingern in den Mund, dass ihnen die flüssige Butter übers Kinn lief. Ich machte es ihnen nach. Der süße Wein stieg mir rasch zu Kopf, die angenehme Wärme des Feuers und mein voller Bauch taten ein Übriges. Der raue Singsang der gälischen Unterhaltung hüllte mich ein wie eine warme Decke, und mir mussten wohl die Augen zugefallen sein, denn beim Klang von Alans Stimme zuckte ich zusammen: »Joanna, Kleines. Ist alles in Ordnung mit dir?«

Überrascht sprach ich laut aus, was mir gerade durch den Kopf gegangen war: »Ihr scheint ja in der kurzen Zeit, die ich draußen war, beste Freunde geworden zu sein.«

»Tatsächlich waren wir das einmal.« Alan sah Ewan mit einem merkwürdigen Blick an, und ich konnte spüren, wie die heitere Stimmung verflog. Nicht zum ersten Mal dachte ich: *Hätte ich doch bloß meinen Mund gehalten.* »Ich wollte nicht an alten Wunden rühren, entschuldigt.«

»Schon gut, kleine Wassernixe.« Ewan tätschelte meine Hand, bis Alan ein eigenartiges Geräusch von sich gab, das wie das warnende Knurren eines Hundes klang.

Sein *alter Freund* lehnte sich zurück, verschränkte die Arme vor der Brust und begann zu erzählen: »Ich habe früher in Gleann Grianach gelebt, aber ursprünglich stamme ich nicht aus dieser Gegend. Meine Mutter war Köchin im Haus des Earl of Cromartie. Sie hatte das Pech, einem seiner englischen Gäste im falschen Moment über den Weg zu laufen, und der Kerl hat sich ihrer bedient.« Er spuckte bei diesen Worten aus. »Dem Earl muss ich zugutehalten, dass er furchtbar wütend wurde, als er davon erfuhr, und als ich alt genug war, erlaubte er mir sogar, in seinen Ställen zu arbeiten. Doch die Jungs dort waren nicht besonders nett zu dem *englischen Bankert*, wie sie mich nannten. Ihre Sprüche interessierten mich nicht, aber sobald sie anfingen, meine Mutter zu beleidigen, wurde ich wütend, und es dauerte nicht lange, bis mich der Ruf eines Raufbolds begleitete, dem man besser aus dem Wege ging.«

Er stand auf, um Torf nachzulegen, und ich dachte schon, das wäre alles gewesen, als Ewan weitersprach: »Eines Tages kam Alans Vater zu Besuch, und ihm schien zu gefallen, wie ich mit seinen Pferden umging. Am Ende seines Aufenthalts nahm er mich mit, und ich glaube, Cromartie war ganz froh, den *Bankert* los zu sein.

In Gleann Grianach behandelte man mich anständig, obwohl bald auch hier viele Leute Bescheid wussten. Übles Gerede reist überall schneller, als der Wind die Wolken über das Meer treiben kann. Als der Capitane mich den Schwertkampf lehrte, erkannte er mein Talent, und bald durfte ich sogar mit dem Sohn des Chiefs üben.«

Alan unterbrach ihn und erklärte mir: »Vater hatte neben Angus noch einen weiteren Vertrauten, der uns den Umgang mit dem Schwert beibrachte und außerdem jedes Jahr dafür sorgte, dass die Rinder wohlbehalten und vollzählig auf dem Herbstmarkt ankamen. Nach seinem Tod hat Lachlan diese Aufgabe übernommen.«

Ewan schaute fragend, denn Alan klang nicht glücklich bei diesen Worten. Ich wusste, wie es um seine Gefühle für Lachlan stand, schwieg aber.

Als deutlich wurde, dass er nichts weiter sagen würde, räusperte sich Ewan und fuhr mit seiner Geschichte fort. »Die anderen beneideten mich nicht um diese Aufgabe, sie fürchteten Alans Temperament. Ich schätze, wir standen uns da um nichts nach und kamen deshalb von Anfang an gut miteinander aus. Der *Gleanngrianach* selbst hatte immer ein freundliches Wort für mich. Trotzdem blieb ich im Clan ein Außenseiter. Natürlich kannte ich die Gerüchte um Alans Herkunft, ebenso, wie er von meiner zweifelhaften Abstammung wusste. Und obwohl ich nie etwas anderes angenommen hatte, als dass er und kein anderer der rechtmäßige Erbe des Chiefs ist, hat es uns verbunden, dass wir beide Außenseiter waren.

Wir schlichen uns manchmal heimlich fort, um Fische zu fangen oder einfach nur durch die Gegend zu streifen. Später haben wir den Mackenzies manch eines ihrer Rinder geklaut und dabei auch zuweilen unser Geschick im Schwertkampf ausprobiert. Wir waren ein gutes Gespann. Doch das schlechte Blut meines Vaters lag wie ein dunkler Schatten über meinem Leben.« Schweigend starrte Ewan in die Flammen.

»Du wirst deine Gründe gehabt haben, bei Nacht und Nebel zu verschwinden«, sagte Alan, und der Schmerz des Teenagers, der sich nicht zum ersten Mal verraten und verlassen gefühlt hatte, war in diesen Worten nicht zu überhören. »Vergiss es, Ewan. Das ist doch längst Vergangenheit.«

Als hätte er den Einwurf nicht gehört, sprach Ewan leise weiter. »Ich konnte sie nie vergessen. Ich hatte mich in Alans kleine Schwester Keelin verliebt. Sie war noch sehr jung, doch sie mochte mich auch. Mir war klar, dass sie immer unerreichbar für mich sein würde, aber als sie mir eines Tages im Stall regelrecht auflauerte und sich in meine Arme schmiegte, konnte ich einfach nicht widerstehen und küsste sie. Mehr ist nicht passiert! Ich hätte Keelin niemals Schaden zufügen können. Irgendjemand muss uns aber beobachtet haben. Alans Stiefmutter jedenfalls erfuhr von dem Kuss. Sie tat, als hätte ich ihre Tochter geschändet, und auch der Chief nahm mich streng ins Gebet. Ich musste schwören, Keelin nie wieder nahe zu kommen.

Mir brach fast das Herz, aber Gleann Grianach war mir zur Heimat geworden, die ich nicht verlassen wollte. Also legte ich meinen Treueeid ab und durfte bleiben.

Ein halbes Jahr später wurde eines der Mädchen aus dem Dorf schwanger und behauptete, das Kind sei von mir. Das war gelogen, ich hatte sie niemals auch nur angerührt, aber Mylady mischte sich ein.

Wie der Vater, so der Sohn!, hieß es, und dieses Mal gab der *Gleanngrianach* dem Drängen seiner Frau nach und schickte mich fort. Natürlich nicht, bevor ich dem Mädchen in aller Stille meine Treue versprochen hatte. Selbst Keelin erfuhr davon nichts.

Wir hatten Glück im Unglück. Mutter war kurz zuvor gestorben, und zu meiner großen Überraschung durfte ich ihre Pacht übernehmen. Später erfuhr ich, dass sich der *Gleanngrianach* für mich eingesetzt hatte. Ohne dieses kleine Stück Land wären wir verhungert.

Meine Frau erzählte mir bald nach unserer Ankunft, wie Lady MacCoinnaich sie überredet hatte, mich als Vater zu benennen, da ich ein Auge auf sie geworfen hätte und keine schlechte Partie sei. Sie war in einer verzweifelten Lage, denn ihr Vater drohte damit, sie hinauszuwerfen. Also tat sie das aus ihrer Sicht einzig Vernünftige und log, um mich zur Heirat zu zwingen. Ich kann Jannet das nicht einmal übelnehmen, denn obwohl sie den tatsächlichen Vater nie verraten hat, bin ich ziemlich sicher, dass es irgendjemand aus ihrer engsten Familie war.«

Ich war entsetzt. »Die Arme! Und wo ist sie jetzt?«

»Jannet hatte eine Frühgeburt. Das Kind kam tot auf die Welt, und niemand konnte ihre Blutungen stoppen. Da kam mir Gleann Sheile gerade recht. Ich habe das arme Mädchen begraben und bin fortgegangen.«

Alan beantwortete meinen fragenden Blick: »Jakobiten. Sie haben versucht, mit Hilfe der Spanier einen Aufstand anzuzetteln.«

Ewan nickte. »Danach habe ich mir die Welt angesehen. Kriege gibt es überall, und ich gebe zu, ich bin auch für die Engländer in die Schlacht gezogen, wenn der Sold stimmte.«

Trotzig schaute er auf. Doch lange konnte er Alans Blick nicht standhalten und begann wieder mit dem Finger die Holzmaserung des Tischs nachzuzeichnen, wie er es schon zu Beginn seiner Erzählung getan hatte. »Irgendwann konnte ich dieses sinnlose Blutvergießen nicht mehr sehen, das Leid und den Schmerz der Zivilisten. Colin MacDonnell, einem Mann hier aus der Gegend, den ich unterwegs kennengelernt hatte, ging es nicht anders, und so machten wir uns gemeinsam auf den Heimweg. Von seinem ehemaligen Zuhause hat er nicht viel mehr als die Grundmauern vorgefunden, die Familie war von Soldaten erschlagen worden. Weil ich nichts Besseres zu tun hatte, bin ich erst einmal geblieben, um ihm beim Wiederaufbau zu helfen. Sein Erspartes reichte für ein paar Rinder, und auch ich habe ein paar Guineas beiseitegelegt. Es ging uns nicht schlecht. Aber kurz nach dem Fest der heiligen Brigid bekam er ein böses Fieber und starb.« Ewan schob eine auseinandergebrochene Torfsode mit dem Feuerhaken zusammen. »Ich bringe den Leuten kein Glück.« Die auflodernden Flammen zeichneten tiefe Linien in sein Gesicht. »Dieser Teil der Welt ist das einzige Stück Land, das so etwas wie Heimat für mich bedeutet. Und weil Cladaich nichts dagegen hatte, bin ich vorerst hiergeblieben. Ich schätze, das macht mich zu einem Mackenzie.«

Als sei nun alles gesagt, goss sich Ewan wortlos Wein ein und leerte den Becher in einem Zug.

Alan tat es ihm gleich. Dann begann er so leise zu sprechen, dass ich mich vorbeugen musste, um ihn zu verstehen: »Als ich von meiner ersten längeren Reise zurückkehrte, warst du einfach fort. Erinnerst du dich? Wir hatten Vater so weit, dass er dich mitnehmen wollte, aber dann bekamst du diese Krämpfe, und unser Schiff konnte in Cladaich nicht ewig vor Anker liegen.«

Ewan nickte. »Ja, ich erinnere mich. Ich muss etwas Verdorbenes gegessen haben. Es war die Hölle.«

Ein eigenartiger Unterton in seiner Antwort ließ mich glauben, dass ihn diese *Krämpfe* auch nicht zufällig gequält hatten.

Alan bemerkte unseren kurzen Blickkontakt nicht. »Niemand wollte mir nach meiner Rückkehr sagen, wohin du gegangen warst. Erst viel später erfuhr ich, dass du geheiratet hattest. Was für ein Mann ist das, der ein Weib gegen seinen besten Freund austauscht und ohne ein Wort, eine Zeile des Abschieds verschwindet?« Er goss sich noch einmal nach. »Ich hatte gelernt, ohne die Liebe meines Vaters, mit der Verachtung meiner Brüder und der heimlichen Furcht vieler Clansleute vor *Alan Dubh, dem Wechselbalg aus der Feenwelt,* zu leben. Doch nach dem Verrat des einzigen Menschen, für den ich nach Jahren der Einsamkeit aufrichtige Freundschaft empfand, war ich am Ende meiner Geduld.« Er griff nach meiner Hand, strich mit dem Daumen über die aufgeschürften Fingerknöchel und schaute mich lange an.

Diese Geschichte aus seiner Vergangenheit erzählte er nicht nur Ewan, sondern auch mir. Dankbar erwiderte ich den Druck seiner Finger.

»Und auf einmal fällt diese zerzauste Wildkatze direkt vom Himmel vor meine Füße und bringt mein Herz wieder zum Schlagen. Wäre das nicht geschehen, ich schwöre dir, du hättest heute nicht einmal genügend Zeit gehabt, deinen Gott um Vergebung zu bitten, bevor mein Schwert dich durchbohrt hätte.«

In Ewans Augen entdeckte ich ein verräterisches Glitzern. Schnell stand er auf, um mehr Wein zu holen, und ich sah, wie er sich im Schutze der Dunkelheit rasch über die Augen wischte.

Wir waren ebenfalls aufgestanden. Behutsam nahm ich den Krug aus Ewans Hand, bevor sich die beiden Freunde wortlos in die Arme fielen.

Danach saßen wir noch lange zusammen. Ewan erzählte von seinen Abenteuern, und Alan berichtet von den Problemen, die wir in Gleann Grianach hatten. Er ging sogar so weit, seinem Freund unsere Pläne für die nächsten Tage anzuvertrauen. Zwischendurch musste ich ein paarmal mein Gähnen unterdrücken, und schließlich sagte Alan: »Es ist spät, hast du ein Nachtlager für uns, mein Freund?«

Wenig später lag ich in seinen Arm geschmiegt in dem hölzernen Alkoven und lauschte den Geräuschen der Nacht – und dem Schnarchen der Männer. Bei dieser Menge Wein und Whisky, die sie getrunken hatten, musste man sich wundern, dass sie überhaupt noch atmeten.

Am nächsten Morgen wurden wir vom Geruch frischer *Bannocks* und gebratener Eier geweckt. Warme Schafsmilch war nicht so meine Sache, und darum brachte ich nach kurzer Katzenwäsche frisches Wasser vom Bach mit. Ewan überraschte mich damit, dass er Tee aufbrühte, und nach einer Schale von dem bitteren Gebräu kehrten allmählich meine

Lebensgeister, die auch das kalte Wasser nicht hatte wecken können, wieder zurück.

»Du musst aber mehr als nur einige Guineas beiseitegelegt haben«, sagte Alan, als er mit nassen Haaren und nur seinem Plaid um die Hüften gegürtet durch die Tür kam. Sein Blick ruhte auf dem reichlich gedeckten Tisch. »Und erzähle mir nicht, dass du selbst Marmelade einkochst.«

Ewan lachte und strich über den Bauch, auf dem sich jeder Muskel gut sichtbar abzeichnete. »Das Kriegshandwerk zahlt sich nicht nur in barer Münze aus. Einige Damen der Nachbarschaft haben sich in vielerlei Hinsicht als äußerst großzügig erwiesen.«

Alan, dessen Körper den Vergleich keineswegs zu scheuen brauchte, warf mir einen finsteren Blick zu, als er sah, wie ich seinen Jugendfreund musterte. »Zieh dir gefälligst etwas an, wenn du mit Joanna an einem Tisch sitzen willst«, knurrte er und warf ihm ein Hemd zu, bevor er sich sein eigenes überstreifte.

Sie benahmen sich wie zwei Alphawölfe, die misstrauisch umeinander herumschlichen. Und mir wurde klar: Diese beiden Männer waren gefährlicher, als ich es je vermutet hätte. Es war gut, sie auf meiner Seite zu haben.

Dessen ungeachtet, musste ich über ihr Machogehabe lachen, und sie stimmten schließlich ein.

13

Unterwegs

*B*ald nach dem Frühstück brachen wir auf. Meine Flucht hatte Alan von seinen Aufgaben abgehalten, und ich wagte nicht, mich zu beschweren, als ich erfuhr, dass nicht der Feenkreis unser erstes Ziel sein würde.

Mit reichlich Proviant in einem am Sattel befestigten Beutel und dem *Sgian Achlais*, dem Messer, das Alan mir am Vorabend geschenkt hatte, griffbereit im Ärmel, fühlte ich mich weit besser gewappnet als noch am Morgen zuvor. Das Gefühl der Sicherheit hatte ich natürlich in erster Linie der Tatsache zu verdanken, dass neben mir ein erfahrener Krieger ritt, der jederzeit bereit gewesen wäre, sein Leben für mich zu riskieren.

Doch er trug die Verantwortung für seinen Clan. Ich durfte nicht zulassen, dass er die MacCoinnaichs in Gefahr brachte und Mary zu ihrem Onkel zurückschickte. Es musste eine andere Lösung geben.

Wenn der Herzog wirklich ein so einflussreicher Mann war, wie Alan behauptete, dann hatte er gewiss andere Gründe, auf einer Verbindung zwischen den beiden Clans zu bestehen, als nur einen Ehemann für eine unbedeutende Verwandte zu finden. Er erwartete sich einen Gewinn aus der Verbindung. Und was einem Machtmenschen wie Argyle nicht freiwillig gegeben wurde, nahm er sich mit Gewalt. Dies konnte nichts Gutes für die MacCoinnaichs bedeuten.

Also mussten wir herausfinden, warum ihm diese Ehe so wichtig war. Einfluss konnte er nur über den Chief der MacCoinnaichs gewinnen, und da Alan den Ruf eines Querkopfs besaß, würde Argyle es womöglich sogar begrüßen, wenn Lachlan an dessen Stelle träte. Ihm eilte ein ganz anderer Ruf voraus. Aber er war dabei, sich zu verändern. Alans Bruder war nicht dumm und hatte dies in seiner Pflegefamilie längst bewiesen. Doch alte Vorurteile starben langsam, und das galt in diesem Fall für beide Brüder. Längst traute ich ihm zu, dass er mit der entsprechenden Unterstützung ebenso das Zeug zu einem verantwortungsbewussten Chief hatte wie sein starrköpfiger Bruder.

Aber nicht ich, sondern Alan musste davon überzeugt werden, sollte unsere Liebe eine Chance haben.

Sobald wir nach Hause zurückgekehrt waren, wollte ich damit beginnen. Am besten, indem ich zuerst einmal mit Lachlan sprach. Zu Hause – das war für mich längst das Land der MacCoinnaichs, ihr Chieftain und nicht zuletzt Castle Grianach. Der Gedanke, all dies aufzugeben, schmerzte. Doch wenn das der Preis für die Sicherheit des Clans war, dann musste es sein.

Alan und auch ich, wir beide stammten aus privilegierten Verhältnissen und vermissten dennoch das Wichtigste im Leben: Liebe und Vertrauen.

Wobei ich inzwischen glaubte, dass Alans Vater seinen Sohn sehr wohl geliebt hatte. Alans Mutter hatte er auf Händen getragen, die neue Ehefrau aus Pflichtgefühl genommen. Ein Kinderleben war so schnell ausgelöscht, und der Clan brauchte einen starken Chief. Wer weiß, ob Alexander MacCoinnaich nicht versucht hatte, den erstgeborenen Sohn vor den ehrgeizigen Ambitionen der Stiefmutter zu schützen, indem er ihn vordergründig mit Nichtachtung strafte und insgeheim mit allen Mitteln auf den bevorstehenden Kampf um sein Erbe vorzubereiten suchte.

Alan war so ein viel besserer Mensch als ich. Er hatte das traumatische Erlebnis von Ewans plötzlichem Verschwinden hinter sich gelassen und mir, die ich auch kopflos davongerannt war, trotz dieser Enttäuschung sein Herz geöffnet.

Ich war diejenige, die versagt hatte. Schon beim ersten Anflug von Zweifel an seiner Aufrichtigkeit hatte ich das getan, was ich immer schon am besten konnte: weglaufen.

Mit einem Blick auf sein stolzes Profil schwor ich lautlos: *Solange du mich haben willst, soll nichts anderes als der Tod uns trennen!*

Die Vergangenheit konnte ich nicht ungeschehen machen, aber immerhin hatte ich nun einen Plan. Wäre doch nur dieses Gefühl nicht gewesen, dass es noch etwas anderes ungeheuer Wichtiges zu erledigen gab.

»Was hast du, Joanna?«, riss Alan mich aus meinen Gedanken.

»Ich frage mich, warum du Ewans Angebot, uns zu begleiten, nicht angenommen hast«, improvisierte ich. Diese Frage hatte ich mir tatsächlich schon gestellt. Dass ich gerade eine Art Ehegelübde abgelegt hatte, behielt ich vorerst lieber für mich. Männer neigten in solchen Situationen zu Panikreaktionen, und das war das Letzte, was wir hier auf einem steinigen Bergpfad gebrauchen konnten.

»Er ist mit einem MacDonnell gekommen.«

»Und?«

»Es gibt Augenzeugen, die beschwören, dass MacDonnells dabei sind, wenn unsere Pächter an den Grenzen überfallen werden.«

»Bist du sicher?« Ich selbst wäre nie auf die Idee gekommen, dass es hier eine Verbindung geben könnte, aber das hatte nichts zu bedeuten. »Und wenn schon. Du kannst doch nicht alle Leute dieses Namens für die Taten einer Handvoll Verbrecher verantwortlich machen.«

»So einfach ist das nicht. Auch wenn der MacDonnell lange fort gewesen sein mag, er wird immer auf der Seite seiner Familie stehen. Außerdem besitzt Ewan, selbst für jemanden, dessen Loyalität käuflich ist, ungewöhnlich viel Geld.«

»Du verachtest ihn, weil er Söldner war.«

»Viele Männer kämpfen eher für Geld als für Ehre und Freiheit.« Er schüttelte den Kopf. »Doch das ist es nicht, nicht nur. Der Tee schmeckte ausgezeichnet, der Wein war exzellent, und sogar der Whisky kann es mit unserem aufnehmen. Irgendwoher muss das ja kommen. Die meisten Leute in dieser Gegend sind sehr arm, Joanna.«

»Aber vielleicht hat er das Geld wirklich verdient.« Auch wenn ich lieber nicht so genau wissen wollte, womit sich Ewan einen gewissen Wohlstand erarbeitet hatte, hieß das noch nicht, dass ich ihn für einen Verräter hielt. Und aus seinen Erzählungen glaubte ich schließen zu können, dass seine Loyalität – wenn überhaupt jemandem – dem Clan der Mac-Coinnaichs galt. Dafür hatte er meine Hochachtung, schließlich hatten sie ihm übel mitgespielt.

Alan schien anderer Meinung zu sein. »Seine Elfenaugen und der Körper, den du heute Morgen so bewunderst hast, mögen Ewan den einen oder anderen Honigtopf erkaufen, mehr aber nicht.«

»Ich habe nichts bewundert, nur verglichen.«

Alan zog eine Augenbraue hoch.

»Wenn du es genau wissen willst, du hast dabei um Längen gewonnen.«

Ein typisch männliches Lächeln schlich sich in seine Mundwinkel.

»Bilde dir nur nichts darauf ein. Wenn ich jemanden liebe, hätte selbst Adonis keine Chance gegen ihn.«

Jetzt lachte er übermütig. »Ach Kleines. Etwas Schöneres hättest du mir gar nicht sagen können.«

»Dass du gut aussiehst?«, fragte ich scheinheilig.

»Dass du mich liebst!« Doch dann verdunkelte sich seine Stimme. »Wie viele Männer hast du geliebt?«, verlangte er zu wissen.

Ich flüsterte eine Antwort, die sein Ego vermutlich zum Explodieren bringen würde: »Nicht einen.«

»Wie bitte?«

»Ich habe niemanden geliebt!« Meine Stimme war laut genug, um jedes Lebewesen in dem verdammten Tal, das wir gerade durchquerten, darüber zu informieren. »Und nun lass uns weiterreiten.«

Zum Glück widersprach mir Alan nicht.

Bald darauf machten wir Rast, aßen etwas und folgten dann den Pferden zu einem kleinen Wasserlauf. Dort tranken Mensch und Tier Seite an Seite. Anschließend ritten wir weiter Richtung Osten.

Auf einer mächtigen Anhöhe zügelte Alan sein Pferd und schaute in die Ferne. Der Tag hatte bedeckt begonnen, aber jetzt wölbte sich über uns ein nahezu wolkenloser Himmel. Am Horizont glitzerte das Meer, und vor uns modellierte die Sonne in der Ferne Hochlandgipfel zu schroffen Felsmassiven. Weiter unten lagen weite Täler und silberne Seen.

Nie hatte ich etwas Erhabeneres gesehen. Das unterschiedliche Grün von Moos, Flechten und Farnen, die dunklen Kiefernwälder und das eigentümliche Rotbraun der Heide – das alles machte dennoch nur einen Teil des Zaubers aus, den dieser Flecken auf seine Betrachter ausübte.

Wir befanden uns an einem magischen Ort. Die Worte der nächtlichen Erscheinung kamen mir wieder in den Sinn. *Du hast die Magie in dir. Verneine sie nicht, und alles wird gut.*

Und sowie ich meine Sinne öffnete, glaubte ich tatsächlich, die Elementarwesen spüren zu können, die hier Quartier genommen hatten, lange bevor sich der Mensch in den Highlands niederließ.

Kein Laut war zu hören, bis auf das Schnaufen der Pferde und den gellenden Ruf eines Raubvogels, der ohne seine mächtigen Schwingen nur einmal zu bewegen über uns hinwegglitt, als wären wir nichts als Störenfriede in seinem perfekten Universum.

Und so fühlte ich mich auch. Wie ein Gast, ein nur geduldeter Besucher in einer Welt, deren Geheimnisse sich uns Normalsterblichen nie ganz erschließen würden.

Alan jedoch schien hierherzugehören. Sein Plaid blähte sich über den leicht gebräunten Schenkeln im Wind, das Haar hatte sich unterwegs gelöst, und der breite Rücken signalisierte eine innere Stärke, von der ich selbst nur träumen konnte.

Welches Recht hatte ich, diesen Mann in meine Welt zu locken, der er erst kürzlich durch eine Laune des Schicksals entkommen war?

Er unterbrach meine Gedanken: »Das alles ist Kensary-Land und gehört seit mehr als zweihundert Jahren den Mac-Coinnaichs.«

»Und vorher?«

»Die Gegend war vorher kaum besiedelt. Aber ja, andere Clans lebten vor uns hier, vertrieben haben wir jedoch niemanden. Zuletzt hatten MacDonnells in dieser Gegend gesiedelt. Sie waren schon lange untereinander zerstritten, ihre Führer schwach. Einer meiner Vorfahren landete mit seinen Brüdern an dieser Küste, und der damalige MacDonnell teilte das Land auf. Wir alle sind Söhne und Töchter von Gillean of the Aird, aber nur die Erben Ailean MacCoinnaichs folgen weiter den alten Wegen.«

»Was meinst du damit, doch nicht etwa Magie?« Ich hatte ein paarmal beobachtet, wie die Frauen kleine Rituale durchführten, bevor sie auf die Felder gingen oder die Mahlzeiten zubereiteten und das für harmlosen Aberglauben gehalten. Was aber, wenn einige MacCoinnaichs wirklich Kontakt zu Wesen hatten, deren Existenz ich zumindest bei Tageslicht betrachtet allzu gern bestritten hätte? *Wider besseres Wissen*, mahnte die Stimme aus meinem Unterbewusstsein. Ich hätte sie gern ignoriert. Der neue Priester war überzeugt, dass die MacCoinnaichs ihren heidnischen Glauben nie ganz abgelegt hatten. Bestätigte Alan dessen Vorwürfe nun unbewusst? Gespannt wartete ich auf seine Antwort.

»Es stimmt, die alte Religion hat – für mich zumindest – einiges mit Magie zu tun. Versteh mich nicht falsch. Das Christentum hat zweifellos seine Vorteile, aber ich bin nicht sicher, ob dieser eine Gott mit seinen Vertretern auf Erden so glücklich ist.«

»Bestimmt nicht.« Wenn ich an die Kirchengeschichte dachte, konnte ich mir auch nicht vorstellen, dass das *Bodenpersonal* göttliches Wohlwollen erregte. Laut sagte ich: »Zugegeben weiß ich wenig über die keltische Religion, aber die Götter gelten, wenn ich mich nicht irre, allgemein als launisch, unberechenbar, wenn nicht sogar grausam. Ist das wirklich eine Alternative?«

Alan dachte nach, bevor er antwortete. »Genau das macht sie für mich glaubwürdig. Sie sind den Menschen ähnlich, die sie führen und beschützen sollen.«

»Du setzt dich doch nicht etwa mit ihnen gleich?«, fragte ich misstrauisch.

»Der Himmel soll mir auf den Kopf fallen, wenn ich das täte.« Er warf einen raschen Blick nach oben. »Vergebt mir.« Dann lachte er verlegen: »Ich schätze, der Priester hat Recht. Nicht nur unterstütze ich seine Versuche nicht, aus meinen Leuten gottesfürchtige Untertanen zu machen, obendrein bin ich auch noch abergläubisch. Ein ernsthaftes Gebet, ein Ritual – das also, was du Magie nennst –, all diese Dinge bewirken fast immer irgendetwas, wenn auch häufig nicht das, was man sich von ihnen erhofft.«

»Das gilt doch aber für alle Religionen.«

»Sollte man meinen, ja. Doch wenn der Pfaffe im Dorf zu seinem Gott betet, dann höre ich keine Hingabe, sondern nur leere Worte.«

»Dann ist es gar nicht sein Glaube, der dich stört. Du kannst nur den Mann nicht leiden.« Dafür hatte ich Verständnis.

Alan lachte. »Stimmt.«

»Warum hast du ihm dann einen Taufstein gespendet?« Ich erinnerte mich, wie der Priester von der Großzügigkeit des *Gleanngrianach* geschwärmt hatte.

Alan lächelte listig. »Weil er dorthin gehört.«

Irritiert sah ich ihn an. »Ach so?«

»Der Stein befindet sich seit Jahrhunderten an der gleichen Stelle und wurde nur für den Bau des Gotteshauses verrückt. Mein Urgroßvater hat die Kirche auf Wunsch seines Clansvolks über einer Stelle errichten lassen, die schon seit Urzeiten als magischer Platz galt. Viele unserer Vorfahren waren von der neuen Religion fasziniert, weil sie Gerechtigkeit und bedingungslose Liebe versprach. Auf die alte Magie will aber bis heute kaum jemand von ihnen verzichten, und so haben sie mich gebeten, den Stein wieder an seinen Platz zurückschaffen zu dürfen. Man erzählt sich, dass die Feen nachts kommen, um sich am Tau, der sich in der Vertiefung sammelt, zu laben.«

Ich musste kichern.

»Du findest das lustig?«

»Nein, keineswegs«, keuchte ich. »Es ist nur so, dass der Priester furchtbar stolz auf das Taufbecken ist. Er hat sich jedoch gewundert, warum das Wasser so schnell verdunstete.«

»Das ist allerdings ein eigenartiges Phänomen.« Ein Lächeln tanzte in Alans Blick. »Für eine Katholikin hast du einen erstaunlichen Humor.«

»So weit weg finde ich den katholischen Glauben mit all seinen Heiligen und der Dreifaltigkeit eigentlich gar nicht.«

»Das sehen meine Leute ähnlich. Als kürzlich ein presbyterianischer Prediger ins Dorf kam, um sie zu bekehren, haben sie ihn einfach ausgelacht, bis er wütend weitergezogen ist.«

»Das kann ich mir gut vorstellen. Aber als du von den alten Traditionen sprachst, hast du doch nicht nur Magie und Feenglauben gemeint.« Warum klangen meine Worte so abwertend – hatte ich nicht gerade selbst noch über die Magie des Ortes nachgedacht?

»Pscht! Siehst du den Hügel dort? Darin leben mit ziemlicher Sicherheit Feen, und die haben es gar nicht gern, wenn jemand in diesem Ton über sie spricht.«

Ich sah hin. In der flachen Talsenke erkannte ich einen dieser eigenartig geformten Hügel, der aussah, als könne er nicht auf natürliche Weise entstanden sein. Sofort lief es mir kalt den Rücken hinunter. Die Atmosphäre um uns schien sich auf einmal zu verändern, und beinahe erwartete ich, dass jeden Augenblick ein Erdwesen auftauchte, um uns in die Unterwelt zu verschleppen und mich dort zur Strafe gefangen zu halten.

Die zahllosen abgründigen Sagen, denen ich während meiner Zeit in Irland gelauscht hatte, waren offenbar ebenso wenig an mir vorübergegangen wie deren schottische Auslegungen. Plötzlich schnaubte Brandubh und tänzelte nervös.

Der Zauber war gebrochen, und seltsamerweise war ich nicht nur erleichtert. Es kam mir vor, als hätte ich etwas Wertvolles verloren, als sei mir gestattet worden, einen Fuß in eine andere Welt zu setzen, nur, damit man mich anschließend im hohen Bogen wieder hinauswerfen konnte. Als sei ich für einen kurzen Augenblick Teil eines größeren Ganzen gewesen; erdverbunden wie Alan, egal, ob er über das Schicksal eines seiner Leute entschied, sich in dieser stolzen Landschaft bewegte oder mich nachts sicher in seinen Armen hielt.

Die Vorstellung von der Seele eines Ortes, die Einfluss nimmt auf die Menschen, die dort verweilen, hatte bisher nicht in mein Weltbild gepasst. Doch das Leben mit Alan und seinem Clan hatte mich verändert. *Mit dem Herzen sehen*, dieser Rat der Mutter Oberin des Klosters, das meine ehemalige Schule beherbergte, hatte mir bisher bestenfalls ein verständnisloses Kopfschütteln entlockt. Und nun bekam ich eine Ahnung davon, dass in meinem Leben einiges anders gelaufen wäre, hätte ich diesen Rat nicht spöttisch als Altweibergewäsch abgetan. Wie sollte ich auch jetzt noch daran zweifeln, dass es Dinge gab, die mit Logik nicht zu erklären waren? Unsere Zeitreise war das beste Beispiel.

Gedankenverloren führte ich mein Pferd weiter den Berg hinauf, denn hier war das Gelände zu unwegsam, um reiten zu können. Als spürte er den Aufruhr in meinem Inneren, antwortete Alan erst viel später, da hatten wir schon das nächste Tal erreicht, auf meine Frage: »Mit alten Traditionen meine ich auch die Pflicht, in der wir Chieftains unseren Clans gegenüber stehen. Einige, besonders die großer Clans, sind im Laufe der Jahrhunderte den Verlockungen des Reichtums und vor allem der Macht verfallen, die zu ihrem Amt gehören. Ich gebe zu, beides ist auf den ersten Blick verführerisch, aber der strahlende Schein kommt nicht ohne Schatten. Die Verantwortung lastet schwer auf unseren Schultern, besonders in Notzeiten. Ein Chief darf nicht prassen, wenn es seinen Leuten schlechtgeht, nicht fliehen, wenn sie für unsere Entscheidungen den Kopf hinhalten müssen.«

»Du denkst dabei an den Highchief der Mackenzies?«

»Unter anderen«, gab er zu. »Es gibt gewiss gute Gründe, warum ein Herrschergeschlecht versucht, seine Blutlinie zu erhalten. Aber was ist das alles wert, wenn derweil Land und Leute ausgeblutet werden?«

»Sind daran nicht die Engländer schuld?«

»Natürlich.« Er runzelte die Stirn. »Aber sie tun nur, was jeder Sieger tun würde. Sie versuchen, die Rebellen zu vernichten und den Rest der Bevölkerung zu guten Untertanen zu machen. Oft denke ich, Leute wie Argyle haben Recht, und die Tage der Clans sind tatsächlich gezählt. Die Zeiten ändern sich, aber ich will nicht zu denen gehören, die ihr Volk verraten. Wenn wir untergehen sollen, dann tun wir das gemeinsam und hoch erhobenen Hauptes.«

»Du hast in der Zukunft gelebt. Kannst du dich wirklich nicht erinnern?«

Alan sprach lange kein Wort. »Manchmal träume ich von Dingen, die ich nicht verstehe«, gab er schließlich zu. »Sobald ich aber versuche, die Zukunft meines Landes zu sehen, versinkt alles in einem undurchdringlichen Nebel.« Frustriert strich er eine Haarsträhne zurück. »Wir müssen uns beeilen, es wird bald dunkel.«

Ich trieb meine Stute Deargán mit einem Klaps auf ihr Hinterteil an und schwieg den Rest des Wegs. Vielleicht war es besser, dass er nichts von der Zukunft Schottlands und dem Schicksal seines Clans wusste.

Diese Nacht versprach weit angenehmer zu werden als die letzte, die ich unter freiem Himmel verbracht hatte. Alan führte uns zu einer Höhle hoch in den Bergen. Sie lag so günstig, dass sich uns niemand unbemerkt nähern konnte. Zwar verzichtete er darauf, gegen die nächtliche Kälte in dieser Höhe ein Feuer zu machen, weil man es in der Dunkelheit meilenweit gesehen hätte, aber fest in mein Plaid gewickelt und mit Alans warmem Körper im Rücken, schlief ich dennoch bald ein.

Morgens weckten mich die ersten Sonnenstrahlen und eine Hand in meinem Haar. »Guten Morgen, Kleines.« Alans Atem bildete Wölkchen, die an mir vorbeizogen.

Meine Nasenspitze war ganz kalt. Ich drehte mich lachend nach ihm um. »Guten Morgen, mein Chieftain! Was gibt's zum Frühstück?«

Leider nicht viel. Die trockenen Haferkekse hatten wir abends aufgegessen, und vom Käse, den Ewan uns mitgegeben hatte, war auch nur noch ein kleines Stück übrig.

Deshalb kam ich zum ersten Mal in den Genuss einer echten schottischen Mahlzeit.

Alan drückte mir einen kupfernen Topf in die Hand und

bat mich damit aus dem nahe gelegenen Bach, der mehr ein Rinnsal war, Wasser zu holen.

Bei dieser Gelegenheit löschte ich erst einmal meinen Durst. Als ich zurückkam, hatte er schon trockene Heide und etwas Reisig gesammelt. Viel gab es nicht davon, aber es reichte, um ein kleines Feuer zu entfachen.

Fasziniert sah ich ihm zu, wie er Zunder aus einer Spandose zog und unter die Zweige legte. Danach holte er einen Stein hervor, mit dem er auf ein raues Eisenstück schlug, bis endlich Funken flogen. Rasch begann der Zunder, der aussah wie ein kleines Wollknäuel, zu glimmen.

Alan pustete vorsichtig, und wenig später brannte ein warmes Feuer. Anschließend zog er einen Leinenbeutel mit grobem Hafermehl aus seiner Satteltasche, das er mit dem Wasser im Topf vermischte.

Bald begann der Brei zu köcheln, und Alan überließ mir das Umrühren, während er selbst die Pferde zum Bach führte. Ein wenig Salz hatte er glücklicherweise auch mitgebracht, und so schmeckte mir das Frühstück gar nicht mal so übel. Satt machte es auf jeden Fall, und genügend Kraft für den kommenden Weg würde es uns auch geben.

Meine Füße schmerzten sehr, obwohl ich die Schuhe gestern einige Male mit weichem Moos ausgepolstert hatte. Behutsam zog ich die Slipper aus. Der eine hatte bereits ein Loch an der Seite, und genau an dieser Stelle war an meinem Fuß eine riesige Blase aufgegangen. Die Haut darunter leuchtete rot und wirkte entzündet. Als Alan das sah, fluchte er und trug mich kurzerhand zum Bach, in dem er die Wunde mit dem eisigen Wasser gründlich auswusch. Danach verband er den Fuß mit einem Streifen Leinen, den ich aus meinem Unterrock reißen musste, und setzte mich in Brandubhs Sattel.

»Du wirst auf keinen Fall mehr laufen.« Er selbst ging barfuß, die Kälte und der unebene Boden machten ihm nichts aus.

Wir kamen rasch voran und durchquerten bald ein langgestrecktes Tal, in dem kein Baum und nur vereinzelt ein paar windgebeugte Sträucher wuchsen. Kleine Teiche waren hier und da zu sehen, und an verschiedenen Stellen ragten dicke Felsbrocken aus dem grünen Pflanzenteppich, der den Boden wie ein dichtes Vlies bedeckte.

»Wo sind wir?«

»Das ist *Poll Mhonadh*, ein tückisches Hochmoor. Ein falscher Schritt, und du bist verloren.«

Seit gestern Vormittag hatte ich kaum mehr Spuren menschlichen Wirkens gesehen: keine Hütten, Tiere oder etwa bestelltes Land. Und plötzlich ging mir ein Licht auf. »Du machst die ganze Zeit einen großen Bogen um irgendwelche Siedlungen, damit die MacDonnells nicht auf unser Kommen vorbereitet sind.«

Alan schaute mich zufrieden an, bevor er weiter aufmerksam den Untergrund musterte. »Bisher scheint das auch gelungen zu sein. Sie werden es früh genug herausfinden. Der Einzige, der uns folgt ... ist Ewan.«

»Woher ...?« Irritiert sah ich mich um.

»Ach Kleines, das weiß man eben. Außerdem habe ich ihn gesehen. Allerdings muss ich zugeben, er hat dazugelernt, Anschleichen gehörte früher nicht zu seinen Stärken.«

Was sollte ich dazu sagen? Vermutlich hätte mir eine Herde Elefanten hinterhergaloppieren müssen, damit ich etwas von einer Verfolgung bemerkt hätte. »Warum tut er das?«

»Ich weiß es nicht, aber ich bin sicher, wir werden es bald herausfinden.«

Gegen Mittag hatten wir das unwirtliche Tal durchquert

und eine weitere Anhöhe, ich sollte besser sagen einen Gipfel, erklommen. Aus der Ferne sahen die meisten Berge gar nicht so beeindruckend aus, das änderte sich aber spätestens, wenn man sich an den Aufstieg machte. Die Aussicht von hier oben wurde inzwischen von durchziehenden Wolkenfeldern getrübt. Immerhin regnete es gerade nicht, und da es meinem Fuß wieder besser ging, wanderte ich ein wenig herum und spähte immer mal wieder in die Richtung, aus der wir James Balgy und seine Männer erwarteten.

Alan schien keinen Hunger zu haben, aber mein Magen knurrte inzwischen, und ich hoffte sehr, dass sie etwas zu essen mitbringen würden.

»Balgy müsste längst hier sein!« Alan stand hinter mir und legte beide Arme um mich.

»Was kann sie aufgehalten haben?«

»Ich habe keine Ahnung, er kommt nie zu spät …«

»Da! Sieh mal!« Ich hatte eine Bewegung zwischen den Felsbrocken entdeckt.

Die Kleidung der Männer hob sich, genau wie unsere, kaum vom Hintergrund ab, und ich war auch nur durch die Reflexion eines Sonnenstrahls auf sie aufmerksam geworden. Alan kniff die Augen zusammen: »Du hast Recht. Da kommen vier Krieger, und es ist ein Kind dabei.«

So gut wie er sah ich nicht. Ich entdeckte nur fünf winzige Punkte, die sich uns näherten, ein Kind konnte ich darunter nicht sehen.

Alan zog sein Schwert. »Wenn es Fremde sind, bleib hinter mir. Hast du dein Messer?«

Ich nickte bang.

»Hör zu, wenn ich dir ein Zeichen gebe, dann reitest du so schnell wie möglich nach Gleann Grianach.«

»Ich lasse dich auf keinen Fall allein, und außerdem kenne ich den Weg überhaupt nicht.«

»Aber er!« Alan pfiff leise, und Brandubh kam sofort angetrabt. Eilig zog er den Sattelgurt fester, fasste mich um die Taille und setzte mich auf das Pferd.

»Wir werden uns beide den Hals brechen, es ist viel zu steil dort hinunter.« Ärgerlich stellte ich fest, dass meine Stimme verzagt klang.

»Joanna, bitte! Versprich mir, dass du dieses eine Mal tust, was ich dir sage. Dort kommen mindestens vier Krieger, und ich habe keine Chance gegen sie, wenn ich mir auch noch um dich Sorgen machen muss.«

Die Gruppe kam rasch näher, und obwohl sie immer wieder hinter Felsen oder Buschwerk verschwand, sah ich jetzt auch, dass tatsächlich ein Kind, der Kleidung nach zu urteilen ein Junge, bei ihnen war. »Also gut. Was soll ich tun?«

»Leg dich flach auf Brandubhs Hals und warte auf mein Zeichen«, flüsterte Alan und entfernte sich ein paar Meter von uns. Wahrscheinlich wollte er mehr Platz zum Kämpfen haben und mir gleichzeitig den Weg zur Flucht frei machen. Ich tat, worum er mich gebeten hatte, und schaute besorgt zu ihm hinüber.

Seine Knie waren wie zum Sprung leicht gebeugt, doch sonst stand er aufrecht, das Schwert mit einer Hand umfasst, ganz der selbstbewusste Hochlandkrieger, der dem Tod mit dem gleichen offenen Blick ins Auge schaute wie den sterblichen Feinden.

Plötzlich waren die Männer da. Lautlos tauchten sie hinter einem Felsen auf, und mir fiel ein Stein vom Herzen. »Duncan!« Ich sprang vom Pferd und lief dem verdutzten jungen Mann entgegen. »Gott sei Dank. Ihr seid es.«

»Ihr habt lange gebraucht.« Alan schaute kurz zu dem sieben- oder achtjährigen Jungen, der sich im Hintergrund hielt, und dann zurück zu James Balgy, der aussah, als wäre er einem Gespenst begegnet. Ich wusste, es war etwas Fürchterliches geschehen.

»Duncan, kümmere dich um Lady Joanna.«

Mòrags Freund bemühte sich um einen heiteren Gesichtsausdruck, der ihm so gar nicht gelingen wollte. Er nahm ein Bündel von der Schulter und schnürte es auf: »Mòrag wollte mich nicht ohne eine ordentliche Mahlzeit für dich gehen lassen«, sagte er und packte Käse, Fleisch, ein weißes Brot und sogar einen fest verschlossenen Krug Wein aus.

»Das hast du alles hier hochgeschleppt?« Ich winkte dem kleinen Jungen zu. »Komm, du musst mir helfen. Diese Mengen kann ich unmöglich allein aufessen.« Schüchtern kam er näher. »Wie heißt du?«, fragte ich ihn.

»Ninean, Mylady.« Seine Augen begannen zu leuchten, als er das Essen sah.

»Ich bin Joanna aus Drogheda. Komm setz dich zu mir, ich komme fast um vor Hunger.«

»Die schöne Irin«, flüsterte Ninean ehrfürchtig, und Duncan lächelte endlich. »Iss, Junge. Sonst lässt dir diese Irin nichts mehr übrig.«

»Werd nicht frech«, drohte ich, trotz des riesigen Kloßes, der sich in meinem Hals gebildet hatte, und griff nach einem Stück Käse.

Ninean ließ sich nun auch nicht noch einmal bitten. Bald hatte das Kind einen beachtlichen Teil des Proviants verputzt.

Mir war der Appetit allerdings vergangen, und ich schaute Alan fragend an, als er sich zu uns gesellte. Er schüttelte nur leicht den Kopf, schob sich eine dunkle Strähne aus dem Gesicht und sagte: »Ninean, es tut mir leid, was passiert ist. Ich verspreche dir, wir werden die Schuldigen finden.« Freundlich strich er dem Jungen über den Kopf, und auf meinen fragenden Blick formten seine Lippen lautlos »Später.«

Gleich darauf drängte er zum Aufbruch, fragte aber mit weicher Stimme: »Wir sind auf dem Weg nach Fearna, möchtest du dort bei der Familie deiner Mutter bleiben?«

Der kleine Ninean schüttelte vehement den Kopf und schaute ängstlich zu Alan hinauf. Offensichtlich hatte er eine Heidenangst vor seinem Lehnsherrn. So wie mir mein Ruf durch die Highlands vorausgeeilt war, so kannte hier auch jedes Kind die dunklen Gerüchte um den Chief von Gleann Grianach. Alan ließ sich nicht beirren. »Dann kommst du mit uns, wir werden einen guten Platz für dich finden.«

Nachdem das Schicksal des Kindes entschieden war, machten wir uns an den Abstieg nach Gleann Fearna. Erstaunt bemerkte ich, dass niemand mehr ein Schwert trug, auch die Messer, ohne die Balgy nie sein Haus verließ, steckten nicht mehr in seinem Gürtel. Sie mussten ihre Waffen versteckt haben, während ich mich um Ninean gekümmert hatte.

Das Tal war schmaler als Gleann Griannach, und es gab weniger Waldstücke. Ansonsten wirkte es aber freundlich, was sicher auch an der inzwischen wieder warm scheinenden Sonne lag, und es war wesentlich dichter besiedelt. Auf den Wiesen und Feldern arbeiteten Menschen, die ehrfürchtig grüßten. Einige warfen unserer kleinen Gruppe allerdings auch besorgte Blicke hinterher und verschwanden unauffällig.

Spätestens jetzt, wurde mir klar, würde ihr Familienoberhaupt wissen, mit welchem Besuch er zu rechnen hatte.

Das Gelände wurde flacher, und Alan bestand darauf, dass

Ninean und ich ritten. Duncan blieb mit Deargán, die den kleinen Jungen brav trug, am Schluss unserer kleinen Gruppe.

Alan führte vorne Brandubh am Zügel und begann mit leiser Stimme zu erzählen, was geschehen war: »Nineans Vater kommt aus Gleann Grianach, seine Mutter ist eine MacDonnell. Die Eltern, Ninean und seine zwei kleinen Geschwister haben Rinder und Schafe des Clans auf einer Hochalm gehütet. Der Junge war unterwegs, um ein Muttertier zu suchen. Die Geburt stand kurz bevor, und er vermutete, dass sich das Tier deshalb abgesondert hatte. So war es auch, er fand die Kuh mit ihrem neugeborenen Kälbchen und trieb die beiden langsam zur Herde zurück. Irgendwann fiel ihm Brandgeruch auf, aber er dachte sich nichts dabei. Als er zu Hause ankam, war die einfache Unterkunft seiner Familie bereits dem Erdboden gleich. Du hast die Sommerhütten selbst gesehen, sie sind nur aus Zweigen geflochten und mit Moos und Farnen gedeckt. Das brennt wie Zunder.«

»Was für ein entsetzliches Unglück!«

»Wenn es eines wäre.« Alans Stimme klang belegt. »Die Familie wurde überfallen und brutal ermordet. Als Balgy und die anderen dort eintrafen, saß der Kleine wie gelähmt da und starrte sie nur an. Natürlich ahnte James sofort, was geschehen war, und schickte ihn mit Duncan fort. Er selbst blieb mit seinen Männern dort und suchte nach den Eltern. Beide fand er nicht weit entfernt. Der Vater war gefesselt und hat wahrscheinlich zusehen müssen, wie die Mörder sich an seiner Frau vergingen, bevor sie beide erschlugen.«

Ich presste die Hand auf den Mund, um ein Schluchzen zu unterdrücken, doch Alan erzählte ungerührt weiter. »Und dann fanden sie die beiden Kinder in den Ruinen der Hütte. Sie waren auf ihrem Lager verbrannt.«

»Der arme James, dass er das alles noch einmal mit ansehen musste.« Meine Hände krampften sich um den Sattel, am liebsten hätte ich laut geschrien.

Alan schien es ähnlich zu ergehen, er wirkte wie erstarrt, als habe er absichtlich alle Gefühle tief in seinem Inneren verbannt, um in diesem Augenblick nicht der Raserei zu verfallen.

Schließlich fand ich meine Stimme wieder, und nachdem ich mich ein paarmal geräuspert hatte, fragte ich leise: »Gibt es einen Hinweis darauf, wer das getan hat?«

»James hat oberhalb in den Bergen einen Mann beobachtet, dessen Beschreibung auf Ewan passt. Er sagt, der Mann sei ihnen ausgewichen und ziemlich schnell Richtung Osten verschwunden.«

»Also Richtung Fearna.«

»Möglich wäre das schon«, gab Alan zu.

»Du glaubst doch nicht, dass dein Freund etwas mit diesem scheußlichen Mord zu tun hat! Wie hätte er so schnell dorthin gelangen sollen, nachdem er die ganze Zeit hinter uns hergeschlichen ist, und warum?«

»Ich weiß nicht, was ich glauben soll. Früher hätte ich so etwas nie von ihm vermutet, aber der Krieg verändert die Menschen, und ich weiß nicht, ob ich einem Freund aus Jugendtagen noch trauen kann.«

»Du zweifelst an seiner Version der damaligen Ereignisse?«

»Es klang plausibel.«

»Wenn du ihm nicht traust, warum hast du ihm dann gestern von unseren Plänen erzählt?«

»Weil er sonst auf eigene Faust versucht hätte, es herauszufinden.«

»Na, das hat er ja trotzdem getan.«

»Für einen erfahrenen Mann wie Ewan wäre es so oder so

kein Problem, Nineans Tal in weit weniger als einem Tag zu erreichen. Wir sind nicht eben schnell unterwegs gewesen.« Alan griff lächelnd nach meiner Hand, als ich versuchte, mich zu entschuldigen. »Es hätte nichts geändert, ich wäre in jedem Fall durch *Poll Mhonadh* gegangen, und Ewan wusste das. Er kennt sich in der Gegend aus.«

»Aber du hättest dich viel früher mit deinen Männer verabredet, wenn ich nicht dabei gewesen wäre, und sie wären vermutlich kurz vor dem Überfall bei Nineans Familie durchgekommen.« Verzweifelt versuchte ich meine Gedanken zu sortieren. »Alan, und wenn das ein Komplott war, um euch diesen Mord in die Schuhe zu schieben? Du hast eine Nachricht nach Gleann Grianach geschickt, wo du Balgy treffen wolltest. Niemand konnte damit rechnen, dass du so langsam unterwegs wärst, und schon gar nicht, dass Ninean überleben würde. Ewan aber kannte unsere Pläne. Er hat uns die meiste Zeit beobachtet, wie du sagst. Die Leute in Gleann Grianach dagegen hatten keine Ahnung, dass du mich gefunden hast und wir gemeinsam hierhergeritten sind. Sie mussten annehmen, du würdest den direkten Weg nehmen und der führt durch die Hochebene, nicht wahr?«

»Du hast Recht, das macht es unwahrscheinlicher, dass Ewan etwas damit zu tun hat.« Erleichtert atmete Alan auf. Einen weiteren Beweis hätte es nicht geben müssen, Ewan war nicht sein Hauptverdächtiger.

»Und noch etwas spricht für ihn: Das Kind hielt die ganze Zeit ein Stück Stoff in der Faust. Duncan hat es ihm irgendwann auf dem Weg zu uns abgenommen. Es gehört eindeutig zu einer englischen Uniform.«

»In diesem Tal? Hast du nicht gesagt, dass die Engländer noch nie bis in diese abgelegene Gegend gekommen sind?«

»Es war nur eine Frage der Zeit, wann sie auch hier auftauchen würden. Seltsam ist nur, dass dies gerade jetzt geschieht.«

»Du denkst an den Herzog von Argyle?«

»Möglich, aber ich verstehe es nicht. Was hätte er davon, mir zu schaden, wenn er sich doch offenbar von der Verbindung zwischen Mary und mir einen Vorteil erhofft.«

Alans Schultern sackten herab. »Ich weiß nicht, was das zu bedeuten hat, Joanna. Aber wir werden es bald herausfinden.« Und damit führte er mich zu einer verfallen wirkenden Burg, die aber augenscheinlich noch bewohnt wurde. Von der Festung waren nicht mehr als die Reste einer Mauer und ein baufälliger Turm übrig, dessen Grundriss, anders als der des Castle-Grianach-Turms, quadratisch war. Das Wehrwerk besaß nur wenige schmale Fenster und wirkte kalt und abweisend. Daneben stand, immerhin mit einem neuen Dach versehen, ein Stall, durch dessen offene Tür ein paar Hühner gackernd ein und aus gingen. Die schwere Eingangstür in der ersten Etage des Turms öffnete sich knarrend, und auf dem hölzernen Treppenabsatz über uns erschien ein magerer Mann, dessen Gesicht mich an ein Pferd erinnerte. Ich schaute geschwind zu Brandubh. *Nein,* dachte ich, *mit diesem Vergleich tue ich dir Unrecht.*

Der Mann über uns rieb sich die Hände, als fröstele er, und rief: »Ah, der *Gleanngrianach* persönlich. Komm herauf, Alan MacCoinnaich, und bring deine Leute mit.«

Einer von Balgys Männern blieb bei den Pferden, der andere begleitete uns bis auf den Treppenabsatz und postierte sich neben der Tür. Mit schmalen Augen beobachtete er die umliegenden Anhöhen, und dem Lächeln zufolge, das sich kurz auf seinen Lippen zeigte, schien er mit dem, was er dort entdeckte, zufrieden zu sein. Hatten ungesehen noch weitere Männer unsere Reise begleitet?

James betrat als Erster die Halle, ich folgte Alan auf den Fuß, und hinter uns verschmolz Duncan lautlos mit der Dunkelheit. Ich musste ein paarmal blinzeln, bis sich meine Augen an das spärliche Licht gewöhnt hatten. Verglichen mit Castle Grianach war diese Empfangs- und Versammlungshalle winzig, und es stank fürchterlich darin. Am Ende befand sich der Kamin, über dem eine ziemlich fadenscheinige Fahne hing. Entlang der Wände waren Bänke und Stühle aufgereiht, und auf einem dieser Stühle, wie auf einem schäbigen Thron, saß Pferdegesicht und blickte uns aus blutunterlaufenen Augen an.

»Willkommen in meinem Haus.« Er nahm einen Schluck aus seinem Alekrug, wischte sich den Mund mit dem Handrücken ab und brüllte plötzlich: »Mairie, wo steckst du, alte Hexe? Bring unseren Gästen Whisky!«

Sekunden später erschien eine Frau. Sie war von Rachitis tief gebeugt und musste den Hals weit verdrehen, um uns ins Gesicht sehen zu können. Dessen ungeachtet, drückte sie jedem der Männer eine flache Holzschale in die Hand und schenkte ihnen aus dem Krug in ihrer Klaue einen winzigen Schluck ein. Dabei murmelte sie etwas, das klang wie: »Sind die MacCoinnaichs schon so arm, dass sie uns den Whisky wegsaufen müssen?«

Alan nahm die Schale und ignorierte das meckernde Weib. »Auf deine Gesundheit, John MacDonnell!«

Neben ihm hörte ich James etwas Unverständliches murmeln, dann hob dieser John seine Schale und entgegnete: »Und auf deine, *Gleanngrianach*!« Dabei klang er ganz so, als wäre das nicht der erste Whisky, den er heute getrunken hatte.

Alan trank nur ein paar Tropfen, wenn überhaupt, und ließ

sein Gegenüber nicht aus den Augen. Er reichte das abgenutzte Schälchen zu mir herüber, und ich gab es direkt an Mairie weiter, ohne überhaupt daran zu schnuppern. Der scharfe Geruch stieg mir auch so in die Nase.

Sie grinste mich an und kippte blitzschnell die verbliebene Flüssigkeit in ihren zahnlosen Mund. Dabei verdrehte sie sich so sehr, dass ich dachte, der dünne Hals würde gleich abbrechen. Langsam schlurfte sie anschließend zu James und Duncan, die wie Alan nur an ihrem Drink genippt hatten. Die Alte leerte deren *Quaichs* ebenfalls, kicherte und verschwand in einem schmalen Durchgang. Vermutlich genehmigte sie sich dort einen weiteren Schluck.

Der Hausherr schien davon nichts mitbekommen zu haben. Seine Aufmerksamkeit galt Alan. »Was verschafft mir die Ehre deines Besuchs?«

»Ich bin gekommen, weil man mir von Überfällen auf Mac-Coinnaich-Pächter an der Grenze zu Fearna berichtet hat. Was weißt du darüber?«

»Nichts, davon weiß ich gar nichts. Habe ich nicht im November, wie jedes Jahr, meinen Treueeid geleistet? Ich war immer loyal, MacCoinnaich.« Das nervöse Zucken in seinem Augenwinkel erzählte etwas anderes.

Alan tat, als habe er nichts bemerkt. »Das habe ich auch nicht bezweifelt«, versicherte er. »Doch diese Angriffe auf meine Leute kann ich nicht einfach so hinnehmen.« Er machte einen Schritt nach vorn.

MacDonnell sackte regelrecht in sich zusammen. »Ich bin nicht schuld«, jammerte er.

Tatsächlich hatte ich selten zuvor jemanden gesehen, der schuldbewusster wirkte als dieser Mann.

Gespannt wartete ich auf seine Ausrede, und da kam sie

schon: »Ich habe niemanden ausgeschickt, um die Hütten deiner Pächter niederzubrennen.« Jetzt bemühte er sich um ein vertrauliches Lächeln, und weil sich meine Augen inzwischen an die Dunkelheit gewöhnt hatten, sah ich, dass von seiner oberen Zahnreihe nur ein Eckzahn und zwei verfaulte Stümpfe übrig geblieben waren. »Du weißt doch selbst, wie das ist, die eigene Verwandtschaft hat heutzutage keinen Respekt mehr und tut, was ihr gefällt.«

»Ich habe keine Ahnung, wovon du sprichst, MacDonnell …« Bevor Alan seinen Satz beenden konnte, tauchte plötzlich ein hochgewachsener Mann in militärischer Kleidung in dem schmalen Durchgang auf, durch den Mairie verschwunden war. Er sah aus, als hätte er sich hastig angekleidet, die Haare hingen ihm ungepflegt ins Gesicht. Hinterher kamen noch zwei Männer in Uniform und bauten sich rechts und links des MacDonnell-Chiefs auf. Diese beiden trugen sogar einen eisernen Brustpanzer.

Das also waren die gefürchteten Rotröcke?

Als der erste Mann seinen Mund aufmachte, hatte ich meine Antwort. Er sprach Englisch und bemühte sich vergeblich seinen Cockney-, oder was auch immer Akzent durch eine betont näselnde Aussprache zu verbergen. »Was geht hier vor?«

Arrogant baute er sich vor Alan auf, und ich sah, wie James' Hand langsam unter die Jacke glitt. Dorthin, wo er – wie alle anderen auch – seinen Dolch verborgen hielt. Der Soldat tippte Alan mit dem ausgestreckten Zeigefinger auf die Brust. »Du, was willst du von deinem Chief?«

Pferdegesicht schnappte nach Luft: »Hawker, das ist …«

»Halt den Mund!« Der Soldat drehte sich nicht einmal nach MacDonnell um. »Red schon, Bauernlümmel!«

Ich hätte wetten können, dass Alan in die Luft gehen würde.

Mit allem hatte ich gerechnet, aber nicht mit diesem feinen Lächeln. »Mein Name ist Alan MacCoinnaich aus Gleann Grianach, Chief der MacCoinnaichs. Und Ihr seid«, er zögerte kurz und warf einen Blick auf die ungepflegte Uniform seines Gegenübers, »Corporal Hawker?«

Ich musste mir ein Grinsen verkneifen. Alan hatte in seinem besten Englisch geantwortet, sein schottischer Akzent war praktisch nicht zu hören, und für mich klang er wie ein Vertreter des britischen Hochadels. Zu dem er ja tatsächlich auch gehörte.

Wie erwartet, war der Engländer überrascht und lief langsam rot an, bis ich schon dachte, er bekäme einen Herzanfall. Hawker schnappte nach Luft, und es dauerte einen Moment, bis er sich wieder fing. »Sergeant«, stieß er hervor. »Sergeant Hawker. Wie soll man wissen, dass die Gentlemen hier so herumlaufen.« Er wies auf unsere bloßen Füße und ließ dann den Blick langsam über Alans gegürtetes Plaid und sein längst nicht mehr sauberes Leinenhemd bis zu dem Dreitagebart hinaufgleiten.

Alans Blick hielt er allerdings nur wenige Sekunden stand. Schnell sah er zur Seite und entdeckte mich. »Und dass sie mit Frauen und Kindern auf die Jagd nach ihren Feinden gehen, das ist mir auch neu.« Er lachte und drehte sich Beifall heischend zu seinen Soldaten um. »Sicher eine dieser Sitten, von denen ein anständiger Untertan unseres Königs nichts ahnen kann. Also, was wollt ihr?«

Der kleine Ninean hatte sich mir dicht an die Seite gedrängt und verschwand fast in meinen Röcken. Eine zarte Hand umklammerte meine, als ginge es um sein Leben.

Beruhigend strich ich ihm über den blonden Schopf. Das Kind zitterte am ganzen Leib.

Alan warf uns einen kurzen Blick zu und wandte sich, immer noch in Englisch, wieder an Pferdegesicht. »Die Familie des Jungen ist ermordet worden. Seine Mutter gehörte zu deinem Clan, was gedenkst du zu unternehmen, MacDonnell?«, fragte er scharf.

Ehe der aber antworten konnte, mischte sich Hawker ein: »Hat er etwas gesehen?«

»Nein!« Alans Antwort kam ein wenig zu schnell, und misstrauisch beäugte der Sergeant das Kind. »Los, Junge! Sprich!« Er machte einen Schritt auf uns zu, aber eine kaum bemerkbare Bewegung von Alan reichte aus, dass er schützend vor uns stand.

Ich spürte Duncan dicht hinter mir. Ninean verbarg sein Gesicht in meinen Rockfalten.

Ich hatte genug. »Lass das Kind in Ruhe, du Barbar! Der Junge hat gerade seine Familie verloren, und wenn er die Mörder gesehen hätte, dann würde er es uns gewiss verraten.« Am liebsten hätte ich mein Messer gezückt und die Mörder für ihre Tat bestraft. Aber das war natürlich unsinnig, ich musste mich darauf verlassen, dass Alan das Richtige tat. Allmählich begann auch ich die Engländer zu verabscheuen. Was bildeten sie sich ein, dass sogar ein einfacher Corporal, oder was immer dieser Kerl sein mochte, sich benahm, als sei er allen Schotten überlegen? Sie beherrschten ja nicht einmal unsere Sprache.

Etwas von der Verachtung muss sich in meinem Gesicht gezeigt haben, denn der Soldat kam ganz dicht an Alan heran: »Halte dein Weib im Zaum! Und lass den Jungen hier, der Chief wird sich um alles kümmern«, zischte er in sein Ohr.

Die beiden waren fast gleich groß, und er wirkte von nahem betrachtet erschreckend kräftig und keineswegs so dumm, wie ich anfangs gedacht hatte.

Alan wich keinen Millimeter zurück. »Sein Vater war ein MacCoinnaich, er kommt mit uns. MacDonnell, ich verlasse mich darauf, dass du die Mörder findest und nach Gleann Grianach bringst, damit sie ihre gerechte Strafe erhalten.«

»Du bist kein Richter, Highlander!« Die Wut darüber, dass Alan ihn erneut übergangen hatte, ließ das Gesicht des Engländers dunkelrot anlaufen.

»O doch, das bin ich! Ihre Majestäten George I. und George II. haben mich als Baron von Kensary bestätigt, und damit unterstehen nicht nur die Mitglieder meines Clans, sondern jeder, der sich auf meinem Land befindet, meiner Gerichtsbarkeit. MacDonnell, ich höre von dir.« Mit diesen Worten drehte er sich um, und wir verließen die finstere Halle. Die Alte war auch wieder aufgetaucht und hielt den Whiskykrug an die magere Brust gedrückt, ganz offensichtlich froh, dass sie uns keinen Abschiedsdrink anbieten musste. Im Hinausgehen hörte ich, wie Pferdegesicht nach Ale verlangte.

Auf dem Heimweg redeten wir nicht viel. Alan beriet sich leise mit James, und gemeinsam mit Duncan bemühte ich mich, den kleinen Ninean ein wenig aufzumuntern. Die Männer holten unterwegs ihre Waffen aus dem Versteck, und mir wurde klar, wie vorausschauend es gewesen war, scheinbar unbewaffnet nach Fearna zu gehen. Hawker hätte sich die Gelegenheit bestimmt nicht entgehen lassen, uns allesamt zu verhaften, weil wir gegen königliches Dekret verstoßen hatten. Er wäre sogar dazu verpflichtet gewesen.

Abends machten wir auf einer Lichtung halt, und nacheinander stießen sechs weitere Krieger zu uns, die Alan und James Bericht erstatteten, bevor sie wieder wie Schatten in den Bergen verschwanden. Ich hatte mich also nicht geirrt, unsere kleine Gruppe wurde gut beschützt.

Duncan hatte unterwegs drei Hasen erlegt, die er jetzt über einem Feuer briet. James übernahm die erste Nachtwache, Ninean lag eingewickelt in Alans Plaid dicht neben mir und atmete gleichmäßig. Obwohl ich auf dem weichen Bett aus Kiefernnadeln recht bequem lag, konnte ich keine Ruhe finden.

»Versuch ein wenig zu schlafen, Kleines. Wenn die Götter es wollen, werden wir morgen am Nachmittag Castle Grianach erreichen.« Alan strich sanft das zerzauste Haar aus meinem Gesicht und zog mich an seine Brust. In diesen Armen fühlte ich mich sicher und beschützt. Ich lehnte mich zurück, lauschte seinem gleichmäßigen Herzschlag und merkte erst jetzt, wie angespannt mein ganzer Körper gewesen war. »Wo kommen diese englischen Soldaten her?«

»Vermutlich sind sie in Cill Chuimein am *Loch Ness* stationiert.«

»Aber was wollen sie?«

»Ich bin ziemlich sicher, dass ihr Auftauchen in direktem Zusammenhang mit den Überfällen steht. Soweit wir jetzt wissen, scheinen zumindest die MacDonnells, die nicht direkt im Tal leben, keine Ahnung zu haben, was im Haus ihres Chiefs vor sich geht.«

»Ich habe den Eindruck, das weiß er selbst nicht genau, so betrunken, wie er war.«

Alan lachte. »Lass dich nicht täuschen. John mag betrunken gewesen sein, aber das hat ihn noch nie daran gehindert, einen Rotrock zu beleidigen, sobald er ihn sieht. Das ist es, was mir Sorgen macht. So wie heute habe ich ihn niemals zuvor erlebt. Irgendetwas stimmt da nicht.«

»Ich habe Angst, Alan.«

Er küsste mich sanft. »Das musst du nicht. Und nun schlaf!«

Absichtlich schlugen wir am nächsten Tag einen Bogen um das Hochtal, in dem Nineans Familie umgekommen war. Doch gerade ritten wir auf unserem Weg nach Gleann Grianach an einem abseits gelegenen Pachthof vorbei, da sprang das Kind plötzlich aus dem Sattel und lief schreiend zu einer Frau, die, zwei Eimer tragend, aus ihrer Hütte kam.

»Tante Mary!«

»Ninean, mein Junge! Was machst du hier?« Misstrauisch betrachtete sie uns, als wir näher kamen.

»Gott zum Gruße!« Alan wartete in gebührendem Abstand darauf, dass die Frau seinen Gruß erwiderte.

James ging auf sie zu und sagte: »Das ist Alan MacCoinnaich, dein Chieftain.«

Sie erbleichte und schob das Kind hinter sich. »Alan Dubh! Was habt ihr mit meinem Neffen getan?«

Ich hatte es so satt, immer wieder die Furcht in den Augen seiner Lehnsleute zu sehen, und fauchte: »Was fällt dir ein, so mit deinem Chieftain zu sprechen?«

Ihre Augen weiteten sich. »Die irische Hexe!«

Jetzt bekam ich also eine Probe der Ablehnung, die Alan regelmäßig entgegenschlug. Nicht ein Wimpernschlag verriet den Schmerz, den das ständige Misstrauen ihm verursachte. Ich konnte nicht behaupten über die gleiche Selbstbeherrschung zu verfügen. Und etwas in meinem Blick ließ die Frau einen Schritt zurückweichen. Wunderbar, damit war mein Ruf sicher endgültig besiegelt. Ich hörte schon die Weiber flüstern, wie ein einziger Blick von mir sie zu Stein erstarren lassen könne. Eigentlich keine so üble Vorstellung. Wider Willen lächelte ich, und die Frau schien eine Spur blasser zu werden. Hatten diese Menschen überhaupt eine Vorstellung davon, was ihr Chieftain alles auf sich nahm, damit es ihnen um einiges besser ging als den meisten anderen Bewohner der Highlands?

James wurde es offenbar ebenfalls zu bunt. »Halt den Mund, Weib, und hör zu! Es hat ein Unglück gegeben.«

»O Gott! Was ist passiert?«

Endlich. Allmählich schien sie zu begreifen, dass wir ihr nichts Böses wollten. Ich sprang von Pferd, ging zu den beiden und löste behutsam die kleine Faust, die sich in ihrem Rock verkrallt hatte. »Komm, Ninean, lass den *Gleanngrianach* alles erklären. Wir beide sorgen dafür, dass unsere Pferde etwas zu trinken bekommen.«

Der Junge nickte ernsthaft. Das verstand er. Die Tiere waren wichtig und mussten immer versorgt werden, egal, was geschah. Ich nahm ihn bei der Hand, und gemeinsam mit Duncan gingen wir zu einem Bach, der nicht weit vom Haus vorbeiplätscherte.

Bald darauf folgte uns Alan und hockte sich vor Ninean nieder. »Deine Tante möchte, dass ihr erst einmal mit uns kommt, bis wir die Mörder gefangen haben. Wenn du willst, kannst du danach jederzeit mit ihr zurückkehren. Ich frage dich jetzt als männliches Oberhaupt deiner Familie: Bist du, Ninean MacCoinnaich, damit einverstanden?«

Noch vor nicht allzu langer Zeit hätten mich diese Worte auf die Palme gebracht, doch inzwischen verstand ich, wie diese Clan-Gesellschaft funktionierte, und so wartete ich gespannt auf Nineans Antwort.

Stolz ließ den kleinen Körper aufrecht stehen und seinem Chieftain gerade in die Augen blicken. »Ich danke Euch, Alan MacCoinnaich. Wir werden in Gleann Grianach die gerechte Strafe der Mörder erwarten.« Er streckte seine Hand aus.

Alan ergriff sie mit einem Ernst, als stünde ein bedeutender Krieger vor ihm, und sagte: »Ich werde euch nicht enttäuschen.«

Ich hatte Tränen in den Augen und zog den Jungen, der mir in der kurzen Zeit bereits so sehr ans Herz gewachsen war, fest in meine Arme. Über seinen Kopf hinweg trafen sich unsere Blicke, und ich sah Alans zufriedenes Lächeln. Hier standen zwei Menschen vor ihm, die ihm, zumindest in diesem Moment, rückhaltlos vertrauten.

Nineans Tante schnürte ihre wenigen Habseligkeiten in ein Bündel und folgte uns.

Die beiden Krieger, die James mitgebracht hatte, waren bis an die Zähne bewaffnet und sahen gefährlich genug aus. Ständig schauten sie sich um, und ich war überzeugt, dass ihren prüfenden Blicken nichts entging. Und dennoch gelang es den Männern wie beiläufig, die drei Ziegen und das Schaf, die Nineans Tante gehörten, auf dem Weg zu halten.

Wenig später kam ein Läufer herbeigerannt. »Ich habe gute Nachrichten. Euer Bruder hat Ruadh Brolan und den Sohn des Schmieds gefangen. Er bringt sie nach Castle Grianach.«

Alan dankte dem Boten und beauftragte ihn, alles für unsere Ankunft vorbereiten zu lassen.

Dolina und Mòrag begrüßten uns bereits vor dem Haus. Mòrag küsste Duncan ungeniert, danach schickte sie ihn resolut mit Ninean und seiner Tante weiter zu einer kleinen Kate, in der die beiden vorübergehend wohnen sollten. Dolina informierte Alan, dass sein Bruder darauf hoffte, ihn zu sprechen. Anschließend scheuchte sie alle anderen in die Halle, wo bereits Ale und etwas zu essen auf sie warte. Die Männer ließen sich nicht zweimal bitten.

»Und was fällt dir ein, einfach so davonzulaufen?« Mòrag stemmte ihre Fäuste in die Hüften. »Bah, du stinkst! Komm, ich habe dir ein Bad vorbereiten lassen. Und dann musst du mir alles erzählen.«

Folgsam ging ich hinter meiner Freundin die Stufen hinauf und ließ mich, im Zimmer angekommen, widerstandslos von ihr entkleiden. Ich hatte ihren Groll verdient, aber im Moment interessierte mich nichts weiter als die dampfende Badewanne vor dem Kamin und ganz viel Seife.

»Hoppla! Da hast du dir wohl ein paar Mitbewohner eingefangen«, sagte Mòrag und knackte geschickt einen Floh zwischen ihren Nägeln. Das Mädchen, das uns angewärmte Handtücher brachte, wies sie an: »Bring mir schnell Mutters Spezialessig.« Als die junge Frau den Raum verlassen wollte, rief Mòrag ihr hinterher: »Der *Gleanngrianach* wird auch baden müssen. Lass alles vorbereiten, und nimm bloß diese verlausten Lumpen mit!«

Nachdem sie meine Haare mit dem Essigsud behandelt hatte, begann sie jede Strähne mit einem engzinkigen Kamm zu bearbeiten. Obwohl sie vorsichtig zu Werke ging und ich tapfer die Zähne zusammenbiss, tat es so weh, dass ich mehrmals laut jammerte.

Plötzlich flog die Tür auf, und Alan füllte den Rahmen aus wie ein finsterer Racheengel. »Was ist hier los?«

»Liebster, du kommst gerade recht. Mòrag versucht, mir den Skalp zu nehmen.«

Ratlos sahen die beiden mich an, und ich musste lachen, bis ich einen Schluckauf bekam. »Nur so eine Redewendung«, gluckste ich, und Mòrag rollte mit den Augen. »Mögen die Götter mir gnädig sein, ich habe deinen seltsamen Humor vermisst.«

Zum ersten Mal fiel mir auf, dass nicht nur Alan von der himmlischen Macht im Plural sprach. Der katholische Pries-

419

ter würde viel zu tun haben, wollte er die MacCoinnaichs während seiner kurzen Stippvisite tatsächlich zu gottesfürchtigen Christenmenschen machen.

»Nebenan ist ein Bad für dich vorbereitet, ich glaube, du hast es nötig«, kicherte ich und scheuchte ihn mit einer Handbewegung hinaus.

Nachdem ich abgetrocknet war, rieb mich Mòrag mit der verführerisch duftenden Essenz ein, die Alan so sehr an mir liebte.

Inzwischen wusste ich dass er sie selbst gekauft und als Geschenk für seine Schwestern gedacht hatte. Aber den kühlen Blondinen war der Duft wohl zu exotisch gewesen, und deshalb hatten sie ihn in meinem Schränkchen zurückgelassen, wofür ich den beiden sehr dankbar war. Anschließend streifte ich ein Leinenkleid über den Kopf, ohne darunter das übliche Mieder oder ein Hemd zu tragen. Mòrag schnürte es nur locker im Rücken und steckte anschließend mein Haar auf, damit es trocknen konnte. Ich fühlte mich in dieser leichten Kleidung ungewohnt beschwingt.

Sie nahm mich bei den Schultern und schob mich sanft vorwärts. »Du kannst morgen alles erzählen – jetzt verschwinde durch diese Tür und lass dich vor dem Abendessen nicht mehr sehen!«

Bereitwillig befolge ich ihre Anweisung. Die Tür zu Alans Räumen öffnete sich wie von Geisterhand, und ich schlüpfte hindurch. Er lag bereits in seiner Badewanne, und als ich näher kam, tauchte er ganz unter. Erst nach einer kleinen Ewigkeit kam er prustend wieder zum Vorschein.

Ich nahm mir einen Leinenlappen und begann, seinen Rücken abzureiben.

»Hör nicht auf, Kleines! Wie sehr habe ich das vermisst!«

Genussvoll lehnte er sich gegen meine Hand. »Bevor du weitermachst, muss ich leider auch Gebrauch von Dolinas magischer Tinktur machen.« Er zeigte auf das Fläschchen, das zusammen mit einem Kamm bereitstand. Ich konnte ein heimliches Lächeln nicht unterdrücken, als ihm gelegentlich ein Schmerzenslaut entschlüpfte, während ich seinen dichten Schopf mit dem engzahnigen Nissenkamm traktierte. Schließlich erhob er sich wie Neptun aus den Fluten und langte nach den Tüchern, die griffbereit und warm vor dem Kamin bereit hingen.

»Darf ich?« Ich liebte es, diesen Körper immer wieder neu zu erkunden. Das Leinen in meiner Hand schlich sich Zentimeter für Zentimeter über die glatte Haut seiner Oberarme, meine Finger spürten jedem Muskel nach, bis auch der letzte Wassertropfen verschwunden war. Danach widmete ich mich seinem breiten Rücken, an den Schultern beginnend, arbeiteten sich meine Hände langsam abwärts.

Alan stand ganz still, und als ich den rauen Stoff rhythmisch über seine Schenkel rieb, zitterte er leicht.

Höchste Zeit für einen Frontalangriff. Auf den ersten Blick war klar, dass mein Highlander ebenfalls mehr im Sinn hatte als reine Körperpflege. Ich griff nach einem neuen Tuch, kniete vor ihm nieder und stellte dabei sicher, dass Alan mein ungeschnürtes Dekolleté nicht entging.

Er konnte seinen Blick nicht lösen. »Willst du mich in den Wahnsinn treiben?« Geschickt öffnete er die Bänder meines Kleides und streifte es mir über den Kopf. »Du bist so wunderschön!«, hauchte er, und wenn mir ein wenig Atem geblieben wäre, hätte ich das Kompliment zurückgegeben.

Wüsste ich nicht, dass es nahezu unmöglich war, ich hätte schwören können, dass wir an diesem Nachmittag ein Kind gezeugt hatten.

14

Eine Zofe im Eis

Während der folgenden Tage bekam ich meinen Geliebten wenig zu Gesicht.

Meine Mahlzeiten nahm ich entweder im Zimmer oder in der Küche ein. Die Frauen dort ließen mich keinen Bissen essen, ohne dass nicht eine von ihnen zuvor davon kostete. Niemand erwähnte mehr, dass eine Lady nichts in der Küche zu suchen habe. Mittlerweile war ich beinahe schon zu einer von ihnen geworden. Zu einem Clan-Mitglied, um das man sich kümmerte und, wie in meinem Fall, sogar sorgte.

An einem sonnigen Tag saßen Mòrag und ich auf der grob gezimmerten Bank, die neben der Küchentür stand; vor uns Körbe voll Gemüse, das früh am Morgen geerntet worden war, daneben ein Eimer mit Wasser. Sie schaute zu mir herüber. »Das ist ein tolles Messer, das du da hast.«

Ich betrachtete meinen neuen Dolch, den ich seit unserer Rückkehr immer bei mir trug. Obwohl es nicht erlaubt war, gab es niemanden, der dieser Tage unbewaffnet vor die Tür ging. In Gleann Grianach würde uns schwerlich jemand deswegen anzeigen und deportieren lassen. »Alan hat ihn mir geschenkt.«

»Lass mal sehen.« Mòrag bewunderte die Verzierung in Form einer Blüte am oberen Ende und pfiff bewundernd durch die Zähne. »Dieses Muster ist etwas ganz Besonderes.«

»Stimmt, ich finde es sehr hübsch.«

»Aber nicht nur das.« Ehrfürchtig fuhr sie mit ihren Fingern über den sorgfältig geschnitzten Griff. »Sieh mal, es hat keinen Anfang und kein Ende, genau wie ein Ehering.«

Ich ahnte schon, dass es dazu eine Geschichte gab und fragte pflichtschuldig nach.

Meine Freundin gab mir das Messer zurück und sagte: »In den alten Tagen gab es in einigen Teilen der Highlands einen Brauch. Wenn ein Mädchen alt genug war, verheiratet zu werden, bekam es vom Vater eine leere Messerscheide. Steckte ein Mann das passende Messer hinein, dann bedeutete es, dass die beiden von diesem Tag an verlobt waren.«

»Aber was wäre geschehen, wenn dir jemand ein Messer geschenkt hätte, den du gar nicht magst, wärst du dann trotzdem mit ihm verlobt?«

Sie lachte. »Wer weiß? Besser, ein Mädchen passt immer gut auf, wen es in seine Nähe lässt.«

»Du meinst, Alan kennt den Brauch?«

»Ganz bestimmt. Schließlich hat er diesen Griff selbst hergestellt.«

»Woher weißt du das? Ach, ich brauche gar nicht zu fragen ...«

Sie schmunzelte. »Sieh her, das hat Duncan mir vor einem Jahr geschenkt, er hat einen Winter lang daran gearbeitet und dabei viel Zeit mit deinem Alan verbracht.«

Ich bewunderte die feine Schnitzarbeit und gab ihr das Messer zurück. »Wie habt ihr eigentlich herausgefunden, dass ich vergiftet worden bin? Ich hätte doch auch etwas Verdorbenes gegessen haben können.«

»Kenna, die Seherin hat es mir gesagt. Ich war im Dorf und habe ihr ein paar Lebensmittel gebracht. Du weißt ja, sie sieht nicht mehr besonders gut und ist auf unsere Hilfe angewiesen. Ich hatte auch die alten Schuhe dabei, die du nicht mehr angezogen hast.«

Ich erinnerte mich. Die Dinger waren nach dem Almauftrieb fast durchgelaufen gewesen, und Mòrag hatte mir neue gebracht.

»Es war unheimlich. Kaum hatte Kenna die Schuhe berührt, da wurde sie ganz wild und schrie, ich müsse sofort wieder zurück zum Castle, du hättest Gift genommen und müsstest sterben. Erst dachte ich, die Alte wäre verrückt geworden, aber sie bestand darauf, dass du in Gefahr wärst, drückte mir einen Krug in die Hand und schwor, dass nur sein Inhalt dein Leben retten könne. Also bin ich zurückgerannt, so schnell ich nur konnte, und habe den Chief alarmiert.

Wir fanden dich in deinem Zimmer auf dem Boden. Du lagst ganz still, und ich dachte, wir wären zu spät. Trotzdem habe ich dir von dem Zeug aus dem Krug zu trinken gegeben, und plötzlich spürte ich, wie das Leben in dich zurückkehrte. Erst wolltest du nicht schlucken, was ich verstehen kann, denn die Medizin stank fürchterlich. Aber dann habe ich dich doch irgendwie dazu bringen können, und du hast fürchterlich gewürgt und dich immer wieder übergeben. Der *Gleanngrianach* hat sich wie ein Wahnsinniger gebärdet. Vier Männer mussten ihn festhalten, weil er dachte, jetzt bringe ich dich endgültig um.«

»Mòrag, du hast mir das Leben gerettet.«

Sie schüttelte den Kopf und flüsterte: »Das war nicht ich, das war das *Stille Volk*. Kenna hat es von Anfang an gewusst, du bist nicht ohne Grund hierher in unsere Zeit gekommen. Du hast eine Aufgabe, und die ist noch nicht erfüllt.«

Hieß das etwa, Alans Herz war noch nicht *gewonnen*, wie Kenna es ausgedrückt hatte, oder war mehr an der ganzen Sache, mehr als selbst die alte Frau sehen konnte? Die nächtliche Begegnung im Nebelwald von Gleann Ceòthach hatte ich nicht vergessen. Doch über diese *Korri* wollte ich jetzt nicht nachdenken. »Und was ist dann passiert? Ich kann mich nur noch schwach erinnern, dass du bei mir gewesen bist.«

»Sonst nichts?«

»Alan war auch ein paarmal da«, fabulierte ich ins Blaue hinein. Tatsächlich konnte ich mich nicht daran erinnern.

Mòrag gab ein Schnaufen von sich. »Ein paarmal, sagst du? Der *Gleanngrianach* hat jede Nacht bei dir gesessen! Wachen waren aufgestellt, und wenn er nicht vor deinem Bett schlief, dann hat er uns alle mit seinen bohrenden Fragen gequält. Die Inquisition kann nicht schlimmer gewesen sein. Ich schwöre, am liebsten hätte er die Campbells mit glühenden Zangen traktiert, damit sie zugaben, schuld an deiner Vergiftung zu sein. Mary hat ununterbrochen geweint, und irgendwann ist Lachlan so wütend geworden – die beiden Brüder sollen sich sogar geprügelt haben.«

»Das habe ich nicht gewusst.« Erst jetzt wurde mir klar, wie Unrecht ich Alan getan hatte, ihn einer Liaison mit Mary bezichtigt zu haben. »Er muss furchtbar verletzt gewesen sein, als ich davongelaufen bin.« Die letzten Worte hatte ich offenbar laut ausgesprochen.

Mòrag schnaufte. »Verletzt ist gar kein Ausdruck. Er sah aus, als ob seine Welt zusammengebrochen wäre. Vater sagte, der *Gleanngrianach* sei unglücklicher gewesen als selbst der alte Chief damals beim Tod seiner ersten Frau. In der Nacht vor deiner Flucht gab es erneut einen Überfall. Dein Alan musste sich um die Leute kümmern, obwohl er viel lieber bei dir geblieben wäre. Er hat dich ungern allein gelassen, und die erste Frage nach seiner Rückkehr am nächsten Abend war, ob mit dir alles in Ordnung sei. Mary erzählte ihm, sie wäre bei dir gewesen und du würdest schlafen.«

»Sie war bei mir?«

Ungeduldig wedelte Mòrag mit der Hand. »Er hat es ihr irgendwann erlaubt, weil sie ihn immer wieder darum gebeten hat.« Mòrag reichte mir ein Glas Wein. »Wo war ich? Ach so, als der *Gleanngrianach* dir am nächsten Morgen das Frühstück brachte …«

»Alan hat mir mein Essen gebracht?« Allmählich wurde mir meine Fragerei peinlich. *Warum kann ich mich bloß an nichts davon erinnern?*

»Entweder das, oder er hat vor der Tür von jedem Stück Brot, vom Wasser oder Brei probiert, bevor ich es zu dir hereinbringen durfte. Er trug also das Tablett in dein Zimmer und du warst nicht da. Der Chief machte sich solche Vorwürfe, dass er die Wachen vor deinem Zimmer abgezogen hatte, ich dachte, er würde verrückt werden.

Anfangs glaubten wir, du wärest entführt worden, aber als der Stalljunge entdeckte, dass der verrückte Hengst, den du so magst, auch verschwunden war, sind sie sofort aufgebrochen, um dich zu suchen. Der *Gleanngrianach* war schon mit Duncan unterwegs, als Vater unsere besten Männer in alle Himmelsrichtungen aussandte.«

»Ist Alan geradewegs zur Küste gegangen?«

»O nein, er suchte zuerst am Feenhügel nach dir, weil er ganz sicher war, du würdest dort sein.«

Zufrieden, dass meine List immerhin funktioniert hatte, fragte ich: »Es weiß also niemand, wer mich aus dem Weg schaffen wollte?«

»Leider nicht, deshalb patrouillieren ja nun auch wieder die Wachen vor deinem Zimmer.«

»Oh!« Das war mir nicht einmal aufgefallen, aber nun wurde mir klar, warum ich seit meiner Rückkehr nicht eine Minute allein verbracht hatte. Doch das machte mir nichts aus. Die Mittsommernacht war nicht mehr fern. Jede Hand wurde gebraucht, zumal auch Mòrags Hochzeit am Tag vor dieser besonderen Nacht hier auf Castle Grianach stattfinden sollte.

Und dann war es so weit. Das Wetter zeigte sich durchwachsen, aber relativ mild; tagsüber leicht bewölkt mit Sonnenschein, nur nachts kamen Wolken vom Meer herein, und es fiel ein leichter Regen. Perfekt für eine gute Ernte. Der süße Duft von frisch geschnittenem Heu lag in der Luft, und ungewöhnliche Aromen erschwerten das Atmen in den Wirtschaftsräumen. Die Köchin trocknete Kräuter, röstete Getreide und bereitete nebenher zahllose Braten, Kuchen und Suppen für die Feierlichkeiten vor. Im Hof kamen ständig neue Fässer mit Wein und Ale an, die eines von Alans Schiffen vom Kontinent mitgebracht und vor der Küste von Cladaich angelandet hatte. Angus, der Brautvater, würde zwei Fässer seines besten Whiskys beisteuern. Duncan flüsterte mir zu, dass dieser Whisky etwas ganz Besonderes sei. Er habe mehr als sieben Jahre in Eichenfässern in der Höhle direkt hinter Angus' Haus gelagert. Eine große Ehre für den mittellosen Bräutigam.

Am nächsten Morgen schickte die Köchin Mòrag in den Quellkeller, um Fasane und Moorhühner zu holen, die sie für die Feierlichkeiten vorbereiten wollte.

»Ich komme mit.«

Mòrag sah mich an. »Besser nicht. Es geht sowieso ganz schnell.« Meine Freundin konnte nicht lügen, und mit einem unguten Gefühl in der Magengegend bestand ich darauf, sie zu begleiten. Sie erkannte meinen widerspenstigen Gesichtsausdruck und zuckte mit den Schultern. »Wie du willst.« Mit diesen Worten griff sie nach einem Korb. Am oberen Treppenabsatz zündeten wir einen Leuchter an und stiegen in die finstere Tiefe. Als wir die Quelle erreichten, hielt Mòrag mir wortlos einen Eimer hin und schöpfte Wasser hinein, dann ging sie den Gang entlang, an dessen Ende die Speisekammern lagen. Hier roch es heute ziemlich widerlich. Und gerade als ich angeekelt meine Schürze vor den Mund hielt, sah ich, dass dieses Mal zwei der Zellen bewohnt waren. Entsetzt beobachtete ich, wie Mòrag wortlos je eine Schale mit Haferbrei und einen Becher Wasser durch die Klappe in den Holztüren reichte. Die Gefangenen griffen zu und zogen sich eilig in die Dunkelheit ihrer Zellen zurück.

»In drei Tagen ist Mittsommer.« Ich wusste nicht, ob sie mit mir oder den Männern sprach. Waren das Lachlans Gefangene? Mir lief es kalt den Rücken hinunter und als wir die Lebensmittel in der Küche abgegeben hatten, raffte ich meine Röcke und rannte über den Hof, vorbei an den Wachposten, die nun zu zweit vor jedem Eingang des Castles postiert waren, geradewegs in die Bibliothek.

»Warum sagst du mir nicht, dass die Mörder des Mackenzie-Jungen in unserem Keller sitzen?«

Alan erhob sich hinter seinem Schreibtisch, und erst jetzt sah ich, dass außer ihm auch Robert Mackenzie, Angus und Lachlan anwesend waren.

»Es tut mir leid, ich wollte nicht …«

»Ist schon gut, setz dich.« Er zog einen Stuhl für mich heran. »Wir haben gerade darüber diskutiert, was als Nächstes geschehen soll, aber vielleicht kannst du uns weiterhelfen.«

Wollte er mich auf den Arm nehmen? Robert Mackenzie, der Clanchief aus Cladaich schien das jedenfalls zu denken. Er runzelte die Stirn und sah aus, als sei er im Begriff zu widersprechen, doch Alan gab ihm keine Gelegenheit.

»Wie du weißt, konnte Lachlan sowohl Ruadh Brolan als auch Ross aus der Schmiede festsetzen«, sagte er. »Beide haben ihre Beteiligung am Diebstahl der Mackenzie-Rinder zugegeben, aber Alexanders Tod wollen sie nicht verschuldet haben. Sie seien gleich mit den Tieren weitergezogen. Und auch mit den Brandüberfällen auf meine Pächter hätten sie nichts zu tun. Wo William steckt, konnten wir bisher nicht herausfinden.« Erwartungsvoll sah mich Alan an.

»Was soll ich sagen? Etwa, wie sie zu bestrafen sind? Da haben wohl Robert Mackenzie und die Familie des Getöteten eher ein Wörtchen mitzureden. Ich kenne die drei nicht, bin ihnen nur einmal kurz begegnet, aber schon da hatte ich den Eindruck, dass William der Anführer der Truppe ist. Auf jeden Fall denke ich, man sollte diesen Mord unabhängig von den anderen Überfällen sehen. Bis das Rätsel nicht vollständig gelöst ist, darf man sie nicht voreilig verurteilen.«

Alan lächelte. »Meine Worte. Was sagt ihr?«

Robert Mackenzie erhob sich. »Wenn du garantierst, dass die beiden gefangen bleiben, bis wir mehr Informationen haben, dann bin ich einverstanden.« Dann sah er mich an und grinste: »Da der *Gleanngrianach* offenbar großen Wert auf deine Meinung legt, solltest du Ruadh vielleicht selbst noch einmal befragen.«

»Bist du toll?« Alan sprang von seinem Sitz auf, doch bevor er weiterreden konnte, mischte sich Lachlan ein: »Warum eigentlich nicht? Ruadh konnte einem hübschen Mädel noch nie etwas abschlagen und vielleicht hilft es sogar, dass

Joanna als Irin nichts mit den hiesigen Familienstreitigkeiten zu tun hat.«

Mir war klar, dass Robert Mackenzie seinen Vorschlag nur gemacht hat, um mich zu provozieren. Wie die meisten Männer seiner Zeit hielt er offenbar nichts von der Idee, Frauen in wichtige Entscheidungen mit einzubeziehen. Es reizte mich, seinem übersteigerten Ego einen Dämpfer zu verpassen. Ich schenkte ihm ein liebreizendes Lächeln. »Das ist eine wunderbare Idee«, sagte ich. »Allerdings wäre es mir lieber, ihr seid dabei.«

»Worauf du dich verlassen kannst«, knurrte Alan.

»Ich brauche Whisky.«

Ehe Alan etwas sagen konnte, reichte mir Lachlan einen Krug und griff sich selbst zwei Becher.

Gemeinsam gingen wir die steilen Treppen in den Keller hinunter. Alan bedeutete den anderen Männer zu schweigen und schickte mich allein, nur mit einem kleinen Leuchter, zu den Gefängniszellen.

»Ruadh?«, fragte ich in die Dunkelheit.

Ein ärgerliches Knurren war die Antwort.

»Ruadh ich bin Joanna, wir sind uns am Feenhügel begegnet.«

»Ja, und?«

»Ich weiß, dass du die Engländer hasst. Warum machst du mit ihnen gemeinsame Sache?« Hinter mir hörte ich jemanden scharf die Luft einziehen.

»Wer sagt das?« Ruadh kam aus der Dunkelheit und umklammerte mit beiden Händen die Gitterstäbe, die eine kleine Luke in der schweren Tür zu seiner Zelle sicherten.

»Alle wissen das – seit wir die Eltern von Ninean MacCoinnaich gefunden haben.«

»Ich kenne niemanden, der so heißt.«

»Natürlich nicht, er ist ja noch so klein. Erst sieben Jahre alt. Und seine Schwestern waren noch jünger, als sie in ihren Betten verbrannten.«

»Hör auf!«

»Zwei süße, unschuldige Mädchen.«

»Sei still, du Hexe!« Er klang, als sei er dem Wahnsinn nahe.

»Welch ein Glück, dass ihnen erspart blieb, was ihre Mutter erdulden musste. Geschändet – vor den Augen ihres hilflosen, gefesselten Ehemanns.«

Hinter mir flüsterte Lachlan: »Joanna, bitte hör auf.«

Aber ich war noch lange nicht fertig. »Wer weiß, vielleicht ist ihnen dieses Schicksal auch nicht erspart geblieben? Vielleicht haben sich die Rotröcke auch an ihnen vergangen. Unschuldige Kinder, Ruadh! Wer hat die Soldaten in dieses entlegene Tal geführt? Ruadh – sag mir die Wahrheit, warst du es?«

Den Schrei, den der Mann ausstieß, werde ich niemals vergessen. War ich zu weit gegangen? Nein, mir war jedes Mittel recht, wenn wir nur die Wahrheit erfahren würden. Das Keuchen der Männer hinter mir war Beweis genug, dass ich alle Register gezogen hatte, um Ruadh zu einem Geständnis zu bewegen. Manchmal ist Psychologie doch die schlimmste Folter. Mein Professor wäre stolz auf mich gewesen.

»Ich werde alles erzählen. Aber hör auf mit diesen Lügen.«

»Die Wahrheit, Ruadh. Rede!«

»Ja, wir haben den Mackenzies aufgelauert, als sie versuchten, unsere Rinder zu stehlen. Das passiert jedes Jahr. Sie klauen unsere, und wir holen sie zurück.«

Ich konnte sein Schulterzucken fast vor mir sehen.

»Aber das mit dem Mackenzie … Er war frech. Nannte uns Bauertölpel und wollte um jeden Preis gegen uns kämpfen. Ein kleiner Kerl wie der. Und dann hat William ihn geschlagen. Ich hab noch gesagt: ›Lass den Jungen!‹ Aber er war wie besessen und hat immer wieder zugeschlagen. Ross und ich, wir haben William schließlich zur Vernunft gebracht. Später am Feuer hat er dem Mackenzie sogar etwas von unserem Whisky gegeben. Und am nächsten Morgen war der Bengel verschwunden, zusammen mit seinem Pferd. Wir hatten doch keine Ahnung. Und dann, als wir wussten, was William getan hat, da war es schon zu spät. Der *Gleanngrianach* hat den Mackenzies von Cladaich Vergeltung versprochen, und da sind wir mit William in die Berge.«

»Ein Unglück.« Ich versuchte meiner Stimme Wärme zu geben, die ich nicht spürte. »Und dann?«

»Es ist einfach so passiert, wir hatten Hunger und die Pächter wollten uns nichts geben. Als der erste drohte, uns an den *Gleanngrianach* zu verraten, hat William seine Hütte angezündet. Der zweite war schon leichter zu überzeugen, ihm ist auch nichts passiert, aber William, der bekam immer so ein Glänzen in den Augen, wenn etwas brannte. Und er sagte, dass es dem *Gleanngrianach* nur recht geschehen würde, wenn die Mackenzies dächten, dass er an den Überfällen schuld ist.«

»Frag ihn nach Fergus MacDonnell. Er ist der Bruder des Chieftains«, sagt Alan kaum hörbar in mein Ohr.

Ich folgte seiner Bitte, gespannt darauf, wohin mich die Frage führen würde.

»Jeder weiß, dass er seinen Bruder hasst, weil der den Treueeid leistet, obwohl wir auf ihrem Land leben.«

»Seit über zweihundert Jahren«, sagte ich verblüfft.

»Bald würde sich das Blatt wenden, hat er behauptet. Mit oder ohne mein Dazutun, und dann würde es mir noch leidtun, wenn ich ihn nicht unterstützt hätte.

Von meiner Mutter wusste ich, dass der *Gleanngrianach* nach Fearna wollte, und das habe ich Fergus erzählt. Aber dann tauchte dieser Hawker auf, und da reichte es uns. Mit Engländern will ich nie wieder etwas zu tun haben. Ross und ich sind zurück – wir wollten rüber nach Skye, wo er eine Schwester hat.«

Und dabei waren sie Lachlan direkt in die Arme gelaufen. Ich wandte mich zu der Nachbarzelle, wo ich seit geraumer Zeit ein Gesicht hinter den Gitterstäben gesehen hatte. »Ist das wahr, Ross?«

Der Sohn des Schmieds zuckte zusammen. »Ich schwöre bei meiner Seele, alles ist so passiert, wie Ruadh es erzählt hat. Wir haben niemanden umgebracht!«

Vorsichtig legte ich den Riegel um, der eine weitere Öffnung in der Tür sicherte, und schob einen Becher mit Whisky hindurch. Gierig griff Ross zu. Ruadh bekam den ganzen Krug. »Teilt es euch gut ein. Vor Gericht kommt ihr erst, wenn wir William haben. Betet, dass das nicht zu lange dauert.« Und damit wandte ich mich zu den Männern hinter mir um und wollte sie zum Rückzug bewegen, als ein seltsames Geräusch meine Aufmerksamkeit fesselte. »Ich glaube, du hast mir etwas verschwiegen, Ruadh.«

Aus der Zelle kam erst ein Grunzlaut und dann ein Rülpsen, das geeignet war, die Zellenwände zum Einsturz zu bringen. Ich lauschte dem Echo, das die Gänge entlangeilte. Und dann war da wieder dieses merkwürdige Kratzen. *Der Eiskeller!* Unauffällig wies ich auf die Tür.

Alan verstand sofort, was ich meinte, und flüsterte Lachlan

etwas zu. Der verschwand in der Dunkelheit, vermutlich um den Schlüssel zu holen.

»Wunderbar.« Ich wandte mich wieder an den Gefangenen. »Du solltest über eine Karriere als Sänger nachdenken.« Mein Kommentar zu seinem Rülpser entlockte Ruadh eine weitere Kostprobe seines Könnens.

»Aber das ist es nicht, was ich meine …«

»Zum Teufel, du bist hartnäckiger als ein Sack voll Bettwanzen«, grunzte er. »Wir hatten heute schon einmal *Damenbesuch*, was sagst du, Ross?« Als keine Antwort kam, fuhr er fort: »Aber die Mädels waren nicht so großzügig und sehr mit sich selbst beschäftigt.«

Ich ließ ihm Zeit, wohl wissend, dass Lachlan gleich mit dem Schlüssel auftauchen würde.

»Also gut. Die englische Schlampe klang, wie sie alle klingen: falsch und verschlagen.«

»Würdest du ihre Stimme erkennen?«

»Die hören sich doch alle gleich an.«

Lachlan war wieder da. Er drehte den Schlüssel in der Tür des Eiskellers und lief die Stufen hinab. »Hier ist jemand!«, rief er, und kurz darauf stand er mit einer reglosen Gestalt in den Armen vor uns.

»In die Bibliothek!«, befahl der *Gleanngrianach*.

Ach Alan, seufzte ich innerlich. *Wer dir den Job als Chieftain neidet, der muss wahnsinnig sein – oder mindestens blind und taub.*

Bis wir die Tür zur Bibliothek hinter uns geschlossen hatten, sprach niemand ein Wort.

Lachlan bettete das Mädchen auf der eleganten Chaiselongue. Blondes Haar floss über die Kissen, und sie sah furchtbar zerbrechlich aus, wie sie da so regungslos lag. Behutsam flößte er ihr ein paar Tropfen Brandy ein. Die bläulich schimmernde Haut nahm gleich darauf etwas gesundere Farbe an. Sie lebte! Ich fühlte den Puls und versuchte, mich an meinen letzten Erste-Hilfe-Kurs zu erinnern. »Sie ist extrem unterkühlt. Keinen Alkohol mehr.«

Lachlan verharrte mitten in der Bewegung.

»Wir müssen sie warm halten.« Ich langte nach einem Plaid, das über dem Sofa lag. »Hier, das wird ihr guttun.«

Die junge Frau öffnete die Augen und schrak zurück, als sie mich erblickte.

Erst jetzt erkannte ich sie: Senga, die Zofe der Campbells.

Robert Mackenzie nahm Lachlan die Karaffe ab und bediente sich selbst daran. Dann sagte er: »Mein Gott, Mac-Coinnaich, du solltest deine Irin so schnell wie möglich heiraten, bevor es ein anderer tut. Erst quetscht sie diesen Ruadh aus, wie ein Großinquisitor es nicht besser hätte tun können, und dann entdeckt sie auch noch diesen hübschen Eiszapfen in deinem Keller.«

Angus blinzelte mir zu. Lachlan verschluckte sich an seinem Drink und begann zu husten: »Da hast du ja eine tolle Eroberung gemacht, Joanna.«

Robert verzog das Gesicht und klopfte ihm als Antwort so heftig auf den Rücken, dass Lachlan in ein Regal stolperte. »Hey! Willst du mich erschlagen?«, grunzte er und ließ sich, immer noch grinsend, in einen Sessel fallen. Immerhin hörte er auf zu husten.

Alans Miene war unergründlich, als er sich seine widerspenstige Haarsträhne zum dritten Mal aus dem Gesicht schob. Er beugte sich zu dem Mädchen herab, die schwach ihre Hand nach ihm ausstreckte: »Ich wusste, dass du mich finden würdest.«

Was meinte sie damit? Soweit mir bekannt war, hatte Alan nicht die Angewohnheit, spontan im Eiskeller vorbeizuschauen, und wie hätte er wissen sollen, dass sie vermisst wurde? Fragend sah ich Lachlan an. Der zuckte mit den Schultern und hob eine Augenbraue, als sein Bruder Sengas Hand ergriff und mit weicher Stimme fragte: »Was ist passiert?«

Sie schloss die Augen. »Schick sie raus. Sie ist an allem schuld.«

»Willst du behaupten, Joanna hätte dich dort unten eingesperrt?« Alan ließ ihre Hand los und warf mir einen seltsamen Blick zu.

Traute er mir eine solche Gemeinheit zu? Offenbar war er verrückt geworden, oder die kleine Schlange hatte ihn verhext. Ich wusste von ihr nicht mehr als das, was Mòrag mir erzählt hatte, nämlich dass sie aus dem Dorf stammte und als Zofe für Mary beschäftigt war. Sie war jung, höchstens achtzehn oder neunzehn Jahre alt, und schien sich prächtig mit beiden Campbell-Frauen zu verstehen. Manchmal käme sie einen halben Tag lang nicht aus deren Zimmer heraus und spiele sich neuerdings ziemlich auf, erzählte man sich. Erst vor wenigen Tagen hatte ich einen Streit zwischen ihr und einem der Küchenmädchen mitgehört.

Senga hatte immer wieder etwas an deren Arbeit auszusetzen und sagte: »Du solltest tun, was ich dir sage. Ein Wort von mir genügt, und du kannst zurück zu deinen Eltern gehen und Ziegen melken.« Sie hatte ihr kleines spitzes Kinn gehoben und verkündete: »Die zukünftige Lady MacCoinnaich gibt viel auf meinen Rat. Ich bin wie eine Freundin für sie.«

Die Küchenmagd hatte einen Blick in die Runde geworfen: »Ach ja? Und ich dachte, Mòrag wäre das.«

Die anderen lachten laut, und als Senga mit hochrotem

Kopf aus der Küche gestürmt war, sagte jemand: »Letztes Jahr hat sie überall erzählt, dass sie selbst einmal Herrin von Castle Grianach werden würde. Aber seit die Irin aufgetaucht ist ...«

Der Rest war in Gemurmel untergegangen, als man mich entdeckte.

An jenem Tag hatte ich dem Geplänkel nicht viel Bedeutung beigemessen. Sollte sich das Mädel wirklich Hoffnungen gemacht haben? Sie hätte gut eine der Frauen gewesen sein können, die ich bei meiner Morgentoilette während des Almauftriebs belauscht hatte. Aber das war absurd, selbst wenn Alan sie ab und zu in sein Bett genommen hätte, falsche Versprechungen hätte er ihr nie gemacht. Schließlich wusste er seit Jahren von seiner arrangierten Ehe ... und seine Gefolgsleute ebenfalls.

Natürlich war mir klar, dass er all die Jahre nicht wie ein Mönch gelebt hatte. Trotzdem, der Gedanke an ihre schmalen Hände auf seinem Körper tat unerwartet weh. Und sie war so jung!

»Du hast uns sehr geholfen. Vielen Dank, Joanna, du kannst jetzt gehen.« Kühl ruhte Alans Blick auf mir.

Mir verschlug es die Sprache. Da hatte ich Ruadh zum Reden gebracht und wichtige Informationen aus ihm herausgelockt, und nun schickte mich Alan fort. Was verband ihn mit dieser Frau, das ich nicht erfahren durfte? Am liebsten hätte ich ihn sofort zur Rede gestellt.

Inzwischen wusste ich es allerdings besser, als ihm hier vor allen Leuten eine Szene zu machen. Am Ende hatte es immer einen guten Grund für sein Verhalten gegeben, und früher oder später würde ich alles erfahren, davon war ich überzeugt. »Wie du willst.« Dass er mich verletzt hatte, konnte – oder wollte – ich nicht verbergen. Die Türklinke in der Hand, glaubte ich zu hören, wie Robert Mackenzie murmelte: »Wie schade, dass sie schon vergeben ist. Ich würde das Mädchen sofort nehmen.«

»Fragt sich nur, was deine Frau dazu sagt.«

Lachlans Bemerkung klang mir noch in den Ohren, während ich die Tür zu meinem Zimmer aufriss. *Fragt sich nur, was Mary zu dieser unerträglichen Situation sagt.*

Das sollte ich sofort erfahren, denn Mary Campbell saß mit hochgezogenen Knien auf meiner Fensterbank und zeichnete.

»Was hast du hier zu suchen?« Der Ärger brach sich einen Weg durch meine mühsam aufrechterhaltene Selbstbeherrschung.

»Es tut mir leid.« Behände sprang sie von ihrem Sitz und klappte ihren Zeichenblock rasch zu. »Ich wusste, dass es ein Fehler war …«

Ich hielt sie am Arm fest. »Das war es nicht. Wir haben nur gerade eine schreckliche Entdeckung gemacht.«

»Ist sie tot?«, unterbrach sie mich.

»Nein, sie … Mary, was weißt du davon?« Ich hielt sie immer noch am Arm fest und lockerte meinen Griff. »Komm, setz dich.«

Folgsam ließ sie sich auf den bequemen Sessel vor meinem Kamin sinken. Mir blieb der Stuhl. *Sie ist eben von Kopf bis Fuß eine Aristokratin und kennt ihren Platz*, dachte ich amüsiert und schenkte uns beiden großzügig aus der Whiskykaraffe ein, die immer für Alan bereitstand. »Es ist gut, dass du gekommen bist, Mary. Wir müssen reden. Aber erst solltest du mir erzählen, was du über das Mädchen weißt.«

Sie nahm das Glas aus meiner Hand entgegen, trank einen

großen Schluck und begann zu husten. »Scharf«, hauchte sie, als ihre Stimme wieder funktionierte.

»Du hast noch nie Whisky getrunken?« Erstaunlich für eine Schottin.

»O nein! Das gehört sich nicht für eine Lady.« Und als wäre ihr im selben Moment klargeworden, was sie da gesagt hatte, errötete sie. »Manche Ladys trinken schon. Nicht *Trinken* im Sinne von viel trinken, meine ich.«

»Keine Sorge, ich bin nicht beleidigt.« Im Grunde hatte sie Recht, in den letzten Wochen hatte ich mehr Whisky, Ale und Wein zu mir genommen als in den ganzen Jahren davor. Augenscheinlich war ich in einem Zeitalter des Alkoholmissbrauchs gelandet und hatte mich schneller angepasst, als mir lieb sein konnte. Behutsam ergriff ich ihre Hand. »Mary, deine Zofe lebt, aber was weißt du über diesen Unfall?«

»Es war kein Unfall! Meine Cousine Anabelle hat sie dort unten eingesperrt.«

»Warum, um Himmels willen?«

Mary faltete die Hände und begann zu erzählen. Wie sie anfangs auf mich eifersüchtig gewesen sei und Anabelle ihr versprochen hatte, das Problem zu lösen. Bald danach sei ich im Turm verunglückt. »Sie war fürchterlich enttäuscht, dass du dir den Fuß verletzt hattest. Jetzt würdest du noch länger hierbleiben, hat sie geschimpft. Ich habe mir nichts dabei gedacht. Schließlich stimmte es, mit einer solchen Verletzung würde Baron Kensary niemanden einfach vor die Tür setzen.«

Wie merkwürdig, dass sie von Alan als Baron sprach. Mir kam es vor, als meinte sie einen ganz anderen Menschen.

Um das Mädchen nicht zu unterbrechen, nickte ich nur, und sie erzählte weiter: »Aber die beiden tuschelten immer häufiger miteinander, und das sah Anabelle überhaupt nicht ähnlich. Bisher kannte ich sie als jemanden, der sehr viel Wert auf die Beachtung der Standesunterschiede legte. Zumal sie immer wieder beklagte, wie unangemessen freundschaftlich der Ton zwischen dem Baron und seinen Vasallen wäre. Ich muss gestehen, anfangs hat mich das auch sehr verwundert, aber Lachlan hat mir erklärt, dass die Aufgabe eines guten Chiefs darin besteht, den Pächtern in der Not, bei schlechten Ernten beispielsweise oder anderen Schicksalsschlägen, zu helfen. Er selbst sei dafür zuständig, die Rinderherden sicher nach Crieff zum Herbstmarkt zu treiben und den jungen Männern das Kämpfen mit dem Schwert und anderen Waffen beizubringen. Außerdem würde ein guter Chief immer bemüht sein, Unheil von seinen Leuten abzuwenden, sofern das in seiner Macht steht. Deshalb, so sagt er, sei sein Bruder auch momentan so angespannt, weil es diese schrecklichen Überfälle gäbe.

Seit ich das weiß, verstehe ich auch, warum er so selten mit uns diniert und sich sonst kaum um uns kümmert. Lachlan sagt, seine Familie, anders als die meisten Adligen, sehe auch keine Schande darin, Handel zu treiben. Dank dieser Unternehmungen ginge es den MacCoinnaichs sehr viel besser als vielen anderen Hochlandclans. Als Gegenleistung verrichteten die Pächter bestimmte Arbeiten für ihren Chief und die Gemeinschaft. Ist das nicht wunderbar?«

»Das ist es.« Alans Bruder stieg um einiges in meinem Ansehen. Marys Lächeln nach zu urteilen, konnte er ohnehin nichts Falsches sagen oder tun. »Wolltest du mir nicht erzählen, was du über die Zofe weißt?«, riss ich sie aus ihren Träumereien.

»Natürlich, entschuldige.« Vorsichtig nippte sie noch einmal an ihrem Whisky und verzog das Gesicht. »Ich begann bald zu vermuten, dass Anabelle und die Zofe etwas planten. Senga schien einen tiefen Groll gegen dich zu hegen, und meine Cousine schürte diese Abneigung bei jeder Gelegenheit. Ich war froh, wenn Lachlan mir Gesellschaft leistete und ich der beklemmenden Stimmung entkommen konnte, die in unserem Appartement herrschte.« Mary erzählte weiter, wie dankbar sie für Lachlans Freundlichkeit gewesen sei und wie sie irgendwann froh war, dass Alan immer noch keinen Hochzeitstermin festgesetzt hatte. Lachlan sei so viel heiterer und liebenswürdiger als sein Bruder, vor dem sie regelrecht Angst zu haben schien.

Kein Wunder, dachte ich, *schließlich hat sich Alan ihr gegenüber wirklich scheußlich verhalten.* Mit dem Grad ihrer Zuneigung zu Lachlan schien sich auch ihre Einstellung zu mir geändert zu haben: »Irgendwann konnte ich nicht einmal mehr eifersüchtig auf dich sein. Du warst nie unfreundlich zu mir, und solange du in der Nähe des Barons warst, interessierte er sich wenigstens nicht für seinen Bruder oder mich.« Sie seufzte. »Wenn nur mein Oheim nicht darauf bestehen würde, dass ich ihn heirate. Ich habe ihm schon mehrere Briefe nach Argyle geschrieben und ihn angefleht, mich aus dieser Verpflichtung zu entlassen. Welchen Unterschied kann es für ihn bedeuten, ob ich mit dem Baron oder mit seinem Bruder verheiratet bin? Mir jedenfalls ist der Titel gleichgültig.«

Diese Frage stellte ich mir schon seit längerem, beantworten konnte ich sie leider auch nicht. »Und was meint Lachlan?«, fragte ich stattdessen.

»Er sagt, er würde eher mit mir durchbrennen, bevor er zusieht, wie ich seinen Bruder heiraten muss. Und er will mit dir sprechen, weil er glaubt, du könntest ein gutes Wort für uns einlegen. Der Chief will mich doch gar nicht haben, warum besteht er nur darauf, dass wir heiraten? Aber dann wurdest du krank, und niemand durfte zu dir, außer Mòrag und ihm. Er hat immerzu gebrüllt und wollte wissen, ob wir etwas mit deiner Vergiftung zu tun hatten. Es war fürchterlich, ich hatte solche Angst. Und als Lachlan mich beschützen wollte, hat er ihn sogar geschlagen. Seinen eigenen Bruder! Noch nie in meinem Leben habe ich einen Menschen so wütend gesehen. Seine seltsamen Augen leuchteten, als ob der Leibhaftige persönlich in ihn gefahren wäre. Vielleicht stimmt es doch, und er ist gar kein richtiger Mensch.« Die Angst stand ihr immer noch ins Gesicht geschrieben.

»Mary! Mary, hör mir zu!« Am liebsten hätte ich sie geschüttelt. »Alan ist kein Ungeheuer. Es stimmt schon, er kann manchmal etwas aufbrausend sein, und ich gebe zu, er hat sich dir gegenüber unmöglich verhalten, aber diesem Gerede über seine Abstammung darfst du keinen Glauben schenken. Er ist ein guter Mann.«

Sie nickte, aber ich hatte nicht den Eindruck, als ob sie mir wirklich glaubte. Immerhin hörten ihre Hände auf zu zittern, und sie sprach stockend weiter: »Ich habe mir ein Herz gefasst und bin in dein Zimmer geschlichen, um selbst mit dir zu sprechen. Doch du hast geschlafen, und am nächsten Morgen warst du fort.«

Allmählich ging mir ein Licht auf. »Danach hast du dich mit Lachlan getroffen?«

Das Blut schoss ihr ins Gesicht. »Es ist nichts Unrechtes geschehen. Wir waren auf dem Turm, und Lachlan wollte sich auf dem Rückweg nur vergewissern, dass kein Fremder in deiner Nähe herumschlich. Die Wachen in dem Gang vor deinem Zimmer waren abgezogen worden. Wegen der Überfälle brauchten sie jeden Mann draußen in den Bergen, und das Castle war sowie gut gesichert.«

»Ihr habt euch geküsst, vor Alans Zimmer …« Ich hatte in Gedanken gesprochen und schaute auf, als Mary scharf Luft einsog. »Woher weißt du das?«

Jetzt war es an mir zu erröten. »Ich habe euch gesehen und in der Dunkelheit angenommen, du würdest mit Alan dort stehen. Mary, ich war eifersüchtig!«

»Und darum bist du fortgelaufen! Ich schwöre, es gibt keinen Grund, eifersüchtig zu sein. Ich werde deinen Alan nicht heiraten, und wenn mein Onkel das auch noch so sehr wünscht. Lieber laufe ich mit Lachlan fort.«

»Das brauchst du nicht, Mary. Ich verspreche dir, ich werde Alan alles erzählen, und gemeinsam finden wir einen Ausweg.«

Tränen standen in ihren Augen, und wir fielen uns in die Arme. »Ich bin so froh, dass ich zu dir gekommen bin«, flüsterte sie. »Aber was machen wir mit Anabelle?«

Die mörderische Cousine hatte ich ganz vergessen. »Hast du schon mit Lachlan gesprochen?«

Sie schüttelte ihren Kopf.

»Gut. Du musst Alan alles erzählen, was du weißt.«

Marys Stimme zitterte, als sie mir das Versprechen gab, alles zu sagen.

Beruhigend strich ich über ihre Hand. »Keine Sorge, ich bleibe bei dir, wenn du willst.«

»Bitte. Allein kann ich das nicht.« Schließlich folgte sie mir hinab in die Bibliothek, wo wir Alan glücklicherweise allein antrafen.

Sobald er uns gemeinsam in der Tür erblickte, erhob er sich von seinem Sessel. Über Marys Kopf hinweg warf er mir einen irritierten Blick zu, und ich beeilte mich, die merkwürdige Allianz zu erklären: »Es sieht aus, als ob die unterkühlte Zofe kein Zufall gewesen wäre.«

»Das wissen wir inzwischen auch, aber was habt Ihr damit zu tun, Miss Campbell?«

»Alan, sei doch nicht so steif.« Kein Wunder, dass die Arme leicht schwankte, als sie sich aus dem tiefen Knicks, in den sie zu meiner Belustigung gesunken war, erhob. »Mary weiß, wie das Mädchen dort unten gelandet ist, und sie hat noch eine Menge anderer interessanter Dinge zu berichten.«

»Setzt euch.« Er zeigte auf die Chaiselongue, auf der gerade noch die halberfrorene Zofe gelegen hatte.

Selbst nahm er uns gegenüber in einem Fauteuile Platz, schlug seine heute ausnahmsweise einmal in Hosen steckenden Beine übereinander und stützte die Ellbogen auf die Knie.

Das war nicht der Alan, der es immer wieder verstand, meine Sorgen mit seinen Küssen zu vertreiben und in dessen Armen ich lachend eine Sommerwiese hinabgerollt war, bis wir beide uns atemlos das Gras aus den Haaren gesammelt hatten. Das war auch nicht der Chieftain, der sich geduldig die Sorgen seiner Clansleute anhörte, um dann ein gerechtes Urteil zu fällen. Vor uns saß wahrlich Baron Kensary, der jetzt affektiert die Fingerspitzen ans Kinn legte und uns unter halb geschlossenen Lidern ansah. »Ich bin gespannt.«

»Anabelle«, brach es aus Mary heraus. »Es ist ihre Schuld, dass Miss Edgeworth fast gestorben wäre.«

Sie sprach ja von mir! An diesen Nachnamen konnte ich mich nicht gewöhnen. »Nenn mich bitte Joanna.«

Das Mädchen begann zu weinen, und ich nestelte ein Tuch aus meinem Mieder, das ich ihr reichte. Was hatte ich gesagt, dass sie so heulte? Sie schnäuzte sich ziemlich undamenhaft, und ich hätte schwören können, dass Alans Mundwinkel zuckten. Dann sagte sie: »Ich habe die beiden belauscht. Sie stritten fürchterlich, weil sich die Zofe kein zweites Mal in Miss Edgeworths – Joannas – Zimmer traute. Sie sagte, die Wachen hätten schon Verdacht geschöpft, weil sie sich zu häufig im alten Flügel des Hauses herumtriebe, und außerdem sei sie keine Mörderin und habe der Irin nur einen Denkzettel verpassen wollen.« Sie sah mich entschuldigend an.

»Kein Problem, erzähl weiter«, versuchte ich sie zu beruhigen.

Mary holte tief Luft. »Anabelle war außer sich und drohte dem Mädchen damit, sie wegen Diebstahls oder irgendeines anderen Vergehens hinauswerfen zu lassen, dann könne sie ihre ehrgeizigen Pläne vergessen.«

Dieses Biest! »Sie wollte weiter deine Geliebte sein«, platzte ich heraus.

Alan beachtete meinen Kommentar nicht und blickte Mary kühl an. »Sprich weiter.«

Ich hätte ihn erwürgen können, hielt aber den Mund. Dafür war später immer noch Zeit.

»Senga hat nur gelacht. Dann würde sie eben erzählen, dass Anabelle sie angestiftet habe, Miss Joanna die Treppe hinunterzustoßen, und als das nicht klappte, sie zu vergiften. Man würde schon sehen, wessen Pläne letztlich aufgingen. Ihr könnt Euch vorstellen, wie entsetzt ich war. Die ganze Nacht konnte ich nicht schlafen, und als Senga heute Morgen nicht auftauchte, wollte ich Anabelle zur Rede stellen. Aber dann bekam ich Angst, was sie wohl mit mir tun würden, und bin stattdessen lieber zu Joanna gegangen. Lachlan sagt, sie sei eine kluge Frau, und das stimmt auch.« Unter ihren Tränen schenkte sie mir ein warmes Lächeln.

»So, sagt mein Bruder das?« In Alans Stimme klang ein merkwürdiger Unterton mit. Seit wir diese durchtriebene Zofe im Eiskeller entdeckt hatten, verhielt er sich mir gegenüber eigenartig distanziert. Aber ich hätte schwören können, dass das eben Eifersucht gewesen war, was ich in seiner Stimme gehört hatte. *Männer!*

Nämliches Exemplar schaute mich an, als habe er meine Gedanken gelesen, und vermutlich hatte er das sogar, weil man mir üblicherweise jede meiner Stimmungen deutlich an der Nasenspitze ansehen konnte.

Als Pokerspielerin oder Geheimagentin wäre ich gnadenlos untergegangen. Doch es brauchte auch keine hellseherischen Fähigkeiten, um zu erkennen, dass Mary mit ihrem Wissen nun ebenfalls in Gefahr war, und als ich das sagte, lächelte er zum ersten Mal.

»Mary hat nur bestätigt, was wir inzwischen schon wussten. Ihr müsst euch keinen Sorgen machen. Anabelle ist bereits mit vier meiner Männer und einem entsprechenden Begleitschreiben unterwegs nach Argyle. Der Herzog soll selbst sehen, was er mit diesem verschlagenen Frauenzimmer anfängt. Und wenn das Schicksal es will, dass Senga ihr Abenteuer überlebt, dann wird sie mit dem nächsten Schiff zu einem Vetter ihrer Mutter nach Harris reisen. Dort warten ein Witwer mit drei Kindern und ein verwaister Webstuhl auf sie. Bis es so weit ist, darf sie das Haus ihrer Eltern nicht mehr ohne Aufsicht verlassen.«

»Du warst ja sehr fleißig in der letzten Stunde.« Diesen Kommentar konnte ich mir nicht verkneifen. Im Nu hatte er sich die beiden Frauen vom Hals geschafft.

Für Anabelle hatte ich wenig Mitleid übrig, aber wie sich Alan seiner kleinen Geliebten entledigen wollte, gefiel mir nicht. Natürlich, ich sähe sie ungern weiter in seiner Nähe. Genau genommen in meiner Nähe noch viel weniger gern. Schließlich wäre es ihr beinahe gelungen, mich zu vergiften. Aber Anabelle war ein manipulatives Biest, und es fiel leicht, sich vorzustellen, wie sie das einfache Dorfmädchen zu den Taten angestiftet hatte. Außerdem, hatte die Kleine nicht aus Liebe gehandelt?

Alan erhob sich. »In der Tat, das war eine Menge Arbeit, und ich habe leider noch mehr zu tun.«

Er warf uns einfach raus! Schon wollte ich protestieren, schließlich gab es noch einiges mehr zu besprechen, da flog die Tür auf, und Lachlan stürmte herein. Mary sprang auf und lief ihm entgegen.

Er fiel vor ihr auf die Knie, umschlang ihre zierliche Taille und rief: »Da bist du ja. Ich habe dich überall gesucht. Ist dir auch nichts geschehen?«

Sie strich über seine dichte blonde Mähne und stammelte unter Tränen: »Liebster, es ist wird alles gut.«

»Reiß dich zusammen, Lachlan!« Alans Stimme klang kühl, als er verkündete: »Ich habe den Herzog von Argyle gebeten, uns aus dieser arrangierten Verpflichtung zu entlassen. Doch bis er das getan hat, bleibt Mary meine Verlobte, und du wirst sie mit Respekt behandelt.«

Lachlan sprang auf, und es sah aus, als wollte er sich auf seinen Bruder stürzen, doch mitten in der Bewegung breitete sich Begreifen auf seinen Zügen aus. »Das hast du getan?«

»Ja. Und jetzt bitte ich die Damen, uns zu verlassen, wir haben dringendere Probleme zu besprechen.« Als wir schon in der Tür waren, sagte er: »Mary, ich habe ein anderes Mädchen engagiert, das sich um dich kümmern wird, bis wir eine neue Gesellschafterin gefunden haben. Solltest du etwas brauchen, dann sag mir bitte Bescheid.«

Kaum hatte sich die Tür hinter uns geschlossen, rief sie ganz aufgeregt: »Du hast Recht, er verhält sich manchmal vielleicht merkwürdig, aber er ist ein guter Mensch.«

»Merkwürdig ist kein Ausdruck«, murmelte ich, nachdem wir uns verabschiedet und für den kommenden Nachmittag im Salon verabredet hatten.

Dann lief ich zur Küche, um Mòrag zu suchen. Sie platzte sicherlich schon vor Neugier.

»Kleines, bitte schick mich nicht fort.«

Wie hätte ich es übers Herz bringen können, so wie Alan jetzt in der Tür meines Zimmers stand: Die Weste aufgeknöpft, das Halstuch gelockert, seine elegante Jacke in der einen Hand, die andere damit beschäftigt, die ihm ständig ins Gesicht fallenden Haarsträhnen zurückzuschieben.

»Komm rein.« Ich kehrte ihm den Rücken zu, ging mit der Kerze in meiner Hand zum Bett und stellte sie auf dem Nachttisch ab. Er hatte so lange auf sich warten lassen, dass ich geglaubt hatte, mein stolzer Highlander würde heute gar nicht mehr kommen. Außerdem waren meine Füße inzwischen eiskalt geworden.

Aber da stand er, und ich war gespannt auf seine Geschichte.

»Es war nicht so, wie du denkst!«

Mit diesen Worten begann seit Jahrtausenden jede Lüge. Ich raffte das lange Nachthemd in einer Hand und kletterte ins Bett hinauf. Dort klopfte ich mein Kissen zurecht und lehnte mich dagegen. Dann zog ich provozierend langsam die Bettdecke bis zum Kinn und beobachtete, wie Alan seine Jacke achtlos über einen Stuhl warf, ein paar Kerzen entzündete, etwas Whisky einschenkte und sich schließlich in den Sessel vor dem Kamin fallen ließ.

Über dieses ständige Trinken würden wir demnächst einmal ernsthaft reden müssen. Dessen ungeachtet, fand ich, dass er selten attraktiver ausgesehen hatte. Seine ausdrucksvollen Augen blickten müde, die langen dunklen Wimpern konnte ich nicht sehen, aber ich wusste, dass sie da waren und sich wie Schmetterlingsflügel anfühlen würden, wenn er seine Wange an meinen Hals legte, wie er es gern in den frühen Morgenstunden tat, wenn wir, noch gefangen vom Schlaf, gemeinsam die Wolken beobachteten, wie sie von der aufgehenden Sonne mit immer wieder neuen Farben aquarelliert wurden. Er drehte den Kopf ein wenig, und jetzt malte das Kaminfeuer zuckende Schatten auf sein Gesicht und betonte mal die hohen Wangenknochen, mal das entschlossen wirkende Kinn. Die dunklen Bartstoppeln würden kratzen, wenn er mich küsste, aber seine Lippen wären weich und sanft. Die Erinnerung an seine Küsse ließ mich lächeln.

»Ich habe nie mit ihr geschlafen.«

Ich schwieg und wartete auf ein *Aber*.

»Es kommt manchmal vor, dass sich eine Frau mehr als nur eine gemeinsame Nacht erhofft, wenn sie ihrem Chieftain zu Willen ist, aber mein Vater hatte mich beizeiten gewarnt: *Die jungen Dinger lassen sich leicht von einem schönen Gesicht und einer prallgefüllten Geldbörse beeindrucken, mein Sohn. Eine verheiratete Frau dagegen weiß, was sie tut, und wenn sie schwanger wird, dann ist das auch kein Unglück.*

Alan wischte sich mit dem Handrücken über die Nase. »Diesen Rat habe ich beherzigt.«

Eine Kerze flackerte, und er sah so lange wortlos in das unruhige Licht, dass ich schon glaubte, dies sei das Ende seiner Erzählung. Vollkommen unerwartet schoss seine Hand vor, und er drückte die Flamme zwischen seinem Daumen und dem Zeigefinger aus, als würde er die Hitze gar nicht spüren. »Ich habe mich so lange daran gehalten, bis ich dir begegnet bin und prompt mein Herz verloren habe.«

Die letzten Worte waren so leise gesprochen, dass ich sie über dem Zischen des verglühenden Dochts kaum hören konnte.

»Natürlich bemerkte ich, wie Senga mich mit sehnsüchtigen Blicken verfolgte, wenn ich ihr im Dorf begegnete, aber ich habe das dummerweise nur für eine kindliche Schwärmerei gehalten. Als sie mich vor einiger Zeit um eine Anstellung hier im Castle bat, da machte sie einen ganz vernünftigen Eindruck und erzählte mir von einem Freund, den sie später einmal heiraten wolle. Sie galt allgemein als gut erzogenes Mädchen und hatte von ihrem Vater sogar ein paar Worte Englisch gelernt, deshalb schien sie mir ideal für den Posten als Zofe zu sein.«

»Sie hat ihren Freundinnen vorgeschwindelt, sie wäre seit drei Jahren deine heimliche Geliebte. Die Mädchen glauben, dass sie davon träumte, eines Tages selbst einmal Herrin von Castle Grianach zu werden.«

»Duncan hat mir heute davon erzählt. Hätte ich das geahnt, ich hätte sie nie ins Herrenhaus geholt.«

»Ich weiß. Und nun komm ins Bett, es ist spät.«

Alan schaute mich ungläubig an. Und dann blies er alle Kerzen aus und schlüpfte wenig später unter meine Decke.

»Das Licht hättest du ruhig anlassen können, während du dich auszieht.«

Er lachte leise. »Hast du eigentlich eine Vorstellung davon, wie sehr ich dich liebe, Joanna?«

Am nächsten Morgen wachte ich von den sanften Berührungen der Schmetterlingsflügel-Wimpern an meinem Hals auf.

Wie viele Beweise wollte ich noch haben, dass dieser Mann nur mich wollte? Und wie sehr hatte ich ihm Unrecht getan, als ich ohne nachzudenken vor ihm geflohen war.

Unser größtes Problem war aber jetzt Marys Oheim, der Herzog von Argyle –, und natürlich die Aufklärung der Überfälle, dachte ich etwas verspätet mit ziemlich schlechtem Gewissen. »Und wenn dieser Argyle auf einer Ehe besteht?«

»Dir auch einen guten Morgen, *mo chridhe*«, lachte Alan. »Mach dir keine Sorgen, mein Herz. Sollte er das wirklich, verschwindet Alan Dubh, und Lachlan wird das neue Oberhaupt der MacCoinnaichs.«

»Weiß dein Bruder schon davon?« Ich hätte mich freuen sollen, denn genau dies war mein Ziel gewesen. Aber nach meinem Gespräch mit Mary waren mir ernsthafte Bedenken gekommen, dass Alans ungestümer Bruder lieber mit ihr durchbrennen würde. Das wäre sicherlich die schlechteste Lösung, es würde die Zukunft des Clans gefährden.

»Ich habe mit ihm geredet, er ist nicht gerade begeistert davon. Inzwischen hat er offenbar erkannt, wie viel mehr Freiheit ihm seine momentane Position gibt. Aber er würde mitspielen.«

Ich kuschelte mich dichter an Alan. »Und wenn wir durch die Feenkreise nicht zurückkehren können?«

»Möchtest du das denn wirklich?«

Ich überlegte. »Ich weiß es nicht. Kenna hat vielleicht Recht, und ich bin hierhergeschickt worden, um eine Aufgabe zu erfüllen. Und ich habe keine Ahnung, ob dies schon geschehen ist.«

»Mir stehen viele Möglichkeiten offen.« Alan grinste. »Wir

könnten beispielsweise in die Kolonien nach *Alba Nuadh* gehen, oder nach Irland.«

Mit den Fingern fuhr er sanft über meine Taille.

»Bloß nicht, da sitzt ja meine ganze Verwandtschaft«, kicherte ich, als er mich kitzelte.

Viel später, die ersten Sonnenstrahlen beleuchteten bereits die gekalkte Mauer an meinem Fenster, ließ ich mich in seine Armbeuge sinken und zupfte gedankenverloren an den dunklen Brusthaaren, die sich auf seiner sonnengeküssten Haut kringelten. »Mit dir würde ich überall hingehen.«

15

Hochzeit

Nach einer Reihe zärtlicher Küsse scheuchte ich Alan schließlich in seine Räume. »Hast du vergessen, dass heute Kirchgang ist? Wir sehen uns später.«

Es war Sonntag, und ich konnte mich nicht länger drücken, ich musste in den Gottesdienst. Nicht nur der Priester, auch die MacCoinnaichs erwarteten von mir, dass ich ihren Glauben respektierte.

Eigentlich hätte mir allein die Aussicht auf eine Predigt des Priesters nach unserem kürzlich geführten Gespräch die Haare zu Berge stehen lassen müssen, aber tatsächlich freute ich mich darauf, gemeinsam mit den anderen in die kleine Kapelle zu gehen, die etwa auf halbem Weg zwischen dem Dorf und Castle Grianach auf einer Anhöhe lag.

Nachdem ich meinen guten Rock über das frische Hemd gezogen hatte, bürstete ich das Haar so lange, bis es glänzte. Unter meinem Fenster hörte ich schon das Lachen der versammelten MacCoinnaichs, und ich beeilte mich, die widerspenstigen Strähnen, so gut es ging, unter einer Haube zu verbergen.

Ein wenig fürchtete ich mich aber schon vor diesem Auftritt an Alans Seite. Doch er hatte sehr deutlich gemacht, dass er nur zur Kirche ginge, wenn ich ihn begleitete.

Auf meinem Weg hinab begegnete mir Duncan, der, wie

ich inzwischen wusste, die Kemenate unter dem Dach, die er bewohnte, schon bald an seinen jüngeren Bruder abgeben sollte, der bereits darauf brannte, ebenfalls in Alans Dienst genommen zu werden. Was Duncan nicht wusste: Morgen würde er mit Mòrag in ein Häuschen nicht weit von dem ihrer Eltern umziehen. Es war erst vor wenigen Tagen fertig geworden und weit besser ausgestattet als die einfachen Katen, in denen die meisten Clansleute lebten. Alan hatte mir erzählt, mit welcher Sorgfalt Angus es im letzten Jahr entworfen und in den vergangenen Wochen gemeinsam mit Dolina für ihre einzige Tochter eingerichtet hatte.

»Guten Morgen, Joanna«, sagte er und betrachtete mich mit leuchtenden Augen. »*Tha thu a' coimhead brèagha!* Du siehst hübsch aus.«

Mir ging es gleich ein wenig besser. Duncan konnte sehr charmant sein, und ich freute mich für Mòrag, dass sie einen so sympathischen Mann gefunden hatte. Gemeinsam gingen wir in das Entree, wo uns Mary von der eleganten Treppe aus zurief: »Wartet, ich komme mit euch.« Sie wirkte verändert – als sei ihr eine schwere Last von den Schultern genommen worden.

Ich bekam eine Ahnung davon, woher das neue Selbstbewusstsein stammen könnte, als ich am Treppenabsatz einen Schatten bemerkte – Lachlan. Mit Mühe verkniff ich mir die anzügliche Bemerkung, die schon auf meinen Lippen gelegen hatte, und zu dritt schritten wir die breite Treppe hinab zu den Wartenden, die uns neugierig beäugten. Natürlich hatten inzwischen alle erfahren, dass eine Campbell für das gemeine Attentat auf mich und auch auf die kleine Zofe verantwortlich war, und viele schauten misstrauisch oder gar feindselig zu Mary hinüber.

Sie spürte die Ablehnung offenbar, denn ihr zartes Leuchten erlosch, und ich hatte den Eindruck, als wäre sie am liebsten wieder zurück in ihr Zimmer gelaufen oder hätte sich zumindest hinter Duncan und mir versteckt.

Diese Behandlung hatte sie jedoch nicht verdient, fand ich. Gingen unsere Pläne auf, würde sie schließlich in nicht allzu ferner Zukunft Herrin über Gleann Grianach sein, wenn auch an Lachlans und nicht an Alans Seite.

Kurz entschlossen ergriff ich ihre Hand, und gemeinsam bahnten wir uns einen Weg zu Alan, der mit einigen der Wachen zusammenstand und wie alle anderen auf uns wartete. Ich war sicher, er würde mich unterstützen, und tatsächlich beugte er sich höflich über ihre Hand: »Eine guten Morgen wünsche ich Euch.«

Mary machte einen tiefen Knicks. Er erwiderte ihr Lächeln, wandte sich anschließend mir zu und flüsterte in mein Haar: »Gut gemacht!« Dann sagte er laut: »Mein Bruder kommt natürlich wieder einmal zu spät.« Er steckte zwei Finger in den Mund.

Der schrille Pfiff fuhr mir durch alle Glieder. Als ich zum Haus blickte, lief Lachlan gerade so schnell die Treppe hinab, dass sein Kilt mehr von den kräftigen Schenkeln zeigte, als die arme Mary verkraften konnte. Sie wurde rot und wandte sich ab.

Er bemerkte nichts von ihrer Verlegenheit und rief: »Weißt du nicht, dass man sonntags nicht pfeift, du Heide?«

Die Brüder klopften sich gegenseitig freundschaftlich auf die Schultern, und gemeinsam machten wir uns auf den Weg talabwärts, wo eine helle Glocke bereits zur Andacht rief.

Nach Duncan und Mòrag samt Familie sah ich mich vergebens um, und da Alan offenbar wichtige Dinge mit Lachlan zu besprechen hatte, wollte ich das neue brüderliche Einverständnis nicht stören und blickte mich nach Mary um.

Als ich sie so allein und mit gesenktem Kopf hinter uns gehen sah, bekam ich Mitleid und verkürzte meine Schritte, bis wir auf gleicher Höhe waren. »Hast du den Gottesdienst hier schon besucht?«

Sie nickte.

»Wie ist der Priester denn so?«

»Du hast ihn doch selbst kennengelernt.« Jetzt erhellte ein feines Lächeln ihr Gesicht.

»O je!«

»Genau!« Mary lachte. »Glücklicherweise verstehen die wenigsten seine Predigten. Er spricht andauernd von der Schuld, die wir durch unseren Widerstand gegen den Hannoveraner auf uns laden, und vom ewigen Höllenfeuer, das auf alle Highlander wartet. Ich dachte, du wüsstest das und wärest deshalb nie zu seinem Gottesdienst erschienen.«

»Um ehrlich zu sein …«

In diesem Moment gesellte sich Lachlan zu uns und ersparte mir so eine Antwort. Ich hätte sie ohnehin kaum damit konfrontieren können, dass mein seit langem instabiles religiöses Weltbild in den letzten Wochen weitere Risse bekommen hatte. Und selbst wenn es noch intakt gewesen wäre, es hätte sie bestimmt schockiert, vielleicht sogar abgestoßen. Manchmal vergaß ich einfach, dass ich nun im achtzehnten Jahrhundert lebte. Das wurde jedoch mehr als deutlich, als wir die steinerne Kapelle betraten.

Alan war von mir unbemerkt an meiner Seite aufgetaucht und betrat nun vor allen anderen Mitgliedern seines Haushalts die Kirche. Im Vorbeigehen stippte er die Finger seiner rechten Hand in die steinerne Schale, die vor Weihwasser fast überlief, schlug das Kreuz, beugte nachlässig sein Knie und ging dann zum Taufbecken, das genau in der Mitte des kleinen Raums stand. Dort hielt er kurz inne und murmelte etwas, bevor er hoch erhobenen Hauptes auf die einzige hölzerne Bank zusteuerte, die es in dieser Kapelle gab.

Ich folgte seinem Beispiel, allerdings nahm ich es mit den christlichen Riten etwas genauer, wohl wissend, dass neugierige Augenpaare jede meiner Bewegungen verfolgten. Am Taufbecken blieb ich schon aus Neugier für einen Moment stehen. Das war also der heilige Stein der MacCoinnaichs. Wasser konnte ich in der flachen Mulde an seiner Oberseite keines entdecken, und so sprach ich nur ein kurzes Gebet für die Geister, die diesen Raum möglicherweise für sich beanspruchten.

Mit einer kaum sichtbaren Geste bedeutete Alan mir, rechts neben ihm Platz zu nehmen. Ein Raunen ging durch die Gruppe der nachdrängenden Kirchgänger. Gleich darauf setzten sich Lachlan und Mary zu uns. Der Rest der Gemeinde versammelte sich stehend, und ich war dankbar, als der Priester endlich aus der Dunkelheit erschien und ihre Aufmerksamkeit auf sich lenkte. In seinem Schlepptau hatte er zwei etwa zehnjährige rothaarige Jungen, die einen grob geschneiderten Überwurf über ihrem Hemd trugen und ehrfürchtig, aber auf bloßen Füßen und etwas ungeschickt hinter ihm hertapsten.

Der größere schwenkte ein Gefäß mit Weihrauch. Es war deutlich zu erkennen, dass er alle Disziplin, derer ein so kleiner Kerl fähig war, aufbringen mussten, um die Kette, an der das Gefäß hing, nicht wenigstens einmal über seinem Kopf herumzuschleudern. Als sich unsere Blicke zufällig trafen, bekam er knallrote Ohren und starrte fortan auf den Boden vor seinen Füßen.

Die Gemeinde begann etwas zu singen, das entfernt an einen lateinischen Text erinnerte. Die Melodie war mir bekannt, verstehen konnte ich allerdings kein Wort. Jahrelange Übung führte dennoch dazu, dass ich fast immer an den richtigen Stellen aufstand oder niederkniete, obwohl ich, wie der Rest der Gemeinde, die meiste Zeit nur ahnte, was dort vorne gesprochen wurde. Alan tat ein Übriges und stupste mich ein paarmal an, wenn ich unkonzentriert war und selbst die wenig subtilen Regieanweisungen des Priesters übersah.

Der Mann hielt tatsächlich nahezu den gesamten Gottesdienst in lateinischer Sprache ab, und die paar englischen Bemerkungen über das Fegefeuer, das angesichts der geplanten Festivitäten zur morgigen Mittsommernacht seiner Meinung nach besonders hell lodern würde, halfen den Gläubigen mit Sicherheit auch nicht weiter. Doch das störte offenbar niemanden. Mit verzücktem Gesichtsausdruck hingen besonders die Frauen an seinen Lippen.

Ihre Begeisterung konnte ich nicht teilen und hatte deshalb im Verlauf des Gottesdienstes reichlich Gelegenheit, mich in der kleinen Kirche umzuschauen. Draußen schien die Sonne, doch durch die drei schmalen Fenster an jeder Längsseite des Hauptraums fiel nur wenig Licht. Während wir weitgehend im Dunkeln saßen beziehungsweise standen, wurde der Altar von zwei fünfarmigen Leuchtern erhellt, die das silberne Kreuz in der Mitte geheimnisvoll funkeln ließen. Doch das war noch nicht alles. In der Apsis, in einigem Abstand hinter dem Altar, befand sich weit oben ein rundes Fenster, wie ich es aus vielen Kirchen kannte. An den Seitenwänden rechts und links davon waren weitere Fenster im romanischen Stil eingebaut. Die farbigen Glasornamente mussten ein Vermögen gekostet haben. *Welch ungewöhnliche Pracht in diesem abgelegenen schottischen Tal.*

»Amen«, schmetterte die Gemeinde, und im selben Moment brachen die Strahlen der Sonne durch das südliche Fenster und hüllten das Kreuz auf dem Altar in einen Kranz aus überirdischem Licht.

»Beeindruckend«, flüsterte ich ergriffen, und Alan beugte sich zu mir hinab: »Nicht wahr? Das ist der eigentliche Grund, aus dem ich überhaupt noch hierherkomme!«

Gemeinsam genossen wir das Farbenspiel, bis uns der Priester einen grimmigen Blick zuwarf und mir klar wurde, dass er darauf wartete, uns die heilige Kommunion zu erteilen. Rasch knieten wir vor ihm nieder.

Nach dem Gottesdienst verließ ich an Alans Seite, wiederum allen anderen voran, die Kirche. Lachlan und Mary gesellten sich zu uns, und ich winkte zu Mòrag und ihrer Familie hinüber, die zwischen den Dorfbewohnern standen.

Später flüsterte sie mir zu, der Priester habe sie aufgefordert, gemeinsam mit Duncan zu ihm zu kommen, um das Traugespräch zu führen. »Was weiß der schon von der Ehe?«, fragte sie und tippte sich an die Stirn.

Danach verlor ich meine Freundin allerdings aus den Augen, zu viele MacCoinnaichs scharrten sich neugierig um uns, während Alan noch einmal eine Einladung für die Mittsommerfeierlichkeiten aussprach. Angus tauchte an seiner Seite auf und rief: »Wie ihr wisst, feiern wir morgen auch die Hochzeit meiner Tochter Mòrag, und ihr seid alle eingeladen.« Hier und da klatschte jemand oder stieß einen schrillen Pfiff aus. »Ich danke dem *Gleanngrianach*, dass er sein Heim, den Stammsitz der MacCoinnaichs, dafür zur Verfügung stellt. Es ist eine große Ehre. Aber lasst uns auch morgen nicht vergessen, dass unsere Verwandten in anderen Tälern überfallen wurden und man einige brutal ermordet hat. Ich bitte euch, gewährt den Mackenzies unsere Gastfreundschaft. Ihnen ist ein schreckliches Unrecht geschehen. Reagiert besonnen, auch wenn sie sich zu Provokationen hinreißen lassen sollten. Wenn es Gott gefällt, werden wir die Täter bald gefasst haben.« Und dann hob er die Faust und rief: »Gemeinsam sind wir stark!«

Eine kluge Ansprache zum richtigen Zeitpunkt. Aber welch pathetischer Abschluss. Gerade wollte ich eine entsprechende Bemerkung zu Alan machen, als alle wie aus einem Munde die letzten Worte wiederholten und er mit dröhnender Stimme antwortete: *Díleas gu bràth!*, was ich mir nach einigem Überlegen mit *Für immer treu!* übersetzte.

Das klang sehr nach einem Schlachtruf, und als ich Alan auf dem Heimweg darauf ansprach, bestätigte er mir, dass dies schon seit Jahrhunderten der Wahlspruch aller MacCoinnaich-Chiefs war, wann immer sie in den Krieg zogen.

Schweigend stapfte ich neben ihm den Berg zum Castle hinauf und betete dabei das erste Mal seit langer Zeit. Nicht für mich, nicht einmal für uns, und auch zu keinem bestimmten Gott. Aber ich betete dafür, dass es gelingen möge, den Frieden wiederherzustellen und die Übeltäter zu überführen.

Im Herrenhaus stand ein leichtes Mittagessen für uns bereit. Die beiden Brüder blieben anschließend im Speisezimmer, während Mary und ich uns, ganz der Etikette entsprechend, zurückzogen. Sie schaute verlegen und behauptete, sie fühle sich nicht besonders wohl. Und obwohl ich mich dafür schämte, freute ich mich und empfahl ich ihr, etwas zu schlafen.

Welch eine Erleichterung, nicht mehr länger die Rolle einer wohlerzogenen Lady spielen zu müssen. Ich fand Mary zwar eigentlich ganz nett, aber so richtig konnte ich noch nicht mit ihr warm werden. Es gab einfach zu vieles, das uns trennte.

Kaum war sie die Treppen hinauf verschwunden, sauste ich wie der Blitz durch die Halle, am Wachposten vorbei, grüßte ihn kurz und sprang die Stufen hinunter über den Hof zur Küche. Als ich dort durch die Tür lugte, summte es wie in einem Bienenstock. Die Mädchen sangen und lachten, während die Köchin mal einer gierigen Hand einen Klaps verpasste, mal ein Gericht, das zu verderben drohte, rettete und dabei unentwegt vor sich hin murmelte. Hier war deutlich zu spüren: Morgen war Mittsommer, ein ganz besonderes Jahresfest, und außerdem feierten Mòrag und Duncan Hochzeit. Die Traumhochzeit schlechthin, wie es schien.

»Ach Mädchen, ich weiß gar nicht, wo mir der Kopf steht«, begrüßte mich die Köchin und kam ganz nahe. »Mòrag ist schrecklich durcheinander. Das Beste wäre, du gehst zu ihr nach Hause und beruhigst sie ein wenig.« Nachdem sie mir noch einmal versprochen hatte, dass sie mein Hochzeitsgeschenk, eine große Torte, nicht vergessen würde, lief ich durch das Wäldchen, um meiner Freundin beizustehen. Angus kam mir auf halbem Wege entgegen und stöhnte: »Die Frauen sind verrückt geworden. Sieh zu, dass du ihnen ein wenig Verstand einhauchst.« Und ehe ich etwas antworten konnte, war er schon im Laufschritt gen Herrenhaus verschwunden.

Tatsächlich weinte meine Freundin, und ihre Mutter Dolina lief wie ein aufgescheuchtes Huhn um sie herum, als ich durch die Tür trat. »Joanna!«, rief sie. »Sag du meinem Kind, dass sie die schönste Braut sein wird, die Gleann Grianach je gesehen hat. Ich weiß mir nicht mehr zu helfen.«

Ich ging zu Mòrag und nahm sie in den Arm. »Was ist denn passiert?«

»Mein Kleid ist scheußlich, meine Haare sind widerspenstiger als ein junges Zicklein und«, hier senkte sie ihre Stimme, »ich bin so pelzig.«

Beinahe hätte ich gelacht, aber dann wurde mir klar, dass zumindest diese Sorge meine Schuld war. Ich hatte ihr erzählt, dass sich die Frauen meiner Zeit die Beine und Achselhöhlen rasierten, weil Körperbehaarung als unästhetisch galt. Mehr als einmal hatte ich mit ihr gemeinsam dafür gesorgt, dass Alan meine glatte, haarlose Haut bewundern konnte. Ob Duncan ebenso entzückt sein würde, wusste ich nicht, aber ihren Wunsch erfüllte ich ihr trotzdem gern.

»Zeig mal dein Kleid«, verlangte ich, und sie verschwand gehorsam im Schlafzimmer. Ihre Mutter rang die Hände. »Sie ist unausstehlich.«

»Sie hat Angst.«

»Ach, meine Kleine hätte doch keinen besseren Mann als Duncan finden können. Ich bin zu alt für so was.«

»Unfug, Dolina«, widersprach ich, und sie lächelte mich schelmisch an: »Aber du, Joanna, du kannst ruhig ein wenig über unsere Hochzeitsbräuche lernen. Nimm sie mit auf dein Zimmer, und ich lasse euch nachher Wasser für ein Bad bringen, dort habt ihr mehr Ruhe als hier im Haus. Auf dich wartet auch noch eine Überraschung, Mädchen. Morgen ist eine ganz besondere Nacht.«

»Was hast du vor?«

Sie schüttelte den Kopf. »Du wirst schon sehen«, wiederholte sie zweimal und rang gleich darauf erneut die Hände: »Das Kleid hat ihr der *Gleanngrianach* geschenkt. Wenn sie es nicht trägt, wird er beleidigt sein.«

Ehe ich aus ihren Andeutungen schlau werden konnte, lugte Mòrag schüchtern um die Ecke. Mir verschlug es den Atem.

»Wenn du das morgen nicht anziehst, gehört dir der Hintern versohlt!« Das Kleid war traumhaft schön, und sie sah fabelhaft darin aus. Ein blau gestreifter Seidenrock bauschte sich üppig über sicherlich zahllosen Unterröcken und ließ ihre Taille schmal und zerbrechlich erscheinen. Ihre Schwangerschaft würde niemand bemerken, der nicht davon wusste, und ich war gespannt auf Duncans Gesichtsausdruck, wenn er sie morgen sah. Allerdings würde er wahrscheinlich von dem verführerischen Dekolleté, das nur mit einem zarten Tüchlein bedeckt war, so fasziniert sein, dass er nirgendwo anders hinschaute.

Durch meine bewundernden Ausrufe ermutigt, zog Mòrag nun eine blaue Jacke an, unter deren halblangen Manschetten zarte Spitzen hervorlugten. Sie war von Kopf bis Fuß das Abbild einer delikaten Hochlandschönheit, und ihr Bräutigam würde vermutlich genauso beeindruckt auf diese Erscheinung starren, wie ich es gerade tat. »Mòrag, du siehst hinreißend aus.«

Sie strahlte. »Findest du? Aber wenn es morgen zu warm ist?«

Dolina warf die Hände in die Luft. »Warum hat Gott mich mit dieser Tochter gestraft!« Und dann fiel sie ihr um den Hals. Die Frau war mindestens genauso überdreht wie ihre Tochter. »Geh mit Joanna und sieh nach, ob die Schneiderin ihr Kleid schon geliefert hat. Aber vergesst nicht, am Abend wieder hier zu sein.«

Sie tat sehr geheimnisvoll und wollte mir nicht verraten, was es mit dieser Ermahnung auf sich hatte. Mòrag zog sich um, und während wir durch das Wäldchen zurück zum Castle liefen, fragte ich: »Was ist heute Abend?«

»Du wirst mir die Füße waschen, liebste Freundin.« Sie tanzte davon.

Als ich sie einholte und am Schürzenzipfel festhielt, erklärte sie endlich: »Am Abend vor der Hochzeit kommen Brautjungfern und Freundinnen zur Fußwaschung ins Haus der Braut.«

»Warum denn das?«

»Ach, Joanna, du stellst Fragen. Warte ab, das wird ein Riesenspaß! Aber jetzt sehen wir erst einmal in deinem Zimmer nach, ob die Überraschung schon angekommen ist, und dann«, sie senkte ihre Stimme, »hilfst du mir, eine ebenso zarte Haut zu bekommen, wie du sie hast.«

Auf meinem Bett lagen, säuberlich zusammengefaltet, ein Rock mit passendem Oberteil sowie ein Hemd, an dessen dreiviertellange Ärmel üppige Spitzenbesätze geheftet waren. Schon wieder eine neue Garderobe. »Die Sachen sind wunderschön, aber was bedeutet das?« Ich war verwirrt.

»Du wirst meine Brautjungfer! Zusammen mit Duncans kleiner Schwester.«

Für einen Moment war ich sprachlos, dann stammelte ich einen Dank.

Ungeduldig winkte Mòrag ab. »Du bist meine beste Freundin. Wen sollte ich denn sonst darum bitten?« Sie zeigte auf das Kleid. »Komm schon, probier es endlich an.«

Ich ließ mich nicht zweimal bitten und zog mich aus.

»Alles«, verlangte meine Freundin aufgeregt, und schnell streifte ich auch mein Leinenhemd ab.

Das neue Hemd fühlte sich unglaublich weich auf der Haut an. Nie hätte ich gedacht, dass die Menschen in diesen angeblich primitiven Zeiten in der Lage waren, derart feine Stoffe zu weben. Augenscheinlich besaßen sie viele handwerkliche Kunstfertigkeiten, die durch die Jahrhunderte verlorengegangen waren. Es dauerte eine Weile, bis ich die Röcke übereinandergezogen und ihre Bänder geschlossen hatte.

Beim Mieder half Mòrag mir und erklärte, die Spitze stamme aus Brüssel und sei unglaublich kostbar. Daran hatte ich keinen Zweifel. Als ich endlich angezogen war, trat sie einen Schritt zurück. »Oh, Joanna, ich wusste, dir würde dieses Rot stehen! Es passt perfekt zu deinen dunklen Haaren und«, sie zwinkerte mir verschwörerisch zu, »es ist das gleiche Rot wie in deinem *Arisaid*!« Sie meinte mein Tuch, das aus leichter Wolle in den Farben der Chiefs der MacCoinnaichs gewebt war und das zu tragen ich kein Recht hatte. Egal, was Mòrag darüber dachte.

Doch sie hörte gar nicht zu: »Und wie weiß das Hemd ist.«

Ich schaute an mir herab. »Und wie tief dekolletiert!« Wir kicherten. »Mòrag, es ist wunderschön, aber wie soll ich dir deine Freundlichkeit jemals vergelten?«

»Da mach dir mal keine Sorgen. Das hat alles der *Gleanngrianach* in Auftrag gegeben.«

Sie hatte schon damals bei der Auswahl meiner Kleidung anlässlich des Gerichtstags ausgezeichneten Geschmack bewiesen. In einer anderen Zeit wäre sie vielleicht Modedesignerin oder Stylistin geworden. »Ich möchte wetten, von der dezenten farblichen Abstimmung hatte er dabei keine Ahnung.«

»Um solche Dinge kümmert sich doch kein Mann. Aber er wird sehen, wie gut ihr zueinanderpasst.«

»Und alle anderen auch.«

»Genau!« Gegen meine Ironie war sie immun. »Und nun zieh die Sachen wieder aus, sicher kommt gleich das Badewasser. Du hast ja keine Vorstellung, wie sehr ich es genieße, selbst einmal verwöhnt zu werden.«

Kaum hatte ich den letzten Rock ordentlich zusammengefaltet, klopfte es an der Tür, und gleich darauf kamen zwei

Mädchen herein. Ich stand noch im Hemd da und schob blitzschnell die Bettdecke unauffällig über den verräterischen Kleiderstapel.

Gemeinsam holten wir die Badewanne hinter dem Paravent hervor und schleppten sie in die Nähe des Kamins. Die Mädchen gossen ihr Wasser in den darin hängenden Kessel und liefen wieder hinunter, um noch mehr zu holen. Als sich die Tür das letzte Mal hinter ihnen schloss, zog sich Mòrag schnell aus und stieg in die Wanne. Wohlig räkelte sie sich in dem dampfenden Bad, während ich ein Leinentuch holte, um ihren Rücken zu waschen. »Joanna, das darfst du nicht tun.«

»Wir sind Freundinnen.«

»Aber du bist auch die Freundin des *Gleanngrianach*, und wenn alles gutgeht, bald die Baronin Kensary.«

Ich lachte nur: »Bestimmt nicht.«

»Und warum nicht? Du hast dich doch nicht schon wieder mit ihm gestritten?« Mit gerunzelter Stirn drehte sie sich zu mir um. »Was ist jetzt schon wieder los?«

Bevor sie begann, mir Vorhaltungen zu machen, erzählte ich ihr von Alans Entscheidung, zugunsten von Lachlan zurückzutreten, sollte der Herzog von Argyle weiter darauf bestehen, dass der Chief der MacCoinnaichs und sein Mündel heirateten.

Mòrag war nicht begeistert. »Ein Clanoberhaupt kann nicht so einfach zurücktreten.«

»Stimmt, aber er kann verschwinden. Und vielleicht geschieht das ja auch, wenn die Feenkreise uns wieder zurück in meine Welt schicken.«

Leise fragte sie: »Musst du wirklich fort?«

Eine gute Frage. Ich hatte ihr von meiner Familie erzählt, aber sie konnte sich nicht vorstellen, dass ich kein Problem damit hatte, den Rest meines Lebens zu verbringen, ohne meine unerfreuliche Verwandtschaft jemals wieder zu sehen.

Was also zog mich zurück? Sicher, ich würde meine irische Freundin und ihren Iain vermissen. Sie machten sich bestimmt furchtbare Sorgen, weil ich einfach wie vom Erdboden verschluckt verschwunden war. Aber hier hatte ich auch gute Freunde gefunden und dazu noch eine richtige Familie: den Clan der MacCoinnaichs. Doch die würde ich womöglich so oder so schon bald wieder verlassen müssen. Kein schöner Gedanke. Ein dicker Kloß formte sich in meinem Hals.

»Hast du Heimweh?«

Am Tag vor ihrer Hochzeit sollte ich Mòrag wirklich nicht mit meinen trüben Gedanken behelligen. Ich zückte also mein Messer und rief: »Genug davon. Jetzt geht es dir ans Fell.« Und dann begannen wir unter viel Gelächter, den weichen Flaum von ihren langen Beinen und unter ihren Achseln zu rasieren. Zwischendurch schärfte ich das Messer, wie Alan es mir gezeigt hatte, und machte anschließend meiner eigenen Körperbehaarung ebenfalls den Garaus. Es war höchste Zeit. Wir trockneten uns gegenseitig ab und nahmen reichlich von der Creme, die Mòrags Mutter mir angerührt hatte. Sie heilte Verletzungen, die beim Rasieren mit einem Messer schnell entstehen konnten, fast über Nacht. Sogar Alan benutzte sie inzwischen.

Den Rest des Nachmittags saßen wir vor dem Kamin, bürsteten unsere Haare, bis sie getrocknet waren und glänzten, sangen und erzählten uns Geschichten. Und dann fiel mir plötzlich siedend heiß ein, dass ich zum Tee verabredet war. »Ich habe Mary ganz vergessen! Ich sollte ihr beim Tee Gesellschaft leisten. Weißt du, eigentlich ist sie ganz in Ordnung.«

»Dann bring sie doch heute Abend mit.«

»Und du hast nichts dagegen?« Ich war überrascht.

»Es wird Zeit, dass sie sich an unsere Art gewöhnt. Wenn sie Lachlan wirklich heiraten möchte, dann wird sie bald feststellen, dass ihr zukünftiger Mann kein Fest im Umkreis von mindestens zwei Tagesritten auslässt.«

»Bitte entschuldige die Verspätung.«

Mary sprang bei meinen Worten erschrocken auf, mit etwas schlechtem Gewissen schaute ich auf die Stickerei in ihren Händen. Sie hatte sich bestimmt gelangweilt, so allein. Ich drehte mich zu dem Wachmann in der Halle um und bat ihn: »Können wir Tee bekommen?«

Er lächelte und zeigte dabei eine beeindruckende Zahnlücke. »*Aye*, Mädchen.«

Wenig später wurde uns ein kleiner Imbiss serviert. Auch dieses Mal bewunderte ich die Eleganz, mit der Mary den Tee zubereitete, und sagte ihr das auch.

Sie errötete bescheiden. »Ich habe ja nichts anderes gelernt.«

»So ganz kann das nicht stimmen.« Ich zeigte auf ihre Handarbeit, die so sauber und fein war, dass selbst die Nonnen in meiner Schule beeindruckt gewesen wären, und die waren europaweit für ihr handwerkliches Geschick bekannt, denn sie restaurierten meisterhaft alte Altartücher und andere Textilien, die im Laufe der Jahrhunderte oft so mürbe geworden waren, dass sie einem schier in der Hand zerfielen. Mir hatte man nicht einmal erlaubt, mich in der Nähe dieser Kostbarkeiten aufzuhalten.

Als ich jünger war, hatte die Mutter Oberin immer fassungslos auf die Risse und Löcher in meiner Kleidung geschaut. Alle anderen Mädchen sahen adrett aus, nur ich konnte es nicht lassen und musste auch in meinem guten Sonntagskleid auf einen Baum steigen, wenn es dort oben etwas zu bewundern gab oder wenn mein beste Freundin schon in den Zweigen schaukelte und mich mit einem schrillen Pfiff zu sich hinauflockte. Das war natürlich lange bevor ich diese unselige Neigung entwickelt hatte, ständig Treppen hinunter- oder in Wasserläufe hineinzufallen.

»Darf ich dich etwas fragen?«, unterbrach Mary meine Erinnerungen.

»Natürlich. Was bedrückt dich?«

Sie seufzte. »Glaubst du, die Menschen akzeptierten mich eher, wenn ich mich so kleiden würde wie sie?« Wie immer verriet meine Miene mich, und sie fügte eilig hinzu: »Bei dir scheint das zu funktionieren.«

»Nicht dein Aussehen ist das Problem …« Ich wusste nicht, wie ich es diplomatischer sagen sollte, und sprach schnell weiter. »Du erinnerst dich sicher nicht daran, aber am Tag deiner Ankunft war ich in eurem Zimmer. Ihr habt mich ignoriert, wie man es bei dir zu Hause mit Dienstboten vermutlich tut. Aber hier ist das anders. Ein Clanoberhaupt wird von seinen Gefolgsleuten geachtet, und Alan hat als Baron Kensary weitreichende Rechte. Er kann sogar ein Todesurteil verhängen, wenn er es für notwendig hält. Aber er hat auch eine große Verantwortung für jedes einzelne Familienmitglied. Dabei ist völlig unerheblich, ob derjenige seinen Namen trägt oder nicht. Und wie Familie werden die Menschen auch behandelt. Respektiert, egal, an welchem Platz der Gemeinschaft sie ihre Arbeit verrichten. Das ist zugegebenermaßen sogar hier im Hochland nicht mehr selbstverständlich, war es vielleicht noch nie. Aber Alan und, wie ich inzwischen weiß, auch

469

Lachlan handeln danach. Mancher mag das distanzlos finden, aber ich nenne es Verantwortung übernehmen.« Nach dieser Rede hätte ich mich besser fühlen müssen, stattdessen kam es mir vor, als hätte ich gerade ein intaktes Weltbild zerstört.

Mary saß mit leicht geöffneten Lippen da, als habe es ihr die Sprache verschlagen. Dann räusperte sie sich. »Ich muss ihre Sprache lernen.«

Offensichtlich hatte ich sie falsch eingeschätzt. Das Mädchen war anpassungsfähig. »Wenn du willst, helfe ich dir dabei. Und was deine Klamotten betrifft, findet sich bestimmt etwas, das du anziehen kannst.«

»Klamotten?«

Ich zeigte auf ihr Kleid.

»Ach so!«

Ich konnte sehen, dass sie bereits versuchte, sich dieses neue Wort einzuprägen. Wahrscheinlich hielt sie es für Gälisch.

»Es wäre schön, wenn du mir helfen könntest.« Sie klang dabei ein wenig verloren. Das war die Gelegenheit, Mòrags Einladung zu überbringen.

»Dann komm doch am besten gleich mit. Es gibt hier so einen seltsamen Brauch, dass der Braut am Vorabend der Hochzeit die Füße gewaschen werden, und als ihre Brautjungfer muss ich dabei sein.«

»Das macht man bei uns auch.« Mary schien sich zu freuen, wenigstens etwas Bekanntes zu hören. »Du meinst, sie hat nichts dagegen, wenn ich dabei bin?«

»Auf keinen Fall. Warte, ich habe eine Idee. Ich kann dir mein *Arisaid* leihen, dann fällt dein Kleid nicht mehr auf, und später können wir Dolina fragen. Sie weiß bestimmt Rat.«

Ich holte das Tuch, und da ich keinen zweiten Gürtel besaß,

steckten wir es mit Nadeln in der Taille fest und drapierten den Rest um ihre Schultern. Von dem relativ schlichten Seidenkleid darunter war nicht mehr viel zu sehen.

Als wir Mòrags Elternhaus betraten, schauten einige Frauen zu Mary herüber und begannen zu tuscheln, aber sie lächelte freundlich, als bemerke sie nicht, wie man sie misstrauisch beäugte.

Dolina schien eingeweiht zu sein, sie empfing uns mit ausgestreckten Armen. »Da seid ihr endlich, kommt herein.« Sie führte uns zu einem jungen Mädchen.

»Du musst Duncans Schwester sein«, begrüßte ich sie.

Dolina lachte: »Nicht wahr, sie ist ihrem Bruder wie aus dem Gesicht geschnitten.«

Mòrag gesellte sich nun auch zu uns, hieß Mary ganz selbstverständlich willkommen und bot uns einen Becher Ale an. Die Spannung ließ ein wenig nach, und die Frauen begannen zu schwatzen. Anfangs übersetzte ich so gut ich konnte, aber irgendwann verlor ich selbst den Überblick.

Meine Freundin setzte sich auf den Hocker in der Mitte des Raums, und zwei Frauen brachten einen kleinen Waschzuber herbei.

»Jetzt müssen die Brautjungfern ihre Füße waschen!«, flüsterte Mary und nickte mir zu. »Geh schon, sie warten auf dich.«

Unter viel Gekicher zogen wir Mòrag die Strümpfe aus, ergriffen sie an beiden Armen, und ihr blieb nichts anderes übrig, als ins Wasser zu steigen. Jemand reichte mir ein großes Stück Seife, und wir wuschen ihre Füße, an denen sie offenbar sehr kitzlig war, denn sie konnte sich vor Lachen kaum mehr halten und ließ sich zurück auf den Schemel plumpsen.

Inzwischen hatten sich auch Männer vor dem Haus versammelt. Angelockt von unserem Lärm, spähten ein paar Mutige durch die Tür.

»Duncan«, rief einer. »Deine Braut hat lange Beine, da wirst du noch schneller laufen müssen als bisher, um immer mit ihr Schritt halten zu können.« Ein anderer rang in komischer Verzweiflung die Hände und stöhnte: »Ach, wäre ich doch nur das Stück Seife in diesen lieblichen Händen.« Die Männer grölten, und einige Frauen drohten im Spaß mit dem Finger, sie sollten nicht so freche Reden schwingen.

Auf einmal flutschte mir die Seife aus der Hand, und als ich im Wasser nach ihr tastete, hielt ich plötzlich einen Ring zwischen meinen Fingern. Den musste jemand verloren haben. Ich hielt den Ring hoch und schaute mich nach der Besitzerin um, als Mòrag plötzlich kreischte: »Es ist Joanna! Sie wird als Nächste heiraten!«

Ehe ich wusste, wie mir geschah, umarmte sie mich, und auch Duncans Schwester gratulierte mir scheu. Die Besitzerin kam und nahm ihr Schmuckstück wieder an sich. »Wer den Ring einer glücklich verheirateten Frau während der Zeremonie des Füßewaschens im Wasser findet, so sagt man, heiratet als Nächstes. Und ich bin glücklich verheiratet, Mädchen«, lächelte sie. »Seit zweiundzwanzig Jahren schon.«

Bevor ich etwas entgegnen konnte, entstand erneut Unruhe, und ein zerzauster Duncan erschien umringt von vielen Frauen in der Tür. Einer seiner Kameraden gab ihm von hinten einen festen Stoß, und der Ärmste wäre beinahe in den Bottich gefallen, aus dem seine Braut inzwischen herausgestiegen war. Unter viel Gejohle wurden nun seine Beine mit Ruß und Lehm beschmiert, und dabei gingen die Damen nicht sehr zimperlich vor, mehr als einmal sah ich eine Hand weit unter seinem Kilt verschwinden, und hier und da waren freche Kommentare über die Beschaffenheit der muskulösen Beine zu hören.

Schließlich hatte Mòrag die Nase voll und rief: »Lasst mir für morgen noch etwas übrig von meinem Bräutigam!«

Duncan warf ihr einen dankbaren Blick zu und floh hinaus zu seinen Freunden, die sich an Angus' Ale bedienten und wenig Mitleid mit ihrem Freund zeigten, der vergeblich versuchte, die schnell trocknende Masse von seinen Beine abzuwaschen.

Im Haus war es heiß und stickig geworden, und so folgten wir ihm bald auch hinaus. Dabei begegnete mir Dolina. Ich zog sie rasch beiseite und schilderte ihr Marys Kleidungsproblem.

»Lachlan wird sich freuen, wenn er das hört. Mach dir keine Gedanken, es ist für alles gesorgt. Wie gefällt dir übrigens dein neuer Rock?«, fragte sie zwinkernd und eilte davon, ohne meine Antwort abzuwarten.

»Das wüsste ich auch gern.«

Ich fuhr herum. *Alan!*

Er strich mir mit dem Handrücken über die Wange. »Ich bin stolz auf dich!«, flüsterte er und deutete mit dem Kinn in Marys Richtung, die Lachlan soeben mit einem verzückten Lächeln bedachte, das er mindestens ebenso verliebt erwiderte. Dann runzelte er in komischer Verzweiflung die Stirn. »Sieht man uns etwa auch so deutlich an, was wir füreinander empfinden?«

»Aber nein, die Leute haben keine Ahnung.« Ich konnte mir ein breites Grinsen nicht verkneifen und erntete dafür einen Klaps auf dem Po.

Nachdem Alan seine Runde gemacht und mit vielen Pächtern aus dem Tal ein persönliches Wort gewechselt hatte, sagte er zu Lachlan: »Bleib du noch ein wenig hier und sorge dafür, dass Mary auf dem Heimweg nichts geschieht. Mehr aber nicht, hörst du!«

Lachlan verbeugte sich tief. »Jawohl, großer *Gleanngrianach*, wie Ihr wünscht«, fügte dann aber versöhnlicher hinzu: »Was denkst denn du? Verschwindet schon, ihr zwei.«

Wir ließen uns nicht lange bitten und spazierten auf dem vom fast vollen Mond hell erleuchteten Weg zurück zum Castle. So richtig dunkel war der Nachthimmel allerdings immer noch nicht, und die letzten Spuren eines herrlichen Sonnenuntergangs hingen in den langgestreckten Wolkenfetzen, die vom Meer über die Berge hereinkamen. Morgen, so hoffte ich, würde nicht nur meteorologisch gesehen ein schöner Tag werden.

Alan war schon lange fort, als ich vom Klopfen an meiner Tür erwachte. Eines der Mädchen, die ich aus der Küche kannte, steckte ihren Kopf hindurch: »Ich soll dir von der Köchin ausrichten, Frühstück gibt's heute im neuen Haus.«

Erschrocken sprang ich aus dem Bett. »Habe ich verschlafen?«

»Nay, es ist noch Zeit, bis Mòrag und ihre Cousine ins Dorf aufbrechen.« Nachdem ich meine Morgentoilette beendet hatte, half sie mit beim Ankleiden.

Auf dem Weg zum Speisezimmer, wo ich das Frühstück vermutete, musste ich durch die Halle hindurch und hatte dort Gelegenheit, mich in den großen Spiegeln zu betrachten. Wie Mòrag bei der Auswahl des Stoffes vorausgesehen hatte, stand mir das dunkle Rot ganz ausgezeichnet. Die Beschreibung von Schneewittchen kam mir in den Sinn. Rot wie Blut, das Hemd weiß wie Schnee und die Haare schwarz wie Ebenholz. Draußen in der Sonne würde man sehen, dass rote Lichter in meinen dunklen Haaren schimmerten, aber hier fiel das Morgenlicht weich durch die Fenster und schaffte eine perfekte Illusion.

Die Schneiderin hatte sich selbst übertroffen, und allmählich verstand ich, warum niemand ihren nichtsnutzigen Sohn verbannen wollte. Sie hing so sehr an ihm, dass sie womöglich mit ihm gegangen wäre, und das hätte wirklich einen großen Verlust bedeutet. Zum einen arbeiteten sie und ihre Hilfskräfte ungeheuer schnell, zum anderen hatte sie einen untrüglichen Blick für Proportionen. Meinen Gürtel, mit dem ich im Bedarfsfalle das *Arisaid*, das große Tuch, in der Taille befestigte, hatte ich nach der Vergiftung ein Loch enger schnallen müssen, doch war das heute kein Nachteil. Der Rock war, die elegante Mode der Salons imitierend, vorne geteilt, und der Farbton des ersten Unterrocks kehrte im Mieder in Form von schmalen Paspeln entlang der Nähte wieder. Ich drehte und wendete mich und konnte mich gar nicht sattsehen an dem Schwung des weiten Saums.

»Der Spiegel wird noch zerspringen, Mädchen!« Hinter mir erklang die belustigte Stimme von einem der Männer, die hier häufiger Wache hielten.

Verlegen schaute ich mich um. Sein anerkennender Blick zeigte mir, dass ihm gefiel, was er da sah.

»Das wollen wir ja nicht«, lachte ich und ging durch die hohe Tür zum Speiseraum, die er mir galant aufhielt.

Mary stand auf, um mich zu begrüßen. »Du siehst entzückend aus.«

Dieses Kompliment konnte ich zurückgeben. Sie trug ihre neue Hochlandtracht mit der gleichen selbstverständlichen

Eleganz wie zuvor die kostbaren Seidenroben. Ihr blondes Haar war im Nacken zu einem lockeren Knoten gedreht, doch einzelne Strähnen hatten sich bereits befreit. Kein Wunder, ebenso wie ich hatte sie heute niemanden, der ihr bei einer komplizierteren Frisur helfen konnte.

Kaum hatte ich die letzten Krümel meines Frühstücks mit etwas Molke heruntergespült, ging die Tür auf, und Lachlan kam herein. Als wir uns erhoben, weil wir mit Recht vermuteten, dass es nun Zeit zum Aufbruch war, blieb er wie angewurzelt stehen. Allerdings war es nicht meine betörende Erscheinung, die ihn erstarren ließ. »Mary«, würgte er schließlich heraus, und es sprach für ihre Naivität, dass sie bang fragte: »Ist etwas nicht in Ordnung?«

Unbemerkt griff ich nach meinem *Arisaid*, verließ den Raum und hörte im Hinausgehen, wie er nach Worten suchte, um seiner Begeisterung Ausdruck zu verleihen. Himmel, war der Mann verliebt.

Auf dem Treppenabsatz vor dem Haus blieb ich einen Moment lang stehen, um das Bild, das sich mir bot, zu genießen. Unten stand die Hochzeitsgesellschaft in der Morgensonne und unterhielt sich lachend. Alan entdeckte ich ein wenig abseits, im Gespräch mit Angus und anderen Männern. Keiner von ihnen trug heute etwas anderes als ein gegürtetes Plaid. Wer es sich leisten konnte, ließ sogar Spitze aus den langen Ärmeln seiner Spenzerjacke hervorblitzen. Alle Mac-Coinnaichs hatten ein Sträußchen Wacholder an ihre Kappen gesteckt, und auch viele der Frauen trugen einige kurze Zweige. Ich tastete nach den kleinen Zweigen, die an meinem eigenen Mieder befestigt waren.

Mòrag stand inmitten ihrer Freundinnen und Verwandten und strahlte. Das helle Blau ihrer Jacke passte perfekt zur mühsam gebändigten, roten Lockenpracht. Ihre Mutter konnte nicht stillstehen und zupfte unentwegt das Plaid zurecht, das über einer Schulter drapiert war.

Irgendjemand hatte Alan angestoßen, um ihn darauf aufmerksam zu machen, dass ich allein auf der Treppe stand.

Er schaute zu mir herüber, und die Welt um mich herum versank in Bedeutungslosigkeit, als das Lächeln auf seinen Lippen erschien, das er viel zu selten in der Öffentlichkeit zeigte. Am liebsten wäre ich die Stufen hinabgestürmt und hätte mich in seine Arme gestürzt. Stattdessen hob ich das Kinn ein wenig höher, atmete tief ein und betete bei jedem Schritt zu allen Mächten, die sich zuständig fühlen könnten: »Lasst mich jetzt bloß nicht stolpern.«

Ob er Ähnliches gedacht hatte? Alan wartete am Fuß der Stufen auf mich, und mit einem Zwinkern reichte er mir die Hand. »*Madainn mhath!* Guten Morgen, Kleines!«

Jetzt erschienen auch Lachlan und Mary, und Alan rief: »Wir sind vollzählig, es kann losgehen.« Er gab ein Zeichen, und vier Dudelsackspieler marschierten paarweise auf. Jeder hielt einen Blasebalg fest unter den Arm geklemmt, und einer von ihnen spielte eine kurze Melodie. Dann verstummte er. Nach einer kurzen Pause schwebte die Antwort aus dem Tal zu uns herauf.

Die vier Musiker sahen sich an und begannen nun gemeinsam zu spielen. Ich wusste inzwischen, dass zwei von ihnen als Piper in Alans Dienst standen. Ihre Anwesenheit bei offiziellen Angelegenheiten war nicht zu überhören.

»Du solltest jetzt zu Mòrag gehen«, raunte er mir wegen des Lärms direkt ins Ohr, und obwohl diese Nähe ganz andere Wünsche in mir auslöste, lief ich zu meiner Freundin und nahm neben ihr Aufstellung. An der anderen Seite stand bereits Duncans Schwester und winkte mir fröhlich zu. Wir drei gaben ein farbenfrohes Bild ab. Nicht nur wegen unserer Kleider, auch dank der unterschiedlichen Haarfarben waren wir sicher ein Augenschmaus. Die blonde Mähne der anderen Brautjungfer glänzte wie gesponnenes Gold neben dem leuchtenden Rot von Mòrags Locken. Ich konnte mir denken, dass mein dunkles Haar dazu einen interessanten Kontrast bildete.

Eine Unterhaltung war kaum möglich, und so drückte ich meiner Freundin nur kurz die Hand, während wir Seite an Seite den Musikern bergab zur Kirche folgten. Hinter uns gingen ihre Eltern, und man konnte sehen, wie stolz sie auf ihre hübsche Tochter waren. Danach folgten Alan und Lachlan, sie hatten Mary, die zwischen diesen beiden hochgewachsenen Kriegern sehr zerbrechlich wirkte, in ihre Mitte genommen. Am Schluss gingen Verwandte der MacRaths, die schon in den letzten Tagen für die Feierlichkeiten, zum Teil von weither, angereist waren, und andere Bewohner des Castles.

Als wir das Torhaus passiert und den lichten Wald hinter uns gelassen hatten, rief Duncans Schwester plötzlich: »Seht – dort unten kommen sie!«

Tatsächlich entdeckten wir jetzt eine noch viel größere Gruppe, die aus dem Dorf heraus ebenfalls die Kirche ansteuerte.

Vorweg gingen auch dort Dudelsackspieler. Ihnen folgte Duncan, begleitet von zwei Männern. Der eine war sein ältester Bruder, der andere, versuchte sie zu erklären, ein Cousin von Mòrag.

Ich rief zurück: »Was für ein Getöse!«

»Nicht wahr? Kein Wunder, dass Engländer Angst bekommen und davonlaufen, wenn sie die Angriffsmelodie der MacCoinnaichs hören.«

Ich hatte keinen Zweifel, dass feindliche Soldaten zumindest irritiert sein mussten, wenn sie das erste Mal erlebten, wie eine Gruppe der Piper das Schlachtengetümmel musikalisch untermalten. Zwei Dinge musste man den Musikern aber lassen: Es marschierte sich ganz vortrefflich nach ihren Melodien, und sie führten ihre jeweilige Gruppe genau im richtigen Tempo an, so dass wir schließlich gleichzeitig vor der Kirche eintrafen. Ich war ein wenig verunsichert, was ich als Nächstes zu tun hatte, aber es stellte sich heraus, dass ich einfach nur die Bewegungen von Duncans Schwester spiegeln musste. Also beobachtete ich sie aus dem Augenwinkel. Gemeinsam warteten wir, bis ihr Bruder mit seinen Trauzeugen in Richtung der Kirche ging.

Der Priester kam atemlos angelaufen und schimpfte dabei: »Ein Wunder, dass ihr heute überhaupt noch auftaucht.«

Die Sonne stand bereits ziemlich hoch, und wir hatten uns vielleicht wirklich ein wenig verspätet. Aber wen störte das? Es war ja nicht so, als stünde hinter uns schon das nächste Brautpaar zur Trauung bereit.

Ein kleiner Junge, in dem ich den Messdiener von gestern wiedererkannte, bemühte sich, mit ihm Schritt zu halten, und reichte ihm schließlich atemlos seine Kopfbedeckung. Die Leute hinter mir begannen zu lachen. Duncan allerdings warf dem Pfarrer einen giftigen Blick zu. Wenn es nach ihm gegangen wäre, dann hätte er ohne kirchlichen Segen geheiratet, hatte mir Mòrag empört anvertraut, dann aber zugegeben, dass sie den Priester auch nicht besonders mochte. »Alle wissen, dass wir zusammengehören, und das ist doch das Wichtigste«, hatte sie kürzlich erst zu mir gesagt.

Doch ihre Eltern wollten das ganze Programm, auch wenn es aus Platzmangel vor und nicht in der Kirche stattfand.

Der Priester hob die Hand, und allmählich verstummte das Gemurmel der Gemeinde. Die beiden Brautleute standen Seite an Seite vor ihm, wir anderen einige Schritte dahinter, und im Rücken spürte ich die neugierigen Blicke der Mac-Coinnaichs. Es war ziemlich ungewöhnlich, dass Mòrag ausgerechnet eine Fremde wie mich zur Brautjungfer erkoren hatte, und das führte zu allerlei Spekulationen – nicht nur über die Ambitionen der Brautleute, sondern auch über meine Stellung in Alans Haushalt.

Nach einer kurzen Ansprache über die Bedeutung des heiligen Bunds der Ehe eröffnete der Priester die Messe, faltete danach die Hände und begann ein Gebet. Nach einer wenig erbaulichen Predigt sah er Duncan mit feierlicher Miene an und fragte endlich, ob dieser die hier anwesende Mòrag MacRath, Tochter von Angus MacRath, Verwalter von Baron Kensary, dem Chief der MacCoinnaichs, und Dolina MacRath, geborene MacCoinnaich, ehelichen wolle.

Doch Duncan blieb stumm.

Der Priester wiederholte seine Frage etwas lauter, bekam aber keine Antwort.

Die meisten MacCoinnaichs sprachen zwar kaum Englisch, aber sie merkten, dass etwas nicht stimmte, und es entstand Unruhe.

»Willst du mir wohl antworten, du Lümmel!«, brüllte der entnervte Mann schließlich, und ich konnte ein kurzes Auflachen nicht unterdrücken.

Mòrag warf mir einen vernichtenden Blick zu, ich verstummte abrupt und wandte mich meinerseits hilfesuchend an Alan.

Der grinste breit und rief auf Gälisch: »Duncan, verdammt! Willst du dein Mädchen heiraten oder nicht?«

Jetzt lachte die gesamte Gemeinde, und Duncans Antwort ging fast darin unter. »*Aye!*«, flüsterte er, und ich hörte Mòrag mit leuchtenden Augen erwidern: »*... gus an dèan Dia leis a' bhàs ar dealachadh!* ... bis Gott uns durch den Tod trennt!«

Duncan wiederholte die Worte und streifte dabei einen Ring über Mòrags Finger. Die beiden fassten sich anschließend an den Händen.

»Ich nehme an, das soll *Ja* bedeuten«, sagte der Kirchenmann ärgerlich, weil nun er es war, der kein Wort verstand.

Als die Umstehenden heftig nickten, nahm er seine Stola ab, wickelte sie um die Hände des Brautpaars und sagte: »Im Namen Gottes und seiner Kirche bestätige ich den Ehebund, den ihr geschlossen habt.« Danach schaute er uns an: »Ihr aber«, wir traten einen weiteren Schritt vor, »und alle, die zugegen sind, nehme ich zu Zeugen dieses heiligen Bundes. Was Gott verbunden hat, das darf der Mensch nicht trennen.«

Alan bewegte nur lautlos die Lippen, aber ich sprach das Vaterunser aus alter Gewohnheit mit und sah dabei über den See, hinüber zu den bewaldeten Hängen am anderen Ufer, die irgendwo das Geheimnis meiner Reise bargen; blickte über Wiesen und Heide, die schroffen Gipfel, hinauf in das zarte Blau des unendlichen Himmels über uns, und ein jähes Glücksgefühl überflutete meine Seele. Gleann Grianach war bei jedem Wetter faszinierend, heute jedoch strahlte es eine Ruhe und Gelassenheit aus, wie ich sie noch nie zuvor an einem anderen Ort empfunden hatte.

Und dann war es ganz still. In der Ferne hörte man ein Schaf blöken, Vögel stießen keckernde Warnlaute aus. Die MacCoinnaichs verharrten in andächtigem Schweigen.

Kein Wunder, die meisten hatten nur eine vage Vorstellung davon, wie weit die Zeremonie bereits fortgeschritten war.

Irritiert blickte der Geistliche erst zu mir und dann in Alans Richtung. Der erbarmte sich schließlich, trat vor, ergriff die Hände der Brautleute und verkündete auf Gälisch: »Möge das Schicksal euch eine friedvolle und gesunde Zukunft gewähren. Weisheit und Verstand soll euch auf allen Wegen begleiten, und möge euch beiden, Mòrag und Duncan, ein langes Leben in Frieden, Freiheit und Wohlstand beschieden sein.«

Nach diesen Worten wollte der Jubel kein Ende nehmen, und ich sah, dass Angus rasch eine Träne fortwischte. Verlegen blickte er mich an, ich ging auf ihn zu und nahm ihn, wie zuvor schon die Frischvermählten, in den Arm. »Lass uns alles tun, damit diese Wünsche wahr werden, für deine Kinder und für den Clan der MacCoinnaichs.«

Er hielt mich einen Augenblick ganz fest, und die Zeit schien derweil stillzustehen. Selten war mir etwas so ernst gewesen.

16
Argyle

leanngrianach!«

Wir fuhren auseinander, und Angus' Hand lag sofort am Griff seines Schwerts. Eine Erscheinung. Nur so war zu erklären, was da über die Bergkuppe geritten kam. Die üppige Lockenpracht konnte nichts anderes sein als eine Perücke, kein Mensch besaß solche Haare. Der Reiter saß sehr gerade auf einem mächtigen Ross, die goldenen Stickereien seiner langen Jacke funkelten im Sonnenschein. Dünne Beine steckten in seidenen Kniehosen, und die bestrumpften Waden hatte er weit nach vorne gestreckt. Der Mann saß auf dem Pferd wie ein König auf seinem Thron.

»Argyle!«

Angus schaute mich verwirrt an. »Du kennst ihn?«

»Nie gesehen! Aber wer sollte sonst hier auftauchen, als machte er einen Ausritt im Londoner St. James's Park?«, flüsterte ich zurück.

Alan stand so dicht neben mir, dass ich spürte, wie sein Brustkorb vibrierte, als er meine Vermutung bestätigte: »Willkommen in Gleann Grianach, *Your Grace*! Wie nett, dass Ihr Mittsommer mit uns feiern wollt.« Das Zucken in seinem Mundwinkel konnte hoffentlich nur ich richtig interpretieren: Er bemühte sich offenbar, ein Lachen zu unterdrücken. Der Mann hatte einen gefährlichen Sinn für Humor.

»Redet keinen Unsinn.« Der Herzog machte eine ungeduldige Handbewegung. »Das ist nicht Eure Hochzeit, die hier gefeiert wird, nehme ich an?«

»Wir waren gerade auf dem Weg nach Castle Grianach. Wollt Ihr uns begleiten?« Ohne auf die Frage einzugehen, umfasste Alan meinen Ellbogen und dirigierte mich, allen voran, den Berg hinauf und zurück zum Castle.

»Bist du sicher, dass sie uns friedlich folgen werden?«

»Ich hoffe es.« Alan klang grimmig. Doch er konnte sich auf seine Leute verlassen. Die Piper musizierten, was die Blasebälge hergaben, und obwohl ich es nicht wagte, mich umzudrehen, wusste ich in diesem Augenblick, dass sie in Zweierformation den Abschluss der Prozession bildeten. Ich konnte mir vorstellen, dass sich die Begleiter des Herzogs nicht besonders wohl in ihrer Haut fühlten. Sie waren von grimmig blickenden MacCoinnaichs umringt, von denen, ungeachtet des königlichen Verbots, mehr als ein Drittel bis an die Zähne bewaffnet war.

Als der kleine Junge, den ich schon häufiger am Torhaus gesehen hatte, uns erblickte, wollte er sofort wieder im Haus verschwinden. Angus packte ihn am Kragen und flüsterte ihm etwas zu, und der Bengel rannte wie ein geölter Blitz zum Herrenhaus. Natürlich waren wir nicht zu überhören, aber er würde nun auch die zurückgebliebenen Wachen über unsere neue Begleitung informieren.

Castle Grianach bot einen imposanten Anblick. Der alte Turm erhob sich majestätisch über uns, die glatten Steine der beiden Wohngebäude leuchteten in der Sonne, und über dem Eingang wehte die Flagge der MacCoinnaichs. Auf der Wiese vor dem Haus waren helle Zelte aufgebaut. Dazwischen standen lange weiß gedeckte Tafeln, die sich unter der Last von Braten, Torten und anderen Leckereien bogen. Über einem Feuer drehten zwei Männer einen mächtigen Spieß, auf dem ein ganzes Rind steckte. Der Duft, der zu uns herüberzog, ließ mir das Wasser im Munde zusammenlaufen.

Noch mehr Gäste waren eingetroffen. Es war das erste Mittsommerfest, das man hier oben feierte, seit Alan Clanchef geworden war. Bisher hatte er es vermieden, *Cèilidhs* oder andere Feste im Castle auszurichten. Und niemand vom Clan der MacCoinnaichs, der noch einen Fuß vor den anderen setzen konnte, wollte sich anscheinend die Gelegenheit entgehen lassen, den Grund seines Sinneswandels mit eigenen Augen zu betrachten.

Im Moment allerdings sahen sie weder mich an, noch waren sie in Feierlaune. Stattdessen standen weitere Krieger breitbeinig, die Hand an der Waffe, bereit, den Chief und die Seinen mit ihrem Leben zu verteidigen.

Stolz auf unseren Clan ließ meinen Rücken noch ein klein wenig gerader werden, und ich schritt ihnen mit hoch erhobenem Kinn entgegen. Ohne Alan anschauen zu müssen wusste ich, dass es ihm nicht anders erging. Schritt für Schritt stiegen wir die Stufen zur Turmhalle hinauf, drehten uns schließlich um und blickten dem Herzog auf seinem Pferd in Augenhöhe entgegen. Lachlan nahm seinen Platz an Alans linker Seite ein, Angus stand einen Schritt dahinter, sprungbereit. Etwas überrascht fand ich mich mit Mary hinter den Männern wieder, fast schon in der Halle. Aus der Dunkelheit hörte ich aufgeregtes Flüstern – noch mehr MacCoinnaichs.

»Beeindruckend«, näselte Argyle, schwang das rechte Bein über den Hals des Pferdes und sprang erstaunlich leichtfüßig herab. »Aber nicht notwendig. Glaubst du wirklich, ich greife dich mit zwanzig Leuten an, und das wegen einer Frau?«

Er kam unaufgefordert die Stufen herauf, und überrascht stellte ich fest, dass der Mann sicher schon fünfzig war. Trotz des albernen Kaffeewärmers auf dem Kopf, der ihm sicherlich Würde verleihen sollte, bei mir aber genau das Gegenteil bewirkte, hatte er auf den ersten Blick jünger gewirkt.

Alan ließ ihn nicht aus den Augen. »Eure Familie hatte schon immer ein Talent, Hochzeitsfeiern eine besondere Würze zu geben.«

Der Herzog lachte trocken auf. »Das war lange vor meiner Zeit, Kensary.« Er streckte die Hand aus, und Alan blieb nichts anderes übrig, als sie zu ergreifen.

»MacCoinnaich reicht völlig aus«, sagte er mit ruhiger Stimme.

Die beiden Männer blickten sich schweigend in die Augen, als wollten sie sich gegenseitig genau abschätzen.

»Wie Ihr wollt. Obwohl es nicht klug ist, einen Titel seiner Majestät so abschätzig zu behandeln. Sie haben die Tendenz, einem Schotten schneller abhandenzukommen, als er Anspruch darauf erheben kann.«

Inzwischen hatte jemand einen Whiskykrug herbeigeschafft. Argyle nahm eines der silbernen Schälchen entgegen, das Alan ihm reichte, bevor er sich selbst eines nahm und sagte: »Auf Schottlands Wohl …!«

Ich hatte den Trinkspruch häufig genug gehört, um zu wissen, was folgte: *Nieder mit der Union!* Womit natürlich die Union mit England gemeint war.

Die Umstehenden hielten die Luft an, und Argyle blinzelte.

Doch Alan lächelte und hob seinen *Quaich*: »… und möge die heute geschlossene Verbindung dem Brautpaar nur Glück bringen.«

Die MacCoinnaichs grölten: »*Dìleas gu bràth!*« Für immer treu!

Der Herzog murmelte etwas, das nach Zustimmung klang und leerte seine Schale in einem Zug aus. »Sehr gut. Ich bin überzeugt, jeder Tropfen ist die Steuer wert, die ihr dafür an unseren König entrichtet«, sagte er und ließ sich nachschenken.

»Seid ihr gekommen, um unsere Bücher einzusehen?«, frage Alan.

»Unfug. Wollen wir die Familienangelegenheiten hier diskutieren, oder bietet Ihr mir Eure Gastfreundschaft an?«

Angus flüsterte Alan etwas zu, und der nickte. »Es hat wohl keinen Sinn zu behaupten, dass wir nicht auf Besuch eingerichtet sind. Also gut, kommt herein.«

Argyle gab ein meckerndes Lachen von sich und folgte ihm bis zu einem großen Tisch, der in der New Hall aufgestellt war. Sofort wurde ihm ein Becher mit Ale serviert. Den leerte er in einem Zug und ließ sich grunzend in einen hohen Sessel fallen. Hinter ihm nahmen zwei seiner Männer Aufstellung, sie lehnten die angebotenen Erfrischungen ab.

Alan winkte dem Mädchen, damit es nachschenkte, und setzte sich ebenfalls. Lachlan und Angus blieben dicht hinter ihm stehen.

Zu meiner Überraschung nahm der Herzog seine Perücke ab und warf sie einem der Wachleute zu. Der Arme sah ziemlich mehlig aus, nachdem die Puderwolke, die den Locken entwichen war, sich endlich gelegt hatte. Er hatte Mühe, ein Niesen zu unterdrücken, was mir mit meinem Kichern nicht gelang. Die Aufregung hatte mich offenbar bis an den Rand der Hysterie gebracht.

Argyle bedachte mich mit einem Blick, der mich schnell

verstummen ließ, dann wischte er sich mit seinem Tuch über den kurzgeschorenen Kopf und nahm einen weiteren Schluck.

Wenn er in dem Tempo weitersäuft, ist er bald blau, dachte ich hoffnungsvoll, hielt mich weiter im Hintergrund und legte Mary beruhigend meine Hand auf die Schulter. Sie zitterte und schien fürchterliche Angst zu haben.

»Was führt Euch zu uns?« Alans Stimme klang völlig ausdruckslos. »Meinen Brief könnt Ihr noch nicht erhalten haben.«

»Ihr habt mir auch geschrieben? Wie nett! Doch Eure Nachricht ist in der Tat nicht der Grund dafür, dass ich diesen überaus beschwerlichen Abstecher unternommen habe. Verdammt clever, sich in einem derart abgelegenen Tal zu verschanzen.« Argyle nahm einen weiteren Schluck aus seinem Becher, lehnte sich dann plötzlich vor und fragte mit scharfer Stimme: »Warum wollt Ihr meine Nichte nicht heiraten?«

»Weil ich sie nicht liebe.«

Die Pupillen des Dukes weiteten sich, und ich hätte wetten können, dass er mit allem Möglichen, aber nicht mit dieser Antwort gerechnet hatte. »Was seid ihr doch für Hinterwäldler. Wer heiratet denn aus *Liebe*?« Er wedelte mit seinem Taschentuch in unsere Richtung. »Das Mädchen scheint Eure irrationalen Ansichten zu teilen, wie ich ihren unzähligen Nachrichten entnehmen konnte.« Jetzt schaute er Lachlan an. »Und das ist also Euer Bruder, in den sich das dumme Ding verliebt hat?«

Ich musste Lachlan zugutehalten, dass er nicht einmal mit der Wimper zuckte, obwohl jeder hier im Raum ahnte, wie sehr er innerlich kochte.

Auch Alan zeigte immer noch keine sichtbare Regung. »Am besten, Ihr fragt sie selbst. Mary, würdest du bitte zu uns kommen?«

Sie zitterte wie Espenlaub und wollte sich nicht vom Fleck rühren, also blieb mir nichts anderes übrig, als sie an der Hand zu nehmen und zu ihrem Onkel zu führen. Vor seinem Sessel versank sie in einen tiefen Knicks, und ich fühlte mich irgendwie verpflichtet, ebenfalls das Knie zu beugen. *Was für eine seltsame Idee!* Schnell unterbrach ich das unwürdige Tun und richte mich wieder auf.

Missbilligend sah er mich an. Offenbar hatte er mehr Ehrerbietung erwartet. »Wo ist deine Gesellschafterin, Mädchen?«

Ich hob spöttisch eine Augenbraue und antwortete an Marys Stelle. »Nachdem die Gute mich vergiften wollte und, als das nicht klappte, ihre Zofe im Keller tiefgefroren hat, ist sie nun auf dem Weg nach Argyle, zusammen mit Eurem Brief.«

»Und wer ist diese vorlaute Person?«

»Meine zukünftige Frau.« Alan war mit einer fließenden Bewegung aufgestanden, die Hand deutlich auf dem Schwertgriff. So viel zu seiner vorbildlichen Selbstbeherrschung.

»Setzt Euch zu uns!« Argyle deutete mit seinem Becher auf Alans Stuhl. »Es ist Euch also ernst damit. Ihr wollt das Wort brechen, das Euer Vater einst gegeben hat.«

»Keinesfalls.« Alan setzte sich wieder. »Wenn es denn sein muss, dann wird das Mädchen Baronin Kensary. Aber sagt mir eins – warum ist Euch das so wichtig? Der Titel kann es doch nicht sein.«

»Eisen.«

»Was?«

Die zwei MacCoinnaichs schauten einen Moment lang ratlos, dann begann Lachlan breit zu grinsen.

»Er meint unsere *geheimnisvollen Schätze*, über die sich neuerdings sogar die Händler in Edinburgh das Maul zerreißen.« Damit griff er zum Schwert.

Die Wachleute des Herzogs sprangen blitzschnell vor und hielten ihre gezückten Waffen an seine Kehle. Doch er lachte nur, und ich wusste, dass er die beiden längst entwaffnet hätte, wenn ein Angriff auf Argyle sein Plan gewesen wäre. Lachlan warf die Waffe auf den Tisch. »Hier ist unser Eisen. Seht Euch die Verarbeitung an. Guter Stahl von unserem Lieferanten aus Solingen; das Erz bedauerlicherweise auch, es stammt nicht aus Kensary.«

Auf ein Zeichen des Herzogs verschwanden seine Männer wieder im Hintergrund und schoben grollend ihre Waffen zurück. Es gefiel ihnen verständlicherweise nicht, solcherart provoziert zu werden.

Lachlan ignorierte sie, ging zu einem der hohen Fenster und öffnete es. »Und wenn Ihr unsere wahren Schätze sehen wollt, dann braucht Ihr nur ins Tal hinunterzuschauen. Fruchtbares Land, so weit das Auge reicht.«

Argyle machte sich nicht einmal die Mühe, den Kopf zum Fenster zu drehen. »Das habe ich inzwischen auch herausgefunden. Also meinetwegen, heiratet die Kleine, aber erwartet keine Mitgift von mir. Ihr Vater hat ungesunde politische Ambitionen und ist beim König in Ungnade gefallen. Sie ist hier in der Wildnis am besten aufgehoben. Und Ihr, MacCoinnaich«, er wandte sich wieder an Alan, »Ihr tätet gut daran, ein paar Fürsprecher bei Hofe zu gewinnen. Ich bin nicht der Einzige, der Interesse an euren *Schätzen* hat.« Er erhob sich, und Alan folgte seinem Beispiel. »MacCoinnaich,

490

Ihr habt hier streitbare, loyale Männer, die bereits von Eurem Vater geschickt aus allen politischen Machtkämpfen herausgehalten worden sind. Das allein wäre schon ein kostbarer Schatz. Aber die Waffen, die Eure Leute zweifellos besitzen und mit Sicherheit auch führen können, machen Euch zu einer potenziellen Gefahr für die Krone.« Alan wollte widersprechen, doch Argyle hob die Hand. »Glaubt mir, ich kenne die Highlander. Solange es noch einen einzigen lebendigen Stuart gibt, werden sie immer wieder versuchen, eine Rebellion anzuzetteln. Und wenn ich mich nicht täusche, war das vorhin der katholische Pfaffe aus Seaforths Entourage, der die beiden jungen Leute getraut hat. Recht verdächtig, findet Ihr nicht auch?«

»Seaforth ist begnadigt worden.«

»Aber ja, das ist er. Und jetzt gibt es eben Stimmen, die behaupten, Ihr stündet nicht nur mit James Stuart in Kontakt, sondern an der Spitze einer neuen Generation von Revolutionären.«

»Welch eine absurde Idee.«

»Mag sein. Doch das geschäftliche Geschick der MacCoinnaichs ist nicht unbemerkt geblieben, die Krone braucht Geld, und im Süden gibt es viele Neider. Ich sage Euch, was Ihr braucht: einen einflussreichen Verbündeten in London.«

»Und das seid natürlich Ihr.«

»Selbstverständlich.« Vertraulich legte er den Arm um Alans Schulter. »Etwas anderes, mein Junge: Ich habe gehört, Ihr haltet Anteile an der Ostindischen Handelskompanie der Niederländer. Sehr interessant. Erzählt mir bei Gelegenheit mehr davon. Doch jetzt lasst Eure Leute nicht länger im Ungewissen, sie wollen sicher endlich trinken, was immer Köstliches in den Fässern dort draußen lagert.« Dann wandte er sich plötzlich an mich: »Und Ihr werdet also die neue Baronin Kensary. Passt gut auf Euren zukünftigen Mann auf. Aber nun seid so liebenswürdig und zeigt mir meine Räume.«

Erschrocken schaute ich zu Alan. Als er nickte, führte ich unseren Gast durch den schmalen Gang hinüber ins neue Haus, die Treppe hinauf zu dem geräumigen Appartement, das Dolina immer für einen Überraschungsgast bereithielt. Wie nicht anders erwartet, stand sie am Treppenabsatz und empfing den Herzog mit einem angemessenen Knicks.

Die beiden Wachen durchsuchten die Räume und postierten sich dann vor der Tür. Alan hatte mir erzählt, Argyle sei einer der mächtigsten Männer im Vereinigten Königreich und habe mehr Feinde als selbst der neue König. Ich war also nicht besonders erstaunt über diese Vorsichtsmaßnahmen. Als ich mich zum Gehen wandte, prallte ich beinahe mit zwei von Alans besten Männern zusammen. Hinter mir erscholl das meckernde Lachen. »Sieht so aus, als sei mein zukünftiger Geschäftspartner noch nicht ganz von meiner Vertrauenswürdigkeit überzeugt. Nicht dumm, der Junge.«

Als ich mich umdrehte, war seine Tür bereits geschlossen.

Alan wartete in der Eingangshalle auf mich. »Alles in Ordnung, Kleines?«

»Was für ein eiskalter Machtmensch«, brach es aus mir heraus. »Du wirst doch nicht wirklich Geschäfte mit ihm machen?«

»Mir wird nichts anderes übrigbleiben. Und Joanna, sei auf der Hut, momentan haben die Wände Ohren und Arme. Ich möchte nicht, dass du allein irgendwo hingehst, solange der Herzog unsere Gastfreundschaft genießt«, raunte er, als wir hinaus auf den Treppenabsatz traten.

Die MacRaths, Murchisons und wer weiß was noch für

Familien feierten inzwischen ausgelassen die Hochzeit von Mòrag und Duncan. Kinder liefen herum, man saß zusammen, sang oder tanzte, und viele der Gäste sprachen dem Ale kräftig zu. Doch zwischen all den fröhlichen Menschen entdeckte ich auch andere, die die Campbells genau im Auge behielten und allenfalls an ihrem Ale nippten. Die Männer des Herzogs tranken ebenfalls maßvoll und schienen auf der Hut zu sein, um nicht mit einem der MacCoinnaichs aneinanderzugeraten.

Wir saßen gemeinsam mit den frisch Verheirateten, ihren Eltern, Mary und Lachlan an einem Tisch. Alles machte einen friedlichen Eindruck, aber Alan wirkte nervös. Einmal beobachtete ich, wie er mit seinem Bruder finstere Blicke wechselte. Der schüttelte nur den Kopf, stand auf und schlenderte über die Festwiese. Dabei blieb er immer wieder stehen, sprach mit Männern, die ich noch nie zuvor gesehen hatte, und sah sich auch im Barockgarten und zwischen den niedrigen Sträuchern unauffällig um. »Was ist los?«, frage ich schließlich leise.

»Die Mackenzies sind noch nicht da.«

»Waren sie denn eingeladen?«

»Die haben sich noch nie ein Fest entgehen lassen. Aber ja, sie waren eingeladen. Irgendetwas stimmt nicht.«

»Heute ist Mittsommernacht. Sie werden ihr eigenes Fest feiern und liegen wahrscheinlich längst stockbesoffen irgendwo am Strand herum.«

»Du verstehst das nicht.« Alans Blick wanderte unaufhörlich über die Feiernden, und seine Handflächen lagen leicht geöffnet auf den Knien, als suche er mit jeder Faser seines Körpers störende Schwingungen.

Gerade wollte ich ihm eine schnippische Antwort geben,

denn es machte mich wütend, wenn er es – wie jetzt auch wieder – nicht für notwendig hielt, sich zu erklären, und mich mit diesem Spruch abspeiste. Doch dann sah ich vom Herrenhaus eine aufrechte Gestalt zu uns herüberkommen und hatte Mühe, in dem Highlander, der da mit schwingendem Kilt über die Wiese marschierte, den eleganten Herzog wiederzuerkennen.

»Ach Mädchen, willst du wohl einem hungrigen alten Mann einen Imbiss anbieten?«

Ich hätte mich beinahe an meinem Wein verschluckt, und Alan blinzelte mutwillig. Zweifellos erwartete er, dass ich aufbrausen würde, doch stattdessen erhob ich mich lächelnd, machte einen Knicks vor dem Herzog und schritt davon.

»Ob sie mit einem Becher Gift oder einem Dolch für mich zurückkehrt, was meint Ihr, MacCoinnaich?«, hörte ich den Herzog hinter meinem Rücken lachend fragen und musste schmunzeln.

Auf meinem Weg zum Ochsen, der bereits erheblich geschrumpft war, begegnete mir glücklicherweise Dolina, und ich bat sie um Unterstützung. Rasch hatten wir eine Platte mit Gebratenem, Haggis und frischem Brot beladen. Dolina flüsterte einem ihrer Mädchen etwas zu, und flink trugen sie dampfende Schüsseln herbei. »Wusstest du, dass er mit uns feiern wollte?«, fragte ich verwirrt.

»Aber sicher! Warum sonst hätte er sich persönlich hierher begeben?«

»Er hat doch gar nichts von der Hochzeit wissen können.«

»Das stimmt, aber jeder hier im Hochland weiß, dass er sich niemals freiwillig eine Mittsommernachtsfeier entgehen ließe. Dafür würde er sogar den König selbst in London sitzenlassen. Jetzt nimmt er halt beides mit.«

»Dann wollen wir ihm mal etwas Ordentliches bieten«, lachte ich, und gemeinsam trugen wir silberne Platten und einen großen Humpen Ale zurück zum Tisch des Herzogs. Hinter uns schleppten die Mädchen schwere Tabletts mit gut gefüllten Schüsseln und Näpfen herbei. Ich servierte ihm eigenhändig, und Alan sah wohlwollend zu.

Bildete er sich etwa ein, ich würde in Zukunft seine Gäste immer bedienen? Als ich an ihm vorbei wieder meinen Platz ansteuerte, griff der ungehobelte Kerl nach mir, zog mich zu sich herab und flüsterte: »Ich liebe dich.«

Ich schaute in sein Gesicht und spürte dieses Schwindelgefühl, das mich neuerdings immer dann befiel, wenn die Liebe mein Herz so sehr erfüllte, dass es mir den Atem abdrückte. Unsere Blicke schienen ineinander zu ertrinken, und nur widerwillig gab er mich schließlich frei. Einen Moment lang dachte ich, ich könnte nicht allein stehen und sank dankbar auf den nächstbesten frei gewordenen Schemel. Um meine Verlegenheit zu überspielen, räusperte ich mich.

Der Herzog blickte auf. »Nun, Mädchen, was gibt es? Du siehst aus wie eine neugierige kleine Katze.«

»Euer Gnaden, womöglich steht mir diese Frage nicht zu …«

Er wedelte ungeduldig mit der Hand. Ich war überrascht, dass ich mich so beklommen fühlte, aber dann fasste ich mir ein Herz. »Ihr scheint Euch hier im Hochland wohlzufühlen und seid ein echter Schotte. Warum um Himmels willen macht ihr gemeinsame Sache mit den Engländern gegen Schottland?«

Eine leichte Röte stieg seinen Hals hinauf, und Alan schüttelte warnend den Kopf. Doch ich ließ mich nun nicht mehr beirren und sah Argyle aufmerksam an.

»Das hat man nun von dieser neuen Mode, den Weibern

das Wort zu geben«, sagte er schließlich. »Also gut, ich will es dir erklären: Die Engländer haben die Macht, sie besitzen fruchtbares Land und genügend Schiffe, mit denen sie Handel in der ganzen Welt treiben können. Schottland besitzt nichts davon, und der Versuch, in den Kolonien Fuß zu fassen, ist kläglich gescheitert. Ich trage große Verantwortung für viele Menschen, und versuche in ihrem Interesse, Wohlstand in mein Land zu bringen.«

»Und in Eurem Interesse.«

»Wie? Ja, natürlich. Auch das.« Er lachte. »Seit vielen Generationen führen die Campbells aus Argyle die mächtigsten Clans an, und unser Blut ist königlich. Wir haben ein Anrecht darauf.«

»Das mag sein, aber warum sollen Männer in London das Schicksal von Menschen bestimmen, deren Kultur sie nicht kennen und die sie als Wilde verachten?«

»Weil das die Macht des Stärkeren ist, Mädchen. Wer nicht gefressen werden will, muss den anderen die Zähne zeigen.« Er wandte sich Alan zu: »Ich rate Euch, diese Frau in Gesellschaft niemals unbeaufsichtigt zu lassen. Mit ihrem Feuer bringt sie es fertig, eine Revolution anzuzetteln.«

»Oder am Strang zu enden«, grollte dieser und warf mir einen ärgerlichen Blick zu.

Er hat Recht, dachte ich und hielt den Mund.

Mary, die seit der Ankunft des Herzogs kaum ein Wort gesprochen hatte, zupfte mich am Ärmel: »Würdest du mich begleiten? Ich möchte mir ein wenig die Füße vertreten.« Sie stand auf, und ich ergriff die Gelegenheit zum geordneten Rückzug.

»Geht nicht zu weit fort«, mahnte Alan.

Ich winkte ihm zu und hakte mich bei Mary unter. Wir

schlenderten über die Wiese, um zuzuschauen, wie die Männer den Spieß mit der zweiten Ochsenhälfte herbeitrugen und ihn mit viel Hallo über das Feuer hievten. Lachend feuerten wir sie zusammen mit den anderen Frauen an, und Mary entspannte sich ganz allmählich.

Unter einem großen Baum spielte ein Flötenspieler seine fröhlichen Melodien, der alte Mann neben ihm setzte sich auf einen dicken Stein und schlug mit einem Holzklöppel auf seiner flachen Trommel den Takt dazu. Einige Mädchen stimmten ein Lied an, und ganz mutige fassten sich an den Händen und tanzten.

Unter den Zuschauern entdeckte ich James Balgy, und als andere ihn ebenfalls erkannten, wurden Rufe laut, er solle seinen Schwerttanz aufführen. James hob abwehrend die Hände, doch die Leute klatschten bald rhythmisch und bildeten einen großen Kreis, in den er schließlich eintrat und sein Schwert auf den Boden warf. Ein anderer MacCoinnaich reichte ihm eine weitere Waffe, die er quer darüberlegte. Der Flötenspieler stimmte eine schnelle Melodie an, und James zeigte, angefeuert vom Johlen und Pfeifen seiner Clansleute, einen faszinierenden Tanz über den gekreuzten Schwertern. Seine Füße bewegten sich so schnell, dass es mir vorkam, als berühre er den Boden nicht mehr.

»Wenn er die Klingen streift, ist das ein schlechtes Omen für seinen nächsten Kampf«, flüsterte Mary mir zu.

Weitere Tänzer kamen hinzu, sie zeigten alle eine bemerkenswerte Geschicklichkeit, und doch hielt ich mehr als einmal unwillkürlich vor Schreck die Luft an, weil eine scharfe Klinge gefährlich nahe an einem Ohr oder einem anderen Körperteil vorbeipfiff. Dann war der Tanz vorbei. Kaum außer Atem gekommen verbeugten sich die Männer und nahmen huldvoll die gereichten Alekrüge entgegen. Wir applaudierten begeistert, und anschließend wurde weiter zu den Melodien des unermüdlichen Flötenspielers getanzt.

Mary und mich forderte niemand auf. Die besitzergreifende Art, mit der beide MacCoinnaich-Brüder uns im Auge behielten, schüchterten auch die mutigsten unter ihren Gefolgsleuten ein.

Nach einer Weile schlenderten wir weiter, naschten etwas von den süßen Honigschnitten, die auf einer Tafel zusammen mit Kuchen und weißem Brot vor dem Mäuerchen des Barockgartens angeboten wurden, und nahmen gern den Becher Wein entgegen, den die Köchin lächelnd zu uns über den Tisch schob. »Ist es nicht ein wunderbarer Tag?«, fragte sie.

Wir stimmten ihr zu, aber genau in diesem Augenblick lief mir ein unangenehmer Schauer über den Rücken. *Man soll den Tag nicht vor dem Abend loben!*, hatte meine Großmutter häufig gesagt, und mir war, als würde sich diese pessimistische Lebensweisheit heute bestätigen.

Mary sah aus, als hätte sie etwas auf dem Herzen. »Was ist?«, fragte ich, und mein Ton kam mir selbst etwas scharf vor.

»Joanna, Argyle hat Recht. Solche Dinge darfst du nicht einmal unter Freunden laut äußern. Das hätte man dir als Hochverrat auslegen können.«

»Und warum?«, wollte ich aufbrausen. Aber dann fielen mir ein paar gute Gründe aus dem Geschichtsunterricht ein, warum man in diesen Zeiten seine Kritik an der herrschenden Klasse besser für sich behielt. »Ich kann einfach bei solchen Ungerechtigkeiten nie meinen Mund halten. Das hat mir schon häufiger Ärger eingebracht«, gab ich unwillig zu.

Sie schaute mich mit großen Augen an. »Du durftest daheim so frei sprechen?«

»Was für eine Frage. Selbstverständlich!« Doch dann wurde mir klar, wie ungeheuerlich sich meine Worte für diese behütet aufgewachsene Frau anhören mussten, und ich fügte mit einem schiefen Grinsen hinzu: »Was denkst du, warum ich fortgelaufen bin? Dort konnten sie sich auch nicht mit meiner Art anfreunden.«

»Das glaube ich dir gern. Aber ich … ich finde dich großartig!« Mary errötete. »Du wirkst so frei, so selbstbewusst, und du weißt unglaublich viele Dinge. Ich glaube, das ist einer der Gründe, warum der *Gleanngrianach* nur dich lieben kann. Mit mir wäre er niemals glücklich geworden.«

»Du und Lachlan, ihr seid füreinander geschaffen. Er liebt dich wirklich.«

»Meinst du?«

»Ach, du Gänschen. Schau ihn dir doch nur an, er kann ja selbst jetzt kaum den Blick von dir lassen.«

Sie sah zum Haus hinüber, wo Lachlan lässig in der Sonne an den dicken Quadern der Turmmauern lehnte und uns genau beobachtete. Als er bemerkte, dass wie ihn anschauten, macht er eine übertriebene Verbeugung und warf Mary eine Kusshand zu.

Sie kicherte und wollte etwas sagen, doch in diesem Augenblick entstand Unruhe unter den Männern, und ich konnte buchstäblich spüren, wie Alan uns zurückbeorderte. »Irgendetwas ist passiert«, flüsterte ich ihr zu. »Lass uns zurückgehen.«

Von weitem sahen wir, wie ein Bote immer wieder nach Westen zeigte und dabei aufgeregt auf Alan einsprach. Beide Männer standen etwas abseits der Tafel, an sich Argyle scheinbar entspannt einem weiteren Stück vom Ochsenbraten widmete. Doch ich konnte die Kilts seiner Leibgarde deutlich erkennen, und es war klar, dass sie sich an strategisch günstigen Plätzen postiert hatten, um den Herzog jederzeit in Sicherheit bringen zu können oder, falls nötig, auch mit ihrem Leben zu verteidigen.

Alan hatte einige seiner Krieger um sich versammelt, die nach wenigen Augenblicken, angeführt von dem immer noch atemlosen Boten, talabwärts verschwanden. Ich eilte zu ihm. »Was ist passiert?«

»Die Mackenzies kommen, und sie haben einen Gefangenen dabei.«

Erleichtert ließ ich mich auf meine Bank fallen. Das klang ja nicht allzu bedrohlich.

Und dann kamen sie.

»*Gleanngrianach*, ich bringe euch ein Geschenk«, rief ein Mann, den ich beim Näherkommen als Robert Mackenzie aus Cladaich wiedererkannte.

Hinter ihm tauchte eine halbe Armee Hochländer auf, die allerdings von ihren Frauen begleitet wurden. Offenbar handelte es sich um die bereits vermissten Hochzeitsgäste aus Cladaich – auch wenn man das auf den ersten Blick wahrlich nicht erkennen konnte, denn die Männer waren bis an die Zähne bewaffnet.

Argyle murmelte: »Von wegen *die Mackenzies haben all ihre Waffen abgegeben*! Die sehen aus, als wollten sie in einen verdammten Krieg ziehen.«

Ich mochte ihm nicht widersprechen.

Robert Mackenzie fuchtelte mit seinem Dolch und brüllte: »Wir haben diesen Kerl am *Sròn Àrd* geschnappt. Er behauptet, er sei ein Freund des *Gleanngrianach*.«

Das war es also mit dem Frieden. Robert Mackenzie trieb niemand anderen als Ewan Iverson vor sich her. Ich wusste,

Sròn Àrd hieß ein Felsplateau oberhalb des Nebeltals, von dem aus man Gleann Grianach, aber bei gutem Wetter auch Cladaich bis zur Küste hinab überblicken konnte. Der Posten war ständig sowohl von Alans als auch von Roberts Leuten besetzt. Was hatte Ewan dort oben zu suchen gehabt?

Ängstlich schaute ich zu Alan. War sein Misstrauen dem ehemaligen Freund gegenüber berechtigt? Fast sah es so aus. Doch er zeigte lediglich sein, wie ich es für mich nannte, Chieftain-Gesicht und ging den Neuankömmlingen entgegen. »Willkommen zum Mittsommerfest in Gleann Grianach!«

Angus stand an seiner Seite und wiederholte die Einladung, an den Hochzeitsfeierlichkeiten seiner Tochter teilzunehmen. Alan schüttelte erst Robert und dann Ewan die Hand, als habe dieser nicht einen spitzen Dolch an seiner Kehle.

»Du kennst den Kerl?« Robert spuckte auf den Boden.

»Er war mein Pflegebruder.«

Daraufhin ließ der Cladaich zögerlich seine Waffe sinken. »Wenn du dafür bürgst, dass er nichts mit den Rotröcken zu tun hat, die sich bei John MacDonnell eingenistet haben.«

Ewan befreite sich aus der Umklammerung und verkündete frech: »Seht ihr! Ich habe gleich gesagt, dass der *Gleanngrianach* alles erklären wird.«

»Ewan, halt den Mund!«, drohte Alan, und auf sein Zeichen hin begannen die Musiker wieder zu spielen.

Mägde eilten herbei, um die neuen Gäste zu bewirten. Die Mackenzies ließen sich nicht lange bitten. Bald saßen sie zusammen mit den anderen Hochzeitsgästen an langen Tafeln und schmausten.

Lediglich ihr Chief wollte sich nicht darauf einlassen, seinen Gefangenen so ohne weiteres aufzugeben. »*Gleanngrianach*, sag mir: Was hat er am *Sròn Àrd* herumzuschleichen?«

»Das würde mich auch interessieren.« Alan packte Ewan am Kragen und zog ihn dicht zu sich heran, als der gerade versuchte, sich so unauffällig wie möglich davonzumachen.

Nicht wenig überrascht, dass er sich diese rüde Behandlung gefallen ließ, wartete ich auf eine Erklärung. Schließlich war er ein erfahrener Söldner, der nach eigenen Aussagen diverse Schlachten überlebt hatte. Und dies sicher nicht, indem er sich herumstoßen ließ, so wie es in diesem Augenblick den Anschein hatte. Was führte er im Schilde?

»Das möchte ich dir nur unter vier Augen sagen.«

»Ist das so?« Alan legte ihm beinahe freundschaftlich den Arm um die Schulter, doch der feste Griff, mit dem er seinen ehemaligen Freund hielt, ließ keinen Zweifel aufkommen, wer hier das Sagen hatte.

»Ihr entschuldigt uns, *Your Grace*?« Alan nickte dem Herzog und Robert Mackenzie knapp zu und führte Ewan etwas abseits, um außerhalb der Hörweite seiner Gäste zu sein.

Was sie dort besprachen, konnte auch ich leider nicht hören, aber es führte dazu, dass Lachlan hinzugerufen wurde. Wenig später beobachtete ich, wie einige Männer unauffällig in alle Himmelsrichtungen verschwanden.

Ewan schien derweil rehabilitiert, zumindest benahm er sich so. Flirtend und scherzend gewann er im Handumdrehen das Herz manch eines MacCoinnaich-Mädels und wurde mit Essen und Ale versorgt, nachdem er sich wie selbstverständlich an unserem Tisch niedergelassen hatte.

Unsere Blicke trafen sich, als er gerade genüsslich einen Hähnchenschlegel abnagte, und er flüsterte vernehmlich über die Tafel hinweg: »Ich sehe, du hast keinen Schaden von deinem unfreiwilligen Bad zurückbehalten!«

Argyle, der uns schon die ganze Zeit beobachtet hatte, hob

den Kopf und sah ihn durchdringend an, doch Ewan lachte nur und meinte: »Ihr solltet dieses herrliche Geschöpf einmal in ihrem Element sehen. Sie gibt eine ganz vorzügliche Nymphe ab.«

Das ist genug. »Mary, ich brauch ein wenig Abwechslung. Kommst du mit?«

Dröhnendes Lachen folgte uns, als wir durch die Menge in Richtung der Tanzenden spazierten. »Passt auf, dass Ihr nicht in den Bach fallt!«, rief Ewan mir hinterher. Zweifellos ergriff der Nichtsnutz die Gelegenheit, dem interessierten Herzog die Geschichte unserer ersten Begegnung in allen Einzelheiten zu erzählen, da sein Ziehbruder Alan anderweitig beschäftigt war.

»Was hat er mit seiner Bemerkung gemeint?«, fragte Mary neugierig.

»Frag lieber nicht.« Als wir mit einem Stückchen Kuchen, aus dem Honig tropfte, etwas abseits auf einer Bank saßen, erzählte ich ihr doch, wie ich nur im Hemd versucht hatte, durch den Fluss zu waten, und dann hineingefallen war.

Als ich an die Stelle kam, wo ich vergeblich versucht hatte, mich hinter meinem Pferd zu verbergen, kicherte sie.

»Deshalb sieht er dich so begehrlich an.«

»Man sollte meinen, dass der Lump an dem Tag jedes meiner Körperteile deutlich genug gesehen hat.«

»Wohl nicht so deutlich, wie er sich das wünschte. Du wirst sehen, ein Mann gibt nicht so schnell auf, wenn er einmal Blut geleckt hat.« Sie begann anzüglich ihre honigsüßen Finger abzuschlecken. »Und er sieht appetitlich aus.«

Wie hatte sich das Mädchen in der kurzen Zeit verändert! Aber vielleicht war sie schon immer so gewesen – woher sollte ich das wissen, wir hatten ja vor dem Rauswurf ihrer Gesellschafterin nie wirklich miteinander sprechen können.

»Wenn Ewan nicht aufpasst, wird er bald seine eigenen Wunden lecken«, grollte ich. »Der wird mich kennenlernen. Aber anders, als er sich das vorstellt.«

»Ich vermute, der *Gleanngrianach* versteht in solchen Dingen auch keinen Spaß.« Mary lachte perlend, als bereite ihr die Vorstellung von einem eifersüchtigen Alan großes Vergnügen.

17

Ein Traum

*I*ch kriege keinen Bissen mehr herunter.« Mary hob ihre Hände. »Und sieh dir nur an, wie das klebt.«

Wir hatten unsere Kuchen aufgegessen und gingen nun zum Bach, um unsere Hände von den Spuren der Süßigkeiten zu befreien.

Plötzlich entstand erneut Unruhe unter den Feiernden. Es sei Rauch im Tal zu sehen, hieß es, und jemand brüllte: »Feuer! Im Dorf ist ein Feuer ausgebrochen!«

Erste Gäste liefen aufgeregt durcheinander, und einen Moment lang sah es aus, als wäre das totale Chaos ausgebrochen.

Alan sprang auf einen Tisch, breitete die Arme aus und donnerte: »Ruhe!«

Die Menschen erstarrten, einer nach dem anderen begann sich umzudrehen, einige mit gerunzelter Stirn, als wären sie darüber verärgert, dass jemand es wagte, sie in ihrem Tun zu unterbrechen. Man hörte eine Frau schreien und Kinder weinen, doch dann wurde es ganz still.

Lachlan landete mit einem lässigen Sprung neben seinen Bruder und gab völlig unaufgeregt knappe Befehle: »Balgy, du gehst mit den MacRaths und deinen Leuten hinunter und nimmst auch die Männern aus Gleann Grianach mit. Hört ihr, ihr steht unter Balgys Kommando. Seht euch vor, das könnte eine Falle sein.«

Als sich einige Frauen ebenfalls in Richtung Tal wandten, befahl er: »Die Frauen bleiben hier.«

Murrend fügten sich die meisten, einige jedoch mussten mit Gewalt daran gehindert werden, ihren Männern zu folgen. Bald darauf galoppierten Reiter an uns vorbei und verschwanden zwischen den Bäumen, über deren Wipfeln man eine Rauchsäule aufsteigen sah. Ich beobachtete, wie die Campbells auf ihren Herzog einredeten, damit er ihnen ins sichere Haus folgte.

»Was glaubt ihr? Ich verstecke mich doch nicht wie ein altes Weib!«, fluchte der, als Alan ihm die Hand auf seine Schulter legte und eindringlich sagte: »Ich weiß Eure Hilfsbereitschaft zu schätzen, *Your Grace*, aber stellt Euch vor, welch ein Verlust es für Euren König wäre, stieße Euch etwas zu.«

»Ganz zu schweigen von den Problemen, die Ihr bekämt«, entgegnete der Herzog, lachte laut, ließ sich aber wenigstens von seiner Eskorte die Treppe hinauf begleiten. Der Anführer warf Alan einen dankbaren Blick über die Schulter zu, bevor sie durch die hohe Tür verschwanden, die nun von drei kräftigen Campbells bewacht wurde.

»Joanna, Mary, ins Haus!«

Erst jetzt fiel mir auf, dass ich immer noch wie angewurzelt neben der zitternden Mary zwischen leeren Bänken und verwaisten Tellern und Bechern stand.

Als ich zu ihm sah, entfaltete sich ein Alptraum. Rechts und links des Castles tauchten Soldaten in roten Uniformen auf. Die Engländer. Ihre Vorhut kniete nieder und legte Gewehre auf uns an. Weitere *Sasannach* stürmten die Hänge hinab, direkt in die gezückten Schwerter der MacCoinnaichs.

Wir mussten hier fort, aber der Weg zum Haus, in dem sich

die anderen Frauen längst in Sicherheit gebracht hatten, war uns abgeschnitten. Die MacCoinnaichs und mit ihnen Cladaichs Leute und alle anderen Hochzeitsgäste verteidigten mit aller Kraft das Haus ihrer Gastgeber und waren im Nu in verbissene Einzelkämpfe mit den Angreifern verstrickt. Meine Beine fühlten sich an, als seien sie aus Gummi, und alles schien in Zeitlupe abzulaufen, als ich Mary an der Hand packte und sie hinter mir herzog. Ich wollte versuchen, den Wald zu erreichen. Darin gab es einige Felsvorsprünge und sogar eine kleine Höhle, in der wir uns vor den Soldaten verbergen konnten. Doch die Rotröcke kamen nun auch aus dieser Richtung, und – ich traute meinen Augen kaum – ihnen voran stürmte William Mackenzie, der Mörder des jungen Alexander aus Cladaich!

Blitzschnell änderte ich die Richtung, und wir rannten zum Barockgarten. Auch wenn ich wenig Hoffnung hatte, dass wir uns dort lange verstecken konnten, war das der einzige Weg, der noch frei blieb. Mary lief furchtbar langsam. Wahrscheinlich war das Mädchen noch nie in ihrem Leben gerannt.

Sie schluchzte: »Ich kann nicht mehr«, und wollte stehen bleiben.

»Bist du von Sinnen? Sollen die *Sasannach* dich kriegen?« Panisch gab ich ihr einen Stoß, und sie stolperte vor mir her durch das Tor in die elegante Anlage. »Los, der Irrgarten!«, keuchte ich und tastete dabei nach meinem Messer. Wenn uns einer der Kerle erwischte, würde er feststellen, dass wir nicht ganz so wehrlos waren, wie es den Anschein hatte.

Als wir endlich zwischen den Hecken Zuflucht gefunden hatten, übernahm Mary die Führung. »Ich kenne hier alle Wege«, keuchte sie und humpelte eilig vor mir her. Die Arme hatte unterwegs einen ihrer Pantoffeln verloren. Nach unzähligen Abzweigungen und Kreuzwegen ließen wir uns erschöpft auf einer der steinernen Bänke nieder.

»Meinst du, wir sind hier sicher?«, flüsterte sie, nachdem sie ein wenig zu Atem gekommen war.

Ich wusste, dass dieses Versteck schnell zu einer tödlichen Falle werden konnte, sollte jemand unsere Flucht beobachtet haben, aber ich wollte sie nicht noch mehr beunruhigen.

»Leise«, warnte ich, und im selben Moment hörte ich ein Rascheln und leichte Fußtritte. Die eine Hand fest um mein Messer gelegt, bedeutete ich ihr mit der anderen, still zu sein.

Ängstlich flüsterte Mary: »Er kommt auf direktem Wege hierher.«

Damit bestätigte sich meine Befürchtung. Wer auch immer da kam, er musste sich im Irrgarten auskennen.

»Vielleicht ist es ja ein MacCoinnaich, der uns retten will.«

Das glaubte ich nicht, denn die fürchterlichen Geräusche, die vom Schlachtfeld bis in unser Versteck drangen, hatten sich wenig verändert. Unter die gebellten Befehle mischten sich immer häufiger Schmerzensschreie der Verletzten, und über allem schwirrte das Klirren zahlloser Klingen, die wütend aufeinandertrafen.

Auf keinen Fall wollte ich abwarten, bis wir entdeckt wurden. »Wir müssen weiter«, flüsterte ich und sah mich ängstlich um, bevor ich Mary folgte, die zielstrebig eine von drei Abzweigungen wählte. Ich konnte nur hoffen, dass sie wusste, was sie tat. In diesem Labyrinth wäre ich allein hoffnungslos verloren gewesen.

Unterwegs hatte sie den übrig gebliebenen Pantoffel ausgezogen und hielt ihn wie eine Waffe in der kleinen Faust. »Es gibt einen zweiten Ausgang«, keuchte sie, während wir um die nächste Ecke hasteten.

Nicht zum ersten Mal verfluchte ich die weiten Röcke, die mich beim Laufen behinderten. Dabei musste es Mary noch viel schlimmer ergehen, denn sie schleppte kiloweise Walknochen, steifes Leinen und wer weiß was noch für schwere Materialien in ihrem Reifrock mit, der außerdem fürchterlich sperrig war und sich unentwegt in den Zweigen verfing. Wieder einmal blieb sie an einem Kreuzweg stehen und zerrte schwer atmend an dem widerspenstigen Stoff, da dröhnte hinter uns eine bekannte Stimme: »Wen haben wir denn da? Wenn das nicht die Huren der feinen MacCoinnaich-Brüder sind.«

Noch bevor ich mich umdrehte, wusste ich, wer uns verfolgte: »William Mackenzie, du Verräter!«

Anstelle einer Antwort packte er grob meinen Arm und hielt mir sein Schwert an den Hals. »Jetzt bekomme ich endlich, was mir zusteht!« Lüstern starrte er mich an.

Der Kerl stank so sehr, dass ich ihm wahrscheinlich auf seinen Kilt gekotzt hätte, wäre mein Hals nicht vor Angst wie zugeschnürt gewesen. Vergeblich versuchte ich, mich aus seinem Griff zu befreien.

»Ja, wehr dich nur, ich mag es, wenn die Weiber ordentlich strampeln!« Er keuchte, als er in mein Mieder griff und daran zerrte.

»Mary, lauf!«, schrie ich, und William gab im selben Moment den Versuch auf, sich einhändig einen Weg zu seinem Ziel zu bahnen. Er stieß mich brutal zu Boden.

Im Fallen konnte ich Mary nirgendwo mehr erblicken und hoffte, dass sie sich in Sicherheit bringen würde. Mir selbst räumte ich wenig Chancen ein, dem scheinbar Unvermeidlichen zu entgehen, das Schwein war einfach zu kräftig. Er hielt mich mit einer Hand am Boden fest und presste mir dabei fast die Atemluft ab, während er sich schwer auf mich warf und mit seinen dreckigen Händen zwischen meine Beine griff, die er trotz meiner erbitterten Gegenwehr blitzschnell freigelegt hatte.

Über mir tauchte sein stinkendes Maul auf, und der faulige Atem traf mich erneut wie ein Schlag ins Gesicht. Angeekelt schloss ich die Augen. Ich glaube, das war der Augenblick, in dem ich mich aufgab. Er würde sich nehmen, was er wollte, und je mehr ich mich wehrte, desto länger würde er dafür brauchen.

Als William spürte, wie ich unter ihm erschlaffte, grunzte er enttäuscht: »Beweg dich!«

Doch diesen Gefallen tat ich ihm nicht, denn selbst wenn ich das Grauen überleben sollte, konnte ich froh sein, wenn ich nicht anschließend an den Verletzungen, die er mir zweifellos in seiner Gier zufügen würde, stürbe.

»Ich besorg's dir auch so, Luder!« Er fummelte unter seinem Kilt herum, und genau in diesem Augenblick stieß ich mit der rechten Hand an etwas Hartes: das Messer! Es war mir bei seinem ersten Angriff unglücklicherweise aus der Hand gefallen, doch jetzt schlossen sich meine Finger blitzschnell um den Griff, mein Überlebensinstinkt setzte sich gegen alle Ängste durch, und ich stieß mit aller Kraft zu. William brüllte wie ein irrsinnig gewordenes Tier, doch anstatt, wie ich hoffte, von mir abzulassen, schlossen sich riesige Pranken um meinen Hals. Etwas Warmes floss über meine Hand, der Griff des Messers entglitt mir.

Großartig! Nun werde ich nicht vergewaltigt, sondern erwürgt, dachte ich seltsam distanziert, während sich mein Körper aufs Sterben vorbereitete, als sei das sein täglich Brot. Mitten im Dahinschwinden hörte ich ein Geräusch, das klang, als ob man eine Kokosnuss knackte. *Hier gibt es doch gar keine Palmen!* Verwirrt kehrte ich dem freundlichen Licht in der Ferne für einen Moment den Rücken zu, um mich nach dem Grund für diese Ablenkung umzusehen.

Sofort ließ der Druck an meinem Hals nach, und William stürzte wie ein Mehlsack auf mich. Dann rührte sich nichts mehr.

»Joanna! Hörst du mich?« Das war Mary. Vorsichtig öffnete ich die Lider und blickte direkt in die weit aufgerissenen Augen meines Peinigers, dessen Kinn schmerzhaft auf meinem Brustbein lagerte. »Hilf mir!«, wollte ich rufen, doch heraus kam nur ein krächzendes Geräusch.

Mary verstand zum Glück auch so, was ich wollte, und mit vereinten Kräften gelang es uns, den leblosen Koloss beiseitezuwälzen.

Schließlich zog ich meine Beine unter ihm hervor und setzte mich nach Luft ringend auf. »Ist er tot?«

Mary hörte gar nicht zu. Stattdessen sprang sie auf, sah sich mit wildem Blick um und schwenkte dabei einen Cupido aus weißem Marmor, von dessen linkem Flügel Blut tropfte – Williams Blut. Erschöpft schloss ich die Augen, es war alles so surreal.

Als ich sie wieder öffnete, fehlte aus der Hecke plötzlich eine beträchtliche Menge Blattwerk, und hinter dem riesigen Zweihänderschwert, das diese Verwüstung angerichtet hatte, erschien Ewan Iverson, bereit, es mit dem Teufel selbst aufzunehmen, wenn ich seine Miene richtig deutete. Überrascht schaute er auf den Leblosen am Boden, der zu meiner Genugtuung auch eine große Menge Blut aus seiner Stichwunde verloren hatte.

Dann endlich nahm er die kampfbereite Mary mit ihrem

Marmorengel in den erhobenen Händen wahr und ließ sein Schwert sinken. »Ich habe Argyle gleich gesagt, dass ihr Mädels euch gut allein wehren könnt, als er vom Fenster aus beobachtete, wie der hier«, er versetzte Williams Körper einen unfreundlichen Tritt, »euch verfolgte.«

Doch dann fiel sein Blick auf mich, und das Lachen in seiner Stimme erstarb. »Hat er etwa …?«

»Fast«, flüsterte ich. Dann hielt ich ihm die Hand entgegen, damit er mir aufhelfen konnte. Meine Knie zitterten sofort wie verrückt, mir wurde erneut schwarz vor Augen. Halt suchend klammerte ich mich an Mary, die den mörderischen Engel immer noch festhielt, wenn auch jetzt nicht mehr hoch über ihrem Kopf. Sie hatte mir vermutlich das Leben gerettet.

Ewan untersuchte den toten William und nickte zufrieden, bevor er ihm einen weiteren Tritt verpasste. »Der ist hin! Auch wenn ich nicht sagen kann, ob ihr ihn erschlagen oder erstochen habt. Vermutlich beides, das Messer ist nahe am Herzen eingedrungen.« Er reichte mir das *Sgian Achlais*, das Alan mir geschenkt hatte, mit dem Griff zuerst. »Du hast Glück gehabt, es ist zwischen zwei Rippen hindurchgeglitten. Wenn du einen Mann erstechen willst, gibt es bessere Stellen, die Halsschlagader zum Beispiel.«

»Ich werde es mir fürs nächste Mal merken.« Keine Ahnung, ob Ewan mich verstanden hatte, er schaute fasziniert zu, wie ich geistesabwesend das Messer an meinem Rock sauber wischte und es anschließend wieder in der flachen Lederscheide unter meiner Achsel verschwinden ließ. »Eiskalt«, murmelte er anerkennend, um dann kaum lauter fortzufahren: »Kommt mit mir. Ich bringe euch sicher ins Haus.«

In diesem Moment erkannte mein umnebeltes Gehirn, dass ich soeben einen Menschen getötet hatte. Ich übergab mich in die frisch gestutzte Hecke.

Mary hielt behutsam meine Haare zusammen, und Ewan reichte mir anschließend wortlos ein Tuch, damit ich meinen Mund abwischen konnte. »Kommt!«, sagte er noch einmal, und wir folgten mehr oder weniger der Schneise der Verwüstung, die er beim Versuch, uns rechtzeitig zu erreichen, durch den Irrgarten geschlagen hatte. Es würde Jahre dauern, bis die Hecken wieder gleichmäßig zusammengewachsen waren. Dieser Gedanke drehte Runde um Runde in meinem Kopf, während wir, einen weiten Bogen um das Kampfgeschehen schlagend, schon fast die Sicherheit verheißende Treppe des Herrenhauses erreicht hatten. *Es wird Jahre dauern, bis die Hecken wieder gleichmäßig zusammengewachsen sind.* Beiläufig nahm ich am Boden liegende Krieger wahr.

»Der tut uns nichts mehr«, sagte ich stimmlos und folgte Ewan, der über die Beine eines Rotrocks stieg. Woran ich das erkannte? Ihm fehlte der halbe Hinterkopf, sauber abgetrennt von einer Streitaxt. Womöglich dieselbe, die jetzt in der Brust eines ebenfalls leblosen Highlanders steckte. Schade um den Mann. *Es wird Jahre dauern, bis die Hecken wieder gleichmäßig zusammengewachsen sind.*

Obwohl er nicht zu unserem Clan gehörte, spürte ich ein leichtes Bedauern über seinen Tod. Tief in mir wusste ich, dass meine Gleichgültigkeit nicht anhalten und dass die schrecklichen Bilder von Toten und Verletzten irgendwann zu mir zurückkommen und mich quälen würden. Doch im Moment war ich zu keiner Gefühlsregung fähig und dankbar dafür. *Die Hecken …*

Und dann sah ich Alan. Gleich zwei Rotröcke bedrängten

ihn heftig. Geschickt, geradezu tänzerisch wich er den Attacken seiner Gegner aus, bis es ihm gelang, einen von ihnen so schwer zu verletzen, dass dieser mit einem Schmerzensschrei auf die Knie fiel.

Ich fand, er kämpfte wie ein überirdischer Kriegsgott. Kurz schloss ich die Augen, ein neues Mantra formte sich in meinem angeschlagenen Hirn. *Kriegsgott.* Den Hieb des anderen wehrte Alan fast automatisch mit seinem Schild ab. Wo kam das auf einmal her, hatte er es einem gefallenen Kameraden abgenommen?

Etwas zerrte an meinem Ärmel. *Kriegsgott.* »Joanna, komm«, sagte Mary drängend, und dann schrie sie plötzlich auf: »Um Himmels willen, Lachlan!«

Vor unseren Augen entwickelte sich ein Drama, das furchtbarer nicht hätte sein können. Marys Geliebter kämpfte unweit von Alan gegen einen hünenhaften Engländer, als hinter ihm Niall Mackenzie auftauchte. Als habe er Augen im Rücken, drehte sich Lachlan kurz um, erkannte in dem Mann seinen Jugendfreund und lachte ihm zu. Gerade noch rechtzeitig konzentrierte sich seine Aufmerksamkeit wieder auf den Gegner, um dessen Schlag auszuweichen. Der Engländer heulte frustriert auf und verstärkte die Attacken. Alan schaute zum Bruder hinüber, doch der anerkennende Ausdruck erstarb in seinem Gesicht, als er im selben Augenblick wie wir erkannte, dass mit dem Highlander dort hinten irgendetwas nicht stimmte. Niall hatte sein Schwert über den Kopf erhoben, und in diesem Moment wusste ich, dass Lachlan das Ziel seines Angriffs war.

Als habe er zuvor nur mit dem Rotrock gespielt, holte Alan zu einem weiteren Hieb aus und traf präzise den Hals des Mannes, der mit einem gurgelnden Laut zu Boden stürzte.

Blitzschnell wechselte er seine Schwerthand, griff nach dem Wurfmesser, das er stets im Gürtel trug.

Ich achtete nicht auf die Rufe der Campbell-Krieger hinter mir, und Marys hysterisches Gekreische hörte ich wie aus weiter Ferne, als ich meine Röcke raffte und losrannte. Meine Stimme taugte zu nichts, aber ich wusste, dass ich ein entsetzliches Unglück verhindern musste.

Lachlan brüllte: »Nein, das darfst du nicht!«, schlug seinen überraschten Gegner mit einem Faustschlag nieder und wollte sich dem heransausenden Messer in den Weg stellen. Zweifellos, um den Mann hinter sich zu schützen, von dessen mörderischen Absichten er nichts ahnte, weil er ihn immer noch für seinen Freund hielt.

Ich sah alles, als entwickele es sich in Zeitlupe vor mir, sprang … und stieß mit Lachlan zusammen. Wir stürzten zu Boden. Arme und Beine ineinander verschlungen, rollten wir ein Stück den Hang hinab. Über uns erscholl ein entsetzlicher Schrei.

An die folgenden Ereignisse kann ich mich nicht sehr deutlich erinnern. Lachlan und sein Bruder stritten, irgendjemand hob mich auf, und wenig später lag ich unbekleidet in meinem Bett. Ich erinnerte mich an ein kurzes Gerangel, als jemand versuchte, mir meinen Dolch zu entwinden.

»Kleines, alles ist gut.«

Kriegsgott.

Mòrag erschien mit einer Schale Schokolade, die ich gierig leerte, dann spürte ich warme Tücher auf der Haut und viel später einen gleichmäßigen Atem in meinem Nacken. Ich wollte schreien.

»Ruhig, Kleines. Ich bin bei dir.« Alan lag dicht hinter mir und hatte schützend den Arm um meine Taille gelegt. »Niemand wird dir je wieder etwas zuleide tun, das schwöre ich bei meinem Leben.«

Ich wollte ihm erklären, was passiert war, aber aus meinem Hals kam nur ein heiseres Fauchen. Sofort richtete er sich auf, legte mir die Hand unter den Nacken und hob sanft meinen Kopf an. Kühle Flüssigkeit rann mir die Kehle hinunter und linderte den brennenden Schmerz.

Erschöpft von dieser Anstrengung ließ ich mich zurücksinken. Die Nachtluft strich über mein Gesicht, fast so, als wollte sie mich ebenfalls beruhigen. Ein satter Mond schien durch das geöffnete Fenster und wanderte langsam über den dunkelblauen Nachthimmel. Es dauerte lange, bis mir die Augen zufielen und ich zu träumen begann.

Dieses Mal war ich selbst in die Kampfhandlungen verwickelt. Ich kämpfte gegen einen englischen Soldaten. Plötzlich sah ich, wie Niall Mackenzie hinter Lachlan auftauchte.

Da wurde mir klar, dass ich die Ereignisse nun aus Alans Perspektive wahrnahm:

Mit einem Schwertstreich entledige ich mich meines Gegners und greife nach dem Messer am Gürtel. Niall muss aufgehalten werden, nur noch drei Schritte, dann hat er meinen Bruder erreicht. Schon hebt er sein Schwert zum tödlichen Schlag – Lachlan ahnt nichts von der Gefahr. Mir bleibt nur noch eine Chance. Ich muss den Dolch werfen. Doch kaum hat die Waffe meine Hand verlassen, läuft alles falsch. *Lachlan, nein!* Er wirft sich direkt in die Flugbahn, sieht er nicht, dass er seinen Mörder schützt? *O Gott!* Das Messer fliegt präzise und tödlich auf sein Ziel zu. Was würde ich drum geben, könnte ich die Zeit anhalten. Ich laufe los, bin doch viel zu spät – Lachlan stirbt in meinem Armen, mit einem Fluch auf den Lippen.

Den Hass in seinen Augen werde ich niemals vergessen. Was hilft es da, dass der Attentäter ihn nur wenige Minuten überlebt?

Unruhig warf ich mich im Schlaf hin und her und versuchte den Traum abzuschütteln, doch hartnäckig hielt mich das Grauen weiter in seinen Fängen:

Achtzehn Jahre später. Ich stehe oberhalb des Feenkreises und blicke in meine Heimat hinunter. Viele Jahre sind seit dem schrecklichen Tod meines Bruders vergangen. Das Tal unter mir ist fast menschenleer, und vom Castle steht nicht viel mehr als der alte Turm. Die Engländer haben gründliche Arbeit geleistet. Vielleicht war es ein Fehler gewesen, den Clan zu verlassen und seine Geschicke in die Hände meines jüngsten Bruders Callum zu legen. Aber seit dem schrecklichen Tag höre ich es überall. Jeder Stein, jeder Blick meiner Clansleute, der Wind in den Bäumen, sie alle flüstern: *Brudermörder!*

Callum macht seine Sache nicht schlecht – bis zu dem Tag, als man ihn überredet, für Bonnie Prince Charlie in den Krieg zu ziehen. Er ist ein glühender Anhänger der Jakobiten und wünscht sich nichts mehr als Schottlands Unabhängigkeit. Natürlich lässt er sich nicht lange bitten und zieht für seine Überzeugung in den Krieg.

Die wenigen MacCoinnaichs, die die mörderische Schlacht auf der Culloden Heide überleben, werden in den Monaten danach von den Engländern gnadenlos verfolgt. Callum kann zwar wie durch ein Wunder fliehen, aber er verliert alles. Seine Familie, sein Land, die Titel. Und es gibt nichts, was ich tun kann, außer ihm das nackte Leben zu retten.

Bei Gott, ich habe wenigstens einmal etwas richtig gemacht.

Dieser Gedanke muss mich einen Moment lang abgelenkt haben, und so ist das Nächste, was ich spüre, die Klinge, die scheinbar widerstandslos in meinen Rücken gleitet. Anstelle des Schmerzes fühle ich, wie das Leben aus meinen Körper flieht. Einmal noch erhebe ich mein Schwert, stoße zu – und nehme den Angreifer mit in einen sicheren Tod. Das Letzte, was ich sehe, sind die weit aufgerissenen Augen meines Bruders, als er mich erkennt. Ich höre, wie er meinen Namen sagt.

Ich erwache in der Hölle. Es ist finster und eiskalt. In der Nähe streiten zwei Teufel.

Du kannst nichts mehr für ihn tun!, grollt der eine.

Aber du! Die zweite Stimme klingt jung.

Korri, warum sollte ich? Er ist an allem schuld!

Lachlans Tod war ein Unglück, das weißt du ganz genau. Er hat sich das nie verziehen und ohne zu zögern sein Leben für das seines zweiten Bruders gegeben.

Und du meinst, Auge um Auge …? Er lacht.

Ich möchte das junge Mädchen vor dem bösen Unterton schützen, der dabei mitschwingt. Doch ich kann mich nicht rühren.

Er hätte seinen Clan nicht im Stich lassen dürfen. Die Zeiten waren schwierig genug.

Ist mir mein Ruf etwa bis in die Hölle vorausgeeilt?

Mag sein, aber waren es nicht seine Leute, die ihm schon immer misstraut haben und ihn nach dem Unglück ganz offen einen Brudermörder schimpften?

Das ist er. Und nun komm, Mädchen! Siehst du nicht, Alan Dubh ist alt, er wird sowieso bald sterben. Die ältere Stimme klingt, als wende sie sich bei diesen Worten zum Gehen.

Bestimmt werde ich ihn nicht so einfach liegen lassen!

Ich möchte ihr sagen, dass sich die Mühe nicht lohnt. Das Leben hat mich erschöpft, ich bin müde. Aber kein Hauch kommt über meine Lippen.

Gib ihm wenigstens eine zweite Chance, bittet sie.

Du bist ein Quälgeist!

Sie lacht perlend, als habe er ihr ein Kompliment gemacht, wird aber rasch wieder ernst: *Haben die MacCoinnaichs uns nicht immer respektiert? Und dieser Mann musste darunter leiden, dass sie ihn für einen von uns hielten.*

Allerdings, denke ich bitter.

Mit dem Clan und seinen Menschen überlebt auch ein Teil von uns. Wir müssen es wenigstens versuchen!

Ich weiß, dass diese Korri gewonnen hat, bevor der Mann antwortet: *Also gut. Du sollst deinen Willen haben. Er wird weiterleben, und wenn die Zeit reif ist, wird er zurückkehren dürfen und seine Chance erhalten.* Danach höre ich ihn davonreiten.

Eine kühle Hand legt sich auf meine Stirn. Mein Körper erbebt und vibriert, als wollte der Wahnsinn von ihm Besitz ergreifen. Die Hand bleibt ruhig liegen, fast wie ein Anker im wogenden Chaos. Schließlich lässt das Zittern nach, und zu meiner großen Verwunderung sind auch die Schmerzen verschwunden. Vorsichtig öffne ich die Augen. Vor mir kniet kein Teufel, sondern eine bezaubernde Frau. Blondes Haar ergießt sich über das helle Kleid wie die Wellen eines munteren Bachs, und ihr Lächeln erwärmt meine Seele. Ich kann den Blick kaum von den irisierenden Augen wenden. Alle Farben dieser Erde verbinden sich darin zu einem wirbelnden Violett, das die Essenz des Seins besser widerspiegelt, als alle philosophischen Abhandlungen der Menschheit es vermocht hätten.

Pst! Sie legt den Zeigefinger auf die Lippen und beugt sich weiter vor. *Hör genau zu: Eines Tages wirst du wissen, dass es so weit ist, hierher zurückzukehren und den Faden des Schicksals wieder aufzunehmen. Bis dahin darfst du nie den Glauben an uns verlieren und niemals dein Land vergessen.*

»Wie lange …?« Meine Stimme gehorcht mir nicht.

Sie lacht und springt auf. *Ach, länger als ein paar Hundert Jahre hat er noch niemanden warten lassen. Keine Sorge, ich werde auf dich achtgeben*, ruft sie über die Schulter, winkt mir noch einmal zu und verschwindet im Wald.

Am nächsten Morgen erwachte ich mit scheußlichen Halsschmerzen. Der Traum hing wie Rauch in meiner Seele und wollte mich nicht loslassen. Alpträume hatten das so an sich.

Als ich wenig später in den Spiegel sah, erwartete ich unbewusst, in violette Augen zu blicken, denn ich hatte das Gefühl, nicht allein zu sein. Stattdessen fand ich dunkle Blutergüsse rechts und links meiner Kehle. Der gellende Schrei hätte auch den letzten MacCoinnaich aus dem Schlaf gerissen, wäre ein einziger Laut über meine weit geöffneten Lippen gedrungen. Doch ich blieb stumm. Meine Stimme hatte mich verlassen.

Alan war dennoch sofort bei mir, als habe er meine Panik gespürt. Sanft strich er mir über das im unruhigen Schlaf zerwühlte Haar. Dunkle Ringe zeichneten sich unter seinen Augen ab, und ich hätte schwören können, dass über Nacht neue Linien zu den zarten Fältchen in seinen Augenwinkeln hinzugekommen waren.

»Deine Stimme wird bald wiederkehren«, versuchte er mich zu beruhigen. Er bemühte sich um ein Lächeln, doch die Sorge blieb. »Inzwischen genieße ich es einfach, dass du mir einmal nicht widersprechen kannst.« Das war typisch, er versuchte, mich aufzuheitern, während ihn deutlich etwas quälte.

Anstatt zu lachen, verzog ich das Gesicht, und mir brannte

der Hals, als hätte ich einen Eimer Säure getrunken. Ich verfluchte den Zustand meiner Kehle, weil ich ihm unbedingt von dem Traum erzählen wollte. Ich war überzeugt, dass sich mir heute Nacht das Geheimnis unserer Zeitreise offenbart hatte.

»Dolina schickt dir Wasser und frische Kleider herauf, danach werden wir mit unseren Gästen frühstücken.« Auf meine fragend erhobenen Augenbrauen reagierte er mit einem Lächeln. »Heute ist Mittsommer, und ich denke gar nicht daran, mir von ein paar dahergelaufenen Vasallen des Hannoveraners das Fest verderben zu lassen.«

Da war er wieder, der unbeugsame Wille, der ihn zu einem großartigen Chieftain machte. Er erwiderte mein Lächeln und küsste mich sanft auf die geschwollenen Lippen. »Sie haben sich schließlich ergeben. Das Feuer im Dorf war tatsächlich nur eine Finte, und es ist nichts zerstört worden, was man nicht wieder aufbauen kann. Der Herzog hat angekündigt, heute ihren Anführer höchstpersönlich befragen zu wollen. Du erinnerst dich an diesen Sergeant Hawker? Wir haben ihn erwischt, wie er sich gerade über die Berge davonmachen wollte. Er wird sich ein paar unangenehme Fragen gefallen lassen müssen.«

Nachdem der Badezuber gefüllt, das Feuer geschürt und die Mädchen die Eichentür zum letzten Mal hinter sich geschlossen hatten, entkleidete mein Geliebter mich behutsam, und mein stummer Protest entlockte ihm nicht mehr als ein spitzbübisches Lächeln. Im Nu hatte er mich im warmen Wasser versenkt, und erst jetzt spürte ich, wie verspannt meine Glieder waren.

Mit einem lautlosen Seufzer ließ ich mich tiefer in die Schaumkronen sinken. »Danke, Alan.« Meine Worte klangen wie das Fauchen einer sterbenden Katze. Frustriert schloss ich die Augen. Verdammter William Mackenzie! Selbst die Erinnerung an seinen blutüberströmten Körper konnte kein Mitleid für den missratenen Sohn der Schneiderin in mir wecken. Er hatte das Schicksal herausgefordert und erhalten, was er verdiente.

Hätte er sie nicht über Schleichwege geführt, die nur ein Clanmitglied kennen konnte, wäre es den Engländern niemals gelungen, unbemerkt in unser Tal vorzudringen. Die Mutter aber tat mir leid, zumal ihre Hütte, genau wie das Häuschen der Seherin, Opfer der Flammen geworden war.

»Sprich nicht, Kleines.« Die Sorge in seiner Stimme oder vielleicht auch nur das raue Kratzen des Badeschwamms auf meiner Haut ließ mich verstummen.

Alan hatte sich diesen absoluten Luxus zusammen mit einigen herrlich duftenden Essenzen aus Frankreich schicken lassen und damit beachtliche Verwirrung unter den Mädels ausgelöst, die sich regelmäßig um mein Zimmer kümmerten. Sie waren schon dabei gewesen, *diesen ekligen Pilz* fortzuwerfen, und ich rettete den feuchten Schwamm in letzter Sekunde aus ihren Händen, um ihn am Kamin zu trocknen.

Alan hatte nur gelacht, als ich ihm davon erzählte: »Ach, darum sind die Dinger so schnell verschwunden.«

Jetzt tauchte er den Schwamm tief ins warme Wasser, und ich lauschte voller Vorfreude, wie sich das exotische Gebilde langsam vollsog. »Kleines, ich schwöre, wüsste ich nicht, dass wir dieses Schwein gestern tot im Irrgarten gefunden haben, er hätte keine fünf Minuten mehr zu leben.« Seine Hände berührten zärtlich meine Blessuren. Die gälischen Flüche, die nun folgten, als er noch eine ganze Anzahl Blutergüsse an meinen Beinen entdeckte, und seine Küsse ließen mich, so absurd das klingen mag, allmählich entspannen. Das war eben mein Highlander. Gewaltbereit und tödlich, wenn es um den Schutz seines Clans ging, aber unendlich zärtlich, sobald wir unter uns waren ... Wie ich ihn liebte!

Weiterhin stumm, aber immerhin präsentabel erschien ich später an seiner Seite zur Frühstückstafel, die man heute aus Platzgründen in der New Hall aufgebaut hatte.

Mary sprang sofort auf, lief mir entgegen und flüsterte: »Ich habe Lachlan alles erzählt, er weiß jetzt, dass du ihm das Leben gerettet hast.« Dabei nahm sie mich ganz fest in den Arm. »Danke, Joanna, ich werde immer in deiner Schuld stehen. Ein Leben ohne ihn kann ich mir nicht mehr vorstellen.«

Der Herzog erhob sich ebenfalls und murmelte: »Na, na, Mädchen.« Dann klopfte er mir wohlwollend auf die Schulter, was mir einen Jammerlaut entlockte.

Ewan blinzelte mir aufmunternd zu. Lachlan zeigte ein strahlendes Lächeln. Dieser Mann war wirklich das exakte Spiegelbild seines Bruders. Meinetwegen, blondes Haar mochte die ausgeprägten Konturen des Gesichts umspielen, seine Schultern mochten ein wenig breiter sein, die Figur kompakter, aber ein Blick in diese strahlenden Augen – und es gab keinen Zweifel: Diese Männer waren mehr als nur verwandt. Das gleiche Fieber, das gleiche Seelenfeuer trieb sie an, und es bestimmte all ihre Handlungen.

Argyle folgte meinem Blick, und ich war mir ziemlich sicher, dass den Herzog ähnliche Gedanken bewegten. Er lächelte mir jedenfalls reichlich vertraulich zu, und ich hatte keine Lust, dies auf irgendeine andere Art zu interpretieren. Herzog oder nicht, der Mann besaß extrem schlechte Zähne. O ja, die moderne Geschichtsschreibung erwähnte gelegentlich derartige Schönheitsfehler, doch niemand der Herren Professoren hatte vermutlich in seiner Laufbahn je das zweifelhafte Vergnügen, diesen *Pesthauch des Todes*, der von faulen Zahnstummeln herrührte, mit einem höflichen Lächeln erwidern zu dürfen. Glücklicherweise überstand ich die Herausforderung, wie auch den Auftritt des englischen Kommandanten Sergeant Hawker, den man wenig später gefesselt hereinführte. Er sah nicht aus, als habe er eine angenehme Nacht verbracht, und die beiden MacCoinnaich-Krieger, die rechts und links von ihm dafür sorgten, dass er nicht auf den Gedanken kam zu flüchten, behandelten ihn nicht eben sanft.

Alan stand auf, und sofort wurde es still im Saal. »Während des feigen Überfalls auf Gleann Grianach haben viele Leute ihr Leben verloren. Gute Männer, viele davon Familienväter. Mackenzie hier hat einige seiner besten Krieger zu betrauern. Außerdem gibt es Verwundete, und nur der Himmel weiß, ob sie ihre Verletzungen überleben werden. Im Dorf sind sechs Häuser ausgebrannt, und die Bewohner haben all ihr Hab und Gut, teilweise auch ihre Tiere verloren.«

Wütendes Gemurmel erhob sich.

Alan hob die Hand, und die Clansleute verstummten. »Wir werden gemeinsam die Häuser wieder aufbauen und die Witwen der Krieger unterstützen. Wer Hilfe benötigt, erhält sie.« Er wandte sich an den Clanchief der Mackenzies, der hinter ihm saß. »Das gilt auch für deine Leute, die im Kampf Seite an Seite mit unseren Kriegern bewiesen haben, dass nicht alle so denken wie Niall Mackenzie, der gestern versucht hat, meinen Bruder hinterrücks zu ermorden, während der gerade sein Leben einsetzte, um Frauen und Kinder vor dem Feind zu schützen.«

Wieder erhob sich ein Raunen, und vereinzelt entstand Gerangel zwischen den Kriegern von der Küste und empörten MacCoinnaichs.

»Ruhe! In meinem Haus gilt das Gebot der Gastfreundschaft«, brüllte Alan und fuhr gleich darauf ruhiger fort: »Es hat in letzter Zeit Auseinandersetzungen und Verdächtigungen zwischen unseren Clans gegeben, die ich heute ein für alle Mal aus der Welt räumen will: Der Mann, der uns an die Rotröcke verraten hat und auch der Mörder des jungen Alexander Mackenzie ist, heißt William Mackenzie, Sohn der unglücklichen Schneiderin von Gleann Grianach und dem verstorbenen William Mackenzie aus Cladaich. Seine Spießgesellen haben dies bezeugt und werden für ihre Beteiligung an der Tat eine gerechte Strafe erhalten. Als Bewohner unseres Tals stand er immer unter unserem Schutz, obwohl wir ihn alle als Unruhestifter und Dieb kannten. Zum Dank dafür hat er die Soldaten hierhergeführt. Ohne seine Hilfe wäre es den Engländern nie gelungen, unsere Patrouillen zu umgehen und sich unbemerkt anzuschleichen. William allerdings ist dort, wo nur noch Gottes Gericht ihn erreichen kann, und das haben wir zwei tapferen Frauen zu verdanken: Mary Campbell, die bald schon meinen Bruder Lachlan heiraten wird, und meiner zukünftigen Frau: Joanna.«

Ich war ein bisschen verwirrt wegen der vielen Namen. Die Clansleute schienen den Ausführungen ihres Chiefs allerdings mühelos folgen zu können, überlegte ich, als mich Mary zum zweiten Mal mit dem Ellbogen anstieß, damit ich mich ebenfalls erhob, um die Glückwünsche des Clans entgegenzunehmen. Ganz sicher war ich nicht, ob sie uns nun zum Tod von William oder zur bevorstehenden Hochzeit beglückwünschten.

Mòrag kam geradezu herbeigeflogen, sie herzte und küsste mich immer wieder, bis Duncan seine junge Frau sanft in die Arme nahm. »Lass dem Chief noch etwas von seiner Braut übrig.«

Lachlan stand verlegen herum, Alan lachte glücklich, und wir alle schüttelte unzählige Hände, zum Schluss auch die des Clanchiefs aus Cladaich, der anschließend ums Wort bat.

Zuerst bedankte er sich für Alans Großzügigkeit und gratulierte uns, dann sagte er: »Ich weiß, es gibt keine Entschuldigung dafür, dass Niall versucht hat, auf diese feige Art den Tod seines Bruders zu rächen. Doch wir alle wissen, dass ihm der grausame Mord an seinem Vater den Verstand vernebelt hat. Einen weiteren Verlust hat er nicht verkraftet und dafür seinen ehemals besten Freund zur Rechenschaft ziehen wollen.«

Argyle hatte schon seit einiger Zeit gelangweilt geschaut, er war es offenbar nicht gewohnt, einmal nicht selbst im Mittelpunkt zu stehen. Jetzt pochte er mit seinem Stock laut auf den Boden, um unsere Aufmerksamkeit zu erlangen. »Da wir nun alle wissen, was geschehen ist, sollten wir überlegen, was mit dem da«, er zeigte auf Hawker, »passieren soll. Als Vertreter der Krone frage ich: Hat er eine Erklärung abzugeben?«

Der Sergeant wurde von seinen Bewachern grob nach vorne gestoßen und strauchelte fast. »Euer Hoheit, Ihr wisst, dass ich meine Auftraggeber nicht preisgeben darf.«

»Will er damit behaupten, im Auftrag unseres rechtmäßigen Königs gehandelt zu haben? Ruhe!«, brüllte Argyle im gleichen Atemzug, als jemand von hinten rief: »Es lebe Schottland – nieder mit dem Zusammenschluss!«

Ich nahm an, dass die wenigsten hier im Raum anderer Meinung waren und keiner, einschließlich Alan, viel für den ausländischen König im fernen London übrig hatte. Für den Moment aber schwiegen sie, neugierig, wie der Herzog entscheiden würde.

»Ihr seht doch selbst, was für ungehobelte Wilde diese Schotten sind.«

Dieser Hawker hatte eindeutig nicht alle Tassen im Schrank. Ich ertappte mich dabei, wie meine Hand zum Dolch zuckte, und lehnte mich rasch wieder in meinen Sessel zurück. Ich war schon genauso heißblütig wie alle MacCoinnaichs, wenn es darum ging, die Ehre unseres Clans zu verteidigen.

Argyle kniff die Lippen zusammen, bis sein Mund zu einem dünnen Strich wurde. Dann bellte er: »Er vergisst, mit wem er spricht!«

Hawker zuckte zusammen, und der Herzog fuhr in ruhigerem Ton fort: »Er will also nicht sagen, wer ihm den Auftrag erteilt hat, Unfrieden zu stiften? Nun gut. Vielleicht sollte ich die *Wilden*, wie er sie nennt, darum bitten, seine Zunge ein wenig zu lockern.«

Einige der Umstehenden lachten und kamen näher. Hawker erbleichte. »Fergus MacDonnell war es«, rief er hastig. »Er hat uns gerufen, weil sein Bruder, der Chieftain, nicht mehr für die Sicherheit der Pächter garantieren konnte. Die MacCoinnaichs wollten sie von ihrem Land vertreiben, hat er gesagt und uns um Unterstützung gebeten.«

»Und zweifellos eine Menge dafür bezahlt«, warf Argyle höhnisch ein.

Die Miene des Sergeanten verriet uns, dass er damit genau ins Schwarze getroffen hatte. Hawker war sehr wahrscheinlich nur zu gern bereit gewesen, seine Garnison mit ein paar Spießgesellen zu verlassen, um für Geld zu morden.

»Ich wüsste gern, was sie gemacht haben, um den Chief zu erpressen.« Alan sah wütend aus. »Freiwillig hätte sich John MacDonnell nie an einem Komplott gegen uns beteiligt, er ist loyal.«

»Ganz im Gegensatz zu seinem Bruder, wie mir scheint. Ich

erinnere mich an den Bengel, er gehörte zu den Söhnen schottischer Chiefs, die 1707 als Unterpfand für den Frieden in eine englische Familie gegeben wurde. Eine opportunistische Ratte. Nun ist er also in die Heimat zurückgekehrt, zweifellos ist ihm der Boden in London zu heiß geworden.« Argyle spuckte aus, und ich fragte mich, was dieser Fergus getan hatte, um sich den Unmut eines so mächtigen Mannes zuzuziehen. »Du hast gehört, was der Chief gefragt hat. Antworte!«

Zögernd gestand Hawker, dass man die Familie des MacDonnell-Chiefs entführt habe, um ihn gefügig zu machen. Und dann fuhr er wütend auf: »Fergus MacDonnell hat behauptet, es wäre alles ganz einfach. Die MacCoinnaichs seien kein sehr wehrhafter Clan, und sie würden ihren Chief nicht achten, weil der sich einen Dreck um das Schicksal seiner Pächter schere. Aber außer diesem dämlichen William wollte niemand gemeinsame Sache mit Fergus' Männern machen. Was blieb uns anderes übrig, als die Schwachköpfe ein wenig einzuschüchtern. Aber es half nichts, sie blieben widerspenstig. Und dann wurden auch noch MacDonnells Leute aufsässig. Schließlich mussten wir eben selbst den MacCoinnaichs eine Lektion erteilen, um später im Hauptquartier zu melden, wir wären auf einer Patrouille von ihnen angegriffen worden.«

»Und der General hätte rasch die Erlaubnis erwirkt, uns mit einer Welle aus Raub und Zerstörung zu überziehen.« Abscheu über die Morde und Fergus MacDonnells Verrat klang in Alans Stimme mit, und ich war froh, dass die meisten im Raum der auf Englisch geführten Befragung nicht vollständig folgen konnten.

»Gestern waren weit mehr Soldaten im Tal als nur eine einfache Patrouille«, sagt der Herzog wie zu sich selbst und sah danach Lachlan an: »Ich habe Euch ja gesagt, dass ich nicht der Einzige bin, der sich für Eure vermeintlichen Schätze interessiert.« Schließlich wandte er sich wieder an Hawker: »Du weißt, wie ein Angriff auf die Krone bestraft wird?«

Der Mann blinzelte einen Moment verwirrt und nickte dann unsicher.

»Gut. Schlagt dem Vaterlandsverräter den Kopf ab!«

Ich bin sicher, der kurze Augenkontakt, den Argyle mit Alan hatte, war reine Höflichkeit. De facto hatte der Mac-Coinnaich-Chief hier die Gerichtshoheit, aber ein Mitglied der königlichen Truppen, der Besatzer, wie viele hier sagten, zum Tode zu verurteilen, war keine unbedeutende Angelegenheit, und so hielt sich Alan wohlweislich zurück.

Nur ein Wimpernschlag signalisierte Alans Zustimmung.

Der Herzog gab seinen Männern ein Zeichen. Zwei von ihnen nahmen den jammernden Hawker in ihre Mitte und verschwanden mit ihm.

»Kann man hier mehr als nur einen Fingerhut voll Ziegenkäse zum Frühstück bekommen, mein Mädchen?« Argyle kniff Dolina in den Hintern.

Sie grunzte ärgerlich, sorgte aber dafür, dass ihm das Gewünschte sofort serviert wurde. Mòrags Vater ging mit ein paar Männern hinaus, vermutlich um der Hinrichtung als Vertreter des Clanchiefs beizuwohnen.

Endlich konnten wir uns dem Frühstück widmen. Nicht, dass ich besonders hungrig war. Ich schaute zu Alan, der sich wie selbstverständlich als Chieftain unter seinen Leuten bewegte, die das Todesurteil mit grimmiger Genugtuung zur Kenntnis nahmen. Mein leerer Magen gab mir ein Gefühl von Unwirklichkeit, und ich befand mich so weit entfernt von jeglicher Realität, dass ich den Angstschrei, der wenig später über den Hof gellte, mit derselben Gleichgültigkeit zur

Kenntnis nahm wie die Leichen, über die ich wenige Stunden zuvor hatte steigen müssen.

Alan setzte sich zu mir und flüsterte: »Das war sehr geschickt vom Herzog. Hawker hätte mich nie ohne Befehl vom König angreifen dürfen. Argyle hat den Überfall auf uns kurzerhand als Angriff auf die Krone gedeutet, und darauf steht die Todesstrafe. Spätestens nach unserer Begegnung im Castle der MacDonnell hätte er entweder einen offiziellen Auftrag einholen oder sich zurückziehen müssen. Aber die Gier war zu groß, und er machte längst gemeinsame Sache mit seinem Vorgesetzten in Cill Chuimein, schätze ich. Der Herzog hat Recht, es waren so viele Soldaten an dem Überfall beteiligt, dass sie nicht ohne die Billigung des Garnisonskommandanten ausgerückt sein können. Immerhin, mit einem Vergeltungsangriff ist vermutlich nicht zu rechnen. Der Kommandant wird sich bedeckt halten, wenn er erfährt, dass das Komplott vereitelt und der einzige gefährliche Belastungszeuge, nämlich Hawker, bereits für die Tat hingerichtet wurde.«

Ich nickte schwach.

»Kleines, ist alles in Ordnung?«

Nichts war in Ordnung, aber ich tat so, als sei alles wunderbar, und rang mir sogar ein beruhigendes Lächeln ab. Doch nach den ersten Bissen begann meine Hand plötzlich unkontrolliert zu zittern, und mir wurde speiübel. Ich sah noch, wie sich Mòrag und Dolina einen merkwürdigen Blick zuwarfen, dann wurde mir schwarz vor Augen.

Jemand versuchte, mir eine widerlich bittere Flüssigkeit einzuflößen. »Da bist du ja wieder.« Die alte Kenna klang zufrieden. Sie stand dicht an meinem Bett.

Ich erinnerte mich, dass auch ihre Hütte abgebrannt war und Alan der alten Frau angeboten hatte, in einem der Häuschen nahe dem Castle zu bleiben, wo sie in Zukunft besser versorgt werden konnte.

»Der Bann ist gebrochen«, stelle sie fest und sah mich durchdringend an. Dann tätschelte sie meine Hand. »Er liebt dich. Vertraue dem Schicksal, alles wird gut dort, in deiner fernen Heimat.«

»Aber der Traum!« Ich griff mir erstaunt an den Hals. Meine Stimme klang zwar noch etwas fremd, doch außer einem leichten Kratzen im Hals war sie fast wiederhergestellt. »Was war in dem Zeug, das du mir eingeflößt hast?«, fragte ich misstrauisch.

»Nur gesunde Kräuter. Erzähl mir von deinem Traum, Mädchen.« Kenna zog sich einen Stuhl heran, und ich erzählte ihr nicht nur davon, sondern auch von den Dingen, die ich in Lady Kerianns Tagebüchern gelesen hatte.

Als ich geendet hatte, schwieg sie eine Weile, und ich dachte schon, die alte Frau würde wieder einschlafen, so wie bei unserer ersten Begegnung, da sagte sie: »Ich habe es geahnt, du besitzt eine außergewöhnliche Gabe. Fürchte dich nicht davor, sondern nimm sie an.«

»Wer ist Alan wirklich?«

»Er ist kein Kind der Feen, aber er steht unter ihrem Schutz. Lady Keriann kam aus einer Familie, in der es immer wieder Kontakte zur Feenwelt gegeben hat, und als er so krank wurde, bestand sie darauf, dass ich ihr den Weg zum Feenhügel zeigte. Wie du ja weißt …«

Ich nickte. Mòrag hatte mir genug erzählt.

Kenna atmete sichtlich auf. Wahrscheinlich war sie froh, mir ihre eigene Geschichte nicht auch noch erzählen zu müssen. »Mein … jemand hat sich bereiterklärt, sie zu begleiten. Lady Keriann kehrte wohlbehalten zurück.«

»Sie schrieb, sie hätte in irgendetwas eingewilligt. Ich glaube, sie hätte ihre Seele verpfändet, um ihr Kind zu retten.«

Kenna gab einen kehligen Laut von sich. »Das ist nicht notwendig. Seelendiebe findet man im *Stillen Volk* nicht. Wer sie anständig behandelt, der kann auf ihre Hilfe rechnen. Ich habe nie erfahren, was in der Anderswelt geschehen ist, aber ich vermute, dass sie den Pakt erneuert hat, der ihre Familie mit den Feen verbindet.«

Meine Freundin Caitlynn und ihre häufig beinahe seherischen Talente fielen mir ein. »Und wie sieht so ein Pakt aus?«

»Information.« Als sie sah, dass ich nicht verstand, erklärte Kenna: »Es ist nicht einfach für sie, in unsere Welt zu gelangen. Aber sie sind neugierig und wollen wissen, wie wir leben, woran wir glauben und wovon wir träumen. Nur wenn die Erinnerung der Menschen und der Glaube an ihre Existenz überlebt, haben sie eine Chance, ebenfalls zu überleben.«

»Du meinst, magische Wesen sind ein Konstrukt unseres kollektiven Bewusstseins?« Nun war es Kenna, die ratlos wirkte, und ich winkte rasch ab. »Nicht wichtig. Lady Kerianns Besuch in der Feenwelt trug jedenfalls Früchte?«

»Ja, sie hat eine *Fairygodmother*, eine Patin für ihr Kind gefunden.«

»Korri.«

»Genau. Doch Korri war noch unerfahren und hat vielleicht die Situation falsch eingeschätzt. Jedenfalls lief irgendetwas furchtbar schief. Ich bin froh, dass sie dich gefunden hat. Jetzt wird alles gut.« Kennas raue Finger tätschelten meine Hand. »Der Traum hat dir gezeigt, was passieren würde, hätte der *Gleanngrianach* seinen Bruder bei dem Versuch, ihn zu beschützen, getötet. Korri hat eine zweite Chance für ihn erkämpft. Aber nur deine Loyalität und eure Liebe haben uns davor bewahrt, dass sich die Ereignisse ein zweites Mal wiederholten.«

Ich hatte noch so viele Fragen an sie. Über ihr eigenes Leben, warum ausgerechnet ich in die Vergangenheit zurückgeschickt worden war und wie es nun weitergehen sollte. Aber die alte Frau sah erschöpft aus. Ihr Gesicht war wachsbleich, und ich musste mich gedulden, wenn ich meine Neugier befriedigen wollte. *Morgen vielleicht.*

»Kenna hat Recht, du hast mich gerettet.« Alan trat aus den tiefen Schatten weiter hinten im Raum hervor und stand nun im Licht der Mittagssonne, das durch die Fenster in mein Schlafzimmer hineinströmte. Die Verbindungstür zwischen unseren Zimmern klappte leise zu, und das ließ mich hoffen, dass er nicht unser gesamtes Gespräch mit angehört hatte.

»Ich kann mich wieder daran erinnern, was nach Lachlans schrecklichem Tod geschehen ist.« Seine Stimme klang belegt. »Die MacCoinnaichs haben eine hohen Preis für meinen Fehler gezahlt.«

Mir fiel das verwunschene Tal ein, durch das ich im einundzwanzigsten Jahrhundert auf meinem Ausflug zum Feenkreis geritten war und das so gar keine Ähnlichkeit mit dem Gleann Grianach dieser Tage besaß.

»Man hat sie vertrieben.« Eine entsetzliche Vorstellung, dass diese Menschen, die ich inzwischen so sehr ins Herz geschlossen hatte, ihrer Heimat beraubt und sich aus dieser fabelhaften Gemeinschaft in alle Winde zerstreut hätten.

»Ja, vertrieben und Schlimmeres ...« Alan setzte sich auf die Bettkante, und als die Matratze unter seinem Gewicht nachgab, wünschte ich mir, er würde sich zu mir legen. »Kleines, du hast mir mein Leben und meine Selbstachtung zurückgegeben. Jetzt können wir in unsere Zukunft zurückkehren.«

Er hat unsere *Zukunft gesagt!* Mein Herz machte einen kleinen Hopser vor Freude, dennoch sagte ich: »Aber willst du nicht hierbleiben, bei deinen Leuten als ihr Chief?«

»Mein Bruder kann das ebenso gut wie ich, das hat er jüngst gezeigt. Ich war nur zu verbohrt, um ihm schon viel früher eine Chance zu geben, sich zu beweisen. Für manche Leute werde ich immer Alan Dubh, der dunkle Chieftain mit den geheimnisvollen Verbindungen zur Feenwelt sein. Ihn dagegen können alle MacCoinnaichs vorbehaltlos akzeptieren, und das stärkt ihren Zusammenhalt. Wir beide wissen, dass sie dies in den kommenden Jahren bitter nötig haben werden. Außerdem glaube ich nicht, dass ich meine Erinnerung zurückerhalten hätte, wenn es mir bestimmt wäre, weiter in dieser Zeit zu leben. Die Versuchung wäre viel zu groß, die Zukunft beeinflussen zu wollen, und ich habe das Gefühl, auf so etwas reagiert das Schicksal sehr ungehalten.«

Das hatte ich noch nicht bedacht. Mir war es schon schwergefallen, mein Wissen aus der Zukunft hier nicht weiterzugeben. Aber ein Mann wie Alan würde alles tun, um seine Leute in Sicherheit zu wissen. Dafür würde er sogar das Schicksal herausfordern, indem er ihm ins Handwerk pfuschte.

»Und dann gibt es noch einen weitaus gewichtigeren Grund.« Seine Hand stahl sich unter die Bettdecke und streichelte meinen Bauch.

Aus dem Augenwinkel konnte ich beobachten, wie Kenna leise das Zimmer verließ. Stirnrunzelnd sah ich ihn an. »Und was soll das für ein Grund sein?«

»Ach Kleines, in diesem Jahrhundert sterben viele Frauen

534

im Kindbett, nur wenige Menschen leben überhaupt länger als fünfunddreißig oder vierzig Jahre. Aber ich möchte noch viele gemeinsame Jahre mit dir und unseren wunderschönen Töchtern verbringen.«

»Da weißt du mehr als ich.«

»Kenna irrt in diesen Dingen nie«, sagte er und beugte sich zu mir herab. »Zwillinge, wer hätte das gedacht?«

»Das ist deine Schuld.« Ich schnappte seine Hand und zog ihn mit einem Ruck zu mir ins Bett.

Er leistete keinen Widerstand.

»Alan?«

»Mhm?« Schläfrig knabberte er an meinem Ohrläppchen.

»Woher weißt du, dass sie schön werden?«

»Bei dem Vater?« Er lachte, weil ich vergeblich versuchte, ihn mit dem Kopfkissen zu schlagen, rollte sich blitzschnell zur Seite und kitzelte mich, bis ich einen Schluckauf bekam und um Erbarmen bettelte.

Als wir wieder aus dem Bett herausfanden, war der Herzog bereits abgereist, und Lachlan beteuerte, ihn standesgemäß verabschiedet zu haben. Außerdem war ein Suchtrupp ausgesandt worden, der die entführte Familie des MacDonnell aufspüren sollte.

Eine Woche später kehrten die Männer mit guten Nachrichten zurück. Die Familie war wohlbehalten zu ihrem versoffenen Oberhaupt zurückgekehrt. Der MacDonnell-Chief gelobte aus lauter Dankbarkeit zukünftig Abstinenz, erklärte seinen verräterischen Bruder Fergus zur Persona non grata und verjagte ihn.

Gemeinsam mit Mary – die unsere wundersame Geschichte erstaunlich gelassen aufnahm – und Lachlan beschlossen wir, noch bis zu ihrer Hochzeit zu bleiben und dann auf eine längere Reise nach *Alba Nuadh*, nach *Neuschottland*, zu gehen, die bereits am Feenkreis enden sollte und von der wir, wenn alles wie geplant verlief, nicht wieder zurückkehren würden.

Alan hatte viel mit Lachlan zu besprechen und vorzubereiten. Die Verbindung zwischen Lachlan und Mary musste legitimiert werden, und Alan hatte einiges zu regeln, bevor er ihn offiziell als seinen Nachfolger vorschlagen konnte, sollte ihm etwas zustoßen. Argyle war uns dabei eine große Hilfe. Natürlich erhielt der Herzog dafür, was er wollte, nämlich Anteile an Alans erfolgreichen Handelsgeschäften. Lachlan zeigte derweil, dass er nicht ohne Grund von seinem Pflegevater als Finanzberater eingesetzt worden war. Er bewies hervorragendes Gespür für Alans Geschäfte, die meinen kritischen Geliebten bald überzeugten.

Und irgendwann war es schließlich so weit.

Am Abend vor unserer Abreise veranstalteten wir noch ein *Cèilidh*, das wir nutzten, um uns gegenseitig in Anwesenheit vieler Clansleute ein Treueversprechen zu geben, das hier in den Highlands genauso bindend war, als habe uns ein Priester getraut. Man hätte es sicher merkwürdig gefunden, wären wir ohne die schlichte Zeremonie in die Ferne gereist. Wir sangen, tanzten, und bis weit in die Nacht hinein lauschten wir dem *Seanchaidh* des Clans.

Eines Tages würde es unsere Geschichte sein, mit denen ein anderer Erzähler seine Zuhörer in Erstaunen versetzte.

18

Wieder auf Reisen

Der Abschied am nächsten Morgen zerriss mir fast das Herz. Mary weinte pausenlos, und am liebsten hätte ich es ihr gleichgetan. Mòrags Schwangerschaft war zwar als einzige inzwischen auf den ersten Blick erkennbar, aber die Hormone quälten uns alle drei gleichermaßen.

Vom Rücken meiner kleinen Fuchsstute aus sah ich Mary gemeinsam mit Lachlan hinter den hohen Scheiben der Bibliothek stehen und uns nachblicken, bis wir im Wald verschwunden waren. Nach Mòrag hielt ich erfolglos Ausschau, aber sie tat gut daran, Aufregungen zu vermeiden, und wie ich Duncan kannte, war er bei ihr geblieben.

Vergeblich versuchte ich, meiner Enttäuschung mit Vernunft zu begegnen. Wir nahmen den Weg durch das Dorf, und fast hätte ich nun doch geweint, als ich beobachtete, wie Alan von jedem Stein, jedem Wäldchen und jedem Haus im Tal Abschied nahm.

Die Leute winkten uns zu, wenn wir an ihren Hütten vorbeiritten, und niemand schien sich über den Weg zu wundern, den wir eingeschlagen hatten.

Vielleicht spürten sie, dass es ein Abschied für sehr lange Zeit sein würde. Hier war Alans Heimat, und er verließ sie zum zweiten Mal, ohne zu wissen, was die Zukunft für ihn bereithielt. Niemand konnte ja voraussagen, inwieweit die Ereignisse der vergangenen Wochen Einfluss auf die Zukunft des Tals, seiner Bewohner und auch auf unser weiteres Schicksal haben würde.

Gegen Mittag erreichten wir den Feenkreis. Während ich ein Plaid auf dem Felsen ausbreitete, von dem man diesen herrlichen Blick über das Tal bis hinüber zum Herrenhaus hatte, führte Alan die Pferde zum Bach, um sie zu tränken. Grinsend beobachtete ich, wie er auf einem der Steine ausglitt und beinahe ins Wasser gefallen wäre, ganz genau wie ich damals. Auf einmal ließ mich ein Rascheln erstarren, und auch Alan griff zu seinem Schwert. Doch ehe wir noch etwas unternehmen konnten, kam ein kugelrunder Rotschopf aus dem Unterholz gestürzt.

»Mòrag!« Ich fiel meiner heftig schnaufenden Freundin um den Hals. Hinter ihr erschien nun auch Duncan mit verlegenem Gesichtsausdruck.

»Als ich heute Morgen bei Sonnenaufgang aufwachte, war sie gerade dabei, sich mit dem hier«, er zeigte auf einen großen Korb, den er in der Hand trug, »aus dem Haus zu schleichen.«

Alan kam nun ebenfalls heran und schaute wie ich staunend auf die zahllosen Töpfe und Pakete, die sich in dem Korb stapelten.

Sie hatte die halbe Speisekammer ausgeräumt. Kaum hatte Duncan das Monstrum abgestellt, begann Mòrag, die Leckereien auszupacken und neben unserem Plaid auszubreiten.

»Ich warne dich, Chief, schwangere Frauen werden immer wunderlicher, je näher ihre Zeit heranrückt. Und starrsinnig.« Die liebevolle Geste, mit der er sein Plaid ausbreitete, damit Mòrag bequem sitzen konnte, widersprach seinen Worten allerdings deutlich. »Nichts in der Welt konnte meine verrückte Frau von ihrem Plan abbringen, euch hier am Feenkreis zu verabschieden. Also bin ich eben mitgekommen«, sagte Duncan mit einem beredten Blick auf mich.

Unwillkürlich strich ich über meinen Bauch. »Woher …? Ach, natürlich.« Ich stupste Mòrag an. »Konntest du wieder einmal den Mund nicht halten?«

»Ich habe es nur Duncan erzählt. Ehrenwort!«

Das stimmte wahrscheinlich, denn die Clansleute hätten uns nie auf unsere Reise gehen lassen, hätten sie gewusst, dass ich Zwillinge von ihrem Chief erwartete.

Alan ließ einen schweren Seufzer hören, als läge das Schicksal der Welt auf seinen Schultern. »Ja, ich habe doppeltes Glück zu erwarten.«

Wir lachten und erzählten uns beim Essen gegenseitig, wie wir die vergangenen Wochen erlebt hatten, was wir gedacht, gesagt, empfunden hatten.

Dabei klärte sich für mich auch endlich die Rolle Ewan Iversons auf. Er hatte nicht gelogen, als er damals von seiner Vergangenheit erzählte, nur dass er jetzt als Spion für den Herzog arbeitete, das hatte er uns klugerweise in seinen eigenen vier Wänden verschwiegen. Wir schmausten, und ich erlaubte mir sogar einen winzigen Schluck vom Whisky, den Mòrag mit den Worten auspackte: »Damit deine Leute in der Zukunft wissen, wie ein ordentlicher *Wee Dram* zu schmecken hat.«

Duncan versprach, am nächsten Tag wiederzukommen und eventuelle Spuren unseres Verschwindens zu beseitigen. Wir waren uns einig, dass schon genügend Mythen um diesen geheimnisvollen Ort existierten. Zwischendurch beobachtete ich Alan ein paarmal dabei, wie er sehnsüchtig zum Herrenhaus hinübersah, das auf der anderen Seite des Tals in der

Mittagssonne leuchtete und mir wie ein verwunschenes Märchenschloss vorkam. Ich selbst hielt Ausschau nach der blonden Fee aus meinem Traum.

Schließlich kam der Moment des Abschieds. Wir umarmten und küssten uns, Mòrag drückte mir ein kleines Päckchen in die Hand und weinte so sehr, dass Duncan sie schließlich fortführen musste. Er legte seine Hand auf ihre Schulter, in der anderen trug er den Korb, und raunte ihr beruhigende Worte in rauem Gälisch zu. Am Rand der Lichtung sahen sie sich ein letztes Mal nach uns um, dann waren sie im Wald verschwunden.

»Und nun?«

»Es wird so sein wie beim letzten Mal«, entgegnete Alan.

»Was, ich soll dir eins über den Schädel ziehen?«

»Ich wusste doch, dass du etwas mit der riesigen Beule zu tun hattest.« Er fuhr sich vielsagend mit der Hand über den Hinterkopf. »Nein, das meine ich nicht. Was hast du gemacht, bevor ich angekommen bin?«

»Ich habe nach den Steinen gesucht.« Angestrengt überlegte ich. »Ja, das muss es sein. Brandubh hat nach Futter gescharrt und dabei einen davon freigelegt. Als ich das entdeckte, bin ich im Kreis gegangen und habe Stein für Stein vom Moos entfernt. Ich habe die Dinger in meiner Aufregung regelrecht poliert.«

»Dann tun wir jetzt das Gleiche.«

Ich suchte nach dem ersten im Boden eingelassenen Fels. Er war schnell gefunden, und vorsichtig rieb ich ihn blank. Dann bewegte ich mich, wie ich es schon einmal getan hatte, gegen den Uhrzeigersinn und legte nacheinander alle Feensteine frei.

Alan beobachtete mich, die Pferde am Zügel, aus der Mitte

des Kreises. Seine Handknöchel waren weiß, und auch jetzt schaute er wieder in die Ferne, wo Castle Grianach seinem Namen alle Ehre machte.

»Bist du ganz sicher?«, fragte ich ihn, als ich die letzte Markierung entdeckte.

Er nickte nur stumm, und ich wischte mit meinen erdigen Händen über die glatte Oberfläche, bis sie glänzte. Dann stand ich auf, ging zu Alan und ergriff seine Hand. Sie war eiskalt. Bang sahen wir uns an. Würde es klappen, oder mussten wir tatsächlich, wie mit Lachlan abgesprochen, in die Handelsniederlassung der MacCoinnaichs nach Holland reisen und von dort aus die Passage nach Neuschottland planen?

Als ich schon glaubte, dass alles nur ein Traum gewesen war, begann es. Wind kam auf, der schnell zu einer Art Wirbelsturm wurde, in dessen Mitte wir mit den nervösen Pferden standen. Um uns herum verdunkelte sich die Welt, angstvoll klammerte ich mich an Alan, der fest seine Arme um mich schloss.

»Was auch passiert, ich liebe dich!«, brüllte er gegen das rasenden Heulen an, und ich weiß nicht, ob er meine Antwort noch hörte, bevor die Dunkelheit über uns hereinbrach.

Geweckt wurde ich vom warmen Atem, den mir Brandubh ins Gesicht blies. Ganz dicht neben ihm stand die Stute mit angelegten Ohren, in ihren angstvoll aufgerissenen Augen konnte ich das Weiß sehen.

»Alan?« Ein Stöhnen war die Antwort, und dann sah ich es: Er blutete aus einer Kopfwunde. »O nein, nicht schon wieder.« Ich robbte zu ihm hinüber. Er hatte sich beim Sturz wieder den Kopf angeschlagen und setzte sich schwerfällig auf. Immerhin, dieses Mal standen keine mörderischen Highlander um uns herum, und ich war auch nicht nackt. Tatsächlich trugen wir die gleiche Kleidung wie zuvor. Zweifelnd sah ich an mir hinab. »Hat es funktioniert?«

»Ich habe keine Ahnung«, brummte er und tastete seinen Hinterkopf ab. »Das wird wieder eine mächtige Beule geben.«

Nach einer Weile fühlten wir uns mutig genug, um dem Schicksal ins Auge zu blicken. Alan half mir auf, und gemeinsam gingen wir zu der Felsplatte. Von der Wäsche, die ich damals darauf zum Trocknen ausgebreitet hatte, gab es keine Spur. Enttäuscht blickte ich auf und hoffte, Castle Grianach in der Ferne zu sehen. Da war es. Komplett, keine Ruine.

Neben mir sog Alan aufgeregt die Luft ein. »Sieh nur: das Dorf, es sieht völlig anders aus. Und am Ufer führt eine Straße entlang!«

»Ein Auto. Da fährt ein Auto! Alan, wir haben es geschafft, und das Castle ist völlig intakt. Kein Trümmerhaufen wie vor unserer ersten Zeitreise.«

Wir fielen uns in die Arme, und ich musste schließlich mit einem Schürzenzipfel meine Tränen trocknen. Alan wischte sich mit dem Ärmel über die Augen.

Genau konnte ich nicht sagen, was ich fühlte. Erleichterung darüber, dass die Magie des Feenkreises uns zurück in meine Zeit gebracht hatte, oder die Trauer, dass wir unsere Familie und viele gute Freunde zurückgelassen hatten.

Gern wäre ich sofort zum Pub von Caitlynn und Iain geritten, aber Alan wollte unbedingt wissen, was aus seinem Zuhause geworden war. Schnell gewann meine eigene Neugier die Oberhand, und wir machten uns auf den Weg ins Tal. Bald lag der ursprüngliche Wald hinter uns, und wir durchquerten Anpflanzungen, die über den Resten einer Monokultur aus Tannen angelegt waren. Zufrieden schaute er sich um. »Wer immer jetzt Chief ist, er tut hier das Richtige.«

Auch nach fast dreihundert Jahren existierten hier oben noch die meisten ihm bekannten Pfade. Manchmal war ein Weg für die Fahrzeuge der Waldarbeiter ausgebaut und verbreitert worden, aber wir fanden uns leicht zurecht. Es gab jedoch viel weniger Hütten und Häuser. Nicht selten ritten wir an einer Steinmauer oder einer Ruine vorbei, die darauf hinwiesen, dass hier bis vor wenigen Jahrzehnten noch Menschen gelebt hatten. Das Dorf allerdings fanden wir völlig verändert vor.

Wo sich einst die Männer in der Schmiede zum Umtrunk versammelt hatten, stand nun ein Pub im Stil englischer Tudor-Gasthäuser. Es wirkte zwischen seinen schottischen Nachbarn ein wenig wie die aufgetakelte Cousine aus dem reichen Süden. Vor jedem Fenster hingen überquellende Blumenkästen, die Auffahrt war mit frisch geharktem Kies bestreut, und der Parkplatz verbarg sich hinter einer dichten Hecke. Offenbar sollte kein Auto den Blick auf das Kleinod stören. Hinter dem Haus entdeckten wir einen Biergarten, in dem Ausflügler und Wanderer saßen, um den warmen Nachmittag zu genießen.

Verwundert schauten sie hinter uns her, nicht nur einer zückte seine Kamera.

»Die halten uns für ein paar spleenige schottische Historiendarsteller«, lachte ich. »Vielleicht sollten wir Geld für die Fotos nehmen, dann könnten wir hier einkehren.«

Auf der anderen Seite zogen sich Rasenflächen bis zum See hinab. Irgendwo brummte ein Rasenmäher. Die Häuser waren durch niedrige Hecken oder Blumenbeete voneinander getrennt und wirkten, als hätten sie sich für unsere Ankunft ebenso herausgeputzt wie das Pub in ihrer Mitte. Einmaster pflügten mit geblähtem Segel weiter draußen durch die Wellen des *Loch Cuilinn*. Die daheimgebliebenen Boote zerrten aufgeregt an den Tauen, und das helle Klappern der Leinen an ihren Masten schien die Besitzer aufzufordern, selbst Brise und Sonnenschein für eine Segelpartie zu nutzen.

Bald lag das Dorf hinter uns, und der Aufstieg zum Castle begann. Glücklicherweise befand sich neben der asphaltierten Straße ein Wanderweg, den wir nun hinaufritten.

»Hey, hier ist nur für Fußgänger!«, rief uns ein Mann mit dem typischen regionalen Dialekt zu, der gerade die kleine Brücke inspizierte, die, wie ich wusste, mindestens schon dreihundert Jahre hier stand.

Ohne nachzudenken, rief ich auf Gälisch zurück: »Guter Mann, wer will denn den Pferden diesen steinernen Weg dort drüben zumuten?«

Er starrte uns mit offenem Mund hinterher.

»Gälisch wird hier fast nicht mehr gesprochen«, warnte mich Alan.

Wenig später passierten wir das Torhaus, das leider in einem bedauernswerten Zustand war, und folgten der Straße hinauf zum Herrenhaus. Als wir aus dem Wald kamen, beeindruckte mich sein Anblick wie beim allerersten Mal. Es sah nicht anders aus als heute Morgen.

Beim Näherkommen fielen mir dann aber doch kleine Änderungen auf, sie waren allerdings so subtil, dass ich sie erst auf den zweiten Blick bemerkte. Der Turm schien kürzlich renoviert worden zu sein, und die Steine des Renaissancetrakts in der Mitte waren deutlich heller, als ich sie in Erinnerung hatte. Augenscheinlich waren sie in den letzten Jahren gereinigt worden.

Als wir das Haus erreichten, trat uns ein tadellos gekleideter Gentleman in moderner Highlandertracht, einschließlich des kleinen Messers im Strumpf, entgegen. Er kam mir verkleidet und irgendwie geckenhaft vor.

»Willkommen zu Hause, Madam, Sir.« Mit kaum mehr als einem Wimpernschlag nahm er unsere ungewöhnliche Garderobe zur Kenntnis. Zu so etwas war nur ein echter Butler fähig.

Doch halt, man hatte uns erwartet?

»Hier muss eine Verwechslung vorliegen.« Nun hatte ich ihn doch irritiert. Kein Wunder, meine Stimme hatte sich nie mehr völlig von dem Angriff erholt und klang sehr rau, außerdem sprach ich ein Englisch des achtzehnten Jahrhunderts.

Ehe ich mehr sagen konnte, war Alan abgestiegen und übergab seine Zügel einem herbeigeeilten Jungen, bevor er mir vom Pferd half. Der Bengel schaute mich neugierig an, und ich schwor insgeheim: *Wenn der auch eine Bemerkung über meine Beine macht, dann kriegt er eine geklebt!* Irgendetwas in meinem Blick musste diese Gedanken verraten haben, denn er verschwand rasch mit unseren Pferden um den Turm herum. Offenbar lagen die Ställe noch immer hinter dem Haus. Ob sie die Küche erhalten hatten, fragte ich mich und wäre am liebsten gleich hinterhergelaufen, um nachzusehen.

Alan gab derweil den Aristokraten, nahm mich bei der Hand, und wortlos folgten wir dem Butler die ausgetretenen Stufen hinauf ins *Neue Haus*. Gestern noch waren sie ebenmäßig und blankpoliert gewesen, dem Löwen auf der Balustrade fehlte nun eine Pfote – deutliche Zeichen dafür, dass diese Treppe mehr als nur ein paar Jahre lang von zahllosen MacCoinnaichs und ihren Gästen benutzt worden war.

Als wir das Vestibül betraten, drückte er meine Finger ganz

fest und flüsterte: »Was für ein Abenteuer! Keine Angst, Kleines ich bin bei dir.« Ihm machte die ganze Sache offenbar Spaß.

Na gut, er trug ja immerhin sein Schwert und ich mein Messer, außerdem konnten wir mit Sicherheit schneller und vor allem ausdauernder laufen als die meisten Menschen des einundzwanzigsten Jahrhunderts. Ich hatte Mühe, mich mit der neuen Situation zu arrangieren.

Wir wurden in den Salon geführt, in dem die Bewohner vergangener Jahrhunderte deutliche Geschmacksspuren hinterlassen hatten. Ich sah, wie sich Alan zur Tür umdrehte. Wahrscheinlich dachte er auch mit Grausen daran, was man wohl aus seiner geliebten Bibliothek auf der anderen Seite des Gebäudes gemacht hatte.

»Ich werde Ihre Ankunft melden.« Rückwärts verließ der Butler den Salon und schloss die Türen hinter sich.

Alan und ich sahen uns an.

»Was geht hier vor?«, flüsterte ich.

Er legte seine Hände auf meine Schultern und massierte sie sanft. »Was für ein scheußlicher Raum«, sagt er schließlich.

»Nicht wahr!«

Erschrocken fuhren wir beide herum und blickten direkt in Lachlans Gesicht.

»Gestatten, Alexander MacCoinnaich. Ich bin hier der Verwalter«, stellte er sich vor und fuhr gleich fort: »Ich finde diesen Salon auch ziemlich geschmacklos, aber die Touristen lieben es.« Er lachte. »Es ist soooo romantisch!«, imitierte er mit sonorer Stimme perfekt einen amerikanischen Akzent.

Ich schloss für einen Moment die Augen und meinte Lachlan vor mir zu haben. »Kein Zweifel, Sie sind ein echter MacCoinnaich«, sagte ich etwas unüberlegt, und Alan stieß mich warnend an. Er schien viel weniger Schwierigkeiten zu haben, sich in dieser Welt zurechtzufinden. Kein Wunder, er hatte ja auch, mit einer klitzekleinen Unterbrechung, fast dreihundert Jahre Zeit gehabt, sich an die allmählichen Veränderungen zu gewöhnen.

»Da muss ich meiner Frau Recht geben, eine unübersehbare Ähnlichkeit. Was man von meinem Zweig der Familie nicht behaupten kann«, fügte er provokativ hinzu.

Alexander schluckte und sagte: »Alan Dubh ist uns allen ein Begriff, Sir, und wir sind froh und dankbar, dass Sie sich als sein direkter Nachkomme bereiterklärt haben, nach dem plötzlichen Tod des letzten Chiefs nicht nur unseren Stammsitz zu erhalten, sondern auch seine Nachfolge als Chief der MacCoinnaichs anzunehmen. Nie hat der Clan schneller entschieden als in diesem Fall.« Er betrachtete uns einen Moment lang, und ich überlegte, ob der Mann uns für überspannte amerikanische Erben hielt, die glaubten, sich für ihren ersten Tag in den Highlands passend kostümieren zu müssen und etwas über das Ziel hinausgeschossen waren. Aber dann hätte er sich sicherlich nicht über unsere vermeintlichen Landsleute aus den Kolonien lustig gemacht. Jedenfalls war klar, dass man Geld bei uns vermutete – sehr viel Geld.

»Bist du reich?«, flüsterte ich Alan zu, und er grinste. »Wenn sich nichts geändert hat, ja.«

»Das ist gut, ich nämlich auch.« Seinen Gesichtsausdruck in diesem Moment werde ich nie vergessen.

Der Verwalter, der sich, das muss ich zu seiner Ehrenrettung sagen, redlich bemüht hatte, unser Geflüster zu überhören, räusperte sich. »Vielleicht darf ich Ihnen die Zimmer zeigen.«

»Wo liegen diese Zimmer?«, fragte ich, und Alan grinste.

»Direkt über uns, Madam. Mit einem wunderbaren Blick auf die barocke Gartenanlage …«

»Danke, die kenne ich zur Genüge.« Seit Williams brutalem Überfall hatte ich keinen Fuß mehr in den Garten gesetzt. Falls das Labyrinth noch existierte, würde die Hecken inzwischen nachgewachsen sein, aber ich hatte nicht vor, dies in absehbarer Zeit zu überprüfen. Die Erinnerung war noch zu frisch. »Wir hätten gern Räume im *Alten Haus*.«

Alan neben mir begann zu husten. »Ich lerne halt schnell«, zischte ich ihm zu.

»Ich fürchte, die müssen wir erst herrichten.« Der arme Alexander klang verzweifelt, vermutlich waren die Zimmer seit Jahren nicht geputzt worden.

»Ich bitte darum. Derweil würden wir uns gern die Bibliothek ansehen.«

Der Butler erschien wie auf ein Stichwort. Natürlich hatte er gelauscht. Im Flüsterton wurden Anweisungen erteilt.

Wir taten, als bemerkten wir nichts davon, und betrachteten stattdessen die Abbildungen von Lachlans Nachkommen. Nicht alle hatten mit ihrem Aussehen so viel Glück gehabt wie dieser Alexander.

In einer schlecht beleuchteten Ecke entdeckte ich plötzlich ein handtellergroßes Bild und schrie auf: »Sieh dir das an!«

Alans vorwurfsvoller Blick traf mich. »Antiquierter Akzent?«, fragte ich im Flüsterton.

Er schüttelte den Kopf. »Himmel, nicht schon wieder *Gàidhlig*?« Doch das war schnell vergessen, als Alan die Miniatur betrachtete, auf der wir beide Seite an Seite abgebildet waren.

Alexander kam näher. »Das ist von einem unbekannten Künstler aus dem achtzehnten Jahrhundert. Nicht sehr wertvoll, aber die Familie hat es immer in Ehren gehalten. Vermutlich stellt es Alan Dubh und seine Frau dar.« Er warf einen Blick darauf und räusperte sich. »Ähm, bemerkenswert.«

Als er sich umdrehte, um uns den Weg zu zeigen, griff ich blitzschnell zu und verbarg das Bildchen in den Taschen meines voluminösen Rocks.

Wenn uns das Haus in Zukunft gehören sollte, oder besser gesagt vom Clan als Sitz des Chieftains zur Verfügung gestellt wurde, dann gehörte mir das Bild sowieso, und falls sie uns bald verjagten, dann hatte ich zumindest eine Erinnerung an Mary. Denn von ihr, da war ich ganz sicher, stammte dieses Porträt. Ich konnte mich noch genau daran erinnern, wie sie in meinem Zimmer gesessen und gezeichnet hatte. Gewiss war sie keine große Künstlerin, aber wie alles, was sie tat, war auch dieses Bild mit großer Sorgfalt gefertigt worden.

Wir folgten Alexander hinaus, durchquerten die Eingangshalle, und als sich die Tür zur Bibliothek langsam öffnete, hielt ich die Luft an. Mein Seufzer musste lauter ausgefallen sein als beabsichtigt. Der Verwalter drehte sich nach mir um und nahm mit Verwunderung meinen verzückten Gesichtsausdruck wahr, als ich feststellte, dass in diesem Raum fast gar nichts verändert worden war.

»Es gibt einen Fluch, der jeden MacCoinnaich treffen soll, der es wagt, die Bibliothek zu verändern«, sagte er entschuldigend. Er hatte meine Begeisterung offensichtlich fehlinterpretiert und dachte, ich wäre entsetzt.

Das kümmerte mich jedoch nicht. Entzückt ging ich von Bücherregal zu Bücherregal und berührte die alten Lederbände andächtig mit den Fingerspitzen. Neue Bücher waren hinzugekommen, und man hatte Regale ergänzt. Aber der unverkennbare Stil war erhalten geblieben.

Und dann sah ich sie. Dort, wo gerade noch Alans Vater nahezu lebensgroß und streng aus seinem Ölgemälde geblickt hatte, hing nun ein ähnlich großes Bild auf dem ich Lachlan, Mary und zwei kleine Jungen erkannte, die wie das Abbild ihres Vater wirkten. Bei genauerem Hinsehen entdeckte ich im Hintergrund eine weitere Familie. Die stattliche Frau trug ein Baby auf dem Arm und hatte, ebenso wie weitere drei Kinder unterschiedlichen Alters, leuchtend rotes Haar.

Lachlan hatten offenbar sichergehen wollen, dass wir unsere Freunde nicht vergaßen. Als wäre uns das je in den Sinn gekommen.

Ich musste schlucken und ahnte, dass es Alan neben mir ähnlich erging. Schnell sandte ich ein Dankgebet an seinen Bruder, der wohl wusste, wie sehr Alan seine Bibliothek liebte und mit dieser unsinnigen Geschichte von einem Fluch versucht hatte, größere Veränderungen zu verhindern. Ob er den auch auf unsere Schlafzimmer ausgedehnt hatte? Ich wagte es kaum zu hoffen, als Alexander fortfuhr: »Leider gilt dies auch für die Herrschaftsräume im *Alten Haus*, die kaum renoviert worden sind. Die Familie lebt schon seit einer Ewigkeit nicht mehr dort. Sie werden sie im Vergleich zu den Appartements unbequem finden.«

»Auf keinen Fall!«

Der eintretende Butler enthob Alexander einer Antwort. »Die Zimmer sind gerichtet«, sagte der Mann mit einem irritierten Zwinkern.

Die Haushälterin musste mit unseren exzentrischen Wünschen gerechnet haben, Dolina hätte es bestimmt getan, sie war immer auf alle Überraschungen vorbereitet. Bei dem Gedanken an Mòrags Familie traten mir Tränen in die Augen. Alan sah es und legte mir beruhigend den Arm um die Schultern.

Sofort fühlte ich mich besser, und gemeinsam folgten wir dem Butler, der uns natürlich über die große Treppe hinaufführte und nicht die Abkürzung durch den Personalgang nahm.

Dann waren wir im *Alten Haus*, gingen an Gemälden vorbei, die mit den Jahren dunkel geworden waren und von denen uns wie immer Alans Vorfahren streng und von oben herab hinterhersahen. Und endlich öffnete sich die Tür zu meinem Schlafzimmer. Fast ängstlich blickte ich hinein, bevor ich einen Fuß über die Schwelle setzte.

»Ihr Gepäck ist bereits eingetroffen.«

Schnell sah ich zur Seite, damit der Butler mein überraschtes Gesicht nicht bemerkte. *Gepäck?*

Er verabschiedete sich mit der Mitteilung, dass wir nur zu läuten bräuchten, und man würde uns einen kalten Imbiss aufs Zimmer servieren. Morgen gäbe es ab acht Uhr Frühstück im Speisezimmer. Die Anwälte erwarteten uns ab zehn in der Bibliothek. Ich könne während der Besprechung gern eine Tour durchs Haus machen, die Haushälterin würde sich nach dem Frühstück bei mir melden. »Damenprogramm! Früher waren wir emanzipierter«, murmelte ich.

»Bitte?«

»Schon gut. Sagen Sie ihr, ich erwarte sie um zwölf in der Bibliothek.« Bis dahin hatte ich mir ein Bild gemacht und konnte den Rest der Verhandlungen mit Sicherheit Alan überlassen.

Die Tür schloss sich hinter mir, und ich schaute mich um. Im Kamin brannte trotz der Jahreszeit ein Feuer, und auf den ersten Blick hatte sich nichts verändert. Die Luft roch frisch und nicht, wie befürchtet, nach altem Lavendel oder viel schlimmeren Dingen.

Das Bett war noch das gleiche, die Vorhänge gute Kopien, wie ich mit einem Griff erkannte. Die Originale wären vermutlich im meiner Hand zu Staub zerfallen. Bettwäsche und Kissen rochen frisch. Irgendjemand hatte definitiv gewusst, dass wir in diesen Zimmern schlafen würden. Alles war so gut wie möglich nach dem Original oder zumindest nach alten Vorbildern gestaltet.

Doch dann sah ich, dass an Stelle des einstigen Paravents, hinter dem Waschtisch und Nachttopf verborgen gewesen waren, nun eine Mauer stand. *Gegen den Einbau eines Bads hatte der Fluch offenbar nichts einzuwenden gehabt,* dachte ich schmunzelnd. Lachlan hatte sicher die Witze nicht vergessen, die die MacCoinnaichs über meinen Badespleen, wie sie es nannten, gerissen hatten. Ein Ankleidezimmer ergänzte den ungewohnten Luxus, und darin entdeckte ich zu meiner großen Überraschung eine Auswahl exquisiter Garderobe. Ich musste also morgen nicht in meinem Leinengewand aus dem achtzehnten Jahrhundert herumlaufen. Obwohl … das Kleid war extra für mich geschneidert worden, und längst hatte ich mich an die vielen Unterröcke und das enge Mieder gewöhnt. Erst einmal abwarten, für welche Garderobe ich mich entscheiden würde.

Und dann sah ich das Päckchen auf meinem Schreibtisch. Ein *Begrüßungsgeschenk?* Rasch löste ich die Schleife und wickelte das Seidenpapier ab. Die Tagebücher! In den Händen hielt ich Lady Kerianns und auch meine Aufzeichnungen, die allerdings aussahen, als seien sie erst kürzlich gebunden worden. Obenauf lag ein Umschlag, den ich mit fliegenden Fingern aufriss.

Liebste Freundin,

wenn du diese Zeilen liest, hast du es geschafft, und ihr seid wohlbehalten in unsere Welt zurückgekehrt.

Ich verstehe zwar auch nicht, wie diese Dinge möglich sein können, aber ist es nicht fantastisch, so einfach durch die Zeit zu reisen?

Deine Caitlynn

PS Ruf mich bald an, ja? Ich kann es kaum erwarten, euch wiederzusehen. Es gibt so viel zu besprechen!

Fantastisch. In der Tat. Meine Hand zitterte, als ich den Brief zurücklegte. Caitlynn hatte gewusst, was passieren würde. *Woher?*

»Vielleicht ist es an der Zeit, die Karten neu zu mischen«, hatte Iain gesagt, bevor er mir den Weg zum Feenkreis in die Landkarte eingezeichnet hatte. Er steckte also mit Caitlynn unter einer Decke.

»O ja, meine Liebe. Ich werde dich nicht nur anrufen, ich werde dich heimsuchen. So lange, bis du mir alles erzählt hast!«

Es hatte sich nie die Gelegenheit ergeben, Alan die Aufzeichnungen seiner Mutter zu zeigen, und ich freute mich auch nicht auf seine Reaktion über die Erkenntnis, dass seine Clansleute gar nicht so falsch gelegen hatten, denn es gab ja tatsächlich eine Verbindung zwischen ihm und der Feenwelt, wie ich inzwischen wusste. Vielleicht konnten Caitlynn und Iain mehr darüber sagen.

Kopfschüttelnd wickelte ich die Tagebücher wieder ein. Ich war ihnen nicht böse, dass sie mich praktisch mit verbundenen Augen in mein Schicksal geschickt hatten. Geglaubt hätte ich ihnen ohnehin kein Wort von dem, was ich inzwischen als einen Teil meiner Realität akzeptiert und willkommen geheißen hatte. Magie existierte, egal, ob jeder von uns daran glaubte oder nicht.

Ein knarrendes Geräusch riss mich aus den Gedanken. Es kam aus Richtung der geheimen Tür, deren Öffnungsmechanismus ich bis zum Schluss nicht entdeckt hatte. Ich lief hinüber und stieß fast mit Alan zusammen, als er sie von der anderen Seite aufriss. Wir lachten und fielen uns in die Arme.

»Hast du gesehen, es gibt ein Ankleidezimmer und ein Bad«, teilte ich ihm aufgeregt mit und wollte ihn am Ärmel hinter mir herziehen, damit er den Luxus mit eigenen Augen betrachten konnte.

»Heute wird nicht geplanscht, Kleines.« Er sah mich an. »Kommst du?«

Wortlos ergriff ich die ausgestreckte Hand und ließ mich zu dem gigantischen Himmelbett in seinem Schlafzimmer führen. Die geheime Tür schloss sich wie von Geisterhand.

Nach dem angebotenen Imbiss läuteten wir später nicht mehr, aber irgendeine kluge Seele hatte ein mit Brot, Wein, kaltem Fleisch und Käse beladenes Tablett vor die Tür gestellt. Ob dafür eine Ururenkelin von Mòrag verantwortlich war?

Wir aßen im Bett, und viel später, als ich sicher in den Armen meines Geliebten lag, fragte ich ihn: »Alan, schläfst du schon?«

»*Aye!*«, hauchte er in meinen Nacken, und diese unglaublichen Schmetterlingsflügel-Wimpern strichen über meinen Hals. »Was ist, Kleines?«

»Meinst du, du kommst demnächst auch mit drei Frauen zurecht?«

»Mögen die Feen mir beistehen!«

Glossar

A' Ghàidhealtachd	die schottischen Highlands
A bheil an t-acras ort, m'eudail?	Hast du Hunger, Kleines? (frei übersetzt, eigentlich: *Schätzchen*)
Alba Nuadh	Nova Scotia, kanadische Provinz in der auch heute noch teilweise Gälisch gesprochen wird
*Arisaid, Earasaid**	vielseitiges Tuch (für Frauen), das als Mantel, Regenschutz oder Überrock getragen wurde. Muster: überwiegend gestreift oder uni, seltener Tartan (kariert)
Aye!	Ja! Genaugenommen »Gaelenglish« und deshalb möglicherweise in den Highlands selten *Middle English, Herkunft siehe auch: Meriam Webster*
Bannock	Gebäck aus Hafermehl, das Ähnlichkeiten mit einer Mischung aus flachen

Brötchen und Haferkeksen hat. Wurde auf einem Blech über offenem Feuer täglich zubereitet. Gälisch: *bonnach* oder *bannag*

Cèilidh	Fest, gesellige Zusammenkunft
Di-Màirt	Dienstag
Dia dhuit!	Grüß Gott! (irisches Gälisch)
Díleas gu bràth!	Für immer treu! *Hier:* Schlachtruf der MacCoinnaichs
Daingead!	Verdammt!
Each-uisge	magisches Wasserpferd aus der schottischen Mythologie
Gàidhlig	schottisches Gälisch. Das schottische hat sich aus dem irischen Gälisch (Gaeilge) entwickelt
Ge milis am fìon, tha e searbh ri dhìol.	Obwohl der Wein süß ist, ist sein Preis bitter (hoch). *Frei übersetzt:* So süß der Wein, so bitter der Preis *oder* Alles hat seinen Preis
Gus an dèan Dia leis a' bhàs ar dealachadh.	Bis Gott uns durch den Tod scheidet

Gleann	Tal; als Ortbezeichnung oder engl. auch: Glen
Gleann Ceòthach	Ortsbezeichnung; Nebeltal
Gleann Grianach	Ortsbezeichnung; sonniges Tal
Gleanngrianach	Wortschöpfung der Autorin; korrekt wäre: *Gleann Grianach*
Greas ort!	Beeil dich!
Loch, Lochan	See, Teich
M' eudail!	Kosewort: Schätzchen, *Mein »Ein-und-Alles«*
Madainn mhath	Guten Morgen
Mo chridhe!	Kosewort: mein Herz
O mo chreach!	Du meine Güte
Quaich	flaches Trinkgefäß mit zwei Henkeln, in denen zur Begrüßung der Gäste Whisky angeboten wird. Der Begriff leitet sich vermutlich von *cuach* (Becher) ab
Sasannach oder Sassenach (anglisierte Form)	*»Sachse«* steht für Engländer, u. U. abwertend

Seanchaidh	Geschichtenerzähler; der *Seanchaidh* eines Clans genoss hohes Ansehen
Sianaiche *	Feenkind; sog. »Wechselbalg«, ein vermeintlich von den Feen untergeschobenes Kind
Sìthean, Sìdh Beag	Ortsbezeichnung: ein Feenhügel; auch: *Sìth Beag oder Sìthean*. Feenhügel sind Orte, von denen man annimmt, dass sie ein Eingang zur Feenwelt wären. Sie werden in Schottland heute noch respektiert und vielerorts geschützt
Sìthiche, pl. Sìthichean	Fee(n) *auch: Sìdhiche, pl. Sìdhichean*
Taghan *	Marder
Tha mi duilich.	Es tut mir leid
Tha thu a' coimhead brèagha	Du siehst hübsch aus
Uisge-beatha	Schottischer Whisky; *wörtlich:* Wasser des Lebens

---

* Dwelly's Illustrated Gaelic to English Dictionary. Edward Dwelly. Glasgow 1901/1994 http://www.dwelly.info.

Beratung: Michael Klevenhaus, www.schottisch-gaelisch.de.

Ab Mai 2011 auch auf meiner Website: www.jeaninekrock.de.

Abweichende Schreibweisen einzelner Begriffe sind möglich, Ortsbezeichnungen weichen gelegentlich von bekannten Regeln ab.

Bernhard Hennen

Die Elfenritter-Trilogie

Die neue große Elfen-Saga vom Bestsellerautor von *Die Elfen*

Ein Königreich, das von dunklen Mächten bedroht wird. Eine junge Herrscherin, die die letzte Hoffnung der freien Völker birgt. Und ein Elfenritter, der vor der Entscheidung seines Lebens steht ...

»Bernhard Hennens *Elfen*-Romane gehören zum Besten, was die Fantasy je hervorgebracht hat.« *Wolfgang Hohlbein*

978-3-453-52333-3

Band 1: Die Ordensburg
978-3-453-52333-3

Band 2: Die Albenmark
978-3-453-52342-5

Band 3: Das Fjordland
978-3-453-52343-2

Christoph Marzi

Die Uralte Metropole

Mit seinen magischen Romanen um das Waisenmädchen Emily und ihre Gefährten schrieb sich Christoph Marzi an die Spitze der deutschen Fantasy. Seither folgen zahlreiche Leserinnen und Leser seinen liebevoll gezeichneten Figuren und ihren phantastischen Abenteuern in der Uralten Metropole, der geheimnisvollen Welt unterhalb Londons.

»Christoph Marzi zeichnet ein faszinierend-mystisches London voller vergessener und dennoch lebendiger Geschöpfe. Gegenwart und Legenden werden eins.« *Markus Heitz*

Lycidas
978-3-453-53006-3

Lilith
978-3-453-52135-3

Lumen
978-3-453-81081-5

Somnia
978-3-453-52483-5

978-3-453-53006-3

Leseproben unter: **www.heyne.de**

HEYNE‹